SV

Jaume Cabré
Senyoria

Roman

Aus dem Katalanischen
von Kirsten Brandt

Suhrkamp

Die Originalausgabe erschien 1991 unter
dem Titel *Senyoria* bei Edicions Proa, S.A., Barcelona.
Abweichungen der vorliegenden Übersetzung
von der Originalausgabe wurden mit dem Autor abgestimmt.

Die Übersetzung wurde gefördert
aus Mitteln des Institut Ramon Llull.

llll institut
ramon llull
Katalanische Sprache und Kultur

Druck: CPI – Ebner & Spiegel, Ulm
Printed in Germany
Erste Auflage 2009
ISBN 978-3-518-42102-4

1 2 3 4 5 6 – 14 13 12 11 10 09

Senyoria

Für Margarida

Hinter der Gesellschaft schlummert das Gesetz.
E.M. Forster

Das Recht ist eine Sammlung willkürlicher, in einem Gesetzbuch zusammengefaßter und durch die Gewohnheit der jeweiligen Epoche sanktionierter Entscheidungen.
Etwas für Fachleute. Rafel Massó

Sobald Gesetz gesprochen, wird es auch gebrochen.

Erstes Buch

Unter dem Zeichen Orions

Das Sternbild des Orion gilt gemeinhin als das schönste am Firmament. Es besteht aus einem gewaltigen Viereck, das von Norden nach Süden breiter ist als von Osten nach Westen. Sechs Sterne leuchten darin besonders hell, darunter der Alpha Orionis oder Beteigeuze, dessen Name vom arabischen Bait al-Jauza kommt, was soviel heißt wie »Schulter des Riesen«. Er strahlt rötlich und sehr hell. Beta Orionis trägt auch den Namen Rigel und ist bläulich-weiß, ebenso wie Gamma Orionis; dieser wird auch »Bellatrix« oder die »Kriegerin« genannt. Aber die wahren Kleinodien dieses Himmelsdoms finden sich im Gürtel des Riesen – Doppelsterne – und an seinem Schwert: der geheimnisvolle, von Huygens entdeckte Sternhaufen, den man nicht genug bestaunen kann. Die Alten mit ihrer sprichwörtlichen Phantasie glaubten in dieser Konstellation die mythologische Figur des legendären Jägers zu erkennen, der den Plejaden nachstellt. Die Betrachtung des nächtlichen Herbsthimmels über Barcelona verleitet uns zum Träumen; fast meinen wir zu sehen, wie Orion auf seiner Flucht vor dem Skorpion sich an die Fersen der Plejaden heftet, aber von Taurus, dem Stier, angegriffen wird. Eine wundersamere Geschichte ist kaum vorstellbar. Und doch entspringt sie der Phantasie des Dichters: Die Konstellation besteht aus gewaltigen Sternen, die vermutlich in keinerlei Beziehung zueinander stehen, und so ist diese hübsche Geschichte wohl nicht mehr als eine optische Täuschung. Aber manchmal hilft uns die Phantasie, die Wirklichkeit erträglicher zu machen.

Traktat über die Grundlagen der Himmelsbetrachtung
von Jacint Dalmases. Barcelona, 1778

I

Er lächelte. Zum ersten Mal seit zwei langen Jahren lächelte *Sa Senyoria*, Präsident des Königlichen Gerichts von Barcelona, während er sich das linke Auge zuhielt und mit dem rechten durch das Teleskop blickte. Ihm war, als begegnete er einem alten Freund wieder, denn es war der erste Abend in diesem verregneten Herbst, an dem er seine Sternenbeobachtung an einem wunderbar wolkenlosen Himmel betreiben konnte. Seit einem Jahr hatte er den Orionnebel nicht mehr betrachtet, und er hatte Sehnsucht nach diesem magischen Gebilde, das laut Monsieur Halley aus vier Sternen bestand, die rasend schnell, wie von Haß getrieben, auseinanderdrifteten. Als ob es am Firmament Haß geben könnte! Wie immer, wenn er den Himmel betrachtete, wurde Don Rafel Massó i Pujades von einem Gefühl der Ohnmacht und Kleinheit ergriffen, einer Scheu vor dem Unbekannten, weil die Sterne und Nebelgespinste, die das Fernrohr so dicht vor seine Augen rückte, in Wirklichkeit unvorstellbar weit entfernt waren, einsam, schweigend, unerreichbar und unbeachtet. Plötzlich überkam ihn die Erinnerung an die arme Elvira, und Don Rafels Lächeln war wie weggewischt. Er schüttelte den Kopf, um die Erinnerung zu verscheuchen, und seufzte in die Dunkelheit des Gartens. Dann richtete er sich auf, zog ein Spitzentüchlein aus dem Ärmel und schneuzte sich sacht. Immer wenn er in den Garten ging, um die Sterne zu beobachten, lief ihm die Nase, und das, obwohl er Perücke, Dreispitz und Umhang trug. Er sah mit bloßem Auge zu Orion hinauf, und dieser erschien ihm vertrauter denn je. Nachdem er das Tüchlein wieder im Ärmel verstaut hatte, bückte er sich, um den geliebten Nebel erneut durch das Teleskop zu betrachten, und stieß einen unterdrückten Fluch aus, weil das Bild schon aus dem Blickfeld gewandert war. Eine geschlagene Minute lang mühte er sich ab, den flüchtigen Nebel wieder einzufangen. Donya Marianna hatte ihn gewarnt, er werde sich erkälten, und wie immer hatte sie recht; aber nach dem wolkenverhangenen Himmel der letzten Tage, dem erklärten Feind aller Astronomen, hatte er sich die erste sternenklare Nacht, die schamlos ihre Herbstgestirne entblößte, nicht entgehen lassen wollen. Nicht, daß Don Rafel Astronom gewesen wäre. In jungen Jahren, als er noch ein Neuling in der absonderlichen, geheimnisvollen Welt der Justiz war, hegte er großes Interesse für alles Unbekannte und suchte den Kontakt zu berühmten Physikern wie Don Jacint Dalmases, der ihn in die Astronomie einführte. Unzählige schlaflose Nächte hatte er mit dem vergeblichen Versuch verbracht, das Parallelogramm des Sternbilds Leier einzufangen – wie mühsam war doch die Beobachtung der Leier, die fast immer im Zenit stand! – oder das neckische, wechselhafte Treiben von Ganymed, Io, Europa und Kallisto, die einander rund um den riesigen, behäbigen Jupiter zu haschen schienen, ihr ewiges Kindermädchen mit einem einzigen, geheimnisvollen Auge im Bauch wie ein himmlischer Polyphem. Der junge Don Rafel hatte eifrigst die Schriften Monsieur Halleys gelesen und eine Zeitlang vor seinen Freunden behauptet, er wolle Astronom werden. Doch dann hatte ihn die Wirklichkeit eingeholt: Sein Studium war so gut wie abgeschlossen, und er konnte wohl kaum all die Jahre, in denen er sich mit Vorschriften, Paragraphen, Gesetzen und Urteilen herumgeschlagen hatte, mir nichts, dir nichts über Bord werfen. So wurde Don Rafel Rechtsanwalt, heiratete und verbrachte seine Nächte nicht länger mit dem Bemühen, den schweigenden Sternen ihr Geheimnis zu entlokken. Nur von Zeit zu Zeit nahm er noch das Fernrohr mit hinaus in den Garten, um zu träumen, denn er war ein von Natur aus unzufriedener Mensch. Es gab so viele, denen er ihre Stellung, ihren Reichtum und die Schönheit ihrer Frauen, einige, denen er ihre Weisheit, wenige, denen er ihre Bedachtsamkeit, und kaum jemanden, dem er sein Glück neidete. Sein Leben war von ständigem Verlangen und sein Herz von nagender Mißgunst erfüllt, und darum träumte er, ohne Poet zu sein, verliebte sich, ohne ein Don Juan zu sein, strebte danach, sich über die anderen zu erheben, und redete sich ein, dies sei das Glück. Er war intelligent genug, eine einmal errungene Position auch zu halten, und scherte sich nicht um den Haß und Neid seiner Mitmenschen. Und doch waren all diese Bemühungen nichts weiter als die blindwütige, verzweifelte Suche nach dem Glück – und ebendieses blieb ihm zu seinem Leidwesen versagt. In Augenblicken der Aufrichtigkeit sich selbst gegenüber mußte er sich eingestehen, daß sein Leben nichts Halbes und nichts Ganzes war, wie Jupiter. Ja, Don Rafel war wie Jupiter: zu groß, zu ehrgeizig, zu massig für einen festen Planeten; zu klein und zu schwach für einen feurigen, kraftvollen Stern, der sein eigenes Licht verstrahlt. Doch genau wie Jupiter hatte er Trabanten, die ihn umkreisten.

»Verflixt, er verschwindet schon wieder!« beschwerte sich Don Rafel bei der Unendlichkeit. In diesem Augenblick horte er Schritte und sah das schwankende Licht einer Laterne näher kommen: »Mach die Lampe aus, Hipòlit«, tadelte er das sich nahende Flackern.

»Die Herrin sagt, ich soll Euch sagen, daß es Zeit ist«, ließ sich der unsichtbare Diener vernehmen.

»Ja, ja, ich komme schon.« Er bückte sich und stellte verärgert fest, daß der Nebel in der Tat schon wieder aus dem Blickfeld gerückt war.

»Die Herrin sagt«, beharrte Hipòlit im Dunkeln, »ich soll Euch sagen, daß es schon acht geschlagen hat. Und daß Ihr vor dem Konzert noch Eure Perücke wechseln müßt.«

»Laß mich in Ruhe«, knurrte Don Rafel. Er harrte beim Teleskop aus, bis sein Zorn über die Störung durch den Diener verraucht war. Aber die für die Himmelsbeobachtung so notwendige innere Ruhe war dahin. Noch immer ein wenig verärgert, tastete er sich durch die Dunkelheit zurück in Richtung Haus, stolperte über Steinbänke und seine eigenen Gedanken, denn für einen flüchtigen Augenblick hatte er wieder das Bild Elviras vor sich gesehen.

Im Palast des Marquis von Dosrius im Carrer Ample traf sich für gewöhnlich alles, was unter den Anhängern der Bourbonen in Barcelona Rang und Namen hatte: Militärs, Juristen, Ingenieure, Beamte, angesehene Kaufleute, einheimische und importierte Politiker, dazu der eine oder andere Franzose, der in den traurigen Zeiten der Revolution sein Hab und Gut eingebüßt und im verängstigten, mißtrauischen Nachbarland Zuflucht gefunden hatte. Sie alle, die sich durch ihre profunde Unbildung auszeichneten, kamen hier zusammen, um Musik zu hören (ihr zu lauschen hätte ihnen zu viel abverlangt) oder im Takt der Alexandriner zu gähnen (»Ach, wie so sehr mein Herz verlangt nach Rache ...«), mit denen sie der jeweils geladene Dichter traktierte.

Don Rafel war gerne beim Marquis zu Gast, weil dieser der guten alten Sitte treu geblieben war, seinen Haushofmeister die Namen der Eintreffenden ausrufen zu lassen. Zufrieden vernahm er die Ankündigung »Seine Gnaden Don Rafel Massó i Pujades, Präsident des Königlichen Gerichts von Barcelona, nebst Gemahlin«. Pflichtschuldig sah er seine Gemahlin an, Donya Marianna erwiderte seinen Blick, und beide betraten den großen Saal des Palasts des Marquis von Dosrius, den prächtigsten Salon der ganzen Straße, der unter der Hautevolee von Barcelona allenthalben Neid weckte. Die Gäste, die in Grüppchen beisammenstanden und sich die Zeit damit vertrieben, halblaut übereinander herzuziehen, fanden mit dem Eintritt des Ehepaars Massó neue Nahrung. (Seht nur, Don Rafel wird von Tag zu Tag dürrer und buckliger, er sieht schon aus wie ein Fragezeichen. Das macht wohl die Bürde seines Amtes. Daß ich nicht lache. Was wollt Ihr damit sagen? Herrje, ich könnte Euch Geschichten erzählen ...) Nach allen Seiten lächelnd, schritten die Massós an den Geladenen vorbei direkt auf den Kamin zu, an dem Don Ramon Renau, der greise Marquis von Dosrius, mit einer nagelneuen silbernen Perücke nach Wiener Art geschmückt, eine Decke über die gelähmten Beine gebreitet, in seinem Räderstuhl saß, einem Meisterwerk der Ingenieurskunst, dank dessen er sich ungehindert fortbewegen konnte, und seine Gäste begrüßte. Hinter dem alten Marquis wartete der undurchdringliche Mateu stoisch auf Anweisungen. Der Marquis, der sich etwas darauf zugute hielt, der ungehobeltste Adelige ganz Barcelonas zu sein, grunzte beim Anblick der beiden und stieß mit dem Gehstock, den er stets bei sich hatte, in den Bauch des Gerichtspräsidenten.

»Wie geht's, Don Rafel?«

»Sehr gut, Senyor Marquis.« Das Ehepaar verbeugte sich tief.

»Geht nur, und zerreißt Euch das Maul über mich«, sagte der Marquis nach kurzem Plausch und nickte zu den anderen Gästen hinüber, »ich muß mich um die Neuankömmlinge kümmern.«

Gehorsam gesellte sich das Ehepaar Massó zu einer Gruppe, in der, dem plötzlichen Themenwechsel nach zu schließen, gerade über sie gesprochen worden war. Guten Abend, Baron, Baronin, Herr Gerichtspräsident, Don Rafel, Lächeln, Begrüßungen, Handküsse, Seufzer. Wie geht's? Weiß man, ob der Militärgouverneur kommt? Ich habe gehört, er wolle kommen, Baron, und Don Rafel warf einen verstohlenen Blick auf Donya Gaietanas großzügigen Busen, ach, es gibt Dinge auf dieser Welt ... Don Rafel wußte, daß man sich jetzt, da die ausladenden Reifröcke vergangener Zeiten aus der Mode gekommen waren, den Damen wieder einfacher nähern und in ihr Dekolleté spähen konnte, ein aufregendes Erlebnis, und seine Hände wurden schweißfeucht wie immer in letzter Zeit, wenn er bei Donya Gaietana stand, die ihn das Gesicht der armen Elvira vergessen ließ.

»Ich habe gehört«, verkündete der Baron von Xerta, ohne etwas von Don Rafels ehebrecherischen Gedanken zu ahnen, »diese Frau habe eine eindrucksvolle Stimme.« Zustimmung heischend blickte er von einem zum anderen.

»Nun, das wollen wir doch erst einmal sehen«, sagte Donya Gaietana nüchtern aus den Tiefen ihrer musikalischen Ignoranz heraus.

»Oder besser gesagt: hören«, warf Don Rafel ein und verbeugte sich tief, damit man das Zittern seiner Stimme nicht bemerkte. Die Gruppe brach in vornehmes Gelächter aus und entspannte sich ein wenig. Neue Vorstellungen, neues Getuschel, eine leichte Verbeugung des berühmten Gelehrten Don Jacint Dalmases, der sich immer in Kreisen herumtrieb, in denen er nichts zu suchen hatte; ein Kuß, der einen Augenblick länger als gewöhnlich auf der Hand einer ansehnlichen Dame verweilte. Und wieder mußte Don Rafel seufzen, weil die Busen aller anwesenden Damen soviel verheißungsvoller waren als der Donya Mariannas. Ach, Elvira – warum nur, warum? Don Rafels Gedanken zersprangen in tausend Splitter, als der stets bestens informierte Doktor Pere Malla zu der Gruppe trat und beteuerte, die Desflors habe schon vor Monsieur Cherubini gesungen und dieser sei von ihrer Kunst völlig bezaubert gewesen.

»Ich sagte es ja«, bekräftigte der Baron von Xerta, »eine große Sängerin.«

»Ich brenne darauf, sie zu hören«, log Don Rafel; ihm war, nachdem man ihn gewaltsam von der Betrachtung seiner Sterne weggeholt hatte, an diesem Abend alles gleichgültig, was nicht Busen war, vorzugsweise der der jungen Baronin.

»Und wann geht das Ganze los?« fragte einer der Herren und stampfte ungeduldig auf.

»Wenn's dem alten Renau in den Kram paßt«, sagte Xerta unter dem beifälligen Lächeln der Damen. Und Don Rafel dachte, du bist ein Schwachkopf, Xerta, du verdienst sie gar nicht. Er hörte zwar mit halbem Ohr zu, was geredet wurde, in Gedanken aber war er ganz bei Donya Gaietanas blitzenden Zähnen und feuchten, lächelnden Lippen; von Tag zu Tag war er verrückter nach ihr, und wenn er ehrlich zu sich selbst war, ärgerte ihn die Leichtigkeit, mit der diese Frau andere Männer betörte, noch dazu unter den leicht schielenden Augen ihres Ehemanns, dieses alten Esels. Gaietana, Geliebte, für dich würde ich alles tun.

»Ich bin mir sicher«, Don Rafel sah sich verstohlen um, die Nase ins Spitzentaschentuch gesteckt, »der alte Dosrius will uns nervös machen, bevor er uns … den Leckerbissen vorwirft.«

»Nun, den Gefallen werden wir ihm nicht tun«, erwiderte der Baron. Die Gruppe begab sich zu einer Wand, deren Fenster auf die Straße hinausgingen. Unter einem Bild, das den zweiten Marquis von Dosrius Arm in Arm mit einer gut gebauten Dame zeigte – üppig genug, um ganz für sich allein die bourbonische Monarchie zu repräsentieren –, nahmen die Damen auf Stühlen Platz und begannen, angeregt über Stoffe und Frisuren zu plaudern, während die Herren in die Mitte des Salons zurückkehrten, angelockt von einer Bemerkung des Doktor Dalmases, des am weitläufigsten Gebildeten und am wenigsten gern Gesehenen unter den Anwesenden: Obschon er keinerlei Titel vorweisen konnte, verkehrte er dreist in Adelskreisen, ja, es hieß sogar, er sympathisiere mit den Franzosen oder irgendwelchen Aufklärern, und noch dazu ist er Freimaurer, das weiß ich aus sicherer Quelle. Doktor Dalmases also dachte gerade laut darüber nach, daß die menschliche Stimme doch das vollkommenste Instrument sei.

»Das uns von Gott gegeben wurde«, betonte Don Rafel.

»Selbstverständlich, Don Rafel«, stimmte Doktor Dalmases bei, der eigentlich nicht an Gott glaubte, aber keine Lust hatte zu streiten. »Wart Ihr zu Allerheiligen im Konzert?«

Nein, es erwies sich, daß keiner der Anwesenden dort gewesen war, denn ins Theater gehen, um Musik zu hören – das taten nur die, denen tatsächlich etwas daran lag; wer beim Marquis von Dosrius oder von Cartellà oder gar im Gouverneurspalast Musik hörte, war in Wirklichkeit gekommen, um etwas anderes zu hören. Und so mußte nun Doktor Dalmases einem höchst uninteressierten Publikum vom Allerheiligenkonzert berichten, zwei Stücke für Streichquartett von Monsieur Cherubini, Ihr wißt schon, und dann ein Stück eines gewissen van Beethoven, vermutlich ein Schüler Haydns, denn er hat mich sehr an ihn erinnert. Kennt Ihr ihn übrigens?

»Hm?« Don Rafel fühlte sich ertappt.

»Diesen Holländer, diesen van Beethoven.«

»Nein. Nie gehört.«

Der Chirurg Doktor Malla, der seine Gemahlin bei den anderen Damen zurückgelassen hatte, trat mit einem freundlichen Lächeln hinzu, das noch breiter wurde, als er den Gerichtspräsidenten begrüßte, den er verabscheute. Zweifellos war Don Rafel der am meisten beneidete, gehaßte und gefürchtete der anwesenden Gäste, denn er war einflußreich, unbeugsam und korrupt, drei Eigenschaften, die im übrigen fast alle auszeichneten, die in diesen Jahren in Barcelona das Sagen hatten. Mit einem Kopfnicken begrüßte Doktor Malla lächelnd den Rest der Gruppe, und auch er mußte zugeben, nein, offen gestanden kenne er diesen van Beethoven nicht. Niemand kannte ihn also, und Doktor Dalmases, der aus irgendeinem Grund am meisten von Musik verstand, kam zu dem abschließenden Urteil, dieser Holländer sei unstreitig begabt, aber es sei ihm doch anzumerken, daß er Meister wie Cherubini oder Salieri nachahme, und alle stimmten eifrig zu, bleib mir bloß vom Leibe mit diesem Fanbetolen oder wie immer er heißen mag.

Tatsächlich hatte niemand dem Doktor richtig zugehört, denn gerade war der Militärgouverneur eingetreten, und alle Blicke, auch die Don Rafels, stürzten sich wie ein Wespenschwarm aus Furcht und Neid auf ihn. Nun konnte es endlich losgehen. Der Saal hatte sich gefüllt, und vier oder fünf Lakaien stellten Stühle und Sofas auf, damit die etwa dreißig Anwesenden es sich bequem machen konnten. Der Marquis von Dosrius, der nun neben dem apfelgrünen Pianoforte saß, flankiert vom herausgeputzten Militärgouverneur, klopfte mit seinem Stock ruhegebietend auf den Boden. An einer Wand des Saales stand erwartungsvoll eine Gruppe jüngerer Gäste von geradezu skandalösem Erscheinungsbild. Nicht einer von ihnen trug eine Perücke, und ein junger Mann mit lebhaftem Blick und lockigem blondem Haar war sogar ärmlich gekleidet, fast wie ein Handwerksbursche. Sicher hatte ihm sein Begleiter Zutritt verschafft, ein eleganter, kleingewachsener Jüngling mit schwarzem Haar und Hakennase, der ein Päckchen in Händen hielt. Der Lockenkopf stieß seinen Freund in die Seite:

»Warum spielst du nicht, Nando? Soll ich dich ankündigen?«

»Untersteh dich!«

Aus einer Tür an der gegenüberliegenden Seite des Raumes trat eine üppige Dame, eine glanzvolle Erscheinung weniger aufgrund ihrer Leibesfülle als vielmehr wegen ihrer Ausstrahlung und ihres Auftretens. Marie de l'Aube Desflors, die Nachtigall von Orléans, grüßte den Marquis, *aussi grincheux*, mit einem tiefen Kratzfuß, den Militärgouverneur mit einem rein der Höflichkeit geschuldeten Knicks und das übrige Publikum mit einem kaum merklichen Nicken, wie um keinen Zweifel daran zu lassen, wer für ihren Auftritt bezahlte. Erst jetzt bemerkten die meisten Gäste den unscheinbaren, grau gekleideten, traurig dreinblickenden Mann mit Kinnbart (Monsieur Vidal, aber wer wußte das schon), der hinter der ausladenden Sängerin wie aus dem Nichts aufgetaucht und zum Pianoforte geschlichen war, dort Platz genommen hatte und nun offensichtlich auf Anweisungen wartete. Allmählich verklang der Applaus, und nachdem die Sängerin ihrem Pianisten einen kurzen Befehl zugezischt und das Publikum angelächelt hatte, räusperte sie sich diskret, holte tief Luft und schloß die Augen in Erwartung der ersten Takte des Klaviers.

Musik durchflutete den großen Saal des Palasts des Marquis von Dosrius. Ihr Zauber ließ die Gäste mitten in der

Bewegung zu einer Szene erstarren, die einem Gemälde von Tremulles oder Bayeux glich: stehende Männer – die älteren mit Perücke, die jüngeren mit offenem Haar – und sitzende Damen, die alle in dieselbe Richtung starrten, die jungen Frauen mit vor Ergriffenheit wogendem Busen und feuchtem Blick. Der Marquis leicht vornübergebeugt in seinem Rollstuhl, auf den Stock mit dem silbernen Knauf gestützt. Der verstohlen gähnende Militärgouverneur, der Berechnungen über den Brustumfang der Sängerin anstellte. Am Ende des Saals, neben den an der Wand lehnenden jungen Männern, ein Diener in Barocklivree, so reglos, daß man ihn für eine Statue hätte halten können. Auf dem Buffet unter dem Spiegel, gleich neben der Tür, die Häppchen und Getränke, die geduldig darauf warteten, daß die Reihe an sie komme. Und neben dem größten Fenster stand Marie de l'Aube Desflors, eine Hand nonchalant auf dem Klavier, die andere an die Brust gelegt, als müßte sie ihr vor Liebe berstendes Herz festhalten, und schmetterte ihr eindrucksvolles *je parlerai de mon tourment* mit einer Stimme, wie man sie in Barcelona seit Jahren nicht vernommen hatte. Maître Vidals Finger glitten zärtlich über die Tasten, und er hatte Tränen in den Augen, vielleicht weil dies zu seinen Aufgaben gehörte, vielleicht aber auch, weil ihn diese warme, sinnliche Stimme ebensosehr ergriff wie Andreu, den blondlockigen jungen Mann, der schon immer von der erotischen Kraft einer schönen Stimme überzeugt gewesen war. Vom Gesang der Desflors bezaubert, hatte er sich sofort in sie verliebt. Er drückte die Hand seines Freundes, und dieser lächelte, weil er ihn gut genug kannte, um zu wissen, was in ihm vorging.

Als das letzte Lied der Desflors verklungen war, breitete sich so unerwartete wie unangenehme Stille aus. Die Gäste wollten den Beifall des Marquis nicht vorwegnehmen, doch dieser war auf seinen Stock gestützt mit leuchtenden Augen in die Erinnerung an die Stimme versunken und rührte sich nicht. Musik war das einzige, was den Marquis von Dosrius seine Rüpelhaftigkeit vergessen ließ. Der Militärgouverneur an seiner Seite, der zwischen dem vierten und dem fünften Lied eingenickt war, mußte sich heftig am Riemen reißen, um nicht einfach drauflos zuklatschen; immerhin war er laut Protokoll die höchste Autorität im Saal, Marquis, Grafen und Barone hin oder her. Doch sah das Protokoll eben auch vor, daß der Marquis als erster applaudieren dürfe, und Gesetz war Gesetz. Die Desflors, ein wenig verwirrt ob dieser ungewohnten Stille, seufzte, um deutlich zu machen, daß sie fertig war. Der Seufzer weckte den Marquis aus seiner Verzückung, er schlug mit dem Stock auf den Boden, und endlich klatschten alle, erleichtert darüber, daß dieser unerquickliche Moment ein Ende hatte.

»Wie fandest du es, Nando?«

»Ich möchte mehr davon.«

»Geh hin und biete ihr an, sie auf der Gitarre zu begleiten.«

»Nein, das könnte den Meister an den Tasten kränken. Außerdem klingt sie mit Klavierbegleitung besser.«

Die Desflors verbeugte sich erneut, warf an die dreißig Handküsse ins Publikum, holte Luft und verkündete in einem schauderhaften Kauderwelsch aus Französisch, Italienisch, Monsieur Vidal abgelauschtem Katalanisch und halbverdautem Spanisch, sie würde sich geschmeichelt fühlen, *quelque chose* in Begleitung des hier anwesenden *privilégié compositore* dieser Stadt, Ferdinand Flors, zum besten geben zu dürfen. Die Anwesenden tauschten beunruhigte Blicke, da niemand den *privilégié compositore* dieser Stadt, Ferdinand Flors, kannte. Der Militärgouverneur fragte: »Was sagt die Französin? Ich verstehe dieses welsche Geplapper nicht.« Und der Marquis von Dosrius zuckte die Achseln und stieß ungeduldig mit dem Stock auf den Boden.

Doch noch bevor sich die Ratlosigkeit in allgemeinem Gemurmel Luft machen konnte, tat Andreu einen Satz, schrie, hier, hier, und stieß seinem Freund den Ellbogen in die Seite, Nando, die meinen dich. Ehe Sorts wußte, wie ihm geschah, hatte Andreu ihn schon am Arm gepackt und zu der Sängerin gezerrt. Ach so, aha, der junge Sorts also, murmelten die Leute. *Privilégié compositore?* Aber das ist doch ein Grünschnabel. Und ich dachte, er sei auf Reisen. Die Desflors sah die beiden jungen Männer näher kommen und fraß sogleich einen Narren an dem Blondgelockten, einem echten Schmuckstück. Aber Monsieur Ferdinand Flors war der andere, der Dunkle, Dürre, Häßliche mit den Koteletten. Und er hieß gar nicht Flors. Die Nachtigall von Orléans verbarg ihre Enttäuschung hinter einem höflichen Knicks und reichte dem ehrfürchtigen Ferran Sorts gnädig die Hand zum Kuß, während sie auf die männliche, klare Stimme ihres Schmuckstücks lauschte, der ihr erklärte, der Name des Komponisten sei nicht Flors, sondern Sorts. Die Desflors musterte Andreu ungeniert von Kopf bis Fuß, wandte sich dann ab und ignorierte ihn geflissentlich. Viele der Anwesenden rümpften die Nase, als sie diesen unbekannten jungen Mann, der nicht einmal anständig gekleidet war (sagt, was Ihr wollt, es ist mir unbegreiflich, wieso man ihn hereingelassen hat), hier so ungeniert herumspazieren sahen. Ein paar unachtsame junge Damen applaudierten dem *privilégié compositore*, ach so, den Nando Sorts hat sie gemeint, sie drückt sich aber auch zu seltsam aus, diese Französin. Das hätte sie doch gleich sagen können. Die Desflors sagte zu ihrem Pianisten:

»Wenn Ihr gestattet, Monsieur Vidal?«

»Mit dem größten Vergnügen.« Der Pianist erhob sich, seinen Ärger hinunterschluckend.

»Es ist mir eine Ehre«, stammelte Sorts, der schrecklich aufgeregt war. Er gab das Päckchen an Andreu weiter, verlier es nicht, es ist ein Auftrag, und Andreu drückte ihm den Ellbogen, auf, Nando, zeig, was du kannst. Dann zog er sich zum Bedauern der Desflors mit dem Päckchen seines Freundes nach hinten an die Wand zurück. Sorts nahm am Piano Platz, und Marie de l'Aube Desflors verkündete: »D'abord, l'amour«, als müßte, wer sie begleitete, selbstverständlich ihr Repertoire im Kopf haben. Mit heimlicher Schadenfreude zeigte Maître Vidal dem jungen Sorts eine Partitur, die auf dem Klavier lag, zwinkerte ihm zu und flüsterte noch hilfsbereit: »Adagio molto lento.«

Während er umständlich auf dem Hocker Platz nahm, hatte Ferran Sorts Zeit, die erste Seite des Lieds zu studieren und festzustellen, daß die Empfehlung des Pianisten vollkommen absurd war. »Trottel«, murmelte er vor sich hin und schlug ein entschiedenes, klares Vivace an. Beim fünften Takt war er sicher, daß er recht hatte. Alles lief wie am Schnürchen, vielleicht sogar besser als mit Monsieur Vidal. Als das Stück zu Ende war, stand Sorts auf, nahm überrascht zwei Küsse der Sängerin entgegen, die eigentlich seinem Freund galten, und zog sich unter Applaus in seine Ecke zurück. Neben ihm stand Monsieur Vidal, und Sorts nutzte die Gelegenheit, ihm lächelnd zuzuflüstern, er solle sich verziehen.

»Wie bitte? Was sagtet Ihr?«

»Schert Euch zum Teufel.«

Noch bevor der Pianist reagieren konnte, rief die Desflors den jungen *compositore* nach vorn, um den Beifall des Publikums entgegenzunehmen.

»Ihr seid ein guter Musiker, mon cher«, sagte sie.

Schon seit einer geraumen Weile waren die Lakaien damit beschäftigt, nach und nach die zweihundert Wachskerzen an den fünfundzwanzig Kandelabern des Saals auszutauschen. Marie de l'Aube Desflors stand lachend zwischen dem jungen Sorts und Andreu, der seinen ehrfürchtigen Blick nicht von ihr wenden konnte. Die drei, der schweigende Pianist und ein weiteres Grüppchen, darunter Doktor Dalmases, probierten die Köstlichkeiten, die der Marquis seinen Gästen vorsetzte, um zu beweisen, daß er sehr wohl in der Lage war, ein ebenso üppiges Bankett auszurichten wie die Marquise von Polastron. Marie de l'Aube Desflors schob sich gerade eine warme Krokette in den Mund und verschlang dabei mit den Blicken den entflammten Andreu, während der junge Sorts die Hoffnung aufgegeben hatte, Rechtsanwalt Terradelles – der sich doch sonst kein Konzert entgehen ließ – unter den Gästen zu entdecken, und sich mit dem Gedanken abfand, das Päckchen den ganzen Abend mit sich herumzuschleppen.

Der Militärgouverneur, zutiefst angetan vom großzügigen Busen der Sängerin, hatte mehrere strategisch geplante Annäherungsversuche unternommen, indem er sich allmählich, das Glas in der Hand, von Gruppe zu Gruppe an sie heranpirschte. Aber es war nicht zu übersehen, daß die Desflors ihm auswich und die öde Gesellschaft dieses schlaffen Jünglchens vorzog. Und da er kein Aufsehen erregen wollte, hatte er sich als höchster Stellvertreter des Hauses Bourbon in Katalonien der in diesem Saal herrschenden strengen Etikette zu fügen. So mußte er, ein erfahrener Liebhaber exotischer Frauen, zusehen, wie ihm die Französin durch die Lappen ging, und sich statt dessen mit interessierter Miene anhören, wie ihn dieser und jener, ebenfalls ein Glas in der Hand, um dieses und jenes anging. Während er so tat, als suchte er nach einer Antwort, schwor er sich, morgen, spätestens übermorgen werde ihm die Französin zu Füßen liegen. Oder noch besser, in seinem Bett. Und was ich sage, gilt, verdammt noch mal.

Sa Senyoria Don Rafel Massó plagten andere Sorgen. Mitten im Konzert hatte ihn plötzlich ein heftiger Harndrang überkommen, dem er noch nicht hatte nachgeben können. Der vagen Beschreibung eines Lakaien folgend, tappte er einen dunklen Gang entlang, an dessen Ende ihm ein unverkennbarer Geruch verriet, daß die Rettung nahe war, ein düsterer Raum, in dem etwa ein Dutzend Nachttöpfe stand. Nachdem er nervös die komplizierten Verschlüsse an seinen Beinkleidern aufgenestelt hatte, konnte Don Rafel sich endlich erleichtern. Danach stand er eine Weile gedankenverloren da, das Glied noch in der Hand, als ob ihn der beißende Uringeruch zum Nachdenken anregte. In letzter Zeit fragte sich Don Rafel oft – öfter, als gut für ihn war –, ob er wirklich glücklich sei, und immer mußte er die Frage verneinen. Ein Mann, in dessen Leben Erfolg und Mißerfolg einander die Waage hielten, mochte sich wohl glücklich schätzen; wer aber in ständiger Herzensangst lebte, stets auf der Hut sein mußte, um nicht von Feinden überrascht zu werden, die hinter der nächsten Ecke lauern konnten, dessen Glück hatte sich aufgelöst wie Rauch und war unwiederbringlich dahin. Sa Senyoria schüttelte die letzten Tropfen ab und riß sich mit einem betrübten Seufzer von seinen Gedanken los. Als er den Hosenlatz zuschnürte, kam der Baron von Xerta in sichtlichen Nöten hereingestürzt.

»Diese Singerei schlägt offenbar auf die Blase«, sagte er, als er Don Rafel sah. Dieser antwortete knapp »Wie wahr«, und der Baron fuhr fort: »Ich fürchte, wir dürfen erst gehen, wenn der Militärgouverneur die Französin erobert hat.«

Don Rafel verkniff sich zu sagen, du bist und bleibst ein Kretin, daran ändert auch dein Titel nichts, und eines Tages werde ich selber Baron sein. Und als der Baron von Xerta sich zum Pinkeln sittsam umdrehte, verachtete Don Rafel ihn noch mehr, weil er seine Frau nicht verdiente; in dieser Welt ist so vieles ungerecht verteilt, ach, meine Gaietana! Durch diesen ehebrecherischen Gedanken und das flüchtig auftauchende Bild von Elviras vorquellenden Augen abgelenkt, hörte der Gerichtspräsident von Barcelona nicht, wie der Baron von Xerta mit einem üppigen, munteren, vor allem aber völlig gedankenlosen Plätschern sein Wasser abschlug.

»Ihr kennt das Leben nicht«, sagte Marie de l'Aube Desflors, während sie ihre Röcke schürzte, ihr Strumpfband löste und einen weißen Strumpf mit einer Selbstverständlichkeit abstreifte, die Andreu schamlos erschien.

»Und Ihr?»

Statt einer Antwort lachte sie nur, hielt mitten in der Bewegung inne, ein Bein nackt, den Fuß auf dem Schemel, und deutete kokett auf den Jungen.

»Wie alt schätzt Ihr mich? Nun sagt schon.«

Andreu kratzte sich den Lockenkopf: »Was weiß ich, Madame, ich bin nicht gut im Schätzen«, lächelte verlegen und dachte bei sich, Vorsicht, Andreu, daß du ja nicht in irgendein Fettnäpfchen trittst. Aber die Desflors kannte kein Pardon. Der Knabe gefiel ihr, sie hatte ihn sich geschnappt und mit auf ihr Zimmer genommen. Nun schuldete er ihr eine Antwort: »Ziert Euch nicht so. Sagt schon, für wie alt haltet Ihr mich? Und keine Bange«, sie nahm den Fuß vom Schemel, schloß die Augen und neigte sich zu dem Jungen hin, »ich bin herbe Enttäuschungen gewöhnt.« Sie packte ihn am Arm: »Wie alt?«

»Was weiß ich, Liebste …«

»Ihr traut Euch nicht?«

»Dreißig.«

Beschämt über seine Lüge, schlug er die Augen nieder.

Marie de l'Aube Desflors seufzte und verpaßte ihm zwei schmatzende Küsse, die verrieten, daß die Dame mit der Engelsstimme die Vierzig weit überschritten haben mußte.

»Meint Ihr nicht, wir sollten uns duzen?« schlug er mutig vor.

Sie lachte girrend und wandte ihm den Rücken zu. Sich duzen war auch eine Art und Weise, sich zu entblößen.

»Schnürst du mich bitte auf?«

Er kam ihrer Bitte mit einigem Geschick nach, was ihm einen weiteren Kuß eintrug. Als das Kleid zu ihren Füßen lag, drehte sich die Nachtigall von Orléans herum und kam auf ihn zu. Ihr Busen drohte das Korsett zu sprengen.

»Laß mich dich ausziehen. Was ist denn das?«

»Ein Medaillon.«

»Leg es ab.«

»Das tue ich nie.«

»Heute schon. Ich will dich ganz und gar nackt.«

Und so legte Andreu Teresas Medaillon ab.

Die Sängerin schien bei der Liebe ihre ganze Phantasie einzusetzen, denn es war nicht zu übersehen, daß allein das Ausziehen Andreus ihr große Lust bereitete. Als er nur noch in Unterhosen dastand, fühlte Andreu sich schutzlos, und sie spürte es.

»Laß mich dir das hier auch noch ausziehen, mon cher.«

Zärtlich zog sie die Unterhose herunter, kniete nieder und nahm in Augenschein, was er vorzuweisen hatte.

»Und du … ziehst du dich nicht aus?« stammelte Andreu.

»Doch … aber ich liebe es, einen nackten Mann an meiner

Seite zu haben.« Sie seufzte. »In den Salons hat man das nie.«

»Oh, aber in Frankreich ...«, wandte Andreu ein.

»In Frankreich, in Frankreich«, äffte sie ihn nach. »Glaub nicht alles, was über Frankreich behauptet wird.«

Sie schlang ihren Arm um Andreus Hüfte und führte ihn zu dem großen Spiegel am Fußende des Bettes. Sie stellten sich davor, als posierten sie im Atelier des Malers Tremulles.

»Würde es dir nicht gefallen, wenn man uns so malte, mon chouchou?«

»Mon quoi?« fragte Andreu, beschämt, weil seine wachsende Erregung deutliche Form annahm, was die Sängerin zu entzücken schien.

»Mon quoiquoi«, sagte sie und begann geschickt, ihn zu liebkosen. Dann drängte sie: »Zieh mich aus, quoiquoi.«

Sie löschten die drei Lampen im Zimmer nicht, denn Madame genoß es, ihren Liebhaber in dieser Nacht mit ihren Blicken ebenso zu verschlingen wie mit ihrem Körper. Und Quoiquoi machte die Erfahrung, daß Marie de l'Aube Desflors nicht nur eine ausgezeichnete Sängerin mit einer zarten und doch kraftvollen Engelsstimme war, sondern auch außerordentlich gut im Bett.

»Wer war denn dieses Milchgesicht?«

»Wen meint Ihr, Monsieur Vidal?« Senyor Arcs, der Assistent des Impresarios, dafür abgestellt, den Künstlern ihren Aufenthalt in Barcelona so angenehm wie möglich zu machen, fühlte sich unbehaglich, denn man hatte ihm schon von der notorischen Übellaunigkeit dieses Pianisten berichtet, dessen Lebensaufgabe darin bestand, die Desflors durch Wind und Wetter zu begleiten, wohin auch immer ihre Wege sie führten.

»Na, diesen Flegel, der heute abend meinen Platz eingenommen hat.«

»Ah, Nando Sorts! Eigentlich heißt er Josep Ferran Sorts, ist Komponist und spielt ausgezeichnet Gitarre.«

»Und Klavier.« Monsieur Vidal leerte sein Glas, und Senyor Arcs schenkte nach, um dem Blick des Pianisten zu entgehen.

»Ihr kommt sicher viel herum im Laufe eines Jahres.«

»Und dabei ist er noch so jung. Wie alt mag er sein? Zwanzig?«

»Wer, Monsieur Vidal?«

»Dieser Bursche. Sorts.«

»Ach so. Das weiß ich nicht. Aber er ist jung, ja. Wohin geht's denn von Barcelona aus weiter?«

»Man merkt, daß er etwas von Musik versteht. Komponist, sagt Ihr?«

»Hmmm? Ja, ja ... Er hat viele Stücke für Gitarre geschrieben. Und vor ein paar Jahren wurde eine Oper von ihm aufgeführt. Ich weiß aber nicht mehr, wie sie hieß, das waren so fremdländische Namen, wißt Ihr?«

»Wie aufregend! Sicher hält er sich für einen neuen Mozart.«

Er hob das Glas und kippte es in einem Zug hinunter. Arcs nutzte die Pause, um das Thema zu wechseln: »Ach, was gäbe ich darum, einmal Paris zu kennenzulernen, Monsieur Vidal!«

»Wahrscheinlich ist der Umgang mit diesem Kerl ganz unerträglich! Wer weiß, was er sich alles einbildet!«

»Ach ja, Paris ...« Wieder schenkte Arcs Monsieur Vidal nach, dessen Blick allmählich glasig wurde. Er sah sich um. Im Salon, der neben dem Vestibül des Hostal *Quatre Nacions* lag, war es still, alle Tische bis auf den ihren waren unbesetzt. Ein Kellner mit einem gewaltigen Schnauzbart löschte nach und nach die Lampen und ließ nur in ihrer unmittelbaren Nähe die Lichter brennen. Von Zeit zu Zeit kam ein Gast von der Straße herein, dann sah man durch die Glasscheiben des Salons seinen Atem in Schwaden aufsteigen, während er sich den kalten Straßendreck von den Schuhen streifte. Monsieur Vidal schwieg eine Weile, den Blick gedankenverloren auf den Grund seines Glases geheftet, als suchte er dort nach der Wahrheit.

»Ich habe es verdammt noch mal satt, diese Hure am Klavier zu begleiten.«

»Wie meinen?«

»Ihr und ich«, sagte der Pianist, »wir sitzen hier und ertränken unseren Kummer, nicht wahr? Nun, und wißt Ihr, was die ... die ...«, seine Stimme triefte vor Hohn, »die Madame derweil macht? Die große Sängerin?« Er hob das Glas hoch und sah Arcs an.

»Ich ... keine Ahnung. Ich habe nicht darüber nachgedacht.«

»Sie treibt's oben in ihrem Zimmer.«

»Äähh ...«

»Und wißt Ihr auch, mit wem? Mit ihrem Sorts, diesem Jahrmarktsmusikanten.« Er knallte das Glas wieder auf den Tisch.

»Woher wollt Ihr das wissen? Meint Ihr nicht ...«

»Woher ich das weiß?« Vidal lachte bitter. Er warf sich in seinem Stuhl zurück und deutete auf den armen Arcs, der keinerlei Lust auf eine Szene hatte. »Die Desflors ist eine Frau Nimmersatt, mein Freund. Und immer verlangt sie nach Frischfleisch, nach neuen, jungen, unverbrauchten Burschen.«

Er lehnte sich wieder nach vorn und packte das Glas, als

wollte er es zerbrechen. »Alte Kerle wie Ihr und ich, die haben bei ihr nichts zu melden, die würdigt sie keines Blikkes.«

Senyor Arcs hielt den Augenblick für gekommen, den strategischen Rückzug einzuläuten. Leider hatte er strikte Anweisung, die Musiker nicht allein zu lassen, bis sie sich auf ihre Zimmer zurückzogen, aber Monsieur Vidal hatte eigentlich genug geladen, um ihn ins Bett zu verfrachten.

»Das gibt ihr Kraft zum Singen«, sinnierte der Pianist.

Nach dieser Grundsatzerklärung stand er schwerfällig auf. Erleichtert tat Senyor Arcs es ihm nach, aber so einfach war die Sache nicht.

»Wollen wir nachsehen?« Vidal deutete an die Decke des Vestibüls. »Wollt Ihr sehen, wie sie da oben mit dem jungen Sorts zusammensitzt ... Tschuldigung«, er rülpste ungeniert, »ich meine, zusammenliegt?« Er schüttelte den Kopf. »Sicher machen sie gerade die schönste Musik der Welt.« Er lachte über seinen eigenen Scherz.

Senyor Arcs versuchte dagegenzuhalten, aber Monsieur Vidal, ich glaube Euch ja, so setzt Euch doch, wo wärt Ihr besser aufgehoben als hier, bei einem guten Schluck unter Freunden? Er drückte ihn wieder auf seinen Stuhl und schenkte nach, bevor der andere reagieren konnte. Aber der Pianist sprang erneut auf und zeigte überrascht auf die Salontür, als stünde dort ein Geist. Der Geist war von der Straße hereingekommen und streifte sich gerade im Vestibül den Schmutz von den Schuhen. Es war der junge Sorts. Er hatte durchs Fenster hindurch die beiden einsamen Zecher erspäht und beschlossen, ihnen Gesellschaft zu leisten. Sich die Hände reibend, trat er in den Salon. Er trug eine Leutnantsuniform und hatte noch immer das schmale, gut verschnürte Päckchen bei sich. Doch noch bevor er den Tisch der beiden nächtlichen Trinker erreicht hatte, blieb er erstaunt stehen, denn Monsieur Vidal wies anklagend auf ihn und rief, seht Ihr? Seht Ihr? Wie ich Euch gesagt habe! Er wankte auf Sorts zu.

»Guten Abend, die Herren«, grüßte dieser. Er wollte gerade nach Andreu fragen, da schlug ihm Monsieur Vidals Weinfahne ins Gesicht.

»Wie war's? Habt Ihr die Unersättliche befriedigt?« Theatralisch trat Vidal einen Schritt zurück, um die Wirkung seiner Worte zu beurteilen. »Ist es Euch gelungen, das Feuer dieses glühenden Leibes zu löschen, Monsieur?«

Wie von seinen Worten erschöpft, sank der Pianist schwer zurück auf seinen Stuhl. Ferran Sorts sah sich nach allen Seiten um und dann fragend zu Senyor Arcs. Was um Himmels willen ist denn in den Franzosen gefahren? Der scheint ja voll zu sein wie ein Faß. Wißt Ihr, wovon er spricht? Unterdessen schien der Franzose auf seinem Stuhl aus seiner Lethargie zu erwachen und sagte bedächtig, wie nach langem, sorgfältigem Nachdenken:

»Wißt Ihr, daß sie einen ganz wunderbaren Körper hat? Einmal habe ich sie zufällig nackt gesehen ... In Cremona ... Habt Ihr sie in Euren Armen gehalten? Wart Ihr gerade mit ihr im Bett?«

Sorts sah ihn pikiert an: »Wenn Ihr die Dame meint, die wir beide am Klavier begleitet haben, so laßt Euch gesagt sein, daß ich sie nicht gesehen habe, seit wir das Fest des Marquis verlassen haben. Ich bin nach Hause gegangen, um mich umzukleiden, weil ich auf Reisen gehe. Und von zu Hause bin ich auf geradem Weg hierhergekommen.«

»Verdammter Lügner. Was habt Ihr hier im Hotel zu suchen?«

»Ich warte auf einen Freund. Und ich dulde nicht ...«

»Schon gut, schon gut«, unterbrach ihn Vidal mit ausgebreiteten Armen. »Keine weiteren Erklärungen. Ich habe genug gehört. Setzt Euch. Ich lade Euch ein ...«

Sorts sah zu Senyor Arcs hinüber, zuckte die Schultern, legte das Päckchen auf den Tisch und nahm Platz.

»Wenn hier jemand einem anderen eine Erklärung schuldet, so seid Ihr es«, stellte er fest.

»Ich bin betrunken. Man sagte mir, Ihr hättet eine Oper geschrieben.«

»*Tellemaco nell'isola di Calipso*«, sagte Sorts, und ein wenig Stolz schwang in seiner Stimme mit. Alle Beleidigungen waren vergessen.

»Seht Ihr?« mischte sich Arcs ein, erleichtert über die Wendung des Gesprächs. »Fremdländische Namen.«

»Mozart hat das Italienische zugunsten des Deutschen aufgegeben.«

»Das würde ich nie tun«, erwiderte Sorts, noch immer stolzerfüllt. »Italienisch ist die Sprache der Oper.«

»Wollt Ihr etwa behaupten, Mozart habe sich geirrt?«

»Er ist nicht der einzige Komponist auf der Welt. Nehmt Le Sueur, zum Beispiel, oder Cherubini ...«

»Cherubini! Der König von Paris! Daß ich nicht lache, Monsieur Sorts! Cherubini ist Freimaurer und hat, obwohl er Italiener ist, eine Oper auf französisch geschrieben!«

»Tatsächlich?«

»*Medée*. Schauderhaft.«

Sorts schwieg und bediente sich aus der Flasche, die auf dem Tisch stand. Das volle Glas in der Hand, sah er sein Gegenüber an.

»Was habt Ihr eigentlich gegen mich, Monsieur Vidal?«

Der Pianist sah ihn an und lächelte. Der Kellner, der zuvor im Salon Tische und Stühle zurechtgerückt hatte, war verschwunden. Nur die Lampe über ihrem Tisch brannte noch. Im Vestibül hatte das Kommen und Gehen ein Ende gefunden, denn um diese Zeit lagen die rechtschaffenen Bürger längst in ihren Betten. Am Empfangstisch schlummerte friedlich, die mottenzerfressene Perücke schief auf dem Kopf, der Nachtportier. Alles im Hostal *Quatre Nacions* schlief – bis auf die drei Nachtschwärmer im Salon.

»Ich will Euch erzählen, was ich vor fast vierzig Jahren erlebt habe«, murmelte Monsieur Vidal vertraulich, ohne auf Sorts' Frage einzugehen. »Habt Ihr jemals von Monsieur Jean-Marie Leclair gehört?«

Einen Augenblick lang herrschte Stille. Arcs und Sorts waren verwirrt, der Pianist führte wieder das Glas zum Mund.

»Nein, der Name sagt mir gar nichts. Euch etwa?«

Auch Sorts schüttelte den Kopf.

»Natürlich nicht! Was hätte man auch anderes erwarten können!« Monsieur Vidal nahm einen tiefen Schluck und warf einen Blick an die Decke, als wollte er seine Herrin durchbohren. »Wißt Ihr, warum sie allein reist?«

Die anderen beiden waren verunsichert. Leclair? Die Desflors?

»Die Schlampe stellt nur steinalte Gesellschafterinnen ein und wirft sie bei der erstbesten Gelegenheit raus. Sie will nicht, daß jemand Zeuge wird, wie sie ...« Er faßte sich in den Schritt und sah Arcs und Sorts an. »Ihr versteht schon.«

Monsieur Vidal stand auf, er schwankte noch stärker als zuvor. Mit dem Glas in der Hand tat er ein paar unsichere Schritte.

»Ich war damals noch jung und feucht hinter den Ohren. Und ich war noch nicht auf so jämmerliche Tätigkeiten angewiesen wie heute ...«

»Nun, nun ...«, begann Sorts beschwichtigend, aber Vidal wollte sich nicht bemitleiden lassen, er wollte seine Geschichte loswerden.

»Zu jener Zeit studierte ich Musik.« Er hob das Glas. »O ja, die Studienzeit; o ja, die goldenen Tage, in denen ich die Geheimnisse des Lebens entdeckte … denn danach …« Er leerte sein Glas auf jene goldenen Tage, dann knallte er es so laut auf den Tisch, daß der Nachtportier im Vestibül aus dem Sessel auffuhr, sein Schnarchen für einen Augenblick unterbrach, schluckte und wieder einschlief. »Ich scheiß auf die Revolution, sie hat unser Leben ruiniert«, fuhr Monsieur Vidal fort und zeigte auf Sorts. »Das einzige, was ich gelernt habe, ist, daß das Leben öde ist. Versteht Ihr? Öde!«

»Und was wolltet Ihr uns von Monsieur … Monsieur …«, meldete sich Arcs zu Wort.

»Leclair?«

»Ja.«

»Ich habe zugesehen, wie er umgebracht wurde.« Mit einem alkoholvernebelten Blick prüfte er die Reaktion seiner Zuhörer. »Der Neid hat ihn umgebracht: Ein mittelmäßiger Musiker tat es, der nicht ertragen konnte, daß Leclair so viel Schönes geschaffen hatte …«

Er warf sich in seinen Stuhl zurück, um im dunklen Hintergrund des Salons nach mehr Wein zu verlangen, aber sein Schwung war so groß, daß er zu Boden krachte. Arcs, der sich verdrossen auf seinen Auftrag besann, dem Künstler den Abend so angenehm wie möglich zu machen, half ihm eilig, sich wieder aufzurappeln. Monsieur Vidal klopfte sich den Staub von den Kleidern, um die Würdelosigkeit dieses lächerlichen Sturzes vergessen zu machen, und nahm wieder Platz, ohne Arcs für seine Hilfe zu danken.

»Mit einem Messerstich ins Herz hat er ihn niedergestreckt.« Er deutete theatralisch auf seine Leber. »Und als er dann am Boden lag, stach ihm der Mörder in die linke Hand ...« Zur Verdeutlichung wies er nicht minder dramatisch auf seine Rechte.

»Und warum das alles?« fragte Sorts verwundert.

»Ein Ritualmord, mein Freund. Leclair war ein Violinvirtuose. Versteht Ihr? Ins Herz, weil er Musik schrieb, und in die Hand, weil er sie spielte.«

»Schön, schön«, sagte Arcs unbedacht, der sich nichts sehnlicher wünschte, als diesen Tag einigermaßen anständig hinter sich zu bringen.

»Schön?« schrie Monsieur Vidal. »Schön? Es ist phantastisch!«

»Was?« fragte Arcs verblüfft.

»Dieser unbedeutende Musiker, mein Freund, hat etwas Bedeutendes zuwege gebracht.«

»Ach ja?«

»Ja. Ein Kunstwerk. Einen künstlerischen Mord! Wahrscheinlich das einzige Kunstwerk, das er je im Leben geschaffen hat.«

Er blickte interessiert auf den Grund seines Glases, als suchte er darin nach den Antworten auf alle Fragen des Lebens.

»Ein Kunstwerk!« wiederholte er, wie um sich selbst zu überzeugen, und lachte.

»Aber ... Aber du ... dachtest du etwa ...«

Marie de l'Aube Desflors brach in Gelächter aus. Das glokkenhelle Perlen erinnerte Andreu an den Beginn der Arie Dorindas, und das kränkte ihn. Plötzlich wurde die Sängerin wieder ernst: »Nun komm, sei nicht albern.«

Andreu fühlte sich zutiefst gedemütigt. Noch immer halb nackt, betrachtete er die üppige Frau, die es offensichtlich genoß, ihren Körper bewundert zu sehen, und kam sich lächerlich vor. Er senkte den Blick. Die Desflors hielt den Moment für gekommen, ihm den Kopf zu waschen. Kalt, präzise, gnadenlos betonte sie ihre geistige Freiheit und Unabhängigkeit, oder dachtest du im Ernst, nur weil du ein paar Stunden mit mir im Bett verbracht hast, würde ich dir gehören, du Spund?

Dies alles sprudelte nur so hervor, überdies auf französisch, und so verstand Andreu nicht allzuviel, aber der Tonfall ließ keinen Zweifel zu. Es war wohl das klügste, das Donnerwetter über sich ergehen zu lassen. Und eines sage ich dir: daß dir bloß nicht einfällt, dich in mich zu verlieben! In drei Tagen werde ich nach Madrid reisen, um vor dem König zu singen.

Das hatte er verstanden.

»Und wenn ich dir nachreise?« fragte er aufs Geratewohl.

»Mon quoiquoi ...« Sie trat auf ihn zu und kniff ihn ins Kinn. Unwillkürlich mußte er wieder ihre gewaltigen Brüste bewundern. »Du bist très chouchou, mon gamin, aber ein solches Verhalten ist heutzutage völlig fehl am Platz. Such dir junge Frauen, und du wirst mich vergessen, wie ich schon dabei bin, dich zu vergessen ...«

Sie küßte ihn auf beide Wangen und flüsterte ihm ein Dankeschön für die gemeinsamen Stunden ins Ohr. Keiner von beiden dachte an Andreus Medaillon, das unter den Kleidern der Sängerin auf dem Stuhl lag. Hätte Andreu auch nur eine Sekunde an Teresa gedacht, wäre es ihm vielleicht eingefallen.

»Madame.« Andreu verbeugte sich, dann sagte er leise: »À jamais.« Er küßte ihre Hand, und sie bedeckte instinktiv ihre Brust. Noch bevor sie etwas sagen konnte, war der aufgewühlte Andreu zur Tür hinaus. Ohne zu wissen, wie er dahin gelangt war, fand er sich plötzlich im stillen, dunklen Treppenhaus des Hostal wieder. Als er im Vestibül ankam, begannen die Tränen zu fließen, und so achtete er weder auf den schlafenden Nachtportier noch auf den Lichtschein, der zeigte, daß im Salon noch Leute saßen, die den Weg ins Bett nicht fanden. Andreu dachte nur darüber nach, ob es sich überhaupt lohne, seinen Freund zu treffen. Was als Scherz begonnen hatte, endete in Tränen, und er hatte nicht die geringste Lust auf Bemerkungen wie: Na, Andreu, wie war's? Ist sie wild? Zurückhaltend? Na los, erzähl schon ... Und er würde antworten müssen, ich weiß nicht, Nando, ich habe mich zum Narren gemacht. Ich habe ihr gesagt, ich hätte mich in sie verliebt, und sie hat mich ausgelacht. Und Nando würde fragen: Aber hast du dich denn wirklich verliebt? Ach was ... Und dann würde er ein Lachen anstimmen, das Andreu nur allzugut kannte und jetzt gerade nicht hören wollte. Und er würde genauer erklären müssen: Ich weiß es nicht, Nando ... Ich habe etwas gefühlt, tief in mir drin ... Sie singt so wunderbar ... Und dann würde er nicht mehr darüber reden wollen, aber Sorts würde nicht lockerlassen: Daß sie gut singt, weiß ich, Andreu, ich wollte wissen, ob sie auch gut im Bett ist. Und er würde erwidern müssen, sie ist phantastisch, Nando.

Die Rambla lag im Dunkeln, und Andreu, der sich mit seinem Freund vor dem *Quatre Nacions* verabredet hatte, vertrat sich ein wenig die Beine. Natürlich tappte er mitten in eine Schlammpfütze und fluchte, und kein Nando weit und breit. Wenn er glaubt, er könne nach Málaga verschwinden, ohne sich von mir zu verabschieden, hat er sich geschnitten. Weiter oben auf der Rambla, am Tor von Portaferrissa, verbreiteten ein paar Fackeln ein wenig Helligkeit. Andreu ging darauf zu, vom Licht angezogen wie ein Nachtfalter und in der Hoffnung, vielleicht seinen Freund zu treffen, dessen Haus in dieser Richtung lag. Mitten auf der dunklen Straße hielt er plötzlich inne. Warum nur mußte er sich in jede Frau verlieben, die ihm über den Weg lief? Er stellte sich das Gesicht seines Freundes vor, der ihm über diese kritischen Augenblicke hinwegzuhelfen pflegte, indem er ihm die Mängel der jeweiligen Dame aufzählte, bis sie beide lachen mußten. Ach komm, Andreu, die Desflors hat doch keine Brüste. Und er würde entgegnen: Keine Brüste? Und Nando: Überhaupt keine, Andreu, die Desflors hat zwei Fesselballons. Das wäre ein Spaß. Aber Nando war nicht da, um ihn aufzuheitern. Er setzte sich wieder in Bewegung Richtung Tor von Portaferrissa. Und plötzlich verstand er, daß er sich weder in die Brüste der Desflors verliebt hatte noch in den Körper, der noch vor kurzem mit ihm verschmolzen war. Auch nicht in ihr exotisches, betörendes Parfüm. Es war ihre Stimme gewesen. Er hatte sich in sie verliebt – das wurde ihm jetzt klar –, als er sie in ihrer prächtigen Robe im Haus des Marquis hatte singen hören. Andreu nahm einen Stein und schleuderte ihn wütend die Rambla hinab ins Dunkel. Also hatte er Dummkopf sich von ein paar Stimmbändern und einem Lufthauch den Kopf verdrehen lassen ... Er riß die Augen auf, die Kälte war vergessen: Das Bild gefiel ihm. Er hatte sich in die Luft verliebt! Diese Entdeckung verdiente ein Sonett. An der Ecke zum Carrer Portaferrissa kam ihm in den Sinn, daß er sich in das Ätherischste, Flüchtigste, Hauchzarteste aller Dinge verliebt hatte, in das Edelste, Lyrischste, das einer Dichterseele wie ihm begegnen konnte ... Der Verdacht, daß er sich weder in die Desflors noch in ihre Stimmbänder oder in die Luft verliebt hatte, kam ihm nicht. Andreu hatte sich in seine eigene Metapher verliebt.

Im Salon des *Quatre Nacions* war Maître Vidal inzwischen volltrunken und Senyor Arcs am Ende seiner Geduld. Und während der Pianist leise die Arie des Papageno vor sich hin lallte, stand er auf und sagte: »Mir reicht's, Senyor Sorts. Ich persönlich«, er deutete sich auf die Brust, »wurde von Senyor Banyuls beauftragt, den Künstlern Gesellschaft zu leisten …«

»Papa, papa, papa! Papageno …«

»… den Künstlern Gesellschaft zu leisten, und nun stellt sich heraus, daß die Dame ganz ungeniert mit Eurem Freund ins Bett geht und dieser Herr hier sich vor unseren Augen betrinkt …«

»Pa-pa-pa-pa-pa-pa-pa!«

»Was denkt sich Banyuls? Daß ich hier die ganze Nacht das Kindermädchen spiele?«

»Papa, papa, papa, papageno.«

»Schluß, aus, vorbei.«

Sorts stand auf, ein wenig verdrossen, weil Andreu so gar nicht von der Desflors loskam, obwohl er ihm versprochen hatte, um Mitternacht machen wir unseren letzten Spaziergang auf der Rambla, ja, Nando?

»Wann brecht Ihr auf, Senyor Sorts?«

»Bei Tagesanbruch.«

»Papa, papa! Pa-pa-ge-no.«

»Werdet Ihr vorher gar nicht mehr schlafen?«

»Ich werde auf der Reise ein wenig vor mich hin dösen.« Er warf einen Blick auf den singenden Pianisten und sagte leise: »Nutzt die Gelegenheit und verschwindet. Wenn Andreu herunterkommt, werden wir beide ihn schon ins Bett bringen.«

Senyor Arcs zog seine Uhr aus der Westentasche, zuckte die Schultern und ging zur Garderobe, um seinen Mantel zu holen. Kein Kellner kam hinter den Topfpflanzen hervor wie tagsüber. Im *Quatre Nacions* schlief nach Mitternacht sogar der Nachtportier.

»Nun, dann danke ich Euch recht herzlich, Senyor Sorts. Ich wünsche Euch eine gute Reise und einen angenehmen Aufenthalt in Málaga.«

»Papageno.«

Sie verabschiedeten sich mit einem Händedruck, dann verschwand Senyor Arcs eilig in der Nacht, erleichtert darüber, die Bürde von Monsieur Papageno und der Schlampe von Desflors so einfach losgeworden zu sein, meine Güte, was für ein Pack! Wäre Senyor Arcs nicht kurzsichtig gewesen, hätte er in dem jungen Mann, der in diesem Augenblick in eine Schlammpfütze trat, »Mist« sagte und aus dem schwachen Lichtkreis des Hostal verschwand, Andreu erkannt. Wenn er ihn denn überhaupt kannte. Aber so sah er ihn nicht einmal.

»Papageno.«

In dieser ungemütlichen Novembernacht von Sankt Martin, die auf den ersten trockenen Tag nach einer verregneten Woche folgte, war Barcelona in dichten Nebel gehüllt. Die Postkutschen und Reisenden, die gehofft hatten, im schwachen Schein des abnehmenden Mondes aufbrechen zu können, standen im Dunkeln. Und als der Nebel schließlich die ganze Stadt erobert hatte, vom Estudi General bis zum Hort de Sant Francesc, vom Theater an der Plaça del Blat bis über Bòria hinaus, vom Palast der Vizekönigin zum Carrer Argenteria und hin zur Kirche von Santa Maria del Mar und dem Pla de Palau; als die wenigen brennenden Fackeln völlig nutzlos geworden waren; als die Matrosen, die im Hafen Bordwache hielten, umgeben vom leisen Plätschern der Wellen gegen den Schiffsrumpf, im Nebel vor Kälte zitterten; als die Postkutsche nach Madrid vollgeladen war, der Kutscher die Reisenden weckte und die Pferde sich aufbäumten vor Ungeduld, endlich zur Creu Coberta aufzubrechen; als der aus dem Nebel sich erhebende Montjuïc gleichgültig auf das watteweiche Laken zu seinen Füßen herabblickte ... da schlug die Vicenta, die Glocke der Kirche von Santa Maria del Pi, die dritte Stunde, so daß eine Katze, die gerade über das Dach des Fivaller-Palasts schlich, zusammenschrak. Im dichten Nebel klangen die Schläge der Vicenta gedämpft und geheimnisvoll, unheilverkündend. Wie ein Echo ließ sich die Tomasa von der Kathedrale vernehmen, gefolgt von der Agustina von Sant Sever und der leiseren Pastoreta von Sant Just i Pastor. Und mit genau zwei Minuten Verspätung verkündete zuletzt auch die Glocke von Santa Mònica bei der Kaserne, was alle Katzen auf den Dächern längst wußten. Im Carrer Ample war Ruhe eingekehrt, die Kutschen selbst der allerletzten, hartnäckigsten Gäste waren abgefahren, und die Fassade des Palasts des Marquis von Dosrius war in Dunkelheit gehüllt ... Vier Straßenecken weiter, in der weniger glanzvollen Behausung der Massós, lag Sa Senyoria mit weit geöffneten Augen im Bett, reglos, um Donya Marianna nicht zu wecken, und sah unablässig Donya Gaietanas gezwungenes, distanziertes Lächeln vor sich und den schmerzerfüllten, verständnislosen Blick der armen Elvira, o Gott, welche Qual.

»Nando! Wo hast du gesteckt?«

»Na hör mal, Andreu! Du warst doch verschwunden!«

Ferran Sorts war unruhig. Eben hatte es drei geschlagen, und schon hundert Schritt von der Kaserne entfernt war zu hören, daß dort zum Aufbruch gerüstet wurde.

»Ich bin spät dran, Andreu.«

»Heute wirst du nicht zum Schlafen kommen.«

»Und wenn schon. Ich kann im Sattel dösen. Aber es tut mir leid, daß aus unserem letzten Spaziergang auf der Rambla nichts geworden ist.«

»Das macht nichts, Nando. Wenn du wieder da bist, holen wir ihn nach.«

»Und nun erzähl: Wie ist es dir mit der Nachtigall von Orléans ergangen? Weißt du, daß die Desflors, während ich im Hostal auf dich gewartet habe, in all ihrer Pracht in den Salon gerauscht kam?«

»Wirklich? ... Vielleicht hat sie mich gesucht?«

»Nein, sie war aus irgendeinem Grund wütend auf ihr Dienstmädchen, anscheinend brannte eine Lampe nicht. Aber nun berichte endlich über dein Abenteuer mit der Desflors!«

Meine Güte, wie sollte er seinem Freund in knapp fünf Minuten erklären, daß er sich in eine Stimme verliebt hatte, daß er sich einem Körper hingegeben hatte, daß er sich unsagbar lächerlich gemacht hatte, indem er um ihre Hand anhielt, daß er sich eben eingebildet hatte, nur weil er mit ihr geschlafen hatte ... und daß er beschämt hatte flüchten müssen?

»Es war wunderbar, Nando«, faßte er zusammen. »Aber weißt du was? Ich werde dir alles schreiben.«

»Du immer mit deinen verrückten Ideen ... Hier.« Er gab ihm ein Papier, das er aus der Tasche seines Militärrocks gezogen hatte. »Während ich im Hostal in Gesellschaft eines Trunkenbolds auf dich gewartet habe, habe ich dies hier geschrieben.«

»Was ist das?«

»Ich habe deinen *Tod der Nachtigall* vertont. Du kannst deinen Vater bitten, es dir vorzuspielen.«

»Danke, Nando. Das ist ein schönes Andenken ... Weißt du, daß du in Uniform eine gute Figur machst?«

Die Freunde lachten übertrieben laut, um sich nicht anmerken zu lassen, daß ihnen zum Heulen zumute war, und umarmten einander in der Dunkelheit.

»Du bist ein Narr, daß du zur Armee gehst. Goethe würde dir das nie verzeihen.«

»Gegen die Familientradition kommt man nicht an. Aber ich bin bald zurück, und dann ist alles vergessen. Schließlich tue ich es aus Abenteuerlust, und das ist eine edle Regung.«

»Du wirst die Premiere von Galuppi verpassen.«

»Du kannst mir ja davon berichten, wenn ich wieder da bin. Und ich bin fest entschlossen, mit einer eigenen Oper zurückzukommen.«

»Dein Wort in Gottes Ohr. Aber wir hatten doch ausgemacht, daß ich das Libretto dazu schreibe ...«

»Das schickst du mir einfach per Post. Oder du entschließt dich, doch noch mitzukommen.«

»Ich und zur Armee? Nie im Leben. Da ist es wie im Gefängnis.« Sorts lachte und streckte ihm das Päckchen hin, das er den ganzen Abend mit sich herumgeschleppt hatte. »Diese Dokumente gehören dem Vicomte Rocabruna. Kennst du ihn?«

»Nein.«

»Macht nichts. Ich habe ihm versprochen, sie Rechtsanwalt Terradelles zukommen zu lassen. Du weißt doch, wen ich meine, oder?«

»Nein.«

»Na, großartig. Ich weiß nicht, wie du das fertigbringst, niemanden zu kennen.«

»Ich bin der große Einsame von Barcelona.« Andreu lachte. »Immerhin kenne ich dich.«

»Ja. Paß auf: Dieser Terradelles lebt im Carrer Cucurulla. Wirst du ihm die Papiere bringen? Ich hatte gedacht, ihn heute beim Konzert zu treffen.«

»Einverstanden.«

»Wirst du auch daran denken?«

»Morgen kümmere ich mich darum, versprochen. Weißt du, wie Andreu auf französisch heißt?«

»Wie?«

»Quaqua.«

»Du bist mir ein rechter Quaqua, Andreu. Ich hätte euch zu gerne durchs Schlüsselloch zugesehen.«

Wieder lachten sie und umarmten sich. Ihr Atem stieg im Licht der Fackeln vor der Kaserne als Wölkchen auf und vermischte sich mit dem Nebel.

»Oje, es ist spät.«

Ferran Sorts ging davon, ohne sich noch einmal umzusehen; der Abschied kam ihn hart an. Es fiel ihm schwerer, seinen Freund, die Konzerte und die Straßen zurückzulassen als seine Familie. Und doch dachte er keinen Augenblick daran, seinen Entschluß rückgängig zu machen; wenn man jung ist, hat man das Recht, ein wenig gedankenlos durchs Leben zu gehen, und Sehnsucht ist ein schönes Gefühl. Andreu sah ihm nach, bis seine Gestalt im Nebel verschwamm. Dann seufzte er und wandte sich rasch ab, entschlossen, es mit dem Nebel und der Dunkelheit aufzunehmen, bevor ihm ungewollt die Tränen kamen.

»Ich schreibe dir oft, Andreu!« glaubte er noch undeutlich zu vernehmen. Er mußte lächeln, denn er wußte, daß Nando entsetzlich schreibfaul war.

Auf der anderen Seite der Rambla, im Carrer Ample, schlief Don Rafel endlich ein, erschöpft von der anstrengenden

Schlaflosigkeit. Zwei, drei verworrene Träume suchten ihn heim. Ein weiterer Morgen mit Augenringen war ihm gewiß.

Acht Tage bevor Nando Sorts mit dem unguten Gefühl die Kaserne betrat, daß es vielleicht doch eine ziemlich dumme Idee war, sich als Offizier Seiner Majestät zu verdingen; acht Tage bevor Andreu, von den Fährnissen des Lebens verwirrt, wie es sich für einen schwärmerischen Dichter gehörte, den Nachhauseweg antrat; acht Tage bevor in Don Rafels Phantasie die Bilder der beiden Frauen, von denen er besessen war, ineinanderflossen und schließlich verschwammen, weil ein unruhiger Schlaf ihn übermannte; in dem Augenblick, in dem sich die Postkutsche von Madrid unter Geschrei, Ächzen, Wiehern und dem Rattern der Räder auf den Weg machte, am Tag nach Allerseelen gegen vier Uhr in der Früh, saß Ciset von Cal Peric im gott- und menschenverlassenen Dorf Mura, drei beschwerliche Tagesreisen von Barcelona entfernt, auf der Bettkante und weinte. Zum ersten Mal war er allein, nachdem er dreißig Jahre lang das Bett mit der armen Remei geteilt hatte, und wenn so eine Gewohnheit dir einmal in Fleisch und Blut übergegangen ist, dann ist sie stärker als du, und du denkst, daß du ohne die arme Frau nicht leben und nicht schlafen kannst. Es war seine Totennacht, und Ciset weinte und hustete; seit Tagen schon schlug ihm der Husten die scharfen Krallen in die Lunge, und nun kam noch sein Kummer hinzu. Nie hatte er geglaubt, Remei so sehr zu lieben; vielleicht hatte er sie auch gar nicht so sehr geliebt, sondern vermißte sie bloß. Nie also hätte er gedacht, daß er sie so sehr vermissen würde. Er zog die Decke noch enger um sich; es war kalt, und draußen goß es in Strömen. Ciset sah ins schwache Licht der Kerze, die er soeben angezündet hatte. Ihn fröstelte. Ein Hustenanfall und ein Stich in der Lunge, hier rechts, das mit dem

Husten hat angefangen, als wir in Cal Peric eingezogen sind, o mein Gott, wenn wir das doch nie getan hätten, und alles nur wegen dieses widerlichen pflatschenden Geräuschs, das er immer noch im Kopf hatte. Und nun war Remei tot, obwohl sie doch kerngesund gewesen war. Noch am Samstag hatte sie ihm gesagt, daß er sich schonen müsse mit diesem Husten, wir sollten einen Doktor rufen, Ciset, und dich mal richtig untersuchen lassen. Und er hatte ihr, immer wieder vom Husten unterbrochen, entgegnet, wen willst du denn holen außer dem Viehdoktor, Remei, hier gibt es weit und breit keinen Arzt, verflucht sei die Stunde, in der wir hierherkamen, und Remei hatte geschwiegen und den Blick gesenkt, wie immer, wenn Ciset den schwarzen Tag verdammte, der sie in diesen verlassenen Winkel geführt hatte ... Am Samstag nämlich war Remei noch gesund und munter gewesen. Sie hatte einen Eintopf gekocht, hatte wie immer zuviel Kohl hineingetan, und dann hatte er gehört, wie sie mit Galana über die Hühner sprach, während er das trockene Wetter nutzte, um die ersten Rosensträucher zu beschneiden, die selbst so spät im Jahr noch die eine oder andere zaghafte Blüte hervorbrachten. Was für ein Geschenk Gottes waren doch diese Rosensträucher, wenn bloß nicht geschehen wäre, was nun mal geschehen war. Und am Nachmittag, als Galana gegangen war, saß sie eine Zeitlang am Kamin und nähte, und er saß bei ihr und hustete. Da hatte sie das mit dem Arzt gesagt und war noch ganz lebendig gewesen. Und jetzt, am Tag nach Allerseelen, lag sie schon unter der Erde. Remei war vor seinen Augen gestorben, auf dem Waschplatz vor dem Haus, als er, hustend zwar, doch voller Stolz, das Pfropfreis der Banks-Rosen betrachtete, das, wenn die Kälte erst mal vorbei war, eine neue Sorte hervorbringen würde ... Am Sonntag war Remei gestorben, als sie gerade aus dem verlassen hatte. Die Desflors hatte wie ein Rohrspatz auf Maître Vidal und ihre Zofe geschimpft, dieses unverschämte Ding bildet sich wohl ein, auch die Dienstboten dürften jetzt Revolution spielen. Dann hatte sie Sorts zwei weitere Küsse verpaßt und war die Treppe hinauf entschwunden. Niemals wäre Sorts auf die Idee gekommen, dies könnten die letzten beiden Küsse im Leben der Desflors sein, und auch Meister Perramon hatte von alldem keine Ahnung. Aber am frühen Morgen dieses zwanzigsten November, als der zähe Nebel noch immer an den feuchten Hauswänden hinaufkroch, ging er zur Poststation im Carrer de Bòria und beauftragte einen Boten, den Militärkonvoi einzuholen, der zu dieser Zeit schon kurz vor Saragossa stehen mußte. Dort sollte er Senyor Ferran Sorts den Brief aushändigen, den Teresa und er in der Nacht zuvor voller Verzweiflung nach tagelangem vergeblichem Warten vor dem Gerichtsgebäude geschrieben hatten, und umgehend zurückkehren. Nando war der einzige, der einigermaßen ungezwungen in der Welt jener einflußreichen Leute verkehrte, die Andreu würden retten können, sie bringen ihn an den Galgen, Nando, komm zurück, um Gottes willen, rede mit den Militärs, die Du kennst, die bringen ihn um, Nando, und ich weiß nicht mehr, was ich tun soll, ich armer alter Mann. Ich hoffe, dieser Brief erreicht Dich in zwei Tagen in Saragossa.

»Nun, das tut mir sehr leid, aber ich sehe nicht, was ich für Euch tun könnte.«

Hochwürden Prats nahm die Brille ab und setzte sie wieder auf. Ihm war entsetzlich unbehaglich zumute angesichts des verzweifelten Mannes, der sich an ihn gewandt hatte, damit er seinen Sohn rette – als ob er irgend etwas ausrichten könnte. Er räusperte sich, dann sagte er ausweichend:

Haus trat wie jeden Sonntag, um ihm zu sagen, daß es Zeit für die Messe war. Sie kam aus dem Haus, die Arme, ich fürchte, ich habe sie nicht genug geliebt zu Lebzeiten, und hat zu mir gesagt, Ciset, ich glaube, es ist Zeit für. Und dann war sie still, und ich habe mich umgedreht, und da stand sie, mit dem Meßbuch in der Hand, und war wohl schon tot, stand aber immer noch aufrecht. Und dann sah Ciset, wie sie zusammenbrach, still und sacht zu Boden sank wie ein Bündel Kleider, und sagte »Remei«, und dann lief er hustend zu ihr hin, voller Angst, und rief »Galana! Galana!«. Und nun liegt sie schon unter der Erde. Nie hätte Ciset gedacht, daß er ihren Tod so sehr beweinen würde. Er weinte, dann hustete er. Als der Husten verhallt war, hörte er wieder den Regen aufs Dach und auf das Pflaster des Waschplatzes dieses verlassenen Hauses trommeln, und da verstand er, daß diese erste einsame Nacht sehr lang werden würde. Die neue Kerze vergoß noch keine Wachstränen. Der Tag nach Allerseelen, und es regnete in Mura und überall in den Bergen, war kalt und feucht in der Ebene von Feixes und neblig in Barcelona in jener Herbstnacht des Jahres siebzehnhundertneunundneunzig, dem zwölften Regierungsjahr Don Carlos' IV., den Gott verdamme oder behüte, je nachdem, wie man's sah. Pflatsch.

II

Hier rief die Vicenta mit dröhnender Stimme die Gläubigen zum Gebet, dort die Nelson; dazu gesellten sich die Ricarda, die Pastoreta – die kleine von Sant Just –, die Agustina von Sant Sever, die einen Sprung hatte, die Tomasa von der Kathedrale, die Pasquala von den Felipons und zuletzt, mit zwei Minuten Verspätung, die kleine Glocke von Santa Mònica – in stolzer Einsamkeit hoch oben auf ihren Kirchtürmen und ungerührt vom Leben und den Dramen der Menschen da unten. Ihre eindringlichen Rufe drangen auch in den Carrer Ample, durch die geschlossenen Balkontüren und die Fenster des Palasts von Don Rafel Massó i Pujades, Gerichtspräsident von Barcelona. Die Bezeichnung »Palast« war vielleicht ein wenig hochtrabend, aber das Gebäude hieß nun mal so, und das konnte Sa Senyoria nur recht sein, denn *nomen est omen*. Und da alle Häuser der Straße zur Linken und zur Rechten Paläste waren, war eben auch Don Rafels Haus ein Palast.

Mit Mantille und dickem Gebetbuch bewehrt, stieg Donya Marianna umständlich über Turc hinweg, der, vom vielen Schlafen ermüdet, schlafend im Weg lag. Als sie am Frühstückszimmer vorbeikam, verkündete sie ihrem Gatten, der gerade in ein in Schokolade getauchtes Löffelbiskuit biß: »Ich gehe zur Messe.« Ihr leicht vorwurfsvoller Ton besagte, ich möchte bloß wissen, wann du dich endlich dazu aufraffst, die Erlaubnis zum Lesen der Messe in unserer Hauskapelle zu beantragen, seit Jahren bitte ich dich schon darum. Don Rafel, der den Mund voll hatte, antwortete nur hmmmm, was soviel heißen sollte wie: Scher dich zum Teufel, Marianna. Kaum war sie verschwunden, läutete er Hipòlit, damit er ihm mehr Biskuits bringe.

»Und noch ein wenig Schokolade, Hipòlit.«

»Es ist keine mehr da, Senyoria.«

»Was soll das heißen: Es ist keine mehr da?«

»Die Herrin hat uns aufgetragen, nicht soviel Schokolade zuzubereiten, Senyoria.«

»Und warum?« schrie Don Rafel wütend.

»Weil ...« Der alte Hipòlit, der in sechzehn Jahren ergebenen Dienstes im Hause Massó zehn Uniformen verschlissen und vier Perücken aufgetragen hatte, rang nach Worten. »Weil, nun ja ...«

»Schon gut, Hipòlit. Ich habe verstanden.«

Don Rafel bedeutete dem Kammerdiener, sich zu entfernen. Wie immer, wenn ihn etwas verdroß, trat ihm der Schweiß auf die Glatze. Er zog sein seidenes Schnupftuch hervor und wischte sich über den Schädel; anstatt ständig zur Messe zu rennen und Buße zu tun, sollte dieses Weib lieber meine Schokoladenration verdoppeln.

»Senyoria ...«, setzte Hipòlit an. Dann ging er hinaus. Das erinnerte Don Rafel daran, welche Mühe es ihn gekostet hatte, Hipòlit diese Anrede beizubringen. »Don Rafel«, hatte der Diener gesagt, und er hatte verbessert: »Senyoria«, und Hipòlit hatte gefragt: »Was ist, Don Rafel?«, und er hatte wiederholt: »Senyoria.« Hipòlit hatte gesagt: »Ah, Senyoria! Sehr wohl, Senyoria Don Rafel«, und er, »Nein, nur Senyoria, verstehst du?«, und Hipòlit, »Ja, Don Rafel«, und er, »Senyoria«, und Hipòlit hatte gesagt: »Senyoria«, und er hatte zur Bekräftigung wiederholt: »Senyoria.« Hipòlit hatte ihm nachgesprochen: »Senyoria«, und er, »So ist's richtig. Und jetzt bringst du es der übrigen Dienerschaft bei.« Und Hipòlit hatte gesagt: »Sehr wohl, Don Rafel«, und er,

»Hipòlit!«, und Hipòlit, »Ja, Don Rafel?«, und er, »Das ist ja zum Aus-der-Haut-fahren!«, und Hipòlit, »Ich meinte natürlich, Senyoria«. Und er hatte gesagt: »Nun kannst du gehen«, und Hipòlit hatte geantwortet: »Sehr wohl, Don Rafel, ich meine, Senyoria.« Über eine Woche hatte es gedauert, bis die Diener gelernt hatten, ihn ganz selbstverständlich »Senyoria« zu nennen, obwohl auch Donya Marianna sehr auf die korrekte Anrede achtete; schließlich war sie überglücklich darüber, daß ihr Gatte nun zum Gerichtspräsidenten ernannt war und viermal soviel verdiente wie zuvor oder das doch zumindest in Aussicht gestellt bekommen hatte. Anfangs sagte sie zu den Dienern: »Hipòlit, sag mir Bescheid, wenn der Herr Senyoria kommt«, bis Don Rafel das einmal mitbekam und ihr vorhielt: »Aber Marianna, du redest ja wie eine Bäuerin aus Sarrià, was soll denn die Militärgouverneurin denken, wenn sie dich so hört!« Sie hatte gefragt: »Wie soll ich denn sonst sagen?«, und er: »Na, ›gleich wird der Herr kommen‹«, und sie, »Aber du hast doch gesagt, wir sollen dich Senyoria nennen«, und er hatte mit Engelsgeduld – in solchen Situationen war Don Rafel ein wahrer Heiliger – erklärt: »Paß auf, Marianna: Senyoria müssen sie mich nennen, wenn sie mich ansprechen, wenn sie zum Beispiel zu mir sagen« – mit verstellter Stimme – »›Hattet Ihr eine angenehme Reise, Senyoria?‹ oder ›Ja, Senyoria‹ und ›Nein, Senyo-ria‹, verstehst du?« Und sie, »Ja, Senyoria«, und er, »Um Himmels willen, du doch nicht, Marianna! Aber Achtung!« – er hob den Finger, denn was jetzt kam, war wichtig – »Wenn ich der König wäre, ja?, also, wenn ich der König wäre, müßtest du mich Eure Majestät nennen …« Aber Don Rafel Massó war nicht der König, sondern nur ein treuer Untertan Seiner Majestät, dessen Schokoladentasse leer war, weil seine Frau meinte, den Arzt spielen zu müssen, und entschieden hatte, daß Schokolade ihm auf die Leber schlug. Und während Sa Senyoria noch diesen Überlegungen nachhing und mit dem letzten Biskuit die Schokoladenreste von den Tassenwänden kratzte, trat Rovira ein, ohne anzuklopfen, gefolgt von Hipòlit, der offenbar so bestürzt war, daß er nicht einmal sagte, gestatten, Senyoria.

»Darf man fragen, was das soll, Rovira?«

Don Rafels Biskuit verharrte auf halber Höhe.

»Es ist nur, weil …«, stieß der Sekretär mit weit aufgerissenen Augen hervor. »Senyoria, ich komme soeben von der Straße, und da … also, die Leute sagen, Senyoria …«

»Was sagen die Leute, verdammt noch mal?«

»Daß die französische Sängerin ermordet worden ist, Senyoria.«

Angesichts der Bedeutung dieser Nachricht brach das Biskuit in der Mitte entzwei, und die in Schokolade getauchte Hälfte landete auf Don Rafels Hose.

»Würdest du das bitte wiederholen?«

Der Gerichtspräsident stand auf, ohne den Fleck zu beachten. Der Sekretär war inzwischen zu Atem gekommen.

»Die französische Sängerin, Senyoria. Diese Nachtigall von was weiß ich. Sie ist ermordet worden. Es scheint, jemand hat sie mit dem Messer in Stücke geschnitten und überall verteilt, Senyoria. Einfach gräßlich, sagen die Leute.«

Hipòlit kniete vor seinem Herrn und wischte verzweifelt mit einem feuchten Tuch an dem mißlichen Fleck herum.

»Laß mich doch in Ruhe!« rief Don Rafel wütend. Die Leute reden von Mord, und Hipòlit macht sich Sorgen wegen eines Flecks. Meine Güte!

»Die Leute sagen, die arme Frau …«

Aber Sa Senyoria war schon im Gang, mit wild klopfendem Herzen, von Erinnerungen bestürmt. Nicht einen

Augenblick lang dachte er, was für ein Jammer, nie wieder werde ich diese Engelsstimme hören können. Und auch die Fragen, die er von Berufs wegen bei einem solchen Todesfall hätte stellen müssen, kamen ihm nicht in den Sinn: wer, wie, wann, wo, warum, *cui prodest*, gibt es Zeugen? Waffen? Ja, vor allem, welche Waffe? Und Verdächtige. Alle Verdächtigen. Sein einziger Gedanke war, o mein Gott, eine tote Frau, eine tote Frau, und er wiederholte es unablässig, während er den Flur entlanglief und der Schweiß ihm an Glatze, Handflächen und Seele ausbrach. Er dachte nicht an Motive, Beweise, Indizien, denn obwohl er dem Königlichen Gericht vorstand, hatte er den Tod stets verabscheut und tunlichst seinen Untergebenen überlassen.

»In Stücke gehackt, Senyoria«, wiederholte Rovira, der ihm auf den Fersen folgte. »Der Herr Staatsanwalt erwartet Euch unten.«

»Don Manuel?«

»Ja, Senyoria.«

Er bemühte sich, sich seine Gereiztheit nicht anmerken zu lassen. Alle Welt war auf den Beinen, während er herumgesessen und Schokolade gefrühstückt hatte. Wenn Don Rafel eines fürchtete außer der Geschichte mit Elvira, dann war es das: nicht darüber informiert zu sein, was die anderen trieben. Es war aber auch zu dumm, gerade jetzt war in der Stadt alles ruhig gewesen ... Kopfschüttelnd zog er sich vor dem großen Spiegel in der Eingangshalle den Rock über, dachte an die beiden Frauen, die ihm das Frühstück verdorben hatten, seine Frau und die Desflors, und haßte beide. Mit düsterem Blick überprüfte er, ob alles richtig saß, während Hipòlit mit professioneller Sorge den Fleck auf der Hose betrachtete, und stieß plötzlich einen Schreckensruf aus: In seiner Aufregung wäre er doch tatsächlich beinahe entblößt auf die Straße gelaufen! »Hipòlit! Die Perücke, rasch!«

Auf der Rambla hatte sich vor dem Eingang zum Hostal *Quatre Nacions* ein Grüppchen Schaulustiger versammelt, betrachtete die Fassade des Gebäudes und philosophierte. In der Aufregung über die Nachrichten achtete niemand darauf, daß der kriechende Nebel in die Knochen drang, auch wenn der Regen kurz zuvor aufgehört hatte, und man knöcheltief im Schlamm watete, in den die feuchte Witterung der letzten Tage die Straßen verwandelt hatte. Und wenn schon. Schließlich hatte man gehört, daß A gehört hatte, er habe von B gehört, und nun wartete man begierig auf Neuigkeiten oder neue Versionen der Neuigkeiten. Auf jeden Fall wußten alle, daß sie gehört hatten, es werde erzählt, daß die Französin, diese Sängerin – ach ja, eine französische Sängerin? Ja, also daß die zerstückelt worden ist. Na so was! Ja doch! Was du nicht sagst! Und wo? Hier. Hier? Ja, im Hostal. Donnerwetter! Und was hatte sie hier zu suchen, die Französin? Na, was wohl – gesungen hat sie. Ah ja. Hier im Hostal? Was sagt die Frau da? Anscheinend ist hier eine singende Französin zerstückelt worden. Da brat mir einer einen Storch! Und woher weißt du das, Mariona? Jeroni hat es mir erzählt, der arbeitet im Hostal. Ach so, im Hostal ist das passiert? Ja. Das will ich sehen. Vergiß es, die lassen dich sowieso nicht rein, siehst du die Soldaten nicht? Na so was. Zerstückelt? So richtig kleingehackt? Glaub ich nicht! Doch, ich schwör's! Was erzählt die Frau da? Jemand hat eine singende Spanierin in Stücke gehackt. Französin! Ja, Französin, meinte ich doch. O Gott, o Gott. Und wer? Keine Ahnung. Jetzt waren es schon sechzehn, zwanzig, fünfundzwanzig, die eine Lungenentzündung in Kauf nahmen, um ihre Meinung kundzutun, ohne wirklich etwas Neues zum Gespräch beizutragen außer Details wie: Also, wenn sie wirklich zerstückelt worden ist, möchte ich nicht diejenige sein, die saubermacht. Ich habe gehört, der Mörder ist entkommen. Was weißt du schon! Ich habe gehört, es waren zwei und man hat sie erwischt. Zwei Matrosen. Nein, es waren Diebe, ist doch klar, so eine ausländische Sängerin hat bestimmt einen Haufen Geld dabei. Aber nein: Es waren Matrosen. Jesses Maria! Da sieht man's, was er ihr genutzt hat, ihr Haufen Geld. Ja, so ist das: Wem die Stunde schlägt ... Tja, meine Liebe, wen's erwischt, den erwischt's. Also, ich gehe. Wohin? Auf den Markt, zur Boqueria. Wart noch ein bißchen, dann komme ich mit. Wer hat denn gesagt, daß sie ausgeraubt worden ist? Ich. Ach, und stimmt das auch? Natürlich, sonst würd ich's ja nicht sagen. Zwei Matrosen aus Mallorca. Was sind das nur für Zeiten, mein Gott, jetzt kann man nachts nicht mal mehr auf die Straße gehen! Na ja, aber die hier ist ja drinnen ermordet worden. Um so schlimmer! Nirgendwo ist man mehr sicher. Recht hast du. Als ich klein war, konnte man durch die ganze Stadt gehen ... Das ist nur, weil sie die Stadtmauern einreißen. Ach was! Gesindel haben wir hier auch so genug! Eine Französin war sie, hast du gesagt? Wer? Na, die Frau, die zerstückelt worden ist. Was? Eine Frau ist zerstückelt worden? Wo? Nun waren es schon über dreißig Alleswisser, die auf der Rambla vor dem Hostal dem Wetter trotzten, und die Mörder waren drei Matrosen von der *Indomable*. Nein, richtig zerstückelt worden ist sie nicht. Also, Eulàlia sagt ... Welche Eulàlia? Na, die von den Pocs. Ach die! Sieh mal, da ist sie ja! He, Eulàlia, was sagst du denn zu diesem Unglück? Ich hab nur gesagt, daß sie nicht zerstückelt worden ist. Na also, was erzählen diese Weiber hier denn für einen Unsinn! Zerstückelt, also wirklich ... Was die

Leute so reden! Und was ist nun wirklich passiert? Sie haben ihr bloß Arme und Beine abgeschnitten. Und den Kopf, hab ich gehört. Ja, das stimmt: den Kopf auch. Na, wenn das nicht zerstückelt ist, meine Liebe, dann weiß ich nicht ... Während sie noch darüber diskutierten, ob dieses Gemetzel technisch betrachtet als Zerstückelung durchging, rollte eine schwarze Kutsche, gezogen von einem alten, kurzatmigen Pferd, bleigrau wie der Tag, durch das Tor von Ollers und fuhr die Rambla hinunter bis vor das Hostal. Auf jede Form verzichtend, stürzte Don Rafel, der dürre Gerichtspräsident, heraus, daß die Kutsche wackelte. Als Zugabe kletterte der ehrenwerte Staatsanwalt der Strafkammer, der stämmige Don Manuel d'Alòs, hinterdrein, und beiden Herren folgten, aus dem Nebel aufgetaucht wie aus dem Nichts, Sekretär Rovira und der oberste Gerichtsdiener. Nach einem abschätzigen Blick auf die nunmehr knapp vierzig eifrig rätselnden Untertanen Seiner Majestät stiegen sie die drei Stufen zum Eingang des *Quatre Nacions* hinauf. He, Mariona, wer sind denn diese vier? Die sind wohl von der Stadtwache. Aber nein! Das ist doch der vom Gericht, so ein ganz Großkopferter. Ach, Richter sind das? Was weiß ich! Für mich sieht einer von denen aus wie der andere. Also, ich glaube, die sind von der Polizei. Habt ihr die gesehen, die da eben reingegangen sind? Gerade haben wir über sie geredet.

Schnaufend erklomm Sa Senyoria die Treppe, den Kopf mit der Perücke wie zum Angriff gesenkt. Der flinkere, weil jüngere Staatsanwalt sah sich gezwungen, auf dem ersten Treppenabsatz anzuhalten. Hin- und hergerissen zwischen morbider Neugier und Höflichkeit dem Gerichtspräsidenten gegenüber, den er haßte, der aber schließlich sein Vorgesetzter war, wartete er ungeduldig, daß Don Rafel wieder zu Atem kam.

»Nun?« fragte er einen Soldaten, der auf dem Absatz Wache hielt. Der junge Bursche stand stramm: »Ich weiß von nichts, Senyor, ich habe sie nicht gesehen. Es heißt, man hat ihr den Kopf abgeschnitten.«

»Das heißt enthauptet.«

»Man hat ihr den Kopf enthauptet, Senyor.«

Der Staatsanwalt machte sich nicht die Mühe, das Mißverständnis aufzuklären. Don Rafels Atem hinter ihm klang ruhiger, und er wollte endlich zur Sache kommen. Außerdem gefiel ihm die Vorstellung, als einer der ersten am Tatort zu sein, wer weiß, wozu das noch gut war.

»Wo ist es, Soldat?« fragte der Sekretär.

»Dort entlang, Senyor.«

Die vier Männer gingen in die Richtung, die der Soldat mit seiner Flinte wies, einen langen, dunklen Korridor entlang bis zu einer Tür, vor der ein weiterer Soldat müßig herumstand. Bei ihrem Anblick salutierte er unbeholfen. Die beiden Vertreter der Staatsgewalt würdigten ihn keines Blickes. Sie betraten das geräumige Zimmer, in dem sich Marie de l'Aube Desflors während ihres fünftägigen Aufenthalts in Barcelona eingemietet hatte. Blutrünstig stürmten der Gerichtsdiener und der Staatsanwalt auf das Bett zu. Don Rafel hingegen sah nicht näher hin; er ärgerte sich, wenn er seinen Verdruß auch hinter einem dümmlichen Lächeln zu verbergen suchte: Der schmierige Polizeichef war doch tatsächlich schon da und hatte das Kommando übernommen. Weiß der Teufel, wo dieser widerliche Kommissar mit dem klangvollen Namen Don Jerónimo Manuel Cascal de los Rosales y Cortés de Setúbal herkam. Don Rafel war die Wendigkeit dieses Mannes ein Dorn im Auge, denn in letzter Zeit hatte es dieser schäbige Portugiese verstanden, seine Position zu stärken und seinen Einfluß auszuweiten. Don Jerónimo, der von Don Rafels Gedanken nichts ahnte, schob mit der Spitze seines Stocks ein am Boden liegendes Kleiderbündel beiseite.

»Dieser Mord kommt höchst ungelegen, Senyoria«, sagte er statt eines Grußes. Er wußte, was man sich erzählte, und Don Rafel wußte, daß Don Jerónimo wußte, daß auch er um sein Wissen wußte. Die Ermordung eines berühmten Ausländers, zumal eines Franzosen, brachte immer Ärger mit sich. Erschwerend kam hinzu, daß diese Frau keine zehn Stunden zuvor vor dem versammelten Barceloneser Hofstaat gesungen hatte, bei dem nur der König fehlte – und vor dem Militärgouverneur, von dem irgendwer behauptet hatte, er habe sich in den Busen der Französin verguckt und sei fest entschlossen, sie zu erobern. Höchst ungelegen, in der Tat, denn die wechselseitigen Beziehungen waren ohnehin schon angespannt, und jetzt mußte man dem Militärgouverneur Meldung erstatten und würde auf dessen Fragen keine Antwort haben. All dies und sicher noch viel mehr hatte dieser Hundsfott von Setúbal gemeint, als er von einem ungelegenen Mord sprach. Don Rafel sah auf, traf auf den kalten, berechnenden Blick des Portugiesen und senkte rasch wieder den Kopf, weil er sich ertappt fühlte. Er starrte das Kleiderbündel auf dem Boden an, als gäbe es im Zimmer nichts Wichtigeres. Ohne hinzusehen, wußte er, daß Don Jerónimo Cascal de los Rosales lächelte. O ja, dieser merkwürdige Mann bezichtigte ihn vieler Dinge. Am liebsten wäre er weggelaufen, hätte sich in Luft aufgelöst, daran ist nur Rovira schuld, was habe ich in diesem Zimmer zu suchen; das hier ist die Aufgabe von Polizisten, Staatsanwälten und Richtern, nicht die des Gerichtspräsidenten ... Ich habe einfach die Nerven verloren. Aber das Leben ist nun mal so überraschend wie der Tod. Nun galt es, sich ein

Herz zu fassen. Don Rafel wartete, bis Don Jerónimo auf ihn zutrat.

»Senyoria.«

»Guten Tag, Don Jerónimo«, grüßte er betont forsch. »Nun, was ist hier geschehen?« Er hoffte inbrünstig, die Leiche nicht ansehen zu müssen, von der er wußte, daß sie links in der Ecke lag, weil von dort die Stille des Todes fast hörbar zu ihnen herüberdrang. Don Jerónimo ahnte, wie ihm zumute war.

»Kommt mit, und seht sie Euch an. Ich nehme doch an, es macht Euch nichts aus?«

»Ganz und gar nicht«, entgegnete Don Rafel, der Ohnmacht nahe. Ihm war übel, nicht so sehr, weil er etwas gegen Metzeleien hatte oder Tote haßte, die bloß starben, um ihm Scherereien zu machen, sondern weil sie in ihm Erinnerungen weckten; und Erinnerungen waren das letzte, was Don Rafel gebrauchen konnte. Er holte tief Luft und folgte Don Jerónimo, während ihm das Bild der armen Elvira durch den Kopf schoß, wie sie lachte. Am Bett machten sich zwei von Setúbals Männern zusammen mit dem Gerichtsmediziner an etwas Unförmigem zu schaffen, während Rovira, der Gerichtsdiener und der Staatsanwalt ihnen im Wege standen, angelockt von der Vorstellung, völlig umsonst einen Blick auf eine nackte Frau, noch dazu eine Ausländerin, werfen zu können. Scheinbar ungerührt wiederholte Don Rafel, ganz und gar nicht, wollen doch mal sehen, was es gibt.

Marie de l'Aube Desflors, geboren in Narbonne, bis zum zehnten Oktober dreiundneunzig, als sie Hals über Kopf hatte fliehen müssen, unter dem Namen »Nachtigall von Paris« bekannt und danach von Bonaparte umbenannt in »Nachtigall von Orléans«, lag ausgeblutet auf dem Bett. Nicht zerstückelt und nicht kleingehackt. Nicht einmal den

Kopf hatte man ihr enthauptet. Ein sauberer Stich ins Herz und ein fürchterlicher Schnitt über die ganze Kehle, einem düsteren Lächeln gleich, als hätte der Mörder ihr die Stimmbänder durchtrennen wollen. Erleichtert atmete Don Rafel auf. Das Ganze war gar nicht so grausig. Und letztlich war es wirklich nicht übel, den nackten Körper einer Frau zu betrachten, Teufel auch.

»Verzeiht, ich war in Gedanken«, murmelte er verlegen.

»Mir scheint, es handelt sich um einen Ritualmord.« Der Polizeichef trat ein paar Schritte beiseite und winkte Don Rafel zu sich. Der Gerichtspräsident zog die Dose mit dem Schnupftabak hervor, damit seine Hände beschäftigt waren. Er nahm eine Prise, hielt sie aber noch zwischen den Fingern, während er fragte: »Was für ein Mord?«, ein wenig erschrocken, weil jeder, der etwas äußerte, was über seinen Verstand ging, ihm sogleich verdächtig war.

»Ich meine, daß der Mörder diese Tat inszeniert hat wie eine Zeremonie. Der Arzt sagt, jede der beiden Wunden für sich allein wäre tödlich gewesen.«

»Was Ihr nicht sagt ...« Er sah zum Bett hinüber, holte tief Luft und zwang sich mit schier übermenschlicher Anstrengung, seine Rolle als Gerichtspräsident zu spielen. »Noch heute will ich den Schuldigen oder die Schuldigen verhaftet sehen.« Bewußt genießerisch schnupfte er die Prise. »Ich vermute, Ihr habt mich gehört, Herr Staatsanwalt.«

»Aber Senyoria!« rief d'Alòs vom Bett herüber, und Don Rafel fühlte sich gleich besser.

»Ich sehe, Ihr habt mich verstanden. Das gilt auch für Euch, Don Jerónimo«, setzte er kurzentschlossen hinzu. Er klappte die Dose zu. »Wißt Ihr, wohin die Desflors von Barcelona aus weiterreisen wollte?«

»Offen gestanden, nein.« Der Staatsanwalt war drauf und

dran zuzugeben, daß er nicht einmal von ihrem Aufenthalt in Barcelona gewußt hatte.

»Zum Hof. Sie sollte vor dem König singen.«

Damit war alles gesagt. Don Rafel steckte die Schnupftabaksdose in die Rocktasche und zog das Spitzentuch hervor, weil sich ein geradezu orgiastischer Nieser ankündigte, der jedoch kläglich versagte, als Sa Senyoria den Kopf hob und den spöttischen Blick des verdammten Hundsfotts Setúbal gewahrte.

»Die Polizei wird alles in ihrer Macht Stehende tun, Euren Wünschen zu willfahren, Senyoria«, sagte Don Jerónimo.

Und in der Tat: Der brillanten, effektiven und raschen Polizeiarbeit war es zu verdanken, daß nur wenige Stunden nachdem die Antònia, die Tomasa, die Nelson und die Ricarda Mittag geschlagen hatten, der Mörder entdeckt und gefaßt war.

Andreu stand in der Mitte des Saals und hatte keinen Blick für das endlose Wandbild an einer Seite des Raumes, das vor nunmehr achtzig Jahren der erste Stadtrat unter dem neuen Herrscherhaus in Auftrag gegeben hatte. In kräftigen, lebhaften Farben zeigte es den Bourbonen, der sich Barcelona einverleibt hatte. Angetan mit einer beinahe hüftlangen Louis-quatorze-Perücke, wie man sie heute nicht mehr sah, thronte er auf einem feurigen Roß, in der Linken die Zügel, in der Rechten den Befehlsstab, den Blick siegesgewiß auf sein Ziel gerichtet. Über ihm schwebten Engel mit Trompeten in den Wolken und hielten ein prächtiges Banner, auf dem mit himmlischer Tinte geschrieben stand: *Philippus V. Hispaniarum rex, et ipse nominatus inter tres robustus*, zum Leidwesen der beiden anderen Thronprätendenten, die sich als weniger robust erwiesen hatten. Unter den Hufen seines Pferdes beäugte ein sterbender Löwe – das Heilige Römische Reich Deutscher Nation oder das perfide Albion? – angewidert die Apotheose des Hispaniarum rex, während im Bildhintergrund diskret ein mächtiges Heer aufmarschierte. Andreu aber hatte anderes zu tun, als auf die Einzelheiten dieses Gedenkbildes zu achten, denn soeben wurde er im Saal der dritten Strafkammer des Königlichen Gerichts von Barcelona offiziell des Mordes an der französischen Sängerin Mariedelopp Deflor angeklagt, erfolgt in der heutigen Nacht zwischen Mitternacht und vier Uhr morgens. Wenn der Angeklagte nichts hinzuzufügen hat, wird er bis zum Tag der Verhandlung in Haft genommen. Der Richter sah Andreu gelangweilt an, wartete ein paar Sekunden, und da dieser bloß wortlos den Mund auf- und wieder zuklappte, betrachtete er die Anhörung als beendet und befahl dem Gerichtsdiener, den Angeklagten nach Erledigung der erforderlichen Formalitäten ins Gefängnis zu bringen.

Widerstandslos ließ sich Andreu, die Hände auf dem Rukken gefesselt, von zwei Soldaten in einen Raum führen, in dem sich nichts weiter befand als ein Tisch, zwei Stühle und stickige Luft.

»Warte hier, es dauert nicht lang – und keine Dummheiten, hörst du?«

Der Gerichtsdiener ließ ihn mit den beiden Soldaten allein. Nun endlich kam Andreu zur Besinnung, he, halt, seid ihr wahnsinnig? Die Soldaten starrten die Wand an, verflucht, es gibt nichts Übleres als den Dienst im Gerichtssaal, wo du's nur mit Galgenfutter zu tun hast. Und gerade als Andreu fragen wollte, aber warum sagt ihr denn nichts?, ging die Tür auf, und herein quoll eine dichte Wolke ekelerregenden Gestanks nach nassem, schmutzigem Filz, gefolgt von einem langen, dürren, widerwärtig hustenden Mann, der in einen altmodischen regennassen Mantel gehüllt war und selbst in dieser Umgebung geradezu lächerlich anachronistisch wirkte. Er stellte eine dicke Aktentasche auf den Tisch; den Dreispitz, der auf seiner schäbigen Perücke im Stil Karls III. saß, behielt er auf. Der Geruch seines Mantels schien ihn nicht weiter zu stören. Er zog geräuschvoll die Nase hoch und fragte mit müder Stimme: »Andreu Perramon?«

»Ich habe nichts getan.«

»Sehr schön. Andreu Perramon?«

»Ja.«

»Gebürtig aus Barcelona und wohnhaft daselbst im Carrer de Capellans?«

»Ja, aber ich ...«

»Beruf?«

»Nun, eigentlich habe ich keinen ... Ich schreibe ... Ich bin Dichter.«

»Aber mit irgend etwas wirst du dir ja wohl deinen Lebensunterhalt verdienen!«

»Ach so ... Ja ... Ich gebe Gesangsunterricht für Kinder ... Aber so hört mich doch an, Senyor, ich habe nichts getan.«

»Sehr schön. Und nun erzähl mir, wie es passiert ist.«

»Wie was passiert ist?«

»Wie du sie ermordet hast, verdammt. Wir brauchen etwas, was uns bei der Verteidigung hilft.«

Andreu schnaubte ungeduldig und wütend. Seine Nase juckte – und das mit auf den Rücken gebundenen Händen.

»Glaubt mir denn niemand?«

Der Winkeladvokat lächelte müde, griff, immer noch lächelnd und ostentativ seine Phantasie anstrengend, zu seiner Tasche und öffnete sie.

»Du weigerst dich also zu kooperieren?«

»Aber ... wenn ich doch nichts getan habe! Wie soll ich denn etwas gestehen, was ich ...«

Bei diesen Worten zog der Rechtsanwalt wieder die Nase hoch und schloß die Tasche mit einem Knall.

»Nun gut, junger Mann. Wir sehen uns dann vor Gericht.«

Er schnalzte mit den Fingern und ging hinaus. Dem fassungslosen Andreu blieb einstweilen nur der Gestank nach nassem Filz.

Vom Palau de la Generalitat, dem ehemaligen Regierungspalast, in dem nun das Königliche Gericht untergebracht war, führte man Andreu die Baixada de la Presó hinunter bis zum düsteren Gefängnis an der Plaça del Blat. Gleichmütig ließen er und die beiden Soldaten, die ihn eskortierten, den Regen über sich ergehen. Und doch sah Andreu auf einmal alles nicht mehr ganz so hoffnungslos, vielleicht weil er nun im Freien war und ihm frische Luft um die Nase wehte: Das Mißverständnis würde sich bald aufklären, es ging ja gar nicht anders. Und eigentlich war es gut, daß es regnete, denn so war kaum jemand unterwegs, der ihn hätte sehen und denken können, sieh an, dieser junge Bursche, was der wohl verbrochen hat?

Am Gefängnistor mußten sie zuerst an einem armseligen Wachhäuschen vorbei, in dem sich eine Wache die Beine in den Bauch stand, dann hielten sie vor einem dicken Gitter.

»Bringt ihr schon wieder einen?« tönte es dahinter hervor. Ein Mann mit langem weißem Haar und einem für diesen Ort ganz und gar unerklärlichen Lächeln schloß von innen auf und ließ Andreu und die Soldaten herein.

»Ich will den sehen, der hier das Sagen hat«, erklärte Andreu, fest entschlossen, diesem Spuk so bald wie möglich ein Ende zu setzen.

»Den Kerkermeister?« fragte der Alte.

»Ja, den.«

»Und ich will den Papst in Rom sehen.« Er lächelte wieder. »Mir nach.«

»Nein, ich meine es ernst.«

»Ja, ja. Aber jetzt komm mit.«

Als ob selbst die Wände sich ihrer Aufgabe bewußt wären, verströmte alles in diesem Gebäude Gefängnisgeruch. Ein langer, dunkler Gang; der Gefängniswärter mit Laterne und rasselndem Schlüsselbund; Stufen, die ins Unbekannte hinabführten; winzige, vergitterte Fenster – o Gott, es wird ernst!

»Ich habe gesagt, ich will den Kerkermeister sprechen! Ich habe nichts von dem getan, dessen man mich bezichtigt!«

»Hier geht's lang. Ihr beide müßt draußen bleiben.«

Als die beiden schweigenden Soldaten auf der anderen Seite einer weiteren Gittertür zurückblieben, überkam Andreu ein Gefühl so abgrundtiefer Verlassenheit, als wären sie, durch ihre bloße Anwesenheit, seine einzige Verbindung zur Außenwelt gewesen. Mein Gott, warum passiert das alles ausgerechnet mir?

Nach der Gittertür ging es eine Wendeltreppe hinab, obwohl unvorstellbar schien, daß man noch tiefer in dieses finstere Loch hinuntersteigen könne. Das untere Geschoß, in das keinerlei Tageslicht drang, war das Reich der Finsternis. Trotzdem fand sich der Gefängniswärter auf unerklärliche Weise zurecht und führte ihn, ohne irgendwo anzustoßen, bis zu einer Holztür. Als er sie aufschloß, schlug ihnen ein so unerträglicher Gestank entgegen, daß Andreu beinahe hintenübergefallen wäre.

»Mein Gott, was stinkt denn da so entsetzlich?«

Der Gefängniswärter, offensichtlich an Ausdünstungen aller Art gewöhnt, fand diese Bemerkung zu belanglos, um sie einer Antwort zu würdigen. Statt dessen versetzte er Andreu einen Stoß. Während er noch gegen den Brechreiz ankämpfte, hörte er, wie hinter ihm abgeschlossen wurde. Er blieb reglos stehen, um seine Augen an die Finsternis zu gewöhnen, denn er fürchtete, beim nächsten Schritt mitten im Gestank zu landen. Irgendwo aus den Tiefen des widerlichen Gestanks kam ein Lachen, und eine Stimme, die aus feuchter Schwärze gemacht war, sprach: »Sag bloß, dir gefällt's nicht bei uns.«

Andreu schrak zusammen. Er hatte nicht gedacht, daß außer ihm noch jemand hier wäre. Wie konnte man in dieser Dunkelheit und dieser Luft, die einem Mund und Nase verätzte, leben?

»Wer ist da?« fragte er zaghaft, und wieder lachte die stinkende Stimme.

»Wer hier ist? Fünf oder sechs Männer, die sich freuen, dich zu sehen.«

»Fünf oder sechs?«

»Na ja, hier ist einer ...« Man hörte ein dumpfes Klatschen. »He du, Junge!« Die Stimme wandte sich wieder Andreu zu: »Hier ist einer, der nicht mehr ganz da ist. Der wird wohl bis morgen verreckt sein.«

Andreu preßte schützend seinen Hemdzipfel vors Gesicht. Und wieder hörte er ein Lachen: »Wolltest du vielleicht lieber eine Einzelzelle?«

Andreu antwortete nicht. Er wagte kaum Luft zu holen. Die Stimme fuhr fort: »Vergiß es. Die Einsamkeit ist zwischen diesen Wänden schlimmer zu ertragen als der Mief der anderen.«

Erst jetzt bemerkte er in einem Winkel des Raumes einen

schwachen Lichtschein und erkannte weit oben ein kleines Fenster, durch das das letzte Licht des Novembertages in die Zelle drang. Er ging darauf zu, in der Hoffnung, dort leichter atmen zu können.

»Wie lange bist du denn schon hier?« fragte er ins Dunkel hinein.

Wieder lachte die Stimme, offenbar belustigt über die Frage. Dann verstummte sie, und nach ein paar Sekunden kam ein heiseres Flüstern: »Keine Ahnung. Seit mehr als zehn Jahren.«

»Ich verstehe nicht, was du bei diesem Regen im Garten willst«, zeterte Donya Marianna. »Du kannst dir ja nicht einmal das Teleskop aufbauen lassen, Rafel!«

Schweigend öffnete Don Rafel die Tür und schlug den Rockkragen hoch. Seine Frau hatte recht: Es regnete, und es war kalt. Er würde das Teleskop nicht aufstellen können, um den wunderbaren Orionnebel zu betrachten. Aber er wollte sich seinen Gedanken an Donya Gaietana hingeben, und für ausschweifende Phantasien braucht man nun mal einen gewissen Freiraum. Es gießt wirklich in Strömen, dachte er, und so lehnte er sich im Schutz des Balkons an die Wand. Aus dem dunklen Garten drang nur das sanfte, beruhigende Plätschern des Regens herüber, unberührt von seinem Kummer und seiner Pein. Meine Gaietana. Donya Gaietana würde für ewig unerreichbar bleiben: weil sie auf der anderen Seite der Straße lebte, weil sie Baronin war, weil sie strahlend, ja geradezu unverschämt schön war, weil sie, ganz Dame, sehr auf Distanz hielt, weil sie erst zwanzig war, er hingegen über fünfzig und eine Glatze, eine empfindliche Leber, ein ansehnliches Vermögen und großen Einfluß hatte, aber keinen Titel. Don Rafels Crux war, daß er den Reizen des schönen Geschlechts nicht widerstehen konnte, und das hatte ihn schon einmal in Teufels Küche gebracht. Besser, er dachte nicht daran. Um sich abzulenken, trat er in den kalten, ungemütlichen Regen hinaus. Sofort war er tropfnaß und mußte nach weniger als einer halben Minute feststellen, daß Donya Marianna, wie immer, recht gehabt hatte, wollte es sich aber nicht eingestehen und beschloß darum, wie immer, bis zum Äußersten auszuharren. Er ging zum Beet in der Mitte des Gartens, dem prächtigsten von allen, in dem die Begonien noch in voller Blüte der Kälte trotzten und der neue Gärtner demnächst holländische Tulpen pflanzen wollte, eine Art Zwiebel, von der es hieß, sie bringe absonderliche Blumen hervor. Unwillkürlich blickte er zum Himmel. Wie sollte man bei diesem Wetter die Sterne sehen können! Die Tropfen fielen ihm in die Augen, als wollten sie ihm die Tränen um die arme Elvira ersparen, die ihm gerade wieder in den Sinn gekommen war. Dabei hatte Don Rafel keineswegs nah am Wasser gebaut. Aber in den letzten zwei Jahren war ihm nicht nur das Lächeln vergangen, er hatte auch des öfteren mit den Tränen kämpfen müssen. Er seufzte und sah zu der dunklen Masse seines Palasts hinüber, ohne Stolz, eher ein wenig müde. Durch den Regen drang eine Meeresbrise an seine Nase. Sobald er naß genug war, um den Bediensteten und Donya Marianna deutlich zu machen, daß er ihren Rat in den Wind geschlagen hatte, ging er zurück ins Haus, wohl wissend, daß ihn, wie schon so oft zuvor, eine schlaflose Nacht erwartete.

Collbató, 12. November 1799

Liebster Herzensbruder: Wie Du siehst, bezwinge ich meine so häufig von Dir getadelte Schreibfaulheit, um mein Versprechen Dir gegenüber zu erfüllen. Unsere Einheit hat in

Collbató haltgemacht, und so habe ich in aller Ruhe den Montserrat betrachten können. Trotz der fünf langen, musikalisch höchst fruchtbaren Jahre, die ich im dortigen Kloster bei den Sängerknaben verbracht habe, weckt der Anblick dieser Gebirgslandschaft aus der Ferne ganz widersprüchliche Gefühle in mir. Ein merkwürdiger Berg ist das: Er erinnert mich an die Korkenzieherlocken einer jungen Dame oder an das Stangenbrot, das es bei Dominga im Carrer Rec zu kaufen gibt. Ja, Andreu, ich habe schon Heimweh, denn auch wenn Du mir immer wieder sagst, was für ein Abenteurer und Unruhegeist ich doch sei, so bin ich auch weich und sentimental und stets kurz davor umzukehren. Eines Tages werde ich Dir meine Theorie über Sehnsucht und Nostalgie darlegen: Sie hat viel damit zu tun, daß man plötzlich, aus heiterem Himmel, zu komponieren oder dichten anfängt ... Na, ich werde es Dir schon noch erklären. Als ich eben das von den Korkenzieherlocken schrieb, mußte ich gleich an Deine Mademoiselle denken. Du hast mir versprochen, mir in allen Einzelheiten von Deinem Abenteuer zu berichten. Am besten machst Du es so: Du schreibst nach Madrid, an das Hauptquartier in der ... Nun weiß ich die Adresse nicht, aber ich werde sie Dir schicken. Mit etwas Glück kommt Dein Brief noch vor mir dort an. Uns wurde gesagt, daß wir einen Monat dort sein werden, bevor der Zug nach Málaga zusammengestellt wird. Ich will alles, aber auch wirklich alles über Mademoiselles Vorzüge wissen, hörst Du? Weißt Du eigentlich, daß ich noch nie mit einer Ausländerin im Bett war? Ist bei denen alles so wie bei unseren Mädchen? Und wie verständigt man sich? Ach, hör nicht auf mich ... Es ist acht Uhr abends, stockdunkel, und es nieselt; der Regen tropft aufs Zeltdach, und ich frage mich, was ich hier in Collbató am Montserrat verloren habe und wie ich so dumm sein konnte, mich dieser Militärkolonne anzuschließen, die trotz eines höllischen Tagesmarschs offenbar so gar keine Eile hat, nach Saragossa zu gelangen. Verstehst Du das?

Andreu, ich weiß nicht, ob ich morgen dazu komme, Dir die versprochenen täglichen Zeilen zu schreiben. Ich weiß, daß Dir das Schreiben überhaupt nicht schwerfällt, aber mir macht es Mühe, und ich hoffe, Du weißt sie zu schätzen. Für meine Freunde tue ich alles. Im nächsten Brief werde ich Dir dann etwas zu Deinen von Dir selbst so verachteten Gedichten und zu Deiner Manie sagen, Dich für einen miserablen Dichter zu halten. Ja, Du bist schlecht, aber nicht so schlecht, wie Du denkst. (War nur ein Scherz!) Ich habe ein Lied geschrieben, einen Fandango für Gitarre. In Molins de Rei ist er mir in den Sinn gekommen, und bei Esparreguera hatte ich ihn schon fix und fertig im Kopf. Wenn ich diesen Brief beendet habe, werde ich den Fandango aufschreiben. Ich mache Schluß: Wir brechen morgen in aller Herrgottsfrühe auf, und Leutnant Casares, mein Zeltgenosse, beschwert sich schon. Ach, er soll mich doch in Ruhe lassen! Weißt Du was? Wenn ich weiterhin so fleißig bin, werde ich bei meiner Rückkehr aus Málaga einen ganzen Briefroman fabriziert haben (vorausgesetzt natürlich, Du hebst meine Briefe auf) und eine Oper noch dazu. Dann wird diese Sache hier doch nicht so eine Zeitverschwendung gewesen sein.

Adieu, mein einsamer Freund. Sag Deinem Vater, daß ich an ihn denke. Laß Dir von ihm den »Tod der Nachtigall« vorspielen. Ob es hier eine Bauernmaid gibt, die das Lager mit mir teilen will? Nein, Andreu, anscheinend nicht. Ich werde mich mit Casares' Geschnarche begnügen müssen. Wer weiß, wann ich eine Poststation für meine Briefe finde. Einstweilen bewahre ich sie auf.

Dein Freund Nando

III

Lieber Nando. Kehr um. Komm zurück. Mein Sohn sitzt im Gefängnis. Er wird beschuldigt, die Sängerin Desflors getötet zu haben. Seit einer Woche versuche ich jetzt schon, mit ihm zu sprechen, aber vergebens; sie lassen mich nicht zu ihm. Teresa hilft mir, so gut sie kann, obwohl auch sie völlig außer sich ist. Nur Du kannst uns helfen. Bei Dir zu Hause ist niemand. Mir fällt sonst keiner ein, an den ich mich wenden könnte. Ich weiß, daß Du allein nichts ausrichten kannst, aber Du kennst wichtige Leute. Komm, Nando. Andreu ist sicher verzweifelt. Sie lassen uns nicht zu ihm. Ich fürchte, ich habe nichts, um seine Unschuld zu beweisen, Nando, nicht das geringste! Und dabei ahnte Meister Perramon, als er diese Zeilen schrieb, nicht, daß Ferran Sorts als einziger hätte beweisen können, daß sein Sohn kein Mörder war. Er konnte ja nicht wissen, daß der junge Sorts die Desflors noch lebend angetroffen hatte, als sie nach Andreus beschämter Flucht in die schützende Dunkelheit der Rambla in einem prächtigen Morgenrock die Treppe heruntergekommen war, um sich wegen einer Lampe zu beschweren, die nicht richtig brennen wollte. Da der Nachtportier schlief, Maître Vidal betrunken schnarchte und Senyor Arcs sich aus dem Staub gemacht hatte, war Sorts ihr behilflich gewesen, indem er ihre Lampe gegen eine der gelöschten Lampen des Aufenthaltsraumes austauschte. Sie hatte es ihm mit einem schmatzenden Kuß auf jede Wange gedankt. Natürlich hatte sein Taktgefühl Sorts verwehrt, nach Andreu zu fragen. Aber er hätte bezeugen können, daß sie um Mitternacht noch am Leben war. Um Mitternacht, als Andreu das Hostal schon

»Seht Ihr, Meister Perramon, Ihr habt mir da eine Geschichte erzählt … die nur … versteht mich recht, die nur jemandem mit einem unmoralischen Lebenswandel widerfährt.«

»Mein Sohn hat unrecht getan, sich mit dieser Lebedame einzulassen, Hochwürden … Aber er hat sie nicht getötet. Und dafür haben sie ihn doch eingesperrt.«

»Nun, wenn Euer Sohn unschuldig ist, wird ihm nichts geschehen. Sollte sich allerdings erweisen, daß er …«

»Ich weiß, daß er unschuldig ist, Hochwürden.«

»Und woher wollt Ihr das wissen?«

»Er ist unfähig, etwas Böses zu tun.«

»Aha. Habt Ihr schon mit dem Anwalt gesprochen?«

»Ja, Hochwürden. Aber da bin ich auf taube Ohren gestoßen. Ich glaube, der Fall ist ihm völlig egal. Und ich habe kein Geld, um einen anderen zu bezahlen.«

»Ihr müßt an die Gerechtigkeit glauben.«

»Aber er ist doch mein Sohn!«

Einige Sekunden war es still. Die Worte des verzweifelten Alten verhallten an den Wänden der Pfarrstube von Santa Maria del Pi, und ihm kam überdeutlich zu Bewußtsein, daß Andreu eben nichts weiter war als sein Sohn und sich außer Teresa und ihm niemand einen Pfifferling um sein Schicksal scherte.

»Helft mir, Hochwürden!«

»Was soll ich einfacher Mann denn ausrichten?«

»Ich kenne niemanden, Hochwürden. Ich weiß nicht, wie ich es anstellen soll, daß sich die einflußreichen Leute für Andreu interessieren … Mir bleibt nur noch, mich mitten auf die Straße zu stellen und zu schreien.«

»Augenblick!«

Mit gewichtiger Miene, um die Bedeutung seines Tuns zu unterstreichen und den armen Teufel – und sich selbst – zu beruhigen, zog Hochwürden Prats die Schreibtischschublade auf, tunkte die Feder ins Tintenfaß und kritzelte in seiner winzigen Schrift ein paar Zeilen.

»Dies öffnet Euch die Tür zur Kathedrale«, verkündete er, als er fertig war, zufrieden, einen so verheißungsvollen Satz gefunden zu haben. »Es ist ein Empfehlungsschreiben für den Chorherrn Cascante ...« Er tippte auf das Blatt. »Ich schlage ihm vor, Euch dem Chorherrn Pujals vorzustellen, einem einflußreichen Mann, versteht Ihr? Cascante und ich waren zusammen im Priesterseminar, und er wird mir diesen Gefallen nicht abschlagen, versteht Ihr?«

Er gab dem Kirchenmusiker das Papier, froh, die Angelegenheit vom Halse zu haben. Im Grunde war Hochwürden Prats der festen Überzeugung, daß jeder die Suppe selber auslöffeln mußte, die er sich eingebrockt hatte, aber wie sollte man einem besorgten Vater beibringen, daß er sich eben in sein Schicksal fügen müsse und es sicher seine Gründe hatte, wenn sein Sohn am Galgen landete, wenn Ihr versteht, was ich meine.

»Ich danke Euch, Hochwürden.« Meister Perramon umklammerte das Papier, als wäre es die einzige Hoffnung auf Rettung für seinen Sohn. »Vielen Dank.« Er senkte den Kopf.

Er ging durch das dunkle Mittelschiff der Kirche, den Brief in der Hand. Die Unterredung mit Hochwürden Prats hatte einen schalen Nachgeschmack bei ihm hinterlassen. Es war nicht zu übersehen, daß der Pfarrer ihn loswerden wollte, daß er mit dieser Geschichte überfordert war. Am härtesten aber traf ihn, daß Hochwürden Prats vergessen zu haben schien, daß er schon seit dreizehn Jahren hier beschäftigt und länger in der Gemeinde war als der Pfarrer. Der hatte so getan, als kennte er, der Kantor, die Winkel und Mauern dieser Kirche nicht in- und auswendig, als hätte er nicht auf persönlichen Wunsch von Hochwürden Prats eine Motette zu Ehren und Gedenken des verehrten Josep Oriol i Bogunyà geschrieben; als hätte er nicht Zeit und Mühe auf den Prozeß zur Seligsprechung ebendieses Josep Oriol verwendet; als hätte er nicht dreizehn Jahre lang ebenso viele Generationen von Rotzbengeln Respekt vor der Notenschrift gelehrt; als hätte ihn nicht Hochwürden Boladeres, der Vorgänger von Hochwürden Prats, besonders geschätzt; als genösse die Musikschule, die er leitete, in Fachkreisen nicht besonderes Ansehen (was sie nicht tat, aber woher sollte der Pfarrer das wissen); als wäre ein gut Teil seiner hundertdreiundzwanzig Kompositionen (fünfundachtzig davon Werke der Kirchenmusik) nicht an der Orgel dieser Kirche entstanden ... All dies empörte Meister Perramon und ängstigte ihn zugleich, weil ein beschriebenes Blatt Papier keine wirksame Hilfe war. Natürlich würde er zur Kathedrale gehen, und natürlich würde er dort von Pontius zu Pilatus laufen; aber das eingefleischte Mißtrauen des einfachen Untertanen gegen die Welt der Mächtigen und alles, was damit zusammenhing, ließ ihn ahnen, daß seine Mühe vergebens sein werde. Und als er seine Schritte durch das einsame Kirchenschiff hallen hörte, fühlte er sich geringer als ein Wurm und so alt und schwach, daß ihn schwindelte.

Auf dem Vorplatz der Kirche benetzte der feine Regen sein Gesicht mit Tränen. Er sah auf, und das erste, worauf sein Blick fiel, war das Gebäude der *Confraria de la Sang*, der Bruderschaft des Blutes. Blitzschnell senkte er den Kopf wieder, als ob der bloße Anblick jenes düsteren Laienordens seinem Sohn Unglück bringen könnte. Vom Hauptbalkon des Gebäudes aus sah eine dunkel gekleidete Dame auf den Platz hinunter. Sie hatte einen spindeldürren Mann mit einem Blatt

Papier in der Hand aus der Kirche kommen sehen und ihn zerstreut betrachtet, während sie mit ihren Handschuhen, die sie in einer Hand hielt, ungeduldig auf die andere Hand schlug. Jetzt wandte sie sich erwartungsvoll um: In der Tat, die Tür war aufgegangen, und Don Josep Coll zeigte sein Dromedarlächeln, was bedeutete, daß er sie hereinbat.

»Meine werte Donya Marianna, welche Freude!« sagte, mit unbewegter Miene, der Großmeister auf Lebenszeit der heiligen Bruderschaft des Blutes, eines Laienordens, dessen Aufgabe es war, den zum Tode Verurteilten in christlicher Nächstenliebe – also ohne Ansehen von Rasse, Geschlecht, Bildung, Vermögen, politischer Anschauung, Geschichte und Herkunft des Delinquenten – menschlichen und geistlichen Beistand zu leisten. Was bedeutete, daß sie mit dem gleichen frommen Eifer einer Frau beistanden, die sich des Diebstahls von sechs Sack Weizen aus Heeresbeständen schuldig gemacht hatte, wie dem holländischen Matrosen, der im Kerker an der Plaça del Blat schmorte, weil er zwei oder drei Hafennutten (oder waren es Seeleute gewesen?) hingemacht hatte, die kein Mensch vermißte. Der Mann und die Dame standen einander in der Mitte des Raumes gegenüber. Weder bot er ihr Platz an, noch schien sie sich setzen zu wollen. Sie waren im Krieg miteinander, und jede Höflichkeit über das Mindestmaß von Sitte und Anstand hinaus wäre Verschwendung gewesen.

»Ich bin sicher, wir werden uns einigen«, sagte Donya Marianna in perfekter Nachahmung des Gebarens ihres Mannes, »aber ich will Euch nicht verhehlen, daß es mir ein inneres Bedürfnis ist, nicht länger nur externe Ehrenpräsidentin der Bruderschaft zu sein, sondern statt dessen als Ordensdame in den aktiven Dienst zu treten ... Meine geistliche Berufung drängt mich zu diesen Taten der Barmherzigkeit.«

»Ich bezweifle keineswegs, daß der Geist der Frömmigkeit, der Euch bewegt, Donya Marianna« – Don Josep Coll war ein großer Redner, öffentlich wie privat – »tiefster Glaubensüberzeugung entspringt. Ich bezweifle das keineswegs, noch hätte ich Grund dazu.« Touché.

»Aber?«

»Nun, es ist einfach so, daß es noch nie eine ... eine Ordensdame gegeben hat. Nie. Das wäre ... das wäre sozusagen eine noch zu erschaffende Gestalt.«

»Na, dann wird es höchste Zeit, daß jemand sie erschafft.«

»Aber Donya Marianna! Ihr bringt mich in Verlegenheit ... Die gesamte Bruderschaft als solche könnte dagegen aufbegehren ... Außerdem sollte eine Dame sich das grausame Schauspiel des Todes ersparen ...«

»Ich sehe schon: Die Gesamte Bruderschaft Als Solche Macht Euch Angst.« In bedeutenden Momenten sprach Donya Marianna in Großbuchstaben. Energisch streifte sie einen Handschuh über: »Nun, Ich Bin Sicher, Ihr Werdet Den Gesamten Einfluß Meines Mannes Als Solchen Zu Spüren Bekommen.«

»Aber Donya Marianna! So weit muß man es doch nicht kommen lassen!«

»Meinetwegen nicht, aber Ihr zwingt mich dazu.« Sie zog sich den anderen Handschuh an, um zu zeigen, daß sie im Begriff war zu gehen. »Und laßt Euch gesagt sein, Don Josep, daß mich der Tod noch nie geschreckt hat.«

»Man könnte natürlich die Statuten ändern.« Don Josep, dem beim Gedanken an den drohenden Zorn des Gerichtspräsidenten schwindlig wurde, lenkte rasch ein.

»Ich bin mir sicher, daß dies möglich ist.«

»Ich darf Euch versichern, werte Donya Marianna, daß

wir diese Frage in sechs bis sieben Jahren zur allseitigen Zufriedenheit geklärt haben werden.«

»Wer weiß, was in sechs oder sieben Jahren mit uns sein wird! Ich möchte nicht in sechs oder sieben Jahren Ordensdame sein, sondern in sechs oder sieben Tagen. Und ich kann Euch die Namen von fünf weiteren Damen nennen, die ebenfalls Interesse bekundet haben.«

»Aber dazu ... dazu müßte ich mich beraten ...«

»Tut dies.« Sie nickte knapp. »Ich danke Euch für dieses Gespräch, Don Josep. Grüßt Eure werte Frau Gemahlin von mir.«

Hocherhobenen Hauptes und stolzen Herzens zog sie davon.

»Ich werde es ihr ausrichten«, stammelte Don Josep, der seit zwei Jahren Witwer war.

Auf dem Heimweg saß sie still und ergab sich in das Rütteln der Kutsche. Natürlich war sie wütend: Immerhin zählte sie aufgrund ihrer Stellung wie ihres Vermögens zu den ersten Damen der Stadt, und daß ein Hampelmann wie dieser Coll sich erdreistete, ihr Steine in den Weg zu legen, war unerhört. Donya Marianna hatte immer nach Höherem gestrebt, und als ihr Mann (nach einigen Wochen angstvollen Wartens und widersprüchlicher Gerüchte) zum Gerichtspräsidenten ernannt worden war, hatte sie dem verehrten Josep Oriol eine Kerze gespendet und beschlossen, um Aufnahme in die Bruderschaft des Blutes zu bitten. Acht bis zehn Damen hatten es ihr nachgetan, und damit war die weibliche Präsenz im Orden eine unumstößliche Tatsache.

Was hatte sie zu diesem Schritt bewogen? Vielleicht war es ein gewisses Gefühl ausgleichender Gerechtigkeit, da es ja nunmehr kraft seines Amtes ihr werter Gatte war, der dem

Henker die meisten Kunden zuführte; vielleicht die Tatsache, daß die Tätigkeit in der Bruderschaft saftige Sündennachlässe mit sich brachte (bis hin zur vollkommenen Vergebung der Sünden, wenn man den Verurteilten bis aufs Schafott begleitete), was ja nicht schaden konnte, wenn man dereinst vor dem himmlischen Richter stand. Vielleicht war es auch das Bedürfnis, die langen Stunden des Tages auszufüllen, denn schließlich konnte man nicht nur Besuche machen und empfangen. Allerdings hatte Donya Marianna schon seit langem ihren Tagesablauf dem bronzenen Klang von etwa dreißig Glocken untergeordnet: Mit dem Läuten der Aurora von Sant Francesc, der am nächsten gelegenen Kirche, stand sie auf. Während sie sich flüchtig das Gesicht wusch und Gebetbuch und Mantille zusammensuchte, lauschte sie dem Klagen der Glòria von den Kapuzinern, ging aber erst aus dem Haus, wenn das heitere Gebimmel der Carlota von Santa Mònica erklang. In frommer Demut hörte sie in der Kirche von Sant Francesc die Sieben-Uhr-Messe, begleitet vom feinen, femininen Klingen der Glocken, die sie und Don Rafel bei ihrem Einzug in den Carrer Ample gestiftet hatten, damals, als es mit ihnen bergauf ging. Wenn Donya Marianna nach Hause kam, war ihr Gatte schon auf und verbreitete seine morgendliche Übellaunigkeit in seinen Räumen oder im ganzen Haus auf der Suche nach Turc, wo ist Turc, und sie fragte, was willst du denn jetzt mit Turc, oder er brüllte, ich möchte wissen, wo Hipòlit und all die anderen stecken, wozu hat man bloß einen ganzen Haufen Dienstboten, und dann hustete und nieste er, denn wenn Don Rafel keine Perücke trug, fror ihn am Kopf. Das Frühstück nahmen sie gewöhnlich getrennt ein, denn während sie nicht allzuviel Zeit damit vergeudete, konnte sich Don Rafel nie entscheiden, was er wollte. Während sie in der Küche Anweisungen erteilte und den Hausputz überwachte, vernahm sie das fröhliche Läuten zu einer Taufe, sieh an, ein Mädchen, ich glaube, das kommt von Santa Maria del Mar, oder den tiefen, feierlichen Ton der Antònia von Santa Maria del Pi, die vom Tod eines siebenundfünfzigjährigen Witwers kündete. Dann lief sie zu ihrem Mann, um ihm mit der Nachricht den Genuß der Morgenschokolade zu verderben, der arme Don Ramon ist gestorben, und er, woher weißt du das? Und sie, die Antònia hat es soeben geschlagen, und Don Rafel wandte ein, daß die Glocke ebensogut für jemand anders geläutet haben könnte, aber da war er bei Donya Marianna an die Rechte geraten, denn niemand wußte über die Angelegenheiten von Santa Maria del Pi besser Bescheid als sie, und ich schwöre dir, in der ganzen Gemeinde war kein Mann in diesem Alter krank außer ihm, und Don Rafel schob sich ein Biskuit in den Mund, um nichts sagen zu müssen, weil seine Frau in diesen Dingen – wie in allem anderen – stets recht hatte. Und so ging sie flugs in die Hauskapelle hinunter, denn im Palast Massó gab es eine Hauskapelle, die noch aus den Zeiten stammte, als das Haus Palast Rocamora hieß, und Donya Marianna hatte durchgesetzt, daß sie erhalten blieb. Es war ein kalter, dunkler, kleiner Raum im hintersten Winkel des Hauses, dessen Buntglasfenster zu Don Rafels Mißvergnügen das Wappen der Rocamoras zeigte. (Eines Tages werde ich es durch unser Wappen ersetzen lassen. Aber wir haben doch gar kein Wappen, Rafel. Na, dann sollten wir uns eines zulegen.) Die Kapelle lag im Erdgeschoß neben der weitläufigen Eingangshalle und einem der Zugänge zum Garten. Ein kleiner, eher symbolischer Altar, an dem noch nie eine Messe gelesen worden war, zwei Bilder aus valencianischer Schule, die den büßenden heiligen Hieronymus und die heilige Eulalia zeigten und wertvoller waren, als ihre Besitzer ahnten, und über dem Altar Donya Mariannas größtes Heiligtum, ein Ölgemälde von Tremulles (fünfundachtzig Peseten, den Rahmen nicht mitgerechnet, pflegte Donya Marianna Besuchern zu erklären, und Don Rafel wäre am liebsten im Erdboden versunken) mit dem Abbild des verehrten Josep Oriol i Bogunyà, vor dem Donya Marianna unzählige Male geseufzt, Tränen vergossen und Trost gefunden hatte. Als Donya Marianna also die Antònia von Santa Maria del Pi verkünden hörte, daß Don Ramon Creus aus dem Carrer dels Banys Nous im Alter von siebenundfünfzig Jahren nach langer, schwerer Krankheit verschieden war, nicht ohne den Trost der heiligen Sakramente erhalten zu haben, eilte sie in die Hauskapelle, um vor Josep Oriol eine Kerze zu entzünden und ein Vaterunser für Don Ramons Seele und das Konklave zu beten, das, wie es hieß, sich einfach nicht auf einen Papst einigen konnte. Und während sie unter dem Geläut des Ave-Maria und des Gloria dieses Vaterunser betete, spürte sie eine tiefe innere Befriedigung, wie stets vor dem Bildnis des im Volksmund »Doktor Wasser und Brot« genannten Priesters, den heiligzusprechen sich die Kirche, die saumseligste aller Institutionen, immer noch nicht hatte entschließen können, obwohl das Volk danach verlangte. Donya Marianna stellte fest, daß die Kerzen alle waren, und schickte Celdoni los, um neue zu holen, und daß du dich unterwegs nicht vertrödelst, es ist ein Notfall.

Um die Mittagsstunde war der Himmel über Barcelona vom Angelusgeläut erfüllt, in dem sich der Widerhall der verschiedenen Glocken zu einem unentwirrbaren bronzenen Dröhnen mischte, das durch die offenen oder geschlossenen Fenster des Palasts Massó drang: das feine Läuten von Santa Mònica, das feierliche, majestätische von der Kathedrale, das lauteste, weil am nächsten gelegene von Sant Francesc und dazu der geliebte samtige Klang der Vicenta von Santa Maria del Pi. Sobald Donya Marianna dieses Stimmengewirr vernahm, ließ sie alles stehen und liegen (ganz gleich, ob sie gerade die Schränke aufräumte, mit Gertrudis abrechnete oder ein neues Altartuch bestickte), betete *Angelus Domini nuntiavit Mariae*, und wenn sie fertig war, klatschte sie in die Hände und rief, rasch, beeilt euch, Sa Senyoria wird gleich dasein, und der Tisch ist noch nicht gedeckt.

Im Hause Massó wurde das Mittagessen im großen Speisesaal eingenommen, der auf den Carrer Ample hinausging. Auf der sechs Meter langen Tafel, an der auch zu Zeiten der Rocamoras nur selten Kindergeschrei und geschäftiges Hin und Her der Dienstboten zu hören gewesen war, ließen die Massós das naturfarbene Tischtuch auflegen und Bronzeleuchter aufstellen, dann nahm jeder an einem Ende der Tafel Platz, wie sie es beim Marquis von Creixells und bei Dosrius gesehen hatten, bevor dieser Witwer wurde, und wie es angeblich auch beim Militärgouverneur und beim Grafen von Poitins üblich war, der sich an der Plaça de Sant Sebastià ein gewaltiges Haus gekauft und völlig neu hergerichtet hatte, es heißt, es sei ganz wunderbar, und eines Tages müssen wir einmal hingehen und es uns ansehen. Im Hause Massó, im Palast Massó, wurden die guten Sitten nicht in Frage gestellt, ganz gleich, wie bequem oder unbequem sie sein mochten. Was getan werden mußte, wurde getan. Jedermann weiß, daß der Aufstieg zum Adel selbst für einen äußerst wohlhabenden Bürger hart und steinig ist. Und so warteten unter Hipòlits wachsamen Blicken drei Diener Donya Marianna und ihrem häufig wortkargen Gatten auf. Nach dem Essen ging das Ehepaar in den Salon, wo er ein Weilchen döste, bevor er sich in sein Arbeitszimmer einschloß, um dort wer weiß was zu treiben; sie beschäftigte sich mit einer Näharbeit und legte sich dann zu Bett, bis die Glocken von Santa Mònica zum Rosenkranzgebet riefen. Und da sie wußte, daß in Santa Mònica eine Viertelstunde früher geläutet wurde als in Santa Maria del Pi, hatte sie, wenn sie ausgehfertig war, noch immer eine halbe Stunde bis zum Rosenkranzgebet in Santa Maria del Pi, wo sie hinging, weil sie Hochwürden Prats' salbungsvolle Art besonders schätzte. Früher hatte Don Rafel mittwochs und freitags diese Zeit immer genutzt, um sein Liebesnest aufzusuchen, aber das wußte Donya Marianna nicht, weil sie nach dem Rosenkranzgebet ihre Besuche abstattete. Ja, es war ein aufreibendes Leben, und so war sie immer viel zu beschäftigt, um auch nur die Möglichkeit in Betracht zu ziehen, vielleicht einen Gedanken daran zu verschwenden, ob sie es womöglich nicht doch einrichten könne, ihren Gatten zu lieben. Sie hatte ihre Pflicht getan, der Herrgott hatte ihnen Kinder versagt, und damit war die Sache erledigt. Mehr konnte man nicht von ihr verlangen. Und da ihre Sehnsüchte sie unbeirrbar in die alles durchdringende Welt der Frömmigkeit geführt hatten, empfand sie weder Groll, noch vermißte sie die Liebe. Gott und die Muttergottes liebten sie ja. Und die Apostel und alle Heiligen. Was wollte sie mehr? Wenn sie ihr Herz ausschütten wollte, ging sie zu Hochwürden Prats, ihrem Beichtvater, oder zu ihren besten Freundinnen, zu denen, die sagten, du kannst dich auf mich verlassen, von mir erfährt keiner was, Marianna, und nun erzähl schon. Natürlich hätte man sich fragen können, warum sie Don Rafel überhaupt geheiratet hatte. Aber das war eine absurde Frage, die kaum ein Ehepaar nach einigen Jahren noch beantworten kann. Jetzt ging es nur darum, weiterzumachen wie bisher. So lebte Donya Marianna seit nunmehr fünfundzwanzig Jahren und hatte keinerlei Grund zu der Annahme, daß sich in den nächsten fünfundzwanzig

Jahren irgend etwas ändern würde. Was wußte sie schon von dem Dreck, den ihr Ehemann am Stecken hatte.

Der siebte Gerichtspräsident von Barcelona, der zweite, der sein Amt nicht seiner Blaublütigkeit verdankte, sondern seinen Verdiensten, der erste Gerichtspräsident unter der Herrschaft der Bourbonen in Barcelona, der in Donya Gaietana verliebt war, Baronin von Xerta und seine Nachbarin, seufzte leidvoll und schneuzte sich. Er war ausgegangen, um sich ein wenig die Beine zu vertreten, bevor er sich mit Doktor Dalmases traf, und hatte den armen Sekretär Rovira mit der ganzen Arbeit im Gericht zurückgelassen. Sa Senyoria war inkognito unterwegs, von niemandem begleitet als seinem Kutscher, Hipòlit in Livree und seiner großen dänischen Dogge – wegen der er von halb Barcelona bewundert und beneidet wurde –, die in zehn Meter Entfernung auf ihren hohen Beinen geschmeidig durch die schlammigen Straßen dieses kalten, grauen und tristen Novembertags der Kutsche hinterhertrottete. Die Kutsche hatte die Stadt durch das Tor von Ollers verlassen und die steile Landstraße eingeschlagen, die zum Montjuïc hinaufführte. Auf halber Höhe ließ Don Rafel anhalten und befahl, auf ihn zu warten. Er ging zu Fuß weiter, dicht gefolgt von Turc. Schließlich erreichte er den Aussichtspunkt von Miramar, von dem aus man über ganz Barcelona und das Meer blicken konnte. Weit und breit war keine Menschenseele zu sehen, und er vernahm nichts weiter als das Hecheln seines Hundes und das Zwitschern der wenigen Buchfinken und Rotkehlchen, die die Kälte noch nicht vertrieben hatte. Auch die Sonne wollte inkognito bleiben und verbarg sich hinter einer dichten grauen Wolkendecke. Nichts schien die Stille der Landschaft stören zu wollen, selbst die sanfte, kalte Brise wehte ohne einen Laut.

Don Rafel fröstelte und schlug den Mantelkragen schützend über die Ohren.

»Was sagst du dazu, Turc?«

Die Dogge gähnte ausgiebig. Sie hatte keine Ahnung, wovon er sprach. Was Don Rafel mit seiner Frage meinte, war: Ist es nicht merkwürdig, daß eine so große Stadt, verglichen mit Sant Adrià oder Badalona da hinten am Horizont, eine Stadt, die schon zweimal den Gürtel ihrer Mauern gesprengt hatte und langsam, aber unausweichlich auf den Montjuïc zukroch, eine Stadt mit so vielen Einwohnern (einhundertfünfundzwanzigtausendzweihundertdreiundvierzig nach dem Bericht des Hauptassessors der zweiten Kammer), eine Stadt voll armseliger kleiner Leute, Pöbel, der stets zur Revolte gegen die königliche Autorität bereit war, eine Stadt voll gerissener Kaufleute, die ihren Schnitt machten, indem sie willkürlich Preise und Gewichte festsetzten und Geschäfte mit der halben Welt trieben, eine Stadt voller Fabrikanten von tausenderlei Gütern, die durch lange, harte Arbeit in den letzten Jahren geradezu unverschämt reich geworden waren, eine Stadt, in die stets frisches Blut strömte, weil die jüngeren Söhne der Bauernfamilien aus dem ganzen Land hier im Priesterseminar oder in der höheren Schule ihr Glück versuchten oder die Schar der kleinen Leute vermehrten, das aufsässige Gesindel, eine Stadt voller Spitäler, in denen sich Schmerz und Unglück unaufhörlich mischten, eine erbärmliche Stadt, weil ihre Straßen schlammig und schmutzig waren, und doch zugleich eine reiche Stadt, weil ihre einhundertfünfundzwanzigtausendzweihundertdreiundvierzig Einwohner Tag und Nacht arbeiteten, eine Stadt, die sich wieder dem Meer zugewandt hatte, nachdem das Handelsverbot mit Westindien aufgehoben worden war … kurz: daß eine solche Stadt eine so wunderbare Blüte wie Donya

Gaietana hervorbrachte? Don Rafel fand das in höchstem Maße verwunderlich. Und das hatte er gemeint, als er fragte, was sagst du dazu, Turc? Die Dogge, die den träumerischen Gesichtsausdruck ihres Herrchens bemerkte, hatte sich respektvoll ein paar Schritte entfernt, um an den Stamm eines Zürgelbaums zu pinkeln. Don Rafel betrachtete die an der Mole liegenden Schiffe und stellte sich vor, wie ihre Masten leise hin- und herschaukelten. Von dort, wo er stand, konnte er den Carrer Ample und sein Haus sowie Donya Gaietanas Heim erkennen. Wieder seufzte Sa Senyoria und zwang sich dann, an etwas anderes zu denken, weil es hart war, sich einzugestehen, daß man sich gewissermaßen in ein halbes Kind verliebt hatte. In seinem Alter. Und in seiner gesellschaftlichen Position … Er zog seine Uhr hervor und konnte nur mit Mühe erkennen, wie spät es war, da er sich hartnäckig weigerte, Augengläser zu tragen. Wenn er sich auf dem Weg zurück nach Barcelona Zeit ließ, würde er genau richtig zu dem Treffen mit Doktor Dalmases am Ausgang des Spitals eintreffen. Er hob den Kopf: Es begann zu regnen.

Das Jahr hat dreihundertfünfundsechzig Tage. Zieht man die zweiundfünfzig Freitage und dreiundfünfzig Sonntage ab, die nicht zu gebrauchen sind, weil an dem einen des Leidens Christi gedacht wird und der andere der Tag des Herrn ist, so bleiben zweihundertsechzig. Von diesen wiederum gehen die Tage der Fastenzeit ab, bekanntermaßen vierzig an der Zahl, wobei zu bedenken ist, daß wir ja die Freitage und Sonntage schon abgerechnet haben, so daß man summa summarum auf dreißig Fastentage kommt. Nach Abzug dieser dreißig Tage bleiben immer noch erfreuliche zweihundertdreißig Tage übrig. Aber der Blick in den Kalender zwingt uns, auch Sankt Joseph, Sankt Johannis, Sankt Peter, Sankt Jakobus,

Mariä Himmelfahrt und Santa Eulalia auszunehmen, womit wir bei zweihundertvierundzwanzig Tagen wären. Da aber bei allem ein gesundes Maß vonnöten ist, hat die Natur im weiblichen Zyklus sechs Tage der Schonung, des Opfers, der Mütterlichkeit und des Verzichts vorgesehen. Geht man nun davon aus, daß eine normale Frau 13,035 Male pro Jahr menstruiert (errechnet auf der Grundlage eines Zyklus von achtundzwanzig Tagen), und multipliziert diese Zahl dann mit sechs, ebenjenen Tagen der Schonung, des Opfers usw., so kommt man auf achtundsiebzig Komma einundzwanzig Tage (der Praxis halber abgerundet auf achtundsiebzig). Und zieht man zu guter Letzt diese von den verbleibenden zweihundertvierundzwanzig Tagen ab, so bleibt immerhin noch die beachtliche Anzahl von hundertsechsundvierzig Tagen, an denen Don Rafel theoretisch mit Donya Marianna der ehelichen Liebe hätte pflegen können. Doch die Erfahrung lehrt, daß nicht alle theoretisch möglichen Tage auch praktisch nutzbar sind: Einmal ist es die Migräne, dann wieder plötzliche Müdigkeit, ein über die Maßen ausgedehntes Nachtgebet, eine unerwartete Reise oder eine leichte, nicht ganz so leichte, mittlere oder schwere Unpäßlichkeit (die sizilianische Grippe, Angina, Erkältung oder eine Darmverstimmung). All dies reduziert die Möglichkeiten auf etwa hundertzwanzig Tage im Jahr, also alles in allem alle zwei Komma neun Tage, sagen wir, jeden dritten Tag. Nicht schlecht. Das ist angemessen und unter Umständen sogar zuviel. Jeden dritten Tag also. Sieh an. Doch leider war dem nicht so, denn oft kommt es anders, als man denkt, und wenn ein Mann von der Natur und Konstitution Don Rafels auch zweimal pro Woche mit Fug und Recht Geschlechtsverkehr erwarten durfte, so traf es sich doch, daß er die guten Tage stets ungenutzt verstreichen ließ und seine Frau just an den

Tagen bedrängte, an denen es ganz und gar unmöglich war, ich weiß wirklich nicht, was in dich gefahren ist, Rafel, immer denkst du nur an das eine. Und er, aber Marianna, um Himmels willen, warum haben wir denn geheiratet, wenn nicht, um zu. Und sie in heiligem Zorn, wenn es dem Herrgott nicht gefallen hat, uns Kinder zu schenken, dann müssen wir das ja nun wirklich nicht mehr tun. Und außerdem solltest du wissen, daß die Ehe nicht dafür gemacht ist. Ach nein? Ach nein. Dieses Ach nein gab den Ausschlag, daß Don Rafel sich Elvira suchte. Im Grunde genommen war es für alle Beteiligten die beste Lösung: Donya Marianna mußte sich nicht länger von ihrem lüsternen Gatten bedrängt fühlen. Don Rafel hatte hundertundfünf Mittwoche und Freitage, an denen er gewiß sein konnte, Befriedigung zu finden, verstärkt durch den angenehmen Kitzel der Heimlichkeit. Und Elvira stieg durch dieses Arrangement auf: von einer kleinen Schneiderin im Hause Assumpció zur verwöhnten Geliebten des Assessors Massó, des zukünftigen Gerichtspräsidenten. Im Hause der Massós kehrte wieder Ruhe und Frieden ein. Doch dann verliebte sich Don Rafel in Elvira, und so passierte der ganze Schlamassel. Arme Elvira. Und nun war die Reihe an Donya Gaietana, der Unnahbaren. Da war die Kutsche auch schon vor dem Spital angekommen, in dem der berühmte Astronom als Chirurg arbeitete, und Don Rafel ließ anhalten.

Im Carrer Rec kamen sie nur mühsam voran, da der Kutscher seine liebe Not hatte, nicht einen der unzähligen Fußgänger zu überfahren, die um diese Zeit unterwegs waren. Im Inneren der Kutsche schilderte Don Rafel Massó Doktor Jacint Dalmases sein Problem.

»Ich wußte nicht, daß Ihr immer noch so großes Interesse an der Astronomie hegt, Don Rafel.«

»Ach, ich bin ja nur blutiger Laie auf diesem Gebiet, Doktor Dalmases«, wehrte er in falscher Bescheidenheit ab. »Aber meine Begeisterung für die Himmelsbeobachtung ist ungebrochen.«

»Der Himmel ... Der Mond, die Sterne, die Planeten, die Sternnebel ...« Professor Dalmases geriet ins Schwärmen. »Am Firmament gibt es unendlich viel zu entdecken. Es lädt uns zu phantastischen Reisen ein ... Oft habe ich gedacht, daß ich mich gar nicht vom Fleck bewegen muß, um neue Welten kennenzulernen ... Ich muß nur auf eine sternenklare Nacht warten. Findet Ihr nicht auch?«

»Gewiß, gewiß! Wie lange wird dieses schlechte Wetter wohl noch anhalten?«

»Die Bauern sagen, daß es wochenlang so weitergehen kann. Wir werden das viele Wasser noch überbekommen ...« Nachdenklich kratzte sich Doktor Dalmases die Nase. »Aber kommen wir zur Sache, Don Rafel. Ich glaube nicht, daß Ihr ein Umkehrprisma braucht. Die Himmelskörper haben kein Oben und kein Unten, kein Links und kein Rechts, sie sind absolute Objekte ... Tatsächlich gilt für die Erde das gleiche, nur behaupten wir aus reiner Gewohnheit, der Norden sei oben ...«

»Nun ja, aber der Norden war nun mal schon immer der Norden, nicht wahr? Und er war immer oben.« Don Rafel stellte sich dumm. »Ein Norden in Afrika wäre ein Ding der Unmöglichkeit, es wäre ja gewissermaßen ein südlicher Norden.«

»Nehmt einmal die Erdkugel und dreht sie um.« Der Professor lächelte. »Dann ist der Norden da, wo normalerweise Afrika ist. Und die Erde bleibt doch die gleiche.«

»Umdrehen.« Wie demütigend, den Idioten spielen zu müssen.

»Verehrter Don Rafel, macht Euch für einen Augenblick von Eurem juristischen Denken frei und betrachtet die Objekte einmal ganz unvoreingenommen. Damit will ich sagen, daß die Frage nach rechts oder links, oben oder unten relativ ist. Oder wollt Ihr etwa behaupten, daß Ihr seit neuestem den lächerlichen Theorien Don Fèlix Amats anhängt?«

Nur mit Mühe konnte Don Rafel ein ungeduldiges Schnauben unterdrücken. Daß er mit Fèlix Amat und seinen Theorien der kristallinen Sphären in Verbindung gebracht wurde, ärgerte ihn. Vor allem aber war ihm in diesem Augenblick die Relativität von Norden und Süden und der ganze vermaledeite Doktor Dalmases mit seiner Besserwisserei völlig schnurz. Immerhin wurde behauptet, der Arzt sei Freimaurer, also nahm er sich besser in acht, nicht wahr? Hatte er nicht gleich zu Anfang deutlich gemacht, daß er einfach nur ein Umkehrprisma wollte und ihm alles andere gestohlen bleiben konnte? Leider kannte er außer Dalmases niemanden, der ihm eines hätte verschaffen können.

»Könnt Ihr mir denn nun das Umkehrprisma besorgen?«

»Das Bild wird an Schärfe verlieren. Je mehr Gläser und Spiegel wir zwischen das Objekt und unser Auge setzen …«

»Ich will aber den Mond richtig herum sehen.«

Doktor Dalmases schwieg höflich und sah aus dem Kutschenfenster. Dieser schmierige Don Rafel ging ihm entsetzlich auf die Nerven, aber es wäre unklug gewesen, das durchblicken zu lassen. Was für eine alberne Idee, die Bilder umkehren zu wollen: Das taten, wenn überhaupt, nur Anfänger. Bestimmt will er das Prisma für etwas anderes.

»Nun gut«, seufzte er. »Wenn Ihr die Kutsche vor meinem Haus halten laßt, kann ich Euch eines überlassen. Ich hoffe nur, es paßt in Euer Teleskop.«

»Ich bin Euch sehr verbunden. Aber ich möchte es Euch

lieber abkaufen. So kann ich es benutzen, wann immer ich will.«

»Ihr habt mich nicht richtig verstanden: Ich schenke es Euch.«

»Das kommt nicht in Frage.«

»Ich bestehe darauf.«

Ja, schmier mir nur Honig ums Maul, du Heuchler, dachte Don Rafel, da waren sie auch schon auf der Plaça dels Traginers angekommen.

»Nun gut, Doktor Dalmases. Ich beuge mich.«

Er klopfte ein paarmal ans Kutschendach, und die Kutsche blieb mitten auf dem Platz stehen. Ein rotznasiger Junge betrachtete interessiert den Dampf, der aus den Nüstern des Pferdes aufstieg. Don Jacint Dalmases versicherte, es werde keine Minute dauern, und stieg aus. Als sein Diener mit einem Kästchen in der Hand herauskam, überlegte der rotznasige Junge noch immer, ob das Pferd wohl Feuer im Leib hatte. Rasselnd zog die Kutsche Seiner Gnaden an und holperte durch den Schlamm. Don Rafel hatte sein Umkehrprisma, und der neugierige Junge war von oben bis unten mit dem Schlamm bespritzt, den die Räder der Kutsche aufgewirbelt hatten.

Don Rafel klappte das Buch zu, in dem er sowieso nicht las, und gähnte. Er liebte diese angenehme Schläfrigkeit nach dem Mittagessen. Normalerweise zog er sich um diese Zeit in seinen Sessel am Kamin zurück und dachte, daß das Leben doch schön war. Wenn Donya Marianna dann die Dienerschaft zusammengestaucht hatte (nur Hipòlit entging gemeinhin dem Zorn der Hausherrin), brachte sie ihr Häkelzeug und leistete ihrem Gatten im anderen Sessel Gesellschaft.

»Was weiß man denn über diese Geschichte mit der Desflors?«

»Der Täter ist schon gefaßt. Ein Irrer.«

»Oh, wie gräßlich! Und wer ist es?«

»Du kennst ihn nicht. Außerdem ist alles *sub judice*« – das war stets sein Lieblingsargument, wenn er keine Lust hatte, mit seiner Frau zu reden, oder sie ein wenig auf die Folter spannen wollte. Don Rafel seufzte. Er wartete darauf, daß Donya Marianna sagte, so, ich leg mich ein Weilchen aufs Ohr, damit er freie Bahn hätte.

»Aber mir kannst du doch sagen, wer es ist!«

»Ein Mann, Marianna!«

»Das machst du nur, um mich zu ärgern.«

»Nun gut, du hast recht – genau darum tue ich es, nur darum!« Don Rafel wurde wütend, als er spürte, wie durch seinen Groll die angenehme Schläfrigkeit von ihm wich. »Du glaubst also allen Ernstes, ich als höchste juristische Autorität Kataloniens wolle meine Frau ärgern, weil ich …«

»Schon gut, schon gut.« Sie sprang auf, zutiefst beleidigt. »Ich leg mich kurz hin. Wenn du in deinem Alter noch meinst, Geheimnisse vor deiner Frau haben zu müssen …«

»Schön, schön, Marianna.« Er blieb sitzen und tat, als wäre er auch müde. »Sagtest du nicht, du wolltest dich hinlegen? Ich werde mich zurückziehen, denn ich muß noch Akten bearbeiten, und zwar genau zu diesem Fall.«

Wütend rauschte Donya Marianna ab. Don Rafel stöhnte, wartete, bis das letzte empörte Rascheln ihres Kleides zur Tür hinaus war, und stand auf. Er gähnte gewaltig, dann ging er ins Nebenzimmer, das er mit einer Handvoll Gesetzesbücher und seinem von Tremulles gemalten Porträt zu einer Art Arbeitszimmer ausstaffiert hatte. Er schloß die Tür hinter sich ab und seufzte zufrieden. Dann ging er zum Teleskop und richtete es aus. Er schob den Vorhang ein Stück beiseite und setzte sich. Vorsichtig nahm er das Umkehrprisma aus dem Kästchen und fügte es ein. Dann schraubte er das Objektiv wieder auf und schnalzte zufrieden mit der Zunge. Was das Leben nicht alles zu bieten hatte … Vom Fenster seines Arbeitszimmers konnte er direkt auf das Bett der Baronin von Xerta schauen. Überdies hatte Sa Senyoria einen vorteilhaften leicht erhöhten Blickpunkt, da die Stockwerke im Palast der Xertas ein wenig niedriger als die im Palast Massó waren. Auf diese Weise hatte er herausgefunden, daß Donya Gaietana täglich einen Mittagsschlaf hielt; daß sie dabei die Jalousien nicht herunterließ; daß sie recht schamlos war, weil sie die Vorhänge immer nur halb zuzog und sich zum Mittagsschlaf bis auf ein lächerlich kurzes Hemdchen entblätterte. Und daß sie am siebenundzwanzigsten September zur Zeit des Mittagsschlafs ihren Trottel von Ehemann nach Strich und Faden mit einem jungen Mann betrogen hatte, den Don Rafel nicht hatte identifizieren können. An diesem Tag hatte er geglaubt, sie vollständig nackt gesehen zu haben, und beschlossen, fortan das Teleskop zu Hilfe zu nehmen. Und dann hatte er sich in sie verliebt … Seither stand er täglich treu und brav auf seinem Beobachtungsposten. Zwar fand er es ungeheuer demütigend, daß man mit diesen Geräten alles verkehrt herum sah, doch sehnte er den Tag herbei, an dem Donya Gaietana sich entschlösse, ihren Mittagsschlaf zu einer Zeit zu halten, zu der er auf der Lauer lag. Oh! Ja! Aufgeregt spähte Don Rafel durchs Objektiv. Tatsächlich: Die Tür ging auf, und Donya Gaietana betrat gähnend ihr Schlafgemach, ach meine süße kleine Schläferin, deine Brüste sind wie Äpfelchen … Na los, zieh dich aus, du Schlampe, das tust du doch sonst nicht vor den Leuten … Donya Gaietana begann, sich die Röcke aufzuschnüren, und Don

Rafel verfluchte die Luft der Straße, die zwischen ihnen lag. Oh, ah, o ja! Don Rafel spürte, wie seine Erregung wuchs, o meine Gaietana, du bist zum Greifen nah, wie aufregend … Warum ziehst du dich nicht ganz aus, meine Liebste? Na los, mach schon, wir sind ja allein, du und ich … Los, Liebste … Hab keine Angst …

»Senyoria.«

Jemand klopfte diskret an die Tür. Hipòlit.

»Was ist denn jetzt schon wieder«, schrie Don Rafel zornentflammt. »Wißt ihr denn nicht, daß ich arbeite?«

»Eine Nachricht vom Gericht, es ist eilig.«

Rasch stellte Don Rafel das Teleskop an seinen Platz zurück, rückte den Stuhl an die alte Stelle, verteilte in fliegender Hast ein paar Papiere auf seinem Schreibtisch und nahm dann im Sessel Platz.

»Ich mache schon auf«, sagte er und erhob sich geräuschvoll. »Offenbar kann man hier nicht ungestört arbeiten.« Er drehte den Schlüssel um und öffnete die Tür. »Was? Was ist denn so eilig?«

Hinter Hipòlit erspähte er die verhaßte Gestalt des Polizeichefs, dieses Dingsbums de was weiß ich de Setúbal, der hat mir gerade noch gefehlt. Don Rafel lächelte und sagte, noch bevor Hipòlit den Mund auftun konnte, aber so tretet doch ein, Herr Kommissar, welch eine Überraschung! Don Jerónimo Manuel Cascal de los Rosales y Cortés de Setúbal betrat Don Rafels Arbeitszimmer, ohne sein Lächeln zu erwidern.

»Es handelt sich um eine äußerst heikle Angelegenheit, Senyoria.« Schweigend wartete der Polizeichef, bis der Gerichtspräsident die Tür geschlossen, am anderen Ende des Tisches Platz genommen und ihm ebenfalls einen Stuhl angeboten hatte. Erst dann zog er ein nachlässig verschnürtes Päckchen aus seiner Tasche und legte es auf den Tisch.

»Wir haben die Wohnung des Verdächtigen im Mordfall Desflors durchsucht. Diese Papiere waren in seinem Besitz.«

Neugierig und furchtsam zugleich öffnete Don Rafel das Päckchen mit vor Mutmaßungen zitternden Händen. Sofort sah er, worum es ging. Er spürte, wie ihm in Panik alles Blut aus dem Kopf strömte. Ihn schwindelte.

»Und wie kommt das in den Besitz dieses Subjekts?« stammelte er.

»Das wissen wir noch nicht. Wir werden ihn verhören müssen.«

»Nein!«

Das war äußerst ungeschickt von Don Rafel, denn bei diesem Ausruf verdoppelte Kommissar Setúbal im Geiste die Summe, die er für seine diskret zu erledigenden Dienste zu verlangen gedachte. Schnell waren sich die beiden Männer einig. Der eine erklärte sich bereit, das Päckchen und die ganze Angelegenheit zu vergessen; der andere, sich diesen Gefallen zu merken und sechstausend Reales in klingender Münze herauszurücken. Blutenden Herzens zahlte Don Rafel diesem halben Portugiesen das Geld auf die Hand. Im Gegenzug schlug Setúbal ihm vor, dem Verdächtigen aufrührerische Schriften gegen den König unterzuschieben, um ihn noch mehr in die Enge zu treiben, auf meine beiden Männer, die die Papiere gefunden haben, ist Verlaß, Senyoria, die werden schweigen wie ein Grab. Der Kommissar lächelte wölfisch. Und der Traum von Donya Gaietana war endgültig ausgeträumt, denn es war vier Uhr nachmittags Mitte November, und das Licht schwand rasch, zumindest aus Don Rafels Seele.

Lagen um acht Uhr abends alle Räume des Gebäudes in tiefer Dunkelheit, so herrschte im muffigen Untergeschoß mit seinen in den Fels gehauenen Verliesen dichte, massive, endgültige Finsternis. Andreu lehnte an einer glitschigen Wand; sein Atem ging rasch und ungleichmäßig. Er wußte nicht, wieviel Uhr, ja, nicht einmal, ob es schon morgen oder noch vorgestern war. In den Stunden geteilter Einsamkeit hatte er herausgefunden, daß die schweigende dunkle Silhouette einem holländischen Seemann gehörte, der hier saß, weil man ihn verdächtigte, einen genuesischen Kollegen wegen irgendeiner Weibergeschichte umgebracht zu haben. Er schien weder reden noch sich mit ihnen einlassen zu wollen. Doch auch der Gesprächige, der ihn bei seinem Eintritt in die Dunkelheit willkommen geheißen hatte, hüllte sich nun hartnäckig in Schweigen, was alles noch unerträglicher machte. Er hatte zwar gesagt, es gebe drei oder vier weitere Männer hier, aber die bestanden für Andreu aus nichts als Husten, ein paar Flüchen oder einem Seufzer in der Hoffnungslosigkeit der Zelle. Und so lehnte er an der Wand und fragte sich wieder und wieder, wie es möglich sei, daß ... Im Grunde war er überzeugt, daß jeden Augenblick die Zellentür aufgehen und jemand ihn, eine Entschuldigung murmelnd, hinauslassen werde. Und er würde die Entschuldigung annehmen, und damit wäre die Sache erledigt. Ihm war unbegreiflich, wieso seit dem Augenblick, in dem die Soldaten ihn aus seiner Wohnung abgeführt hatten, eine halbe Ewigkeit vergangen war, ohne daß der Irrtum sich aufgeklärt hatte. Wer wußte von seiner Verhaftung? Wer mochte gerade verzweifelt versuchen, sich für ihn einzusetzen? Dieser seltsame Rechtsverdreher, der ihn verteidigen sollte und von seiner Schuld überzeugt war? Dann gute Nacht. Wen gab es noch? Wenn nur Nando nicht fortgegangen wäre ... An seinen Vater dachte Andreu nicht, weil er sich nicht vorstellen konnte, daß dieser irgend etwas

Praktisches zuwege brächte. Und jemand anderes fiel ihm nicht ein, schließlich hatte er sich etwas darauf eingebildet, der große Einsame von Barcelona zu sein. Außerdem war ihm klar, daß die Menschen, auf die er zählen konnte, nichts ausrichten konnten. Dennoch trieb es ihn zur Verzweiflung, daß er nicht wußte, wer was unternahm, um ihn aus dieser absurden Situation zu erlösen. Seine wenigen Freunde, von Nando einmal abgesehen, waren junge Burschen wie er, ohne Geld, aber mit hohen künstlerischen Ambitionen, die der tonangebenden literarischen Strömung der »Akademie der Mißtrauischen« mißtrauisch gegenüberstanden und wie alle jungen Leute der festen Überzeugung waren, das, was sie schrieben, werde die Zeiten überdauern. Andreu verkehrte in keinem Zirkel, wo man ihn hätte vermissen können. Manchmal während dieser endlosen Woche, in der er das Elend des Kerkers wiederkäute, überkam ihn die Gewißheit, daß er für alle Zeiten hier lebendig begraben wäre, weil niemand in der Welt der Lebenden wußte, daß man ihn in dieses Loch gesteckt hatte, und diejenigen, die es wußten, machtlos waren ... Senyora Roseta? Nein. Und Teresa? Dachte er in diesem Augenblick zum ersten Mal an Teresa? Nein, gewiß nicht. Aber als ihm nun bewußt wurde, daß er überlegte, ob er an Teresa dachte, wurde ihr Bild vor seinen Augen deutlicher, bis es fast greifbar war. Andreu lehnte an der feuchten Wand, mit raschem, unregelmäßigem Atem, und wünschte sich, irgend jemand, ganz gleich, wer, möge sich seiner annehmen. Sein Wunsch stieg wie Rauch zur Decke des Kerkers auf und vermischte sich dort mit den tausend Wünschen der endlosen Schar der Verzweifelten, die hier schon ihre Tränen vergossen hatten. Vielleicht würde er ja durch die vergitterte Luke in die regnerische Nacht auf der Plaça del Blat hinausschlüpfen. Die ganze

Stadt lag schweigend in der Dunkelheit und ließ sich bis auf die Knochen durchweichen. Wie vom Regen erschöpft. Wie von Trauer ergriffen ob so viel Traurigkeit.

20. November 1799

Lieber Andreu, Sohn der Göttin Fortuna,
diesen Beinamen verdienst Du nicht etwa, weil Du auf geheimnisvolle Weise unter uns Sterblichen erschienen bist (Sohn eines zerstreuten, aber gutmütigen Musikers und einer Frau, die mir immer ein Geheimnis war), sondern weil Du der einzige Mensch auf der Welt bist – stell Dir vor, der einzige Mensch auf der Welt! –, der jemals zwei Briefe hintereinander von mir bekommen hat. Ich schreibe Dir vom Rand eines Weilers namens Perafita, der mitten in der Wildnis auf halbem Wege nach Calaf liegt. Nun wirst Du Dich fragen, wenn Du Dich mit solchen Petitessen überhaupt abgibst, was wir bei Calaf zu suchen haben, ganze neun Tage nach unserer Abreise aus Barcelona, nach dem wunderbaren Konzert der Desflors, wo wir in neun Tagen doch schon weit hinter Saragossa sein könnten. Nun, wir sind von unserer Route abgewichen, weil angeblich in der Gegend von Calaf und Ponts eine Räuberbande ihr Unwesen treibt. Jetzt sollen wir ihnen ein bißchen Angst einjagen. Ich hoffe sehr, ihnen nicht über den Weg zu laufen, denn ganz bestimmt werde ich mehr Angst vor ihnen haben als sie vor mir. Es regnet, schon den ganzen Tag. Seit neun- oder zehntausend Tagen regnet es jetzt schon. Regnet es in Barcelona auch? Ich liege im Zelt, schreibe Dir und lausche dabei dem Plitsch-platsch der Regentropfen, während Casares schläft. Er ist nicht sonderlich helle, der gute Casares. Er will Militärtechniker werden und kann eine gewöhnliche Eiche nicht von einer Steineiche un-

terscheiden. Und ich bin auch nicht sonderlich helle, daß ich hier bei Nacht und Regen Räuber jage. Dieser Unfug wird noch dazu führen, daß wir viel zu spät in Madrid ankommen. Mir soll's recht sein: Der große Vorteil bei der Armee ist, daß Du keine Rechenschaft über Deine Entscheidungen ablegen mußt. Das bleibt dem Oberst überlassen, dessen Reizbarkeit von Tag zu Tag wächst. Dafür wird er bezahlt.

Doch nun zu Dir, Andreu, und zu Deinen letzten siebzehn Gedichten. Was ich Dir nun sagen werde, habe ich sorgfältig überdacht, also schreib mir nicht gleich in Deinem ersten Zorn zurück, sondern laß meine Worte erst in Dir wirken, bevor Du mir antwortest. Also: Ich finde die Gedichte nicht sonderlich gelungen. Das Sonett geht noch einigermaßen, die anderen nicht. Weißt Du, was das Problem mit ihnen ist? Sie sind unfertig, unausgereift. Es wirkt fast so, als hättest Du es eilig gehabt, sie loszuwerden, wenn Du verstehst, was ich meine. Und ebenso offen, wie ich Dir dies schreibe (denk nur daran, wie Du meine Studie in a-Moll verrissen hast), will ich Dir auch sagen, wie sehr ich Deine Begabung bewundere, für alles den richtigen Ausdruck zu finden. Wenn Du nur gute Lehrer gehabt hättest! Und doch kannst Du, Andreu, Sohn der Göttin Fortuna, Dich glücklich schätzen: Schließlich hast Du noch das ganze Leben vor Dir, und Du wirst Fortschritte machen und von Mal zu Mal besser werden, denn unsere besten Lehrmeister sind letztlich wir selbst. Ich glaube, ja, ich bin mir sicher, daß sich hinter diesen eher mittelmäßigen Gedichten ein wahrhaft begabter Poet verbirgt. Wieso versuchst Du nicht, auf spanisch oder französisch zu schreiben? … Ach, ich bin dumm, Du kannst ja gar kein Französisch. Verzeih. Excusez-moi, mon quoiquoi, der die Schönheit in all ihren Formen liebt (besonders aber in Form holder Weiblichkeit).

Ach, Andreu. Was macht die Rambla? Zwitschern auf den Akazien noch die Meisen? Und liegen viele Schiffe im Hafen? Du kannst Dir nicht vorstellen, wie sehr ich Barcelona vermisse, lieber Andreu; Du kannst Dir nicht vorstellen, wie sich in mir auf unerklärliche Weise die Sehnsucht nach einem Spaziergang auf der Plaça del Pi mit dem Verlangen mischt, das Weite zu suchen und mir die Welt anzusehen.

Ich glaube, um ein guter Reisender zu sein, muß man Heimweh empfinden können, sonst lebt man wie ein Kutschgaul … Jetzt, wo ich Dir schreibe, werde ich wieder sentimental. Vielleicht geht mir all dies aber auch nur durch den Kopf, weil es hier in Perafita, inmitten von Felsen und Gestrüpp, keine Frau gibt, die mich auf andere Gedanken bringt. Ach, was soll's … »Das Wort Freiheit klingt so schön«, wie Meister Goethe sagt, vergiß das nicht, Andreu. Und das Paradoxe ist, daß ich hier trotz meiner Uniform allein dadurch Freiheit atme, daß ich die Landschaft betrachte und in Gedanken verwandle … Casares schnarcht, das bringt mich auf den Boden zurück. Ach, daß es kein Weib gibt, das diesen Aufprall auf die Mutter Erde dämpfte! Ich liege allein in einem lächerlichen Militärzelt und werde die Nacht in Gesellschaft eines tumben Leutnants verbringen müssen, der schnarcht und nicht an die Landschaft glaubt … Ich Armer …

Für heute soll es genug sein, Andreu. Den ersten Brief an Dich, den von letzter Woche, habe ich heute der Postkutsche mitgegeben, die von Igualada kam. Den heutigen Brief werde ich wohl eine ganze Weile mit mir herumschleppen müssen, bis wir zurück in der Zivilisation sind. Weißt Du, daß ich Novalis entdeckt habe? Doch davon werde ich Dir ein andermal berichten. Der Buchhändler Galí hat für mich eine französische Ausgabe der Geistlichen Lieder *aufgetrieben. Darin finden sich empfindsame Verse wie*

Ich habe dich empfunden,
O! lasse nicht von mir;
Laß innig mich verbunden
Auf ewig sein mit dir.

neben dynamischen wie:

Es gibt so bange Zeiten,
Es gibt so trüben Mut,
Wo alles sich von weiten
Gespenstisch zeigen tut.

Ich bin mir sicher, diese Verse werden etwas in Dir bewirken, Andreu. Bald wirst auch Du solche Verse schreiben, denn Du trägst in Dir die Kraft der Weisheit und der Kunst. Meine Kerze verlischt. Gute Nacht, Einsamster unter den Einsamen!

Dein Freund Nando

Noch war die Sonne nicht aufgegangen. Ciset wandte den Kopf und betrachtete die neue Kerze, die schon die ersten Wachstränen vergoß. Das Atmen fiel ihm schwer, als hätte ihn seine Kopfbewegung große Kraft gekostet. Langsam, unaufhaltsam liefen ihm die ersten Tränen über die Wangen, Herr im Himmel, und das bei mir, der ich mein Lebtag nicht geweint habe. Und nun gesellte sich der hohle Husten dazu, und einen Augenblick lang dachte Ciset, ob ein einziges Herz soviel Leid überhaupt tragen konnte, dabei war er nie ein Kind von Traurigkeit gewesen, wenigstens nicht bis zu dem Tag, den Gott der Herr vom Angesicht der Erde tilgen und aus der Liste meiner Sünden streichen möge, als er jenes gräßliche Pflatschen vernahm, das in seiner Erinnerung nachhallte, arme Remei, ich fühle mich, als wäre ich schuld an ihrem Tod, dabei ist sie einfach tot umgefallen, ohne Ankündigung, nicht wie ich, ich sterbe Stück für Stück und weiß wohl, daß ich auf das Grab zugehe, pflanzt Rosen auf mein Grab, murmelte Ciset wie im Fiebertraum, dann hustete er wieder. Noch war die Sonne nicht aufgegangen. Noch war es die Nacht nach Allerseelen. Noch mußte er die grausame erste Nacht ohne Remei durchstehen, ohne ihren gleichmäßigen Atem, ohne dieses Geräusch, das ihre Hände machten, wenn sie sie aneinanderrieb, um sich zu wärmen. Arme Remei, hier lag noch ihre angefangene Näharbeit; vorgestern, als sie am Feuer saßen, hatte sie gesagt, ich bin müde, ich mache morgen weiter, und nun hatte sie das Hemd nicht mehr flicken können, nie wieder würde sie flicken können, weil sie am Tag darauf tot umgefallen war, ohne Vorwarnung, auf dem Waschplatz von Cal Peric, als sie sagte, Ciset, ich glaube, es ist Zeit für. Und dann sagte sie nichts mehr, weil sie tot war. Wieder überkam Ciset der Husten und mit ihm die Wut, und er betrachtete das halbgeflickte Hemd. Er hatte Galana nicht erlaubt, irgend etwas anzurühren, nein, Galana, und nochmals nein. Dieses Hemd würde ungeflickt bleiben, mit der Nadel darin, genau so, wie sie es hatte liegen lassen, als sie sagte, ich bin müde, ich mache morgen weiter. Und Galana war widerwillig weggegangen und hatte gemurrt, wer weiß, ob Senyor Ciset uns noch verrückt wird, hin zum Herd, wo sie ihm das Abendessen machte, bevor sie nach Hause ging, in dieser verdammten Nacht nach Allerseelen, in der er zum ersten Mal allein war.

In die Decke ganz eingehüllt, dachte er an die vielen Tage, an denen er überzeugt gewesen war, daß er es nicht hätte tun sollen. Aber dann fiel ihm auch der sonnige Tag wieder ein, an dem er vor dem Kloster von Sant Cugat gewartet hatte, bis die verhaßte Gestalt auf ihn zukam, ihn auf die Rückseite des Gebäudes führte, wo nicht einmal die Vögel sie sehen konnten, und ihm das Vereinbarte gab, das ist ein Vermögen, Ciset, alles Geld der Welt, denn ich halte meine Versprechen. Und er hatte sich blenden lassen, und sein Herz hatte wie wild gepocht beim Anblick dieser vielen, vielen Münzen, und er hatte an nichts anderes denken wollen. Er nahm den Beutel, akzeptierte die Bedingungen, verzichtete ein für allemal auf seinen Seelenfrieden, du wirst sehen, Remei, jetzt haben die Sorgen und Nöte ein Ende, jetzt müssen wir nie wieder arbeiten; wir haben genug bis ans Ende unserer Tage und können leben wie die Fürsten. Und sie hatte zuerst mißtrauisch geschwiegen, aber dann hat sie sich auch von diesem Haufen Geld blenden lassen und gesagt, ja, Ciset, nun müssen wir nie wieder arbeiten. Und das war unsere Sünde, sprach Ciset hustend vor sich hin. Und jetzt mußte die Sonne wohl bald herauskommen. Aber die Wolken scherten sich nicht darum und weinten weiter auf den Kummer des armen Ciset. Und wieder hörte er das pflatschende Geräusch in seinem Kopf, lauter und immer lauter, und wußte nicht, ob er es würde ertragen können.

IV

Don Rafel Massó lehnte sich über den Tisch seines Arbeitszimmers im Gericht.

»Seht her.«

Auch der Staatsanwalt beugte sich neugierig nach vorn und las: Der König ist seines Amtes nicht würdig, und die Königin ist Godoys Hure, mit Verlaub, Senyoria.

»Alles hat dieselbe Tendenz, Don Manuel, Dutzende revolutionärer Schmähschriften, die dieses Subjekt bei sich zu Hause aufbewahrte.«

»Und warum habe ich nicht früher davon erfahren?« Don Manuel d'Alòs richtete sich auf und sah den Gerichtspräsidenten mißtrauisch an. »Immerhin bin ich der ermittelnde Staatsanwalt!«

»Darum habe ich Euch ja rufen lassen, Don Manuel ... Die Papiere sind erst heute morgen in meine Hände gelangt.«

Mit einem Seitenblick vergewisserte er sich, daß der Staatsanwalt tat, als glaubte er ihm, dann zückte er seine Schnupftabaksdose und nahm genußvoll eine Prise. Don Rafel wußte, daß er äußerst vorsichtig zu Werke gehen mußte, weil er sich auf keinen Fall den Luxus erlauben konnte, daß ihm der Mordfall der Französin entglitt, und Don Manuel war, wie jeder beim Königlichen Gericht bis hinunter zum geringsten Untergebenen, ein potentieller Feind. Kein treuer Diener der Krone saß fest auf seinem Posten, wenn er nicht mit dem Militärgouverneur auf gutem Fuße stand. Das war das Entscheidende im Getriebe der Politik: das Wohlwollen dessen, von dem man abhing. Männer wie Don Rafel, die ohne Rang und Namen geboren waren, konnten sich einzig und allein auf die Macht ihres Amtes und auf das Vermögen verlassen, das sie während ihrer Amtszeit anhäuften, wenn sie es schlau genug anstellten. Und seine Lage war insofern noch prekärer, als der Militärgouverneur eine herzliche Abneigung gegen ihn hegte, die, wie gemunkelt wurde, auf irgendeine Frauengeschichte zurückging. Don Rafel wußte, daß der Gouverneur nur auf eine Gelegenheit wartete, ihn zu zertreten wie einen Wurm, wenn möglich, ohne sich dabei schmutzig zu machen. Zu dieser Neigung des Militärgouverneurs kam die allgemeine Panik, die alle Angehörigen des königslosen Hofstaats von Barcelona ergriff, sobald in Madrid ein Erlaß unterzeichnet wurde, der sie betraf, wie zum Beispiel jener, mit dem vor etwa einem Jahr völlig unerwartet und zum Entsetzen der Herren in hohen Positionen die Stelle eines obersten Polizeichefs für ganz Katalonien geschaffen worden war. Ein völlig überflüssiger Posten, zumal wenn sich wirklich herausstellen sollte, daß Köpfe rollen würden. Aber an einem königlichen Erlaß war nun mal nicht zu rütteln, und so empfingen alle Angehörigen des Königlichen Gerichts den frisch ernannten Polizeichef mit falschem Lächeln, einen schwarzhaarigen, extrem übellaunigen Mann, der auf den klangvollen Namen Jerónimo Manuel Cascal de los Rosales y Cortés de Setúbal hörte. Er stammte aus Extremadura, sprach ein paar Brocken Portugiesisch, hielt Katalanisch und Portugiesisch für ein und dasselbe und zischte darum ständig *não me lixes*, was ihm bei seinen Untergebenen, die kein Wort verstanden, wohl aber den Tonfall zu deuten wußten, den Spitznamen »der Leckmich« eintrug. Des weiteren galt er als guter Kartenspieler und war fest entschlossen, immer und überall die Hand aufzuhalten, denn schließlich war er hier, um Karriere zu machen.

»Es lebe die Katalanische Republik«, las Don Manuel entrüstet. »Freiheit, Gleichheit, Brüderlichkeit ... Die Herrschaft der Bourbonen ist ein Übel ...« Verstört blickte der Staatsanwalt auf. »Das ist ja entsetzlich!«

»Ihr dürft die Papiere gerne behalten: Sie könnten Euch nützlich sein, um ... um die Anklage abzurunden.«

Gehorsam nahm Don Manuel die Papiere an sich. Während er sie in die Pappschachtel zurücklegte, dachte er, daß er was darum geben würde, zu erfahren, ob die Königin es tatsächlich mit Staatsminister Godoy trieb, was für ein Teufelskerl, mit der Königin ins Bett zu gehen; und ebenso wie er hätten auch viele andere nur zu gerne gewußt, ob König Carlos unter der Krone Hörner trug. Aber das war natürlich nichts, was man seinen Vorgesetzten fragen konnte, erst recht nicht im Arbeitszimmer des Königlichen Gerichts.

»Ich wünsche nicht, daß diese Papiere an die Öffentlichkeit gelangen, aber das ist natürlich nur ein bescheidener Vorschlag«, befahl Don Rafel.

»Das verstehe ich nicht ...«, murmelte der Staatsanwalt verwirrt.

»Wie soll ich sagen ...« Don Rafel tat, als müßte er angestrengt nachdenken. »Es ist weder in Eurem noch in meinem Interesse und schon gar nicht in dem des Militärgouverneurs, wenn das Gerücht aufkommt, in Barcelona sei eine Gruppe unkontrollierbarer politischer Aufrührer am Werk, die die Monarchie stürzen wollen oder immer noch von vergangenem Ruhm träumen wie die Anhänger des Hauses Habsburg. Versteht Ihr?«

»Aber es handelt sich doch nur um eine Einzelperson.«

»Ein Grund mehr, nicht unnötig Staub aufzuwirbeln.«

»Ich glaube, es wäre besser, das Übel an der Wurzel zu pakken und an dem Schuldigen ein Exempel zu statuieren.«

»Ich sagte, ich rate Euch, diese Papiere nicht an die Öffentlichkeit gelangen zu lassen. Habt Ihr mich verstanden?«

»Ja, Senyoria. Vollkommen.«

Don Manuel nahm die Schachtel mit den Papieren, die Andreu Perramon als unberechenbaren, revolutionären Vaterlandsverräter und Gefahr für die Gesellschaft auswiesen, aber aus Gründen, die sich dem Herrn Staatsanwalt nicht recht erschlossen, nicht an die Öffentlichkeit gelangen durften. Er verbeugte sich und verließ das Arbeitszimmer, auf das er sich selbst einmal große Hoffnungen gemacht hatte und das eines Tages meins sein wird, das schwöre ich bei Gott dem Allmächtigen.

Hinter seinem Schreibtisch beobachtete Don Rafel, wie der Staatsanwalt sich zurückzog, keineswegs überzeugt, aber gehorsam, und allein darauf kam es an, denn rund um diese Papiere gab es Dinge, die er für immer begraben wissen wollte.

Lustlos schnupfte Sa Senyoria eine Prise Tabak. Wieder einmal war er traurig und verunsichert. Von neuem packte ihn mit aller Macht die Angst der ersten Tage, sie saß in seinem Herzen, eines Tages wird es mir noch zerspringen. Er starrte durchs Fenster, ohne zu sehen, was auf der regennassen Plaça Sant Jaume vor sich ging, und plötzlich verstand er etwas, was er als Student einmal gelesen hatte, einen Satz von Seneca oder irgendeinem anderen dieser antiken Philosophen: daß der Mensch sein Glück auf tausenderlei Weise außerhalb der Stadtmauern sucht und dabei völlig vergißt, daß er es einzig und allein in seinem Herzen finden kann. Selbst das Niesen bereitete ihm keine rechte Lust.

»Die sagen, ich hätte eine Frau umgebracht.«

Als Antwort kam ein Husten und dann Stille, als müßte sein Zuhörer seine Worte aufmerksam überdenken.

»Ich könnte niemanden umbringen ... Und trotzdem sagen sie, ich sei es gewesen ... Deshalb sitze ich hier, ich weiß nicht, wie lange schon.«

»Du bist doch grade erst hereingekommen, Junge. Vor zehn Tagen, wenn überhaupt.«

»Ich bin seit hundert Jahren hier.«

Wieder wurde es still. Die Gespräche zwischen diesen Mauern dehnten sich oft ins Aberwitzige, weil die Zeit hier anders verstrich, langsamer, schwerfälliger, wie zu einer widernatürlich zähen Masse geronnen. Für einen Augenblick mischte sich der rauhe Husten des Holländers ins Gespräch. Der Schemen in der Ecke seufzte, und schließlich entgegnete der gesprächige Schatten:

»Hier kommst du nur starr wie ein Brett und mit den Füßen voran hinaus ...« – wieder hustete der Holländer – »oder auf dem Weg zum Galgen.«

»Aber wenn ich sie doch nicht umgebracht habe!«

»Na, irgend etwas wirst du angestellt haben ...«

»Mist!«

Andreus Aufschrei galt nicht etwa der Bemerkung seines Zellengenossen; ihm war nur plötzlich aufgefallen, daß es in der Zelle seit Tagen nicht mehr stank – oder er den Gestank nicht mehr wahrnahm. Vorsichtig holte er Luft. Bestimmt war seine Lunge verfault und er völlig verdreckt wie alles um ihn herum ...

»Hast du keine Freunde?«

»Was?«

»Freunde. Hast du welche?«

Jetzt konnte er das winzige Fenster ganz deutlich erkennen, durch das nur Kälte hereindrang, aber kein Kummer hinausgeweht wurde. Entweder führte es nicht ins Freie, oder der Tag da draußen war düster wie seine Seele.

»Ich muß mal. Geht das nicht irgendwo anders?«

»Das wurde aber auch Zeit. Hock dich da hinten in die Ecke. Die ganzen Tage hast du dich nicht ausgeschissen, das ist nicht gut.«

Andreu stand auf. Er tastete sich an der Wand entlang bis zur Ecke, löste die Bänder an seiner Hose und hockte sich hin.

»Scheiße, Scheiße, Scheiße ...« Er weinte.

»Du gewöhnst dich schon noch dran, Junge ...«

Andreu verstummte. Der Holländer hustete und sagte etwas Unverständliches. Es klang, als warte er auf eine Antwort.

»Ja, schwatz du nur dein Kauderwelsch, du armer Kerl«, antwortete ihm der gesprächige Schatten, »aber hier drin versteht dich nicht mal der liebe Gott.«

»Nando!« Andreu sprang auf.

»Was?«

»Er hat mich gesehen! Das war ... so gegen drei oder vier, glaube ich ... Er kann bezeugen, daß ich auf der Straße war!« Er lief zur Tür und schlug dagegen. »Gebt Nando Bescheid! Nando weiß, daß ich ... He! Aufmachen!«

»Vergeude deine Stimme nicht, Junge, und geh lieber wieder scheißen. Wenn du schon mal dabei bist ...«

Meister Perramon setzte Himmel und Erde in Bewegung. Den Himmel im Bischofspalast, wo man ihn vorließ, weil er sich seit vielen Jahren geduldig an den Orgeln dieser Stadt abrackerte (zu Zeiten des Bischofs Climent hatte er sogar in der Kathedrale gespielt), die Erde, mit einem Kloß im Hals, im Königlichen Gericht. Er begann mit dem Himmel, der ja im allgemeinen zugänglicher ist.

Früh am Morgen huschte Meister Perramon in die Sakristei, wo sich um diese Zeit, wenn alles noch so war wie früher, der Chorherr Cascante zur Sieben-Uhr-Messe ankleidete, was für eine Überraschung, Meister Perramon, wir dachten schon, Ihr hättet uns vergessen! Ich hab's immer gesagt: Wenn es ihm gutgeht mit seiner Akademie, wird er nichts mehr von uns wissen wollen, und Meister Perramon lächelte gequält und sagte, was redet Ihr denn da, Hochwürden, ich denke immer an die Kathedrale!, während Chorherr Cascante den Kopf durch den Halsausschnitt des Meßgewands steckte und nach dem Kelch griff, um zum Altar der heiligen Eulalia zu gehen, wo ihn seine Schäfchen erwarteten.

»Ich brauche Eure Hilfe, Hochwürden.«

Es war ein schlechter Zeitpunkt, die Kathedrale um einen Gefallen zu bitten. Schließlich hatte man gewissermaßen fast Ende November, und der Chorherr Pujals hatte vom Bischof Díez Valdés höchstpersönlich Anweisung erhalten, bei der Vorbereitung der religiösen Festlichkeiten zur Jahrhundertwende keine Mühe zu scheuen: Hochamt, Te Deum, vier Prozessionen, die Organisation eines Triduums und glanzvolle Messen zu Heiligabend und Silvester, Empfang der verschiedenen Bruderschaften und Festakte – siebenundsiebzig – in den Klöstern Barcelonas: Dies alles war mit so viel Arbeit verbunden, daß der Bischofspalast einem Bienenstock glich. Hier eilten Leute mit Papieren hin und her, dort Sekretäre mit Mappen und besorgten Mienen, die drohten, einen Höllenspektakel zu veranstalten, falls der Großmeister der Bruderschaft des Blutes sich weiterhin weigerte, bei der Prozession hinter dem Banner der Mercedarier zu gehen, Himmelherrgottsakrament, bilden die sich etwa ein, bloß weil sie mit dem Tod auf du und du sind, muß jeder nach ihrer Pfeife tanzen? Das entscheide ja wohl noch immer ich, wer hier hinter wem hergeht, und mal sehen, was die Kapuziner zu meckern haben, also manchmal gehen sie mir wirklich alle auf den ... Dabei kann ich noch von Glück reden, wenn Seine Gnaden, der Herr Bischof, nicht nach mir ruft und mich in Ruhe meine Arbeit tun läßt ... er bringt mich manchmal völlig durcheinander; wo war ich? Ach ja, die Kapuziner ... Was für ein Glück, daß es nur alle hundert Jahre eine Jahrhundertwende gibt, sonst würde ich glatt den Verstand verlieren. Na großartig. Jeder will in der ersten Reihe sitzen, jeder in der ersten Bank; mal sehen, ob irgendein Schlaukopf mir verraten kann, wie ich siebenundfünfzig wohlgenährte Würdenträger samt dazugehörigen Gattinnen in einer Bank unterbringen soll, in die normalerweise zwölf passen. Zwölf! Und ich habe nur fünf Ehrensessel: für den Militärgouverneur, den Gerichtspräsidenten, den Bürgermeister, unseren ehrenwerten Bischof, wenn der bis dahin nicht das Zeitliche segnet, und die Militärgouverneurin. Das war's. Ach nein: Der Polizeichef verlangt einen Ehrensessel, der Feldadjutant des Militärgouverneurs will einen Ehrensessel. Herr im Himmel! Und was will jetzt dieser Cascante schon wieder?

Der Chorherr Cascante führte Meister Perramon in das Arbeitszimmer des Chorherrn Pujals: Der hatte hier das Sagen und würde eine Lösung finden, so es denn eine gab. Sie fanden ihn in einen gewaltigen Stapel Papiere vertieft, die sich ausnahmslos auf die Feierlichkeiten zur Jahrhundertwende bezogen. Der Chorherr Pujals fragte gleichgültig: Ihr wünscht?, und Meister Perramon sank das Herz. Sie tischten dem Chorherrn irgendeine wüste Geschichte von der Verhaftung eines jungen Mannes auf, er ist mein Sohn, Hochwürden, und ich lege meine Hand für ihn ins Feuer, er könnte so etwas niemals tun, und der Chorherr Pujals antwortete, das tut mir von Herzen leid, und ließ für einen kurzen Augenblick die Papiere zur Jahrhundertfeier ruhen und hörte sich die Geschichte dieses armen Jungen an, nein, Hochwürden, er lebte nicht mehr bei mir, sondern allein. Und der Chorherr Pujals, ein Mann schneller Entschlüsse, fand die Lösung und kritzelte ein paar Zeilen auf ein Papier, das an Seine Gnaden Don Rafel Massó i Pujades gerichtet war, den Präsidenten des Königlichen Gerichts von Barcelona. Er bestätigte diesem, für ihn und seine werte Gemahlin seien sowohl für das Te Deum als auch für das Hochamt Ehrensessel reserviert, so daß sie nicht in der Bank würden sitzen müssen, und bat zuletzt, dem Gesuch des Überbringers dieser Zeilen ein Ohr zu leihen.

»Wenn Ihr mich nun entschuldigen wollt ... Ich ertrinke in Arbeit, und der Bischof hat nach mir verlangt.«

Noch während sich die Tür hinter Meister Perramon und dem Hauptsakristan schloß, vergaß der Chorherr Pujals die lächerliche Geschichte mit diesem jungen Mann, unter anderem deshalb, weil er unter seinen Papieren die unmißverständliche, endgültige und barsche Weigerung der Äbtissin der Benediktinerinnen fand, ihren Orden auf einer Seitenbank Platz nehmen zu lassen, zumal wenn in der ersten Reihe dieser Seitenbank die Augustinerinnen saßen.

Teresa stand hinter der Tür und zitterte vor Aufregung, als sie Andreu zu Rocamora und dem jungen Sorts sagen hörte, habt ihr gesehen, was für wunderschöne Augen das Dienstmädchen meines Vaters hat? Die schönsten, die ich je gesehen habe. Von diesem Augenblick an war sie in ihn verliebt, und immer, wenn die drei jungen Männer allein oder mit anderen Freunden bei Meister Perramon zusammenkamen, um Musik zu machen oder einander ihr Herz auszuschütten, war ihr auf dem Nachhauseweg, als hätte sie Flügel. Und eines Tages, als Meister Perramon sie bat, den bescheidenen Imbiß, den er seinen Gästen immer anbot, ins Musikzimmer zu bringen, legte ihr Andreu heimlich einen Zettel aufs Tablett. Es war ein Gedicht, ein zärtliches Sonett an das Mädchen mit den pechschwarzen Augen. Erst am Abend, als sie allein in ihrer Kammer war, konnte sie es in Ruhe lesen. Ein schwermütiger Andreu bat darin das Mädchen mit den schwarzen Augen, nie seinen Blick von ihm zu wenden, wenn sie beisammen seien, da er allein von der Schönheit dieser Augen lebe – ein Paradebeispiel nachklassischen Liebesflehens –, und fügte im letzten Terzett an, nun, da er ihr das Gedicht geschenkt habe, müsse auch sie ihm etwas schenken. Bedauerlicherweise war Andreu, der die Grundregel aller Liebeslyrik befolgte, zu unerfahren und kurzsichtig, um auf den Gedanken zu kommen, daß sie ihm ja mit ihren Blicken schon ein Geschenk gemacht hatte, für das er mit seinem Gedicht zahlte ... Und schlimmer noch: Teresa verstand in ihrer Naivität nicht, daß der Dichter sie um nichts weiter bat als einen Kuß. Statt dessen nahm sie sich die Bitte zu Herzen, kratzte all ihre Ersparnisse zusammen und kaufte ihm ein Medaillon mit dem Bildnis einer Frau, die ihr ähnlich sah; in die Rückseite ließ sie den Namen Andreu Perramon eingravieren.

»Warum hast du das getan? Wie heißt du überhaupt?«

»Teresa.« Seine Nähe lähmte sie. Sie hatte zugesehen, wie er überrascht das Medaillon auspackte.

»Warum hast du das getan?« wiederholte er verwundert.

»Im Gedicht hast du mich um ein Geschenk gebeten.«

»Aber ich meinte nicht ...« Andreu dämmerte, daß es unendlich viel schwieriger würde, ihr begreiflich zu machen, daß es sich um ein rhetorisches Bild handelte, als das Geschenk einfach anzunehmen. Darum, und weil das Mädchen so hübsch war, schwieg er. Er lächelte in die Augen, die ihn flehend ansahen, und sagte in einem Anflug von Zärtlichkeit, ich werde dieses Medaillon immer um den Hals tragen. Immer, Teresa, das schwöre ich dir. Dann legte er es vor ihren Augen um. Seit jenem Tag war Teresa das glücklichste Mädchen der Welt, weil sie sich von ihrem Liebsten geliebt wußte. Andreu hingegen, abgelenkt von den Abenteuern des Lebens, wußte nicht, daß Teresa wußte, daß er sie liebte, ja, er wußte nicht einmal, daß Teresa seine Liebste war. Für ihn war sie weiterhin das hübsche Dienstmädchen seines Vaters mit den wunderschönen Augen. Und um Andreus Hals hing das Liebesmedaillon.

Als nun an diesem Mittag Meister Perramon nach Hause kam und zu Teresa sagte, bisher war alles vergebens, und sich dann hungrig über die Suppe hermachte; als er ihr berichtete, wie schlecht es ihm im Bischofspalast und im Gericht ergangen war; und als dann der Augenblick kam, in dem er erzählte, bei Gericht haben sie mich gar nicht erst vorgelassen, aber ein freundlicher Diener am Eingang hat mir gesagt, er habe gehört, es gebe einen unumstößlichen Beweis für seine Schuld; und als sie dann fragte, und welchen?, und er sagte, ein Medaillon, in das angeblich sein Name eingraviert ist und das im Zimmer der ermordeten Frau gefunden wurde – da wurde es Teresa sterbenselend.

»Was ist denn in dich gefahren?« fragte Meister Perramon, als er bemerkte, wie das Mädchen erbleichte, aber Teresa sprang wortlos auf und lief aus der Küche. Nachdenklich blieb Meister Perramon zurück, zu erschopft, um ihr nachzulaufen – er hatte weiß Gott andere Sorgen –, aber doch verwundert über Teresas Gebaren. Doch er dachte nicht weiter darüber nach, weil ihm das Herz schwer war bei der Vorstellung, daß das Leben seines Sohnes in seinen Händen lag. Er aß die Suppe, rührte aber den Fleischeintopf nicht an, saß nur da, starrte ins Herdfeuer und konnte sich zu nichts aufraffen. Er fühlte sich machtlos, ein alter Mann, dessen oberstes Bestreben zeit seines Lebens gewesen war, einem Haufen ungezogener Bengel aus dem Knabenchor von Santa Maria del Pi die richtigen Töne beizubringen. Seine restlichen Kräfte hatte er darauf verwandt, die Waisenhäuser nach Jungen mit schönen Singstimmen abzuklappern oder Gesang, Orgel, Geige, Cembalo und was sich sonst so ergab, zu unterrichten. Den lieben langen Tag hatte Meister Perramon mit mühsam unterdrücktem Gähnen den Takt geschlagen. Und nun versuchte er als einziger Mensch in ganz Barcelona die völlig desinteressierten Behörden davon zu überzeugen, daß sein Sohn unmöglich ein Mörder sein konnte.

Die arme Teresa war ins Freie gelaufen, um an der frischen Luft zu sein. Sie glaubte, vor Schmerz und Kummer zu ersticken, und wäre am liebsten tot umgefallen. Andreu, der galanteste Mann der Welt, dem ihr ganzes Herz gehörte, war verloren, weil er offenbar ihre Liebe erwiderte. Ein Jahr war es nun her, daß sie ihm das Medaillon geschenkt hatte, und in jener verhängnisvollen Nacht hatte er es immer noch getragen. Darüber, daß Andreu die Nacht mit dieser Französin verbracht hatte, wollte Teresa nicht nachdenken. Nein. Das machte sie nur traurig ... Doch die Vorstellung trieb sie zur Verzweiflung, Andreu würde unweigerlich am Galgen landen, wenn niemand beweisen konnte, was sie auch ohne jeden Beweis wußte: daß Andreu unfähig war, jemanden umzubringen, mein geliebter Andreu, wie können sie nur so was von dir glauben! Wieder dachte sie an ihr Medaillon und hatte das Gefühl, laut schreien zu müssen. Schnell lief sie ins Haus zurück. Sie verkroch sich in der Vorratskammer, schloß ab und steckte im Dunkeln den Kopf in das Loch des alten Ofens, in dem früher Brot gebacken worden war und der nun das Brennholz und ein paar Mäuse beherbergte. Sie tobte, brüllte und heulte, bis sie all ihre Wut herausgeschrien hatte und das Feuerholz von ihren Schreien, Seufzern und Tränen naß war.

Kommissar Setúbal lehnte sich in seinem Stuhl zurück und lachte. »Leckmich«, sagte er verächtlich. Andreu warf ihm einen haßerfüllten Blick zu, schwieg aber. In diesem Augenblick ging die Tür auf, und der Gefängniswärter ließ mit säuerlicher Miene jemanden herein. In einen Nebel von Schmerz gehüllt, sah Andreu undeutlich einen langen, dünnen Mann mit Perücke, der ein parfümiertes Taschentuch an seine Nase preßte. Bei seinem Anblick stand Setúbal auf und sagte, es ist dieser Kerl hier, Senyoria, gleich haben wir ihn so weit, daß er auspackt. Einer der Schergen des Kommissars packte Andreu an den Haaren und stieß ihn mit dem Gesicht auf den Boden, der nach dem Schweiß und den Tränen anderer Gefangener stank.

»Wo hast du das Messer versteckt, Dreckskerl?«

Andreu wollte sagen, daß er sie nicht getötet hatte, daß alles ein Irrtum war, brachte aber nur ein Husten hervor, weil ihm ein Stück Dreck oder Stroh in die Kehle geraten war.

»Er will uns weismachen, daß er mit dem Mord nichts zu tun hat.«

Don Rafel, das parfümierte Tuch vor Mund und Nase gepreßt, betrachtete Andreu neugierig, sah ihm in die Augen. Was diesen jungen Mann zu einem abscheulichen, blutigen Mord getrieben hatte, war ihm völlig gleich. Ihn interessierte einzig und allein, wie dieser Bursche an die Papiere gekommen war, die bei ihm zu Hause gefunden worden waren. Das Problem war, daß er ihn nicht fragen konnte, weil niemand außer Setúbal erfahren durfte, daß er wußte, was er wußte, und ebendarum handelte, wie er handelte, am allerwenigsten der Angeklagte, der jederzeit die Papiere erwähnen und damit schlafende Hunde wecken konnte. Im Moment wußte er nur: Es war eine brenzlige Angelegenheit, und er mußte überdies Setúbal ein gewaltiges Vermögen in den gierigen Rachen werfen.

Ein paar Schläge ins Gesicht, drei Kniestöße in die Hoden, zwei Haken in die Leber, ein Tritt in die Magengrube und dreimaliges Würgen genügten, um einiges festzustellen: erstens, daß der Mörder offenbar nicht kooperationsbereit war; zweitens, daß der Mistkerl schließlich doch gestand, in der fraglichen Nacht im Zimmer der Dame gewesen zu sein – ach, Andreu, der dieses Geheimnis hatte wahren wollen, um die Ehre der Dame nicht zu beflecken!; drittens, daß sie es miteinander getrieben hatten, aber ich schwöre bei Gott, ich habe sie nicht umgebracht, und Cascal de los Rosales y Cortés de Setúbal, der ein frommer Mann war, gab ihm für diese Gotteslästerung eins aufs Maul; viertens, nein, eigentlich hatte er sie nicht gekannt, sondern einige Stunden zuvor im Haus des Marquis von Dosrius zum ersten Mal gesehen, aber sie hatte sich gleich in ihn verguckt; fünftens, hast du wirklich geglaubt, wir kaufen dir ab, daß du nur mit ihr im Bett warst, aber kein Messer dabeihattest? Na los, gesteh schon! (Zweiter Kniestoß in die Hoden, erster Haken in die Leber.) Und so ging das eineinhalb Stunden lang, bis Don Rafel, der das Ganze vorsichtshalber durch eine Luke in der Tür verfolgt hatte, um keine Blutspritzer abzubekommen, fand, nun könne er ihn vielleicht doch fragen, woher er die Papiere hatte, und Andreu starrte, betäubt von Schmerz und Übelkeit, auf ein paar beschriebene Zettel, die er nicht wiedererkannte, weil sie nicht in der Schachtel steckten, die Nando ihm gegeben hatte, das konnte irgend etwas sein, was weiß ich, mir gehören sie nicht, o Gott, mir wird schlecht, ich glaube, ich muß mich übergeben, ich glaube, ich habe sie nicht umgebracht!

»Ich habe dich gefragt, woher du diese Papiere hast!«

So wie er behauptete, nicht der Mörder zu sein, so schwor er jetzt, diese Papiere zum ersten Mal in seinem Leben zu sehen. Don Rafel fühlte, wie der Zorn in ihm aufwallte. Ihm wurde klar, daß sie es hier mit einem hartgesottenen Burschen zu tun hatten und daß sie andere Saiten aufziehen mußten, damit ihm dieser Fall und vieles andere nicht entglitt. Er räusperte sich und warf aus dem schützenden Halbdunkel einen Blick auf den jungen Mörder:

»Wir haben genügend Beweise für eine Anklage wegen Mordes beisammen.« Er atmete durch sein Taschentuch und sagte zu Setúbal: »In zwei Tagen wird er dem Richter vorgeführt.« Dann wies er mit angewiderter Miene auf Andreu: »Und diese Ratte kommt in Einzelhaft!«

Erst im Büro des Kerkermeisters verstaute Don Rafel das Tuch wieder in seinem Ärmel. Heute nachmittag hatte er auf sein Teleskop und auf Donya Gaietana verzichten müssen, und er redete sich ein, das sei es, was ihn so beunruhigte.

An diesem Nachmittag wurde der Ratte Andreu bewußt, nachdem ihn der Gefängniswärter zu seiner Verwunderung vor das Waschbecken im Hof geführt und ihm sein zerschundenes Gesicht gewaschen hatte, daß der Gestank der anderen, die gemeinsamen Flöhe, das Husten des alten Kahlkopfs oder das unverständliche Fluchen des holländischen Matrosen, von dem es jetzt hieß, er habe eine Nutte umgebracht und nicht etwa einen Seemann – daß all dieser Dreck sehr viel leichter zu ertragen war als völlige Einsamkeit. Sie hatten ihn ja gewarnt. Kaum hatte man ihn in die kleine Zelle gesperrt, die so niedrig war, daß er nicht aufrecht stehen konnte, und noch feuchter als die Zelle, in der er die letzten schrecklichen zehn Tage verbracht hatte, befiel ihn eine seltsame Beklemmung: Er wollte aufstehen. Er wollte gegen die Tür hämmern. Er wollte ein Fenster haben ... Er wollte die Stimme des Schattens und den dunklen Husten hören ... Und je mehr Zeit verstrich, desto stärker wurde seine bange Gewißheit, daß sie ihn vergessen hatten und nie wieder an ihn denken würden, daß sie ihn in diesem dunklen, feuchten Loch verfaulen ließen und daß dies schlimmer war, als lebendig begraben zu sein, und dann schluchzte er den halben Nachmittag, ich habe sie nicht umgebracht, ich schwöre es bei allen Heiligen im Himmel, ich könnte doch niemals so was tun, das Ganze ist ein Irrtum, ehrlich; und so ging es weiter, den ganzen Nachmittag, eine endlose Litanei wie ein Rosenkranzgebet ... Aber nur eine Ratte hörte ihn. Eine Ratte wie er.

22. November 1799

Lieber Freund Andreu, Liebling der Erato und der Kalliope, der Du unter dem Schutz der Götter zu leben verstehst wie kaum jemand außer Dir.

Heute nächtigen wir in einer Herberge, wie es sich gehört. Nachdem wir den lieben langen Tag im Nebel vergeblich Räuber gejagt haben, an deren Existenz ich allmählich zweifle, sind wir nun glücklich in Calaf angelangt. Ich schreibe Dir aus dem einsamen Speisesaal der Herberge, während ich auf die Schankmagd warte, die mir für diese Nacht Unterschlupf bei sich versprochen hat.

Über die unsichtbaren Räuber sind zwei verschiedene Geschichten im Umlauf: Unser Oberst schwört, daß es sich um eingefleischte Banditen handelt, echte Galgenstricke. Der ehemalige Hauptmann der Dorfgendarmerie, ein gewisser Huguet, hingegen behauptet steif und fest, es seien ein paar versprengte Guerilleros im Sold der Franzosen. Wer auch immer sie sein mögen, wir finden sie nicht. Sie sind Söhne des Nebels.

Halb neun abends. Jedermann spielt Karten, nur ich sitze am Kaminfeuer und schreibe Dir. Ich kann Dir nichts über das Dorf berichten, denn obwohl ich hier bin, kenne ich es nicht: Wir sind den ganzen Tag von zähem Nebel umgeben, der so dicht ist, daß man die Hand vor den Augen nicht sieht. Den Dorfbewohnern scheint das nichts auszumachen, aber ich werde fast verrückt.

Gestern oder vorgestern schrieb ich Dir, daß ich Dir einmal meine Theorie über die Sehnsucht darlegen müsse. Nun, in der Stille der Herberge und in freudiger Erwartung des Schankmädchens, das mir ein Plätzchen in seinem Bett angeboten hat, fühle ich, wie mir die Seele weich wird, und kann Dir davon berichten: Du weißt ja, ich bin ein Unruhegeist und würde am liebsten die ganze Welt kennenlernen, wäre heute hier und morgen dort … Und doch: Wäre ich nicht zugleich empfänglich für das Heimweh, so könnte ich nicht durch die Weltgeschichte reisen. Der beste Reisende ist in meinen Augen der, der begeistert zu neuen Ufern aufbricht und jeden Abend um die weint, die er zurückgelassen hat, vor allem aber um die Heimat, die ihn aufwachsen sah … Ich bin überzeugt, lieber Andreu, daß ich reise, weil ich Heimweh empfinden kann. Und dies ist das Positive an der Sehnsucht, der wir uns so gerne hingeben. Oder um es mit Novalis zu sagen: Ich habe immer mich selbst dabei, ganz gleich, wie weit ich reise, und mit mir reisen auch meine Erinnerungen. Natürlich erscheint mir hier, in der nebligen Einöde von Calaf, Barcelona schöner, denn ich denke nicht an die

Schlammpfützen, nicht an das Lärmen der Menschen oder an die Mücken im August, sondern nur an das, was mir die Sinne weit und froh macht: an die stillen Mauern, die Plaça del Pi, unser Theater, die dunklen Augen des Mädchens im Hause Deines Vaters … Nicht wahr, Du verstehst mich? Sich an etwas zu erinnern ist schöner, als es zu erleben. Leben ist nicht mehr als eine Notwendigkeit. Darum komponiere ich … Darum dichtest Du … Darum schreiben wir einander … Weil unsere Seele sich nach dem sehnt, was sie nicht besitzt … In diesen Augenblicken, lieber Andreu, während ich auf meine Muse warte, diese Tochter des Nebels, könnte ich zehn Seiten Musik schreiben … Jetzt, nicht danach …

Eben ist das Mädchen angekommen. Sie heißt Rosa, ist honigblond, und ihre Augen versprühen Funken wie ein Kaminfeuer. Ich habe sie gebeten, noch einen Augenblick zu warten, und sie hat sich geduldig und lammfromm neben mich gesetzt.

Und ich schreibe Dir weiter, während das Glück zum Greifen nahe ist, wie ein ausgemachter Narr. Sagte ich Dir, daß sie Rosa heißt? Daß sie blond ist wie die Sonne? Sagte ich Dir, daß sie mir ein wenig spöttisch beim Schreiben zusieht? Wer weiß: Vielleicht denkt sie, ich säße an einem Liebesbrief? Sagte ich Dir, daß sie eine Tochter des Nebels ist? Daß die ewig tiefhängenden Wolken dieser Gegend ihre Augen wasserhell gefärbt haben? Heroisch zögere ich den großen Augenblick hinaus, in dem ich mich in die schützenden Arme dieser Göttin werfen und ihrer Schönheit teilhaftig sein werde. Nun ist es genug, lieber Andreu: Ich mache Schluß. Demnächst werde ich Dir von diesem Abenteuer berichten, von dem ich schon ahne, daß es wundervoll sein wird. Ich bin glücklich!

Dein Freund Nando

V

»Mein Sohn kann es nicht gewesen sein, Senyoria.«

»Ach nein?«

Das riesige Arbeitszimmer des Gerichtspräsidenten war ganz dazu angetan, den Besucher einzuschüchtern, der bis hierher vorgedrungen war. Meister Perramon hatte dies in nur vier Tagen geschafft, eine beachtliche Leistung, doch Don Rafel hatte zweifellos seine Gründe, diesem elenden Hungerleider eine Audienz zu gewähren; er wird schon wissen, warum, hatte Sekretär Rovira gedacht, als er die Bewilligung abzeichnete und sie dem Mann in seine zitternden Hände drückte. Das Licht, das an diesem Dienstag Ende November durch die Balkontüren hereinfiel, war so matt, daß der Tisch des Präsidenten im Dämmerlicht lag. Blitzblanker Fußboden. Damastverkleidete Wände, die Meister Perramon aus Furcht vor einem Asthmaanfall kaum anzusehen wagte. Und ein scheußliches Gemälde, das den Kindermord zu Bethlehem zeigte, ein ständiger Hohn im Raum eines Dieners der Gerechtigkeit.

Meister Perramon, dem Zusammenbruch nahe, wiederholte mit vor Angst trockenem Mund, ganz bestimmt nicht, Senyoria, und Don Rafel hob den Blick, als wollte er den ausgemergelten Mann auffordern, sich näher zu erklären. Er mißtraute dem Kerl, der da vor ihm saß, aber er wußte, daß er mit größter Umsicht vorgehen mußte. Darum hatte er nach langem Überlegen beschlossen, ihn sich persönlich anzuhören: Er wollte herausfinden, ob er etwas wußte und ob es noch mehr Leute gab, die Dinge wußten, die sie nicht wissen durften. Und wenn dem nicht so war, konnte ihm auch der vom Chorherrn Pujals für das Te Deum zur Jahrhundertwende in Aussicht gestellte Ehrensessel gestohlen bleiben.

»Andreu Perramon war fast die ganze Nacht bei mir.«

»Ach ja? Sagtet Ihr nicht, daß er seit fast zwei Jahren nicht mehr bei Euch wohnt?«

»Ja, Senyoria. Aber in jener Nacht ist er nach dem Konzert bei mir vorbeigekommen und hat mir geholfen ... geholfen ..., meine beiden Klaviere zu stimmen.«

»Natürlich. Mitten in der Nacht. Bei Kerzenschein und zur Freude der schlafenden Nachbarn.«

Meister Perramon öffnete den Mund und schloß ihn wieder. Das wiederholte er ein paarmal, dann beschloß er, seine Taktik zu ändern, und sagte einfach nur, Andreu wäre zu so etwas gar nicht fähig, ich kenne ihn wie kein anderer, ich bin schließlich sein Vater. Und ich versichere Euch, daß ...

»Mein guter Mann.« Der Gerichtspräsident erhob sich mit einem Gesichtsausdruck, der besagte, ich bin müde, ich bin beschäftigt, noch eine Minute, und dann ist Schluß. »Das läßt sich von jedem Mörder behaupten ...« Er lächelte Meister Perramon an, der ebenfalls aufstand, die Hände um den Hut gekrampft. »Von jedem, hört Ihr, selbst vom elendesten Verbrecher, solange noch nicht feststeht, daß er ein Mörder ist. Ihr versteht mich, nicht wahr?« Don Rafel hatte erkannt, daß der Mann nichts wußte, was er nicht wissen sollte, und so hatte es keinen Sinn, diese unerquickliche Situation unnötig fortzusetzen. Und Meister Perramon mußte zum letzten verzweifelten Mittel greifen, das damit begann, daß er vor dem Gerichtspräsidenten auf die Knie fiel, und damit weiterging, daß er sagte, habt Mitleid mit einem bedauernswerten Greis, der sich auf seine alten Tage nur auf diesen einen Sohn stützen kann, Senyoria. Don Rafel stand vor ihm und machte nicht die geringsten Anstalten, dem armen Mann aufzuhelfen, die Leute können einem wirklich leid tun, manchmal jedenfalls. Er ging zur Tür und tappte ungeduldig mit dem Fuß auf den glänzenden Boden. Meister Perramon, noch immer auf den Knien, wandte sich um und sah Sa Senyoria an der Tür stehen. Es war eindeutig, daß die Visite beendet war, Meister Perramon verzweifelt und Andreu dem Galgen ein ganzes Stück näher. In einer Geste der Verzweiflung breitete der Alte die Arme aus und rief, ich weiß, daß er nichts getan hat! Ihr habt keinen Beweis!

Don Rafel schnaubte wütend, kam zurück und packte den Musiker am Arm. Sein Opfer hinter sich herzerrend, ging er zur Tür.

»So, so, wir haben also keine Beweise ... Ihr irrt Euch, guter Mann. Wir haben mehr als genug.«

Don Rafel öffnete die Tür. Ein Gerichtsdiener, der einem der Bilder an der Wand entsprungen schien, erfaßte sofort die Lage und Meister Perramons Arm. Während der Diener ihn durch die Halle schleifte, rief ihm Sa Senyoria noch um der Höflichkeit willen hinterher: »Sagt dem Chorherrn Pujals meinen besten Dank für den Gefallen!«

»Welchen Gefallen?« Gegen den Widerstand des Gerichtsdieners drehte sich Meister Perramon halb herum. Vergebens. Der Gerichtspräsident hatte die Tür schon hinter sich zugemacht.

Auf der Plaça del Pi mischte sich der feine Regen mit den Tränen, die dem alten Kapellmeister von Santa Maria del Pi über die eingefallenen Wangen liefen. In den fast sechzig Jahren seines Lebens hatte er gute und schlechte Zeiten gesehen, aber nie war ihm so elend zumute gewesen, nicht einmal beim Tod von Dolors. Noch immer klangen ihm die Worte des Hauptmanns der Stadtwache im Ohr, die haben Euren Sohn abgeführt, Meister Perramon, und er, was? Warum? Ins Gefängnis?, und Hauptmann Comes, der ein gutherziger Mann war, hatte ihm gesagt, ich weiß es nicht, ich weiß nicht, warum, Meister Perramon, aber es ist noch keine Stunde her, daß sie ihn abgeführt haben ... Ich an Eurer Stelle würde mal hingehen und mich erkundigen; und er, aber wo? Und der Hauptmann hatte geantwortet, was weiß ich, zum Teufel, vielleicht beim Gericht; mal sehen, was sie ihm vorwerfen. Und er, aber was sollen sie ihm denn vorzuwerfen haben, um Himmels willen? Und Hauptmann Comes hatte ein wenig betreten gesagt: Sicher ist's eine schlimme Sache, sie haben ihn zur Plaça del Blat gebracht, und Meister Perramon hatte sich setzen müssen, weil ihm bei diesen Worten schwarz vor Augen geworden war: zur Plaça del Blat, wo die Mörder hinkommen, die Verlorenen, die Schurken und ... Nein, Comes, nein. Das muß ein Irrtum sein. Und Hauptmann Comes hatte ihm geraten, sich nach einem Anwalt umzutun, und ihn allein und nachdenklich zurückgelassen, Anwalt, Anwalt, was verstand er schon von Anwälten. Da war er auf die Idee gekommen, sich an Hochwürden Prats von Santa Maria del Pi zu wenden; der würde ihm helfen, einige der schwerfälligen Türen zu öffnen, durch die er gehen mußte, um seinen Sohn zu retten, armer Andreu, mein Sohn, du bist doch so lebensfroh, und Meister Perramon dachte an die endlosen Diskussionen, die Andreu und seine Freunde führten, wenn sie nachmittags bei ihm zu Hause rund um sein Klavier zusammenkamen, um Musik zu machen oder über das Leben, die Liebe, den Tod oder die Gewitterlandschaften zu reden, die gerade so in Mode waren; diese Gruppe junger Musiker und Dichter, die so stolz darauf waren, etwas Neues zu vertreten, und alle Akademien verachteten ... Und das gefiel

Meister Perramon, der still und bescheiden in der Ecke saß und ihnen zuhörte und dachte, wie wunderbar es doch war, jung zu sein. Manchmal, vor allem wenn dem jungen Sorts der Sinn danach stand, wurden aus den Zusammenkünften aufregende Musikabende oder flammende Dichterlesungen, die oft in stundenlange Diskussionen über Ästhetiktheorien ausarteten. Meister Perramon war alles recht; er liebte diese Treffen, denn er war nicht gerne allein und haßte die Akademiker, die ihn so oft ihre Verachtung hatten spüren lassen. Und nun lief er durch den Carrer del Bisbe, unter dem Balkon vorbei, auf dem sich Sa Senyoria Don Rafel Massó der Schwermut hingab, die der Regen seit Tagen über die Stadt ausgoß. Don Rafel bemerkte den gebeugten Rücken des Alten nicht, weil ihm wieder einmal das tränenüberströmte Gesicht der armen Elvira in den Sinn gekommen war und ihn bis ins Mark erschüttert hatte; um das Bild ein für allemal zu vertreiben, hatte er angefangen, an seine geliebte Gaietana zu denken, die Unerreichbare, die er nur heimlich durchs Teleskop betrachten konnte wie das Sternbild der Jungfrau – sozusagen – oder eine seiner geliebten Plejaden, Asterope etwa oder vielleicht Elektra, wenigstens kann ich dich jetzt richtig herum sehen, geliebte Gaietana. Aber damit gab sich Don Rafels verliebtes Herz nicht zufrieden. Es klopfte an die Tür: Sekretär Rovira. Was wollten sie nun schon wieder von ihm.

Zur gleichen Zeit, als Meister Perramon still und niedergeschlagen sein Haus betrat und der Bote, den er ausgeschickt hatte, überall unter den Bauern von Fraga nach einer Militärkolonne fragte und diese antworteten, nein, hier gibt es weit und breit keine Militärkolonne, rumpelte Sa Senyoria in seinem Landauer über den Pla de Palau und schneuzte sich nervös. Der arme Hipòlit, der als einziger Diener hinten auf der Kutsche mitfuhr, mußte sich gut festhalten, um bei dem Gepolter nicht herunterzufallen. Wenn den vermaledeiten Anton die Begeisterung packte, trieb er die Pferde an, daß es kaum auszuhalten war. Dazu kam, daß Sa Senyoria ein einziges Nervenbündel war, seit er die Nachricht erhalten hatte, der Militärgouverneur habe eilig und in aller Heimlichkeit nach ihm gesandt, woraufhin unter Sekretären und Gerichtsdienern helle Aufregung ausbrach und das halbe Gericht sich in Vorhersagen erging. Warum er mich wohl sprechen will, verdammt noch mal, wo ich mich doch gerade beruhigt hatte, dachte Don Rafel, schneuzte sich wieder und stopfte das feuchte Taschentuch zwischen die Sitzpolster. Er hatte eine Höllenangst, der Militärgouverneur könne mit ihm darüber sprechen wollen, was dieser verfluchte Portugiese herausgefunden hatte, und wenn er hundertmal sagt, meine Männer und ich können schweigen wie ein Grab, Senyoria, Hundsfott bleibt Hundsfott. Und wenn der Militärgouverneur seine Geheimnisse kannte, dann gute Nacht, denn Don Pere würde alles dafür tun, um ihn vor den Augen der ganzen Stadt durch den tiefsten Dreck zu schleifen.

Man ließ ihn nur zehn Minuten warten. Soviel Eile war ein gutes Zeichen – oder bedeutete ganz im Gegenteil, daß der entscheidende Angriff bevorstand. Der Diener, der ihn in den prunkvollen Saal führte, trug eine Perücke wie zu Großvaters Zeiten, ein deutlicher Hinweis darauf, daß man im Militärgouvernement auf Langsamkeit und Altvertrautes setzte, und eine äußerst schmucke gold-blaue Livree. Einen Moment lang erwog Don Rafel, Hipòlit ebenfalls eine solche Livree zu verpassen, fürchtete aber, der alte Diener könne dies nach all den Jahren in dunkelroter Uniform als Affront auffassen. Kaum war er über die Schwelle, waren diese Gedanken wie weggeblasen; am anderen Ende des Raumes stand, die Hände auf dem Rücken gefaltet, Seine Exzellenz Don Pere Caro Sureda-Valero i Maça de Liçana, Militärgouverneur von Katalonien, sah, vom Besucher abgewandt, angestrengt aus dem Fenster und wartete darauf, daß dieser sich durch ein Hüsteln bemerkbar machte. Als dieses erfolgt war, drehte sich der Militärgouverneur um und blickte den Gerichtspräsidenten erstaunt an.

»Ah, Don Rafel, wie geht's, wie steht's?« Natürlich war nicht zu erwarten, daß Don Pere Caro Sureda-Valero i Maça de Liçana ihn mit Senyoria ansprach.

»Ich stehe zu Euren Diensten, Exzellenz.«

Der Militärgouverneur wandte sich ganz um, und während er zu seinem Schreibtisch ging, sagte er im Plauderton, mein lieber Präsident, wir haben da eine äußerst dringliche Angelegenheit, einen Fall der dritten Kammer; ich will wissen, was dieser ganze Kuddelmuddel soll, versteht Ihr?

»Gewiß, Exzellenz.« Aber er verstand nichts, rein gar nichts verstand er, denn die Strafkammer fiel ausschließlich in den Kompetenzbereich des Gerichtspräsidenten, und der Militärgouverneur durfte einzig und allein Begnadigungen gewähren. Wenn der Militärgouverneur allerdings seine Kompetenzen überschreiten wollte, so konnte er dies selbstverständlich tun, dazu war er schließlich Militärgouverneur. Das verstand Don Rafel sehr wohl. Was ihn in Panik versetzte, war die Vorstellung, daß dieser schimpansengesichtige Militärfritze womöglich ganz genau wissen wollte, was in den Papieren stand, die in der Wohnung des Mörders gefunden worden waren.

»Ausgezeichnet, ganz ausgezeichnet.« Der Militärgouverneur bot ihm einen Stuhl an, der so breit war, daß sein Hintern sich darauf verlor. »Nun«, fuhr Don Pere Caro Sureda-

Valero i Maça de Liçana fort, »wie Ihr vielleicht wißt, war ich am Abend von Sankt Martin im Hause des Marquis von Dosrius zu Gast.«

»Gewiß, Exzellenz. Ich war auch dort und habe Euch gesehen.«

»Ausgezeichnet, ganz ausgezeichnet. Denkwürdig. Eine denkwürdige Soiree.«

»Gewiß, Exzellenz. Denkwürdig.«

»Und fandet Ihr die Nachtigall von Narbonne oder woher auch immer nicht auch unübertrefflich in ihrer Zartheit, Empfindsamkeit und so weiter, Don Rafel?«

»Gewiß, Exzellenz.« Sa Senyoria schwitzte Blut und Wasser, weil der Militärgouverneur nicht zur Sache kam und seine Augen funkelten, wie immer, wenn er etwas im Schilde führte.

»Nun gut: Und am darauffolgenden Tag, einem Dienstag, stellt sich heraus, daß ein Irrer den Spatz ermordet hat.«

»Den Spatz?«

»Die Lerche oder wie sie hieß. Die Nachtigall.«

»Gewiß, Exzellenz.« Die kleine ornithologische Abschweifung hatte Sa Senyoria ein wenig beruhigt.

»Ausgezeichnet, ganz ausgezeichnet. Und Ihr und die Polizei nehmt kurz darauf einen Verdächtigen fest.«

»Gewiß, Exzellenz. Am Freitag wurde er zum ersten Mal verhört.«

»Er ist schuldig.«

»Wie meinen, Exzellenz?«

»Ich sagte, der Mann ist schuldig.«

»Gewiß, Exzellenz.«

»Wußtet Ihr, wohin der Spatz von Marseille nach seinem Aufenthalt in Barcelona hätte reisen sollen?«

»Gewiß, Exzellenz.«

»Ach, man hat es Euch erzählt?«

»Gewiß, Exzellenz. Nach Madrid.«

»Ausgezeichnet, ganz ausgezeichnet. Um es genauer zu sagen: Sie war unterwegs zum Hof, versteht Ihr? Sie sollte vor den Königlichen Hoheiten ein paar Lieder zum besten geben. Vielleicht wartet man dort heute noch auf sie.«

Don Rafel schwieg. Was hätte er dazu sagen sollen.

»Wußtet Ihr, mein verehrter Präsident«, fuhr der Militärgouverneur fort, »daß die Desflors eigentlich direkt nach Madrid hätte fahren sollen? Daß sie nur auf ausdrücklichen Wunsch des Stadtratsvorsitzenden, des Grafen von Creixells, einen Zwischenhalt in Barcelona eingelegt hat?«

Das hatte Don Rafel nicht gewußt. Aber allmählich dämmerte ihm, warum Seine Exzellenz so nervös war.

»Und nun erweist sich, daß die Gastfreundschaft, die ihr diese Stadt gewährt hat – wie soll ich sagen?« – er wedelte mit den Händen – »ewig währt?«

»Ich finde das höchst bedauerlich, Exzellenz, aber ich sehe nicht, wie wir im nachhinein retten könnten, was nicht zu retten ist.«

Im Grunde genommen war der Militärgouverneur immer noch zutiefst gekränkt, weil er sich nach dem Konzert beim Verlassen des Hauses des Marquis geschworen hatte, diesen Spatz mit den üppigen Brüsten – wie auch immer, wann auch immer und zu welchem Preis auch immer – zu einem Tête-à-tête im Schlafgemach zu bewegen, mit weiter nichts zwischen ihnen als den Laken. Doch dann war ihm dieser verflixte Mörder in die Parade gefahren. Und Don Rafel war zum zweiten Mal in eine Angelegenheit verstrickt, für die er ihn am liebsten erwürgt hätte.

»Es gibt eine Lösung, werter Don Rafel. Eine Lösung *post mortem* sozusagen.«

»Gewiß, Exzellenz.«

»Die Effizienz der Polizei, die Schnelligkeit der Justiz und die Strenge der Richter.«

»Ich sagte Euch ja, Exzellenz, daß wir einen Hauptverdächtigen gefaßt haben.«

»Ebendies meinte ich, Don Rafel: Holt ein Geständnis aus ihm heraus, wie auch immer. Und sorgt dafür, daß der Prozeß bald stattfindet, so daß ich seine Hinrichtung gleichzeitig mit der Nachricht vom Tod der Lerche vermelden kann.«

Don Rafel atmete innerlich auf. Wenigstens hatte Don Pere ihn nicht auf die vermaledeiten Papiere angesprochen … Und noch dazu lächelte er. Wenn Don Pere ihn anlächelte, hieß das, daß er ihn brauchte. Don Rafel zwang sich, wieder zur Sache zu kommen:

»Verstehe ich Euch richtig, daß in diesem Fall ein mögliches Gnadengesuch abgelehnt würde?«

»Ausgezeichnet, ganz ausgezeichnet. Mir scheint, damit wäre alles geklärt. Und denkt daran, Don Rafel: Solange ich Militärgouverneur von Katalonien bin, Stütze und Stab des Königlichen Gerichts«, hier hob er, mitgerissen von seiner eigenen Rede, theatralisch den Zeigefinger, während er mit der anderen Hand an der Hüfte nach dem Griff seines Schwertes tastete, das aber an der Garderobe hing, »will ich hier in Barcelona keine Unruhen. Subjekte wie dieser Mörder, den Ihr gefaßt habt, müssen unschädlich gemacht und aus unserer Gesellschaft getilgt werden. Und falls dieser holländische Matrose schuldig ist, wird er ebenfalls hingerichtet. Die Gerechtigkeit gilt für alle, ganz gleich ob Bischof oder Hure, Don Rafel.«

»Ausgezeichnet, ganz ausgezeichnet, Exzellenz.«

Von diesem Augenblick an haßte Don Rafel Massó i Pujades, Präsident des Königlichen Gerichts von Barcelona, diesen Lerchenmörder, der ihm die ganze Vogelschar aufschreckte, ganz besonders.

Angesichts der Tatsache, daß die Institution der Ehe von jeher gesellschaftlichen und wirtschaftlichen Zwecken diente; daß die Mütter, nachdem der Vater den zukünftigen Ehemann ausgesucht hatte, ihre Töchter beiseite nahmen und ihnen Respekt und Gehorsam dem Ehemann gegenüber predigten und nur die beherztesten unter ihnen sagten, die Liebe steht nicht am Beginn der Ehe, mein liebes Kind, aber manchmal wächst sie mit der Zeit zwischen den Eheleuten, schau nur deinen Vater und mich an (und das liebe Kind schaute und schaute, konnte aber nichts entdecken); daß die Beichtväter ihnen einredeten, die Liebe sei etwas Verwerfliches, etwas höchst Verwerfliches, mein liebes Kind – erlebten die lieben Kinder jener Zeit den Übergang von der Kindheit zum Erwachsensein als Phase der Wirren und Ängste und wurden so zur leichten Beute für jeden Verführer, der ihnen das Herz und manch anderes raubte. Das mochte einer der Gründe dafür sein, daß sich unter der bourbonentreuen Aristokratie Barcelonas ein enges Geflecht von Liebschaften herausgebildet hatte, erkennbar an verschworenen Blicken, einem etwas zu langen Händedruck, Briefchen, Botschaften und Nachrichten, die von Dienern und Zimmermädchen – in deren Händen die Reputation des sich dessen völlig unbewußten glänzenden Barceloneser Adels lag – hin- und hergetragen wurden.

Die Situation war, kurz gefaßt, folgende: Die Marquise von Sentmenat, eine unersättliche Dame von beachtlichen körperlichen Reizen, betrog den Marquis gleich zweifach: Ihr offizieller Geliebter war der junge Graf von Perelada, der heimliche Liebhaber Doktor Ballbé, ein berühmter Arzt, der aufgrund seiner Bettgeschichten mit Grafen und Baronen auf freundschaftlichem Fuße stand. Den Marquis von Sentmenat störte das wenig, da er seinerseits eine aufregende Beziehung zu Eulàlia Junyent de Vergós, der Gräfin von Planella, unterhielt, die ihm vollkommen genügte, da er es der Gräfin, wie er im kleinen Kreis gern verlauten ließ, nicht oft genug besorgen konnte. Der Graf von Planella wiederum hegte eine Vorliebe für Frauen niederer Herkunft; oft suchte er, als Handwerksbursche verkleidet, die übelsten Absteigen auf, und es hieß, er amüsiere sich königlich dabei. Der junge Vicomte von Rocabruna dagegen, ein rechter Tunichtgut, von dem man sich erzählte, er habe ein Verhältnis mit einer zehn Jahre älteren Dienstmagd, stell dir vor!, trieb unter den jungen Damen sein Unwesen. Er ganz allein hatte die drei Töchter des Grafen von Ullà und die Nichte der Gräfin von Cartalà entjungfert. Und das waren nur die Fälle, von denen man wußte. Nun ja, jeder tut, was er kann. Der dritte Liebhaber der Comtesse von Sobrevia war ebenjener Baron von Xerta, dessen Sohn zwanzig Jahre später die achtzehn oder neunzehn Jahre jüngere Donya Gaietana heiraten sollte. Diese sah, nachdem ihr Gatte sie einmal zur Frau und zur Baronin gemacht hatte, den Weg frei für eine Liaison mit dem ältesten Sohn der Despalaus, einem gutaussehenden jungen Mann, der den Titel eines Barons erben würde und die Militärlaufbahn anstrebte. Mit der Zeit wurde dieser Despalau zum Beglücker gleich dreier Damen (zweier Comtessen und einer Baronin), von denen jede sich der Treue dieses feschen Burschen gewiß war. Der größte Jagdgrund aber stand dem jeweiligen Militärgouverneur offen, der entweder seinen eigenen Harem mitbrachte oder sich kampfbereit ins Getümmel warf. Normalerweise trug er den Sieg davon, und zahlreiche Baronessen, Comtessen, Marquisen und

Damen sahen sich genötigt, vor dem – häufig genug allerdings schon recht altersschwachen – Glied Seiner Exzellenz die Beine breit zu machen. Aber da der Mensch nun mal so beschaffen ist, daß der Kampf der Geschlechter eher im Geiste als körperlich ausgetragen wird, ließen die meisten Damen den bedeutenden Liebhaber gewähren, was soll's, er ist ja bald wieder weg. Ein Sonderfall war der Marquis von Dosrius: Obwohl seine Beine – und nur seine Beine – gelähmt waren, so erzählte man, sei er für sein Alter noch erstaunlich in Form. Allerdings wußte man das nur vom Hörensagen, da er die Mädchen weniger nach ihrer Schönheit als vielmehr nach ihrer Verschwiegenheit aussuchte. So hieß es zumindest.

Nun hätte man meinen können, den Damen stünden ab dem Alter von etwa dreißig gewisse Möglichkeiten nicht mehr offen und sie müßten sich an die trübe Aussicht gewöhnen, mit ihren Ehemännern zu schlafen, und umgekehrt. Doch weit gefehlt, denn hier kam das aufstrebende Bürgertum ins Spiel, das die Manieren des Adels imitierte und allein für die Aussicht, aller Welt zeigen zu können, man pflege vertrauten Umgang mit Leuten von Rang und Namen, den Verstand und sämtliche Hemmungen verlor. So beglückte der Bankier Ramis, ein rundlicher, steinreicher Mann, die Marquise von Llió, die über vierzig war, aber immer noch dem Laster verfallen, junge Männer in die Liebe einzuführen. Ärzte, Bauingenieure und Militärtechniker, Richter und Beamte aller Art, Offiziere, Großkaufleute und Landbesitzer mischten sich in den Reigen der Grafen, Comtessen, Barone und üblicherweise schon etwas reiferen Damen. Auch erzählte man sich, daß der Marquis von Villalonga sich nur für Knaben interessierte und die Marquise von Barberà heillos einer sechzehnjährigen Sizilianerin verfallen war, die sie bei sich zu Hause hinter Schloß und Riegel hielt. Nur wenige adelige Familien beteiligten sich nicht an diesem Treiben, die Dalmases vielleicht, die Pinós, die Rocamoras und der ehemalige Marquis von Rubí – der allerdings nur, weil man ihn nicht ließ. Diese Leute, die es von alters her mit den Habsburgern gehalten hatten und vergangenen Zeiten nachtrauerten, hatten nicht nur ihre Vorherrschaft, sondern auch ihr Hab und Gut eingebüßt und waren seitens der Bourbonen einer erbitterten persönlichen, familiären, körperlichen, wirtschaftlichen und juristischen Verfolgung ausgesetzt, so daß sie nun, gegen Ende des Jahrhunderts, ein klägliches Bild boten. Einige, wie die Rocamoras, behaupteten, ihre Würde zu wahren, indem sie konsequent den Umgang mit dem neuen Adel von bourbonischen Gnaden verweigerten, diesen Aufsteigern und Neureichen, und sich statt dessen mit dem niederen Volk vermischten. Immerhin floß ihr Blut nun durch neue Adern.

Kurz gesagt: Die Creme (und die Butter) der Barceloneser Gesellschaft gab sich begeistert und hemmungslos einem persönlichen und kulturellen Wechselspiel hin, das zumindest bei Banketten, Versammlungen, nachmittäglichen Schokoladekränzchen und Konzerten für Unterhaltung sorgte. Natürlich lehnten einige Adelige und Bürger diesen Handel ab. Aber das waren nur wenige, und die galten allgemein als Langweiler und Spielverderber.

Inmitten dieses vielversprechenden Panoramas bewegte sich Don Rafel mit äußerster Vorsicht. Zunächst einmal war er sich der Treue Donya Mariannas keineswegs vollkommen gewiß, denn immerhin konnten sich unter den keuschen, vergeistigten Röcken dieser Dame zwei, drei Liebhaber verbergen. Andererseits fragte sich Don Rafel, wer sich wohl für dieses schwarzgekleidete Klappergestell mit Mantillengesicht interessieren mochte, dessen Atem nach Meßbuch und Kerze stank. Seiner eigenen Untreue gegenüber Donya Marianna hingegen konnte er sicher sein; sie war das Ergebnis einer langen, sorgfältig geplanten Entwicklung, die kurz nach der Hochzeit mit der Feststellung begonnen hatte, daß Donya Marianna die Erfüllung ihrer ehelichen Pflichten so haushälterisch verwaltete, daß kaum Raum für weitergehende fleischliche Genüsse blieb. Daraufhin hatte er sein gesamtes organisatorisches Talent darauf verwendet, eine geeignete Geliebte zu finden. Don Rafel war nicht dumm: Schnell hatte er begriffen, daß es ratsam war, sich vom erotischen Wechselspiel der welken Aristokratie Barcelonas fernzuhalten, denn auch wenn einem jungen Rechtsanwalt eine glänzende Zukunft offenstand, so hing diese doch ganz davon ab, daß er mit Bedacht vorging. Da er ehrgeizig war, fing er, um ganz nach oben zu gelangen, ganz unten an. Da er es eilig hatte, konnte er warten. Und so begann nach einigen Jahren kinderloser Ehe und schwindender Aussichten, noch einen Nachkommen zu zeugen, das große Liebesabenteuer seines Lebens. Schon nach kürzester Zeit mußte er feststellen, daß ihm bei allem Reichtum, aller Macht und allem scheinbaren Glück nur dann das Herz aufging, wenn er diese Frau vor sich sah, die einzige, die ihm je ihre Liebe durch Zärtlichkeit unter Beweis stellte – und die ihn überdies wirklich liebte. Doch es gab noch einen weiteren Augenblick, in dem Don Rafel glücklich war: Wenn er mit Hilfe des Teleskops der eigenen Welt entfloh, hin zu anderen Sonnen und anderen Welten, reineren, ferneren und stilleren, wo es keine Donperes und keine Donjerónimos gab. Aber all das war lange vor der Zeit gewesen, als Donya Gaietana in sein ruhiges Leben einbrach und ihn alle Vorsicht vergessen ließ.

Liebesnest, Schatzkammer und Spielzimmer, Kurort für den vom Feuer der Liebe Verbrannten, Taubenschlag, in dem die Liebe ein und aus fliegt, Heilstätte für den von Amors Pfeil Getroffenen, Obstgarten der Früchte der Liebe, Haus aller Freuden, glänzendes Gemach Romeos und Julias, Ähre, Garbe und Garbenbündel ewiger Schönheiten, Weilstatt der Göttin Harmonia, geliebte Mauern, Ort, an dem die Zuneigung eine Flamme ist, die Sympathie Wärme, der Blick Blendung, die Erinnerung Belebung, die Berührung Wahnsinn und das Ewige Leben Jugend – mit solchen und tausend weiteren Namen hatte Don Rafel das Haus, das Häuschen, den Palast bedacht, in dem ihn Elvira mittwochs und freitags ab vier Uhr nachmittags empfing, wenn die Vicenta oder die Josepa vom Kirchturm von Santa Maria del Pi herab zum Rosenkranzgebet rief – ein Ruf, dem auch Donya Marianna mit eiserner Pünktlichkeit folgte.

Daß Don Rafel den Zeitplan seiner ehelichen Untreue strikt einhielt, war zum einen der Vorsicht geschuldet, lag zum anderen aber auch daran, daß die engelsgleiche Elvira ein großes Interesse daran hatte, ihren Liebhaber zu festen Zeiten zu empfangen, denn war Don Rafel zu Beginn ihres Verhältnisses aufgrund der mangelnden Begeisterung seiner Gattin so feurig gewesen, daß man rein technisch von Leidenschaft sprechen konnte, so kühlte mit der Zeit, wie alles im Leben, dieses Feuer ein wenig ab, das Leben geht weiter, und man muß es ja nicht übertreiben. Anfangs war Elvira, die hübsche, propere Tochter eines Getreidehändlers aus dem Dorf Horta, tatsächlich in diesen vornehmen Herrn verliebt gewesen, der sie umwarb. Überdies hatte ihr Don Rafel, ein angesehener, wohlhabender Rechtsanwalt, nach zwei Jahren heimlicher Liebschaft – oh, wie stark wirkt der Kitzel der Angst vor Entdeckung der Langeweile in der Liebe entgegen! – ein ganz reizendes Häuschen gekauft. An einem Freitag hatte er ihr den hübsch verpackten Schlüssel überreicht, und sie hatte gefragt, was ist denn das, mein Rafallus, und er, stolz auf diesen Kosenamen, hatte gesagt, pack es aus, es gehört dir. Elvira, ein wenig nervös, weil Don Rafel sich sonst nicht gerade durch verschwenderische Geschenke auszeichnete, riß mit vor Neugier ungeduldigen Fingern das Papier auf, und als der große Schlüssel zum Vorschein kam, sagte sie, o nein, das ist zuviel, aber Don Rafel sagte, o doch, geliebte Elvira, und da warf sie sich ihm so heftig in die Arme, daß seine Perücke verrutschte. An diesem Nachmittag war sie zärtlicher denn je und umklammerte von Zeit zu Zeit wollüstig den Schlüssel, als wäre er etwas anderes, so daß Don Rafel, der noch nicht Sa Senyoria war, in Wallung geriet und sagte, meine kleine Elvira, meine Zauberin, und sie erwiderte, halbnackt und mit feuchtschimmernden Lippen, er sei der stattlichste Mann von ganz Barcelona und sie sei rasend in ihn verliebt. Und so zog Elvira mit Sack und Pack und ihrer Leidenschaft in das reizende neue Häuschen Ecke Carrer de les Caputxes und Argenteria, wie schön, jetzt müssen wir nicht mehr ständig auf der Hut sein, und ich kann dich jeden Tag besuchen! Aber Elvira, die blitzschnell nachgerechnet hatte, sagte, o ja, Geliebter, jeden Mittwoch und Freitag; und er fragte, wie? Willst du nicht, daß wir uns öfter sehen? Und sie knöpfte ihm geschickt das Seidenhemd und die enge Hose auf und sagte einschmeichelnd, doch, natürlich, ich wünschte, wir könnten uns jeden Tag treffen, aber um unserer Liebe willen müssen wir vorsichtig sein, mein Rafallus, und aufpassen, daß wir nicht ins Gerede kommen, denn unsere Liebe ist rein und groß, und dann zog sie ihm die Hose herunter und liebkoste das wiederaufgelebte Glied, und ihm wurde schummerig vor Augen, und alles, was seine geliebte Elvira sagte, klang gut und richtig, und sie kniete sich und nahm sein begieriges Geschlecht in den Mund und vollbrachte wahre Wunder mit ihrer Zunge, und der zukünftige Gerichtspräsident von Barcelona keuchte und verdrehte die Augen, und Elvira ließ von Zeit zu Zeit die Eichel los und sagte mit verführerischer Stimme, deine Frau würde Verdacht schöpfen, mein Rafallus, und in deiner Stellung (mit gespreizten Beinen auf meinem Bett, dachte sie) kannst du dir keinen Skandal erlauben; und noch bevor er einwerfen konnte, aber montags auch, Geliebte, umschloß sie genießerisch wieder seine Eichel mit dem Mund, und Don Rafel wußte nicht mehr, was er hatte sagen wollen, als hätte Elvira auch seine Rede verschluckt. Und so stöhnte er bloß, Elvira, du machst das wunderbar, du bist die Königin, meine Königin, und sie verschaffte ihm bei dieser ersten Begegnung im Liebesnest, der Schatzkammer, dem Spielzimmer und so weiter und so fort eine so gewaltige Ejakulation, daß die beiden Besuchstage Mittwoch und Freitag nie mehr in Frage gestellt wurden und ihr Liebeslohn davon unbeeinträchtigt blieb. Und wenn Don Rafel nachts neben einer sorgfältig gekämmten und zurechtgemachten unnahbaren Donya Marianna lag, fragte er sich, ob er sie wohl bitten könne, das zu tun, was Elvira mit ihm tat, und konstatierte bei einem Seitenblick auf seine Frau, die nach ein paar Seiten Lektüre ihres Thomas à Kempis neben der brennenden Kerze eingenickt war, daß dies unmöglich war, ja daß er nicht einmal den Vorschlag wagen durfte, da sie auf der Stelle in Ohnmacht fallen würde. Für so etwas waren eben die Geliebten da. Oder einige Geliebte jedenfalls.

So vergingen die Jahre, und Elvira war weiterhin die offizielle Geliebte erst des zukünftigen Gerichtspräsidenten und dann des Gerichtspräsidenten. Als Don Rafel das ersehnte

Amt endlich antrat, machte er ihr zur Feier des Tages das zweite große Geschenk: einen goldenen Ring mit zwei afrikanischen Brillanten, der ein Vermögen wert war, liebste Elvira: ein Vermögen. Und sie, aber das mußt du doch nicht, und Don Rafel, doch, weil ich dich liebe, meine Elvira, du bist die Liebe meines Lebens. Und tatsächlich empfand Don Rafel Eifersucht und Besitzerstolz, weil Elvira auch mit fast dreißig Jahren noch immer einen wunderbar straffen Körper hatte und ihn liebte und sich von ihm lieben ließ, ohne eine Gegenleistung zu erwarten. Dieser Umgang mit Elvira war für ihn nach wie vor einzigartig, weil er allein auf Liebe beruhte. So glaubte er zumindest. Und so besuchte Don Rafel mittwochs und freitags, wenn es zum Rosenkranzgebet läutete, den Carrer de les Caputxes Ecke Argenteria. Und montags, dienstags und donnerstags – und samstags und sonntags auch – verdiente sich die geliebte Elvira etwas hinzu, indem sie das Vorderzimmer an gutsituierte Bürger vermietete, denn mit dem, was sie von Don Rafel bekam, konnte man keine großen Sprünge machen. Mit der Zeit erwarb sie großes Geschick in der diskreten Handhabung dieser Geschäfte. Doch dann überkam sie die Neugier, warum genau die Leute in diesem Zimmer so lustvoll stöhnten und keuchten, und sie gewöhnte sich an, die Liebespaare heimlich zu beobachten. Dabei gelangte Elvira zu der Erkenntnis, daß die Gesten unerschöpflicher Liebe immer gleich und doch stets neu, weil von Geheimnis umhüllt sind, und seufzte in ihrem Versteck. Und als sie feststellen mußte, daß viele Männer um einiges besser bestückt waren als ihr Rafallus, wollte sie einmal etwas Neues ausprobieren. Es dauerte nicht lang, und sie empfing montags oder donnerstags junge, kräftige und willige Burschen, die sie richtig rannahmen. Das gefiel ihr so gut, daß sie es bald mit zweien und gar dreien gleichzeitig trieb.

So hatte sie ihren Spaß, und der ahnungslose Don Rafel zahlte für sein Liebesnest und ihre Orgien und kam mittwochs und freitags auf seine Kosten. Und er war Gerichtspräsident, den lächerlichen Ambitionen Don Manuels zum Trotz, aber das war eine andere Geschichte.

25. November 1799

Mein lieber Freund:
Daß Du heute von mir hörst, ist reiner Zufall. Eigentlich hatte ich beschlossen, die für mich so ungewohnte Briefeschreiberei eine Weile ruhen zu lassen, zumal dieser Kretin von Oberst sich in den Kopf gesetzt hatte, die Zeit, die wir mit der vergeblichen Jagd nach unsichtbaren Guerilleros vertan haben, durch einen höllischen Tagesmarsch wettzumachen und uns innerhalb von zwei Tagen nach Lleida zu scheuchen. Aber der Oberst hat seine Rechnung ohne den Nebel gemacht, der, hat er sich einmal in Calaf festgesetzt, erst wieder weicht, wenn man ein Bittgebet zur örtlichen Schutzheiligen, Santa Calamanda, spricht. So hat mir das zumindest das Schankmädchen erzählt, mit dem ich heute nacht wieder das Lager teilen werde. Ja, lieber Andreu, seit drei Tagen sitzen wir nun schon in Calaf fest. War der Nebel vorgestern schon dicht, so scheint er heute undurchdringlich. Man kann keinen Schritt tun, ohne das Gefühl zu haben, man trete ins Leere. Selbst die Pferde scheuen, und ein paar Soldaten reden schon von Hexerei. Das Schankmädchen hat mir gesagt, daß die Dorfbewohner unsere Kolonne mit geschlossenen Augen direkt bis nach Igualada oder Ponts führen könnten. Sie kennen den Weg wie ihre eigene Schlafstube – oder besser. Aber ich werde mich hüten, das dem Oberst auf die Nase zu binden, denn auf diese Weise habe ich eine weitere Nacht

neben meinem Mädchen gewonnen, das süßer ist als Honig. Ich habe das Zimmer für mich allein, denn Leutnant Casares sitzt Tag und Nacht beim Kartenspiel, weshalb ich die Zeit nutzen konnte. Und davon wollte ich Dir berichten. Ich habe nämlich den ganzen Tag über die Oper nachgedacht, unsere neue Oper. Ich habe schon eine ungefähre Vorstellung davon und ein paar musikalische Bruchstücke, die ich verwenden will. Was zwei Tage Muße nicht alles bewirken! Es wäre schön, wenn Du mit der Arbeit beginnen könntest, sobald Du diesen Brief erhältst. Wenn Du die Personen ausarbeiten könntest, wäre schon viel gewonnen. Die Hauptfigur ist Fiorella, ein Bauernmädchen, das sich in einen Grenadierhauptmann verliebt, der zufällig eine Nacht auf dem Heuboden ihres Elternhauses verbringt. Auch der Hauptmann, ein feiner Kerl, verliebt sich in sie, ohne allerdings von ihrer Liebe zu wissen. Nun findet aber der Vater des Mädchens, eine grober, unsensibler Bauer, heraus, wie es um die beiden bestellt ist, und gerät in Wut: Er will, daß seine Tochter Giovanello heiratet, den Erben eines reichen Gutshofs in der Nachbarschaft. Zweiter Akt: Der arme Hauptmann, der nicht ahnt, daß Fiorella ihn liebt, wird vom Vater des Mädchens zur Rede gestellt, provoziert und schließlich angegriffen. Il capitano muß sich verteidigen! Und damit nimmt die Tragödie ihren Lauf: Der wackere Hauptmann kämpft mit dem Vater, will ihn aber nicht verletzen. Doch als der Bauer ihn verwundet und er sich verteidigen will, stößt er ihm unversehens das Schwert in die Brust. O mein Gott! Das unwillentlich vergossene Blut! Das Blut von Fiorellas Vater! Hier stelle ich mir eine Tenorarie des Hauptmanns vor, der noch keinen Namen hat: O dolore! O dolore! Die Melodie dazu habe ich bereits im Kopf, schlicht, aber ergreifend. Giovanello, der schon immer in Fiorella verliebt war, sucht verzweifelt nach dem Hauptmann, um den Tod des Bauern zu rächen. Doch, o crudele destino: Der Hauptmann erhält Befehl, sich in Verona zu melden – warum, weiß ich noch nicht. Sollte er nicht innerhalb von zwei Tagen dort sein, gilt er als Deserteur. Was wird er tun? Was nicht? Die Liebe, Freund Andreu, bewegt ihn, den Uniformrock auszuziehen. In einem herzergreifenden Duett sagt er der Liebsten adieu und flieht in die Wälder. Und nun stell Dir vor, Andreu, wie die verliebte Fiorella grausam hin- und hergerissen ist zwischen ihrer Liebe und dem Abscheu vor dem Mann, der ihren Vater getötet hat … Unterdessen hofft der Hauptmann, wenn er nur lange genug in seinem Versteck ausharre, werde die Armee ihn vergessen. Wer ihn aber nicht vergißt, ist Giovanello, der eine Schar Bauern zusammengetrommelt hat, um ihn zu finden und zu töten. Jetzt weiß ich es: Der Hauptmann muß Lupo heißen. So können die Bauern, die ihn verfolgen, singen, daß sie auf Wolfsjagd gehen. Und wenn sie ihn dann töten – denn töten werden sie ihn, mein Freund –, dann werden sie singen: »Abbiamo ucciso il lupo! – Wir haben den Wolf erlegt!« Jetzt habe ich mich von der Geschichte so mitreißen lassen, daß ich Dir schon teilweise das Ende verraten habe. Dritter Akt: Hauptmann Lupo, der Tag und Nacht von Fiorella träumt, lebt in einer Höhle im Wald wie ein richtiger Wolf. Eines Tages findet ihn Giovanello, der die Gegend nach ihm durchforstet, erkennt ihn aber nicht und fragt ihn, ob er nicht irgendwo einen Hauptmann gesehen habe. Lupo, der Giovanello sehr wohl erkannt hat, weigert sich zu antworten, weil er weder lügen noch kämpfen und schon gar nicht vor einem Bauern davonlaufen will. Der argwöhnische Giovanello nimmt ihn gefangen. Derweil singt Fiorella am Fenster ihres Hauses die traurigste Sopranarie, die das bald beginnende Jahrhundert je hervorbringen wird und mit deren Text ich Dich betraue. Sie wird sagen: »O Dio, o Dio, man hat meinen Vater gemordet und meinen Liebsten entführt. Das war das Schicksal. Wo bist du, grausames Schicksal?« Etwas in der Art, verstehst Du? Nun, und dann packen die Bauern den Hauptmann und schlagen ihn einfach tot, ohne Urteil oder ähnliches. Als Fiorella durch Giovanello von Lupos Ermordung erfährt, stürzt sie sich vom Balkon ihres Hauses in den Tod. Zuvor aber gibt es ein Duett zwischen Giovanello und Fiorella, das das Publikum zu Tränen rühren wird. Er – ebenfalls ein Tenor – wird ihr seine heimliche Liebe gestehen. Sie wird ihn des Mordes an ihrem Liebsten bezichtigen. Ich nehme an, Du kannst Dir vorstellen, was ich meine.

Das ist alles. Ich lege die Geschichte in Deine Hände. Laß sie Dir durch den Kopf gehen, mach etwas daraus und feile in Ruhe an den Figuren. Du wirst mir dann schon davon berichten. Stell Dir nur vor: Fiorella ossia la forza dell'amore. Opera in tre atti. Libretto d'Andrea Perramone. Musica da Ferdinando Sorts. Klingt das nicht großartig?

Oje, es ist spät! Jetzt merke ich, wie müde ich bin, Andreu. Und soeben betritt meine Muse das Schlafgemach … Nie werde ich diese Tage in Calaf neben meiner stillen Liebe vergessen! Denk an meinen Capitano! Ciao!

Dein Freund Nando

Noch war die Sonne nicht aufgegangen. Ciset stand auf, die Decke um die Schultern gelegt, und wanderte im Zimmer auf und ab. Ein schmerzlicher Seufzer ging in einem Hustenanfall unter; verdammter Husten, nicht einmal weinen ließ er ihn. Ciset wußte, daß seine Tage gezählt waren. Er hatte nie mit Remei darüber gesprochen, weil sie ihn ja doch immer nur zum Arzt schicken wollte, für alle Fälle. Er hatte ihr nie gesagt, ich mach's nicht mehr lange, Remei, denn wozu hätte er sie ängstigen sollen, wo sowieso nichts zu tun war? Aber er wußte, er spuckte mit dem Husten seine Seele stückchenweise aus, und das bezahlt man mit dem Leben. Wie kalt es in diesem Haus war! Und wie einsam! Dagegen konnten auch die Rosen nichts ausrichten, o nein. Eine Zeitlang war er von der Idee besessen gewesen, die eindrucksvollste Rosenzucht anzulegen, die die Welt je gesehen hatte, und gab einen Haufen Geld für Rosenstöcke, Pfropfreiser, Kastanienerde, Gewächshäuser und ein Bewässerungssystem aus. Im Dorf zerriß man sich das Maul über diese Leute, die auf einem Hof lebten, ohne Bauern zu sein oder Landwirtschaft zu betreiben, denn eine Handvoll Hühner macht noch keinen Bauernhof, die aber gut zu leben schienen, ohne zu arbeiten, und einen Rosen-Tick hatten. Nun, jeder nach seinem Geschmack. Galana, die in Cal Peric ein und aus ging, weil sie der Frau im Haushalt half, und daher bestens informiert war, stachelte die Neugier ihrer Nachbarinnen noch an, also, wenn ihr mich fragt, haben die irgendwo einen Schatz versteckt; reiche Leute eben. Aber wenn ich soviel Geld hätte, wie du behauptest, daß sie haben, Galana, dann würde ich doch meinem Mann einen neuen Karren machen lassen, und sieh nur, was für einen alten, schäbigen Karren sie haben. Und Galana erwiderte, ja, ja, ich weiß, du hast ja recht; ich verstehe es auch nicht, aber so ist es nun mal. Aber es sind gute Leute, wißt ihr. Ich kann mich nicht über sie beklagen.

Ciset stand am Fenster, lauschte auf den Regen und versuchte, nicht auf den Husten und den Schmerz zu achten, hier sitzt er, o Gott, und reicht immer tiefer. In Gedanken versunken und hustend hatte er zugesehen, wie diese verfluchte Nacht quälend langsam zu Ende ging. Wie die neue Kerze, die gar nicht mehr neu war, weil sie Kummer vertropfte und nur noch halb so lang war wie zu Beginn, mit ihrem trüben Licht seine traurigen Gedanken beschien. Allmählich beschlich ihn die Furcht und vermengte sich mit seiner Trauer, und Furcht und Trauer bilden ein schlimmes Gemisch im Herzen eines Menschen. Dann fiel ihm das Geräusch wieder ein. Pflatsch – so hatte es geklungen. Er haßte sich selbst und versuchte, seine Wut an der Wand auszulassen, aber das nutzte nichts, denn schließlich war er böse auf sich selbst und auf diejenigen, die ihn ins Verderben gestürzt hatten. Es tat ihm leid um die Delle, die seine Faust im Verputz hinterlassen hatte. Während er sich die schmerzende Hand rieb, kam ihm zum ersten Mal der Gedanke, daß es noch nicht zu spät war, Gleiches mit Gleichem zu vergelten, und sei es nur im Andenken an die arme Remei, die etwas Besseres verdient hatte als das Leben, das er ihr geboten hatte. Dieser Gedanke ließ ihn alles andere vergessen: Regen, Kummer und Kälte, Einsamkeit und Herzweh, und für einige Minuten, während er durchs Fenster auf den dunklen Waschplatz hinaussah, während er blicklos auf die Stelle starrte, an der Remei plötzlich tot umgefallen war, sanft und lautlos zu Boden gesunken wie ein Bündel Wäsche, mitten im Satz und mit dem Gebetbuch in der Hand, die Arme, mußte Ciset nicht husten, fast, als wäre das Stechen in seiner Lunge bloß Einbildung gewesen. Dann dachte er wieder an Remei und seufzte. Und mit dem Seufzen kam der Husten zurück, und zwar schlimmer als zuvor, so stark, daß er tatsächlich ein Stück seiner Seele ausspucken mußte.

VI

Barcelona schlief nun schon den dritten Tag in Folge in einem kalten, ungemütlichen Nebelbett. Die höheren Kirchtürme, wie der von Santa Maria del Pi oder der von Santa Maria del Mar, ragten über das feuchte Wattemeer hinaus. Aber die Dächer aller Häuser, ganz gleich, ob Adelspalast, Herrensitz oder Armenquartier, lagen unter einer drückenden Decke, die nur ab und an dem Regen wich. Die dunklen Gassen rund um Santa Maria, wie der Carrer del Ase, der Carrer de la Cirera, der Carrer del Lliri oder der Carrer de les Mosques, troffen vor Nässe. Sogar die Tiere, die Kaninchen und Hühner in den Hinterhöfen, die Hauskatzen und Hunde, die Maultiere, Esel und Pferde, waren unruhig und ängstlich, und nur ein paar Straßenkatzen streunten frei und ungehindert umher. Als die Glocken vier Uhr morgens schlugen und vor dem Gefängnis an der Plaça del Blat die letzte Wachablösung stattfand, hatte der Nebel auch den engen, feuchten Gefängnishof erobert. Nur in die tiefsten Kellergewölbe des Gebäudes drang er nicht vor. Die Feuchtigkeit, die hier von den Wänden rann, mußte wohl von früheren Nebeln stammen, die geduldig nach und nach durch die Wände gesickert waren und sich mit den Tränen und dem Zorn derer vermischt hatten, die im Dunkeln verzweifelt an den Wänden kratzten. In einem Winkel dieses Kellergewölbes, zu dem man noch ein Dutzend Stufen hinuntergehen mußte, lag Andreus Zelle, entsetzlich weit von allem entfernt, was Leben hieß. Andreu war sich nicht bewußt, daß er nunmehr seit fast zwei Tagen in mehr oder weniger der gleichen Stellung dasaß, schlaflos, wach aus Verzweiflung. Nicht daß er sich vorgenommen hätte, nicht zu schlafen – aber sobald er die Augen schloß, hatte er das Gefühl, seine Wachsamkeit lasse nach, und das würden sie ausnutzen, um ihn mit noch mehr Anklagen zu überhäufen, ihn an einen noch entlegeneren Ort zu verschleppen, ihn zwischen diesen vier Wänden mit der niedrigen Decke, unter der er das Gefühl hatte zu ersticken, ein für allemal lebendig zu begraben. Ja, Andreu war schon so weit, daß er an die anderen als »sie« dachte: eine formlose, bedrohliche Masse, die die Macht hatte, zu entscheiden, wer sterben mußte und wer weiterleben durfte, wer aus der menschlichen Gesellschaft verstoßen wurde und wer ein Recht auf Freiheit hatte ... Freiheit. Andreu hatte sich mehr und mehr am Klang dieses Wortes berauscht. Im Namen der Freiheit hatten er und seine Freunde zum ersten Mal von Versen, Poesie, Rhythmus, Schönheit, hübschen Frauen und Kunst reden hören. Das, was die aufgewecktesten unter ihnen von den deutschen und englischen Dichtern berichteten, entflammte sie. Einige konnten sogar Goethe zitieren, ohne ihn je gelesen zu haben. Gepaart mit ihrer heimlichen Begeisterung für die unerhörten Ideen der französischen Revolutionäre – Freiheit, Gleichheit, Brüderlichkeit –, weckte all dies in den aufgeschlosseneren Bürgersöhnen und Handwerksburschen ein drängendes Bedürfnis nach künstlerischem Ausdruck. Und genau wie Andreu begehrten viele junge Künstler gegen die starren Regeln der Akademien auf. Andreu hatte schon an die dreißig glühende Gedichte geschrieben, von denen einige sehr gut als Text für patriotische Hymnen an die Freiheit dienen konnten. Und er hatte – denn das eine schloß das andere nicht aus – zarte Madrigale und kleine Liebesgedichte verfaßt, um zu verhindern, daß ihm das Herz aus der Brust sprang, wenn er einer schönen Frau begegnete. Ach, wie schön war doch das Leben! Wie wunderbar, die Zukunft noch vor sich zu haben! Und ach, die Freiheit! ... Andreu schluckte. Keine seiner flammenden Hymnen an die Freiheit nutzte ihm hier. Kein zartes Liebesgedicht konnte ihn aus dieser entsetzlichen Lage befreien.

»He, Meister! Was ist los mit dir?«

Andreu sah einen tanzenden Lichtschein vor sich und einen langen grauen Bart mit einem zahnlosen Mund, der auf- und zuklappte. Erst nach einer geraumen Weile begriff er, daß der Wärter mit ihm sprach.

»Ich habe sie nicht umgebracht.«

»Das hast du mir schon oft gesagt. Wen hast du nicht umgebracht?«

Andreu erklärte ihm ganz langsam, als kostete es ihn große Mühe, sich zu erinnern, daß er die französische Sängerin nicht getötet hatte; ja, er hatte einen Teil der Nacht mit ihr verbracht, aber danach war er weggegangen und hatte nichts mehr von ihr gesehen oder gehört; am nächsten Tag waren sie zu ihm nach Hause gekommen und hatten ihn gefragt, ob er Andreu Perramon sei; und als er das bejaht hatte, hatten sie ihn ohne weitere Erklärungen abgeführt. Dann war Anklage gegen ihn erhoben worden, sie hatten ihn verhört und verprügelt, und nun saß er schon seit hundert Jahren allein in dieser Zelle. Wo sind denn die anderen?

»Welche anderen?«

»Ein Holländer und einer aus Barceloneta, der viel redet ...«

»Du bist vorläufig in Einzelhaft.«

»Hm?«

»Hör mal, hast du denn niemanden?«

»Hm?« Es dauerte eine Weile, bis Andreu begriff, worauf der Alte hinauswollte.

»Familie. Eltern, Geschwister ...«

»Meinen Vater ... aber der ist schon sehr alt und geht nur selten aus dem Haus. Und Freunde. Und einen Verteidiger habe ich doch auch, nicht wahr?«

Der Wärter schwieg. Woher sollte er das wissen? Er betrachtete den jungen Burschen mit einer Mischung aus Mitleid und Neugier, selbst ein wenig überrascht von seinen Gefühlen.

»Na komm, iß etwas.«

»Warum hilfst du mir nicht? Ich bin unschuldig.«

Er stand in seinem Arbeitszimmer im Gericht und sah durch die Balkontüren nach draußen, wie er es in Augenblicken der Muße gerne tat. Als hinter ihm ein Lakai die Tür öffnete und er näherkommende Schritte hörte, die auf der Schwelle verharrten, schob Don Rafel sacht den Vorhang beiseite und tat so, als interessierte er sich brennend für einen vor der Kirche von Sant Jaume stehenden Karren, von dem gerade Weinfässer abgeladen wurden. Er wartete, daß der Staatsanwalt sich mit einem Hüsteln bemerkbar machte. Dann würde er sich langsam umdrehen und sagen, oh, mein werter Don Manuel, ich habe Euch gar nicht gehört ... kommt doch herein, tretet näher. Aber Don Manuel, dieser Tölpel, hüstelte nicht – manche Leute waren einfach zu begriffsstutzig. Wahrscheinlich stand er wie angewurzelt da und kratzte sich am Sack. Also drehte sich Don Rafel um, zwar von gerechtem Zorn erfüllt, doch fest entschlossen, diesem Untergebenen gegenüber geduldig zu sein, der sich früher einmal frecherweise für den besseren Mann auf dem Posten des Gerichtspräsidenten gehalten hatte.

»Na so was, Don Manuel, ich habe Euch gar nicht kommen hören!« Er wies auf einen Stuhl an seinem Schreibtisch. »Kommt doch herein, tretet näher!«

»Zu Diensten, Senyoria.« Jedesmal wenn Don Manuel d'Alòs den Gerichtspräsidenten mit »Senyoria« ansprechen mußte, drehte sich ihm der Magen um. Don Rafel wußte das, und es erfüllte ihn mit tiefer Befriedigung.

»Ihr werdet Euch wundern, warum ich so eilig nach Euch habe schicken lassen, mein lieber Don Manuel«, Sa Senyoria lächelte, »aber die Sache ist wichtig.« Don Rafel ging zu seiner Seite des Tisches, setzte sich und legte in perfekter Nachahmung der Lieblingsgeste Seiner Exzellenz des Militärgouverneurs feierlich die Hände an die Tischkanten.

»Bei meiner Arbeit, Senyoria, bin ich an Überraschungen aller Art gewöhnt. Worum geht es?«

»Um Marie de l'Aube Desflors.«

»Nanu? An dem Fall arbeiten wir doch! Ich tue gewissermaßen nichts anderes.«

Don Manuel dachte bei sich, daß sich diese Geschichte gar nicht gut anließ, denn den Gerichtspräsidenten ging das Ganze schließlich erst dann etwas an, wenn die dritte Kammer ihm ihre Ergebnisse vorlegte. Das roch nach Einmischung.

»Ausgezeichnet, ganz ausgezeichnet«, sagte Don Rafel und fuhr nachsichtig belehrend fort: »Wollen doch mal sehen – eine Frau ist ermordet worden, nicht wahr?«

»Gewiß, Senyoria.«

»Vor vierzehn Tagen.«

»Gewiß, Senyoria.«

»Ausgezeichnet, ganz ausgezeichnet. Und war diese Frau nicht die Meise von Narbonne?«

»Nein, Senyoria. Die Nachtigall von Orléans.«

Don Rafel warf einen flüchtigen Blick auf den vor ihm liegenden Bericht und lächelte den Staatsanwalt an.

»Richtig, richtig. Und wißt Ihr, wo sie anschließend auftreten sollte?«

»Gewiß, Senyoria.«

»Ah ja?« Das brachte Don Rafel ein wenig aus dem Konzept.

»Gewiß, Senyoria, Ihr selbst habt es mir gesagt. Sie sollte vor dem Königspaar singen.«

»Ausgezeichnet, ganz ausgezeichnet. Und wir haben einen Verdächtigen.«

»Gewiß, Senyoria.«

»Einen Verdächtigen, der tatsächlich der Täter ist.«

»Er hat noch nicht gestanden.«

»Ich weiß. Wann steht das nächste polizeiliche Verhör an?«

»Wahrscheinlich in der kommenden Woche. Da die Verhandlung nicht vor Jahresende stattfinden wird …«

»Nein, Don Manuel, das kommt nicht in Frage. Er soll noch heute verhört werden, ich will noch heute ein Geständnis, und die Verhandlung wird morgen, spätestens übermorgen beginnen.«

»Ausgeschlossen. Das Protokoll …«

»Das habe ich nicht gehört. Es besteht großes Interesse daran«, er deutete an die Decke, wie um auf höhere Instanzen zu verweisen, »diesen Fall so rasch wie möglich und mit unstrittigem Ausgang abzuschließen. Mit dem Hof spielt man nicht, mein werter Don Manuel. Und wir … Ihr … ich, die Richter der dritten Kammer, das gesamte Königliche Gericht, müssen Seiner Majestät den Beweis unserer Königstreue erbringen …«

»Ich glaube nicht, daß Seine Majestät an unserer Treue zweifelt, Senyoria.«

»Es geht weniger darum, treu zu sein, Don Manuel«, hier wurde seine Stimme sanft und beschwörend, »als vielmehr darum, Seine Majestät wissen zu lassen, daß wir treu sind.

Und hier haben wir eine wunderbare Gelegenheit, unsere Treue zu beweisen. Versteht Ihr nun?«

»Interpretiere ich Euch richtig, daß es kein Gnadengesuch geben wird?« Die Augen des Staatsanwalts blitzten interessiert auf, weil er, rein beruflich, noch nie etwas von Begnadigungen gehalten hatte.

»Das ist nicht unsere Sache.«

»Wie Ihr meint, Senyoria.«

»Ausgezeichnet, ganz ausgezeichnet. Und denkt daran, Don Manuel: Solange ich Präsident und somit die zweite Stütze des Königlichen Gerichts bin«, hier hob er, mitgerissen von seiner eigenen Rede, theatralisch den Zeigefinger, »will ich hier in Barcelona keine Unruhen. Subjekte wie dieser Perramon haben nichts in unserer Gesellschaft verloren und müssen ausgemerzt werden.« Aus den Augenwinkeln beobachtete er, welchen Eindruck diese Worte auf seinen Untergebenen gemacht hatten, denn in den Gerichtsfluren war ein Untergebener immer ein potentieller, wenn auch vorläufig kaltgestellter Feind.

»Ausgezeichnet, ganz ausgezeichnet, Senyoria.«

Ab sofort war Don Manuel d'Alòs, Staatsanwalt an der Strafkammer des Gerichts von Barcelona und möglicher zukünftiger Gerichtspräsident, von glühendem Haß auf diesen jungen Nachtigallenmeuchler erfüllt, der die ganze Vogelschar aufschreckte.

Dieses Mal handelte es sich um ein offizielles Verhör, das auf höchste Anordnung um fünf Tage vorverlegt worden war, was auch bedeutete, daß zugunsten des Falles der Französin Streitigkeiten um Ländereien vor den Stadtmauern, der Einsturz des Hauses im Carrer Perot lo Lladre, der Fall des holländischen Matrosen sowie der Fall der Frau, die drei unschuldige Mädchen zum Laster verführt hatte, kurz: die wichtigsten Fälle der dritten Kammer, hintangestellt wurden. Und der Polizeichef Don Jerónimo Manuel Cascal de los Rosales y Cortés de Setúbal – den seine Untergebenen, ganz gleich, ob in Valladolid, Simancas, Mérida oder Ocaña, nach einiger Zeit unweigerlich den »Leckmich« nannten, wohl, weil das kürzer war als Don Jerónimo Manuel Cascal de los Rosales y Cortés de Setúbal – zog es vor, das Verhör im Gefängnis selbst abzuhalten, durch dessen Mauern nicht so leicht etwas nach außen drang. Der Kerkermeister, ein Aragonese aus Egea, der vor seiner Tätigkeit im Gefängnis von Barcelona erfolgreich zwei Bordelle geleitet hatte, stellte ihm den Raum zur Verfügung, der den schmeichelhaften Namen »die Folterkammer« trug, da in der Zelle des Gefangenen nicht mehr als zwei Personen Platz fanden und auch die nur gebückt. Die Folterkammer war ein etwas größeres, aber nicht weniger düsteres, feuchtes und stinkendes Gelaß. Weil es sich um ein offizielles Verhör handelte, hatte Don Jerónimo Manuel Cascal de Etcetera einen Notar einbestellt, der vor Gericht das Verhör beglaubigen sollte. Das war nicht üblich, aber offenbar hatte der Polizeichef genaue Anweisungen erhalten, und so zuckte der Kerkermeister nur die Schultern – schließlich war das nicht sein Problem – und stellte mehrere Stühle in die Zelle. Der Sekretär des Notars bat noch um vier Kerzen, weil man, wie er sagte, die Hand nicht vor den Augen sah, und ließ sich aus einem Brett und zwei Böcken einen improvisierten Schreibtisch aufstellen. Nachdem auch das erledigt war, zog sich der Kerkermeister unter dem Vorwand, er habe zu tun, in sein Amtszimmer zurück. Dann sahen der Sekretär, der Notar, der Staatsanwalt und der zuständige Richter widerwillig zu, wie sich der Polizeichef an die Arbeit machte, indem er zunächst mit tatkräftiger

Unterstützung zweier dumpf dreinblickender Schläger eher wahllos auf den Gefangenen eindrosch. Der darauf folgende systematische Teil begann mit Faustschlägen auf beide Ohren, die einen sofort benommen machen; woraufhin Andreu hörte, wie jemand zu ihm sagte, er habe die Tür zum Zimmer der Sängerin geöffnet, verdammt!, worauf er sagte, nein, das war ich nicht, und der andere sagte, leck mich, wenn du's nicht warst, wer dann? Die schmale Stirn des Polizeichefs legte sich in angeekelte Falten, als er Andreu an den Haaren zog, ihm in die Nieren und die Leber schlug, ihm mit der Kerze – schwacher Protest des Sekretärs, denn wie sollte er so vernünftig seine Arbeit tun? – Handflächen und Fußsohlen versengte und, was besonders demütigend war, mit zwei Fingern seine Lippe packte und so verdrehte, daß Andreu, brüllend vor Schmerz, aufsprang, woraufhin ihn einer der Schläger mit einem Faustschlag auf den Stuhl zurückschickte und sein Kollege sich in die Hände spuckte und diese aneinander rieb, um ihm nach allen Regeln der Kunst die Nase zu brechen. Und der Polizeichef sagte, na los, du Drecksack, ich hab's eilig, und rammte ihm das Knie in die Leiste, und Andreu, mit verunstaltetem Gesicht, war bereit, alle Schuld der Menschheit auf sich zu nehmen und noch mehr, wenn es denn mehr gegeben hätte. Er rief, ja, nein, nein, ja, spie einen Zahn aus und bejahte alle Fragen, die der zweite Richter der Strafkammer ihm auf katalanisch stellte und die Don Jerónimo anschließend auf spanisch wiederholte, begleitet von einem Zwicken, verdammt, du Mörder, du bist ein Mörder, und sein »Ja« kam wie ein Echo, und er achtete nicht mehr auf das, was auf ihn einprasselte, sondern lenkte sich ab mit dem Gedanken, daß er zum ersten Mal seit Tagen wieder eine Zellenwand sehen konnte, und fand sie abstoßend. Und so brachte der Schreiber des Notars schließlich mit der technischen Unterstützung des Leckmich und seiner zwei Schläger und anhand der Fragen des Richters doch noch eine Geschichte zustande – auf spanisch, denn laut Gesetz hatten alle Verfahren auf spanisch zu erfolgen –, die in etwa besagte, daß der Angeklagte Andreu Perramon, gebürtig aus und wohnhaft in Barcelona, von Beruf Dichter (»Dichter? Leckmich, ich geb dir gleich einen Dichter!«), aber ohne geregelte Tätigkeit, sich ins Hostal *Quatre Nacions* eingeschlichen hatte, wohlwissend, daß das Opfer hier nächtigte in der Absicht, seinen Schmuck zu stehlen. Was ist denn das, Ramió (der Gerichtspräsident las in seinem Arbeitszimmer im Gericht, ein parfümiertes Taschentuch an die Nase gepreßt, von einem mit Schreien und Angst befleckten Blatt das zehn Minuten zuvor erlangte Geständnis ab): Das Opfer nächtigte in der Absicht ... Und Ramió sagte, laßt einmal sehen, Senyoria, o ja, natürlich, hier fehlt ein Komma, schon erledigt, seht Ihr? Der Sekretär lächelte Don Rafel an und dachte, du widerlicher Pedant, und Sa Senyoria las weiter, er drang mühelos ins Zimmer des Opfers ein, um ihm die Schmuckschatulle zu entwenden, als das Opfer plötzlich aus dem wohlverdienten Schlummer erwachte, in den es nach der Gesangsvorführung am selbigen Abend im Hause des Marquis von Dosrius gesunken war. Sehr schön, Ramió, sehr schön das mit dem wohlverdienten Schlummer. Der Sekretär errötete, erstaunt, weil Don Rafel sonst mit Lob geizte. Dann fuhr er fort: Beim Anblick des Eindringlings brachte die arme Mariedelopp Deflor – so schreibt man das aber nicht, Ramió, das müßt Ihr noch ändern, gewiß, Senyoria –, die arme Marie de l'Aube Desflors also vor Schreck keinen Laut hervor. Der Angeklagte aber, der fürchtete, die übrigen Gäste könnten von den Hilferufen geweckt werden, die bei einer Sängerin vom Format der Desflors zweifellos besonders laut und gellend ausfallen würden, suchte dies zu verhindern, indem er dem Opfer den Mund zuhielt. Die besagte Sängerin setzte sich gegen dieses feige, abstoßende Ansinnen zur Wehr und riß dabei dem Angeklagten das Medaillon, das ihn schließlich überführte, vom Hals, woraufhin dieser, um sich ihrer zu entledigen, die Tote mit einem mitgeführten Messer tödlich an der Kehle verwundete. Die Tote tödlich verwundete? Ich meine das Opfer, Senyoria. Dann schreibt das auch hin, Ramió. Gewiß, Senyoria. Um sich zu vergewissern, daß die Tote ihn nicht verriet ... Ramió, Ramió, das müßt Ihr ändern, wenn sie tot ist, kann sie ihn doch nicht verraten, seht Ihr das nicht ein? Doch, Senyoria. Also, um sich zu vergewissern und so weiter und so fort, stach er ihr noch ins Herz und wischte sich dann die Hände am Bettlaken der Toten ab. Seht Ihr, Ramió, hier ist es richtig, denn nun ist das Opfer ja schon tot, sehr gut, Ramió. Gewiß, Senyoria. Der Angeklagte kann nicht sagen, was aus dem Messer geworden ist. Wir müssen es suchen, dachte Don Rafel, während er weiterlas, der Angeklagte nutzte die Gunst der vorgerückten Stunde, um sich im Schutz der Dunkelheit in den einsamen Gassen vor dem langen Arm des Gesetzes zu verbergen. Einen Augenblick lang schwieg Don Rafel, beeindruckt von der dramatischen Wucht der Geschichte und zufrieden, weil Don Jerónimo Leckmich y Cortés de Setúbal so schlau gewesen war, mit keinem Wort die Papiere zu erwähnen, die im Haus dieses Schurken gefunden worden waren, dann lehnte er sich in seinem Stuhl zurück, sah den Sekretär an und sagte:

»Es ist gut, daß wir nun genau wissen, wie alles vor sich gegangen ist.«

Der Sekretär machte eine kleine kriecherische Verbeugung, und Don Rafel wies mit dem Finger auf ihn: »Es ist immer gut, wenn die Wahrheit siegt, Ramió.«

Nach diesem Satz schneuzte sich Sa Senyoria, wie um sich von dem Schmutz zu befreien, den er von dem Papier eingeatmet hatte, und bedeutete dem Sekretär mit der anderen Hand, er könne sich entfernen.

Meister Perramon war fassungslos. Vor ihm stand die Nutzlosigkeit auf zwei Beinen, die Trägheit mit Nase und Ohren, die mit einem stinkenden Filzmantel und einer mottenzerfressenen Perücke angetane Willensschwäche. Gerade erklärte ihm der großartige, vom Gericht eigens für Andreu bestallte Pflichtverteidiger, die mangelnde Kooperationsbereitschaft des Angeklagten erschwere seine Verteidigung.

»Ich halte ihn für einen hoffnungslosen Fall«, schloß er. »Außerdem bürgt niemand für diesen Kunden. Es ist sinnlos, hier noch länger Zeit und Energie zu verschwenden.«

»Don Ferran Sorts bürgt für ihn«, sagte Meister Perramon aufs Geratewohl.

»Kenne ich nicht.«

»Ein bekannter Musiker.«

»Ein Musiker!« Der Rechtsanwalt verzog verächtlich das Gesicht. »Mein guter Mann, wenn ich von einer Bürgschaft spreche, meine ich jemanden Bedeutendes. Und nun behelligt mich nicht weiter, ich habe zu tun.«

»Aber ... der arme Junge, mein Sohn ... er ist doch völlig wehrlos! Ihr wollt bloß nichts für ihn tun!«

Angesichts dieses Vorwurfs war alle Trägheit des Pflichtverteidigers wie weggeblasen. Er spreizte sich wie ein Pfau und schrie den verdatterten Meister Perramon an, das sei eine Unverschämtheit, schließlich sei er dazu da, die Interessen seines Klienten zu verteidigen; er sei ein Rechtsanwalt von echtem Schrot und Korn und werde trotz des unmöglichen Verhaltens des Angeklagten alles Menschenmögliche tun, um ihn vor dem Galgen zu bewahren. Was er sich eigentlich einbilde, zum Henker! Dann trat er, etwas ruhiger geworden, dicht vor Meister Perramon, beugte sich zu ihm hin und flüsterte in verändertem Tonfall, so, wie er vor Gericht gesprochen hatte, als er noch jung und idealistisch gewesen war:

»Euer Sohn ist in besten Händen, mein Herr. Und wenn wir am Ende verlieren, wird niemand sagen können, es habe an mir gelegen. Niemand!« Und dann fügte er hinzu, ohne Haltung oder Tonfall zu ändern: »Gehabt Euch wohl, mein Herr.«

»Hier, halt es selbst.«

Andreu nahm das nasse Tuch, das ihm der Gefängniswärter reichte, und preßte es auf sein Auge. Unterdessen inspizierte der Mann im Lampenschein die Brandwunden an seinem anderen Arm.

»Diese Tiere!« murmelte er. »Das muß scheußlich weh tun.«

»Ja ... Aber ich habe sie nicht umgebracht.«

Der Mann ging hinaus und ließ ihn im Dunkeln zurück. Andreu vernahm ein schnelles, aber nicht allzu entschlossenes Rasseln der Schlüssel, als der Wärter zuerst die Gittertür und dann die Holztür verschloß, und zum ersten Mal erwog Andreu, der mit dem Oberkörper an die Wand gelehnt auf der Erde saß, ernsthaft die Flucht. Aber gleich darauf wurde ihm bewußt, wie lächerlich der Gedanke war: Um ihn herum war es stockdunkel, und er hatte keine Ahnung, in welche Richtung er gehen mußte, auf wie viele Türen und Wärter er stoßen würde, wie viele Mauern und Gitter er würde überwinden müssen ... und noch dazu war er so zerschlagen, daß er sich kaum rühren konnte.

»Ich habe sie nicht umgebracht«, sagte er noch einmal.

Er hörte ein Rascheln in der Zelle – das mußte eine Ratte sein – und dann wieder das Rasseln der Schlüssel im Schloß. Das mußte der Wärter sein. Nein, an Flucht war gar nicht zu denken.

»Streck den Arm aus«, sagte der Mann.

»Wo warst du?«

»Bei mir zu Hause. Hier ist Öl für die Wunden. Es wird noch mehr brennen.«

»Du wohnst hier?«

»Gewissermaßen. Mit meiner Frau.«

Andreu setzte an, um ihm zu sagen, wie leid er ihm tue und daß es furchtbar sein müsse, in einem solchen Loch zu hausen ... aber der stechende Schmerz, den das Öl auf den Brandwunden verursachte, ließ ihn seine Worte vergessen.

»Ich habe dir ja gesagt, daß es brennt. Ich habe Pfeffer reingetan. Irgendwas müssen wir tun, damit du nicht den Wundbrand kriegst.«

»Das ist ganz gleich, ich werde ja doch hingerichtet.«

»Man kann nie wissen.«

»Warum tust du das alles?« Andreu richtete sich halb auf und versuchte, dem Wärter in die Augen zu sehen.

»Besser, du läßt das Tuch auf der Wunde.«

Unter anderen Umständen hätte er lachen müssen: Ein Tuch auf dem Auge, ein anderes um den Arm, mußte er aussehen wie ein Häufchen Elend ... Aber in seiner Lage gab es nichts zu lachen.

»Warum tust du das?« fragte er noch einmal.

»Ich gehe lieber, ich will nicht, daß die Soldaten mich sehen.«

Wieder blieb Andreu in der Dunkelheit zurück. Knapp eine Stunde zuvor, als seine Rippen noch höllisch geschmerzt hatten, waren zwei Männer in seine Zelle gekommen, und der eine hatte ihm mitgeteilt, am nächsten Tag werde die Verhandlung beginnen. Der andere, höchstwahrscheinlich der Kerl, der sich als sein Verteidiger ausgegeben hatte, hatte mit Grabesstimme hinzugefügt, er solle sich keine Sorgen machen, sie sähen sich morgen. Er hatte nichts entgegnet, weil er gegen einen überwältigenden Brechreiz ankämpfte, sein ganzer Körper schmerzte und sein Kopf bei jedem Geräusch dröhnte.

»Der Mann ist krank«, hatte der Wärter eingewandt.

»Ich habe dem Gefangenen die Nachricht überbracht«, sagte der erste der beiden Männer. »Der Rest ist nicht unsere Sache.« Und bevor Andreu wußte, wie ihm geschah, waren die drei hinausgegangen. Da hatte er sich die Seele aus dem Leib gekotzt, und der Gefängniswärter hatte beschlossen, sich seiner anzunehmen, der arme Bursche, so jung und schon für den Galgen bestimmt, diese Welt ist doch ein Dreckloch.

Andreu Perramon, Gefangener des Königs, treuer Untertan der Krone, trat seine sechzehnte Nacht im Kerker mit weit offenen Augen an. Er war kein bißchen müde, wohl aber ziemlich benommen von den schlagkräftigen Argumenten der Schergen des Kommissar Setúbal.

26. November 1799

Geliebter Freund. Schon sind wir wieder auf dem Weg nach Saragossa. Niemand denkt mehr an die Räuber, jetzt scheint nur noch wichtig zu sein, daß wir so schnell wie möglich ans Ziel kommen. In Sichtweite von Lleida haben wir unser Lager aufgeschlagen. Ich hätte zu gern in Cervera Rast gemacht, aber der Oberst, der Pickel kriegt, wenn er Bücher nur von weitem sieht, hat uns wortlos durch die Stadt gehetzt, und so mußte ich mich damit begnügen, das von Francesc Montagut entworfene Gebäude vom Pferderücken aus zu bewundern. Ich war beeindruckt von der Großartigkeit und Nüchternheit des Palasts, und schließlich habe ich einfach so getan, als hätte ich mich in Cervera verirrt, und der Armee ein paar Minuten gestohlen. Und das alles wegen einer Bratsche.

Mein Lehrer in Montserrat, Don Narcís Casanoves, der übrigens diesen Sommer gestorben ist, hat uns immer gewarnt, es mit der Freude an künstlerischem Ausdruck nicht zu übertreiben. (Du weißt ja, wie sie sind.) Aber er ging noch weiter, indem er behauptete, keine Kunst sei erhabener als die Musik, weil sie vergänglich und ewig zugleich sei, wie die Poesie. Wenn sie aber nicht von Seelenfrieden begleitet sei … dann sei diese Kunst nichts wert. Ich glaube, Meister Casanoves irrte: Auch aus Leid und Schmerz entsteht Kunst … Und so ist aus meinem kummervollen Herzen, das den Verlust der Liebsten beklagt, eine Pavane entstanden, ein Lied an meine Schöne in f-Moll, das ich beendet habe, bevor ich den Brief an Dich begann. Ach, Andreu, wie glücklich bin ich in meinem Leiden! Zwei Tage lang habe ich in den Armen eines Mädchens gelegen, dessen Namen ich mich kaum entsinne (natürlich weiß ich noch, wie sie heißt, aber so klingt es besser) und das von mir als Liebeslohn nichts weiter verlangte als Küsse. Kannst Du Dir das vorstellen? Manchmal glaube ich, die Liebesfähigkeit des Menschen ist unbegrenzt, und in einem einzigen Herzen kann sich so viel Liebesleid anhäufen, daß es zerspringt. Das Mädchen aus Calaf, Andreu, war so ein Mensch. Und ich werde sie nie wiedersehen! Aber in meiner Erinnerung und meiner Musik wird sie fortleben: Das ist der Vorteil der Kunst … Und das ist ihr Wert, ganz unabhängig von den wechselnden Moden.

Ich werde Dir jetzt etwas gestehen, was ich noch keinem Menschen anvertraut habe, Andreu: Du weißt, wie sehr ich meine Gitarre liebe, nicht wahr? Ihr Klang berührt mein Herz, und es ist ein so ausdrucksvolles Instrument, daß ich entschlossen bin, ihm all mein Streben zu widmen. Außerdem habe ich den Eindruck, daß es in Europa allmählich in Mode kommt. Wie auch immer, ich weiß jedoch, daß die Gitarre in ihren Möglichkeiten zu begrenzt ist, um mich auf den Grund des Lebens zu führen, wie das Klavier es vermag. Ich schreibe Dir dies, weil ich heute, nachdem ich dem Oberst entkommen war und durch Cervera ritt – und das ist das, was ich Dir eigentlich erzählen wollte –, in einer abgelegenen Straße vom Pferd aus dem Stegreifkonzert eines Studenten mit einer Bratsche lauschte. Welche Klagelaute kann man einem Streichinstrument entlocken! Ich habe dem Musiker eine Münze und einen Kuß zugeworfen und dann meinem Pferd die Sporen gegeben, damit niemand sah, wie eine einfache Melodie mich zu Tränen rührte.

Aber was ist die Musik eigentlich? Ich weiß es nicht. Vielleicht ist sie einfach die Möglichkeit, mit verschiedenen Klängen und Tonlagen Ergriffenheit zu erzeugen. Hältst Du das für eine gelungene Definition? Ach, was scheren Dich Definitionen! Wahrscheinlich sitzt Du gerade an einem neuen Gedicht!

Heute könnte ich, dem Geschnarche von Casares zum Trotz, die ganze Welt umarmen. Morgen, wenn wir durch Lleida reiten, werde ich die Briefe für Dich auf der Poststation abgeben.

Dein Freund Nando

VII

Vor dem Königlichen Gericht glänzten Senyor Prudencio Zapata, Richter der ersten Strafkammer, und Staatsanwalt d'Alòs bei der Befragung möglicher Zeugen des grausamen Verbrechens, begangen von dem hier vorgeladenen Perramon. Aus Gründen der Effizienz hatte man die Anzahl der Zeugen und Zeuginnen auf fünf beschränkt: Primo, den Nachtportier des *Quatre Nacions*, dessen Aussage ausschlaggebend für den vom Staatsanwalt angenommenen Tathergang war; Secundo, das Kammermädchen des Opfers; Tertio, den Kellner der Spätschicht, der um elf Uhr Feierabend machte; Quarto, Monsieur Vidal, den musikalischen Begleiter von Madame Marie de l'Aube Desflors; und Quinto, das Zimmermädchen vom ersten Stock des Hostal, das die Kammerjungfer des Opfers hatte schreien hören. Angesichts der vom Gerichtspräsidenten für die Verhandlung geforderten Eile sah man davon ab, der Militärkolonne, die bereits hinter Saragossa und auf dem Weg nach Málaga sein mußte, einen Boten nachzusenden, um den jungen Sorts ausfindig zu machen, der als Leutnant Seiner Majestät im Dienst und daher über jeden Verdacht erhaben war. Senyor Arcs, der Assistent des Impresarios, wurde für nicht weiter wichtig und seine Vorladung für unnötig erachtet, da der Mörder ja bereits gefaßt war. Die Befragungen durch den Richter und den Staatsanwalt brachten folgendes zutage: Der Primo wußte von nichts. Er hatte die gesunde Angewohnheit, nachts zu schlafen, und wenn ich schlafe, wie soll ich da wissen, wer im Hostal ein und aus geht, zumal wenn die Gäste so freundlich sind, nicht die Glocke zu läuten, um mich nicht zu wecken? Die Auskünfte der Secundo waren mehr als dürftig, da sie weder Katalanisch noch Spanisch sprach oder verstand. Und da sich kein Gerichtsdiener oder sonstiger Angestellter fand, der des Französischen mächtig war, machte sie mittels Gesten die aufschlußreiche Aussage, sie habe diesen *garçon* (sie deutete auf Andreu) gesehen, wie er abends um zehn das Zimmer von Madame betrat. Der Höhepunkt ihres Auftritts aber war die Nachstellung der Entdeckung der Bluttat samt genauer Wiedergabe der Schreie, die sie dabei ausgestoßen hatte, und dem Abwischen einer nicht vorhandenen Träne. Großartig. Sie war hoch zufrieden, dieses männerverschlingende Ungetüm los zu sein, und hatte sich schon mit Monsieur Vidal abgesprochen. Wahrscheinlich würden sie in irgendeinem Städtchen in der Nähe von Barcelona ein Café eröffnen und darauf warten, daß man als zivilisierter Mensch endlich wieder nach Frankreich zurückkehren konnte. Der Tertio, ein junger Bursche aus dem Carrer de la Bòria, zeigte sich höchst beflissen, hatte aber ebenfalls nichts Neues beizutragen, ich mache nämlich um elf Uhr Feierabend, Euer Gnaden, und bin gleich darauf nach Hause gegangen, Euer Gnaden; ich habe nichts Ungewöhnliches gehört oder gesehen. Im Salon waren nur der Pianist und ein junger Mann, und mehr weiß ich nicht, Euer Gnaden. Mit dem Quarto hätten sie glänzen können – nur verstand auch Monsieur Vidal kein Spanisch. Allerdings konnte er sich auf katalanisch erklären, da er aus dem Pyrenäendorf Saillagouse stammte, und so machte sich die gesamte dritte Kammer mit Ausnahme des verärgerten und pikierten Richters Zapata des Rechtsbruchs schuldig, da sämtliche Verfahren eigentlich ja auf Spanisch zu erfolgen hatten. Monsieur Vidal war heilfroh, bedeutete die ganze Aufregung doch nichts anderes, als daß er endlich diese wandelnde Vagina mit Stimmbändern los war, die ihm nie auch nur die geringste Beachtung geschenkt hatte, obwohl er keineswegs schlecht ausgestattet war, das hatte sie nun davon, zum Teufel. Freilich wollte er das Café lieber woanders eröffnen, möglichst weit weg von Barcelona und in sicherer Entfernung vom Gericht, vielleicht in der Lombardei. Und wer weiß: Später konnte man unter Umständen ein kleines Theater nach Wiener Art daraus machen; Ideen hatte er weiß Gott mehr als genug, jetzt, da er nie mehr dieses vermaledeite *Je parlerai de mon tourment* würde begleiten müssen, das ihm schon zu den Ohren herausgekommen war. Doch erst als er wagte, zum Angeklagten hinüberzusehen, und ihn als blutrünstig bezeichnete, kaum zu glauben, wozu die Jugend von heute fähig ist, erhob sich – zum ersten und einzigen Mal während des Prozesses – der Verteidiger, klopfte Andreu mit professioneller Geste beruhigend auf die Schulter und sagte, die Jugend von heute habe hier nichts verloren und der Zeuge möge sich bitte auf seine Aussage beschränken und keine Werturteile abgeben. Alle stimmten zu, und Monsieur Vidal zuckte die Schultern. Seine Ersparnisse und die des Kammermädchens reichten aus, um das Café zu eröffnen. Auch mit der Quinto konnte man nicht zum Spanischen zurückkehren, da sie es kaum verstand, daran konnte auch Don Prudencios Wutanfall (Was ist denn das für ein Saustall hier?) nichts ändern: Kaum befragt, brach die Quinto in Tränen aus, als würde über sie gerichtet. Der Angeklagte tat ihr leid, der arme Junge, aber man hatte ihr gesagt, daß er ein Mörder sei. Schluchzend sagte sie etwas auf spanisch, was kein Mensch verstand, worauf man ihr erlaubte, es auf katalanisch zu wiederholen. Auf Drängen gab sie endlich zu, ja, sie habe das französische Kammermädchen schreien hören und einen flüchtigen Blick auf den blutigen Leichnam erhascht, und nun träume sie jede Nacht davon. Und keine Macht der Welt könne sie jemals wieder in dieses Zimmer bringen. Der Richter der dritten Kammer sah auf seine Taschenuhr, dachte, herrje, es ist spät, klopfte mit dem Hämmerchen auf den Tisch, um eine Verhandlungspause anzukündigen, und stand rasch auf, nachdem er die Verbeugung des Gerichtspräsidenten entgegengenommen hatte, der, ohne ein Wort zu sagen, ausnahmsweise dem Prozeß beiwohnte.

Während vor Gericht der Tertio aussagte, stand Meister Perramon, von dunkler Furcht ergriffen, vor dem großen Portal des Palasts des Marquis von Dosrius im Carrer Ample. Er trug seine besten Kleider, die er sich vor zehn Jahren zu Ostern zugelegt hatte: ein feines, aber abgetragenes Hemd, hellbraune Hosen mit hellbraunem Rock und eine helle Weste. Dazu die Perücke vom Te Deum, die noch recht ansehnlich war. Um den Marquis zu beeindrucken, hatte er sich in ein Knopfloch seines Rocks eine Kette gehängt, die man von weitem für Gold halten konnte und die in einer Westentasche endete, an der aber keine Uhr hing: Meister Perramon brauchte keine Uhr, denn er lebte nach den Schlägen der zweihundertdreiundvierzig Glocken von Barcelona, die den Untertanen Seiner Majestät Carlos IV. jede Viertelstunde unerbittlich »Tempus fugit« zuriefen. In seinem verzweifelten Versuch, einen guten Eindruck zu machen, hatte er sich sogar leicht die Wangen gepudert, um die Spuren der nächtlichen Tränen zu verwischen. Beim Anblick der Miene, die der Diener zog, als er ihm sagte, er wünsche den Herrn Marquis zu sprechen, sank er in sich zusammen.

»Ich habe dieses Empfehlungsschreiben«, sagte er und hielt dem Mann den Umschlag mit den wenigen Zeilen hin, die ihm der Chorherr Pujals geschrieben hatte, als er es gewagt hatte, ihn ein zweites Mal mitten in seinen Auseinandersetzungen mit den Ordensgemeinschaften Barcelonas anläßlich des Te Deum zu behelligen. »Es handelt sich um eine wichtige Angelegenheit …«

»Und wen darf ich melden?« Der Diener hob die linke Augenbraue, um diese Vogelscheuche im Sonntagsstaat besser von oben herab mustern zu können.

»Meister Perramon … Sagt ihm, ich war Assistent des Kapellmeisters der Kathedrale. Und in Santa Maria del Pi …« Während er sprach, dachte er, daß es besser war, Hund im Haus eines Reichen zu sein als Erbe im Haus eines Armen. Der Diener, der das gleiche dachte, ließ ihn in der weitläufigen Eingangshalle stehen, durch deren große Fenster man auf den Carrer Ample hinaussah. Meister Perramon wurde schummerig beim Anblick all der Stühle, Tischchen, Zierspiegel, Leuchter, Porzellanfiguren, Uhren, Vorhänge, Pfauenfedern, Schirmständer, Vasen aus Maniseskeramik und Muranoglas, Matten, Bilder, deren Rahmen breiter waren als die Gemälde selbst, Fenster, Stufen, auf vergoldeten Säulen ruhenden Brüstungen aus schneeweißem Marmor, Büsten römischer Kaiser, des anderen Königs Carlos und des Marquis in jungen Jahren, als er noch munter, klug, freundlich und nicht so reich gewesen war wie heute, der hübschen, mit feinem gestreiftem Stoff bezogenen Sessel, der Kacheln mit kompliziert verschlungenen Arabesken, der nutzlosen Sekretäre mit verschlossenen Schubladen, einer merkwürdigen einsamen Rüstung, der Wanduhren, Tischuhren, Taschenuhren … Noch nie hatte er so viele Dinge in einem einzigen Raum beieinander gesehen, und ihn schwindelte bei dem Gedanken, daß dies nur die Eingangshalle war. Plötzlich hatte er das Gefühl, daß es vielleicht klüger gewesen wäre, am Dienstboteneingang vorzusprechen, aber jetzt war es zu spät. Nervös knetete er seinen Dreispitz zwischen den Händen. Warum dauerte das so lange?

»Wenn Ihr mir folgen wollt.«

Er hatte gar nicht gemerkt, daß der Diener mit der hochgezogenen Augenbraue wieder vor ihm stand. Immerhin war seine Verachtung einer undurchdringlichen Miene gewichen. Das heißt also, der Marquis empfängt mich.

Durch zwei Säle, die offenbar als Durchgangszimmer dienten, führte der Diener Meister Perramon in einen großen Raum, der nicht ganz so weitläufig war wie der, in dem die Desflors das letzte Konzert ihres Lebens gegeben hatte, dafür um so mehr mit Möbeln vollgestopft. Hinter den dicken Vorhängen, die den Eingang verdeckten, präsentierten sich ihm außerdem – wie Museumsstücke, die von den Vorlieben des Marquis kündeten – eine Bratsche, eine Geige und ein Blasinstrument, das Meister Perramon nicht identifizieren konnte. Im Kamin prasselte ein Feuer, und daneben saß, an seinen Stuhl gefesselt, der Marquis von Dosrius und zielte mit dem Stock in der gesunden Hand auf Meister Perramons Brust.

»Ihr seid der Kapellmeister der Kathedrale?«

»Ich ... sein Assistent ... der Chorleiter, Senyor Marquis.« Das war gelogen, aber nur ein bißchen. Meister Perramon stellte fest, und das Herz schlug ihm bis zum Halse bei dieser Entdeckung, daß der Diener, der hinter dem Marquis stand, genauso gekleidet war wie er.

»Setzt Euch«, befahl der Marquis und wies mit dem Stock auf eine Stelle, an der kein Stuhl stand. »Mir war langweilig, und ein wenig Unterhaltung kommt mir gerade recht.«

Meister Perramon nahm auf einem Stuhl Platz, der zu nah am Feuer stand. Schon bald fühlte sich seine rechte Seite an, als würde sie geröstet. Der Marquis stieß mit dem Stock auf den Boden.

»Wißt Ihr, wie es ist, an einen Stuhl gefesselt zu sein? Wißt Ihr, was es bedeutet, für alles und jedes auf Mateu angewiesen zu sein?« Er deutete auf den ausdruckslosen Diener hinter sich. »Wenn ich mich umsetzen will, Mateu. Wenn ich sehen will, was auf der Straße geschieht, Mateu. Wenn ich am Kamin sitzen will, Mateu. Ist es nicht so, Mateu?«

»Gewiß, Senyor Marquis.«

Der Marquis von Dosrius verstummte, um Luft zu holen, und hob den Stock, wie um zu verhindern, daß jemand ihm währenddessen dazwischenredete. Als sein Atem wieder ruhiger ging, senkte er den Stock und setzte seinen Monolog gegen die Langeweile fort:

»Es gibt nichts Besseres, als zwei gesunde Beine zu haben, glaubt mir. Es gibt nichts Besseres, als aus eigener Kraft gehen zu können, wohin man will. Ich würde all mein Ver… die Hälfte meines Vermögens dafür geben, um wieder laufen zu können. Aber die Ärzte sagen, das ist ausgeschlossen, nicht wahr, Mateu?«

»Gewiß, Senyor Marquis.«

»Weder Doktor Virgili noch Doktor Malla oder Doktor Schaffer finden etwas, was diese toten Beine wieder lebendig macht, und dieser Doktor, wie heißt er doch gleich, auch nicht, nicht wahr, Mateu?«

»Gewiß, Senyor Marquis.«

Meister Perramon, die Wangen rot vor Hitze und auf einer Seite schon durchgebraten wie der heilige Laurentius, nutzte den Einschub, um zu sagen, ich bin hier, Senyor Marquis, aber der Stock, der in seine Brust stach wie das Florett eines Kunstfechters, unterbrach ihn mitten im Satz.

»Und wißt Ihr, was das schlimmste ist?« Der Marquis

senkte das Florett. »Daß ich, der reichste Mann von Barcelona, nicht allein auf den Abtritt gehen kann. Nicht wahr, Mateu?«

»Gewiß, Senyor Marquis.«

»Ich würde Euch gerne Klavier spielen hören.« Meister Perramon wäre vor Entsetzen beinahe in Ohnmacht gefallen, glaubt er denn wirklich, ich ... »Später gehen wir dann ins Musikzimmer, und Ihr spielt mir etwas vor. Mal sehen, ob der Tag mir so schneller vergeht, denn zu meinem Unglück schleichen die Stunden nur so dahin.« Für den Marquis in seinem Rollstuhl war das Gerede von wegen Tempus fugit reiner Hohn. »Habt Ihr verstanden, Meister?«

»Gewiß, Senyor Marquis.« Das vollkommene Echo Mateus.

»So, und nun könnt Ihr loswerden, was Ihr mir laut dem Chorherrn Pujals angeblich so Wichtiges zu sagen habt.«

Er schlug mit dem Stock auf den Boden. Er war sehr theatralisch, der Senyor Marquis; aber jeder macht seinem Herzen Luft, wie er kann, und der Marquis tat es, indem er allen, die so unvorsichtig waren, seinen Weg zu kreuzen, endlose Vorträge hielt – solange es sich nicht um Mitglieder der gehobenen Gesellschaft handelte. Diesen gegenüber gab sich der Marquis spöttisch und distanziert, denn er hätte die Demütigung nicht ertragen, vor dem Baron von Xerta oder der Comtesse von Asalto oder dem Grafen von Perelada oder irgendeinem anderen dieser Schnüffler einzugestehen, daß er, der unter dem berühmten Carlos III. der mächtigste Adelige Barcelonas gewesen war, litt. Darum suchte der Marquis verzweifelt Trost in der Musik – er hörte, was immer sich ihm bot, und war, allen bösen Zungen zum Trotz, durchaus musikalisch – oder in den Abenteuern, die er mit Mateus Hilfe in den Zimmern hinter dem großen Saal erlebte, wenn er zwei junge Professionelle kommen ließ, sie auszog, mit seiner guten Hand begrapschte und ihnen, wenn sie nackt waren, befahl, es miteinander zu treiben, und vor allem, ihr Hübschen, tut so, als wärt ihr richtig bei der Sache, während der Senyor Marquis, dem fast die Augen aus dem Kopf fielen, so gut es mit der guten Hand ging, seine eigene Fiedel stimmte. Manchmal waren die Mädchen so nett, ihm dabei behilflich zu sein, und einmal, o Gloria, hatten sie alle gemeinsam etwas zustande gebracht, was fast so gewesen war wie, ja, ja, sehr gut, ihr Hübschen, ihr seid phantastisch. Wenn sie fertig waren, zogen die Mädchen sich an, und der Marquis sagte, geht nur, gehet hin in Frieden, und winkte ihnen mit der guten Hand nach. Und wenn sie dann zur Tür hinaus waren, versiegelte Mateu ihre Lippen mit Gold und handelte ein Schäferstündchen für sich selbst aus.

»Nun, ich bin in einer sehr ernsten Angelegenheit hier, Senyor Marquis.«

»Ah ja?« Vor lauter Neugier vergaß er, mit dem Stock auf den Boden zu klopfen.

»Es geht um meinen Sohn. Man wird ihn töten, wenn nicht ...«

»Was?«

Meister Perramon berichtete von Andreus Unglück. Als der Marquis hörte, daß es um den Fall Desflors ging, spitzte er die Ohren und dachte, noch bevor er Genaueres wußte, daß der Mörder ein rabenschwarzes Herz haben mußte, um einer Frau mit einer solchen Engelsstimme etwas anzutun, denn er hatte sie ja wohl singen hören, nicht wahr?

»Mein Sohn war es nicht, Senyor Marquis. Das ist ganz ausgeschlossen.«

Das war natürlich kein stichhaltiges Argument, und der

Senyor Marquis, der schon gehört hatte, daß der Mörder gefaßt sei, hatte eine dezidierte Meinung zu der ganzen Angelegenheit. Aber es war unangenehm, den weinerlichen, machtlosen Vater dieser Kanaille vor sich sitzen zu haben. Dieser Trottel Pujals hätte sich sein Empfehlungsschreiben sonstwohin stecken sollen. Meister Perramon seufzte ein paarmal tief, dann sprang er plötzlich auf, nicht etwa vom Eifer des Gesprächs übermannt, sondern weil er es keine Sekunde länger am Kamin aushielt. Mit einer Entschiedenheit, wie man sie nur einmal im Leben aufbringt, rückte er den Hocker einen halben Meter von der Hölle ab und nahm wieder Platz.

»Mein Sohn ist Dichter. Er hat das hier veröffentlicht ...«

Er gab dem Marquis Andreus Büchlein, und dieser schlug es naserümpfend auf und blätterte mit dem Mißtrauen, das der Adel Büchern gegenüber hegte, darin herum.

»Das sind ja Verse«, stellte er schließlich fest und ließ das Büchlein in seinen Schoß fallen.

»Gewiß, Senyor Marquis.«

»Euer Sohn schreibt auf katalanisch. Er ist doch nicht etwa Republikaner?«

»O nein, Senyor Marquis! Er ist ein treuer Diener Seiner Majestät.«

»Und warum in Dreiteufelsnamen soll ich Euch glauben?« fragte der Marquis nach einer kurzen Pause, in der die Scheite im Kamin ein munteres Knacken horen ließen. »Euer Sohn kann ein Mörder sein, auch wenn er hundertmal Euer Sohn ist.«

»Die sind drauf und dran, einen Unschuldigen zu henken!«

»Hütet Eure Zunge!« rief der Marquis erzürnt. »Die Gerichtsbarkeit ...« Er legte den Kopf zurück, als suchte er an den Deckengemälden und Zierleisten nach dem richtigen Wort, »ist ... ist ... gerecht. Oder bildet Ihr Euch etwa ein, diejenigen, die über ihn richten werden ...«

»Sie richten ja gerade über ihn«, wagte Meister Perramon einzuwerfen.

»Und was habt Ihr dann hier verloren?«

»Im Gerichtssaal könnte ich ihm sowieso nicht helfen ... Hier hingegen ... Glaubt Ihr denn nicht, daß auch die Justiz irren könnte, Senyor Marquis?«

»Wo kämen wir da hin! Und Ihr verlangt allen Ernstes von mir ... Mateu!«

»Am Tag des Konzerts«, warf Meister Perramon mit dem Mut der Verzweiflung ein, »war mein Sohn bei Euch zu Gast.«

»Hier im Palast?«

»Er kam in Begleitung von Senyor Ferran Sorts. Die beiden sind eng befreundet.«

»Und warum unternimmt Senyor Sorts dann nichts?«

»Er ist nicht da. Ich habe ihm einen Boten nachgeschickt, doch der ist noch nicht zurück.«

»Nun hört gut zu: Wenn die Justiz schon ihren Lauf genommen hat ... ich ... nein, nein und nochmals nein.«

Meister Perramon stand auf. Die Hitze des Kamins war vergessen. Er war traurig, und er war wütend: Hier hatte er herumgesessen und seine Zeit vergeudet, statt bei Andreu im Gerichtssaal zu sein und ihm zu zeigen, daß er nicht allein war. Teresa hatte ihn schon gewarnt, daß es verlorene Mühe sein werde. Als der Marquis sah, wie sein Gegenüber aufstand, fuchtelte er wieder mit dem Stock herum wie mit einem Florett, traf nach ein paar Versuchen den Gegner ins Herz und befahl:

»Ans Klavier, mein Herr, das habt Ihr mir versprochen.«

»Nein, Senyor Marquis. Wenn Ihr Euch weigert, mir zu helfen, werde ich ...«

»Ihr erdreistet Euch ...« Der Marquis war zutiefst empört und so aufgebracht, daß er beinahe einen wundersamen Sprung aus seinem Stuhl und ein paar noch wundersamere Schritte auf diesen unverschämten Kerl zu getan hätte, um ihn rechts und links zu ohrfeigen. Aber da er nun einmal Musik hören wollte, war er klug genug, seinen Zorn zu zügeln, und anstatt Mateu zu befehlen, diesen Strauchdieb hinauszuwerfen, der sich wohl einbildete, bloß weil der Marquis seine Beine nicht gebrauchen könne ..., sagte er: »Gemach, gemach! Haltet ein! Wenn Ihr etwas für mich spielt, werde ich ... werde ich etwas für Euren Sohn tun.« Das war leicht gesagt. »Ich werde mit dem Gerichtspräsidenten Massó sprechen«, sagte er aufs Geratewohl.

Meister Perramon klammerte sich an diese letzte Hoffnung, ein gewagtes Unterfangen, da es um seine Klavierspielkünste nicht zum besten stand. Zwar versuchte er noch sich herauszureden, ich bin Euch zu tiefster Dankbarkeit verpflichtet, Senyor Marquis, Euer ergebenster, kniefälliger Diener bin ich, Senyor Marquis, stets zu Euren Diensten, und nur allzu gern täte ich Euch den Gefallen, aber ich spiele schon seit geraumer Zeit nicht mehr, und tatsächlich war ich immer nur ein Anfänger, Senyor Marquis, und würde es niemals wagen, vor Euch zu spielen, aber der Marquis von Dosrius stellte sich taub und ließ sich von Mateu ins Musikzimmer schieben, einen kleineren Raum, dessen Wände Vorhänge, drei Bilder, zwei Bücherregale und ein Schrank mit verschiedenen Blasinstrumenten zierten. Hier stand auch das Pianoforte, an dem Meister Vidal und der junge Sorts gespielt hatten. Bebend nahm Meister Perramon daran Platz und zermarterte sich das Hirn nach irgend etwas, was er früher einmal gespielt hatte, dachte an Andreu, verbiß sich wütend die Tränen, die ihn am Denken hinderten, und dann kam ihm plötzlich, wie von einem rettenden Engel eingegeben, eine kurze, schlichte Weise von Wolfgang Amadeus Mozart in den Sinn. Er spielte miserabel, mußte mehrmals neu ansetzen, und als er geendet hatte, schwieg der Marquis, und Meister Perramon brach die Stille, wenn Ihr wollt, kann ich den Kapellmeister holen, damit er für Euch spielt …

»Ihr könnt gehen.«

»Mit Verlaub, Senyor Marquis, wann darf ich wiederkommen, um das Ergebnis Eurer Bemühungen zu erfahren?«

»Welcher Bemühungen?«

»Der Bemühungen, die zu unternehmen Ihr versprochen habt. Das Gespräch mit dem Gerichtspräsidenten.«

»Ach das«, sagte der Marquis matt. Das hatte er schon vergessen. Er klopfte mit dem Stock auf den Boden. »Aber Ihr hattet mir versprochen, für mich zu spielen.«

»Ich habe getan, was ich konnte, Senyor Marquis.«

»Nun gut. Auch ich werde tun, was ich kann.« Zwei harte Schläge auf den Boden. »Kommt morgen wieder.«

Gerichtsverhandlungen sind öffentlich – was allerdings nicht heißt, daß jedermann zugelassen wäre. Teresa mußte auf der Plaça Sant Jaume warten, an die Wand der Kirche gelehnt. So harrte sie den ganzen Morgen in Kälte und Ungeduld aus, ohne sich zu regen oder den Eingang des Gerichtsgebäudes auch nur eine Sekunde aus den Augen zu lassen, aus Furcht, Andreu zu verpassen, wenn er herausgebracht wurde. Sie wollte, daß er sie sah, wollte, daß er bemerkte, wie sie ihm winkte und eine Kußhand zuwarf, wollte ihn spüren lassen, daß sie ihn von ganzem Herzen liebte und daß er sich nicht einsam zu fühlen brauchte, Andreu, dein Vater tut, was er kann, ich weiß ja, daß du sie nicht getötet hast; und sie wollte nicht, daß er im Gefängnis fror und Angst haben mußte, ach Andreu, wenn du wüßtest, wie sehr ich dich liebe.

Auf der Plaça Sant Jaume waren nur wenige Menschen unterwegs. Vielleicht nahm Teresa auch einfach niemanden wahr, weil sie unentwegt auf den Eingang starrte, und hörte nichts, weil das Schluchzen ihrer Seele jeden anderen Laut erstickte. Aber sie hätte sowieso nicht hören können, wie der vorsitzende Richter, nachdem Andreu nochmals seine Unschuld beteuert hatte, die Verkündung des Urteils mit den mahnenden Worten an das verirrte Schaf beendete, alles Klagen über die Folgen unseres Tuns sei vergebens, wir müßten diese bedenken, bevor wir unsere Missetaten begehen; andernfalls wäre unsere Gesellschaft skrupellosen Subjekten hilflos ausgeliefert, die ihr Eigenwohl über das Gemeinwohl stellen, wäre wehrlos gegenüber Verbrechen aller Art, der Mißachtung, der Gewalt und des Verrats an den hehren Prinzipien, die auf der Autorität und Güte Seiner Majestät Carlos IV. beruhen. In vierundzwanzig Tagen wird das Urteil vollstreckt. Gott sei Deiner armen Seele gnädig. All dies konnte Teresa nicht hören, wegen des Schluchzens ihrer Seele und weil sie draußen auf dem Platz stand und die Verhandlung im zweiten Stock auf der anderen Seite des Gebäudes stattfand. Nicht einmal Andreu bekam sie zu Gesicht; sie hatte tatsächlich geglaubt, ein zum Tode Verurteilter dürfe durch das Hauptportal gehen, wo doch jedermann wissen sollte, daß das Galgenfutter durch die Gasse von Sant Sever und den Carrer de la Pietat zum Gefängnis geführt wurde. Teresa sah Magistraten, hohe Beamte und die verschiedensten Angestellten in Kutschen davonfahren oder zu Fuß enteilen, achtete aber nicht weiter auf sie. Sie hielt einzig

Ausschau nach Andreu und seinem traurigen Gesicht. Als Meister Perramon zu ihr kam und sie schon an seinem Blick erkannte, daß vom Marquis nichts zu erhoffen war, sagte sie daher zu ihm, sie hätten Andreu noch nicht gebracht und sie verstehe nicht, wieso das so lange dauere. So warteten sie noch zwei weitere Stunden, bis sie einsahen, daß die Wege einer so vornehmen und eindrucksvollen Einrichtung wie des Königlichen Gerichts unerforschlich waren und daß Andreu irgend etwas zugestoßen sein mußte.

Er hatte das Mittagessen nicht angerührt. Wozu auch, da er schon so gut wie tot war. Außerdem war sein Magen angefüllt mit kompakter, bitterer, würgender Angst. Die Luke in der Tür ging auf, und trotz der Dunkelheit erkannte er dahinter ein öliges Lächeln, schenkte ihm aber keine Beachtung; wozu auch, wo er doch bereits tot war. Gleichgültig hörte er, wie der Gefängniswärter die beiden Türen aufschloß, um das ölige Lächeln einzulassen. Hochwürden Joan Terricabres, der Gefängnispfarrer, der seit zehn Jahren an der Plaça del Blat seinen Dienst tat – ein begehrtes Amt, da es auf Lebenszeit vergeben wurde – und während dieser Zeit siebenundfünfzig Todeskandidaten betreut hatte (von denen nur sechs seinen geistlichen Beistand verweigert hatten, eine glänzende Bilanz), betrat die Zelle. In einer Hand trug er eine gewaltige Kerze, in der anderen ein schwarzes, zerfleddertes Büchlein, im Gesicht sein Lächeln. Kaum hatte Andreu erkannt, wer da soeben hereingekommen war, warf er sich dem Geistlichen zu Füßen, Hochwurden, ich bin unschuldig, das Ganze ist ein Irrtum, und der Pfarrer dachte, noch so einer, der glaubt, er könne mich über den Löffel barbieren, alle – oder fast alle – sagt ihr das gleiche. Andreu fuhr fort, Hochwürden, es ist wahr, ich habe einen Teil der Nacht mit dieser Frau verbracht (ach Gott, die ewiggleiche Sünde, wie ist das Fleisch so schwach, und warum nur, o Herr, können die Menschen nicht sein wie die Engel, dann hätte das Böse auf Erden ein Ende, immer wieder ist es das sechste Gebot), aber als ich ging, da war sie noch quicklebendig, Hochwürden, und was danach passiert ist, davon weiß ich nichts! Hochwürden Joan Terricabres überwand seinen Widerwillen und tätschelte dem armen Sünder beruhigend die Schulter, bereue deine Missetaten, mein Sohn, und Gott wird dir gnädig sein; und Andreu erwiderte, aber Hochwürden, wenn ich doch diese Sünde gar nicht begangen habe!, und er, was den Herrn am meisten schmerzt, mein Sohn, ist fehlende Reue. Du hast gesündigt, hast ein Leben genommen, ohne das Recht dazu zu haben. Glaubst du etwa, du wärst der König? Oder bist du vielleicht Richter? Nein, mein Sohn, der Mensch darf nicht töten: Gott will es nicht. Und Andreu, noch verzweifelter: Hochwürden, ich habe in meinem Leben viele Sünden auf mich geladen, sehr viele, aber ich habe niemanden getötet. Niemals, Hochwürden. Und Hochwürden Joan Terricabres dachte, o nein, nicht schon wieder die alte Leier, und tätschelte ihm noch mal die Schulter, mein Sohn, es hilft doch nichts, wenn du deine Schuld nicht eingestehst. Oder glaubst du, die Justiz weiß nicht, was sie tut? Andreu hörte auf zu greinen, und ein paar Sekunden lang herrschte Stille. Dann zog er die Nase hoch.

»Raus mit Euch.«

»Was sagst du, mein Sohn?«

»Verschwindet.«

Andreu stand auf. Zu der würgenden Angst in seinem Magen gesellte sich blinde, unbändige Wut.

»Du verweigerst den Trost des Herrn?«

»Schert Euch zum Teufel.«

Der siebte. Das war nun der siebte, der sich ihm widersetzte. Aber Hochwürden Terricabres, ein Mann von eherner Entschlossenheit, sagte sich grimmig, daß dieser Verurteilte schließlich noch nicht tot war und in den Tagen bis zur Hinrichtung einiges geschehen konnte, und wenn nicht, dann soll er sich vorsehen. Sein öliges Lächeln ließ er in der Zelle zurück.

Trotz langen, geduldigen Wartens hatte er Donya Gaietana nicht zu Gesicht bekommen, denn die Grausame war nicht zum Mittagsschlaf erschienen. Don Rafel fühlte sich betrogen, da sie sich seinem Teleskop verweigerte, und unglücklicher denn je. Die besinnungslose Jagd nach der Frau seiner Träume ließ ihn alle anderen Sorgen vergessen, sogar das gewaltige Problem, das aufgetaucht war, als der Hundsfott von Setúbal in der Wohnung dieses Perramon gefunden hatte, was er nie hätte finden dürfen. Don Rafel war nicht dumm; er wußte, daß er auf Don Jerónimos Verschwiegenheit angewiesen war. Aber in diesem Augenblick hatte er das Gefühl, daß ihn mehr als tausend schattenhafte Bedrohungen die Tatsache bedrückte, daß Donya Gaietana nicht zum Mittagsschlaf erschienen war.

Als er das Teleskop an seinen Platz zurückstellte, kreuzte sich sein Blick mit dem seines Alter ego auf dem Porträt von Tremulles, das das Arbeitszimmer beherrschte, und er haßte sich selbst. Er seufzte. Im Hause Massó wurde sehr wohl Mittagsschlaf gehalten, und diejenigen Dienstboten, die in dieser geheiligten Zeit nicht schliefen, waren gehalten, keinen Lärm zu machen, nicht zu schwatzen und den Küchentrakt nicht zu verlassen. Wohl darum klangen Don Rafels Schritte auf dem Weg zum Garten so ungewöhnlich und provozierend für die Wände, die es gewohnt waren, daß

Donya Mariannas Anweisungen strikt befolgt wurden. Er trat in den Garten hinaus. Der Regen war so fein, daß er kein Geräusch machte, und obwohl man bereits Ende November schrieb, war es nicht kalt. Don Rafel ging gern in seinem Garten spazieren, denn wenn er sein Haus von dort aus betrachtete, erfüllte ihn Stolz darüber, einen so hübschen Ort sein Eigen zu nennen. Mit Hilfe der drei Gärtner, die bisher hier tätig gewesen waren, war praktisch aus dem Nichts eine Gartenanlage nach herrschaftlichem Geschmack und von erstaunlichen Ausmaßen entstanden. Don Rafel hatte aber auch eine ansehnliche Stange Geld hineingesteckt. Und er hatte mehrere Gartengesellschaften veranstalten können, die so glänzend waren, daß sie beinahe seine nicht vorhandene Blaublütigkeit vergessen ließen. Das war auch so eine Sache: Mehr als einmal hatte Don Rafel sich gefragt, wieso er nicht als Adelssproß hatte geboren werden können. Dann wäre alles viel einfacher gewesen, vor allem in Herzensangelegenheiten. Vom Meer wehte eine salzige Brise herüber.

Der Wein, der einen Großteil der Hauswand bedeckte, verlor allmählich sein rotes Herbstlaub. Der Anblick der Zypressen und Lorbeerbäume hatte etwas Beruhigendes. Und im Kastanienhain, dem feuchtesten Fleckchen des Gartens, war die Erde so gut, daß die Gärtner die Blumenbeete damit anreicherten. Diese Beete waren Don Rafels ganzer Stolz. In ihrem Mittelpunkt stand ein Springbrunnen, von einem sitzenden Amor gekrönt, dessen Ohren und Lächeln vom Zahn der Zeit angenagt waren. Und um ihn herum verbreiteten vier mit fruchtbarer Erde gefüllte Beete ihre Farbenpracht. Sie waren, egal zu welcher Jahreszeit, immer frisch bepflanzt: im Sommer mit Schlüsselblumen, Balsaminen, Geranien und Rosen, im Winter mit Primeln, Alpenveilchen, Chrysanthemen, Callas und Ringelblumen. Donya Marianna war stets entzückt darüber, das verleiht dem Garten doch gleich eine ganz andere Note, nicht wahr? Und seit dem Tag, an dem sie dem Blumenmeer ihr Placet gegeben hatte, war es jedem Haustier strengstens untersagt, seine Pfoten in den Garten zu setzen, die Hunde buddeln uns die ganzen Blumen aus, Rafel, und die Katzen holen die Erde aus den Blumentöpfen. Aber Marianna! Ich habe nein gesagt. Und dabei blieb es. Allerdings galt das Verbot, einmal ausgesprochen, de facto nur für die Hunde, die im Laufe der Jahre im Haus Massó gehalten wurden: Sie alle mußten fortan ihr Geschäft auf der Straße verrichten, dort kommt es sowieso nicht drauf an. Da aber der Mensch noch nicht geboren ist, der Katzen zum Gehorsam erziehen könnte, hielten diese sich nicht an das Verbot und liefen im Garten umher, wann immer sie wollten, voller Geringschätzung für die armselige Spezies Mensch, die unfähig ist, stundenlang zu schlafen, ihre Bekleidung sauberzulecken oder in schwindelnder Höhe über die Dächer zu spazieren. Darum hatte Turc nie dabeisein dürfen, wenn sein Herrchen voller Besitzerstolz Haus und Garten betrachtete, und darum schlich Don Rafel nun durch den feinen Regen, ohne daß ihm Turc den Stein wiederbrachte, den er zur Seite getreten hatte, um seine Verwirrung zu verscheuchen, seine Verwirrung namens Gaietana, die ihm zu seiner Qual, nun da er sich in sein Schicksal gefügt hatte, nicht mehr als ihr Betrachter sein zu können, ihre ferne, stille Gegenwart auf der anderen Seite des Teleskops verweigert hatte. Meine Gaietana mit den feuchten Lippen.

Eine Möwe schrie, vielleicht aus Verdruß über den nicht enden wollenden Regen, doch in Don Rafels Ohren klang es wie das höhnische Gelächter des Teufels. Er blieb vor dem Beet stehen, das am weitesten vom Haus entfernt lag und in dem die Blumen am üppigsten gediehen – ein Rätsel der Gärtnerkunst. Hier pflegte er sein Teleskop aufzustellen, wenn er Milchstraßen, Planeten und Sterne beobachten wollte und nicht Baronessen beim Ausziehen. Und plötzlich, überraschend wie immer, sah er wieder das Gesicht Elviras vor sich, das so bittere Erinnerungen in ihm weckte.

Liebesnest, Garten der Galanterien, Winkel der Zärtlichkeiten ... Es war Mittwoch. Sehnsuchtsvoll bog Sa Senyoria in den Carrer de les Caputxes ein. Den ganzen Tag hatte er von diesem Augenblick geträumt, aber Donya Marianna hatte sich nach dem Mittagsschlaf einfach nicht von ihren häuslichen Pflichten losreißen können. Erst als sie sich auf den Weg zum Rosenkranzgebet machte, konnte Don Rafel endlich den Pfad der Freiheit und der Freude einschlagen, o du Mittwoch und Freitag meines Herzens. So sehr brannte er darauf, bei seiner kleinen Elvira zu sein und sie mit Küssen zu bedecken, daß er nicht einmal, wie er es sonst häufig tat, bei Can Palau einkehrte, um Kuchen zu kaufen.

Doch es kam ganz anders: Kaum hatte er die Tür seines Liebesnests, des Gartens des Galanterien, der Kammer all seines Liebessehnens geöffnet, stieg ihm ein starker Geruch nach Pfeifentabak in die Nase, und er fragte höchst verwundert, wer war denn bei dir, geliebte Elvira, und sie stellte sich dumm und fragte, wie meinst du das, wer hier war, Liebster? Und er, na hör mal, ich bin doch nicht auf den Kopf gefallen, also sag schon: Wer war hier? Und als sie sah, daß leugnen nichts nützte, lachte sie ein kleines, nervöses Lachen und sagte, ach so, natürlich, du fragst wegen des Tabakgeruchs, nicht wahr? Das war mein Onkel Ventura, von dem habe ich dir doch schon erzählt, oder? Und er, mit eisiger Miene: Nein. Aber ja doch, Liebster (zärtlich begann sie, die seitlichen Knöpfe seiner Hose zu öffnen), ich habe dir doch schon oft von ihm erzählt: mein Onkel Ventura aus Horta, der mich immer besucht, wenn er zum Einkaufen nach Barcelona kommt. Und er, obgleich noch immer verschnupft, ließ sie gewähren, denn ein solches Angebot schlägt man nicht aus, aber Elvira, wir hatten doch vereinbart, daß dieses Haus nur für dich und mich sein soll, für uns ganz allein, und sie (die Don Rafels Gemächt in die Hand genommen hatte und geschickt begann, es zu beleben), sei kein Kindskopf, mein Rafallus, ich kann doch meinem Onkel nicht sagen, daß er mich nicht besuchen soll. Und Sa Senyoria (ja, so, Elvira, hör nicht auf, du bist die Beste) tat weiter beleidigt, um sein schlechtes Gewissen zu überspielen, und sagte, Elvira, Elvira, nun aber mal im Ernst: Du hattest jemanden zu Besuch. Empört ließ Elvira von Don Rafels erigiertem Glied ab und sprang auf. Was bildest du dir eigentlich ein? Glaubst du etwa, ich wäre nicht alt genug, um zu wissen, was ich zu tun und zu lassen habe? Ich habe meinen Onkel Ventura gebeten, mich zu besuchen, und dazu brauche ich niemandes Erlaubnis. Woraufhin er klein beigab, die Hand seiner Liebsten ergriff, sie wieder dahin zurücklegte, wo sie zuvor gewesen war, und sagte, schon gut, schon gut, liebste Elvira, sei mir nicht böse. Ich liebe dich einfach so sehr, daß ich dachte …

Er mußte nicht erklären, was er dachte, weil Elvira und Sa Senyoria in diesem Augenblick in einem schrecklich unbequemen Sessel zur Sache kamen, wobei sie außergewöhnlichen Einsatz an den Tag legte, damit a) er gar nicht erst auf den Gedanken kam, es im Bett tun zu wollen, und b) Onkel Ventura (der sich wundersamerweise in zwei schmucke, muskulöse Burschen verwandelt hatte, einen Matrosen eines Handelsschiffs kurz vor der Abfahrt nach Kuba und einen Glaser aus dem Raval) Zeit hatte, sich anzuziehen, kein Kleidungsstück im Schlafzimmer zu vergessen, flüchtig das Bett zu machen und durch das Fenster in den kleinen Hinterhof zu flüchten, in dem Elvira ein wenig Gemüse zog, von dort in den Hof des Kornhändlers und dann in den Gemeinschaftsgarten, bis sie endlich auf der Argenteria waren, uff, das war verdammt knapp. Wieso ist er überhaupt aufgetaucht, wo er sich doch sonst dienstags nie blicken läßt? Und das Fenster hatten sie offengelassen, und das an einem so trüben Tag.

Während Elvira ihre Einkommensquelle im Sessel beglückte, überlegte sie, wie sie es anstellen könne, die beiden für den Nachmittag wieder einzubestellen, denn sie war noch nicht auf ihre Kosten gekommen, die unersättliche, nie befriedigte, männerverschlingende geliebte Elvira, Opfer eines latenten, nagenden *Furor uterinus*, der sie unermüdlich nach neuen Liebhabern suchen und dabei allmählich alle Vorsicht über Bord werfen ließ. Und sie beging eine weitere Unvorsichtigkeit, als sie fragte, was hast du denn heute hier zu suchen, mein Rafallus, und das gerade in dem Augenblick, in dem er kam, und nach einem kurzen und eher kläglichen Orgasmus sagte Don Rafel, noch keuchend, aber wieso denn, heute ist doch Mittwoch, Elvira, und sie sagte, nein, heute ist Dienstag, und er riß die Augen auf und sagte, hoppla, dann hatte der Staatsanwalt ja doch recht, ich werde auch immer zerstreuter. Sprach's, gähnte und versank in postkoitalen Schlummer.

Und nun, da er durch die kleine Allee aus Lorbeerbäumen spazierte, die zum Geräteschuppen des Gärtners führte, hatte er von jenem Mittwoch, der kein Mittwoch gewesen war, nur noch in Erinnerung, daß die arme Elvira einfach großartig gewesen war. Meine liebste kleine Elvira, niemand hat es mir so besorgt wie du, wenn du wüßtest, wie sehr ich dich vermisse; und nie wieder soll uns jemand Böses tun, weder dir noch mir, meine Elvira, dafür werde ich schon sorgen. Er blieb stehen und seufzte tief bewegt. Und der feine Regen drang bis auf die gepeinigte, unruhige Seele Don Rafels.

Der Eilbote, den Meister Perramon Nando nachgeschickt hatte, hatte beschlossen, daß er bei Fraga umkehren würde, wenn man auch dort nichts von einer Militärkolonne wußte. Wie in Artikel drei des internen Reglements zur Beförderung fremder Waren und Güter vorgeschrieben, kehrte er auf schnellstem und ziemlich verschlammtem Wege nach Barcelona zurück. Weder der Bote noch Ferran Sorts ahnte, daß der eine auf der Suche nach dem anderen war, als sie sich unterwegs begegneten. Wäre der junge Sorts in der Militärkolonne mitgelaufen oder nebenhergeritten, hätte er seine Uniform getragen … Aber er saß hemdsärmelig am Tisch einer Herberge in Alcarràs, genoß die laue Wärme der Sonne, die er schon so lange nicht mehr gesehen hatte, und schrieb gerade siebenundzwanzigster November siebzehnhundertneunundneunzig, lieber Andreu, Du Hüter einer geheimnisvollen Macht, die mich, der ich nie mehr als drei Zeilen hintereinander zu Papier gebracht habe, zu meinem Erstaunen noch zu einem Schriftsteller machen wird. Ich sitze vor der Herberge von Alcarràs, einem Dorf auf dem Weg nach Saragossa. Auf Befehl des Obersten bin ich mit einem Soldaten vorausgeritten, um mich um Verpflegung und Unterkunft zu kümmern. Der größte Teil der Truppe nimmt einen Umweg über Albatàrrec und Sudanell, warum, weiß ich nicht, wahrscheinlich aus reiner Schikane. Immerhin bin ich so zu einem freien Tag gekommen und habe vergessen können, daß ich beim Militär bin. Nein, nein, mein Freund, edler Gast der Götter: Ich habe kein Weib um mich, das mir meine triste Einsamkeit vertreiben könnte. Ach, übrigens: Ich habe unseren kurzen Aufenthalt in Lleida genutzt, um Dir einen ersten Stapel Briefe zu schicken. Ich hoffe, Du wirst sie in chronologischer Reihenfolge lesen, damit Du eine Vorstellung von unserer Route bekommst, wenn auch weniger von meiner geographischen Reise nach Málaga als vielmehr von den Wegen meines Herzens, den einzigen, die wirklich zählen. Wie schwach und wankelmütig ist doch die menschliche Natur! Weißt Du, daß mir bei aller Betriebsamkeit der letzten Tage noch immer das stille Mädchen aus Calaf im Kopf herumspukt, an dessen Namen ich mich kaum erinnere? Ich spiele mit dem Gedanken, zu desertieren, zu ihr zu reiten und um ihre Hand anzuhalten. Dies nur, damit Du siehst, daß ich verstanden habe, als Du mir mit Deinen Blikken sagen wolltest, daß Du Dich in die Brüste der Quoiquoi Desflors verliebt hattest, von der ich nicht weiß, ob Du sie je wiedergesehen hast. Ich bin in der Stimmung, Liebeslieder zu schreiben, Freund Andreu. Aber dazu brauchte ich acht oder zehn Gedichte von Dir, die mir wirklich gefallen. Setz Dich gleich daran. Wenn ich aus Málaga zurück bin, will ich den fertigen Gedichtband sehen. Weißt Du, daß sich heute zum ersten Mal seit Tagen die Sonne wieder zeigt? Zwar wärmt sie kaum, aber wenigstens versteckt sie sich nicht hinter Wolken oder Nebelwänden ... Erst als ich sie sah, ist mir bewußt geworden, wie sehr ich sie vermißt habe. Regnet es in Barcelona immer noch? Haben die Stadtmauern schon Moos angesetzt? Ach, mein Freund, was gäbe ich für einen guten Vorwand, um zurückkehren zu können. Natürlich über Calaf, Du verstehst schon ... Und just in diesem Augenblick ritt der Vorwand des jungen Sorts in Gestalt des Boten an der Herberge von Alcarràs vorbei. Wären nicht beide so ahnungslos gewesen, hätte der Bote ihm den Bittbrief von Meister Perramon übergeben können: Lieber Nando. Kehr um. Komm zurück. Mein Sohn sitzt im Gefängnis. Und er hätte sich unverzüglich auf den Weg gemacht und sein Pferd zuschanden geritten, um das Unmögliche zu vollbringen, o ja. Er hätte Himmel und Hölle in Bewegung gesetzt und einen richtigen Rechtsanwalt gesucht. Ach, wenn Nando es nur gewußt hätte … Statt dessen saß er in den wärmenden Strahlen der spätherbstlichen Sonne, einen Krug Wein vor sich und mit einem melancholischen Lächeln, dem sich das blonde Mädchen aus Calaf eingeprägt hatte, wie schön ist doch das Leben, wenn man jung ist. Und eine späte Meise zwitscherte aufgeregt, vielleicht aus Verzweiflung darüber, daß der Bote in Richtung Lleida weiterritt. Aber Nando verstand sie nicht und lächelte bloß.

Im Morgengrauen lässt das Rauschen des Regens für gewöhnlich nach; dann fällt er sacht und still, wie um die erwachende Landschaft nicht zu stören. Die Leute sagen, daß er auch deshalb so leise fällt, weil die Morgendämmerung eine gute Zeit zum Sterben ist; warum sonst sollten so viele Menschen sie wählen, um ihr Leben zu beschließen?

Auch an diesem feuchten Morgen in Mura fiel der Regen fast geräuschlos, vielleicht um zu lauschen, ob Ciset noch hustete, vielleicht auch, um sich zu vergewissern, daß er noch lebte, denn der Regen hatte den Gärtner zu Galana sagen hören, als er ihr das halbgeflickte Hemd aus der Hand riß und an seine Brust preßte, hoffentlich sterbe ich heute nacht. Doch statt dessen hatte der Mann eine ganze Weile am Fenster gestanden und in die Dunkelheit hinausgestarrt, als wollte er unbedingt der erste sein, der die Sonne aufgehen sah. Ein Hahn hatte ohne große Begeisterung gekräht, ein Hund hatte ihm mit dreimaligem sehnsüchtigem Bellen aus der Ferne geantwortet, und der Himmel war nur ganz langsam heller geworden, weil nach Allerseelen die Sonne allmählich träge wird. Sobald der Himmel seine dunkelblaue Farbe verlor und der Nieselregen sichtbar wurde, trat Ciset vom Fenster zurück, als schmerzte es ihn, zuzusehen, wie die Dinge Gestalt annahmen, als hätte er kein Recht, irgend etwas zu betrachten, wenn Remei nicht bei ihm war. Er ging zur Kommode und pustete die formlosen Überreste der Kerze aus, die sich ganz in Tränen und Licht aufgelöst hatte. Von der Anstrengung mußte er wieder husten. Während er am Fenster stand, hatte er über vieles nachgedacht; über so vieles, daß ihm angst geworden war, weil sein Herz sich so sehr mit Haß gefüllt hatte. Das war ein ungewohntes Gefühl.

Ciset war zeit seines Lebens ein friedfertiger Mann gewesen, den stets aufs neue die Ehrfurcht ergriff, wenn er sah, wie seine gärtnerischen Bemühungen um die Samen, Zwiebeln, Ableger und Beete mit Hilfe von Wasser, Sonne, Zeit und Geduld Früchte trugen. Bis zu dem Tag, an dem der Wahnwitz ihn dazu gebracht hatte, der Erde auch seine Verdammnis zu überantworten. Pflatsch, und darum hatte er die Heimat verlassen müssen. Wegen dieses Geräuschs und des Beutels Gold, der ihn geblendet hatte. Und darum war auch seine Remei gestorben, aus Kummer, dabei war sie doch kerngesund gewesen, hatte nie über irgend etwas geklagt, und dann ist sie einfach tot umgefallen, die arme Remei. Wieder mußte Ciset weinen, verflucht sei mein Unglücksstern, und dann stieß er einen Schrei aus, der von den Wänden von Cal Peric widerhallte, die nackt und leer waren, weil Remei nicht mehr da war, sie zu schmücken. Und als der Schrei verhallt war, überkam ihn erneut der Husten, diesmal mit verdoppelter Wut. Er spuckte ein Stückchen Seele aus, und ihm wurde klar, daß er nicht mehr lange zu leben hatte, doch zum ersten Mal jagte ihm dieser Gedanke keine panische Angst ein. Wer weiß, dachte er, ob mich Galana, wenn sie nachher kommt, nicht endlich tot auffindet. Pflatsch.

VIII

Wieder öffnete ihm der steife Diener, der die linke Augenbraue so geschickt hochzuziehen verstand. Obwohl es Meister Perramon bereits einmal gelungen war, zum Marquis vorzudringen, war er ebenso aufgeregt wie am Tag zuvor; die jahrhundertealte, tiefsitzende Angst des Schwachen vor dem Mächtigen läßt sich nicht an einem Tag besiegen. Dennoch traf ihn die schroffe Ablehnung des Bediensteten überraschend.

»Aber es handelt sich um eine höchst wichtige Angelegenheit, eine Frage von Leben und Tod. Der Senyor Marquis erwartet mich.«

»Wohl kaum. Der Senyor Marquis hat angeordnet, ihn unter keinen Umständen zu stören.«

»Aber ... wie lange denn?«

»Der Marquis läßt sich nicht auf eine Uhrzeit festlegen, Senyor«, blaffte der Diener, von der bloßen Vorstellung tödlich beleidigt.

Meister Perramon fühlte sich verraten und verkauft. Der Marquis ließ sich nicht auf eine Uhrzeit festlegen. Es war noch keinen Tag her, daß sie die Todesstunde für seinen Sohn festgelegt hatten, und nun stellt sich heraus, mein Andreu, daß der Marquis sich nicht auf eine Uhrzeit festlegen läßt. Es war noch keinen Tag her, daß sie seinen Sohn dem sicheren Verderben überantwortet hatten, und der Marquis konnte ihn nicht empfangen. Wenn doch bloß Nando hier wäre, dachte er, was kann ich Armer denn noch ausrichten.

»Der Marquis hat mir gesagt, ich solle heute wiederkommen. Er hat es mir höchstpersönlich gesagt.«

»Ich kann nichts tun. Wahrscheinlich hat er es vergessen.«

»Nun, dann erinnert ihn daran. Es ist sehr wichtig.«

»Senyor …«

Aber noch bevor ihn der Diener mit einer scharfen Bemerkung abfertigen und ihm die Tür vor der Nase zuschlagen konnte, rief Meister Perramon auf gut Glück:

»Mateu. Ich möchte mit Mateu sprechen, bitte.«

Das schien den grimmigen Türhüter des Marquis zu beeindrucken, denn kaum hatte er den Namen Mateu vernommen, verschwand er im weitläufigen Labyrinth des Palasts. Fünf quälend lange Minuten später erschien ein neugieriger Mateu in der Eingangshalle.

»Ach, Ihr seid das.« Mateus Interesse erlosch.

»Senyor Mateu, der Senyor Marquis …«

Aber Mateu schüttelte den Kopf; ausgeschlossen, vollkommen ausgeschlossen, versteht Ihr? In einer mitleidigen Regung nahm er den Alten bei der Schulter und führte ihn zu einem Winkel unter der Treppe. Dort standen zwei Stühle. Er drückte den Kapellmeister von weiß der Teufel wo auf den einen Stuhl und setzte sich auf den anderen, fest entschlossen, den Mann zu beruhigen, bevor er einen Spektakel veranstalten konnte.

Der Senyor Marquis, begann Mateu in belehrendem Tonfall, ist sehr beschäftigt und darf um nichts in der Welt und so weiter und so fort, ich hoffe, Ihr versteht. Natürlich konnte er dem Alten nicht sagen, daß heute Spieltag war und er vor weniger als einer Viertelstunde die beiden Mädchen – Eulàlia und Caterina – hinaufgeführt hatte, die den Marquis verwöhnen sollten. Er konnte ihm nicht sagen, daß die Sitzung nicht um eine bestimmte Uhrzeit enden konnte, da alles davon abhing, ob die Mädchen eine wundersame Belebung der Standfestigkeit des Marquis zuwege brachten. Und wenn in Barcelona eines unmöglich war, dann eine Unterbrechung der Altmännerorgien des Marquis, doch auch das konnte er ihm nicht sagen. Und damit war die Sache erledigt.

»Na schön, dann werde ich eben warten.«

»Kommt an einem anderen Tag wieder.«

»Ich fürchte, dann ist es zu spät.«

»Das tut mir aufrichtig leid.«

Denn es gab noch etwas, was Mateu wußte, aber nicht sagen mochte, nämlich, daß der Marquis die versprochene Intervention beim Gerichtspräsidenten sofort wieder vergessen hatte. Gerade eben hatte er sowieso nur Augen für Caterinas rundes, festes und wohlgeformtes Hinterteil, das diese vor ihm kreisen ließ (reicht das, Senyor Marquis? Nein, Mädchen, mach weiter, dafür wirst du schließlich bezahlt. Gewiß, Senyor Marquis). Caterina warf Eulàlia einen Blick zu, der besagte, ich habe die Nase voll von diesen Lustgreisen, Eulàlia, ehrlich, ich tu's nur fürs Geld.

»Es tut mir leid, aber es geht um Leben und Tod.«

Mit dem Mut der Verzweiflung stand Meister Perramon auf und tat einen Schritt auf den Vorhang zu, aber Mateu und der Diener mit der hochgezogenen Augenbraue versperrten ihm den Weg.

»Verschwindet«, sagte Mateu, der unter der Dienerschaft offenbar das Sagen hatte, »und laßt Euch nie wieder blikken.«

»Senyor Marquis!« schrie Meister Perramon in die Tiefe des Palasts.

Da packte ihn der mit der Augenbraue am Rock und warf ihn wie einen lästigen, räudigen Köter die Treppe hinunter auf die Straße. Meister Perramon landete in einer Schlammpfütze vor dem Eingang des Palasts und wurde zu allem

Überfluß von einer vorbeifahrenden Kutsche naß gespritzt. Zum ersten Mal in seinem Leben fluchte der ehemalige Assistent des Kapellmeisters der Kathedrale und von Santa Maria del Pi gotteslästerlich.

Nach dem Mittagessen kehrte im Palast Massó wie gewöhnlich Stille ein. Wie gewöhnlich verkündete Donya Marianna, sie werde sich ein Weilchen aufs Ohr legen, und wie gewöhnlich behauptete Don Rafel, er habe zu tun, und schloß sich in seinem Arbeitszimmer ein. Er richtete das Teleskop aus wie gewöhnlich, und als er schon glaubte, wie gewöhnlich auch diesmal wieder nichts zu sehen zu bekommen, tat sein Herz einen Sprung, denn am anderen Ende des Teleskops betrat Donya Gaietana, nah und fern zugleich und richtig herum, wenngleich spiegelverkehrt, gähnend ihr Schlafgemach, lautlos und nur durch einen feinen Regenschleier von Don Rafels sehnsüchtigen Blicken getrennt. Don Rafel stellte das Objektiv schärfer. Wie schön sie war. Sie zog ihren Rock und eine Art Korsett aus, reichte beides an eine hinter ihr stehende Zofe weiter, und nachdem sie sich noch eines luftigen weißen Unterrocks entledigt hatte, konnte Don Rafel, fast ohnmächtig vor Entzücken, zum ersten Mal seit langem ihre runden Beine bewundern. Wieder gähnte Donya Gaietana, und Don Rafel wünschte sich, er wäre dieses Gähnen. Leider war ihm nur ein allzu kurzer Blick auf die schneeweiße Haut seiner Angebeteten vergönnt, denn mit einer ungeduldigen Geste forderte diese die verfluchte Zofe auf (ach, wäre ich die Zofe meiner Liebsten, dann könnte ich Tag und Nacht und so weiter), ihr den Schlafrock zu reichen, der ihre wunderbaren, zu sündigen Gedanken verleitenden Beine ganz und gar verhüllte. Da mußte er wieder an die arme Elvira denken, und zum ersten Mal packte ihn die Angst, weil ihm eine plötzliche Vorahnung sagte, wenn er nicht fürchterlich aufpasse, werde er, wer weiß woher, einen tödlichen Hieb empfangen. Das Gefühl war so stark, daß ihm sogar der Gedanke, daß er bisher noch keine Angst gehabt hatte, angst machte.

Erschrocken nahm Don Rafel das Auge vom Teleskop. Sein Verlangen nach Gaietana war schlagartig erloschen, und er achtete nur noch auf sein nicht mehr vor Erregung, sondern vor Todesangst wild pochendes Herz. Vielleicht kehrte Sa Senyoria darum an diesem Donnerstag Ende November, dem Tag der heiligen Faustina, Schutzpatronin der Schwindsüchtigen und der Geschirr- und Topfhändler, noch einmal ins Gericht zurück und studierte die Akten zur Anhörung, zum Prozeß und Urteil im Fall Desflors in allen Einzelheiten.

Nach zwei Stunden gründlicher Lektüre beschloß er, daß ihm von diesem gräßlichen Perramon – ungeachtet des teilweise merkwürdigen und unerklärlichen Verhaltens des Mannes – keinerlei Gefahr drohte, jedenfalls nicht, solange er strikt in Einzelhaft blieb. Nun konnte Sa Senyoria nur hoffen, daß sein Seelenfrieden und damit das Glück zurückkehrte, denn dieses ständige Leben in Kummer und Sorge war zermürbend. Und diesen Cascal de los Rosales mußte er weiterhin scharf im Auge behalten – wenn man diesen Mann überhaupt im Auge behalten konnte.

Auf dem Rückweg nach Hause befahl Don Rafel dem Kutscher, trotz des wieder heftiger werdenden Regens einen Umweg über die Plaça del Blat zu nehmen und den Carrer Argenteria hinunterzufahren. Als er am Carrer de les Caputxes vorüberfuhr, schauderte ihn in seiner Kutsche, er blieb aber äußerlich ganz gelassen, wie um allen Bewohnern der Stadt und Untertanen Seiner Majestät Carlos IV. zu beweisen, daß er nichts zu verbergen hatte. Eine Art persönlicher Therapie.

Während Don Rafel seinen bitteren Erinnerungen nachhing, betrachtete Andreu im tiefsten Inneren des Gefängnisses an der Plaça del Blat lustlos den Inhalt seines Tellers, der entfernt an Suppe erinnerte.

»Regnet es noch?«

»Ja, es ist wie verhext. Nun iß schon, Junge, irgendwas mußt du schließlich in den Magen bekommen.«

»Ich habe noch dreiundzwanzig Tage zu leben.«

»Denk nicht dran.«

»Ich will nicht dran denken.« Einen Augenblick lang herrschte Stille in der fast völligen Finsternis. »Ich habe sie nicht umgebracht!«

Der Wärter schob die Luke in der hölzernen Zellentür zu und dachte im Davongehen, armer Kerl; ja, er überlegte sogar, ob der Bursche nicht am Ende recht hatte. Wie auch immer: Der Junge tat ihm leid, ganz im Gegensatz zu dem haarigen, verlausten Holländer, der vor ein paar Tagen ebenfalls in eine Einzelzelle verlegt worden war, vielleicht weil sowieso niemand sein Geplapper verstand. Wer weiß, ob der überhaupt begriff, daß auch auf ihn ein Platz am Galgen wartete, schließlich hatte er ein paar Nutten umgebracht, und die waren ja immerhin auch Geschöpfe Gottes.

Das Abendessen rührte Andreu wiederum nicht an. Man gab seine Ration dem Holländer, der sie, ohne zu fragen, hinunterschlang.

Im Palast des Gerichtspräsidenten gab es zum Abendessen Austern, dazu einen jungen, spritzigen Weißwein. Nicht, daß Don Rafel besonders gern Austern gegessen hätte, doch mußte von Zeit zu Zeit aus den Küchenabfällen ersichtlich werden, daß man im Hause Massó Austern speiste, die Bediensteten achteten genau auf solche Kleinigkeiten und verbreiteten sie zuverlässig von Haus zu Haus. In diesem Punkt stimmte Donya Marianna ihrem Gatten so sehr zu, daß sie im Laufe der Zeit den Austern sogar ein klein wenig Geschmack hatte abgewinnen können.

Nach den Austern aß Don Rafel gekochte Steckrüben, sein Leibgericht. Zwar tragen Steckrübenschalen nicht zum gesellschaftlichen Ansehen bei, aber wenn es so einfach war, den Hausherrn glücklich zu machen – warum nicht? Auch hierin stimmte Donya Marianna ihrem Gatten zu, denn sie schwärmte ebenfalls für Steckrüben.

Bekanntlich sind Austern schwer verdaulich, und so ließ Don Rafel neben den Beeten das Teleskop aufstellen. Der Wind hatte die Wolken vertrieben, und die Sterne standen leuchtend und klar am Himmel, als könnten sie es kaum erwarten, von Don Rafels begierigen Blicken betrachtet zu werden. Ebenso sorgsam wie auf Donya Gaietanas weißen Körper richtete er das Teleskop auf den Orionnebel aus. Seit mehr als vierzehn Tagen hatte er ihn nicht mehr in Augenschein genommen. Er war unverändert: Eine geheimnisvolle Wolke, auf ewig unverrückbar, Zeugnis – wie die Gelehrten sagten – einer kosmischen Explosion, entblößte er ihm sein Inneres um vieles großzügiger als Donya Gaietana ihre Haut. Es war kalt, und ihn fröstelte in seinem Rock. Er mußte die Position des Teleskops nachjustieren, weil ihm das Sternbild nach links entglitt, die ständige Flucht des Firmaments vor dem Auge des Beobachters. Einen Augenblick lang ließ das Drehen am Apparat das Sternbild erzittern. Als er sich an den vier kleinen, leuchtenden, im Teleskop gerade noch erkennbaren Punkten satt gesehen hatte, richtete er das Instrument auf die Plejaden. Wie viele von ihnen konnte er entdecken? Sieben, acht, neun, zwölf, zwanzig ... Doktor Dalmases behauptete, daß man mehr als fünfzig von ihnen unterscheiden könne, doch ihm, dessen Vorstellung von der Astronomie eng mit der Tradition der Mythologie verknüpft war, genügten die sieben größten. Und so, wie er sich im Sternbild des Orion gern den imaginären Jäger mit Gürtel, Schwert und Köcher vorstellte – vom Geheimnis seines Nebels einmal abgesehen –, suchte er in den Plejaden nach der ergreifenden Geschichte von der Verfolgung der sieben schönen Jungfrauen durch den wilden Orion: Merope, Elektra, Taygeta, Maia, Alkione, Gaietana und die arme Elvira ...

Die Angst, die ihn am Nachmittag dazu getrieben hatte, ins Gericht zurückzukehren und die Akten zu studieren, ließ ihm erneut einen Schauder den Rücken hinunterlaufen; vielleicht aber waren auch nur die Nacht und die Kälte daran schuld, daß Don Rafel sich so ausgeliefert fühlte, wenn auch gewiß nicht so sehr wie Andreu, der mit weit offenen Augen auf seiner Pritsche lag und in die undurchdringliche Dunkelheit starrte.

28. November 1799

Hier in Candasnos, mein Freund, sieht die Welt ganz anders aus. Nach einem langen Marsch durch eine Einöde, die die Bewohner der Gegend Monegros nennen, sind wir in diesem Dorf angekommen. Stell Dir eine erdfarbene Landschaft vor, ohne Busch noch Baum, in der nicht mal ein Grashalm wächst, nur hier und da eine niedrige, stachelig-feindselige Brombeerhecke. Zum Glück nieselt es; lieber soll das Pferd die Nässe erdulden müssen als die extremen Temperaturschwankungen, denen dieser Landstrich sicher unterworfen ist. Das Dorf Candasnos fügt sich nahtlos in die erdbrau-

ne Umgebung ein, es ist von der gleichen Farbe. Selbst die Menschen, die hier ihr kümmerliches Dasein fristen, sind erdbraun im Gesicht und in der Seele. Ich habe noch kein einziges hübsches Mädchen erspäht, aber ich bin mir sicher, daß sie sie aus Angst vor den Soldaten in den Häusern versteckt halten. Warum nur, o ihr Einwohner von Candasnos, fürchtet ihr, ich könnte Euren Töchtern etwas zuleide tun? Ich will sie doch nur lieben! Ich will nur für eine Nacht das Lager mit ihnen teilen, damit sie sich mir unauslöschlich ins Gedächtnis einprägen und immer schöner werden, je weiter ich davonreite! Ich will doch nur die stille blonde Rosa aus Calaf vergessen!

Zwei gute Nachrichten habe ich Dir mitzuteilen, Andreu: Die erste und wichtigste ist, daß Leutnant Casares heute nacht nicht das Zimmer mit mir teilen wird. Man hat mich allein in einem ärmlichen Haus bei drei mürrischen Männern und einer mißtrauischen, wortkargen Frau mit Damenbart untergebracht, die mich widerwillig aufgenommen haben, weil es nur für eine Nacht ist. Ich bin mir sicher, daß sie auf dem Dachboden ein heimliches Lager für die schöne Tochter des Hauses aufgeschlagen haben. Wenn die anderen beim Kartenspiel sitzen, werde ich mich auf die Suche nach diesem verborgenen Schatz machen. Wie alt wird sie sein? Fünfzehn? Achtzehn? Mit rabenschwarzem Haar und pechschwarzen Augen? Oder ist sie blond wie der Mond und hat meerblaue Augen? Glaubst Du, so kann man auf Dauer leben, mit einem Herzen, das einem ständig die Brust zu sprengen droht? Was für ein Glück, daß das Leben nicht länger währt als hundert Jahre!

Die zweite gute Nachricht, mein Freund, ist, daß ich ein Stück für Gitarre geschrieben habe. Es hat noch keinen Namen, ist aber eine Art trauriges Rondo mit einem melancho-

lischen Thema in F-Dur, das sich einem einprägt, weil es stets wiederholt wird, mal in Dur und mal in Moll. Es kam mir in den Sinn, als ich durch diese vermaledeiten Monegros ritt. Das immer wiederkehrende Thema, Andreu, erscheint mir interessant genug für eines der Liebeslieder, die ich meiner Muse aus Calaf widmen will, ein Lied, in dem es heißen könnte … Nein, ich überlasse es Dir, Andreu, dem Meister der Liebe, die richtigen Worte zu finden. Ja, ja, ich weiß schon: Ich sollte meine Melodien nach Deinen Texten komponieren, aber in meiner Ungeduld fallen mir immer wieder solche Torheiten ein. Schreib mir! Leg auch Gedichte bei! Denk an das Libretto für unsere Oper! Es lebe das Leben, geliebter Andreu!

Die Kerze geht zur Neige. Sie ist verdächtig gelb und stinkt unsäglich. Wer weiß, woraus sie gemacht ist. Soeben habe ich auf dem Dachboden ein Geräusch gehört, das Knarren von Holz. Wenn es nicht die Ratten sind, muß es die Tochter des Hauses sein. Ich begebe mich auf die Suche nach weichen, barmherzigen Armen. Wünsch mir Glück, Du Günstling der Fortuna!

Dein Freund Nando

IX

Nach dem achtundzwanzigsten November legte der Regen eine Pause ein. Der Himmel über der Stadt war blank gefegt, und die Sonne schickte ihre – um diese Jahreszeit schon recht matten – Strahlen bis in die verborgensten Winkel und trocknete den ewigen Schlamm der Pfützen und ausgefahrenen Wagenspuren zu festen kleinen Skulpturen. Erfreut über das schöne Wetter, gingen die Leute wieder auf die Straße, und die Handwerker arbeiteten bei geöffneten Türen. Neben der Kirche von Sant Sever konnte man dem Töpfer bei der Arbeit zusehen, im Carrer de la Vidrieria den Glasbläsern. Das fröhliche Dröhnen des Schmiedehammers durchzog den Carrer Portaferrissa und Käseduft den Carrer de la Formatgeria. Im Carrer dels Sombrerers und dem Carrer dels Flassaders schwatzten Hut- und Deckenmacher munter über die Enge der Gasse hinweg, und die Stille, die während der Regentage den vornehmen, wie ausgestorben daliegenden Carrer Moncada beherrscht hatte, wurde vom Quietschen der Karrenräder und den scherzenden Zurufen der Fuhrleute unterbrochen. Die Stadt und ihre Bewohner kehrten zur vertrauten Geschäftigkeit zurück, wie um die erzwungene Untätigkeit der verregneten Wochen wettzumachen.

Mit dem schönen Wetter kam auch die Kälte, als hätte sie nur geduldig auf das Ende des Herbstregens gewartet. Die Menschen holten ihre Mäntel aus Kisten und Truhen und krümmten sich im Gehen unwillkürlich ein wenig zusammen, um sich gegen die Kälte zu schützen. Und das Leben ging seinen Gang: Im Hafen wurden Waren verladen, Bauern gingen an den Stadttoren ein und aus, in den Getreidespeichern jagten die Angestellten Ratten und nahmen Bestellungen auf, die Tuchmanufakturen produzierten Stoffe für den nächsten Sommer, die Bettler kehrten an ihre Stammplätze an den Kirchenportalen und vor dem Eingang des Nudelgeschäfts Roca im Carrer Petritxol zurück, der als einträglicher Platz galt; Rechtsanwälte und Advokaten ersannen immer neue Klagen, und den Ärzten starben die Kranken weg, die sowieso nicht mehr zu retten waren. Und von den zahllosen Kirchtürmen der Stadt läuteten die Glocken zum Lob Gottes und riefen die Menschen zum Gebet. Der Chorherr Pujals lauschte auf das Läuten der Tomasa von der Kathedrale (drei Schläge, Pause, zwei Schläge, Pause, drei Schläge: eine Frau wurde zu Grabe getragen) und war glücklich, weil er endlich eine vernünftige Lösung für die Verteilung der Ehrenplätze beim großen Te Deum zur Jahrhundertwende gefunden hatte, was natürlich nicht hieß, daß jedermann zufrieden gewesen wäre. Die Franziskanerinnen vom Raval zum Beispiel waren ebenso eingeschnappt wie die Offiziere des Militärgouvernements, die meinen wohl, ich kann eine ganze Armee unterbringen. Das Gezeter des Ratsherrn Dalmau allerdings hatte ihn tief getroffen – als ob es seine Schuld wäre, daß das Kirchenschiff nicht größer war! Und ich weiß jetzt schon, daß sich nach den Feierlichkeiten jeder den reibungslosen Ablauf der Feier selbst wird zuschreiben wollen, denn so sind die Leute, allen voran der Herr Bischof. Falls aber – was Gott verhüten möge – etwas schiefgehen sollte (der Chorherr Cascantes oder gar der Bischof stolpert über sein neues Meßgewand, eine Glocke stürzt zu Boden, der Weihrauch geht aus, es sind nicht genügend Hostien für alle da, die Motten haben die Festsoutanen der Chorknaben zerfressen, und wir müssen uns welche von Santa Maria del Mar borgen oder – was noch schlimmer wäre – von Santa

Maria del Pi), dann, ja dann will es auf einmal keiner gewesen sein, dann werden sie sagen, das war der Chorherr Pujals, der hatte die Verantwortung. Andreu hatte derweil von seinem Verteidiger erfahren, daß alle juristischen Mittel erschöpft waren (aber wenn ich sie doch nicht umgebracht habe!), das Gnadengesuch war abgeschmettert worden (ich will keine Gnade! Ich habe sie nicht umgebracht!), die Behörden hatten sich als unerbittlich erwiesen (Ich werde noch wahnsinnig: Ich habe nichts getan!). Dazu kam natürlich die mangelnde – um nicht zu sagen inexistente – Kooperationsbereitschaft des Mandanten (Fahrt zur Hölle!).

Und dann begann es wieder zu regnen. Es war der Tag der heiligen Lucia, der in diesem Jahr auf einen Freitag fiel. Der Regen kam zurück, ohne um Erlaubnis zu bitten, wie ein alter Freund, am Nachmittag, als Donya Marianna ihrem Gatten gerade klipp und klar sagte, nein, nein und nochmals nein, das ist mein letztes Wort.

»Aber ich verstehe nicht, warum du keine Lust auf dieses Abendessen hast.«

»Weil Oberst Cobos mir gestohlen bleiben kann. Außerdem ist dieser Tage in der Bruderschaft entsetzlich viel zu tun. Darum sage ich noch einmal: Dies Ist Mein Letztes Wort.«

»So, so, entsetzlich viel zu tun …«

»Jawohl, mein Herr: entsetzlich viel zu tun. Aber dir hat es ja von Anfang nicht gepaßt, daß ich in der Bruderschaft des Blutes So Viel Zu Sagen Habe.«

»Aber nein, Marianna, ich finde das ganz großartig, wirklich …« Don Rafel wußte nicht, wie er seiner Frau erklären sollte, daß ihm die Kombination sehr gelungen erschien: Er schickte die Leute von Berufs wegen aufs Schafott, und Donya Marianna spendete ihnen der Frömmigkeit halber in ihren letzten Stunden Trost. Eine runde Sache. Schade nur, daß die Frauen ihre trostreiche Aufgabe nicht an vorderster Front ausüben durften …

»Aber du willst mir doch nicht ernsthaft erzählen, du könntest dich nicht wenigstens für ein paar Stunden freimachen …«

»An einem anderen Tag vielleicht, aber nicht nächsten Donnerstag. Ausgeschlossen, Rafel, das weißt du ganz genau.«

»Ich muß auf jeden Fall zu diesem Abendessen«, sagte er, stand auf und trat an die Balkontür. »Verdammt, es regnet schon wieder.«

»Dann geh allein. Ich habe meine Verpflichtungen der Bruderschaft gegenüber.«

Don Rafel sah in den Regen hinaus. Ein unbehaglicher Schauer lief ihm den Rücken hinunter, und er antwortete nicht. Der Regen hatte ihm Elviras Gesicht in Erinnerung gerufen und mit ihrem Gesicht die Angst, die immer stärker an ihm nagte. Mühsam besann er sich auf seine Diskussion mit Donya Marianna und schnaubte wütend. Es war ihm völlig gleichgültig, ob seine Frau mitkam oder nicht, im Gegenteil, allein konnte er ungestörter von fremden Frauen träumen, aber er ertrug es nicht, daß sie ihm widersprach. Dennoch wußte er schon jetzt, daß er schließlich allein gehen würde, denn in häuslichen Angelegenheiten hatte Donya Marianna nicht nur das Letzte, sondern auch das Einzige Wort. Mochte Oberst Cobos auch tausendmal Feldadjutant seiner Exzellenz des Militärgouverneurs sein und von hier direkt an den Hof reisen, mochte es auch noch so wichtig sein, bei diesem militärischen Dickschädel einen guten Eindruck zu hinterlassen für den Fall, daß man ihn einmal um einen Gefallen bitten mußte – sie kämpfte in der Bruderschaft des Blutes so hart um die Nacht vor der Hinrichtung in der Zelle eines

Gefangenen, daß sie keine Zeit für irgendwelche Abschiedsessen oder andere Nebensächlichkeiten hatte. Das Geschäft mit dem Tod hatte Vorrang.

»Und daß du's nur weißt: In einer Stunde muß ich im Gefängnis sein.«

»Du?« Beinahe hätte Sa Senyoria losgelacht.

»Die Kranken und Gefangenen besuchen«, zitierte sie. »Fünftes und sechstes Werk der Barmherzigkeit. Manchmal glaube ich wirklich, du hast als Kind im Katechismusunterricht nicht aufgepaßt.« Sie wies mit anklagendem Zeigefinger auf ihn: »Und nächsten Donnerstag Habe Ich Die Absicht, Das Siebte Werk Der Barmherzigkeit Zu Erfüllen, und daran wird mich auch dein läppisches Abendessen nicht hindern.«

»Das siebte?« fragte Don Rafel zögernd. »Welches war noch gleich das siebte?«

Aber Donya Marianna hatte ihm schon den Rücken zugekehrt, zutiefst entrüstet über soviel Ignoranz, und war auf dem Weg in ihr Zimmer, wie immer, wenn sie deutlich machen wollte, daß sie gekränkt war

Der Gefängniswärter rieb sich die stoppelige Wange und sah den Jungen mit offenem Mund an, als wollte er etwas sagen und wagte es nicht. Dann schloß er die Luke in der Zellentür und ging durch die nur vom flackernden Kerzenlicht erhellte Dunkelheit davon. Er tat diese Arbeit nun schon unzählige Jahre, war alt, krank und erschöpft, und die ständige Nähe des Todes hatte ihn viele Dinge über das Leben gelehrt, denn der Wille zu leben war neben der Liebe zweifellos das merkwürdigste Bedürfnis des Menschen. Und der Haß. Auch der Haß war schwer zu begreifen. Mit seiner selbstgezimmerten Philosophie wunderte er sich immer wieder über die zahllosen Kranken und Müden, die sich verzweifelt nach dem Tod sehnten und doch, von ihm verschmäht, weiterleben mußten, während viele seiner Häftlinge sich an ihr jämmerliches Rattendasein klammerten und die stinkende, verdorbene Existenz im Gefängnis dem erlösenden Tod vorzogen. Am meisten aber erschütterten ihn Fälle wie dieser Junge – lebensfrohe Menschen, die durch Beschluß von oben plötzlich zu Tod, Starre und Fäulnis verdammt waren. Der Wärter war in dem Winkel angelangt, in dem er den Großteil des Tages verbrachte; dort stand der Tisch, an dem er aß und sich verzweifelt bemühte, sowenig wie möglich nachzudenken, denn so ein elendes Leben war kaum zu ertragen.

An diesem Tag der heiligen Lucia, der Schutzpatronin der Blinden, war es ihm eingefallen, Perramon zu fragen: Sag mal, hast du sie denn nun umgebracht oder nicht? Statt einer Antwort hatte Andreu die gekochten Steckrüben, die er gerade aß, quer über den ganzen Teller erbrochen, einfach widerlich, und den Wärter, während er sich anschließend mit dem Ärmel den Mund abwischte, mit einem vernichtenden Blick bedacht.

Und so erschrak er denn auch, als der runde, rotgesichtige, zufriedenwanstige Kaplan der Bruderschaft des Todes von Santa Maria del Pi, Hochwürden Pere Xicart, sein Reich betrat. Auf diese indirekte Weise erfuhr der Wärter immer, welches Schicksal seinen Gästen beschieden war: Fragte niemand mehr nach dem Gefangenen, bedeutete dies, daß er im Gefängnis verrotten mußte, bis der Tod sich seiner erbarmte. Das Erscheinen eines Offiziers der Garde kündigte die Freilassung an; kam aber Xicart, so waren auch die Bluthunde der Bruderschaft des Todes nicht weit. Irgendein Schreiner war sicher schon damit beschäftigt, auf dem Pla de Santa Maria das Schafott zu errichten.

Allerdings ahnte der Wärter nicht, daß Hochwürden Pere Xicart sich in erbittertem Kampf gegen die Gattin des Gerichtspräsidenten höchstpersönlich – der Himmel bewahre uns vor dieser Frau! – hatte durchsetzen müssen, die sich, von falsch verstandener Frömmigkeit getrieben, offenbar in den Kopf gesetzt hatte, eine eigentlich den Männern vorbehaltene Aufgabe zu übernehmen: den geistlichen Beistand für die Verurteilten im Angesicht des Todes, eine Aufgabe, die einen immer wieder mitnahm, ganz gleich, wie oft man sich ihr schon unterzogen hatte. Außerdem war der geistliche Trost dem Kaplan vorbehalten und damit basta (Vierter Beschluß der Zweiten Statuten der Bruderschaft). Donya Marianna, die im stillen darauf brannte, einmal eine Hinrichtung ganz aus der Nähe betrachten zu dürfen, hatte sich mit dem vagen Versprechen einer möglichen Reform der Statuten zu einem späteren Zeitpunkt zufriedengeben müssen, das ihr der Vorsitzende der Bruderschaft höchstpersönlich erteilt hatte. Und da sie schließlich darauf verzichtet hatte, den Einfluß ihres Mannes geltend zu machen, wurde ihr das Privileg zuerkannt, am Tag der Hinrichtung an der Spitze der Prozession zu gehen, obwohl sie eine Frau war. Immerhin. Wenn sie damit nicht zufrieden war, dann war ihr nicht zu helfen, zumal sie überdies die Ordenstracht für die Frauen hatte entwerfen dürfen, bei der das Kreuz nicht am Ärmel, sondern auf der Brust angebracht war, ich bin mir sicher, die Männer werden uns das bald nachmachen, stellt euch nur eine Prozession von dreißig Laienbrüdern vor, alle mit einem roten Kreuz auf der Brust, was für ein prächtiger Anblick.

Der Wärter brachte den Kaplan bis zur Zelle und blieb an der Tür stehen, als wollte er Andreu nicht mit diesem scheinheiligen Geier allein lassen.

»Ergebung, mein Sohn. Wir müssen unser Schicksal in die

Hände des Allmächtigen geben, denn noch ist es nicht zu spät, unsere Seele zu retten.« Er legte Andreu die Hand auf die Schulter. Dieser machte sich nicht die Mühe aufzustehen.

»Ich habe sie nicht umgebracht. Ich will meinen Vater sehen … Warum habe ich meinen Vater nicht sehen dürfen?«

»Nun ist es Zeit, deine geistlichen Angelegenheiten zu regeln, mein Sohn.«

»Fahrt zur Hölle.«

»Was sagst du, mein Sohn?«

»Ich sagte: Fahrt zur Hölle. Ich will nur noch jemanden sehen, der mich rettet.«

Und noch während in der Zelle dieses erbauliche Gespräch stattfand und der Gefängniswärter vor der wurmstichigen Tür Wache hielt, erhellte plötzlich ein Lichtschein die feuchten, ewig finsteren Gemäuer, und dahinter näherte sich schnaufend und ächzend Hochwürden Joan Terricabres (Gefängnispfarrer an der Plaça del Blat, seit zehn Jahren im Amt, siebenundfünfzig Todeskandidaten, von denen nur sechs seinen geistlichen Beistand verweigert hatten, und die Halsstarrigkeit dieses Perramon geht mir allmählich auf die Nerven), von gerechtem biblischem Zorn getrieben, den er nicht einmal vor diesem elenden Wärter verhehlen konnte.

»Ist Hochwürden Xicart von der Bruderschaft da drinnen?« Er deutete auf Andreus Zellentür.

»Ja, Hochwürden.«

»Warum hast du ihn hineingelassen?«

»Aber Hochwürden … woher sollte ich wissen … Er hatte eine Erlaubnis des Kerkermeisters …«

»Ach papperlapapp, der Kerkermeister. Der tut, was er will.«

»Aber woher sollte ich denn wissen, Hochwürden …«

»Woher du das wissen solltest? Wer ist denn hier der Gefängnispfarrer? Wessen Aufgabe ist es, in diesen Wänden geistlichen Trost zu spenden?«

Hochwürden Terricabres bemühte sich, seinen Zorn zu mäßigen; schließlich brachte es nichts, vor diesem Nichtsnutz von Wärter herumzuschreien. Wieder wies er auf die Tür, fletschte die Zähne zu einem Lächeln und wiederholte:

»Hochwürden Xicart?«

»Ja, Hochwürden.«

»Verdammt und zugenäht, jetzt lassen sie sich nicht mal mehr dazu herab, sich anzukündigen. Wahrscheinlich halten sie sich schon für die Herren hier im Gefängnis.« Er redete sich wieder in Rage. »Wenn niemand sie in die Schranken weist …«

Der Pfarrer bemerkte die ausdruckslose Miene des Wärters und dachte, ach, was geht dich das an. Er wandte sich brüsk ab und ging davon. Das Licht, seine Empörung und sein Gewetter über diese Einmischung in seine Kompetenzen nahm er mit. Der Wärter bezog wieder Stellung vor der Zellentür. Um nichts in der Welt wollte er sich eingestehen, daß der Gedanke an die bevorstehende Gebetsnacht ihn tief erschütterte und ihm das Wasser in die Augen trieb. Vielleicht wurden es sogar zwei, denn er hatte die Wachen sagen hören, dem Holländer mit den Nutten – den sie Hans nannten – geht's auch an den Kragen, wie's scheint.

Er hörte ein leises Geräusch an der Tür, dann wurde die Luke aufgeschoben, und Licht fiel herein, aber statt in die müden Augen des Wärters blickte Andreu in unbekannte, ungeduldige Augen.

»Man sieht ja gar nichts«, beschwerte sich eine schrille Stimme.

Die Augen verschwanden, und die Luke schloß sich mit einem Knall. Er hörte, wie die Tür aufgeschlossen wurde, dann trat der Wärter mit einer Kerze ans Eisengitter.

»Tut mir leid, Junge«, sagte er, ging einen Schritt zur Seite und steckte den Arm mit der Kerze durch das Gitter, daß der Lichtschein auf den Gefangenen fiel. Der richtete sich auf und blinzelte hoffnungsvoll. Auf der anderen Seite des Gitters standen zwei dunkel gekleidete Damen und staunten ihn mit offenen Mündern an.

»Er ist jung«, murmelte die eine, ohne den Blick von Andreu zu wenden.

»Ja. Sehr jung«, wisperte die andere und schluckte.

Andreu sah sie an, sah dann rasch zum Wärter, und gerade als er fragen wollte, sind die beiden hier, um mir zu helfen, zog der Wärter den Arm mit der Kerze zurück.

»Das reicht, meine Damen. Länger können wir nicht bleiben.«

Ohne weitere Erklärungen schloß er die Holztür. Die beiden Damen standen reglos, rasch atmend vor Erregung. Donya Marianna spürte, wie der Gestank nach Moder, Dunkelheit, Schmutz, verbranntem Wachs, Elend, Ratten, fauligem Stroh, Schweiß und Urin, vergossenem Sperma, Speichel, Angst und Kälte sie durchdrang. Am Anfang des Ganges hatte sie sich bei Donya Rosalia einhängen müssen, weil ihr von dem beißenden Geruch übel geworden war, aber dann hatte sie sich daran gewöhnt, wie immer, wenn sie die Gefangenen besuchte. Und vor Donya Rosalia wollte sie um keinen Preis Schwäche zeigen. Nach und nach hatte sie den Gestank ganz und gar in sich aufgenommen, und nun, da die Zellentür geschlossen war, spürte sie, wie das Elend sie durchflutete, Allmächtiger, und schöpfte kräftiger Atem, während sie sich das Bild des blutjungen, kräftigen, lebendigen Burschen einprägte, der in acht Tagen – heilige Mutter Gottes! – toter sein würde als ein Stein, der arme Kerl. Als sie sicher sein konnte, daß dieses Schreckensbild, das ihr bei ihren Gebeten nützlich sein würde, sich ihr tief ins Gedächtnis gegraben hatte, fischte Donya Marianna, die als Vorsitzende schließlich die Initiative ergreifen mußte, eine Münze aus ihrem Täschchen.

»Nimm«, sagte sie knapp und legte die Münze in die Hand des Alten. »Die hast du dir verdient.«

»Danke, Senyora.«

»Und jetzt der Deutsche.«

»Er ist Holländer, Senyora.«

»Wie auch immer. Er heißt Hans, nicht wahr?«

»Ja, Senyora. Aber den könnt Ihr nicht sehen, der ist abstoßend.«

Donya Marianna öffnete wieder ihre Handtasche und brachte diesmal gleich zwei Münzen zum Vorschein. Ihr entging nicht, daß der Wärter in seinem Entschluß wankend wurde.

»Was ist denn so abstoßend an ihm?«

»Er ist wie … wie ein wildes Tier. Völlig verdreckt. Und nackt …«

Den Schauer, der beiden Damen über den Rücken lief, merkte jede nur für sich allein. Als wäre nichts geschehen, ließ Donya Rosalia zwei weitere Münzen in die nachdenkliche Hand des Wärters gleiten.

»Nun gut, meine Damen. Hier geht's lang.«

Sie folgten dem Gang bis zum anderen Ende, das ebenfalls in tiefer Finsternis lag. Wieder schloß der Wärter die Türen auf und hob die Kerze, und die Damen von der Bruderschaft des Blutes erblickten einen Haufen Fleisch mit langem blondem Haar, den berühmten Hans. Als dieser erkannte, welcher Art seine Besucherinnen waren, machte er die Beine breit, um voller Stolz etwas höchst Unzüchtiges zu entblößen, und schrie in seinem selbst ihm unverständlichen Holländisch, ihr Schlampen, wenn ihr wollt, putze ich euch das Rohr aus mit meinem Besen, wenn ich den noch hochkriege. Und als er zum Beweis seiner Absichten anfing, Hand an sich zu legen, fand der Wärter, nun sei es genug, sonst hält er mich wieder die ganze Nacht wach mit seinem Geschrei, und zog die Kerze zurück. Die beiden Damen, die wie erstarrt im Gang standen, brauchten eine ganze Weile, bis ihr Atem sich beruhigt hatte. Ihre Augen funkelten im schwachen Kerzenlicht.

»Wenn Ihr mir nun folgen wollt, meine Damen …«

Das taten sie. In Donya Mariannas Vorstellung verschmolzen die obszönen Gesten des Ausländers mit dem verlorenen Blick des jungen Burschen, der ein anständiger Junge zu sein schien, der Arme, und sie dachte, ja, es stimmt: Die Werke der Barmherzigkeit, die unsere heilige Mutter Kirche uns abverlangt, können wirklich hart sein. Gelobt sei der Herr.

Es war eine klägliche Mittagsruhe gewesen: Donya Gaietana hatte sich nicht dazu bequemt, ihr Schlafgemach zu betreten und sich vor Don Rafels ungeduldigem Teleskop ihrer Kleidung zu entledigen, und Elviras Gesicht (mal weinend, mal lachend, mal mit hervorquellenden, ängstlichen Augen) hatte ihn unablässig verfolgt und die nagende Angst in seinem Herzen vergrößert. Lustlos saß Don Rafel am Schreibtisch und blickte einem weiteren eintönigen Nachmittag entgegen, ach, meine kleine Elvira, wenn ich dich bloß hätte. Mit wehmütigem Lächeln betrachtete er sein Porträt. Es war gut gemalt und noch besser getroffen, Tremulles war ein großer Maler; aber der gestrenge, arrogante Don Rafel, der ihn von der Leinwand herab spöttisch ansah, war ihm dennoch immer ferner. Gewiß, er war ein mächtiger, einflußreicher, wohlhabender, beneideter Mann. Aber er steckte in Schwierigkeiten. Die Ausübung der Macht hatte ihm vom ersten Tag an einen ganzen Rattenschwanz von Feinden beschert, die sich hinter Bücklingen und lächelnden Gesichtern auf den langen Fluren des Gerichtsgebäudes verbargen. Mit der Arroganz und Verachtung des Neureichen denen gegenüber, die so arm sind wie er selbst bis kurz zuvor, hatte er ihren Groll zusätzlich geschürt. Und dann war da noch die ständige Bedrohung durch den Militärgouverneur, der ihn nur zu gern losgeworden wäre; es heißt, er könne es kaum erwarten, mich aus dem Amt zu jagen. Aber all das war nichts im Vergleich zu dem neuen Grauen. Seit Tagen war Don Rafel von dem Gedanken besessen, wann, mein Gott, wann nur werden sie diesen Perramon aufknüpfen, damit ich endlich wieder in Ruhe leben kann. Tag und Nacht dachte er daran, mit einer Besessenheit, die die süße Begeisterung für die unerreichbare Donya Gaietana zu verdrängen drohte. Und im stillen dachte er auch, wann wird dieser Setúbal endlich aus meinem Leben verschwinden, o Gott, welche Qual.

Don Rafel seufzte und schlug Dalmases' *Traktat über die Grundlagen der Himmelsbetrachtung* auf. Es öffnete sich von selbst an der Stelle, an der vom Sternbild des Orion die Rede war. Seit Tagen las er in diesem Buch, denn die letzten sternklaren Nächte hatte er neben dem üppig blühenden Beet im Garten verbracht, den Himmel belauert, als wäre er Donya Gaietana, meine Geliebte, und die armen verfolgten Plejaden und den Stier beobachtet, der sie verteidigte. Stundenlang hatte er versucht, dem stolzen Aldebaran sein Geheimnis zu entlocken. Mit großem Interesse hatte er gelesen, was Dalmases über die Entdeckungen Messiers schrieb, der bei der

Beobachtung von Kometen in der Nähe von Zeta Tauris auf ein merkwürdiges unbewegliches Objekt gestoßen war, das er, weil er nichts Rechtes damit anzufangen wußte, auf den wenig poetischen Namen M-1 getauft hatte. Für Don Rafel sah dieser unbekannte Nebel durch sein grobes Objektiv wie ein Klecks oder – mit ein bißchen Phantasie – wie ein Krebs aus. Wie kam es nur, daß der Himmel so viele verschiedene Formen und solch lange Geschichten barg, die sich nur einigen wenigen Eingeweihten erschlossen? Don Rafels technische Kenntnisse waren begrenzt, aber die stundenlange Himmelsbetrachtung vom Blumenbeet seines Gartens aus hatte seine Vorstellungskraft geschärft. Inzwischen konnte er die Sternbilder ohne fremde Hilfe identifizieren, ja mehr noch: Er hatte sich seine eigenen Geschichten über sie zurechtgesponnen. Es fehlte nur, daß er in den Zwillingen oder im Schlangenträger Elviras durchdringenden, fragenden Blick erkannte, den er nie hatte ergründen können.

An Dalmases' Ausführungen interessierte ihn vor allem das, was seine Phantasie beflügelte. Im Sternbild Orion waren mit bloßem Auge hundertfünfundzwanzig Sterne zu erkennen? Nun, er hatte hundertsechzig gezählt. Beteigeuze war rot, und Rigel und Bellatrix, die Kriegerin, waren bläulich? Ja. Na und? Auch die drei Könige im Gürtel des Jägers waren blau. Da ließ er doch lieber seiner Phantasie die Zügel schießen und stellte sich das Leben des schönen Orion vor, dem Poseidon, sein Vater, die Gabe verliehen hatte, auf dem Wasser zu gehen. Don Rafel schwirrte der Kopf von der Vielfalt der Legenden, die sich um das Leben des wilden Jägers rankten. Aber alle waren hübsch: Man erzählte sich, Eos, die Morgenröte, habe sich in ihn verliebt (wenn Orion im Osten erscheint, wohnt er der Morgenröte bei …) und die eifersüchtige Artemis habe ihm einen Skorpion gesandt, der ihn tötete. Beide, Skorpion und Jäger, stehen nun auf ewig am Himmel. Noch besser gefiel Don Rafel eine andere Legende: Orion, der schöne, edle Jäger, jagt gemeinsam mit dem Hund Sirius die Plejaden, wird aber vom Stier angegriffen. Er verteidigt sich mit seiner Keule, die von My und Ny Orionis in Richtung Norden verläuft. Doch dann verfällt Apollos Schwester Artemis, die gestrenge, ewig jugendliche Göttin der Keuschheit, die schöne, grausame Artemis, dem Zauber des Jägers Orion, und Apollo, erzürnt über die Schwäche seiner Schwester, lädt diese zum Wettschießen mit Pfeil und Bogen ein. »Siehst du den Punkt da hinten am Horizont?« fragt er. »Ich wette, den triffst du nicht.« Und sie zielt und trifft, und es ist der Kopf ihres geliebten Orion, der für immer an den Himmel versetzt wird. Wie untröstlich mußte Artemis geweint haben, als sie erkannte, wen sie da getötet hatte! Ihre Verzweiflung war gewiß nur der des Orpheus vergleichbar, als er Eurydike verlor (Che farò senza Euridice ..., sang Herr Gluck), oder der Ariadnes, als diese beim Erwachen am Strand feststellen mußte, daß Theseus geflohen war. Oh, diese Liebeslegenden, dachte Don Rafel. Sie stimmten ihn immer ganz milde.

Er schlug das Buch so plötzlich zu, daß der Seufzer, den er ausgestoßen hatte, zwischen den Seiten gefangen blieb. Wie wunderbar wäre es doch, in Frieden zu leben, dachte er. Wie wunderbar, beim Erwachen nur dem Zwitschern der Vögel zu lauschen, während man darauf wartet, daß einem ein lekkeres Frühstück serviert wird. Wie wunderbar, nachts schlafen zu können ... Wie wunderbar, alle Frauen der Welt haben zu können, meine Gaietana. Wie wunderbar, nie wieder an Elvira und Setúbal denken zu müssen. Doch wie ganz anders war sein Leben! Don Rafel Massó i Pujades, Präsident des Königlichen Gerichts von Barcelona, war bestens versorgt mit Ehrungen, Geld und Neid, falschem Lächeln, Provisionen, Grüßen, Gesuchen, Druck und Befehlen von oben, der steten Angst um seinen – alles andere als sicheren – Posten, Gerüchten, Langeweile (diese endlosen Nachmittage ohne Elvira, und das ihm, der Gesellschaftsspiele immer gehaßt hatte) und Einsamkeit, Einsamkeit, Einsamkeit. Und mit dem Gefühl, ganz allein zu sein. Und dem Wissen, daß er es zwar geschickt zum am heftigsten beneideten Mann der Stadt gebracht hatte, aber auch zum am übelsten beleumdeten. Und vermutlich zum meistgehaßten, gleich nach dem Militärgouverneur.

Von diesen schwarzen Gedanken umgetrieben, stand er auf. »Heute abend gehe ich in den Garten«, sagte er sich, ohne an das Wetter zu denken, »und reise über den Himmel wie gestern und vorgestern auch.« Er trat an die Balkontür und schob den Gazevorhang beiseite. Es regnete wieder, und der Himmel hatte sich bis zur Nasenspitze züchtig in eine Wolkendecke gehüllt.

»So ein Mist«, sagte der Gerichtspräsident.

Fraga, 13. Dezember 1799

Es ist schon seltsam, wie das Leben so spielt, Andreu! Heute, vierzehn Tage nach meinem Unfall, kann ich guten Gewissens sagen, daß ich einigermaßen wiederhergestellt bin. Ich kann mir Deine verblüffte Miene beim Lesen dieser Zeilen lebhaft vorstellen: Fraga? Unfall? Nun, ich werde mich bemühen, Dir alles schön der Reihe nach zu berichten. Kurzgefaßt könnte man vielleicht sagen, daß ich liebeskrank bin, oder, wenn Du so willst, ein von der Liebe Genesender … Erinnerst Du Dich an meinen letzten Brief? Das war in Candasnos. Ach, Candasnos! Weißt Du noch, daß ich Dir schrieb, ich wolle mich, sobald alles schlief, auf den Dachboden schleichen, um nach der unbekannten Schönen des Hauses Ausschau zu halten? Nun gut: Dummerweise habe ich genau dies getan, und damit nahm das Unglück seinen Lauf. Wer hätte das ahnen können? Ich wartete geduldig, bis jedermann im Hause eingeschlafen war. Dann trat ich im schwachen Schein meiner Kerze auf den Hausflur, von dem eine Treppe auf den Dachboden führte. Alles in dieser Gegend ist aus Stein oder Lehm gemacht, weil es keine Bäume gibt. Stell Dir vor, nicht einmal die Bodentreppe war aus Holz und konnte daher auch nicht knarzen, als ich sie erklomm. Ich war, bei Gott, leiser als ein Schatten. Die Tür zum Dachboden war nur angelehnt. Ich stieß sie auf und erblickte am anderen Ende des Dachbodens im Schein einer ähnlichen Kerze wie der meinen ein Mädchen von … laß mich raten: fünfzehn? Ja, so um die fünfzehn mochte sie sein, mit kurzen schwarzen Locken und zarter brauner Haut, sommersprossig, aber mit wachem Blick und so frisch wie eine taubenetzte Rose. All dies, Andreu, erfaßte ich in einem Augenblick, doch der genügte, um mir das Bild einzuprägen, auf daß ich mich im nachhinein daran erfreuen könne; und genau das tue ich jetzt, mein Freund: Das ist Literatur. Nichts und niemand als der Tod kann mir jemals diese köstliche Erinnerung an das dunkle Mädchen von Candasnos rauben. Stell Dir vor: Einen Moment lang bildete ich mir ein, die namenlose dunkle Jungfrau habe mich erwartet. In ihrem wachen Blick glaubte ich die Sehnsucht nach einem Mann zu erkennen, der unter ihrem Dach wohnte und den sie hatte reden und ein paar Stücke auf der Gitarre spielen hören. Wie vieles, Andreu, kann einem ein einziger durchlebter Augenblick in der Erinnerung doch geben! Ja, ich behaupte sogar, wenn das geheimnisvolle Mädchen zur

Tür gesehen hätte, weil sie einen anderen Liebhaber oder ihre Mutter mit einem Glas Milch erwartete, so wäre mir das einerlei gewesen: Mir wird für alle Zeiten meine eigene Liebesgeschichte in Erinnerung bleiben, und damit bin ich glücklich.

Aber das Glück hat seinen Preis, Andreu. Gerade als ich den Mund aufmachte, um zu sagen, hallo, geliebte Penelope, wie ist Dein Name?, hörte ich hinter mir ein Geräusch. Noch bevor ich mich umwenden konnte, packten mich tausend zornige Arme, dem Ungeheuer gleich, das einst Laokoon angriff, traten und kniffen mich und warfen mich fluchend und ächzend Hals über Kopf die Treppe hinunter. Hatten sie wach gelegen, um mir aufzulauern? Hatten sie mich nur zufällig gehört? War das Ganze eine Falle? Ich werde es nie erfahren. Jedenfalls kam ich mit zwei gebrochenen Rippen, einem gesplitterten Armknochen, angeschlagener Würde, Prellungen am ganzen Körper und einem blauen Auge am Fuß der Treppe an. Ich verbrachte eine schlaflose Nacht, ohne jemanden um Hilfe zu bitten (ach ja, die Soldatenehre). Als mich am nächsten Morgen mein Bursche so zerschunden fand, rief er einen Arzt, der mich gründlich untersuchte und rasch zum Ergebnis kam, daß ich in diesem Zustand unmöglich mit dem Heer weiterziehen könne. So schickte man mich zur Genesung nach Fraga zurück. Der Oberst nahm mir – was ihm zur Ehre gereicht – unhinterfragt die Geschichte ab, daß ich, wie das Leben so spielt, unglücklich gestolpert und von ganz allein die Treppe hinuntergefallen sei. Es gab keine Untersuchung, niemand verlangte eine Erklärung von mir, niemand bekam Ärger, und niemand schien daran interessiert, einmal nachzusehen, wie steil die Treppe war und wie viele Stufen sie hatte. Großartig. Und ich war zufrieden, weil ich das Geheimnis des wunderschönen dunklen Mädchens mit dem sehnsüchtigen Blick, den Sommersprossen und dem lockigen Haar mitnahm.

Das ist alles, Andreu. Seit vierzehn Tagen erhole ich mich nun von meinem Liebesleid. Der Arzt, der mich betreut und den ich nur alle zwei, drei Tage zu Gesicht bekomme, versichert mir, daß ich wie neu aussehen werde. Und nach meiner vollständigen Genesung muß ich mich in Lleida melden und sehen, was die Armee mit mir vorhat. Im Augenblick habe ich das – fürs Militär gänzlich ungewohnte – Gefühl, jeglicher Kontrolle entzogen zu sein. Falls jemand mich sucht: Ich bin nicht vorhanden. Niemand weiß, wo ich bin. Und diejenigen, die es wissen, die braven Leute, die mich bei sich aufgenommen haben, interessieren sich nicht im geringsten für mein Leben. Außer ihnen bist jetzt nur noch Du im Bilde: Ich bin in Fraga, Andreu, und betrachte den Nebel und die Wolken durch die Fenster eines Hauses, in dem ich für ein paar Cèntims untergekommen bin. Stell Dir vor, nun regnet es schon wieder seit einer Ewigkeit. Der einzige, der mich besucht, ist der wortkarge, aber erfahrene Arzt. In diesem Hause gibt es zu meinem Glück kein Mädchen, in das man sich verlieben könnte. Ich vertreibe mir die langen Stunden, indem ich fleißig komponiere und an die namenlose, dunkle Penelope denke oder an meine blonde Rosa – mit jedem Tag mehr die meinige –, die Tochter des Nebels aus Calaf. Sei glücklich, Andreu, und verliebe Dich.

Dein Freund Nando.

Am Tag nach Allerseelen ging Galana, zum Schutz vor dem Regen unter ein Stück Sackleinen geduckt, zur gewohnten Stunde nach Cal Peric hinüber und dachte, mal sehen, wie er die Nacht überstanden hat, der arme Senyor Ciset, er kann einem wirklich leid tun, so, wie er an seiner Frau gehangen hat. Sie hatte ihm geraten, die erste Nacht woanders zu schlafen, bei einem Nachbarn, aber er hatte verstockt abgelehnt, nein, das kam nicht in Frage, er wollte zu Hause bleiben und Remeis gedenken, die sie doch erst wenige Stunden zuvor auf den Friedhof getragen hatten. Nicht einmal das Hemd, das sie halbgeflickt zurückgelassen hatte, hatte Senyor Ciset anrühren wollen. Er wird schon sehen, was er davon hat, dachte Galana, aber leid kann er einem doch tun. Ich möchte wissen, wozu ihnen der ganze Haufen Geld genützt hat – wenn sie ihn überhaupt haben, das ist wirklich alles sehr merkwürdig.

Als sie das Haus betrat, sagte sie grüß Gott wie jeden Tag und dachte an Senyora Remei, die jetzt geantwortet hätte, guten Tag, Galana. Aber statt des Grußes vernahm sie Senyor Cisets bösen Husten, und da wußte sie, daß er noch lebte, daß er die erste Nacht ohne Senyora Remei überstanden hatte, obwohl er doch gehofft hatte zu sterben, wie er gesagt hatte, als er ihr das halbgeflickte Hemd aus den Händen riß und sprach, Galana, das bleibt so, wie es ist, bis ich sterbe, und ich hoffe, das geschieht noch heute nacht. Und sie hatte erwidert, Senyor Ciset, so was sagt man nicht, und er hatte das Hemd an seine Brust gedrückt und statt einer Antwort nur gehustet. Und nun hatte Galana den Sack, mit dem sie sich vor dem Regen geschützt hatte, abgelegt und am Eingang ausgeschüttelt und stieg nach ihrem unerwiderten

Gruß die Treppe hinauf, und da sah sie ihn im Schlafzimmer auf dem Bett sitzen, in dem Senyora Remei zuletzt gelegen hatte. Er hatte sich in eine Decke gehüllt, starrte den unförmigen, kalten Wachshaufen auf dem Kerzenhalter an und rührte sich nicht, woraus Galana schloß, daß er sie nicht bemerkt hatte. Sie räusperte sich diskret, um auf sich aufmerksam zu machen, und sagte:

»Guten Morgen, Senyor Ciset.«

Ciset hob den Kopf und sah sie verwundert an. Er brauchte einen Augenblick, um zu reagieren, und als er etwas sagen wollte, bekam er einen Hustenanfall und spuckte mit vor Anstrengung verzerrtem Gesicht erneut ein Stück seiner Seele aus, und Galana dachte, der arme Mann.

Schwerfällig stand Ciset auf und kam zur Zimmertür. Guten Morgen, sagte er und dachte, die Nacht war schon furchtbar genug, aber das Schlimmste kommt erst noch, denn die Vorstellung einer langen Reihe ruheloser Tage und Nächte ohne Remei und mit diesem Pflatsch! im Kopf erschien ihm unerträglich. Wer weiß, wie lange es noch dauern würde, bis seine Stunde schlug, gebe Gott, daß es bald soweit ist, dann hat meine Seele Ruhe vor diesem gräßlichen Geräusch.

Guten Morgen, sagte er noch einmal und machte sich auf den Weg ins Erdgeschoß, ohne recht zu wissen, was er dort sollte. Als Galana ihn fragte, und wie geht es Euch heute, Senyor Ciset, blieb er stehen und wandte sich um. Er antwortete nicht, warf ihr aber einen seltsamen Blick zu, der besagte, daß die durchwachte Nacht doch zu etwas gut gewesen war, daß er einen Entschluß gefaßt hatte und nichts und niemand ihn von diesem Entschluß würde abbringen können, was auch immer geschah, denn schließlich mußte er ja nun nicht mehr befürchten, jemand könne Remei etwas zuleide tun; und auf ihn kam es sowieso nicht mehr an, weil er schon halb tot war. All dies sagte er Galana mit seinem Blick, bevor er die Stufen weiter hinabging in Richtung Küche. Aber Galana verstand ihn nicht.

X

Die Nachricht von der Ablehnung des Gnadengesuchs und der unmittelbar bevorstehenden Vollstreckung des Urteils wurde Andreus Angehörigen durch einen Boten des Strafverteidigers überbracht. Meister Perramon und Teresa bezogen vor dem Gefängnis Stellung, in der vermessenen Hoffnung, der Kerkermeister werde ihnen einen Besuch beim Verurteilten gewähren. Aber nicht einmal den Kerkermeister bekamen sie zu sehen. Als sie mit hängenden Köpfen durch den stinkenden Schlamm der Baixada de la Presó den Heimweg antreten wollten, winkte der Wachsoldat Teresa zu sich heran und flüsterte ihr zu:

»Geht zum zweiten Haus im Carrer de la Tapineria. Um sieben, wenn es dunkel ist.«

Und so griffen Teresa und Meister Perramon nach dem letzten Strohhalm und klopften um sieben Uhr abends, als es dunkel war, beim zweiten Haus im Carrer de la Tapineria an. Eine Frau mit wirrem, strähnigem Haar öffnete wortlos die Tür. Meister Perramon stammelte, man habe ihnen gesagt, sie sollten hier klopfen, weil … er wolle zu seinem Sohn, der bald hingerichtet werde. Die Frau ließ sie ein und schnappte:

»Das macht fünfzig Rals, dazu zehn für den Soldaten. Ihr habt eine Viertelstunde Zeit.«

»Jetzt?«

»Ja, jetzt gleich.«

Meister Perramon zahlte die verlangte Summe. Das Herz wollte ihm vor Ungeduld zerspringen, während er darauf wartete, daß die Frau im Licht einer Kerze die Münzen nachzählte.

»Gut«, sagte sie schließlich, »wartet hier.«

Ohne weitere Erklärungen ließ sie die beiden im dunklen Flur stehen und verschwand. Als sie sich in diesem nach gedünstetem Kohl stinkenden Winkel des Hauses schon von aller Welt vergessen fühlten, ging die Haustür auf, und ein Schatten trat schnaufend ein und stieß mit ihnen zusammen.

»Was zum Teufel hast du hier zu suchen«, fluchte der Gefängniswärter und tastete nach Meister Perramon. Da näherte sich mit flackernder Kerze vom anderen Ende des Flurs seine Frau, und er verstand.

»Wen wollt Ihr sehen?«

»Meinen Sohn.« Meister Perramons Stimme zitterte. »Andreu.«

»Ah ...« Der Wärter sah seine Frau zweifelnd an. Diese nickte kaum merklich, und der Wärter fuhr fort: »Nun gut ... Aber nur zehn Minuten, denn das kann mich Kopf und Kragen kosten.«

»Gerade noch hieß es eine Viertelstunde«, protestierte Teresa.

»Wenn Ihr ihn sehen wollt, kommt mit ...«

Zu ihrer Verwunderung führte der Gefängniswärter sie tiefer ins Haus hinein, bis zu einer wurmstichigen Tür, in der schon der Schlüssel steckte. Der Wärter schloß sie auf und nahm seiner Frau die Kerze ab.

»Folgt mir«, sagte er.

Sie betraten einen Gang, der durch den Fels oder vielleicht durch die alte Stadtmauer führte. Durch drei weitere Türen gelangten sie in drei weitere dunkle Gänge im nackten Gestein.

»Jetzt sind wir im alten Gefängnis. Hier sind Löcher, seht Ihr?« Der Wärter bückte sich, so daß sie einige vergitterte Öffnungen im Boden ausmachen konnten. Dann sagte er:

»Wartet hier«, und noch bevor sie reagieren konnten, war er samt Kerze in dem Gang verschwunden, durch den sie gekommen waren, und ließ sie in schwärzester Finsternis und völliger Orientierungslosigkeit zurück. Teresa brach in Tränen aus, und Meister Perramon, der sie gern getröstet hätte, fand keine Worte, weil auch er im Schutz der Dunkelheit weinte.

Nach langer Zeit nahmen ihre inzwischen an die Finsternis gewöhnten Augen einen schwachen Lichtschein wahr, der aus den vergitterten Öffnungen zu ihren Füßen drang. Sie knieten nieder. Unter ihnen ging der Soldat, der ihnen die Adresse genannt hatte, mit Dienstuniform und Waffe, gefolgt vom Wärter mit einer Lampe, der eine zerlumpte Gestalt in die Mitte des Gelasses führte und ihr bedeutete, nach oben zu sehen.

»Andreu?« fragte Meister Perramon.

»Vater ...«

»Hallo, Andreu. Ich bin's, Teresa.«

»Hallo ... Ich kann euch nicht sehen.«

»Andreu, ich liebe dich.«

»Morgen werde ich hingerichtet.«

»Denk nicht daran. Bete lieber.«

»Danke, daß ihr gekommen seid – ich war so allein!«

Den Kopf in den Nacken gelegt, starrte Andreu in die Dunkelheit über seinem Kopf. Er erkannte ein paar Finger, die ein Gitter umklammerten.

»Wessen Hand ist das?« fragte er.

»Meine«, antwortete Teresa.

»Kannst du winken? Ja, so! Wie schön, daß ihr gekommen seid ...«

Eine Zeitlang schwiegen alle. Teresa winkte mit beinahe frommem Eifer, und Andreus Blick, hinter dem Schein der

Lampe verborgen, nahm die Bewegung begierig auf. Er sprach kein Wort, um den Zauber des Augenblicks nicht zu zerstören. Für einen Moment schossen ihm alle möglichen Gedanken durch den Kopf: Daß er jetzt, da er das Winken sah, das Mädchen liebte, das ihm aus Liebe zuwinkte, daß er um seinen Vater litt, den armen Mann, dem es sicher sehr schlechtging ... Dies alles lag in Andreus Schweigen, während ihm langsam Tränen über die Wangen rollten, weil er nun nicht mehr so einsam war. Die beiden da oben hörten nur sein leises Atmen; sein Weinen war so verhalten, daß sie es nicht bemerkten.

»Sohn«, brach Meister Perramon schließlich das Schweigen, »ich tue, was ich kann. Ich war bei sämtlichen Behörden ... Ich habe Nando eine Nachricht geschickt ... Aber heute haben sie mir auf der Poststation gesagt, daß er nirgends aufzutreiben ist. Niemand weiß, wo er ist.«

»Ich war es nicht! Nando weiß das, ich war in der Nacht mit ihm spazieren. Er kann das bezeugen! Hört ihr? Schafft ihn herbei!«

Nun fiel eine Träne Teresas durch das Gitter, doch das sah Andreu nicht.

»Wir wissen, daß du es nicht warst. Aber wir können Nando nicht finden. Er ist verschwunden, Andreu, wie vom Erdboden verschluckt.«

»Alle denken, ich hätte sie umgebracht, alle. Ich werde noch verrückt und glaube am Ende selbst, daß ich es getan habe.«

»Ich liebe dich so sehr«, war die einzige Entgegnung, die Teresa einfiel.

»Findet Nando, um Gottes willen!«

»Ich war beim Pfarrer von Santa Maria del Pi und bei zwei Chorherren von der Kathedrale«, erklärte Meister Perramon. »Und beim Marquis von Dosrius, bei den Richtern, bei allen ... Aber es scheint, als wäre alles vergebens.«

»Ich liebe dich so sehr, Andreu ...«

»Die wollen mich umbringen. Ich weiß nicht, warum, aber die wollen mich tot sehen. Wir brauchen Nando, Vater, der kennt die richtigen Leute!«

»Ich liebe dich.«

»Ich weiß nicht, an wen ich mich noch wenden soll, Andreu.«

»Verzeiht, aber wir können nicht die ganze Nacht hierbleiben. Ich setze mein Leben aufs Spiel.«

»Einen Augenblick noch!« Andreu schien aus seiner Betäubung zu erwachen. »Das Lied, Vater!«

»Was für ein Lied?«

»Schluß jetzt! Wir sind schon lange hier, und ich ... und der Soldat hier ...«

»Das Lied von der Nachtigall. Eines meiner Gedichte, das Nando vertont hat. Ein schönes Lied.«

»Und was willst du damit?«

»Paß auf, daß es nicht verlorengeht, Vater.«

»Hab keine Angst.«

»Das reicht.« Der Wärter packte Andreu am Arm, doch dieser setzte sich mit einer Energie zur Wehr, wie er sie während des ganzen Gesprächs nicht an den Tag gelegt hatte.

»Einen Moment werden wir ja wohl noch haben, oder?« Verächtlich schüttelte Andreu die Hand des Wärters ab. Er zeigte auf das Loch in der Zellendecke. »Der Zettel liegt auf meinem Schreibtisch. Ich habe ihn unter den Kerzenleuchter geklemmt. Vater ... paß auf, daß er nicht verlorengeht. Du kannst die Melodie auf dem Harmonium spielen. Wenn Nando wieder da ist, soll er jemanden finden, der es singt ... Paß auf, daß mein Gedicht nicht verlorengeht.«

Das war das einzige, was Andreu herausbrachte: daß sein Gedicht nicht verlorengehen durfte. Was er eigentlich damit sagen wollte, war, daß er schon tot war, daß es sinnlos war, die Zeit mit fruchtlosen Gesprächen zu vergeuden, daß sie ihn umbringen wollten und alles vorbei war; daß aber, wenn jemand das Lied sang, seine Worte, er in diesen Worten wieder lebendig würde, auch wenn er längst tot und begraben war, und daß er damit dem Galgen ein Schnippchen schlug.

»Paß auf, daß es nicht verlorengeht«, sagte er darum noch einmal beschwörend. »Paß gut drauf auf, Vater.« Das war sein Vermächtnis.

»Manche behaupten sogar«, rief Kommandant Cisneros mit fettriefenden Lippen, ein Fleischbröckchen am Kinn und die Gabel mit der Putenkeule schwenkend, »daß diese Tiere eine Seele haben.« Er prustete los, brach dann jäh ab und schlug die Zähne in die Keule. Mühsam ein Rülpsen unterdrückend, wies er mit der Keule auf Don Rafel. »Ich frage mich«, philosophierte er, »wie wohl die Seele dieses Tieres schmeckt.«

Sa Senyoria lachte. Kommandant Cisneros widerte ihn an; er hielt ihn für einen Zuchtbullen jener nutzlosen Rasse von Militärs, die in kriegerischen Auseinandersetzungen aufgrund des Gewichts ihrer Orden wie des Umfangs ihrer Bäuche zu nichts zu gebrauchen waren. In der Tafelrunde waren sie reichlich vertreten. Aber schließlich handelte es sich um Kommandant Cisneros, den engsten Vertrauten des Militärgouverneurs, und mit solchen Leuten verscherzte man es sich lieber nicht. Und vier Plätze weiter links saß auch Seine Exzellenz Don Pere Caro de Sureda-Valero i Maça de Liçana, blickte zufrieden auf den Grund seines Glases und lauschte dem gackernden Gelächter der beiden Damen zu seiner Rechten und Linken, von denen eine unter dem Tisch mit ihm füßelte. Also lachte Sa Senyoria, nachdem er sich ein wenig zurückgelehnt hatte, damit ein Diener sein Glas nachfüllen konnte, noch einmal und sagte, und wie mag erst die Seele eines Kopfsalats oder eines Kohlkopfs aussehen, Kommandant Cisneros, und dieser lachte blöde ho, ho, ho und spuckte dabei, so daß Don Rafel sein Weinglas in Sicherheit brachte. Erneut packte ihn eine unbestimmte Angst, und um sich abzulenken, wandte er sich seiner Putenkeule zu. Ihm war wieder eingefallen, was er bislang verdrängt hatte. Mit energischem Kopfschütteln schob er die üblen Gedanken beiseite. Dafür reckte er nun ein weiteres Mal den Hals, um einen Blick auf die Baronin von Xerta zu erhaschen, seine unerreichbare Gaietana, die drei Plätze rechts von ihm saß. Sein armes Täubchen hatte Oberst Cobos zum Tischnachbarn, zu dessen Ehren das Bankett stattfand, da er nach einer Blitzkarriere zum Militärkorps bei Hofe geschickt wurde (mit dem Rang und den Bezügen eines Generals). Er erläuterte Gaietana anhand des abgenagten Gerippes eines halben Kaninchens gerade voller Begeisterung die Strategie, mit der während des Großen Krieges die Stadt Cervera verteidigt worden war – oder hatte er Figueres gesagt? Don Rafel ahnte nicht, daß der gute Wein aus Sant Sadurní Donya Gaietana bereits in wohligen Halbschlaf hatte sinken lassen, so daß sie kaum noch mitbekam, was der rotwangige Oberst ihr mit rauher Stimme zu erklären versuchte. Dieser wies besorgt zum wiederholten Male auf die vierte Kaninchenrippe, um zu verdeutlichen, daß die Bastion von Santa Maria bei weitem die schwächste war. Der Baronin von Xerta konnten die Schwächen der Bastionen von Cervera gestohlen bleiben (oder war es Figueres gewesen?). Sie hatte vielmehr ein waches Auge auf ihren Gatten, der dümmlich lächelnd ein unbekanntes Offiziersliebchen anglotzte, eine jener billig aufgetakelten zweitklassigen Tänzerinnen, die sich ihr Geld auf einer Bühne verdienten, während ihnen der Totengräber schon die Grube aushob. Der Baron jedoch war hin und weg von ihr. Als sie sicher sein konnte, daß ihr Mann völlig abgelenkt war, nahm die junge Baronin von Xerta ... ah nein: Es war Solsona gewesen. Nicht Cervera und auch nicht Figueres, sondern Solsona, und der Generalstab hatte sich an der Vorderpfote des Kaninchens gesammelt ... nahm die junge Baronin von Xerta also mit Vergnügen einen stattlichen Leutnant mit grünen Augen und blondem Schnauzer in Augenschein. Sie hob ihr Weinglas an den Mund, wie um sich dahinter zu verbergen, und verschlang den Leutnant mit ihren Blicken, während der französische Abschaum davonstob, vom massiven Gegenangriff der Verteidiger der Kaninchenkeule verschreckt. Im Geiste zog sie den Leutnant mit dem blonden Schnauzer und den grünen Augen aus und kam zu dem Schluß, daß er zweifellos ein prächtiges, aufmüpfiges, nimmermüdes Teil sein eigen nannte. Nachdem Donya Gaietana sich mit einem raschen Blick vergewissert hatte, daß ihr Mann noch immer die Hupfdohle anhimmelte, ließ sie das Glas sinken und nahm sich ein Stück Bratwurst, während die Franzosen ihr Heil in der Flucht suchten und die Verteidiger von – na so was, nun war es auf einmal Manresa – stolz die Standarte reckten und Seiner Majestät, dem gehörnten Carlos, ewige Treue schworen. Mit einer anzüglichen Geste schob sich die Baronin die Bratwurst in den Mund, biß aber noch nicht ab, sondern musterte den Leutnant mit dem blonden Schnauzer, dem prächtigen Teil und den grünen Augen provozierend. Endlich – das war weiß Gott ein schweres Stück Arbeit gewesen – nahm der Leutnant die Bemühungen der Baronin wahr und war gleich Feuer und Flamme. Sieh an, das kleine

Luder, dachte er, macht mir schöne Augen, während dieser Trottel von Oberst ihr die Ohren vollquasselt. Der Leutnant lächelte verhalten und angelte unter dem Tisch mit seinem Fuß nach dem ihren, doch der Tisch war zu breit. Donya Gaietana, die seine Absicht erahnte, biß in die Wurst und lächelte zurück. Der Oberst, der gerade eben von dem Gerippe auf- und sie ansah, glaubte, sie lächle über einen Scherz, den er über die Franzosen gemacht hatte, und beglückwünschte sich im stillen für seinen feinen Humor, der bei den hübschen Damen so gut ankam. Donya Gaietana hob das Glas und wünschte sich den jungen Leutnant in ihr Bett. Sie trank genüßlich einen Schluck, und als sie das Glas senkte, kreuzte sich ihr Blick mit den traurigen Krötenaugen des schmierigen Don Rafel, und sie lachte in sich hinein. Im Grunde genommen war sie stolz darauf, daß dieser Mann ihr wie ein Hündchen folgte. Es bewies, welche Macht sie besaß, und das, obwohl Don Rafel, wie ihr Gatte einmal mißmutig hatte verlauten lassen, ein einflußreicher Mann war – und das als Niemand ohne Titel, einzig aufgrund seines Postens als Gerichtspräsident. Sie wußte, daß Don Rafel ihr von ferne nachspionierte. Zuerst hatte sie eher zufällig bemerkt, daß er vom Fenster seines Hauses zu ihr herüberspähte; dann hatte sie mitbekommen, wie er sich ungeschickt hinter den Vorhängen verbarg, um sie zu beobachten. Und seit neuestem benutzte er zu ihrer größten Erheiterung das Teleskop. Hätte Don Rafel gewußt, daß sie um seine Beobachtungen durch das Fernrohr wußte, er wäre wohl vor Scham im Erdboden versunken. Donya Gaietana hingegen war sich nicht sicher, ob er nicht doch wußte, daß sie wußte, daß er sie durchs Teleskop beobachtete, und diese Ungewißheit gab der ganzen Sache erst den rechten Kitzel. Sie hatte nämlich beschlossen, das Spiel mitzuspielen und sich seinen Blicken aus der Ferne darzubieten, schob die Vorhänge zurück, wenn sie sich zur Mittagsruhe legte, ließ sich in gespielter Erschöpfung mit hochgeschobenen Röcken aufs Bett sinken, zeigte mal ihre schlanke, schneeweiße Fessel, mal ihre Unterwäsche, was Sa Senyoria sicherlich schier um den Verstand brachte. Das ist die Macht der Frauen, dachte sie, während sie den Gerichtspräsidenten ansah und sich mit der Zunge über die feuchten Lippen fuhr. Don Rafel, der zu ihr hinübersah, verschluckte sich am Wein und mußte sich die Serviette vor den Mund halten, um nicht laut loszuhusten. Natürlich ahnte Donya Gaietana nicht, welches Kopfzerbrechen Sa Senyoria das schwerwiegende Problem der Bildumkehr bereitet hatte, bis er es mit Doktor Dalmases' Hilfe glücklich lösen konnte. Als der Hustenanfall vorüber war, sah Don Rafel die Baronin wieder an, tat es ihr in einer unwillkürlichen Geste seelischer Verbundenheit nach, hob sein Glas und trank. Dabei stellte er sich vor, es sei ein leidenschaftlicher Kuß und der Wein der Hauch der Liebe, der sie verband. Was für ein Glück, daß Donya Marianna die Gesellschaft der Klageweiber von der Bruderschaft vorgezogen hatte! Don Rafel antwortete, ja, natürlich, auf eine Frage seines linken Tischnachbarn, eines Militärtechnikers mit Dackelblick, ohne zu wissen, was dieser gefragt hatte. Der Militärtechniker wunderte sich über diese vollkommen sinnlose Antwort, zuckte die Achseln und versank wieder in Schweigen.

Nach dem Dessert, als die Augen der Gäste vom Wein und mühsam gezügeltem Begehren glänzten, ging man in die Salons, um sich, je nach Belieben, an Likör, Kaffee und Zigarren gütlich zu tun. Und nun begann, wie auf ein vereinbartes Zeichen, die Jagd: Die Blicke suchten sich, die Körper fanden einander, mit kaum verhohlenem Eifer. Manche agierten plump wie der unsägliche Baron von Xerta, der dasaß und dümmlich lächelnd die Brüste der Tänzerin anglotzte. Andere verzweifelt, wie Don Rafel, der Donya Gaietana nirgendwo finden konnte. Und schließlich gab es Leute wie die Baronin, die in einem abgelegenen Gang, der zum Abort führte, heftig mit dem Leutnant mit dem blonden Schnauzer und den grünen Augen knutschte und sich dabei behutsam tastend davon überzeugte, daß er tatsächlich hervorragend ausgestattet war.

Auf seiner ziellosen Odyssee hatte Don Rafel schon sechs oder sieben Räume durchquert, wobei er diskret darüber hinwegsah, daß die Marquise von Sentmenat albern kichernd eine Hand auf den strammen Schenkel eines Fähnrichs legte und der berühmte Architekt Don Arcadi Oliva, ein frommer Mann, die Brüste der Comtesse von Creixells begrapschte, die befriedigt lachte. O ja, die Schonzeit war vorbei, aber dem hoffnungslosen Jäger Don Rafel war die Beute entschlüpft. Wo war nun sein Gebaren als stolzer Orion? Wo der Schwung des Eroberers? Vielleicht fehlte es ihm seit der Geschichte mit der armen Elvira einfach an Elan, und er war nicht mehr der alte. Schließlich beschloß er seufzend, den Abort aufzusuchen.

Müde schlurfende Schritte warnten das entflammte Liebespaar vor der drohenden Entdeckung. Kaum waren sie auseinandergefahren und der Leutnant in die Dunkelheit des Ganges zurückgewichen, da fand sich Donya Gaietana Aug in Auge mit Don Rafel, der sie anstarrte wie eine Erscheinung.

»Baronin«, stammelte er. Natürlich konnte er ihr nicht sagen, daß er sie verzweifelt gesucht hatte, noch daß er auf dem Weg zum Abort war und es ziemlich eilig hatte.

»Don Rafel ...«, stotterte auch die Baronin und verstummte. Das Wissen, daß der Leutnant sie aus der Dunkelheit heraus beobachtete, ließ ihre Kopfhaut kribbeln. Einen Moment lang überlegte sie, wie spaßig es sein könnte, ihn zu provozieren, indem sie sich mit dem Gerichtspräsidenten einließ, doch nein: Der Mann war ihr einfach zu widerlich.

»Baronin«, wiederholte der Gerichtspräsident verwirrt. Er trat auf sie zu, packte ihre Hand und küßte sie leidenschaftlich. »Seit Monaten denke ich nur an Euch ...«

Als die Baronin die feuchten Küsse auf ihrer Hand spürte, war es um ihre Beherrschung geschehen, und sie prustete los. Don Rafel stockten Herzschlag und Harndrang, und das Blut gefror ihm in den Adern, als er die ganze Wucht dieser grausamen Demütigung empfand. Für einen kurzen Moment haßte er die Baronin; dann haßte er sich selbst dafür, daß er sich ihr in diesem unpassenden Augenblick offenbart hatte. Er ließ Donya Gaietanas Hand fahren, als hätte er sich daran verbrannt, und floh ohne ein Wort den dunklen Korridor hinunter, das Lachen der Baronin noch im Ohr. Rasch zog sich der Leutnant in den Abort zurück, um dem Gerichtspräsidenten nicht zu begegnen, doch dieser, krebsrot im Gesicht, kam ihm hinterher. Er sah einen jungen Militär, der sich an einem Nachttopf zu schaffen machte, knöpfte sich, noch immer schäumend vor Wut über die Demütigung, die Hose auf, packte wutentbrannt sein Glied und suchte sich gleichfalls einen Nachttopf. Als er sich mit kräftigem Strahl erleichterte, bemerkte er, wie der Rücken des Leutnants heftig zuckte, bis endlich das lange zurückgehaltene Lachen hervorbrach. Don Rafel dachte, daß das Leben manchmal wirklich absurd war. Worüber lachte der Kerl?

Das Fest war immer noch in vollem Gange. Dennoch ging Don Rafel zu Oberst Cobos, wünschte ihm viel Glück bei Hofe und näherte sich dann unterwürfig dem Militärgouverneur, fand diesen jedoch von kichernden Damen umringt, die alles, was er sagte, ungeheuer amüsant zu finden schienen. Also teilte er dem Feldadjutanten Seiner Exzellenz mit, er müsse leider gehen, die Pflicht rufe, und kehrte dem Gouverneurspalast mit seinem Geschrei und Gelächter, den verstohlen funkelnden Blicken, Donya Gaietana und der Scham über ihr grausames Lachen den Rücken. Wütend, traurig, verzweifelt und liebeskrank verkroch er sich in seine Kutsche.

Zur gleichen Zeit schob Andreu im Gefängnis an der Plaça del Blat den irdenen Topf unbesehen von sich.

»Du mußt etwas essen«, beharrte der Wärter, der sich vor dem Gitter auf einem Hocker niedergelassen hatte. Andreu sah dem Mann tief in Augen, ohne etwas zu sagen. Dann schlug er die Hände vors Gesicht, um zu weinen, brachte aber keine einzige Träne hervor, weil er sie in den letzten Tagen alle verbraucht hatte.

»Laß mich allein«, sagte er.

»Es ist besser, daß jetzt jemand bei dir ist, daß du eine menschliche Stimme hörst, sonst wirst du am Ende noch verrückt.«

»Ich bin schon verrückt. Ich will nicht sterben.«

Verwirrt kratzte sich der Wärter am Kopf. Kaum zu glauben, daß ihn eine solche Situation nach all den Jahren, die er nun schon diese Arbeit tat, immer noch in tiefster Seele berührte, daß ihn der Gedanke an den Tod immer noch erschütterte – an den Tod der anderen, wohlgemerkt, denn für ihn, einen alten Mann, bedeutete sterben nichts anderes, als daß das Leid ein Ende hatte.

»Du nutzt mich aus«, sagte Andreu plötzlich. Überrascht trat der Wärter ans Gitter.

»Ich?«

»All diese Besucher ... Diese feinen Damen ...« Ein Schrei: »Ja oder nein?«

Verlegen blickte der Alte zur Seite. Vorwurfsvoll fuhr Andreu fort:

»Diese Damen, die hier immer ungebeten vorbeischauen, bezahlen dich doch sicher für ihre Besuche.«

»Na ja ... Versetz dich mal in meine Lage ... Das Leben ist hart und ich ... ich muß danach schließlich weiterleben, verstehst du?«

»Nein. Warum kommen meine Leute nicht zu Besuch? Das Mädchen, das heute nachmittag da war ...«

»Die war schon da«, unterbrach ihn der Wärter. »Und ich habe mein Leben dafür aufs Spiel gesetzt. Weißt du denn nicht, daß du in Isolationshaft bist?«

»Warum?«

»Was weiß ich. Das entscheiden die bei Gericht. Mir sagen sie, dieser Mann kommt in den unteren Gang, und ich bringe ihn in den unteren Gang.«

»Verdammt«, sagte Andreu, dann schwieg er. Der Alte respektierte sein Schweigen und dachte wieder daran, daß dieser Körper, der so voller Leben war, in wenigen Stunden starr und reglos sein würde, Fraß für die Würmer. Und so viele andere würden gerne gehen und können es nicht, denn nur weil man sterben will, stirbt man noch lange nicht.

»Nun iß schon, meine Frau hat es extra für dich gekocht. Es sind Pilze.«

Andreu hob den Kopf, lächelte traurig und nahm den Dekkel vom Topf.

»Reizker vom Montjuïc«, sagte der Wärter. »Dieses Jahr war ein gutes Pilzjahr, mit all dem Regen.«

Andreu nahm einen Pilz, steckte ihn in den Mund und kaute lustlos darauf herum.

»Ich bringe nichts runter, tut mir leid. Mir ist übel vor Angst. Ich habe solche Angst ...« Andreu zitterte am ganzen Körper und gab sich keine Mühe, es zu verbergen. »Ich habe alle Angst der Welt.«

Die beiden Männer schwiegen lange, als bliebe ihnen unendlich viel Zeit zum Plaudern.

»Heute bei Tagesanbruch bringen sie mich um.«

»Denk nicht dran.«

»Die töten mich für etwas, was ich nicht getan habe. Ich will nicht sterben, ich bin doch noch so jung.«

»Man sagt, es tut gar nicht weh. Es geht so schnell, daß ...«

»Woher willst du das denn wissen! Keiner kann das wissen.«

»Du merkst bestimmt nichts.«

»Halt den Mund.«

Der Wärter betrachtete die Pilze und dachte, schade drum. Er nahm einen Löffel voll. Köstlich.

»Na komm, iß, das lenkt dich ab.«

»Ich kriege nichts runter, ehrlich. Wasser. Gib mir Wasser.«

Das Wasser war warm und faulig, aber Andreu trank trotzdem einen Schluck. Dann sank er an die Wand zurück und begann wieder mit seiner Klagelitanei, o Gott, es ist so ungerecht, ich schreie und schreie, und keiner hört mich, o Gott, und den Wärter packte trotz der vielen Jahre das Grauen.

In der letzten Nacht seines Lebens tat Andreu kein Auge zu. Er versuchte zu schlafen, er versuchte, nicht zu weinen und an seine Mutter zu denken, er versuchte, sich an seine Kindheit zu erinnern, als er unbekümmert durch die schlammigen Gassen rund um die Kirche von Sant Anna lief, Spatzen jagte, im Tümpel am Portal de l'Àngel Kaulquappen fing oder übte, wie ein Frosch zu quaken, wie ein Schwein zu grunzen oder wie die Tauben von Can Masdéu zu gurren, denn all das konnte man innerhalb der Stadtmauern von Barcelona lernen. Er dachte an die Zeit zurück, als er lesen und schreiben gelernt und seine Liebe zur Literatur entdeckt hatte, und wie sein Vater, der gerne einen Musiker zum Sohn gehabt hätte, sich damit abfand, daß Andreu sich mehr und mehr für Reime und Metaphern begeisterte, und wie glücklich er dabei gewesen war. Er dachte an seinen ersten Liebeskummer, an den Tod der Mutter und daran, wie sein Vater jemanden gesucht hatte, der für ihn sorgte, und schließlich Teresa überredet hatte, ihre Arbeit als Ladenmädchen zu kündigen, damit sie ihm den Haushalt führen, kochen und putzen und sich in Meister Perramons Sohn verlieben und ihm das Medaillon schenken konnte, das ihm zum Verhängnis wurde.

»Zeit für den geistlichen Beistand, mein Sohn ...«

Beinahe hätte er gesagt, kommt herein, Hochwürden, weil er eine Schulter brauchte, an der er sich ausweinen konnte. Doch als er sah, daß es derselbe Pfarrer war, der schon vor einigen Tagen nicht an seine Unschuld geglaubt hatte, stieg eine gallebittere, unbändige Wut in ihm auf. Dank seiner langjährigen Erfahrung mit Segnungen *in articulo furcae* erkannte Hochwürden Terricabres sofort, daß dieser Bursche nicht bereit war, etwas für die Rettung seiner Seele zu tun. Nun gut, sagte er sich, da kann nur noch der Herrgott helfen, ein paar Sturköpfe muß es wohl immer geben, das ist bedauerlich, aber nicht zu ändern. Und so gab er sich weiter keine Mühe. Das letzte, was er jetzt gebrauchen konnte, war ein Tumult. Schließlich konnten jeden Augenblick die von der Bruderschaft hereinplatzen, um dem Gefangenen die Wunden zu lecken, diese Blutsauger, die einem freundlich ins Gesicht lächelten, aber insgeheim versuchten, sich den Posten des Gefängnispfarrers an der Plaça del Blat unter den Nagel zu reißen, und das ausgerechnet – und das war wirklich ein Grund zur Sorge –, wo diese Stelle angeblich dem feisten Gefängnispfarrer von der Zitadelle zugeschlagen werden sollte, einem verdammten Glückspilz, der, wie es hieß, einen Haufen Geld verdiente, während ich mich hier für ein paar lumpige Kröten abplage.

»Also schön, mein Sohn«, sagte er schließlich, nachdem er eine ganze Weile schweigend am Gitter gestanden hatte. »Wenn du keinen seelischen Beistand willst, kann ich dich nicht dazu zwingen. Ich kann dir aber die Beichte abnehmen und die Letzte Ölung erteilen, wenn du mich darum bittest.«

»Ich will nichts.«

»Die Letzte Ölung erteile ich dir nachher noch, ob du willst oder nicht«, sagte der Pfarrer und ging, denn hier war nichts zu holen. Er war empört: Was bildete der Kerl sich eigentlich ein! Währenddessen vergoß der Kerl bittere Tränen, weil sie ihn behandelten, als wäre er schon tot: Die Letzte Ölung war etwas für Tote. Plötzlich dachte er zum ersten Mal an seinen Sarg. Wie der wohl aussehen würde? Verzweifelt sprang er auf und umklammerte das Gitter.

»Ich habe sie nicht umgebracht! Ihr hängt einen Unschuldigen!« schrie er.

Der Pfarrer am Ende des Ganges verzog das Gesicht und sagte dem Wärter:

»Schließ lieber die Holztür an seiner Zelle, sonst schreit der hier noch alles zusammen.«

Dann ging er zur Amtsstube des Kerkermeisters, in seiner Berufsehre gekränkt, weil sich ihm bisher nur wenige so heftig widersetzt hatten.

Um Mitternacht bat Andreu um mehr Wasser, Papier, Schreibzeug und einen Platz zum Sitzen. Der Kerkermeister gewährte ihm alles. Andreu wollte seine Fassungslosigkeit begreifen, und ein leeres Blatt Papier hatte ihm dabei stets geholfen. In zitterigen Buchstaben schrieb er, ich weiß nicht, warum sie mich töten, und brach in Tränen aus.

Nach altem Brauch wurde in der Nacht vor der Hinrichtung der Wille des Verurteilten bis um vier Uhr morgens respektiert, was nichts weiter bedeutete, als daß man ihn in Ruhe ließ, wenn er das wünschte, oder ihm den Gefängnispfarrer schickte, damit dieser ihm Trost und Rat spendete. Ab vier Uhr morgens wurden dann die Mitglieder der Bruderschaft des Todes vorgelassen, die schon seit dem Abend düster und würdig im Raum des Kerkermeisters warteten. Und nach diesem durch alte Sitte geheiligten Besuch drängten sich in der Todeszelle die zuständigen Beamten und Verantwortlichen: Ein Gerichtsdiener verlas mit breiiger Stimme die Ablehnung des vom Verteidiger gestellten Revisionsantrags, von dessen Existenz Andreu gar nichts gewußt hatte. Der Staatsanwalt fragte den Verurteilten nach seinem letzten Wunsch, und der Richter der Strafkammer informierte ihn über den Zeitpunkt der Urteilsvollstreckung. Bei diesem Hin und Her kam im Gefängnis an der Plaça del Blat niemand zur Ruhe. Aber anders, als man hätte vermuten können, war in dem Gebäude kein außergewöhnlicher Laut zu hören; im Bewußtsein der besonderen Bedeutung der Nacht sprach man gedämpft, ging auf Zehenspitzen umher, musterte einander aus dem Augenwinkel und wartete darauf, daß es vier schlug, damit man in Aktion treten konnte. Das Unerquickliche an Todesurteilen war, daß in der Nacht vor ihrer Vollstreckung im Gefängnis niemand schlafen konnte, schon gar nicht, wenn gleich zwei Hinrichtungen anstanden.

»Er lehnt meinen geistlichen Beistand ab«, gestand der Pfarrer dem Kerkermeister, in dem Bewußtsein, daß die Wölfe von der Bruderschaft hinter der Tür lauerten und die Ohren auf alles spitzten, was er sagte.

»Macht Euch nichts draus, Hochwürden. Möchtet Ihr einen Schluck Kaffee?« Der Kerkermeister zeigte auf die Kanne auf dem Tisch. Der Pfarrer schenkte sich ein. Er war besorgt.

»Um wieviel Uhr soll die Hinrichtung stattfinden?«

»Um halb sechs.«

»Könnte man sie nicht vorverlegen?«

Der Kerkermeister lächelte.

»Jedesmal dieselbe Frage, Hochwürden. Das ist nicht meine Entscheidung. Beschwert Euch beim Gericht.«

Der Pfarrer hob die Tasse an die Lippen. Der Kaffee war gut. Zum Glück war der Kerkermeister ein leidenschaftlicher Kaffeetrinker. Vielleicht verstanden die beiden Männer sich deshalb so gut, oder genauer gesagt, kamen einander deshalb so selten ins Gehege. Er trank noch einen Schluck, dann murrte er halblaut:

»Man sollte die Sache so schnell wie möglich zu Ende bringen. Dieser Kerl glaubt an nichts. Und den widerlichen Holländer kann man wohl kaum noch als Menschen bezeichnen.«

»Ihr könnt für seine Bekehrung beten.«

Der Pfarrer blickte auf, verärgert über diese Bemerkung. Er mochte es nicht, wenn man sich in seine Arbeit mischte. Schließlich hielt er sich auch mit Kommentaren über die Qualität des Gefängnisessens zurück – obwohl man dazu einiges hätte sagen können – oder über die Bauarbeiten im

Hof, deren offizielle Kosten viel zu hoch veranschlagt waren. Mühsam beherrscht entgegnete er:

»Das erledigen schon die von der Bruderschaft für mich. Über einen Mangel an Gebeten können sich die Todeskandidaten weiß Gott nicht beklagen, weniger als über den Schweinefraß, den sie hier vorgesetzt bekommen.«

Dann trank er noch einen Schluck von dem ausgezeichneten Kaffee. Er fühlte sich viel besser.

Don Rafel starrte in die tanzenden Flammen im Kamin seines Arbeitszimmers. Dann wandte er sich ab und ging zum Tisch. Er sah auf die Uhr: vier Uhr morgens. In diesem Augenblick begannen, wie zur Bestätigung, die Glocken von Sant Francesc die Stunde zu schlagen, gefolgt vom Echo der gesprungenen Glocke von Santa Mònica. Jetzt geht der ganze Zirkus los, dachte er. Nervös lief er im Zimmer auf und ab. Er war noch immer benommen vom vielen Alkohol, den er im Gouverneurspalast getrunken hatte, vor allem aber von dem verächtlichen Lachen Donya Gaietanas, der grausamen, hassenswerten, aber ach so schönen geliebten Gaietana ... Wütend ließ er sich auf den Stuhl fallen und barg das Gesicht in den Händen. War er so nervös, weil heute eine zweifache Hinrichtung stattfand? Fürchtete er den unheimlichen Polizeichef Don Jerónimo Manuel Cascal de los Rosales y Cortés de Setúbal, der ihn da packen konnte, wo es wehesten tat? Lauschte er ängstlich auf die Kanonenschüsse vom Pla del Born, die ihm jeden Augenblick verkünden würden, daß er keine Angst mehr zu haben brauchte?

Um sich all diese Fragen nicht beantworten zu müssen, sah er wieder auf die Uhr. Immer noch vier – als wäre die Zeit absichtlich stehengeblieben, um Don Rafels nächtliche Qualen ins Unendliche zu dehnen. Er kehrte zum Kamin zurück.

Von hier betrachtete er sein Porträt: Der selbstbewußte, angriffslustige Blick, den Tremulles ihm verliehen hatte, weckte keinerlei Stolz in ihm, wohl aber Sehnsucht nach jenen glücklicheren Tagen, in denen sein Herz nicht von Kummer schwer gewesen war, in denen er ruhig hatte lächeln, ja sogar herzhaft lachen können, in denen er hatte fragen können, was gibt's zum Abendessen, Marianna?, weil er mittwochs und freitags im Liebesnest, der Stätte der Freuden, dem Ort, an dem du und ich und so weiter, mit seiner Elvira der Liebe frönen konnte, mit der schönsten und liebreizendsten aller Frauen, ach, meine arme kleine Elvira, was haben sie dir angetan? Er stellte sich direkt unter das Bild. Im Zimmer war es zu dämmerig, als daß er mit seinem leicht kurzsichtigen Blick alle Einzelheiten hätte erkennen können, aber er hatte das Porträt schon so oft betrachtet, daß er es in- und auswendig kannte. Er seufzte sorgenvoll.

Kurz nach vier, verriet ihm der nächste Blick auf die Uhr. Der Kopf tat ihm weh. Als er zum Balkonfenster ging, stieß er auf das Teleskop. Er umklammerte es mit beiden Händen und atmete tief durch: Einen Augenblick lang war er versucht gewesen, es vom Balkon zu werfen, als öffentlichen Protest gegen seine gräßliche geliebte Gaietana, Dirne, Metze, Hure, warum hast du mich ausgelacht, als ich dir mein Herz zu Füßen legte?

Er ließ das Teleskop los und kehrte zu seinem Stuhl zurück. Von dort aus betrachtete er erneut das Porträt. Damals, dachte er, hatte ich vielleicht noch so etwas wie ein Gewissen. Doch jetzt, im Alter, verspürte er nichts weiter als Angst, Ekel, Haß, Scham und manchmal, ganz selten, ein klein wenig Freude. Er sah wieder auf die Uhr: sieben nach vier.

XI

Um Viertel nach vier erwachten die ersten Hähne und taten dies lautstark kund. Es war kalt und feucht an diesem Morgen des zwanzigsten Dezember nach der längsten Nacht des Jahres, elf Tage vor der Jahres- und Jahrhundertwende. Als Andreu Perramon mit auf dem Rücken gefesselten Händen in den Hof hinaustrat, blinzelte er, als ob die Dunkelheit ihn blendete; es war aber die frische Luft, die er so lange nicht mehr geatmet hatte. Beim Anblick des Schinderkarrens lief es ihm eiskalt den Rücken hinunter. »Es regnet nicht«, dachte er erleichtert, als ob das ein Trost wäre, vielleicht aber auch nur, um nicht daran denken zu müssen, was ihn erwartete. Er hob den Kopf und sah ein paar Sterne. Wie sollte er wissen, daß der Stern, der besonders hell leuchtete, Beteigeuze war, die Brust des blutrünstigen Jägers? Wie sollte er wissen, daß er im Zeichen des Orion lebte? Er hob einfach nur den Kopf und sah die Wolken und Sterne wie Nadelspitzen. »Es regnet nicht«, dachte er wieder ungläubig, nachdem er den Himmel betrachtet hatte.

Im Gefängnishof ließ das leise Klirren der Koppeln die Anwesenheit der Soldaten mehr erahnen, als daß man sie sah. Ein paar von ihnen standen in der Mitte des Hofs und hielten Fackeln, wodurch die Szenerie noch gespenstischer wirkte.

»Es regnet nicht.« Nun sprach er es laut aus.

»Was sagst du, mein Sohn?« Der Kaplan der Bruderschaft des Blutes beugte sich eifrig zu ihm hin, verächtlich beäugt von Hochwürden Terricabres, den, zu seiner Demütigung, die Vorschrift verpflichtete, fast am Ende des Zuges zu gehen, noch hinter den Laienbrüdern. Ich habe mich zwar immer über die Uhrzeit beschwert, aber eigentlich kann ich noch von Glück sagen, daß die Sache frühmorgens stattfindet. Welche Schande, wenn die Hinrichtung nachmittags vollzogen würde! Und zum Glück gab es ja auch zwei Todeskandidaten, die des Beistands bedurften.

»Daß ich unschuldig bin«, antwortete Andreu laut. Bellatrix blinkte verwundert zwischen den Wolken hervor, und der Wärter, der – ungewohnt weich gestimmt – von einer leerstehenden Zelle aus auf den Gefängnishof hinaussah, spürte, wie ihm unwillentlich eine Träne über die Wange lief, und dachte, was für ein Jammer, dieser unglückselige Bursche. Um seinen Kummer zu vertreiben, sah er rasch zu dem verteufelten, nuttenmordenden Holländer hinüber, der gerade auf den zweiten Schinderkarren stieg.

Als die beiden Verurteilten Platz genommen hatten, setzte sich die Prozession des Todes in Bewegung, der Kaplan der Bruderschaft deklamierte stolz und zufrieden *Dies irae, dies illa, solvet saeclum in favilla,* und Hochwürden Terricabres dachte, mein Gott, ist das Latein dieses Mannes erbärmlich, und gestattete sich, von der düsteren Stimmung angesteckt, einen strikt beruflichen Gedanken an die *favilla*, der Weltenbrand wird uns alle verschlingen und diese beiden Galgenvögel zuallererst. Und so stimmte er auch für den nuttenmordenden Barbaren das *Dies irae* an.

Es war sehr kalt. Irgend jemand – er wußte nicht, wer – hatte Andreu einen dicken, weiten Mantel umgelegt, das tröstete ihn, denn so waren wenigstens seine gefesselten Hände nicht zu sehen. Die Kälte machte ihm nichts aus, daran hatte er sich schon im Verlies gewöhnt, wo sie ihm bis auf die Knochen gedrungen war. Donya Mariannas Freundinnen hätten dem jüngeren der beiden Verurteilten sehr wohl sagen können, wem er den Umhang zu verdanken hatte. Von ihrem eigenen Ersparten (daß eines klar ist: Das ist nicht Sache der Bruderschaft, dafür komme ich allein auf) hatte Donya Marianna einen Umhang in der Größe dieses armen Jungen schneidern lassen (im Moment haben wir wegen der Neujahrsfeier und des Te Deum sowieso jeden Tag die Schneiderin im Haus), und sie durfte sich auch rühmen (welche Schneiderin? Na, die Paquita Torres; seit Jahren kommt mir keine andere ins Haus), diejenige zu sein, die das Leichentuch hatte anfertigen lassen, in das die Bruderschaft der Schutzbedürftigen – gewissermaßen Berufskollegen, wenn auch seit dem großen Streit von neunundachtzig das Verhältnis etwas abgekühlt war; damals hatte die Bruderschaft der Schutzbedürftigen gedroht, sich eine größere Christusfigur zuzulegen als die der Bruderschaft des Blutes, und es hatte nicht viel gefehlt, daß die Mitglieder beider Bruderschaften mit Kruzifixen und Meßkerzen aufeinander losgingen – den Leichnam des armen jungen Mannes hüllen würde. (Wußtest du eigentlich, daß ich ihn höchstpersönlich im Gefängnis besucht habe? Ja, um ihm Trost zu spenden, die Werke der Barmherzigkeit, du weißt schon. Doch, das war ziemlich – wie soll ich sagen? – ziemlich hart.) Des holländischen Nuttenmörders hatte sich, noch immer unter dem Eindruck des dabei erlebten unzüchtigen Schauspiels, Donya Rosalia angenommen. *Teste David cum Sibylla. Tuba mirum spargens sonum*, radebrechte der Kaplan, und Hochwürden Terricabres, der aufmerksam zuhörte, dachte bei sich, wenn das Latein ist, dann bin ich Süßwassermatrose.

Nicht in seinen schlimmsten Alpträumen hätte Andreu sich ausgemalt, jemals Protagonist einer dieser makabren Prozessionen zu sein, die an der Plaça del Blat begannen und von dort den Carrer Bòria hinunterzogen bis zum Pla del

Born, wo die Galgen errichtet wurden. *Per sepulcra regionum, coget omnes ante thronum*, und Hochwürden Terricabres murrte leise, der gehört wieder ins Seminar gesteckt, er weiß ja nicht mal, wie man *coget* richtig ausspricht. Stets hatte Andreu dieses beklemmende Schauspiel gemieden, so wie viele andere Bürger, die, wenn möglich, an den Hinrichtungstagen mit Frau und Kindern die Stadt verließen, um sich diesen barbarischen, wenn auch notwendigen Akt zu ersparen. Nach ihrer Rückkehr aber fragten sie diejenigen begierig aus, die geblieben waren, weil sie stärkere Nerven oder kein Haus in Santa Coloma besaßen: ob der Hingerichtete sehr jung war, ob er unrasiert gewesen war, ob er sich aufrecht gehalten hatte oder hatte gestützt werden müssen, ob er die Soldaten und das Publikum verhöhnt oder gar den Priester angespuckt hatte – mein Gott, was gibt es doch für schlechte Menschen auf dieser Welt! –, ob er das Kreuz geküßt hatte, während das *Iudicandus homo reus, huic ergo parce Deus* erklang, also was nun, hat er? Ob er aus eigener Kraft aufs Schafott gestiegen war und wer der Henker gewesen war, der Dicke, Kahle oder der Dürre? Der Dürre also … Und was war sonst noch, sag schon: Waren viele Leute da? Hat er ein paar letzte Worte gesprochen? Und dann, na du weißt schon, der Augenblick, ich meine, als sie ihn gehängt haben: Wie war das? Und wenn die Männer im Café Geli im Carrer Sant Anna bei einem Kaffee oder einer Schokolade beisammensaßen und unter sich waren, fragten die Neunmalklugen mit gedämpfter Stimme, stimmt es, daß er dir steht, wenn sie dich hängen? Und je nach Gesprächspartner lautete die Antwort »Und wie!« oder »Keine Ahnung, darauf habe ich nicht geachtet« oder »Was weiß ich, diese Blutsaugerinnen von der Bruderschaft geben ihnen ja immer so weite Kleider, daß man nichts erkennen kann«. Auf die eine oder andere Weise jedenfalls gab es nach der Hinrichtung eines Übeltäters, ganz gleich, ob Aufrührer, Dieb oder Deserteur, Mann oder Frau, immer etwas zu bereden, zu befürchten, zu beseufzen und für die ganz Unersättlichen sogar etwas zu vermissen. Und das, obwohl die Hinrichtungen, seien es die von der Plaça del Blat oder die von der Zitadelle, anders als noch vor fünfzehn Jahren in den frühen Morgenstunden vorgenommen wurden. Und selbst wenn das Zuschauen nichts kostete: Wer wollte schon um diese Uhrzeit und bei der Kälte jemanden hängen sehen?

Um halb fünf brach der Zug von der Plaça del Blat auf. Andreu stand, an eine Seitenplanke gelehnt, auf dem Schinderkarren, betrachtete den Platz mit tränenfeuchten, gierigen Augen und wünschte sich, durch seinen Blick möge etwas von ihm an diesen Orten hängenbleiben. Der Karren holperte so stark, daß er sich mit den gefesselten Händen an der Planke festhalten mußte. Als sie in den Carrer de Bòria einbogen, sah er schon von weitem ein Grüppchen Menschen, die sich zum Schutz gegen die Kälte aneinanderdrängten und dem Zug entgegensahen; vielleicht Reisende, die vor der Markuskapelle auf die Postkutsche warteten. Und wenn sein Vater und Teresa darunter waren? Oder Nando und ein anderer Freund? Er fand nicht den Mut, sich dessen zu vergewissern, und drückte statt dessen das Kinn gegen die Brust. »Ich will nicht, daß sie mich sterben sehen«, sagte er, und der Kaplan hielt ihm das Kreuz hin, damit er es küssen konnte. »Ich will nicht, daß sie mich sterben sehen«, sagte er noch einmal, und wieder hielt ihm der Kaplan das Kreuz unter die Nase, als wäre dies die natürlichste Sache der Welt. »Ich bin unschuldig«, sagte Andreu mit verächtlichem Blick, der leider im schummerigen Licht seine Wirkung verfehlte. *Liber scriptus proferetur, in quo totum continetur, unde mundus iudicetur*, schloß der Kaplan, und Hochwürden Terricabres, der auf dem Karren des Holländers hinter ihnen fuhr und nicht viel zu tun hatte, weil der Nuttenmörder nur finster dreinblickte und das Gespräch verweigerte, dachte, worüber sich die beiden wohl unterhalten?

Mit einem Schluchzen aus den Tiefen seiner schmerzerfüllten Seele gab Andreu der reglosen Gruppe Reisender und blutdurstiger Schaulustiger zu verstehen, daß es zu erniedrigend war, wie ein Mörder zu enden; daß das Schauspiel, das er ihren gierigen Blicken würde bieten können, entsetzlich obszön war, weil der Tod eine sehr persönliche Angelegenheit ist, die man im Privaten erledigt oder vielleicht in Gesellschaft ebenjener Menschen, von denen er soeben gewünscht hatte, sie mögen ihm nicht beim Sterben zusehen – wenn sie überhaupt da waren. Der Tod war einzigartig, transzendental, unwiederholbar, schrecklich; er konnte doch kein Schauspiel sein. Und Andreu wollte nicht, daß sein Vater oder Teresa oder wer auch immer es war, sah, wie er vor Angst verging, sie vor allem nicht. Nein, auf keinen Fall. Und er wandte den Kopf, um einen letzten Blick auf die reglose Gruppe zu erhaschen, die vielleicht aus den Seinen bestand.

Aufrecht auf dem schaukelnden Schinderkarren stehend und von Weinkrämpfen geschüttelt, verlor sich Andreus Gestalt, nur schwach erleuchtet von den zwölf Kerzen der unter Kapuzen verborgenen Laienbrüder und den Fackeln der Soldaten, hinter der großen Christusfigur der Bruderschaft in der Dunkelheit, in Richtung Galgen.

Um Punkt fünf, pünktlich wie der Tod, war auf dem Pla del Born alles bereit. Andreu stand auf dem Schafott, gestützt vom beharrlichen Kaplan, der, sein Gesicht dicht vor Andreus leichenblassem Antlitz, unablässig sinnlose lateinische

Verse murmelte. Zum Glück hatte das Los ihn als ersten bestimmt; der mürrische holländische Nuttenmörder würde auf seinem Karren noch ein wenig länger leiden müssen. »Ich habe Angst«, sagte er, und Hochwürden Xicart fragte, was sagst du, mein Sohn?, und nur der Henker – heute morgen war der Dürre an der Reihe – hörte ihn und dachte, na, die von der Bruderschaft haben Nerven, einen schwerhörigen Priester aufs Schafott zu schicken. Andreu nickte, zum Zeichen, daß sie ihm das Kruzifix reichen sollten, und betrachtete für einen Augenblick im schwachen Fackelschein das Bild des hingerichteten Gottessohns, doch dann verschwamm es vor seinen Augen, weil ihm die Tränen kamen, und er dachte, daß er nie wieder weinen würde. Mit festem Griff schob ihn der Henker auf einen Schemel. Die Fesseln an seinen Handgelenken schnitten ins Fleisch, aber das war ihm egal, schließlich war es ein Zeichen dafür, daß er noch lebte. Fieberhaft nahm er alles um sich herum auf, es war sein Abschied von der Welt: Knapp zwei Dutzend Frühaufsteher standen vor ihm und musterten ihn ungeduldig. »Ich habe sie nicht getötet«, sagte er zum feindseligsten unter ihnen. »Was sagst du, mein Sohn?« fragte der Kaplan und trat auf ihn zu. Andreu schüttelte verneinend den Kopf. Rechter Hand drängten sich die dunkel gekleideten Amtmänner schutzsuchend aneinander und konnten ihm nicht in die Augen sehen, als wäre ihnen das Ereignis peinlich. Er kannte keinen von ihnen. Begierig sog er die Luft ein, auch dies ein Abschied. Hochwürden Xicart hob das Buch ins Fackellicht und hielt das Kruzifix vor sich und mehr oder weniger unter die Nase des Verurteilten – völlig stillos, befand Hochwürden Terricabres, der das Ganze kritisch beäugte, neben sich den holländischen Nuttenmörder, der ihm nicht die geringste Arbeit bereitete – und sagte zum dritten Mal *Dies irae, dies illa*, denn dies war der Höhepunkt seiner Tätigkeit als Kaplan der Bruderschaft des Blutes. Schade, daß die Hinrichtung nicht am Nachmittag stattfindet. Andreu, der das Gemurmel wie ein fernes Rauschen wahrnahm, das ihn nichts anging, hörte in seinem Nacken die Stimme des Henkers freundlich sagen, ich verspreche dir, es tut gar nicht weh, und dachte, was weißt du schon. In diesem Augenblick begann es zu regnen, und nun fühlte er sich noch schutzloser, denn die Amtmänner suchten unter einigen etwas weiter weg gelegenen Vordächern Zuflucht, während die Soldaten, der Kaplan, der Verurteilte und der Henker den Schauer mit professioneller Ergebenheit über sich ergehen ließen. Der Regen war eisig. *Lacrimosa dies illa, qua resurget ex favilla.* Andreu blickte zum bedeckten Himmel auf. Einen Moment lang hoffte er, der lästige Regenschauer werde ihn retten, da seinetwegen die ganze Veranstaltung abgeblasen werde. Aber nein: Halb im Dunkeln – der Regen hatte die meisten Fackeln gelöscht, und die Sonne würde noch lange nicht aufgehen, schließlich war es die längste Nacht des Jahres – griff der Henker nach dem Strick. Als Andreu merkte, daß er ihm die Kapuze überstreifen wollte, atmete er alle Luft der Welt ein und sagte adieu. Er fühlte den Strick um seinen Hals. Nein: Der Regen war nicht seine Rettung gewesen; er war nur das Zeichen dafür, daß auch der Himmel sein Unglück beweinte.

Um drei Minuten vor halb sechs wußte Andreu immer noch nicht, warum er sterben mußte. Auf dem Schafott standen jetzt nur noch der Henker und der Verurteilte. *Iudicandus homo reus, huic ergo parce Deus, Pie Iesu Domine ...* Die Kapuze hinderte ihn, zu sehen, wie Bellatrix und Rigel im wilden Jäger und die verfolgte Alkione weiter im Westen traurig durch die Regenwolken blinzelten. Nach den gesetzlich vorgeschriebenen Ermahnungen gab der Generalstaatsanwalt das verhängnisvolle Handzeichen. Der Henker murmelte nach alter Sitte »Vergib mir« und trat mit ungeahnter Wucht den Schemel um. Andreu Perramon, wohnhaft in Barcelona, in einer Dachwohnung im Carrer de Capellans, nach eigener Aussage Dichter von Beruf, fiel ein paar Handbreit, schwer wie ein Stein, in die Tiefe, und sein Sein und seine Angst, vermischt mit den Tränen des Regens, konzentrierten sich in dem Gefühl, keine Luft zu bekommen, vor dem er sich so sehr gefürchtet hatte. Womit er nicht gerechnet hatte, war der unerträgliche Schmerz im Genick und an der Kehle. Sein Körper zuckte wild im Todeskampf, *Pie Iesu Domine, dona eis requiem*, und dann spürte Andreu einen heftigen, unwiderstehlichen Ruck, etwa dort, wo der Nabel der Seele sitzt. Amen.

Zweites Buch

Der Schreckensschrei der Plejaden

Die Plejaden, die ewig Gejagten, Opfer der Wolken, sind als Gestirne in Monsieur Messiers Katalog unter dem Namen Sternhaufen fünfundvierzig oder M45 verzeichnet, also als Einheit. Diese Konstellation, mancherorts auch »Gluckhenne« genannt, bedeckt nicht mehr als zwei Grad des Himmelsraums. In Wirklichkeit besteht der Sternhaufen aus mehr als den sieben mit bloßem Auge erkennbaren Sternen. Der Astronom Galilei, der erste Mensch, der den Himmel durch ein Teleskop betrachtete, zählte sechsunddreißig. Heute können wir dank verbesserter Geräte mehr als hundert ausmachen. Die Hauptsterne leuchten bläulich. Ich persönlich halte diesen Sternhaufen, zusammen mit dem benachbarten Orion, für eine der schönsten Konstellationen am Firmament.

Traktat über die Grundlagen der Himmelsbeobachtung
von Jacint Dalmases. Barcelona, 1778

I

Fünf Tage bevor die Nachtigall von Orléans vom jungen Andreu Perramon ermordet wurde, der kurz darauf für seine Übeltat büßen sollte wie alle Übeltäter, wo immer die Gerechtigkeit wacht; vier Tage nachdem Ciset einsam die erste Nacht seiner Einsamkeit beweint hatte, ohne Remei, die ihm am Tag nach Allerseelen auf dem Waschplatz tot umgefallen war, einfach so, das Meßbuch in der Hand; nur vier Tage nach dieser Qual, am sechsten November, suchte sich eine geschlossene Kutsche mühsam ihren Weg durch die steilen Dorfgassen hinunter bis zum Platz vor dem Pfarrhaus, da in Mura – anders als in den meisten christlichen Orten – die Kirche an der tiefsten Stelle des Dorfes am Flußufer lag. Mit einem Ausdruck unendlichen Überdrusses kam das Pferd vor dem Pfarrhaus zum Stehen. Obwohl sein Diener ihm schon den Schlag geöffnet hatte, blieb der Notar Tutusaus aus Feixes noch einen Augenblick lang in der Kutsche sitzen. Er haßte Aufträge dieser Art. Er haßte alles, wofür er reisen mußte, noch dazu auf gefährlichen, unbequemen Wegen in wilde Gegenden wie diese hier, fern von Feixes und der Zivilisation. Der Notar Tutusaus seufzte ergeben und stieg aus. Bevor er sich umsehen konnte, hatte sein Diener schon an der Klingelschnur gezogen. Eine Glocke läutete scheppernd, und der Notar wäre am liebsten auf der Stelle umgekehrt.

Eine Haushälterin mit Augen wie ein Luchs öffnete die Tür, sah den Notar durchdringend an und trat dann beiseite, um ihn einzulassen.

»Guten Tag«, murmelte sie. »Der Herr Pfarrer erwartet Euch schon.«

Sie führte ihn in einen Raum, der wohl die Amtsstube der Pfarrei war, ein hellbraun gestrichenes Zimmer, in dem nichts weiter stand als ein Tisch, zwei Stühle und ein dunkel gebeizter Schrank. Holzwürmer, Staub und Stille vervollständigten die Einrichtung. Kaum war die Haushälterin verschwunden, trat durch eine andere Tür der Pfarrer von Sant Martí de Mura ein, in eine violette Soutane gezwängt wie in eine Wurstpelle.

»Nun also ... Ich danke Euch, daß Ihr gekommen seid«, sagte er zur Begrüßung und ließ sich, offensichtlich erschöpft, ohne Umstände auf einen Stuhl plumpsen.

»Mmmm ...«, erwiderte der Notar und nahm ebenfalls Platz.

»Ich nehme an, Ihr möchtet erfahren, warum ich Euch in solcher Eile herbeordert habe.«

»Ja, natürlich. Und ich wüßte gerne, wie lange das Ganze dauern soll.« Der Notar gähnte. »Schließlich muß ich dem Kutscher Anweisungen für die Rückreise erteilen.«

»Nun also, wenn Ihr gewissermaßen keine Eile habt, betrachtet Euch für heute nacht als meinen Gast. Eßt Ihr gern Wildschwein?«

Der Notar dachte bei sich, das klingt doch schon viel besser, und lächelte, wobei er sich bemühte, ebenfalls erschöpft zu wirken.

»Ich verschmähe es nicht.«

»Dazu einen selbstgekelterten Wein ... ein wirklich guter Tropfen, will sagen, nun ja.« Der Pfarrer zwinkerte ihm verschwörerisch zu.

Bei diesen Aussichten lohnte es sich nicht mehr, Geschäftigkeit vorzutäuschen.

»Also gut. Ich nehme die Einladung an.« Er hob den Zeigefinger: »Machen wir uns an die Arbeit?«

Der Herr Pfarrer erklärte ihm ohne weitere Umschweife, daß Ciset von Cal Peric im Sterben lag. Er stammte nicht aus Mura, will sagen, der Ciset. Vor etwa zwei Jahren war er hier angekommen, wann genau, wußte der Herr Pfarrer nicht mehr, und hatte sich mit seiner Frau gewissermaßen in diesem großen leerstehenden Haus einquartiert. In all der Zeit hatte niemand im Dorf die beiden richtig arbeiten sehen; nur in einem Gärtchen hatten sie ein paar Kohlköpfe und Zwiebeln gezogen, na, Ihr wißt schon. Außerdem hatte Ciset zur großen Verwunderung der Dorfbewohner den Waschplatz von Cal Peric in einen Garten mit tausenderlei Blumen verwandelt, und es hieß, seine Sammlung von Dingens, von Rosen, sei die schönste weit und breit. Aber niemand hatte ihn jemals schuften sehen, will sagen, versteht Ihr, was ich meine? Nun also war ihm gerade die Frau gestorben, vorgestern haben wir sie beerdigt. Und es sieht so aus, als hätte er gewissermaßen keine Lust, ohne sie zu leben. Und der Herr Pfarrer berichtete weiter, daß die Leute munkelten, Ihr wißt schon, daß sie die Nasen immer in Angelegenheiten stecken, die sie nichts angehen, Ciset von Cal Peric habe einen Sack voller Goldmünzen, von denen er lebte.

»Und nun liegt er im Sterben«, faßte der Notar zusammen.

»Eben. Und er hat mich gewissermaßen um etwas sehr Seltsames gebeten.«

Die Männer schwiegen, weil die Haushälterin mit gespitzten Ohren hereinkam, um ihnen Gebäck und eine Flasche Ratafia zu bringen. Als sie wieder hinausgegangen war, berichtete der Herr Pfarrer, was Ciset von Cal Peric Seltsames von ihm verlangt hatte: eine Beichte in Anwesenheit eines Dingens.

»Eine Beichte in Anwesenheit eines Notars?« fragte der Notar verwundert.

»Ich sehe, Ihr versteht«, bestätigte der Pfarrer. »Ciset möchte die Beichte ablegen, aber er will, daß seine Beichte notariell beglaubigt wird ...«

»Und das Beichtgeheimnis?«

»Wenn ich mich recht entsinne, Senyor Tutusaus, sieht das kanonische Recht vor, daß der Beichtvater gewissermaßen verpflichtet ist, das Beichtgeheimnis zu wahren. Aber wenn der reuige Sünder etwas erzählen will ... wenn er es Euch erzählen will ... dann sehe ich nicht, was dagegen spräche.« Er bot dem Notar ein Stück Gebäck an und biß dann selbst in eines. »Natürlich wäret Ihr dann ebenfalls an das Beichtgeheimnis gebunden, nicht wahr, Ihr versteht? Ebenso wie ich, nun also, wie auch immer.«

Das Gebäck schmeckte gewissermaßen wunderbar nach Kümmel. Der Notar Tutusaus war schon immer der Ansicht gewesen, daß die Leute auf dem Land viel von gutem Essen verstanden. Zwar gab es hier keine raffinierten Gerichte wie Gänseleberpastete und Kaviar, wie er sie in Barcelona gesehen hatte, aber dafür veranstalteten sie großartige Schlemmereien. Ah, und der Likör war einfach köstlich ...

»Ihr versteht doch, nicht wahr?« sagte gerade zum zweiten Mal der Pfarrer zum Abschluß einer kleinen Rede, die er leider allein den Wänden der Amtsstube gehalten hatte.

»Ja, vollkommen«, log der Notar und fügte hinzu, um den Pfarrer ein wenig zu beeindrucken: »Allerdings ist mir eine *Contradictio in terminis* aufgefallen.«

»Wie meinen?« fragte erschrocken der Pfarrer, dessen Lateinkenntnisse sich auf die Messe und das Gebetbuch beschränkten, und es soll bloß niemand von mir verlangen, das zu übersetzen.

Mit der Geduld eines Lehrers erläuterte der Notar, worum es ging. Wie konnte ein Sakrament, das sich eben gerade durch seine Vertraulichkeit auszeichnete, durch mehrere Menschen oder vor Zeugen gespendet werden? Der Pfarrer, der zwar nicht sonderlich gelehrt, aber keineswegs auf den Kopf gefallen war, unterbrach ihn, Moment mal, Senyor Tusaus, das Sakrament der Beichte wird natürlich nicht geteilt, das bleibt gewissermaßen allein mir vorbehalten, will sagen. Er redete sich in Rage. Und damit eines klar ist: Nicht einmal Gott könnte mich im Beichtstuhl ersetzen, verdammt, nicht einmal Gott, verstanden? Und für den Fall, nun also, für Fälle wie diesen, bei denen es Zeugen der Beichte gab, mußten diese schweigen wie das Grab …

»Ja, aber ich soll doch die Beichte notariell beglaubigen, oder etwa nicht?«

»Wenn es der Wille des Dingens ist, dann tut es einfach, verdammt!« rief der Pfarrer aufgebracht, denn in all den Jahren auf dem Land war ihm die wenige Geduld ausgegangen, die er beim Verlassen des Priesterseminars noch besessen hatte. Eine Zeitlang schwiegen beide; der Pfarrer beruhigte sich wieder, und der Notar vertilgte noch zwei, drei, na ja, vier Stück von diesem wunderbaren Kümmelgebäck, das ist aber nun wirklich das letzte. Und ein zweites Glas Likör. Nach zehn Minuten und einem ganzen Teller Gebäck waren die theologischen Bedenken des Notars vollständig ausgeräumt, wozu sicherlich auch beitrug, daß der Pfarrer einen zerfledderten Codex aus seinem Schrank hervorkramte und Artikel achthundertsechsundachtzig, achthundertachtundachtzig sowie achthundertneunundachtzig, Absatz eins und zwei in Kapitel drei des vierten Buches des kanonischen Rechts konsultierte.

Im Zimmer des Kranken roch es nach Thymian und ungemachtem Bett. Auf Anordnung des Pfarrers verließ Galana, die die beiden Männer hereingeführt hatte, mißmutig den Raum. Ciset sah zuerst den Notar, dann den Pfarrer hilfesuchend an.

»Ist das der Notar?« fragte er mit vor Krankheit und Kummer dumpfer Stimme.

»Ja, wie du mich gebeten hast.«

»Sagt Galana, sie soll Ratafia für Euch und den Notar bringen.«

»Nur keine Umstände, Ciset. Wir erledigen das auch ohne Dingens.«

»Nun gut.« Er schwieg einen Moment lang, den Blick aufs Fußende des Bettes gerichtet, als helfe ihm dies, sich zu erinnern. »Setzt Euch bitte, Ihr auch, Herr Notar ...«

Ein wenig beklommen nahmen die beiden Platz. Der Notar Tutusaus hatte einen Sterbenden erwartet und sah sich nun einem Mann gegenüber, der zwar müde und verbraucht wirkte, aber offenbar noch Energie genug hatte, ihn herumzukommandieren.

»Ich werde bald sterben«, begann Ciset, vielleicht um die Gedanken des Notars zu widerlegen.

»Nun also, will meinen, Ciset ... das weiß Gott allein.«

»Ach, laßt doch die Geschichten, Hochwürden. Mit mir geht's zu Ende. Ich weiß nicht, was das in meiner Brust ist, aber es zerfleischt mich. Und weil ich keine Lust zu leben mehr habe, kann selbst Gott nichts ausrichten.«

»Verdammt, Ciset!« brauste der Pfarrer auf, »will sagen, wenn du wirklich beichten willst, ist das nun also ganz gewiß nicht die beste Einstellung, sich auf die Erteilung des Sakraments vorzubereiten.«

In der nun folgenden Stille hörte man den Notar ungeduldig mit dem Fuß auf den Holzboden tappen. Irgendwo draußen bellte, nicht sonderlich überzeugt, ein Hund.

»Ja, ich will beichten.«

»Und du betonst ausdrücklich, daß du es vor diesem wie auch immer, dem Herrn hier, tun möchtest, nicht wahr?«

»Wenn er Notar ist, ja.«

»Gewissermaßen.«

»Dann ja.«

»Und darf man erfahren, was dich zu dieser Art der Beichte veranlaßt?«

»Das werdet Ihr schon noch hören. Ich will Euch etwas erzählen, was … verflucht, ich weiß nicht, wie ich es sagen soll … Ich will eben einfach beichten und will, daß das, was ich zu beichten habe, irgendwo geschrieben steht.«

»Das verstehe ich nicht.«

»Ich will Euch ein Geheimnis anvertrauen, das mich schon lange quält. Und ich will, daß der Herr Notar das zu seinen Akten nimmt. Damit ich in Ruhe sterben kann und der armen Remei Gerechtigkeit widerfährt.«

»Das ist seine Frau, gewissermaßen«, erklärte der Pfarrer auf den fragenden Blick des Notars.

Während er sprach, verfiel Cisets Gesicht zunehmend, und die anfängliche Lebhaftigkeit, die den Notar so verwundert hatte, wich einer schrecklichen Getriebenheit. Und er hustete.

»Wie wär's, wenn Ihr einfach anfangt?« schaltete sich der Notar ein.

»Ja«, antwortete Ciset mit einem gezwungenen Lachen, »bevor ich sterbe, nicht wahr?«

Er sah sie entschuldigend an und schwieg. Die beiden Männer warteten geduldig. Wieder bellte der Hund, und endlich holte der Kranke tief Luft und sagte entschlossen:

»Nun gut, Hochwürden. Ich nehme an, alles, was ich von jetzt an erzähle, fällt unter das Beichtgeheimnis, oder?«

»Gewissermaßen«, bestätigte der Pfarrer, holte seine Stola aus der Tasche, küßte sie flüchtig und legte sie um. Nach ein paar Sekunden der Sammlung breitete er die Arme aus und sagte, wenn du bereit bist, mein Sohn, will sagen, wie auch immer.

Und so begann Ciset von Cal Peric zu reden. Anfangs fühlte sich der Pfarrer von Berufs wegen zwei- oder dreimal bemüßigt, dazwischenzufragen, wie lange ist das jetzt her, mein Sohn, und derlei. Anfangs gähnte der Notar von Zeit zu Zeit. Aber nach den ersten zehn Minuten der Beichte vergaßen sie alles um sich herum, den zögerlich bellenden Hund, die Zeit, die Kälte, die Hitze und Galana, die hinter der Tür angestrengt lauschte. Ab und an kritzelte Tutusaus ein paar Zeilen auf ein Blatt Papier, das er auf seiner tragbaren Schreibunterlage vor sich liegen hatte, doch allzu oft tat er das nicht. Die meiste Zeit hörte er bloß zu und schluckte. Denn mit der monotonen, hohlen Stimme des Todkranken und unablässig hustend, so als ob das Heraufbeschwören der Erinnerungen seine Krankheit verschlimmerte, berichtete Ciset in allen Einzelheiten, wie es dazu gekommen war, daß er die Leiche vergraben hatte. Er holte weit aus:

»Ich wurde vor siebenundfünfzig Jahren in Barcelona geboren. Von meinem Vater erlernte ich das Gärtnerhandwerk, das nicht nur zu meinem Broterwerb, sondern zu einer echten Leidenschaft wurde. Ich weiß nicht, ob Ihr jemals etwas von der ›Rosa maculata‹ gehört habt, meine Herren, oder von der ›Papierrose‹. Das sind zwei Arten, deren Züchtung mir nach Jahren voller Hoffen und Mühen gelungen ist … Ich bin kein gebildeter Mann, aber ich habe – oder hatte –

sehr geschickte Hände, und darum hat es mir auch nie an Arbeit gefehlt.«

»In Barcelona?« hakte der Notar nach.

»Ja, in Barcelona. Zwar ist die Stadt ein einziges Gewirr schmutziger Straßen, doch hinter den Häusern verbergen sich häufig Gärten. Ich kenne viele davon.«

»Schön und gut.« Dem Notar ging allmählich die Geduld aus. »Und weiter?«

Ciset, der seine Ungeduld bemerkte, gestattete sich eine kurze Atem- und Hustenpause. Er legte die Hand auf die Brust, wo er einen schmerzhaften Stich verspürt hatte, holte Luft und fuhr fort:

»Vor einigen Jahren trat ich dann in die Dienste Don Rafel Massós, der jetzt Gerichtspräsident ist. Damals war er noch Rechtsanwalt, ein sehr ehrgeiziger, wie es hieß. Ich war für den Garten verantwortlich, für alles darin. Als ich bei den Massós anfing, hatten sie dort nur einen Springbrunnen und ein paar Beete, die zwar bepflanzt, aber voller Unkraut waren. Rund um den Springbrunnen war ein Beet, das eine ungewöhnliche Form hatte, ich komme jetzt nicht auf den Namen, es hatte acht Seiten …«

»Ein Dingens«, kam ihm der Pfarrer zu Hilfe.

»Ein Oktagon«, fügte der Notar überflüssigerweise hinzu.

»Wie auch immer«, sagte Ciset. »Auf jeden Fall war in dem Garten eine Menge zu tun. Am ersten Tag führte Don Rafel mich herum und sagte, du hast freie Hand, Hauptsache, alle im Carrer Ample beneiden mich um meinen Garten.«

Er sah seine beiden Zuhörer an, bekam einen Hustenkrampf und fügte, nachdem er ein Stück Leben ausgespuckt hatte, erklärend hinzu: »Der Carrer Ample in Barcelona ist voller Paläste, müßt Ihr wissen.«

Der Notar, der es wußte, machte dem Pfarrer ein Handzeichen, wie um zu sagen, wenn das eine Beichte ist, bin ich ein Ziegenhirt, aber der Pfarrer bedachte ihn mit einem Blick, der bedeutete, überlaßt das nur mir, Senyor Tutusaus, in Bußangelegenheiten bin ich gewissermaßen der Fachmann, und ich weiß, daß man mit den Bußfertigen sehr geduldig sein muß. Und so setzte Ciset seine botanische Beichte fort und erzählte noch einmal von den Beeten und wie er sich bemüht hatte, diesen verwahrlosten Garten mit Blumen und Frohsinn zu füllen. Er pflanzte Hortensien, Begonien, Balsaminen, Schlüsselblumen und Bignonien im Sommer und Unmengen von Alpenveilchen, Schwertlilien und Ringelblumen im Herbst und im Winter. Überall setzte er Rosensträucher. Und an den schamlos nackten Gartenmauern und der Rückwand des Hauses zog er Efeu und auf der Schattenseite Geißblatt hoch. Schon nach zwei Jahren war der Garten eine wahre Pracht. Da die Beete in der Mitte einen lichten Fleck bildeten, pflanzte er rundherum Zypressen und entlang der Mauern zwei Linden und drei Kastanienbäume. Im Garten stand schon seit undenklichen Zeiten eine majestätische Steineiche, um die herum das Haus wohl gebaut worden war. An dieser Stelle stieß der Notar ein ungeduldiges Schnauben aus. Und wo blieb die Sünde? Ciset hörte es, unterbrach sich und nutzte die Pause, um ein weiteres Stückchen Leben auszuspucken.

»Nun also, will sagen, verdammt noch mal!« rügte der Pfarrer den Notar. »Ich dachte, ich brauche Euch nicht daran zu erinnern, daß in solchen Fällen Geduld vonnöten ist. Die Menschen müssen sich eben erst mal warmreden, Senyor Tutusaus.«

Der Notar entgegnete nichts; vielleicht war ihm gerade wieder das versprochene Wildschwein eingefallen, und Geduld brachte bekanntlich Rosen.

»Hab schon verstanden«, hustete Ciset. »Der Herr Notar will, daß ich zur Sache komme ... Aber das kann ich nicht, bevor ich nicht die ganze Geschichte mit dem Garten erzählt habe. Was ich sagen wollte, bevor Ihr mich unterbrochen habt« – ein vorwurfsvoller Blick in Richtung Notar –, »war, daß ich zuletzt nur noch für die Massós gearbeitet habe. Donya Marianna, die sonst an allem etwas zu mäkeln hatte, ließ mir, was die Blumen betraf, immer freie Hand. Wenn sich überhaupt jemand in meine Arbeit einmischte, dann Don Rafel. Bis zu jenem Tag, von dem ich wünschte, ich hätte ihn nie erlebt ... Na ja, eigentlich war es eher eine Nacht ...«

Wieder packte ihn der Husten, gerade als es interessant zu werden versprach. Seine Zuhörer mußten sich gedulden, bis der Anfall vorüber war, und der Notar dachte, daß es eine schlechte Idee gewesen war, den Ratafia auszuschlagen. Ciset, noch immer zusammengekrümmt von der Anstrengung, tupfte sich mit einem schmutzigen Taschentuch behutsam die Lippen, als wollte er ein ausgehustetes Stückchen Leben einfangen. Als er wieder zu Atem gekommen war, berichtete er, wie er eines Tages zu Beginn des vorletzten Herbstes ganz allein und ungestört im Garten vor sich hin gewerkelt hatte, weil Herrschaft und Dienerschaft noch nicht aus der traditionellen Spätsommerfrische in Santa Coloma zurückgekehrt waren. Ciset war beauftragt worden, den Garten für die Rückkehr der Herrschaften herzurichten, und hatte beschlossen, die Beete mit Chrysanthemen und Alpenveilchen zu bepflanzen und in die Mitte Wasserlilien und Callas zu setzen, wunderhübsch, versteht Ihr? Den ganzen Nachmittag jätete er Unkraut und schichtete es zu einem Haufen, um es später zu verbrennen, denn er wollte den Garten so weit vorbereiten, daß er den ganzen nächsten Tag würde pflanzen können. Er arbeitete bis spät in den Abend hinein, bis es zu dunkel war, um weiter mit der Hacke zu hantieren, und ging dann, erschöpft von der Plackerei, nach Hause. Er erinnerte sich, daß er an diesem Tag zu müde zum Abendessen gewesen war und daß seine Frau geschimpft hatte, so geht das nicht, Ciset, aber den Rest ihrer Gardinenpredigt hatte er nicht mehr mitbekommen, weil er schon schnarchte. Damals hatte der Husten bereits angefangen, aber sie hatten sich nicht darum gekümmert, weil in Barcelona viele Leute Husten hatten.

Ein gebieterisches Klopfen an der Tür weckte ihn auf. Seine Frau rührte sich neben ihm im Bett, und davon erwachte er ganz. Klopft da nicht jemand? fragte er, und sie tastete nach einer Kerze und murmelte, ich glaube, ja, wer mag das sein? Um diese Zeit klopft doch kein anständiger Mensch. Um sie zu beruhigen, sagte er, na, na, was redest du da, aber ein klein wenig bange war ihm auch, ohne daß er hätte sagen können, warum. Ich mache schon auf, sagte er. Er nahm Remei die brennende Kerze aus der Hand und ging im flackernden Schein die Treppe hinunter bis zur Tür. Es war der Herr. Seid Ihr denn nicht in Santa Coloma? Und der Herr sagte, pssst, Ciset, um Gottes willen, sei leise! Bist du allein? Er antwortete, meine Frau ist bei mir, Senyoria. Und Don Rafel sagte, gut, gut, zieh dich an, es ist sehr wichtig. Ciset ließ den Herrn im Dunkeln stehen und stieg im flackernden Kerzenschein wieder die Treppe hinauf, und der Herr hörte Stimmengemurmel, konnte aber nicht verstehen, was Ciset seiner Frau erzählte. Jedenfalls kam Ciset nach ein paar Minuten wieder herunter, angezogen und die Jacke übergeworfen, denn obwohl es erst Anfang September war, war es schon recht kühl.

Es war nicht gerade ratsam, sich nach Mitternacht in den

einsamen Straßen Barcelonas herumzutreiben. Aber in jener Nacht schien der Herr alle Bedenken in den Wind zu schlagen. Er schritt rasch aus und wirkte sehr verängstigt. Bald hatten sie ein niedriges kleines Haus Ecke Carrer de les Caputxes und Argenteria erreicht. Mit einem gewaltigen Schlüssel, den er aus der Manteltasche zog, schloß der Herr auf und führte ihn in einen kleinen Vorraum, der von einer blakenden Petroleumlampe erleuchtet wurde. Nachdem er die Tür hinter sich geschlossen hatte, flüsterte er, sieh mal, Ciset, ich bin in Schwierigkeiten, und du mußt mir helfen; ich werde dich fürstlich belohnen, Ciset, du wirst es nicht bereuen, und Ciset roch die Angst im Atem seines Herrn, und die einzige Antwort, die ihm einfiel, war, ja, Senyoria, und das war mein Verderben.

»Nun also, wie auch immer«, unterbrach ihn der Pfarrer mit trockener Kehle, »sagtest du nicht, du hättest Ratafia?«

»Galana!« rief Ciset halblaut, denn zu mehr reichte seine Kraft nicht. Sofort öffnete die Haushälterin die Tür und tat so, als wäre sie gerade vom Garten hereingekommen.

»Habt Ihr nach mir gerufen?«

»Ratafia für die Herren«, sagte Ciset hustend. »Und Plätzchen, wenn noch welche da sind. Die arme Remei hat noch welche gebacken, bevor sie …«

Die Haushälterin schickte sich an, das Zimmer zu verlassen, blieb aber wie angewurzelt stehen, als eine feste Hand mit eisernem Griff ihren Arm packte.

»Verdammt noch mal, Galana, will sagen«, rief der Pfarrer, bleich vor Entrüstung. »Hinter der Tür lauschen, wenn jemand beichtet, ist eine schwere Sünde. Dafür kommst du gewissermaßen direkt in die Dingens, verstanden?«

Galana eilte die Treppe hinunter, um das Verlangte zu holen, und dachte bei sich, daß sie weniger Angst vor der Hölle hatte als davor, die Gelegenheit zu verpassen, endlich hinter das Geheimnis Cisets und seiner Frau zu kommen.

Die drei Männer warteten schweigend, bis Galana sie bedient hatte. Ciset nutzte die Pause, um durchzuatmen, zu husten und Kraft zu schöpfen. Er wirkte geistesabwesend, als sei er in Gedanken im Carrer de les Caputxes, Ecke Argenteria, hinter Santa Maria del Mar, in der Nacht, als er den nach Angst stinkenden Atem seines Herrn gerochen hatte, und er, armer, irrer Idiot, gesagt hatte, ja, Senyoria, wie Ihr befehlt, Senyoria, woraufhin dieser ihn in ein Zimmer geführt hatte, ein Schlafgemach, in dem ebenfalls ein schwaches Lämpchen brannte. Auf einem Bett lag zwischen zerwühlten, zerrissenen Laken eine junge Frau, nackt, schön und tot. Ciset stockte der Atem, als hätte er mit einemmal alle Angst der Welt eingeatmet. Ist sie tot?, fragte er, weil ihm nichts Besseres einfiel, und der Herr wischte sich den Schweiß von der Stirn und sagte, ja, Ciset, sie ist tot; als ich hier ankam, da … da habe ich sie so gefunden. Dabei zitterte seine Stimme. Ich weiß nicht, ob du das verstehst, Ciset, fuhr er fort, aber ich kann mir nicht erlauben, daß bekannt wird, daß ich und diese Frau … wie auch immer, die Leiche mußte aus dem Haus geschafft werden, und Ciset verstand, daß diese schöne, nackte, tote junge Frau die heimliche Geliebte seines Herrn gewesen war. Er trat näher an sie heran und betrachtete sie genau. Dann hob er den Kopf und sagte, mir scheint, sie wurde erwürgt, Senyoria, und faßte sich an den Hals. Der Herr, der sich hatte setzen müssen, weil ihm die Beine versagten, antwortete, glaubst du, Ciset?, und schwitzte noch mehr, obwohl es gar nicht warm war, und Ciset sagte, ja, ganz gewiß, Herr, und da entfuhr dem Herrn ein lautes, schmerzliches Stöhnen, sicher litt er fürchterlich, und der junge, schöne, nackte, tote Körper war noch warm;

sie muß gerade erst ermordet worden sein, Senyoria. Der Herr sah ihn so merkwürdig an, daß Ciset es mit der Angst zu tun bekam, und er fing an draufloszuplappern, was soll ich tun, Senyoria? Ich habe doch mit der ganzen Sache nichts zu tun, nicht wahr, Senyoria? Und ich will da nicht mit reingezogen werden. Und der Herr, der wie ein Häufchen Elend im Sessel saß, sagte, ich werde dich mit Gold überhäufen, Ciset, du wirst nie wieder im Leben arbeiten müssen, das schwöre ich dir, wenn du mir jetzt nur hilfst. Und als ich ihn fragte, wie ich ihm helfen solle, antwortete er, wirf sie ins Meer, Ciset, bind einen Stein daran, damit sie nie wieder auftaucht, und ich dachte, na, der hat Nerven, einen Körper ins Meer zu werfen, der noch warm ist. Ich werde dich mit Gold überhäufen, Ciset, sagte er noch einmal, und ich sah, daß er weinte, und wußte nicht, was ich tun sollte, denn mir war klar, wenn ich ihm jetzt meine Hilfe verweigerte, würde er mir das Leben zur Hölle machen, wenn er mich nicht gleich umbrächte. Das dachte ich, Hochwürden, und hatte schreckliche Angst.

»Nun also, mein Sohn, erzähl weiter.« Auch der Notar war ganz Ohr. Und Galana ärgerte sich, weil sie hinter der Tür nur die Hälfte verstand.

Ciset fuhr fort, also habe ich ja gesagt, Hochwürden, und daß ich ihm helfen würde, und obwohl es finstere Nacht war und ich Angst vor der Nachtwache hatte, ging ich zurück zum verlassenen Herrenhaus im Carrer Ample, um die Schubkarre zu holen, die ich für meine Gartenarbeiten benutzte; ich dachte, am Strand würde ich schon einen ordentlichen Stein finden, mit dem ich sie beschweren könnte. Und als Ciset wieder beim Haus im Carrer de les Caputxes angelangt war, öffnete ihm der Herr die Tür und sagte, das hat aber lange gedauert. Sie trugen die Leiche zur Schubkarre, und der Herr legte mir die Hand auf die Schulter und sagte unverfroren, Ciset, mein Freund, man darf mich auf keinen Fall sehen, wie ich Leichen durch die Gegend karre, also vertraue ich dir die Last an und verlasse mich ganz auf deine Diskretion ... Das etwa waren seine Worte, sagte Ciset. Und dann fuhr der Herr fort: Und denk dran, wenn du deine Arbeit gut machst, werde ich dich mit Gold überhäufen, und ich hatte mehr Angst als der Herr und sagte, und was, wenn mich die Nachtwache erwischt? Und er, die werden dich schon nicht erwischen, Ciset. Und ich, das ist leicht gesagt, aber was ist, wenn sie mich doch erwischen? Und da wurde er richtig böse. Aber das war mir egal, er konnte reden, soviel er wollte, denn wenn mich die Nachtwache erwischte, dann war es um mich geschehen. Da sagte er zu mir, Ciset, im Leben gibt es nichts ohne Risiko; willst du eintausendfünfhundert Golddublonen im Jahr? Eintausendfünfhundert? rief Ciset mit kugelrunden Augen. Und der Herr überlegte es sich anders und tat, als würde er sein Angebot wiederholen, jawohl, mein Lieber, eintausendzweihundert Golddublonen, und Ciset verbesserte ihn, eintausendfünfhundert, und damit war der Herr einverstanden. Das zahle ich dir Jahr für Jahr, wenn du jetzt diese Leiche ins Meer wirfst. Und wenn sie mich doch erwischen? beharrte Ciset, und Don Rafel sah ihn an, als wollte er sagen, du kannst einem aber wirklich auf die Nerven gehen, und antwortete nach einer Pause etwas ruhiger: Wenn die Nachtwache dich erwischt, Ciset, werde ich meinen ganzen Einfluß geltend machen, und der ist gewaltig, damit dir nichts passiert; darauf kannst du dich verlassen. Du hältst einfach schön den Mund, und ich sorge dafür, daß du das Gericht als freier Mann verläßt. Und ich werde dich mit Gold überhäufen. Und dann gab er mir auf der Stelle fünfzig Escudos, um mich zu überzeugen. Noch nie hatte ich so viel Geld in einem Beutel beisammen gesehen, und so entschied ich mich schließlich.

»Und, habt Ihr die Leiche ins Wasser geworfen?« fragte der Notar, das Glas Ratafia in der einen und die Schreibfeder in der anderen Hand.

»Nein«, widersprach Ciset. »Ich habe die Leiche nicht ins Meer geworfen.«

Er hustete wieder, und die drei, die ihm die Beichte abnahmen, der Notar, Galana und der Pfarrer, mußten sich gedulden, bis Ciset weitersprechen konnte. Er bedeutete mit einer Geste, sie sollten ihm Likör einschenken, und der Pfarrer kam dieser Aufforderung unter großzügiger Mißachtung der Vorschriften für die Behandlung Todkranker beflissen nach. Auch der Notar hatte keine Einwände. Nur Galana hätte vielleicht protestiert, wenn sie gekonnt hätte.

»Ich habe sie nicht ins Meer geworfen«, wiederholte Ciset, dem der Likör neue Kräfte verliehen hatte. »Oder besser gesagt, ja und nein. Ich meine, es war furchtbar. Könnt Ihr Euch vorstellen, wie es ist, mitten in der Nacht eine Leiche herumzukarren, stets auf der Hut vor der Nachtwache? Der Herr ließ mich nämlich mit der Toten allein, er müsse noch im Haus bleiben und aufräumen, und früh am Morgen müsse er nach Santa Coloma zurückkehren. Und da stand ich armer Depp nun, mit einer Toten am Hals, von der ich nicht einmal den Namen kannte und die noch warm war. Ich hatte keine Lust, über den Pla del Palau zu gehen, denn dort ist die Wache immer auf Streife, und der Umweg über den Carrer de la Bòria war auch versperrt, weil an der Markuskapelle vielleicht schon die Postkutsche zur Abfahrt bereitstand. Ich hatte solche Angst, zum Meer hinunterzugehen ... Ich verfluchte den Herrn, denn ich war sicher, daß er das alles wußte. So karrte ich Dummkopf die Leiche herum, als plötzlich etwas Seltsames in mir vorging: Ich sah die eintausendfünfhundert Dublonen vor mir und wußte, daß ich dem Herrn die Leiche nicht zurückbringen konnte. Und da kam ich auf die Idee, meine Angst in Rache zu verwandeln. Schmeckt Euch der Ratafia?«

»Ausgezeichnet«, bezeugte der Notar.

»Will sagen, gewissermaßen«, beichtete der Pfarrer.

Nach diesem einhelligen Lob berichtete Ciset weiter, ich hielt mich lieber an die vertrauten Gassen, und so ging ich den Carrer d'en Gignàs hinab. Bald war er mit seiner makabren Last bei den Hintergärten angelangt, und da er den Schlüssel zur Gartenpforte des Palasts Massó bei sich trug, konnte er mühelos hinein. Der Garten lag im Dunkeln, aber er kannte jede Handbreit. Er stellte die Schubkarre beim Springbrunnen ab und brach in Tränen aus, o Gott, warum habe ich mich bloß auf eine so üble Geschichte eingelassen ... Als er sich von dem mühsamen Transport ein wenig erholt hatte, merkte er plötzlich, daß die kalte Nachtluft ihn schaudern machte; in Wirklichkeit aber war es Fieber. Und Angst, lähmende Angst: er und eine noch warme Leiche um Mitternacht im Garten; er und das Gericht; er und der Galgen, und das alles wegen Don Rafel. Bei diesem Gedanken kam wieder Leben in ihn. Auf dem Weg zum Geräteschuppen erinnerte er sich an die Blumenbeete rund um den Springbrunnen: Dort war die Erde am lockersten, und das Graben würde ihm leichter fallen. Und so machte er sich unter Schweiß, Tränen, Haß und Fieber daran, in dem Beet, das am weitesten vom Haus entfernt lag, wie besessen eine tiefe Grube auszuheben. Gut zwei Stunden brauchte er dazu, und er hätte gerne noch zehn Stunden weitergegraben, wenn er damit diesem Körper, der noch warm war, ein Grab in der Hölle hätte schaffen können. Aber er hatte Angst, von der verräterischen Morgendämmerung überrascht zu werden. Darum sagte er sich, als die Grube so tief war, daß er aufrecht stehend gerade noch hinaussehen konnte, genug, das reicht, ich kann nicht mehr. Er kletterte heraus und nahm die Leiche auf. Dabei berührte er unwillentlich deren Hand, und ihn schauderte; zugleich aber bemerkte er einen Ring, der ihm schon aufgefallen war, als er die Tote auf dem Bett hatte liegen sehen: Es war ein prächtiges Stück und sicherlich ein Vermögen wert. Er überwand seinen Ekel und zog den Ring mit einem Ruck vom Finger, getrieben von Wut und Rachsucht gegenüber dem Mann, der ihn in diese Lage gebracht hatte. Als er die Leiche gerade in die Grube werfen wollte, schlug es von Sant Francesc drei Uhr. Reglos lauschte er auf die Glockenschläge, die ihm vorkamen wie die Zeugen seiner Sünde, welche ihm fortan jährlich eintausendfünfhundert Dublonen einbringen sollte. Kaum waren die Schläge verhallt, packte Ciset die junge, schöne, unbekannte, nackte Frau und warf den stillen, toten, aber noch warmen und weichen Körper in die Grube. Pflatsch, machte es, und dieses Geräusch grub sich ihm ins Herz und ins Gedächtnis. Pflatsch – das hieß soviel wie, hier wirst du liegen, still und stumm, und kalt werden in der Feuchtigkeit und bei den Würmern, unbekannte Schöne, wer weiß, warum man dich umgebracht und mir aufgehalst hat. Pflatsch. Neun Spannen Erde werden dich bedecken, du junge, hübsche, nackte und tote Frau, ich weiß nicht, ob es eine Sünde ist, jemanden zu begraben, der noch warm ist; es war, als ob noch ein Rest Leben in ihr wäre oder als würde ich die Tote umbringen, versteht Ihr mich, Hochwürden? Ist es eine Sünde, einen Toten zu töten, Hochwürden? Aber bevor der Pfarrer antworten konnte, nun also, gewissermaßen, will sagen, mein Sohn, erzählte Ciset weiter. Mit letzter Kraft hatte er das Loch zugeschaufelt, und jede Schaufel Erde fiel wie ein dumpfer Schlag auf den Körper der jungen Frau, und er fürchtete, ihr weh zu tun, bis die gespenstische Erscheinung unmerklich verschwand und Erde nur noch auf Erde fiel. Obwohl sich im Blumenbeet nun ein kleiner Hügel wölbte, war noch ein großer Haufen Erde übrig. Er verteilte sie auf die übrigen drei Beete und war danach zu müde, erschöpft und fiebrig, um wenigstens noch ein Gebet für die Tote zu sprechen. Dann herrschte Stille.

»Mein Gott!« brachte der Notar nach einer Weile hervor, und der Pfarrer an seiner Seite und Galana hinter der Tür dachten das gleiche. Hustend hob Ciset den Zeigefinger, um deutlich zu machen, daß er noch etwas zu sagen hatte, und fuhr dann mit seiner dumpfen, monotonen Stimme fort, und obwohl ich vollkommen erschöpft war, Hochwürden, war meine Arbeit noch nicht beendet. Die Herrschaften würden zwei Tage später zurückkehren, und ich mußte verhindern, daß sie Verdacht schöpften. Darum tat ich die Arbeit, die ich mir für den nächsten Tag vorgenommen hatte: Über dem Kopf der Toten pflanzte ich drei Callas. Dorthin, wo die Hände gewesen sein mußten, setzte ich zwei weiße und zwei rote Alpenveilchen, ich hatte das ja am Tag zuvor schon vorbereitet, Hochwürden. Über den Beinen pflanzte Ciset karminrote Primeln und über dem schönen, ekelerregenden Rumpf gelbe und karminrote Chrysanthemen, Allerseelenblumen, die niemanden daran erinnern würden, daß dieses blühende Beet ein Grab war und der prächtige Garten der Massós in Wahrheit ein Friedhof. Je heller es wurde, desto leichter ging ihm die Arbeit von der Hand, und er beeilte sich, auch die anderen Beete zu bepflanzen und das zu begradigen, was ihm im Dunkeln nicht recht gelungen war. Um sieben Uhr morgens schließlich legte sich Ciset, zu Tode erschöpft von jener schrecklichen Nacht, von der er wünschte, er hätte sie nie erlebt, unter Remeis fragendem Blick ins Bett. Zehn Stunden lang schlief er unruhig, von Fieber geschüttelt.

»Und seither«, fügte er mit rauher Stimme hinzu, »habe ich nie mehr gut geschlafen. Mich verfolgt das Gespenst der armen Frau.«

Schwerfällig drehte er sich um und zog die Nachttischschublade auf.

»Das ist der Ring.«

Der Notar sprang auf, ging zu dem Kranken und nahm ihm ohne Umschweife den Ring aus der Hand.

»Warum habt Ihr ihn an Euch genommen?«

»Ich weiß es nicht. Vielleicht, weil er einen Haufen Geld wert ist, Herr Notar.«

»Und warum habt Ihr ihn nicht verkauft?«

»Aus Angst.«

Der Notar verkniff sich jeden Kommentar über den Wert des Rings. Widerstrebend gab er ihn dem Kranken zurück, nahm wieder Platz und kritzelte etwas auf ein Stück Papier.

»Und habt Ihr die versprochenen Zahlungen regelmäßig erhalten?«

»Als der Herr samt Anhang aus Santa Coloma zurückkam, habe ich ihm gesagt, daß ich nie wieder in diesem Haus arbeiten wolle. Er fragte nur, was ich vorhabe. Er war mir wirklich sehr dankbar, denn er glaubte ja, ich hätte die Leiche ins Meer geworfen, versteht Ihr? Und ich sagte, ich wolle verschwinden, und da bot er mir dieses Haus hier an, es gehört anscheinend der Familie seiner Frau.«

»Aber die Dingens – hast du sie bekommen?« fragte der Pfarrer.

»Ja, Hochwürden. Alle zwei Monate kam einer seiner Diener und brachte einen Beutel Gold. Aber hier habe ich ja so gut wie nichts davon.«

»Und warum hast du dich mit deinem Leben im Exil abgefunden?«

»Aus Angst.«

»Und die Dingens?«

»Wie bitte, Hochwürden?«

»Deine Frau, Remei. Hat sie sich auch damit abgefunden?«

»Ich mußte ihr alles erzählen. Sie hatte ein gutes Leben hier, wohnte in einem schönen Haus, einem Herrenhaus ... Aber sie war immer traurig. Die Traurigkeit hat sie umgebracht.«

»Warum bist du nicht weiter weggezogen, ins Ausland?«

»Hier waren wir schon weit genug weg.«

»Und warum erzählst du uns jetzt die ganze Geschichte?«

Wieder mußte Ciset heftig husten; offensichtlich bekam ihm das Erzählen besser als die Fragen der Zuhörer. Als der Anfall vorüber war, antwortete er:

»Ich liege im Sterben ... Ich habe Angst ... und Remei ist aus Traurigkeit gestorben, und der Herr ist dran schuld, wegen allem, was er mich gezwungen hat zu tun.«

»Wie auch immer, mein Sohn ... Beichtest du, weil du deine Taten bereust, oder ist es allein das Gelüst nach Rache, gewissermaßen?«

»Warum fragt Ihr mich das, Hochwürden?«

»Weil ich die Absolution nicht erteilen kann, wenn du deine Sünden nicht bereust.«

»Verdammt.«

Obwohl es nun um rein professionelle Fragen ging, hörte der Notar neugierig zu, während er am Ratafia nippte.

»Was heißt hier verdammt, Ciset, verflixt noch mal? Bereust du?«

Einen Augenblick lang war es still; nur das mühsame Keuchen des Kranken war zu vernehmen. Der Notar und der Pfarrer im Zimmer und Galana hinter der Tür warteten gespannt. Wieder bellte der Hund, als übte er schon das Klagegeheul für den Verstorbenen. Ciset wartete, bis er verstummt war.

»Ich will nicht in die Hölle kommen. Aber ich will trotzdem, daß es den Herrn erwischt ... er hat sie nämlich umgebracht, versteht Ihr, und dafür soll er bezahlen. Er hat meine Remei auf dem Gewissen, die aus Traurigkeit und Angst gestorben ist, Hochwürden. Und ich will, daß der Herr für ihren Tod bezahlt, denn die arme Remei hatte an alldem keine Schuld.«

Wieder schwiegen alle. Ciset ruhte erschöpft und mühsam atmend von seinem Bericht aus; sein Blick wurde glasig. Er dachte an Remei, die auf dem Waschplatz tot umgefallen war, als sie gerade sagen wollte, Ciset, es ist Zeit für die Messe, mit dem Meßbuch in der Hand, gestorben an Schwermut und schlechtem Gewissen, denn schweigen, Ciset, ist auch eine Sünde, und der Herr war schuld an ihrem Tod; und Ciset dachte an das unheimliche Geräusch, das ihn schon so lange verfolgte und ihm keine Ruhe ließ, pflatsch, so war der Körper in die Grube gefallen, die ich ausgehoben hatte, das ist kein Leben, Hochwürden, und dafür muß der Herr büßen. Hochwürden Joan war gewissermaßen ratlos, denn dies war ein schwieriger Fall, und er wollte ihn um keinen Preis vermasseln. Von dem Mann, der drei Frauen vergewaltigt hatte, einmal abgesehen, war dies die heikelste Beichte, die ihm bisher untergekommen war. Er hatte Bedenken, weil er nicht sicher war, inwieweit den Dingens eher Rachsucht als Reue trieb, und soweit er wußte, war die Absolution gewissermaßen, will sagen, nun also. Notar Tutusaus dagegen war die Ruhe selbst; schließlich war er einzig und allein als

Zeuge anwesend und somit in der beneidenswerten Lage, an vorderster Front dabeisein zu können, ohne daß jemand von ihm verlangte, die Initiative zu ergreifen. Am meisten litt vielleicht Galana, die auf ihrem Lauschposten nur die Hälfte mitbekam. Klar war, daß da drinnen im Zimmer endlich das Rätsel um Cisets und Remeis Reichtum gelöst wurde, und das wollte sie sich nicht durch irgendwelche theologischen Skrupel des Pfarrers verderben lassen. Sollte sie als erste im Dorf von dem Geheimnis berichten können, so würde ihr dies für den Rest ihres Lebens eine unanfechtbare Vormachtstellung sichern. Und wenn es eine Sünde war zu lauschen, nun, dann würde sie eben anschließend beichten, und das war's.

Schließlich brach Ciset das Schweigen. Mit einschmeichelnder Stimme deutete er an, daß er noch viel Geld besitze, daß er gedenke, den Herrn Notar für seine Dienste großzügig zu entlohnen, und daß die Pfarrei von Sant Martí de Mura eine beträchtliche Schenkung, fast so etwas wie ein Erbe, erwarten könne, da er Witwer und kinderlos war. Notar und Dingens spitzten die Ohren und stellten im Geiste Berechnungen über den Umfang von Cisets Vermögen an. Und Galana dachte, ich möchte bloß wissen, wo sie das Geld versteckt haben, ich habe nie was davon gesehen.

»Bitte lest mir vor, was Ihr aufgeschrieben habt, Herr Notar.«

»Hm? O ja, natürlich … Aber zuerst muß ich es ins reine schreiben. Und du mußt es unterzeichnen.«

»Ich kann nicht schreiben.«

»Das macht nichts.«

»Nun gut.« Er holte tief Luft. »Wenn ich damit einverstanden bin, was Ihr geschrieben habt, muß ich Euch erklären, wie Ihr weiter verfahren sollt.«

»Selbstverständlich. Das ist nur recht.«

Aber das alles war unwesentlich. Das entscheidende Wort hatte der Pfarrer. Wieder verstrichen mehrere Minuten, ohne daß jemand etwas sagte. Galana befürchtete schon, die drei da drinnen seien eingeschlafen, und mußte sich beherrschen, um nicht einfach hereinzuplatzen. Der Pfarrer wog währenddessen ab, hin- und hergerissen zwischen seiner Pflicht als Beichtvater und seiner Verantwortung als Seelsorger einer armen Dorfgemeinde, der ein hübsches Sümmchen in Aussicht stand, gewissermaßen zur größeren Ehre Gottes.

Schließlich ermahnte der Pfarrer mit zögerlicher Stimme den Sünder zur Reue und sprach dann im gleichen zögerlichen Tonfall die Formel, die den Fall abschloß, Ciset von seinen Sünden freisprach und ihm die Himmelspforte aufstieß, *ego te absolvo a peccatis tuis*, na endlich, das wurde ja auch Zeit, dies ist meine Rache für Remeis Tod; nun kann ich endlich sterben, und dieser Schweinehund wird bekommen, was er verdient, *in nomine Patris et Filii et Spiritus Sancti.* Draußen auf dem Flur bekreuzigte sich Galana, der Notar unterdrückte ein hungriges Gähnen, und Ciset antwortete mit dumpfer Stimme, Amen.

Einen sorgfältig verpackten Schmalzkuchen als Begrüßungsgeschenk in der einen Hand, schloß Don Rafel mit der anderen sehnsuchtsvoll die Tür auf und betrat heimlich sein Liebesnest, den verborgenen Winkel seiner Freuden, unser gemeinsames Paradies, nicht wahr, Elvira, mein Schatz, mich hast du nicht erwartet, du dachtest wohl, ich sei in Santa Coloma? Das Eßzimmer war leer. Wo mag sie sein? Und als er den Raum durchquert hatte, das Kuchenpäckchen in der Hand, sah er am Ende des Korridors die Tür des Schlafzimmers, seines innersten Heiligtums, offenstehen und vernahm von dort lautes Stöhnen und Schnaufen. Erschreckt dachte Don Rafel im ersten Augenblick an ein Wildschwein, doch kaum hatte er die Schlafzimmerschwelle erreicht, erblickte er statt dessen das Hinterteil seiner liebsten, treuen Elvira, das sich dem erigierten Glied eines jungen Mannes darbot, während sie mit einer Hingabe, die der unglückselige Don Rafel nur allzugut kannte, einem zweiten, muskelbepackten Jüngling mit geschlossenen Augen und einem Ausdruck tiefster Befriedigung einen blies. Die drei waren so eifrig bei der Sache, daß keiner von ihnen den Eindringling bemerkte, der in diesem Augenblick fühlte, wie ihm die Hörner, die ihm vor seinen Augen aufgesetzt wurden, die Perücke durchbohrten. Der kniende Jüngling widmete sich mit all seiner mühsam beherrschten Lust dem Hinterteil der wollüstig stöhnenden Elvira. Der zweite Jüngling, der, seiner Miene nach zu urteilen, kurz vor dem Orgasmus stand, riß die Augen auf, als er den ungläubigen Don Rafel in der Tür erblickte, der noch immer den verschnürten Kuchen in der Hand hielt. Vor Schreck vergaß er zu kommen und tippte Elvira auf den Rücken, doch diese reagierte nicht, weil sie wohl dachte, das gehöre zum Spiel dazu. Schließlich verpaßte er ihr mit der flachen Hand einen ordentlichen Klaps. Elvira ließ sein Glied fahren und rief, was soll denn das? Ich bin doch keine Trommel! Von dem entsetzten Blick des Jünglings alarmiert, wandte sie den Kopf, aber an der Tür war nichts und niemand zu sehen. Oder doch: ein ordentlich verschnürter Kuchen, wie ihn Don Rafel ins Liebesnest mitzubringen pflegte.

»Was ist los?« fragte sie erschrocken.

»Er war hier.«

Elvira richtete sich auf, zur Überraschung und Verärgerung des zweiten Jünglings, der so in seine Beschäftigung vertieft war, daß er nichts mitbekommen hatte.

»O mein Gott!« Elvira sprang aus dem Bett, lief in den Flur und rief, Rafallus, mein liebster Rafallus! Es ist nicht so, wie du denkst! Ich kann dir alles erklären! Warst du denn nicht in Santa Coloma? Aber Don Rafel hörte ihre lächerlichen Beschwichtigungsversuche nicht; er lief schon den Carrer Argenteria hinauf, ein Hahnrei trotz der Unantastbarkeit seiner keuschen Gemahlin Donya Marianna. Noch vor der Plaça del Blat machte er jedoch kehrt und stürmte wie ein Unwetter zurück zu seinem Liebesnest, das hinter seinem Rücken zum wüstesten Bordell von ganz Barcelona geworden war, o schmutzige Höhle, stinkende Jauchegrube, Hurenhaus mit vor Verdorbenheit triefenden Wänden, widerliche Halde menschlichen Abfalls, eiterndes Geschwür niederster Instinkte, Grotte der Perversionen, Hölle aller Laster, Obstkorb fauliger Früchte, die die Luft verpesten. Mit einem Schwung, den man nicht einmal von seinen flammendsten Auftritten bei Gericht kannte, preschte Don Rafel ins Schlafgemach, entschlossen, die beiden lasterhaften Jünglinge zur Rede zu stellen. Doch die beiden hatten sich längst aus dem Staub gemacht, denn wer heimliche Liebschaften pflegt, muß flinke Beine haben. Nur der Kuchen lag noch auf dem Boden, und aus dem Hinterzimmer drang Elviras Schluchzen.

»Du schamloses Geschöpf! Seit wann …«

Elviras einzige Antwort war ein Schluchzen. Es bedurfte auch keiner weiteren Erklärungen. Mit einemmal kamen Don Rafel all die Anzeichen ihrer Untreue in den Sinn, die er bisher geflissentlich übersehen hatte, von Elviras verstohlenen Blicken bis hin zum Onkel Ventura, und er begriff, daß die Sache schon lange so gegangen war und auch für ihn die unabänderliche Regel galt, daß der Betrogene es stets zuletzt erfährt. Und ihm wurde klar, daß er die ganze Zeit die Unzucht finanziert und gefördert hatte, die hier eine erkleckliche Anzahl seiner Mitbürger montags, dienstags, donnerstags, samstags und sonntags mit seiner schamlosen Geliebten getrieben hatte, der seine Liebe nicht genügte ... Bei dieser Vorstellung sah er rot. Er packte Elvira und schüttelte sie, Flittchen, Dirne, Hure, und Elvira schluchzte haltlos, und dann war es einen Augenblick lang still, weil Don Rafel vor Wut die Beleidigungen im Halse steckenblieben. Elvira beruhigte sich ein wenig.

»Du bist schlimmer als eine läufige Hündin«, stieß Don Rafel schließlich verächtlich hervor.

»Und du ein lahmer Bock«, gab Elvira zurück, damit er begriff, daß sie sich andere Bullen suchen mußte, da er nun einmal unfähig war, ihre unstillbare Lust zu befriedigen. Und Don Rafel verstand, wenn auch nur halb. Rasend, schäumend, rat- und besinnungslos stürzte er sich erneut auf Elvira und packte sie an der Kehle. Erst nach einer ganzen Weile bemerkte er, immer noch halb blind vor Wut, daß seine arme, seine ärmste Elvira sich nicht mehr regte und keinen Laut mehr von sich gab. He, Elvira, was soll denn das, nun komm schon! Ich wollte nicht ... Verdammt, Elvira! Sag doch was! Was haben sie dir angetan? Elvira, ich wollte wirklich nicht ... Wach auf, verdammt! Tu nicht, als würdest du schlafen! Schluchzend warf sich Sa Senyoria über die Leiche seiner geliebten kleinen Elvira. Meine liebste Elvira, das habe ich nicht gewollt.

II

»Hast du nicht da oben gewissermaßen etwas rascheln hören, Tuietes?«

»Nein, Hochwürden.«

»Hoffentlich haben wir nicht wieder Dingens, will sagen, Mäuse.«

Nervös begann Tuietes abzuräumen. Wäre der Pfarrer ein aufmerksamerer Beobachter gewesen, so hätte er bemerkt, daß seine Haushälterin immer wieder zur Zimmerdecke hinaufschielte, während sie die Teller aufeinanderstapelte. Aber der Pfarrer betrachtete statt dessen den Notar, ein wenig besorgt, ob dieser wohl mit dem hochherrschaftlichen Abendessen zufrieden war.

»Laß alles bis morgen stehen, Tuietes, wir wollen uns in Ruhe unterhalten.«

So nahm die Haushälterin nur die schmutzigen Teller mit. Auf dem Tisch blieben Flaschen, Aschenbecher, Gläser und die Schüssel mit den Überresten des Wildschweinragouts zurück. Ein denkbar ungeeignetes Mahl für jemanden, der einen so empfindlichen Magen hatte wie der Herr Notar, aber es war einfach zu köstlich gewesen. Und dazu dieser hervorragende Wein ... Genüßlich gab sich der Notar Tutusaus jener angenehmen Benommenheit hin, die der Trunkenheit vorausgeht. Er drehte das Glas mit dem Anisschnaps, den ihm der Pfarrer eingeschenkt hatte, in den Händen. Zwischen den beiden Männern verbreitete eine dampfende Kaffeekanne ihren Duft, und soeben gab ihm der Pfarrer die Zigarrenkiste zurück. Andächtig schweigend entzündeten sie ihre Havannas, während draußen der Regen auf das nächtliche

Mura fiel. Sie pafften heftig, und kurz darauf mischte sich das unvergleichliche Aroma der notariellen Zigarren unter den Kaffeeduft. Wie schön ist doch das Leben, dachten beide für sich. Der Notar trank ein Schlückchen Anis und zeigte dann, ein wenig unvermittelt, weil sich allmählich doch der viele Alkohol bemerkbar machte, mit der Zigarre auf den Pfarrer.

»Ich will den Ring.«

»Meinetwegen, will sagen, wie auch immer. Aber angenommen, es kommt zu einer Dingens?«

»Hmm?« Der Notar kannte Hochwürden Joan noch nicht lange genug.

»Zu einer Ermittlung, meine ich. Dann würde er vielleicht gewissermaßen als Beweisstück vermißt.«

»Gewiß, gewiß«, beruhigte ihn der Notar, »ebendarum will ich ihn ja in Verwahrung nehmen, wenn Ihr versteht, was ich meine.«

Eine Zeitlang rauchten sie schweigend. Es war ein geschickter Schachzug des Notars gewesen, dem Sterbenden vorzuschlagen, er möge doch, nun da er einmal hier sei, gleich ein Testament aufsetzen. Ciset, dessen dringlichster Wunsch schon erfüllt war, hatte sofort zugestimmt. Das Testament war schnell geschrieben, da Ciset außer den Goldmünzen, all den Reals und Escudos, die er und Remei zu Lebzeiten nicht hatten ausgeben können, kaum etwas besaß. Allerdings vermachte er die Spiegelkonsole Galana, die ihn in den letzten Tagen seines Lebens aufopfernd gepflegt hatte, und Galana hinter der Tür dachte, fahr zur Hölle, Idiot, was zum Teufel soll ich denn mit der Spiegelkonsole, Geld will ich sehen, oder was denkst du, warum ich dir den Hintern abwische? Da sie aber auf der falschen Seite der Tür stand, mußte sie ihre Meinung für sich behalten. Ciset fuhr fort:

»Die dreizehn Spiegel, die Remei gekauft hat, sind fürs Pfarrhaus bestimmt, ebenso die Betten, das Tête-à-tête-Sofa und der Eßtisch mit den dazugehörigen Stühlen. Und meinen größten Schatz – schreibt das auf, Herr Notar –, ein Kleinod von unschätzbarem Wert, vermache ich dem Herrn Pfarrer persönlich, der mir in den letzten Augenblicken meines Lebens Beistand geleistet hat.«

»Und was ist das, mein Sohn?« fragte der Pfarrer klopfenden Herzens.

»Ein Schatz ...« Ein Hustenanfall unterbrach ihn. Die beiden Männer tauschten erwartungsvolle Blicke, und Galana im Flur vergoß Tränen vor Wut. »Ein Schatz, an dem ich mich noch viele Jahre erfreuen wollte ... meine einhundertneunundzwanzig Rosenstöcke.«

»Nun also ...«, sagte der Pfarrer, und Galana hatte einen kurzen Moment der Freude. »Wie auch immer ... wie kann ich sie ...«

»Kurz vor dem Beschneiden könnt Ihr sie umpflanzen. Martí von Cal Carner weiß, wie das geht.«

Zuletzt vermachte Ciset seine ganze Barschaft, etwa viertausend Dublonen, will sagen, gewissermaßen ein unglaubliches Vermögen, der Pfarrei von Mura, abzüglich des vom Herrn Pfarrer und dem Herrn Notar für angemessen erachteten Honorars für das Aufsetzen des Testaments, die notarielle Beglaubigung und eventuell noch anfallende Aufgaben. Ah, und für Seelenmessen, Hochwürden.

»Jeden Tag werde ich deiner gedenken, will sagen, gewissermaßen.«

Über das Honorar waren sich der Notar und der Pfarrer rasch einig. Tatsächlich war das Abendessen kaum etwas anderes gewesen als die stillschweigende Besiegelung eines Abkommens, das sie beide reich machen würde.

»So eine Havanna ist etwas Wunderbares«, sagte der Dingens. »Das ist meine erste.«

Schweigend tranken sie ihren Kaffee. Die Mäuse im oberen Stockwerk hatten offenbar beschlossen stillzuhalten, und nach dem opulenten Mahl machte sich angenehme Schläfrigkeit breit.

»Noch ein Schlückchen Anis?«

»Nein, Hochwürden, nein, ich würde den Weg ins Bett nicht mehr finden.« Aufmerksamkeit heischend hob der Notar die Zigarre: »Ich frage mich, wie ein Mann wie dieser Massó sich so in die Nesseln hat setzen können, findet Ihr nicht auch, Hochwürden?«

Der Pfarrer schwieg unbehaglich, und als der Notar ihn überrascht ansah, sagte er erklärend:

»Es ist mir gewissermaßen nicht erlaubt, über Beichtgeheimnisse zu sprechen.«

»Ich rede nicht von Beichtgeheimnissen, sondern vom Inhalt einer Euch bekannten notariellen Beglaubigung«, erwiderte der Notar ein wenig pikiert. »Und ich meinte damit nur, daß er diesen armen Leuten, sosehr er sie auch bedroht und eingeschüchtert und versucht hat, ihnen mit Gold das Maul zu stopfen, immerzu ausgeliefert war.«

»Wie sich ja nun erwiesen hat«, gab der Pfarrer widerwillig zu. »Dieses Dokument kann diesen Dingens in Barcelona in Teufels Küche bringen.«

»Ja, ich trage schwer an der Bürde dieser Verantwortung«, heuchelte der Notar. »Aber ich fühle mich den Anweisungen meines … meines Klienten verpflichtet. Was hat übrigens der Arzt zu Cisets Gesundheitszustand gesagt?«

»Hier gibt es keinen Arzt. Ich glaube nicht, daß er den morgigen Tag übersteht.«

»Der arme Mann …«

Draußen waren Stimmen zu hören, und der Pfarrer rief mit schwerer Zunge nach der Haushälterin.

»Wer ist da?« fragte er, als die Frau den Kopf zur Tür hereinsteckte.

»Galana«, antwortete die Haushälterin verängstigt.

Die Männer sprangen auf wie von der Tarantel gestochen. Der Notar war schneller.

»Gibt es Neuigkeiten?«

»Nein, nein. Sie ist gekommen, um ... um Zunder für den Herd zu holen.«

»Nun also, um diese Uhrzeit? Mal sehen, ob ...«

»Sie ist schon wieder weg«, fiel ihm die Haushälterin ins Wort, als wollte sie verhindern, daß der Pfarrer in den Flur hinausging. Der zuckte mit den Schultern und zog an der Zigarre.

»Sie ist völlig durcheinander, die arme Frau, will sagen, nun also.« Er setzte sich wieder. »In den Regen hinauszulaufen, nur um Zunder zu holen ...«

»Man sollte den armen Mann nicht allein lassen ...«

»Nein – diese Frau hat sich bereit erklärt, sich um ihn zu kümmern, bis ... gewissermaßen bis seine Stunde gekommen ist.«

Der Pfarrer bekreuzigte sich, und der Notar bemühte sich, eine betroffene Miene aufzusetzen. Tuietes nutzte die Stille, um sich zu verdrücken, und die beiden Männer blieben allein mit ihren Berechnungen zurück, wieviel ihnen wohl diese seltsame Geschichte einbringen würde, die sie zu Erben eines reichen, einsamen, kranken und verbitterten Mannes gemacht hatte.

III

Die Wege des Herrn sind unerforschlich wie die des Schicksals. Wen das Mißgeschick trifft, dem bleibt nichts, als zu klagen, denn jedermann weiß, daß es vergebens ist, gegen das Unglück aufzubegehren, das ist, als würde man gegen den Wind pinkeln oder in den Himmel spucken. Und der unglückliche Andreu Perramon hatte sein Unheil allein der Tatsache zu verdanken, daß der Vicomte von Rocabruna ein rechter Taugenichts war. Wenn dieser junge Sproß des welken Barceloneser Hofadels wie gewöhnlich gegen Mittag aufstand, übellaunig, mit Brummschädel und einem widerlichen Geschmack im Mund, war schon das Bad für ihn bereitet. Beim Baden ließ sich der Vicomte von Rocabruna am liebsten von Agustina verwöhnen, einer attraktiven Frau Anfang Vierzig, die zwar nicht die dienstälteste Hausangestellte war, aber die vertrauenswürdigste. Was der Vicomte und Agustina dann eine Stunde lang in der dampferfüllten Badestube hinter verschlossener Tür trieben, fragte sich halb Barcelona, doch es wußte niemand. Auf jeden Fall kam der Vicomte frisch und sauber aus dem Bad, bereit für einen neuen anstrengenden Tag auf der Suche nach flüchtigen Liebesabenteuern, seinem wichtigsten Lebenszweck. Mit seinen sechsundzwanzig Jahren bewegte er sich wie ein Fisch im Wasser im dichten Geflecht wechselnder Affären, die die zwischenmenschlichen Beziehungen der maroden Aristokratie wesentlich bestimmten. Mehr als einmal hatte er ein von seinem Zynismus verstörtes, weinendes Fräulein belehren müssen, schaut mal, meine Liebe, Ihr tut verkehrt daran, Euch zu verlieben, das ist *tout court* und überdies vollkommen geschmacklos, alle Welt zerreißt sich das Maul darüber, versteht Ihr? Und das Schlimmste daran ist, daß es einem auch noch schlecht geht dabei. Kurz gesagt, *ma chérie*: Amüsiert Euch, genießt das Leben, paßt auf, daß man Euch nicht weh tut, erwartet nichts, und man wird nichts von Euch erwarten. Ah, und noch etwas: Seht zu, daß Ihr nicht schwanger werdet. Und das weinende, verstörte Fräulein putzte sich, noch verstörter, die Nase und klagte, ich weiß nicht, ob sich mit dieser Einstellung das Leben lohnt, und der Vicomte lachte laut auf und sagte, genau mit dieser Einstellung lohnt sich das Leben, mein liebstes Fräulein, denn es ist ja so kurz. Und dann verneigte er sich und ließ das Fräulein noch heftiger weinend, noch einsamer und noch verstörter zurück.

Die Wege des Schicksals sind unerforschlich, soll heißen: Wen's erwischt, den erwischt's. Und das Schicksal wollte es, daß der Notar Tutusaus aus Feixes schlecht geschlafen hatte, daß ihm das Wildschweinragout schwer im Magen lag (von Lorbeer muß ich immer aufstoßen), daß er eine scheußliche Rückfahrt nach Feixes gehabt hatte (das ist keine Straße, das ist ein Krautacker!) und überdies schlecht gelaunt war, weil er Cisets Ring nirgendwo hatte auftreiben können (und dabei hatte ich ihn doch … Sollte etwa dieser verflixte Pfarrer … Man kann einfach niemandem mehr trauen, aber anzeigen kann ich ihn schließlich auch nicht …), als er sich anschickte, nach Barcelona zu fahren, um – dem Letzten Willen des Verstorbenen gemäß – das notdürftig versiegelte Dokument dem Rechtsanwalt Terradelles zu übergeben, da die vom Klienten festgesetzten Bedingungen erfüllt waren, nämlich: a) daß er verstorben sei (was noch in der Nacht des Wildschweinragouts sang- und klang-, wenn auch nicht schmerzlos geschehen war, ohne einen denkwürdigen letzten Satz, nur mit einem traurigen Gedanken an Remei, hustend und unter den Augen einer gleichgültigen und über ihr Erbteil verständlicherweise verärgerten Galana) und b) daß die testamentarisch festgelegten Schritte eingeleitet würden, die verhindern sollten, daß besagter Don Rafel auch nur einen Real wiedersah (eine Bedingung, die besonders eifrig befolgt wurde: Das Geld – o Galana, du dummes Ding, wieso bist du bloß nicht darauf gekommen! – war unter den Rosensträuchern vergraben, zwei Kisten, randvoll mit Dublonen, Duros, halben Duros, Escudos und halben Escudos, mein Gott, ein wahrhaft atemberaubendes Vermögen. Und der ganze Schatz landete im Schoß der Kirche und des Notars, noch bevor die Leiche erkaltet war, hier, Galana, das ist für dich, für die Dingens, will sagen, gewissermaßen für deine Mühen). Der Notar also wollte sich gerade mit den Papieren auf den Weg nach Barcelona machen, als seine Leber ihm den Dienst versagte: Quittegelb war der arme Notar Tutusaus (das war die Schokolade, die ist mir nicht bekommen), da führte ihm das Schicksal den Vicomte von Rocabruna über den Weg, der höchstselbst in Feixes die Vollmacht in Empfang nehmen wollte, die ihn – seiner Tante, der alten Marquise von Sentmenat, die seit drei Monaten in der Hölle schmorte, sei Dank – zum Herrn über den halben Hügel von Sant Llorenç und vierzig Höfe in der Serra d'Obac machte. Der Notar Tutusaus sagte, oh, gerade wollte ich nach Barcelona fahren, um dort wichtige Unterlagen abzuliefern, und in seiner Begeisterung über den neu erworbenen zusätzlichen Reichtum vergaß der Vicomte ganz das Gesetz des geringsten Kraftaufwands und erbot sich, das Dokument mitzunehmen. Der Notar, der das Angebot nicht ausschlagen wollte, sagte schmeichelnd, welch besserem Postillion könnte ich diese Papiere wohl anvertrauen als dem Senyor Vicomte, und legte sich ins Bett, um sich auszukurieren.

Die Papiere, bestehend aus Cisets Beichte, in der Don Rafel des Mordes an einer schönen, jungen, nackten Frau beschuldigt wurde, nahmen abenteuerliche Wege, kaum daß sie in die Hände des leichtfertigen Vicomte von Rocabruna gefallen waren. Sie verbrachten eine Nacht in einem Bordell in Feixes, steckten während der Fahrt nach Barcelona zwischen der schmutzigen Wäsche des Vicomte, wurden in Montcada, wo er zu Mittag speiste, regennaß und lagen dann für ein, zwei Tage vergessen in seinem Reisekoffer, bis Agustina sie fand, als sie dem Herrn das Bad bereitete. Um nicht weiter an sie denken zu müssen, beschloß der Vicomte, die Papiere so schnell wie möglich loszuwerden, und so fragte er einfach unter den Freunden, mit denen er die Mehrung seines Vermögens feierte, herum, kennt jemand von euch einen gewissen Rechtsanwalt Terradelles, ich wäre euch sehr verbunden, und ein schüchterner junger Bursche, ein flüchtiger Bekannter, der die Gesellschaft mit seinem Gitarrenspiel unterhalten hatte, sagte, ich kenne ihn, Senyor Vicomte, und werde ihn just heute abend sehen, weil er den Auftritt der Desflors im Palast von Dosrius sicher nicht versäumen wird. Und so wechselte das Päckchen mit den belastenden Aussagen die Hände, und es war Sankt Martin und regnete seit Tagen in Barcelona.

Drittes Buch

Der unberechenbare Pluto

Pluto ist ein ungewöhnlich kleiner Planet. Bis vor kurzem galt er als äußerster Planet unseres Sonnensystems. Er wurde erst einhundertdreißig Jahre nach der hier geschilderten Jahrhundertwende entdeckt. Doch obgleich weder Don Rafel noch Doktor Dalmases, weder Monsieur Messier noch Mijnheer Huygens etwas von seiner Existenz ahnten, war er da. Gerade einmal neunzehn Jahre zuvor war der Uranus entdeckt worden, und es sollten noch weitere sechsundvierzig Jahre bis zur Entdeckung des Neptun vergehen. Aber Pluto, der Herrscher der Unterwelt, kreiste trotzdem schon auf seiner tödlichen Umlaufbahn, begleitet vom erst 1978 entdeckten trägen Charon, dem Fährmann der Toten und Sohn der Nacht, einem gewaltigen Mond, der fast so groß ist wie sein Herr. Beide, Pluto und Charon, ziehen in majestätischer Langsamkeit knapp außerhalb unseres Sonnensystems ihre Bahn durch das Reich der Schatten und der Kälte, im Sternbild des Stiers, zwischen dem Jäger und seiner Beute, unerschrocken, stumm und teilnahmslos. Pluto und Charon waren frei wie der Tod, unbemerkt und unsichtbar, und dennoch stets präsent, wie der Tod. Und wenn die Menschen des Jahres 1799 den Himmel betrachteten und die beiden nicht sahen, so erging es ihnen wie uns allen, die wir unseren eigenen Tod vor Augen haben, aber so tun, als sähen wir ihn nicht.

I

Die Hinrichtung des unglücklichen Perramon war ein voller Erfolg und die des nuttenmordenden Matrosen die endgültige Krönung von Donya Mariannas guten Werken. Während sich im ersten Fall herumsprach, daß sie persönlich, jawohl, höchstpersönlich, für das Leichentuch aufgekommen war, setzte sie sich im zweiten Fall ebenfalls persönlich dafür ein, daß der Hingerichtete ein Grab bekam, denn schließlich hatte er ja keine Angehörigen, die sich darum kümmern konnten, denk nur, als Holländer und Matrose. Donya Marianna nahm also erhobenen Hauptes an den Sitzungen der Bruderschaft teil, wo sie – sehr zum Bedauern der anderen Präsidiumsmitglieder – nach wie vor ihre exzentrischen Ideen bezüglich der aktiven Rolle der Frauen bei den Tätigkeiten der Bruderschaft vertrat. Die von ihr entworfene neue Ordenstracht für die Prozessionen hingegen wurde ebensowenig in Frage gestellt (ihr Vorschlag wurde vielmehr unverändert angenommen) wie das von ihr erfochtene Privileg der Verzierung der Kerzen mit dem Emblem der Bruderschaft, ein Vorrecht, das bislang nur die Bruderschaft der Schutzbedürftigen genossen hatte, ganz so, als ob die etwas Besseres wären als wir.

So ging das Leben seinen holperigen Gang; Donya Marianna war ganz in Anspruch genommen von den neuen Pflichten, die ihr gesellschaftlicher Erfolg mit sich brachte, und den daraus resultierenden zusätzlichen Besuchen und Gegenbesuchen, die wiederum zu solchen verpflichteten, der Tag müßte hundert Stunden haben, ich verstehe die Leute nicht, die über Langeweile klagen. Don Rafel war sehr viel ruhiger, seit er das Unheil in letzter Minute abgewendet hatte. Es wurde behauptet – und zu anderen Zeiten hätte ihn dies in Panik versetzt –, daß die Jahrhundertwende trotz aller noch im Sommer angestellten Spekulationen keinen neuen Militärgouverneur mit sich bringen werde. Doch eine solche Katastrophe (er würde sich trotz allem weiterhin durchmogeln können wie bisher) war bei weitem der Katastrophe vorzuziehen, in die ihn dieser vermaledeite Perramon mit seinen Papieren beinahe gebracht hätte und die in Schimpf und Schande, ja am Galgen hätte enden können. Aber meine Gaietana hat meine Liebe grausam verlacht. Nun, die Zeit würde es schon richten – so ließ sich vielleicht die gegenwärtige seelische, rechtliche, professionelle, politische, sexuelle, amouröse und wirtschaftliche Verfassung Don Rafels zusammenfassen, der sich an diesem Abend wunderte, daß der Himmel seit so vielen Tagen bedeckt war, und beschloß, daß es nicht lohnte, das Teleskop im Garten aufstellen zu lassen. Verzweifelt überlegte er statt dessen, wie er wohl einem eintönigen Freitagabend an der Seite Donya Mariannas entkommen könne, diese Frau ist eine echte Nervensäge, und ihre langatmigen Geschichten über die Bruderschaft stehen mir bis zur Perücke.

Barcelona hatte auf die beiden Hinrichtungen reagiert wie gewöhnlich: Man schwieg, sah weg, und wer konnte, floh für zwei, drei Tage aufs Land, um nicht indirekt Zeuge eines derart barbarischen Aktes werden zu müssen ... Andere waren begeistert von dem Spektakel, doch empört darüber, daß es zur Unzeit stattgefunden hatte. So waren alle unzufrieden. Aber das Leben in der Stadt ging weiter, und daß der Nieselregen und der Nebel allmählich durch alle Mauern drangen und dieser Dezember der verregnetste des ganzen Jahrhunderts war, wußten nur die Steine. Die Einwohner der Stadt sahen mit kollektiver Ergebenheit dem Ende des Monats, des Jahres und des Jahrhunderts entgegen. Allerdings sorgte ein Grüppchen von Rationalisten, Franzosenfreunden, vaterlandslosen Gesellen und Freimaurern, wie immer eine Minderheit, für heftige theoretische Verwirrung, indem sie bestritten, daß der erste Januar achtzehnhundert tatsächlich der erste Tag des neuen Jahrhunderts sei. Denn – so argumentierten die Ungläubigen, Skeptiker, Anhänger der aufklärerischen Revolution und Republikaner – es war keineswegs erwiesen, daß das Jahr achtzehnhundert das erste Jahr des neunzehnten Jahrhunderts sei. Statt dessen behaupteten sie, das eintausendachthundertste Jahr der Vernunft sei das letzte Jahr des achtzehnten Jahrhunderts und das neunzehnte Jahrhundert beginne mit dem Jahr achtzehnhunderteins. Was sie dazu bewog? Oh, sie hatten ihre Gründe: Stören wollten sie, Unruhe stiften, anderen die Freude verderben, das Domkapitel, das ein großartiges Te Deum plante, der Lächerlichkeit preisgeben, die Feste und Soireen, die allenthalben fieberhaft vorbereitet wurden, in Mißkredit bringen, kurzum: nichts als Ärger machen, denn so waren sie nun einmal. Auch führten sie an, unsere Zeitrechnung, wenn überhaupt von »Zeitrechnung« und »unserer« die Rede sein konnte (schließlich stellten sie alles in Frage), habe nicht mit dem Jahr null begonnen, sondern mit dem Jahr eins, und somit (so ihre perfide Argumentation) habe das erste Jahrhundert vom Jahr eins bis zum Jahr hundert gedauert und das zweite Jahrhundert mit dem Jahr einhunderteins begonnen und mit dem Jahr zweihundert geendet. Und ebendeshalb, schlossen sie, müsse das Jahr achtzehnhundert das letzte Jahr des achtzehnten Jahrhunderts sein. Die Mitglieder der in Barcelona eigens zur Organisation der Jahrhundertwendefeiern gegründeten Komitees hielten diesen irrigen Argumenten entgegen, man könne sich doch nicht zum Beispiel nehmen, was im Jahr eins oder im Jahr hundert geschehen sei, als die Menschen noch unzivilisiert und halbe Heiden waren, nicht wahr, und kaum zählen konnten. Entscheidend war doch wohl, daß im Jahr achtzehnhundert die *Acht* steckte, die bisher in der Zeitrechnung noch nicht vorgekommen war. Dieser Wechsel in der Zählung des Jahrhunderts deutete ja unbestreitbar auf einen Wechsel des Jahrhunderts hin, aber wem nicht zu raten ist, dem ist auch nicht zu helfen, und wer weiß, was im Jahr achtzehnhunderteins sein wird, wie kann man bloß große Ereignisse nach hinten verschieben wollen! Ein weiteres gewichtiges Argument gegen die republikanischen Franzosenfreunde war dieser lächerliche neue Kalender, den die Welschen sich ausgedacht hatten. Demnach war dieser Tag – man stelle sich nur vor – nicht mehr Freitag, der siebenundzwanzigste Dezember 1799, der Tag nach Sankt Stephan und Tag des Apostels Johannes, sondern der Sextidi Nivôse des Jahres VIII, wer soll denn daraus schlau werden. Wie auch immer, die überwältigende Mehrheit der Untertanen Carlos' IV. hatte beschlossen, die Jahrhundertwende zu feiern, komme, was da wolle. Die Kleinbürger überschlugen ihren Besitzstand, horteten Wein, mästeten Geflügel, prüften nach, welche Gans am fettesten, welcher Kapaun am kräftigsten oder welcher Truthahn (denn diese Vögel waren die neueste Mode) am größten war, und träumten von den bevorstehenden Festen. Die vornehmeren Bürger, Angehörige der stetig wechselnden Schicht, die durch den Westindienhandel zu Geld gekommen war – Rechtsanwälte, Ärzte, reiche Kaufleute, Schiffsmakler, Exporteure, Ingenieure –, starteten ein heftiges Kreuzfeuer von Einladungen und Verabredungen für die Neujahrsnacht, schielten dabei aber mit einem Auge auf die unwahrscheinliche Möglichkeit, daß irgendein Baron aus altem Adel oder ein zerstreuter Marquis sie zu seinem Fest einlud; dann würden sie alle anderen Verabredungen absagen und könnten wie nebenbei von der Einladung berichten, eigentlich hatte ich ja schon damit gerechnet, der Baron und ich sind eben ein Herz und eine Seele. Auch der altbackene Adel stellte, in frommer Eintracht mit der Militärführung, seine Berechnungen an und verteilte seine Einladungen unter strenger strategischer Berücksichtigung geleisteter und geschuldeter Gefälligkeiten. Und die heilige Mutter Kirche war fest entschlossen, auch am letzten Tag des Jahrhunderts im eigenen Glanz zu erstrahlen. Für einen unparteiischen Beobachter stellte sich das Festprogramm folgendermaßen dar: Das grobe Volk, die kleinen Leute, kurz, das Gros der Bevölkerung, plante Festlichkeiten in den jeweiligen Stadtvierteln, mit Musik und Tanz, Strömen von Wein, Bergen von Würsten und viel Phantasie, wo möglich, in Kornspeichern oder Stofflagern, ansonsten draußen in der Kälte. Die Bürger verteilten sich im wesentlichen auf zwei große Festlichkeiten: die Feier Don Paco Garcías, eines Wein- und Schnapsexporteurs aus Reus, der sich mit Sack und Pack und seinem ganzen Vermögen in Barcelona niedergelassen hatte, und ein bescheideneres Fest der Ladenbesitzer, ausgerichtet vom munteren Nudelhändler Amadeu Collell, den der Anstieg der Brotpreise reich gemacht hatte und der all diejenigen einlud, die nicht bedeutend genug waren, um zu den anderen Festen eingeladen zu werden. Die dritte Feier, nämlich die der Rationalisten, Aufklärer, Revolutionäre und Ungläubigen, die das Jahr achtzehnhundert zugunsten des darauffolgenden Jahres verschmähten, fand gar nicht erst statt, weil – wie sie nicht müde wurden zu betonen – das, was die anderen feierten, nur die Illusion eines Jahrhunderts war. Und natürlich würden sie sich auch bei der Prozession nicht blicken lassen, die die heilige Mutter Kirche veranstaltete, die große Unwissende unter den Unwissenden, die abergläubische Wunderheilerin in einer Welt ungebildeter Wilder. Und um keinen Zweifel an ihrer Überzeugung aufkommen zu lassen, beschlossen sie zur großen Enttäuschung ihrer Frauen und Kinder, dieses Jahr auf eine Neujahrsfeier ganz zu verzichten. Der Adel hingegen, die kleinste, wenn auch durch Staatsdiener und Militärs verstärkte Gruppe, beging die Jahrhundertwende mit zwei Festivitäten: dem Te Deum in der Kathedrale, bei dem sich einige wenige Glückliche hatten Ehrenplätze sichern können, und dem Fest im Palast des Marquis von Dosrius, dem zweifellos interessantesten Ereignis bei diesem unsichtbaren Wettbewerb zur Feier der Jahrhundertwende.

Natürlich interessierte da der Tod des unglücklichen Andreu Perramon niemanden mehr, ganz zu schweigen von dem des holländischen Mörders – wer weiß, ob der überhaupt eine Seele besaß. Das Leben geht weiter, und man sollte sich nicht zu sehr mit Erinnerungen belasten, denn das tut bloß weh. Allein Teresa und Meister Perramon hatten vor, den Jahreswechsel mit einem Seufzer, einer Träne und dem Gedenken an ihren Andreu zu begehen und vielleicht mit dem Lied, das sie aus seiner Dachkammer gerettet hatten.

Es war eine dieser Launen des Schicksals, daß er die Herberge betrat, um zu fragen, ob und wann die Postkutsche dort haltmache, und statt des rotgesichtigen Herbergsvaters den Boten traf, der ihn vor einem Monat überall gesucht hatte. Der war inzwischen in anderen Angelegenheiten unterwegs, aber die Berufsehre drängte ihn doch, den jungen Leutnant zu fragen, ob er vielleicht einen gewissen Sorts kenne, der beim Militär war wie er. Und so erfuhr Nando aus dem

Mund des Boten den Inhalt von Meister Perramons Brief zwar nicht Wort für Wort – Lieber Nando. Kehr um. Komm zurück. Mein Sohn ist im Gefängnis. Er wird beschuldigt, die Sängerin Desflors getötet zu haben –, dafür aber in der Kurzfassung, ein Freund von Euch, Leutnant, ein gewisser Andreu, sitzt unter Mordverdacht im Gefängnis, und ein alter Mann namens Perramon sucht nach Euch. Er sucht Euch verzweifelt, Leutnant, aber Ihr wart wie vom Erdboden verschluckt. Und Nando Sorts, Infanterieleutnant des königlichen Heeres, ließ den Boten mit dem Geschmack nach Rotwein und dem halbfertigen Satz im Mund stehen und machte sich auf die Suche nach einem guten Pferd. Erst am späten Nachmittag war er reisefertig; dann verschwand er ohne jeglichen Abschied von den militärischen, kirchlichen oder zivilen Autoritäten mit einem Handpferd aus Fraga und ließ nur einen kurzen Abschiedsgruß an seine Gastgeber, das strikte Reiseverbot des Arztes und eine Entschädigung für seine Wohltäter zurück. Ein quälender Gedanke trieb ihn an: Was konnte in einem Monat nicht alles passiert sein! Warum ausgerechnet Andreu? In welchen Schlamassel war er da bloß geraten? Erst als die Sonne hinter seinem Rücken unterging, fiel ihm plötzlich ein, daß sein überstürzter Aufbruch aus Fraga einer Desertion gleichkam.

Um Punkt zehn Uhr morgens nahm Sa Senyoria Don Rafel Massó, Präsident des Königlichen Gerichts, in seinem prächtigen Büro im ehemaligen Regierungspalast Platz. Noch immer saß ihm der Schreck in den Gliedern, denn schließlich wäre er um ein Haar in ernsthafte Schwierigkeiten geraten. Nun aber beruhigte er sich allmählich: Es war ja noch mal gutgegangen ... Er öffnete eine leere Schublade und schloß sie wieder, umklammerte die Armstützen seines bequemen

Stuhles und betrachtete die Gemälde und die Vorhänge. Dies alles hätte er beinahe verloren, und schlimmer noch, er war drauf und dran gewesen, auch seine Ehre, seinen Namen und seinen Ruhm zu verlieren ... Unwillkürlich schauderte ihn, und unter der Perücke brach ihm der Schweiß aus. Um das Amt allerdings, dachte er, wäre es ihm nicht allzu schade gewesen, denn er wußte, daß niemand, auch wenn er sich noch so sehr bemühte, für ewig auf seinem Posten saß, weil der König, Carlos IV., der Gehörnte, einen jederzeit absetzen konnte, um seinen Untertanen die Kraft seiner Autorität zu beweisen.

Don Rafel seufzte. Er konnte sich nicht beklagen, hatte er sich doch länger im Amt gehalten als jeder Marquis, und das auf einem so unsicheren Posten im unruhigen Barcelona unter der Herrschaft der Bourbonen! Acht Militärgouverneure hatte Don Rafel kommen und gehen sehen, während er sein Amt mit Zähnen und Klauen verteidigte. Verschafft hatte es ihm der unsägliche, aber für seine Zwecke brauchbare Don Jerónimo Girón de Moctezuma Ahumada y Salcedo, Marquis von las Amarillas. Moctezuma war ein Idiot, ein gnadenloser Schürzenjäger und obendrein stolz auf seine Unfähigkeit, doch verbanden ihn mit Don Rafel gemeinsame Interessen und eine edle Männerfreundschaft, die darin gipfelte, daß Don Rafel Moctezuma zu einem äußerst günstigen Preis die aus fünf Schiffen bestehende Handelsflotte des Kaufmanns Jacint Recasens überließ, der erfolgreich mit Sevilla und Kuba gehandelt hatte, aber so kurzsichtig gewesen war, sich aus Protest gegen die – seiner Meinung nach grundlose – Verweigerung eines Chartervertrags mit London der habsburgischen Seite zuzuwenden, der Arme. Das hatte ihn all sein Hab und Gut einschließlich seiner fünf Schiffe gekostet, denn wo die Polizei einmal ermittelte, da fand sie auch etwas. Daran hatte auch die politische Vergangenheit von Recasens' Großvater und Großonkel nichts ändern können – wer am Ende dieses Jahrhunderts noch auf die Habsburger hoffte, dem war nicht zu helfen, und wenn er hundertmal ein Recasens war. Nach Moctezuma hatte Sa Senyoria sechs Jahre lang die Herrschaft des Grafen von la Unión, Urrutias, des Grafen von Revillagigedo, Lancasters, Cornells und Izquierdos ausgesessen, bis hin zu Don Pere, dem Militärgouverneur, zu dem er das angespannteste Verhältnis hatte, und zwar seit dem Tag, an dem es Don Rafel eingefallen war, eine Dame der Stadt verweisen zu lassen, mit der Don Pere eine Liebschaft unterhielt. Das hatte ihm der Militärgouverneur nie verziehen, ja, er hatte geschworen, Don Rafel das Leben zur Hölle zu machen und ihn schließlich zugrunde zu richten. Dennoch war es Don Rafel bisher gelungen, sich im Sattel zu halten, mit Mühe und Not zwar, aber immerhin, bis er zuletzt als unverwüstlicher Politiker galt, als einer von denen, die behaupteten, Politik interessiere sie nicht, sie seien keine Politiker, im Gegenteil, sie verstünden ihr Amt als Dienst an der Gemeinschaft und das habe mit Politik nicht das geringste zu tun. Woraufhin Don Rafel hinzuzusetzen pflegte, er sei ja nur Präsident des Königlichen Gerichts von Barcelona von Gottes Gnaden und so weiter und so fort.

Don Rafel stand auf und trat ans Fenster, um auf die Straße hinauszusehen. Manchmal war es gar nicht so gut, wenig Arbeit zu haben, weil einem das zuviel Zeit zum Nachdenken ließ. Mein Gott, es regnete schon wieder, was für ein schreckliches Wetter. Er drehte sich um und sah zur Tür. Eigentlich hätte der Staatsanwalt d'Alòs schon hier sein müssen. Er hatte ihn zu dieser frühen Stunde einbestellt, um sich zu vergewissern, daß dem Gesetz Genüge getan und das Urteil ordnungsgemäß vollstreckt war. Zwar handelte es sich um einen rein protokollarischen Akt, doch brannte Don Rafel darauf, aus dem Mund des Staatsanwalts und des zuständigen Richters zu hören, daß der vermaledeite Perramon zur Hölle gefahren war. Den Holländer hatte er schon fast vergessen. Die Tür blieb zu. Er hatte sich eingebildet, ein Geräusch zu hören, als würde sie geöffnet, und darum hatte er sich empört umgewandt, so wie er sich am ersten Tag umgewandt hatte, als der Diener eintrat. Das war nun sechs Jahre her, und auch damals hatte er auf Don Manuel d'Alòs gewartet ... Don Rafel lächelte gedankenverloren und ging in seinem geräumigen Amtszimmer auf und ab. Er seufzte zufrieden: sechs Jahre, und noch immer war der Raum sein. Ebenfalls vor sechs Jahren hatte d'Alòs auf seinen Platz geschielt und sich tatsächlich eingebildet, sich in der Gunst des Militärgouverneurs an Don Rafel vorbeistehlen zu können. Dieser Trottel – denn man mußte schon ein gehöriger Trottel sein, um unter seinen engsten Vertrauten – während sich der Gerichtspräsident Pàmies mehr schlecht als recht von einem kürzlich erlittenen Herzinfarkt erholte – zu verbreiten, man werde neuer Präsident des Königlichen Gerichts, sobald Pàmies nicht mehr ein kranker, sondern ein toter Gerichtspräsident sei. Als dieser dann starb (die Guten gehen immer zuerst; ein braver Mann war dieser Pàmies gewesen, integer, patriotisch, arbeitsam; ein treuer Anhänger der Monarchie und gar nicht so alt, wer hätte das gedacht), vergingen spannungsgeladene vierzehn Tage, bis der damalige Militärgouverneur – ebenjener Moctezuma – von drei vom Korps der Juristen bestimmten Kandidaten einen auswählte, der dann und so weiter und so fort. Auf einem Ball im Hause der Masdexaxarts hatten Don Rafel Massós geübte Ohren damals ein zweifellos in böswilliger Absicht gestreutes Gerücht aufgeschnappt. Was für ein Witz. Was für ein … wie soll man sagen … Jammer. Der Versager d'Alòs. Der kümmerliche Wurm. Der Trottel. Denn Don Rafel Massó trug in seiner Tasche, fein säuberlich zusammengefaltet, schon die Ernennung, die Moctezuma nur noch nicht veröffentlicht hatte. Seiner Meinung nach hatte Don Manuel sowieso nie die geringste Chance gehabt, weil er beschränkt, häßlich, bäurisch und erbärmlich war. Und ein Idiot. Don Rafel war gereizt: Nicht genug, daß er in diesen Tagen um seine Ernennung hatte bangen müssen, auch seine geliebte Elvira machte damals Zicken, ich möchte bloß wissen, was in sie gefahren ist. Don Rafel war der Meinung, wenn man sich schon eine Geliebte hielt, müsse man auch etwas davon haben. Wie auch immer: Am Tag nach dem Ball bei den Masdexaxarts bestellte Moctezuma Don Rafel Massó i Pujades zu sich in den Gouverneurspalast und ernannte ihn offiziell zum neuen Präsidenten des Königlichen Gerichts. Don Rafels erste Amtshandlung bestand darin, Don Manuel in sein neues Amtszimmer rufen zu lassen – in dem noch die Papiere des verstorbenen Pàmies herumlagen –, um ihm den Mund wäßrig zu machen. Wie gut tat es doch, diesen Fleischklops vor sich stehen zu haben, dem bald die Augen aus dem Kopf fielen vor Verblüffung darüber, daß nicht er, sondern dieser verdammte Massó, mein Gott, wie ist die Welt so schlecht, möchte bloß wissen, wofür ihm der verfluchte Moctezuma diesen Gefallen schuldig war. Zwei Minuten. Zwei geschlagene Minuten lang hatte er ihn vor sich stehen lassen, während er so tat, als läse er Berichte in einem Ordner, den der selige Salvador Pàmies auf dem Tisch hatte liegenlassen, als sein Herz versagte. Zwei lange Minuten. Wie köstlich waren diese zwei Minuten doch gewesen! Eifrig hatte er in Papieren geblättert, die ihn nicht die Bohne interessierten, als ob … Hoppla! Zwischen den Papieren lag eine Zeichnung, die ... Aber nein: Hastig deckte er sie zu, denn er wollte diese zwei wunderbaren Minuten ungestört auskosten. Als sie verstrichen waren, sagte er: Don Manuel, welche Überraschung! So setzt Euch doch, Herr Staatsanwalt. Bitte verzeiht, aber ich habe dieses Amtszimmer soeben erst übernommen und ... Feierlich hob er die Arme in einer Geste, die alles umfaßte, den Raum, die Wände, die drei prächtigen Gemälde, den Tisch, den Prunksessel, das nagelneue Amt und das Ätsch, daß ich es innehabe und nicht Ihr. Don Manuel d'Alòs, Staatsanwalt, einstmals Berufsgenosse des Richters Massó in der dritten Kammer, setzte sich mit einem gezwungenen, verbitterten Lächeln und war fortan Don Rafels Untergebener und erbitterter Feind. So ist das Leben.

»Meine erste Amtshandlung war, Euch rufen zu lassen, mein werter Don Manuel ...«

»Ich danke Euch für Euer Vertrauen.« Der arme d'Alòs: Als man ihn aus dem Mittagsschlaf gerissen und ins Gerichtsgebäude zitiert hatte, hatte er fest damit gerechnet, zum neuen Gerichtspräsidenten ernannt zu werden.

»... um Euch mitzuteilen, daß Ihr natürlich auch weiterhin Staatsanwalt der dritten Kammer bleibt.«

Dies war, inmitten der bitteren Enttäuschung, immerhin eine gute Nachricht, denn Don Manuel hatte schon befürchtet, Don Rafel werde ihn aufgrund ihrer freundschaftlichen Beziehungen zum Teufel jagen. Der am tiefsten verwurzelte Instinkt einer jeden Kreatur ist der Überlebenswille, und so murmelte Don Manuel, ich bin Euch sehr dankbar ... Senyoria.

Jawohl. Großartig. Senyoria. Dieser Idiot weiß, daß er sich vorsehen muß, hatte Sa Senyoria gedacht und in einer Grimasse, die entfernt an ein Lächeln erinnerte, die Zähne gebleckt. Don Rafel erinnerte sich, daß das Gespräch vor sechs Jahren lang gewesen war, weil sie noch über dies und das geplaudert hatten. Don Rafel hatte durchblicken lassen, daß er, wie jedermann, der Ansicht war, ein solches Amt solle seinem Inhaber vor allem Ruhm bescheren, aber keineswegs Arbeit. Das Gespräch hatte mit einer beidseitigen höflichen Verbeugung geendet, und kaum war Don Rafel allein gewesen, hatte er die Mappe seines Amtsvorgängers aufgeschlagen, in der er die … Ah, hier war sie ja, die Zeichnung. Offenbar hatte sich Sa Senyoria Don Salvador Pàmies, durch höhere Gewalt seines Amtes enthoben, vergnügt mit … Also hatte Sa Ex-Senyoria Don Salvador, *homo notabilis tanquam pristinus in Barcinona*, seine Zeit mit … Der arme Mann. Man erlebte doch immer wieder Überraschungen. Sa Senyoria hatte die Zeichnung offen auf dem Tisch liegenlassen und die Mappe nach mehr durchwühlt, als ein Diener überraschend die Tür aufriß.

»Man fragt um Erlaubnis, bevor man hereinkommt«, brüllte Sa Senyoria, sprang wütend auf und nutzte diese Bewegung, um rasch die Mappe über die Zeichnung zu schieben.

»Verzeiht, Senyoria«, sagte der Diener zerknirscht. Und seit jenem Tag mußte man anklopfen, bevor man das Amtszimmer des Gerichtspräsidenten betrat, und in zwei Schubladen hatten sich zwei weitere Zeichnungen gefunden. Unglaublich. Wirklichkeitsgetreu. Phantastisch. Daß es so was überhaupt gab … Sa Senyoria hatte sie mit nach Hause genommen und dort sorgfältig und sicher vor Donya Mariannas Argusaugen verwahrt.

Wieder sah Don Rafel zur Tür. Der Staatsanwalt war spät dran. Na schön; er hatte keine Eile. Er gähnte. Hier, mitten in seinem Amtszimmer, fühlte er sich wohl, heiter und gelassen. Er ging zum Tisch und zog die zweite Schublade auf, in der er den Tabak aufbewahrte, denn er hatte Lust auf eine Zigarre.

Während er dem träge aufsteigenden Zigarrenrauch nachsah, stellte Don Rafel sich vor, es wäre ein Sternennebel, und fühlte sich noch besser. Er dachte darüber nach, daß ihn geschäftige Tage erwarteten; schließlich stand der protokollarische Abschluß des Gerichtsjahres an, vor allem aber das Ende des Jahres und des Jahrhunderts, das denkwürdig zu werden versprach, vorausgesetzt, es ging in diesem Dauerregen nicht unter. Einen Augenblick lang lauschte er gedankenverloren dem gedämpften Plätschern. Mit der Zigarre in der Hand trat er vom Fenster zurück. Ihm war eine Idee gekommen, aber bei diesem Regen mußte man sich in Geduld fassen. Während er noch überlegte, ob er es tun solle oder nicht, klopfte es dreimal an der Tür. Der Herr Staatsanwalt, dieser trottelige Don Manuel d'Alòs, überbrachte ihm die Neuigkeiten: Beide Verurteilten, der Nachtigallenmörder wie der Nuttenmörder, waren ordnungsgemäß hingerichtet worden. *Laus Deo*. Kurz darauf betrat der oberste Richter der dritten Strafkammer den Raum, in dem der Staatsanwalt und der Gerichtspräsident ihn erwarteten wie protokollarisch vorgesehen, stehend, die Hände vor dem Schritt gefaltet, und bestätigte die Worte des Staatsanwalts, das Urteil ist vollstreckt, der Gerechtigkeit ist Genüge getan, worauf ein weiteres *laus Deo* folgte. Und da die höchsten Repräsentanten der dritten Kammer nun einmal anwesend waren, nutzte Don Rafel die Gelegenheit, um ihnen mitzuteilen, daß er den Angehörigen des hingerichteten Perramon aus humanitären Gründen erlaube, seinen Leichnam zu bestatten, wo es ihnen beliebe. Der Richter verschwieg wohlweislich, daß Donya Mariannas Voraussicht diese Anordnung überflüssig machte, denn das hätte Sa Senyoria nur aufgeregt. Aber er konnte es sich nicht verkneifen zu fragen, und was machen wir mit der anderen Leiche, Sa Senyoria, mit dem Holländer? Wie lauten Eure Anweisungen diesbezüglich?

»Der Holländer ist mir scheißegal.«

Man beschloß, Don Rafels Anordnung juristisch korrekt dahingehend zu verstehen, daß die Leiche des Nuttenmörders auszugraben und das von Donya Marianna gestiftete Leichentuch zu verbrennen sei; anschließend würde der exhumierte Leichnam wie üblich zur Abschreckung der Bevölkerung achtundvierzig Stunden an der Creu Coberta ausgestellt, damit nicht noch einmal jemand auf die Idee kam, aus Hafennutten Hackfleisch zu machen. *Laus Deo.*

Als die dritte Kammer den protokollarischen Akt beendet hatte und Don Rafel in seinem Amtszimmer wieder allein war, atmete er erleichtert auf. Er zündete die Zigarre, die während der Zeremonie einsam im silbernen Aschenbecher vor sich hin geglommen hatte, wieder an und inhalierte genüßlich, ohne sich der historischen Bedeutung dieser Geste bewußt zu sein: Zukunftsweisende Männer, so hieß es aus gebildeten Kreisen, zogen es vor, Tabak zu rauchen, weil das Schnupfen – mochten auch noch so exquisite Schnupftabakmischungen auf dem Markt sein – die Taschentücher auf widerlichste Weise verschmutzte. Der Rauch hingegen stieg in die Luft und schadete der Gesundheit nicht, da er nicht zum Niesen reizte. Don Rafel war beruhigt, weil der kurze protokollarische Akt bewies, daß der vermaledeite Andreu sein Wissen mit ins Grab genommen hatte. Die Gefahr war gebannt, nun konnte er sich anderen Dingen widmen. Wieder seufzte er, doch diesmal war es ein Seufzer des Bedauerns darüber, daß das Glück nie vollkommen war: Noch stand

Donya Gaietana seinem vielleicht zu zaghaft vorgetragenen Ansinnen gleichgültig gegenüber. Ach was, gleichgültig! Ins Gesicht hatte sie ihm gelacht und ihn gedemütigt, ohne sich bewußt zu sein, wie sehr ihn dies kränkte. Das war das nächste, was Don Rafel in Angriff nehmen mußte, wenn er auch noch nicht wußte, wie, denn seit sie ihn verspottet hatte, war Donya Gaietana für ihn ein Jeden Tag Schönerer Und Unerreichbarerer Eisberg. O Gott, dieser Tabakrauch ist ja wirklich scheußlich, hustete er angewidert.

Der Notar Tutusaus schnaubte ungeduldig. Einen Moment lang dachte er, daß die Vorwürfe dieses kleinlichen Terradelles wahrscheinlich gerechtfertigt waren, aber das wollte er vor dem Rechtsanwalt nicht zugeben.

»Werter Kollege«, sagte er kleinlaut, »ich hielt den Vicomte von Rocabruna stets für einen vollkommen vertrauenswürdigen Mann – bis heute.«

»Der Vicomte von Rocabruna ist ein Taugenichts, ein Tagedieb und ein Dummkopf, der nichts anderes kann, als seine Dienstmädchen flachzulegen. Und er ist stinkreich.«

»Ich hoffe, wenn er kommt, wird er uns alles erklären und natürlich auch die Papiere mitbringen.«

Tatsächlich aber traf der von Rechtsanwalt Terradelles ausgesandte Bote den Vicomte noch im Bett an – schließlich war es erst elf Uhr morgens. Und als der Vicomte ihn nach langem Beharren zuletzt doch in seinem Salon empfing, bohrte sich ihm jedes Wort dieses ihm völlig unbekannten Mannes schmerzhaft in den Schädel. Er hatte keine Ahnung, wovon der Bote sprach; er war um halb fünf ins Bett gefallen, nachdem er zwei Flaschen Kognak und eine halbe Flasche Rum geleert und irgend etwas, woran er keinerlei Erinnerung mehr hatte, mit zwei Edelhuren getrieben hatte, die unablässig gelächelt und sich zwischen seinen Beinen zu schaffen gemacht hatten.

»Könntet Ihr das noch einmal wiederholen?« Mühsam bahnte er sich einen Weg durch den Nebel der durchzechten Nacht.

Und so erklärte ihm der Bote des Rechtsanwalts Terradelles zum dritten Mal, sein Herr ersuche ihn dringend, in der Kanzlei vorzusprechen und die Papiere mitzubringen, die ihm vor einigen Tagen der Notar Tutusaus aus Feixes ausgehändigt hatte, es gehe um Leben und Tod.

Da ihm keine Zeit für seine gewohnten sexualhygienischen Waschungen blieb, war der junge Vicomte, als er sich schließlich in der Rechtsanwaltskanzlei blicken ließ, überhaupt nicht gut zu sprechen auf die Welt, das Leben und die beiden Trottel vor ihm, die ihm entsetzlich auf die Nerven gingen.

»Ich weiß nicht mehr, was ich mit den Papieren gemacht habe«, gestand er. Er hob den Zeigefinger: »Oder doch, wartet. Ich habe sie jemandem gegeben, aber ich weiß nicht mehr, wem.«

Rechtsanwalt Terradelles pochte mit der Spitze seiner Feder auf den Schreibtisch. Er haßte diesen Dummkopf von ganzem Herzen dafür, daß er ihm die Möglichkeit raubte, dem Gerichtspräsidenten ein für allemal die Hölle heiß zu machen.

»Strengt Euer Gedächtnis an«, bat er, mühsam beherrscht.

»Ich komme nicht drauf, und wenn Ihr mich totschlagt …«

Genau dies hätte Rechtsanwalt Terradelles am liebsten getan. Plötzlich verstand er, wie einfach es war, den mörderischen Trieben nachzugeben, die in uns allen schlummern. Seit

Jahren hegte er, einer der besten Fachmänner auf dem Gebiet der Kriminologie, einen erbitterten Haß auf Don Rafel. In seinen Augen war der Gerichtspräsident nicht mehr als ein mittelmäßiger Rechtsanwalt, dessen Aufstieg damit begonnen hatte, daß er nur einträgliche Fälle annahm, weshalb er bald unter den Kollegen verachtet war. Im Bewußtsein dessen hatte Don Rafel – laut Terradelles – die verschlungenen Pfade der politischen Laufbahn vorgezogen, die seinerzeit vor allem darin bestanden, zu wissen, wen man sich wann und wo am besten gewogen machte: So freundete er sich mit dem Gerichtspräsidenten Pàmies an, überwarf sich mit den unabhängigen Rechtsanwälten und ergatterte den Posten des stellvertretenden zweiten Richters der dritten Kammer. Von da an waren ihm Recht und Gesetz einerlei, und er kümmerte sich nur noch um seine Karriere. Er ging allen Vorgesetzten um den Bart, bis er begriff, daß theoretisch wie praktisch die entscheidende Instanz der jeweilige Militärgouverneur war; der war der wahre König, der nach Gutdünken schaltete und waltete, im Wissen, daß Madrid sechs Tagesreisen entfernt lag und Godoys Klauen – die einzigen, vor denen man sich wirklich hüten mußte – zwar weit reichten, aber langsam waren. Und so stellte sich Don Rafel auf guten Fuß mit den Feldadjutanten der jeweiligen Exzellenzen, die ihm dann den Weg zu ihren Vorgesetzten ebneten, bis ihn schließlich nach Pàmies' Tod der für Schmeicheleien sehr empfängliche Militärgouverneur Moctezuma zum Gerichtspräsidenten ernannte und nicht Staatsanwalt d'Alòs (zur Überraschung der Berufsgenossen), Richter Zapata (zur Überraschung der gutsituierten Beamten) oder Terradelles (nur zu seiner eigenen Überraschung, hatte er sich doch das Amt erhofft). Als Don Rafel den Posten antrat, wußte er, daß er sich damit alle Juristen der Stadt zu Feinden machte, war aber unbedarft genug zu glauben, sie könnten ihm nichts anhaben, da er nichts zu verbergen hatte – bis ihm dieser Schlamassel widerfuhr. Und nun erwies sich, daß dieser Taugenichts von Rocabruna Don Rafel durch seine schiere Unfähigkeit schützte.

»Und was können wir jetzt tun?« fragte der Notar, nachdem der Vicomte abgezogen war, um in die Arme seines Dienstmädchens zu sinken.

»Wir müssen das Testament oder die Beichte oder wie immer Ihr es nennen wollt, zurückbekommen, um den Letzten Willen Eures Klienten zu erfüllen.«

Natürlich. Aber das war leichter gesagt als getan. Keiner der beiden hatte eine Ahnung, wie er das machen sollte. Und da beide wußten, daß sie aus der Geschichte gewaltigen Nutzen ziehen konnten, wenn sie es nur geschickt anstellten, beschlossen sie, nicht weiter zu streiten, sondern mit vereinten Kräften eine Strategie zu ersinnen.

»Es ist doch wohl offensichtlich, Don Félix, daß das von Tycho Brahe vertretene System weder Hand noch Fuß hat.«

Don Félix Amat musterte Sa Senyoria aus den Augenwinkeln, enthielt sich aber zunächst jeglichen Kommentars. Er genoß diesen Spaziergang durch den gotischen Innenhof des ehemaligen Regierungspalasts, denn er hatte schon immer eine Vorliebe für Gebäude mit geschichtsträchtigen Mauern gehabt, und so hatte er den Höflichkeitsbesuch beim Gerichtspräsidenten an diesem Morgen genutzt, um vorzuschlagen, sich in den Innenhöfen ein wenig die Beine zu vertreten. Vor der Sant-Jordi-Kapelle blieben die beiden Männer stehen.

»Ich sagte«, beharrte Don Rafel lebhaft, vom Druck seines Alptraums befreit, »daß Brahes System, dem zufolge die Sonne und die Planeten um die Erde kreisen ...«

»Ich habe Euch sehr wohl gehört«, fiel ihm Don Félix verärgert ins Wort. »Nun, meiner Ansicht nach ist Tychos System in physikalischer Hinsicht das wahrscheinlichste und in astronomischer Hinsicht das vernünftigste.« Er deutete zum wolkenverhangenen Himmel hinauf. »Die Erde steht unbeweglich im Mittelpunkt des Universums, und das Gegenteil zu behaupten, mein werter Don Rafel, ist *delirium evidens philosopho indignum.*«

»Ihr leugnet das kopernikanische und Newtonsche System!« Don Rafel war entsetzt.

»Selbstverständlich. Jeder vernünftige Mensch und gute Katholik muß die Ideen des Kopernikus ablehnen, und ich hoffe, Ihr tut das auch.«

»Ich fürchte, nein. Ich weiß, daß wir um die Sonne kreisen. Habt Ihr Dalmases nicht gelesen?«

»Ein Haufen Lügen. Dalmases stützt sich auf Kopernikus, weil ihm nichts anderes übrigbleibt.«

»Dalmases, mein Herr, stützt sich auf seine durch Beobachtung gewonnenen Einsichten.«

»Ach ja? Was kann der schon beobachten.«

Beide schwiegen. Was als dankbar akzeptierter, angenehmer Spaziergang begonnen hatte, drohte in einen erbitterten Streit auszuarten. Don Rafel konnte die dummen Bemerkungen des ehrwürdigen Don Félix Amat, ehemals Leiter des Priesterseminars von Barcelona, einfach nicht unwidersprochen hinnehmen. Zwar hegte er keinerlei Sympathien für Don Jacint Dalmases; aber anzuhören, wie dieser Schaumschläger Amat ihn grundlos verspottete, regte ihn auf. In solchen Augenblicken bereute er, kein Wissenschaftler zu sein, der etwas von der Newtonschen Mechanik verstand und Leibniz und Descartes gelesen hatte, um das, was man durchs Teleskop beobachtete, besser erklären zu können. So aber mußte er sich mit seiner Intuition und der vagen theoretischen Vorstellung zufriedengeben, daß die Wahrheit über das Universum auf Mathematik und Beobachtung zurückzuführen war. Eine Amsel ließ sich vertrauensvoll vor den beiden Männern nieder. Der Priester blieb stehen und erklärte feierlich:

»Es ist wahr, Don Rafel, daß das ptolemäische System dahingehend korrigiert werden mußte, daß Venus und Merkur um die Sonne kreisen. Und das hat Brahe sehr wohl getan.«

Auch Don Rafel blieb stehen und beobachtete zerstreut die Amsel, die auf dem nassen Boden nach Krümeln pickte.

»Merkur«, gab er zu, »Merkur bereitet mir größten Kummer, denn ich habe ihn noch nie gesehen.«

»Das kann ich mir denken. Nicht einmal Dalmases hat ihn gesehen.«

»Doch, das hat er. Er hat ihn beschrieben.«

»Schwindeleien.«

Sie nahmen ihren Spaziergang wieder auf. Es begann zu tröpfeln, aber sie bemerkten es nicht. Don Félix Amat beharrte:

»Wie soll man einem Wissenschaftler wie Dalmases glauben, der den Wahrheitsgehalt der Bibel leugnet.«

»Was wollt Ihr damit sagen?«

»In der Bibel steht klar und deutlich, daß sich die Sonne bewegt und nicht die Erde.«

»Ja. Und in der Genesis steht, daß Gott das Licht schuf und einige Tage später die Sonne. Seltsam, nicht wahr?«

Nach dem Tod des unglücklichen Perramon hatte Don Rafel wieder Oberwasser. Aber Hochwürden Félix Amat war brüskiert. Wieder blieb er stehen:

»Was wollt Ihr damit andeuten, Don Rafel?«

»Daß die Bibel, wie Kardinal Baronio schon sagte, uns

nicht lehrt, wie der Himmel ist, sondern wie man in den Himmel kommt.«

»Kluge Worte, die aber den Unsinn nicht rechtfertigen, den viele sogenannte Wissenschaftler verbreiten.«

»Wie zum Beispiel?«

»Was weiß ich! Die elliptischen Umlaufbahnen.«

»Durch Beobachtung und Mathematik zweifelsfrei nachgewiesen!« entgegnete Sa Senyoria ernsthaft beleidigt.

»Zuviel Mathematik gefährdet die Physik, Don Rafel. Laßt Euch dies von einem Mann gesagt sein, der sich intensiv mit dem Thema auseinandergesetzt hat. Und wenn Ihr mir die Bemerkung erlaubt: Ich bin Fachmann auf dem Gebiet der Astronomie und kein Laie wie Ihr.«

Schweigend gingen sie weiter. Don Rafel hätte Don Félix gerne erwidert: Ja, er war nur ein Laie, aber er war nicht dumm. Ja, er sah am Himmel eher hübsche Geschichten als Formeln. Ja, beim Anblick des Sternbilds der Andromeda stellte er sich die schöne Tochter der Kassiopeia vor, wie sie sich träge am kalten Herbsthimmel rekelte ... Und ihre geheimnisvolle Scham, eine ferne, unbekannte Wolke, die Messier M 31 getauft hatte, verleitete Don Rafel zum Träumen ... Aber das würde nichts nützen. Don Félix würde ihn nicht verstehen und am Ende gar auslachen. Also beschloß er, die Diskussion zu beenden. Er zog die Uhr aus seiner Westentasche und setzte eine geschäftige Miene auf:

»Es ist gleich Mittag, und ich habe heute nachmittag viel vor, Hochwürden ...«

Die Amsel schien ihn auf Anhieb zu verstehen, denn sie flog mit einem zarten Zwitschern davon, das über die alten Steine des gotischen Innenhofs glitt.

Der Marquis von Dosrius lächelte, doppelt erfreut über das recht aparte Klavierspiel der Senyoreta de Foixà und die vielversprechenden Schenkel, die sie dabei sehen ließ. Er wies nach vorn, und Mateu schob den Rollstuhl bis dicht an das Klavier heran. Haydn. Eine beschwingte Sonate. Die Augen des Marquis blitzten, als er die Augen der Senyoreta de Foixà blitzen sah. Das Allegro assai am Ende war makellos und beschwingt.

Als die Musik verklungen war, saß der Marquis still, der Glanz in seinen Augen war erloschen.

»Sehr schön, mein Kind«, sagte er. »Wenn du dich weiterhin mit diesem Instrument beschäftigst, hast du eine glänzende Zukunft vor dir.«

Die Eltern des Mädchens wechselten heimlich einen zufriedenen Blick. Die Mutter seufzte, und der Vater sagte, an den Marquis und Don Rafel gewandt:

»Wir haben uns überlegt, Don Carles Baguer zu bitten, daß er sich ihrer annimmt.«

»Na, dann kann ja nichts mehr schiefgehen. Und du, mein Kind, gefällt dir die Vorstellung, dich ganz der Musik zu widmen?«

»Ja, Senyor Marquis«, antwortete Senyoreta de Foixà mit einem eleganten Knicks.

Der Marquis klopfte mit dem Stock auf den Boden, und Mateu schob ihn zurück an den Kamin.

»Noch eine Haydnsonate, Senyoreta«, befahl er in einem Ton, der keinen Widerspruch duldete. Das Mädchen sah nervös zu seinem Vater hinüber, und dieser formte die Lippen zu einem lautlosen Beeeethoooooven. Das Mädchen konzentrierte sich, während sein Vater dem Marquis entgegentrat:

»Hochverehrter Marquis, Clara wird Euch nun eine Beethovensonate vorspielen.«

»Oh. Und warum nicht Haydn?«

»Nun ja, weil ... sie möchte Euch gerne ihr ganzes Können am Beispiel anderer Komponisten unter Beweis stellen: Beethoven, Salieri, Vicente Martín y Soler ...«

»Ach so! Nur zu, nur zu.«

Das Wichtigste war, Musik zu hören. Das Wichtigste war, sich die eintönigen Nachmittagsstunden zu vertreiben, denn das war für den Marquis das Schlimmste: das Bewußtsein der so verzweifelt langsam verstreichenden Zeit. Ungeduldig, wie er von Natur aus war, hätte er sein Vermö... nein, die Hälfte seines Vermögens dafür gegeben, sofort am Lebensende zu sein. Nicht etwa, weil er sterben wollte, dazu hatte er nicht die geringste Lust; einfach nur, damit es schneller ging. Darum war er auch, selbst wenn er es nicht zeigte, für jeden Besuch dankbar, der ihn die Uhr vergessen ließ. Und wenn, wie heute nachmittag, so unterschiedliche Leute wie diese Foixàs – der Kuckuck mochte wissen, woher die kamen – und Don Rafel oder der Vicomte von Rocabruna bei ihm aufeinandertrafen, machte er sich einen Spaß daraus, sie voreinander bloßzustellen.

Clara de Foixà spielte eine frühe, schamlos von Mozart inspirierte heitere und bewegte Sonate des jungen Beethoven. Und das machte sie gut. Schade nur, daß sie ein Mädchen war, dachte der Marquis; er konnte sich einfach nicht vorstellen, wie sie durch die Konzertsäle dieser Welt tingelte. Aber sie machte ihre Sache verdammt gut.

»Darf ich Euch einen Vorschlag machen, lieber Foixà?«

Jaume Foixà verbeugte sich bescheiden, hoffnungsvoll errötend:

»Mit dem größten Vergnügen, Senyor Marquis.«

»Würdet Ihr zu meinem Neujahrs- und Jahrhundertwendefest kommen?«

Das Ehepaar Foixà sah sich gerührt an. Auf diese Ehre hatten sie nicht zu hoffen gewagt.

»Ich ... Senyor Marquis ... Meine Frau und ich ...«

»Unter der Bedingung, daß Eure Tochter etwas vorspielt.«

»Ihr könnt Euch darauf verlassen.« Eine erneute Verbeugung, diesmal von Foixà, Frau und Tochter. »Es wird uns eine Ehre sein.«

Don Rafel betrachtete diese Foixàs, die so mühelos eine Einladung zum Fest des Marquis ergattert hatten, etwas genauer. Aus Höflichkeit verkniff er sich jeden Kommentar, aber für ihn stand fest, daß diese Leute keine Klasse hatten, sich nicht zu kleiden verstanden und man sich mit ihnen nicht unterhalten konnte. Er würde ganz bestimmt einen großen Bogen um sie machen, falls er ihnen auf dem Fest über den Weg laufen sollte. Die Vorführung war zu Ende. Beethoven war gut angekommen, und als man wieder zur Konversation überging, wandte sich der Marquis an Don Rafel, wie immer mit einer heiklen Frage.

»Nun ja ...«, antwortete Massó unbehaglich. »Ich ... was soll ich Euch sagen ... Natürlich ist Don Jacint Dalmases ein guter Astronom. Selbstverständlich.«

»Aber ich habe gehört, daß Ihr in vielen Fragen der Astronomie anderer Meinung seid als er.«

»Ja, das stimmt.« Don Rafel war zufrieden, daß seine Ansicht gefragt war. »Ich bin natürlich nur blutiger Laie. Zwar widme ich mich eifrig der Astronomie, doch fehlt mir die Zeit ...«

Aus den Augenwinkeln beobachtete er den Eindruck seiner Worte auf Senyoreta Foixà, ein echtes Prachtweib. Ein hübsches Hinterteil hatte sie, das hatte er vorhin schon bemerkt. Ein hübsches Hinterteil für so ein junges Ding.

»Ihr glaubt nicht, daß Aldebaran ein Doppelgestirn ist.«

»Ich würde meinen bescheidenen Ruf als Astronom darauf verwetten.«

Wie brillant er doch sein konnte, wenn er nur wollte! Nun, da dieser vermaledeite Perramon unter der Erde lag, konnte er sich wieder dem gesellschaftlichen Leben zuwenden. Nun konnte er geduldig und klug versuchen, eine Brücke zum Militärgouverneur zu schlagen und ihn zu einer Änderung seines Verhaltens zu bewegen. Nun konnte er sich bemühen – warum nicht –, Donya Gaietana …

»Wie meinen, Senyor Marquis?«

»Ich sagte, wenn Ihr Euren Ruf darauf verwettet, müßt Ihr Euch Eurer Sache sehr sicher sein.«

»Selbstverständlich, Senyor Marquis. Don Jacints Vermutung, der Aldebaran sei ein Doppelgestirn, beruht auf der von ihm beobachteten wechselnden Leuchtkraft.« Don Rafel hob den Zeigefinger, um seine Worte zu unterstreichen. »Auf der eines Nachts beobachteten Leuchtkraft. Eines Nachts! Aber er gibt zu, daß er seine Vermutung durchs Teleskop nicht hat erhärten können. Ich versichere Euch, Senyor Marquis, daß er kein Doppelgestirn gesehen hat, weil Aldebaran keines ist. Und ich habe ihn viele Nächte lang beobachtet!«

Sie sprachen noch ein wenig über dies und das, Gott und die Welt. Sogar Don Félix Amat kam zur Sprache. Der Marquis rümpfte die Nase, weil er ihn für einen ganz unsäglichen Denker hielt, und Don Rafel war klug genug, sich jeder Bemerkung zu enthalten. Es gelang ihm nicht, das Gespräch auf den Militärgouverneur zu bringen, obwohl er doch zum Marquis gekommen war, um einen Zugang zu Don Pere zu finden und zu erfahren, was dieser Militär im zivilen Leben so trieb, so daß er ihm zufällig irgendwo über den Weg laufen konnte, was für eine Überraschung, Exzellenz, ich wußte ja gar nicht, daß ... Er hatte gehofft, von Dosrius Näheres zu hören, denn obwohl der Marquis nicht mehr aus dem Haus kam, wußte er besser als jeder andere, was in der Stadt geschah; besser als alle Ratsmitglieder zusammengenommen, besser als der gesamte Adel, der an der Schwelle zum neuen Jahrhundert müde und verbraucht schien, und besser als die aufstrebende Klasse der Industriellen, die keine Zeit für Tratsch hatten, weil sie sich ihr Geld erarbeiten mußten, die Armen. Zuletzt erfuhr er vom Marquis von Dosrius dann aber doch, daß Seine Exzellenz Don Pere Caro, Militärgouverneur von Katalonien, bis zum Jahresende keinem Fest, keinem Bankett, keinem frivolen oder frommen Akt mehr beiwohnen würde, aber zugesagt hatte, zum Te Deum und zum Fest des Marquis zu erscheinen. Zu dem Ihr übrigens ebenfalls eingeladen seid, Don Rafel, wir Ihr ja sicher schon wißt. An Silvester also. Nun gut ... Er würde eine Strategie ausarbeiten müssen, um an Silvester einen Erfolg verbuchen zu können.

Don Rafel wurde erst aus diesen Grübeleien gerissen, als er Senyoreta Foixàs Hand küßte, Schenkel und Brüste. Die Brüste waren auch nicht schlecht. Aus der Ferne war ihm das nicht weiter aufgefallen, aber aus der Nähe betrachtet, sah die Sache schon ganz anders aus.

Zurückgekehrt vom Marquis, wählte Don Rafel sorgfältig Kleidung und Stunde für seine nächste Unternehmung. Er machte sich allein auf den Weg, zu Fuß, ohne Hipòlit, ohne Turc, ohne Wagen, unerkannt, wie ein einfacher Bürger gekleidet. Er kramte sogar einen Hut aus Studienzeiten hervor, den die Motten verschont hatten, und setzte ihn auf. Vielleicht lag es daran, daß es eine Stunde zuvor aufgehört hatte zu regnen, jedenfalls waren die Straßen ungewöhnlich belebt: Kinder rannten freudig juchzend durch die Pfützen, daß es spritzte; Frauen schleppten Körbe mit Kohlköpfen und Steckrüben; Lastträger, Lehrjungen und fliegende Händler waren unterwegs, Nudel- und Getreideverkäufer standen schwatzend in den Ladeneingängen, Fleischer, Küfer und Tischler, alles redete, rief und lärmte durcheinander. Es schien, als wollten die Menschen ungeachtet der Kälte so schnell wie möglich zu ihrem gewohnten Leben ohne Regen zurückkehren. Einen Augenblick lang erhob sich die Flöte eines Scherenschleifers über den allgemeinen Lärm, und ein paar Frauen liefen rasch nach Hause, um Scheren und Fleischmesser zu holen.

Don Rafel bahnte sich einen Weg durch das geschäftige Treiben, ohne es zu beachten, in der Hand eine lange, verschnürte Rolle, den Kopf voller Gedanken, die ihn umtrieben, nun, da er seinen Seelenfrieden wiedergewonnen hatte. Er war ein großartiges Beispiel für die menschliche Begabung, sich neue Sorgen zu machen, sobald die alten sich erledigt hatten; Hauptsache, man litt … Im Carrer dels Banys Nous blieb er vor Josep Tersols Tuchfabrik stehen. Eine Gans, die goldene Eier legt, dieser alte Fuchs, dachte Don Rafel in einer wenig geglückten zoologischen Metapher. Die Fähigkeit dieses Tersol, Geld zu machen, war schlechterdings bewundernswert; wie knapp zwei Dutzend weiterer Kaufleute hatte er die frühere Erlaubnis zum Westindienhandel geschickt genutzt und nicht etwa Tuch importiert, sondern Baumwolle, aus der er dann vor Ort Chintz herstellen ließ, und zwar in großen Mengen. Je mehr Chintz hergestellt wurde, desto begehrter war er und desto mehr wurde fabriziert. Und die klügsten unter den Fabrikanten, wie dieser Tersol, verpraßten ihr Geld nicht etwa, sondern steckten es in den Bau neuer Fabrikhallen, in die Einstellung weiterer Arbeiter und in den Kauf der ersten Maschinen dieser aufstrebenden Industrie. Das Chintzfieber hatte längst weit über Barcelona hinaus auch die Ortschaften im Hinterland erfaßt, wie Feixes oder Sabadell, die eine lange Tradition in der Tuchproduktion hatten, und allerorts in Katalonien entstanden kleine Reichtümer, die aber nicht in ein üppiges Leben im Müßiggang flossen, sondern in Investitionen in die Industrie und damit langfristig in die Mehrung des eigenen Vermögens. Don Rafel rümpfte die Nase: Weil diese Schlauköpfe Geld hatten, meinten sie in letzter Zeit, auch mitreden zu dürfen. Er setzte seinen Weg in Richtung Plaça del Pi fort. Um diese Zeit war die Gefahr am geringsten, hier der schwerbeschäftigten Donya Marianna über den Weg zu laufen, die häufiger auf der Plaça del Pi, in der Kirche und in den Räumlichkeiten der Bruderschaft zu finden war als zu Hause. Allerdings wäre er auf dem Platz um ein Haar mit dem Baron von Maldà zusammengestoßen, der mit auf dem Rücken verschränkten Händen müßig durch die Straßen schlenderte und die Balkone betrachtete. Der hat wohl nichts Besseres zu tun, als Löcher in die Luft zu starren, dachte Don Rafel ärgerlich, während er sich leicht verbeugte und lächelte, innerlich glühend vor Neid auf Maldàs Adelstitel. Der Baron grüßte höflich zurück und dachte bei sich, wie sich die Natur nur so sehr irren und widerliche Geschöpfe wie diesen Massó hervorbringen konnte. Nur zu gern hätte er mit ihm getauscht, einem einfachen Staatsdiener, der sicher dreimal soviel Geld hatte wie er. Don Rafel ahnte nichts von den neidvollen Gedanken des alten Aristokraten; er war schon wieder vollauf mit seinen Sorgen beschäftigt, die am Morgen bei Gericht begonnen hatten. Er ließ den Platz hinter sich, bog in den Carrer Petritxol ein und wich zwei Kindern aus, die kreischend hintereinander herjagten. Aus einem vergitterten Fenster drang ihm der Geruch nach gedünstetem Kohl in die Nase, und er verzog angewidert das Gesicht, Kohl zum Abendessen, die armen Leute. Vor der Buchhandlung blieb er stehen und betrachtete abschätzend das Gebäude, wie um sich zu vergewissern, ob es sich lohne, hier Geschäfte zu machen. In verwaschenen rosafarbenen Buchstaben stand auf der gläsernen Eingangstür zu lesen, daß sich dahinter die Buchhandlung Joan Galí befand, An- und Verkauf von Büchern, Heften, Druckerei und Papierhandel. In kleineren Buchstaben wurde darunter in schreiend gelber Farbe versichert, die Buchhandlung Galí sei das einzige Geschäft in ganz Barcelona, das auch die ausgefallensten Wünsche erfüllte. Don Rafel sandte ein Stoßgebet zum Himmel, daß es stimmen möge. Es ging das Gerücht, der Buchhändler Galí versorge die bedürftigen Brüder der drei erst kürzlich gegründeten Freimaurerlogen Barcelonas mit den entsprechenden Schriften. Was alles so behauptet wurde. Schließlich hieß es auch, Don Jacint Dalmases sei Freimaurer. Und der Tuchfabrikant Josep Tersol und Jaume Serra, der eine Handelsflotte von acht Briggs in Barcelona und acht oder zehn weiteren in Canet besaß, ebenfalls. Und es wurde gemunkelt, auch unter den Künstlern der »Akademie der Mißtrauischen« gebe es Freimaurer … Don Rafel mied, soweit möglich, das Gespräch mit diesen Leuten. Als hoher Staatsbeamter und Diener Seiner Majestät fühlte er sich den tonangebenden Militärs und Politikern verbunden und wollte nichts mit diesen undurchsichtigen Geheimgesellschaften zu tun haben, die – wie jedermann – einzig und allein auf die Macht versessen waren. Und die hatte derzeit er. Das Keifen einer Frau, die einen Rotzbengel ausschalt, riß ihn aus seinen Gedanken, und er fand sich vor der Buchhandlung mit der auf die Tür gepinselten Werbung für Zuverlässigkeit und Effizienz wieder. Unschlüssig stand er noch eine ganze Weile davor: Seit Jahren hatte er keine Buchhandlung mehr betreten, und diese fremde Welt flößte ihm eine gewisse Scheu ein. Als er sich endlich entschloß, die Tür zu öffnen, schlug scheppernd eine Glocke an, und er stand unversehens in einem Raum, der im Halbdunkel vor sich hin zu dösen schien. Es roch feucht und kalt. Don Rafel sah eine Leiter und auf der Leiter den Buchhändler Galí, eine Staubkappe auf dem Kopf, einen Kneifer auf der Nasenspitze, in der einen Hand ein Staubtuch und in der anderen einen Stapel Bücher. Beim Klang der Glocke hatte er sich langsam umgedreht und blickte dem Ankömmling nun gänzlich desinteressiert entgegen, als müßte man schon einen Schutzumschlag tragen und bedruckt sein, um seine Neugier wecken zu können. Don Rafel seufzte, erleichtert darüber, wie leicht die erste Hürde sich hatte nehmen lassen, und sah den Buchhändler auf seiner Leiter an.

»Ihr wünscht«, sagte dieser schließlich gleichgültig und bequemte sich umständlich aus seiner privilegierten Lage herab. Als er unten angekommen war, bemerkte Don Rafel, daß der Buchhändler noch kleiner war als er und den Kopf heben mußte, um seine Antwort zu hören.

»Ich will ... Ich möchte ...«, Sa Senyoria kratzte sich am Kopf, »ein ... einen ... wie soll ich sagen?« Er sah sich nach allen Seiten um, als fürchtete er, die Bücher in den Regalen hätten Ohren, und senkte die Stimme, während er die verschnürte Rolle auf den wurmstichigen Tisch legte. »Ich wollte fragen, ob Ihr wißt, wo ich einen Zeichner namens ... namens Tobias finden kann.« Die letzten Worte waren ein verschämtes Flüstern. Aber der Buchhändler Galí hatte nur Augen für den silbernen Sou, der wie durch Zauberhand neben der Rolle auf dem Tisch erschienen war. Er beschloß, diesen offenbar bedeutenden Kunden hinzuhalten und ihm so einen weiteren Sou zu entlocken.

»Tobias, Tobias …«, murmelte er zweifelnd. »Tobias … Könnt Ihr mir nichts Näheres über ihn sagen? Welche Art von Zeichnungen macht er denn?« fragte er unbarmherzig.

»Nun, äh … ich weiß nicht, wie ich es Euch erklären soll … Er ist spezialisiert auf …«

Endlich purzelte der zweite Sou fröhlich klingend auf den ersten, und der Buchhändler war zufrieden. Don Rafel quälte sich noch:

»Wißt Ihr, ich … ich bin Arzt und möchte, daß er mir ein paar Zeichnungen anfertigt von … Dieser Tobias hat dies hier gezeichnet …«

»Laßt einmal sehen«, sagte Galí, ignorierte ostentativ die beiden Silbersous und griff nach der Rolle.

Er löste die Schnur, und die Zeichnungen des früheren Gerichtspräsidenten Pàmies, die jahrelang vergessen und verborgen in einem geheimen Winkel seines Schreibtischs geruht hatten, wurden auf der Tischplatte ausgebreitet. Eine ausgesprochen gut gebaute Dame lachte die beiden Männer schamlos an und enthüllte geradezu himmlische Brüste. Don Rafel spürte, wie ihm das Herz im Hals schlug vor Scham über die erniedrigende Prüfung, der ihn der vermaledeite Buchhändler unterzog.

»Natürlich, natürlich, Herr Doktor«, sagte dieser beschwichtigend.

»Seht Ihr?« Der Herr Doktor zeigte auf die Signatur in einer Ecke des Papiers.

»Tobias«, las der Buchhändler. Er blickte zur Decke, als stünde dort die Antwort geschrieben: »Tobias … Jetzt, wo ich darüber nachdenke, Herr Doktor …« Mit einem raschen Seitenblick vergewisserte er sich, daß die beiden Silbersous noch an Ort und Stelle lagen, und da kam ihm die Erleuchtung: »Carrer de la Canuda, neben der Sankt-Anna-Pforte. Das dritte einstöckige Haus.«

»Das dritte?«

»Ja. Tobias ...« Er pochte mit dem Zeigefinger auf die Zeichnung, direkt neben der rechten Brustwarze, als wäre ihm noch etwas eingefallen: »Er hat dort ein großes Atelier. Am ehesten trefft Ihr ihn nach Einbruch der Dunkelheit an.« Er sagte das ein wenig verächtlich, als wollte er mit dem wissenschaftlichen Interesse dieses Arztes, der ja offensichtlich mächtig Dampf unter dem Kessel hatte, nichts zu tun haben, und nahm die zwei Silbersous vom Tisch, insgeheim stolz auf die Raffinesse, mit der er diesem lüsternen Herrn Doktor den doppelten Betrag aus der Tasche gezogen hatte. Und Doktor Massó verabschiedete sich vom Buchhändler Galí, nachdem er die Drucke wieder zusammengerollt hatte, schamgebeugt, aber zugleich hoffnungsfroh, was den finanziellen Aspekt der Sache betraf: Er hatte bis zu fünf Silbersous für den Buchhändler eingeplant.

Hätte Donya Marianna gewußt, daß ihr Mann im Viertel von Pi unterwegs war, wäre sie höchst erstaunt gewesen. Hätte sie den Grund seines Besuches erfahren, wäre sie in Ohnmacht gefallen. Hätte sie die Drucke zu Gesicht bekommen, so hätte sie der Schlag getroffen. Zum Glück aber lief ihre Gesundheit nicht Gefahr, weil sie gerade die Dienstboten herumkommandierte. Sie hatte Hipòlit nach dem Verbleib des Herrn gefragt, aber keine befriedigende Antwort erhalten, und so zog sie sich mit Donya Rosalia Ferreres in die Hauskapelle zurück, um vor dem Bildnis des verehrten Josep Oriol den Rosenkranz zu beten. Donya Marianna und ihre Freundin hatten den ganzen Nachmittag mit geheucheltem

Entsetzen die neuesten Skandale der Stadt durchgehechelt, und Donya Rosalia hatte sich als Mitglied des »Damenkomitees zur Änderung der Route der Osterprozession« gewinnen lassen, das sich betont optimistisch gab, das Ziel, zu dessen Erreichung es sich zusammengeschlossen hatte, noch in diesem Kirchenjahr durchzusetzen. Dabei hätten die Damen eigentlich wissen müssen, wie gern der Herr Bischof – Gott verzeih – sich wichtig tat und wie hartnäckig der Chorherr Pujals, der in dieser Frage das entscheidende Wort hatte, sich gegen ihr Ansinnen sträubte. Nach erschöpfender Behandlung dieses Themas wandten sie sich den soziliturgischen Möglichkeiten des Te Deum zur Jahrhundertwende zu, dem Donya Marianna hoffnungsfroh entgegensah, weil ihr Gatte ihr versichert hatte, daß für sie zwei Ehrenplätze in der ersten Reihe reserviert seien. Donya Rosalia war grün und gelb vor Neid, würde sie sich doch mit einem Stehplatz in der Mitte der Kathedrale zufriedengeben müssen.

Im Haus Massó, im Palast Massó herrschte die gewohnte spätnachmittägliche Trägheit. Schon mit den ersten Regenfällen hatten sich Kälte und Feuchtigkeit in den Wänden eingenistet und würden bis zur Blüte der Mandelbäume von Sant Martí de Provençals, der spätesten im Frühjahr, nicht mehr weichen. Darum befahl Hipòlit den Dienstmädchen und Celdoni, alle Kamine und die drei Kohlebecken anzuzünden, um den Aufenthalt in dem riesigen Kasten mit den hohen Decken ein wenig angenehmer zu machen. Doch niemand im Haus, weder Hipòlit noch Celdoni oder Turc, der im Eßzimmer vor dem Kamin vor sich hin döste, auch nicht Agnès, Eulàlia oder Ramoneta und erst recht nicht Donya Marianna oder Donya Rosalia, hatte Zeit, auf die Frau zu achten, die schon seit geraumer Weile den Carrer Ample auf und ab ging und dabei mit dem entschlossenen Blick eines Menschen, der weiß, was er vom Leben will, den Palast Massó beobachtete, hin und wieder zur Gartenmauer hinüberschielte und dann erneut das Hauptportal musterte. Offenbar konnte sie sich aber, obwohl es bereits dunkelte, trotzdem nicht entschließen, tatsächlich das zu tun, wozu sie gekommen war, was auch immer es sein mochte. Andererseits sah die Frau mit dem entschlossenen Blick nicht aus, als fürchtete sie sich vor der Dunkelheit.

Am Abend, als die Schatten der müden Stadt mit den steinernen Fassaden verschmolzen; am Abend, als die Sonne sich hinter dem Montjuïc verbarg und der Himmel sich rot färbte wie für ein rauschendes Fest; am Abend, als die Ladenbesitzer die Schürze ablegten, müde und hungrig gähnten und mit etwas Glück das Ladenmädchen in den Hintern zwickten; am Abend, als die Bauern aus Horta, Sant Adrià, Sarrià oder Hospitalet schon in ihren Betten lagen, weil sie am nächsten Morgen in aller Herrgottsfrühe wieder mit ihren Karren durch Barcelona ziehen und ihre Ware ausrufen würden, Salatköpfe, Bohnen, Zucchini, Paprika, Tomaten für den Salat, aufs Brot oder zum Trocknen, die ersten Winterartischocken und die letzten Herbstkastanien – ein ganz besonders Findiger hatte sogar fünf Körbe voll mit Ritterlingen, Reizkern, Kaiserlingen und Schnecklingen feilzubieten; am Abend, als sich in den hohen Kathedralenfenstern die Tauben gurrend gegen eine weitere kalte, windige Nacht aneinanderdrängten; am Abend, als die Nachtwächter die an der Stadtmauer befestigten Fackeln entzündeten, damit die Rambla in ihrem flackernden Schein ruhig einschlafen konnte; am Abend, als die Mütter von den Fenstern aus ein wenig besorgt nach ihren Kindern riefen, Zeit zum Abendessen, es gibt gedünsteten Kohl und Süßkartoffeln; am Abend, als die Stadtwache lustlos ihren Dienst antrat und die Bediensteten im Hause Massó überall Leuchter, Kerzen und Kamine entzündeten wie die Bediensteten in den anderen Herrenhäusern und Palästen entlang der Rambla und im Carrer Ample; am Abend, als man durch die Vorhangspalte in die Häuser lugen konnte, mal sehen, was die da drinnen so treiben; am Abend, als die Straßen sich leerten, weil es draußen ungemütlich wurde und man in den finsteren Gassen nicht mehr vor unerwünschter Gesellschaft sicher sein konnte, erreichte Don Rafel Massó i Pujades, Präsident des Königlichen Gerichts von Barcelona, der die Kutsche in einiger Entfernung hatte halten lassen, die Sankt-Anna-Pforte. Er bemerkte, daß der Himmel ausnahmsweise wolkenlos war und noch ein wenig Licht gab. Aldebaran blinzelte auf seine Perücke herab, aber Sa Senyoria beachtete ihn nicht. Ungeduldig schlug er mit dem Stock dreimal an die wackelige Tür des dritten Hauses, und als hätte man ihn erwartet, flog eine Luke im oberen Teil der Tür krachend gegen die Wand. Eine alte Frau lugte aus ihrem Bau hervor.

»Ich suche den Maler Tobias.«

Die Alte knallte die Luke so laut wie möglich zu, als wollte sie die gesamte Nachbarschaft darüber informieren, daß ihr schon wieder jemand ins Netz gegangen war. Dann rührte sich lange Zeit nichts. Don Rafel schnaubte ungeduldig. Es gefiel ihm ganz und gar nicht, in dieser dunklen Gasse warten zu müssen. Als er gerade erwog, sich würdevoll zurückzuziehen, als wäre nichts gewesen, ging die Tür auf, und dieselbe Alte, die zuvor durch die Luke gespäht hatte, richtete anklagend einen krummen Finger auf ihn.

»Ganz hinten, dort, wo das Licht brennt. Ihr könnt hineingehen, ohne anzuklopfen.«

Schamlos hielt sie die Hand auf. Don Rafel, der damit nicht gerechnet hatte, mußte eine Weile kramen, bis er eine Kupfermünze fand. Er ließ sie zu Boden fallen, um seine Demütigung erträglicher zu machen. Während die Alte sich flink nach der Münze bückte, betrat Don Rafel einen langen, dunklen, armseligen Gang. In einer Hand trug er die Rolle, sozusagen zur Einführung, mit der anderen preßte er sich das Taschentuch an die Nase. Als er den Lichtschein vor sich sah, trat er, ohne zu klopfen, ein, wie ihn die Alte geheißen hatte.

Er befand sich in einem geräumigen Zimmer mit großen Fenstern, die tagsüber sicherlich viel Licht gaben. Im Raum herrschte heilloses Durcheinander: Leinwände, Farbtuben, Pinsel, Bleistifte, Kohlestücke, schmutzige und farbenbekleckste Lappen lagen unter- und übereinander, dazwischen standen zwei offene Truhen, die von Kleidungsstücken überquollen. Kreuz und quer durch den Raum waren Schnüre gespannt, auf denen weitere Kleidungsstücke hingen. Und über allem lag ein Dunst von Farbe, Papier, Steckrüben und Elend, daß sich einem der Magen umdrehte. Am meisten aber überraschten Sa Senyoria nicht die Unordnung, die Wände, an denen stellenweise der Putz abgeplatzt war, so daß sie die Eingeweide zeigten, oder gar der Künstler, der mit dem Rücken zur Tür stand und es offenbar nicht für nötig hielt, sich umzudrehen, weil er im Schein eines zwölfarmigen Leuchters ganz und gar von der Anfertigung einer Zeichnung in Anspruch genommen war. Am meisten überraschten Don Rafel die unübersehbar an einer Schnur festgeklammerten Zeichnungen. Ein Dutzend nackter Frauen in den unglaublichsten Positionen starrte schamlos jedem entgegen, der das Atelier des Malers Tobias betrat. Sa Senyoria streifte sie mit einem raschen, gierigen Blick, dann ging er zu dem Künstler hinüber und grüßte ihn mit vor Erregung heiserer Stimme. Dabei bemerkte er die Zeichnung, die vor

Tobias auf dem Tisch lag: Eine Frau, die mit den Händen ihr Geschlecht öffnete und den Betrachter so obszön anlächelte, wie Don Rafel es nie für möglich gehalten hätte. Nicht einmal die arme Elvira in ihren besten Tagen hatte derart wollüstig dreingeblickt. Er fühlte, wie ihm unter der Perükke der Schweiß ausbrach, schluckte und sah den Maler mit hervorquellenden Augen an.

»Ihr wünscht?« Das war eine rein rhetorische Frage, denn der Maler wußte natürlich genau, was die aufgeregten feinen Herren bei ihm suchten. Auch die Alte wußte es, die ihm als Portiersfrau diente und mit feinem Riecher niemanden hereinließ, der zur Stadtwache gehörte oder für die Justiz arbeitete. Wie Don Rafel.

»Nun, ich ... Ihr müßt wissen, ich bin Arzt und wollte ...«

»Selbstverständlich, Herr Doktor. Sucht Euch nur eines der hier aufgehängten Bilder aus. Die beiden hier sind für einen Duro zu haben, die dort drüben für zwei Duros.«

»Ich will keines dieser Bilder. Außerdem sind sie zu teuer.«

»Dann wartet einen Augenblick: In der Mappe habe ich welche zu einem halben Duro, die ...«

»Nein, Tobias, nein«, unterbrach ihn der höchste Vertreter der Justiz ungehalten.

»Warum zum Teufel seid Ihr dann hier?«

»Ich möchte, daß Ihr mir ein Bild anfertigt wie ...«, sein Blick glitt durch den ganzen Raum und blieb an der Frau auf dem Tisch hängen, »wie dieses dort. Aber doppelt so groß muß es sein und ...«, er zog aus seiner Manteltasche ein Döschen und öffnete es, »dieses Gesicht haben.«

»Gewiß, Doktor.«

Tobias nahm das Döschen und betrachtete die Miniatur

Donya Gaietanas. Er sah es sich eine Weile aufmerksam an, dann gab er es Don Rafel zurück.

»Dieses Porträt ist sehr klein. Das wird schwierig werden.«

»Nennt einen Preis.«

»Vier Duros für das Gesicht und zwei für den Körper«, verlangte Tobias geistesgegenwärtig.

»Verdammt.«

»Es ist ein schwieriger Auftrag, Doktor.«

»Einverstanden. Aber ich verlange, daß Ihr sofort mit dem Gesicht beginnt. So kann ich sehen, ob Ihr es richtig macht.«

Tobias erklärte sich einverstanden. Dem Besucher war die Sache anscheinend so dringlich, daß ein Nein nicht in Frage kam; außerdem konnte er sich als wahre Goldmine erweisen. In Null Komma nichts entwarf er nach dem Porträt auf dem Döschen ein Gesicht, das entfernt an Donya Gaietana erinnerte. Don Rafel stand daneben, sah ihm bei der Arbeit zu und sagte, ja, ja, genau so; nein, der Mund stimmt so nicht. Und Tobias wandte ein, das Porträt ist aber auch wirklich klein, wie sind denn ihre Lippen: Fleischig? Voll? Sinnlich? Provozierend? Feucht? Sa Senyoria geriet in Verlegenheit, weil er die Lippen seiner geliebten Gaietana nie beschrieben hatte. Tobias sagte, wißt Ihr was, Herr Doktor? Und Doktor Massó fragte, was? Und Tobias schlug vor, für zwei Peseten das Stück mache ich Euch so viele Entwürfe wie nötig. Und der Doktor, zwei Peseten? Das kostet mich ja ein Vermögen! Und der Maler sagte, was tut man nicht alles für die Wissenschaft. Und da willigte Doktor Massó in den Vorschlag ein. Eine Stunde und zehn Peseten später war ein Gesicht zustande gekommen, das dem fernen, unerreichbaren, heißgeliebten und ersehnten Gesicht seiner Gaietana ähnelte.

»Morgen zeichne ich Euch den Körper dazu.«

»Geht das nicht gleich?«

»Unmöglich, Doktor. Das wird ein paar Stunden dauern.«

»Dann komme ich morgen um die Mittagszeit vorbei. Oder vielleicht ...«, schwindelte er, »schicke ich jemanden vorbei, um es abzuholen.«

Und so ließ sich Doktor Massó in dieser Nacht sein Bild zeichnen. Lange wälzte er sich unruhig im Bett hin und her, während Donya Marianna an seiner Seite friedlich schlummerte und von einem prächtigen Dankgottesdienst zur Jahrhundertwende träumte, einem Te Deum, das sie selbst – oh, wunderbare Macht der Träume – höchst professionell vom Hauptaltar der Kathedrale aus leitete, während ihre Freundinnen vor Neid vergingen.

II

Am Tag der Unschuldigen Kinder, einem Samstag, ließ Nando Sorts, Leutnant der königlichen Armee, frühmorgens den Blick über den Horizont schweifen, in der Hoffnung, die Entfernung habe sich auf wundersame Weise verkürzt und gleich hinter der nächsten Wegkehre werde die eindrucksvolle Silhouette des Montserrat auftauchen, was bedeutet hätte, daß er seinem Ziel schon näher war. Aber er konnte aus seinem armen Pferd nicht noch mehr herausholen. O Mist, Mist, Mist, während ich ihm von Novalis erzählt habe, saß er im Gefängnis, meine Güte! Nando fühlte sich dumm und nutzlos. Natürlich würde er, sobald er in Barcelona war, Himmel und Hölle in Bewegung setzen, sich als Zeuge melden und an den Grundfesten des Gerichtsgebäudes rütteln. Wenn er nur nicht zu spät kam. Oh, verdammt!

Ein eisiger Nordwind war aufgekommen, der ihm scharf entgegenwehte und in Gesicht und Hände schnitt. Er fragte sich, wo zum Teufel er die Handschuhe vergraben hatte, wollte aber nicht anhalten und den Rucksack durchwühlen. Dabei konnte er noch von Glück sagen, daß es nicht regnete. Mit seinem schmutzigen, zerfetzten Taschentuch wischte er sich den Schweiß von der Stirn, bevor der im eisigen Wind gefror. Um Kraft zu schöpfen, dachte er an Andreu, der einsam und hilflos in irgendeinem Kerker verrottete.

Auch andernorts kam ein Taschentuch zum Einsatz – wieso nur war es in der Kirche von Santa Maria del Pi so heiß? Donya Marianna fand den Geruch nach verbranntem Wachs ungemein tröstlich und anheimelnd. Aber diese Unmenge brennender Kerzen vor dem Altar des heiligen Leonhard, am Grab des verehrten und immer noch nicht heiliggesprochenen Josep Oriol i Bogunyà verursachte ihr Hitzewallungen. Wieder wischte sie sich die Stirn, während sie auf den Beginn der Neun-Uhr-Messe, der letzten Samstagsmesse des Jahres und des Jahrhunderts, wartete, um gemeinsam mit all den anderen Gläubigen der Heiligen Jungfrau, Herrin der Himmel, die Ehre zu erweisen. Nicht eine dieser Messen hatte Donya Marianna in den letzten drei Jahren versäumt, selbst während der Sommerfrische in Santa Coloma nicht. Sie wußte, daß sie alles in allem ein erkleckliches Sümmchen an Generalablässen gesammelt hatte, dazu allein durch ihre Mitgliedschaft in der Bruderschaft des Blutes Dutzende von Teilablässen, die sie eifrig für die armen Seelen im Fegefeuer verwandte. Hochwürden Prats trat an den Altar, begleitet von zwei gickelnden Meßdienern, und die von den gläubigen Seelen ersehnte Messe begann. Draußen regnete es wie jeden Tag, und bei Igualada brachte der Wind die ersten, winzigen Tropfen, die sich Roß und Reiter nadelspitz in die Haut bohrten. In seiner Verzweiflung fluchte Nando Sorts laut.

Der Morgen bei Gericht war ruhig verlaufen, innerlich aber war Don Rafel aufgewühlt. Diese traurige Geschichte hatte ihm wieder die arme Elvira in Erinnerung gebracht, glaub mir, ich wollte das nicht, es war keine Absicht, obwohl du es verdient hast, du Schlampe, hinter meinem Rücken hast du es getrieben, wer hätte das gedacht. Aber ich wollte es wirklich nicht. Seit jener verhängnisvollen Nacht hatte Don Rafel keine ruhige Minute mehr gehabt. Zwar war er noch einmal glücklich davongekommen, aber er hatte den Tod eines Menschen auf dem Gewissen. Allerdings: Die Angst, jemand könne ihm auf die Schliche kommen, wog sehr viel schwerer als der Tod der armen Elvira, denn da war ja nun einmal nichts mehr zu machen. Als man darum bei diesem Idioten Perramon den Bericht über jene Nacht des Grauens fand, die Beichte aus dem Mund des verfluchten Ciset, war eine Welt für ihn zusammengebrochen. Er hatte den Sekretär Rovira nach Mura geschickt, und dieser hatte ihm bestätigt, daß der frühere Gärtner von Sa Senyoria gestorben war, Senyoria, und seine Frau anscheinend ein paar Tage vor ihm, Senyoria. Don Rafel war erleichtert: Nun war endlich Schluß mit dem ewigen Aderlaß, mit dem er sich Cisets Schweigen erkauft hatte, und er dachte, der Tod weiß manchmal schon, was er tut. Ihm war nichts anderes übriggeblieben, als diesen geheimnisvollen Perramon zum Schweigen zu bringen, auch wenn es ihn nach wie vor beunruhigte, daß Don Jerónimo Cascal de los Rosales den Inhalt der Papiere kannte. Aber der Polizeichef hatte schließlich für sein Schweigen kassiert und nach Kräften an der Lösung des Falles Perramon mitgewirkt. Ach, könnte er doch nur die Zeit zurückdrehen zu der schrecklichen Nacht, in der er entdeckt hatte, wie sehr er betrogen worden war, und anders handeln: Mit der Reitpeitsche könnte er diese widerliche Hure aus dem Liebesnest vertreiben oder die beiden schamlosen Jünglinge zum Duell fordern; ach, wäre er doch gar nicht erst hingegangen, was hatte ich bloß im Liebesnest zu suchen, dem Haus aller Freuden und so weiter und so fort, wo ich doch eigentlich in Santa Coloma war … Und während Don Rafel seine Verzweiflung pflegte, erledigte er nebenher die wenigen Aufgaben, die an ihn herangetragen wurden: Nun gut, er würde den obersten Saaldiener empfangen und sich anhören, was die Saaldiener vom Erdgeschoß zu meckern hatten. Und der Vorsitzende Richter der Strafkammer beschwerte sich, weil noch immer kein Ersatz für den erkrankten obersten Gerichtsdiener gefunden war. Don Rafel sagte, aber Don Prudencio, alles braucht seine Zeit. Woraufhin Don Prudencio Zapata drohte, ohne obersten Gerichtsdiener werde es eben keine Verhandlungen mehr geben. Nun wurde Don Rafel wirklich böse, was selten geschah, weil er sich normalerweise hütete, seine wahren Gefühle zu zeigen, spie Gift und Galle und drohte dem Richter, sollte er erfahren, daß in der dritten Kammer auch nur eine einzige Verhandlung ausgefallen sei, so werde der zweite Richter Don Marcel·lí Carbó *ipso facto* zum Vorsitzenden Richter ernannt, und Don Prudencio mußte sich am Riemen reißen, bis er das Amtszimmer des Gerichtspräsidenten verlassen hatte, obwohl er vor Wut zu platzen drohte, ausgeschlossen, daß ein Trottel wie Carbó mich auf der Karriereleiter überholt. Wieder allein in seinem Amtszimmer, dachte Don Rafel, meine Güte, was für ein Volk. Und er sah erneut die arme Elvira vor sich, wie sie erst lachte und ihn dann vorwurfsvoll ansah. Ich hab's doch nicht mit Absicht getan, meine liebste Elvira. Dann fiel ihm ein, daß er am Nachmittag Donya Gaietanas Bild abholen konnte, und Elviras Gesicht verfloß. Im selben Augenblick kündigte ein Klopfen an der Tür den Diener an, der den Besuch von Rechtsanwalt Terradelles ankündigte, was ein Gewitter verhieß. Diese lästige Schmeißfliege von Terradelles in Begleitung eines Unbekannten.

»Ich bin gespannt zu erfahren, was mir die Ehre Eures Besuches verschafft.«

Don Antoni Terradelles rückte mit einer sehr femininen Bewegung seine Perücke zurecht und sagte mit giftigem Lächeln, er habe, mit Verlaub, die Absicht, einen Prozeß gegen Sa Senyoria anzustrengen. Don Rafel blieb gelassen und erwiderte nur, und aus welchem Grund, wenn man fragen darf?

»Wegen Mordes, Senyoria.«

Er sank auf den Stuhl, wurde wütend, lachte, sagte, aber, aber, was sind denn das für Dummheiten, verdrehte die Augen, schnalzte mißbilligend, lachte wieder, sagte, ich? Ich?!?, stritt alles ab, bezeichnete die ganze Geschichte als gemeine, schmutzige Lüge. Sagte, ich bitte Euch, habt Ihr diesen Unsinn wirklich geglaubt?, und spürte, wie ihm auf der Glatze der Schweiß ausbrach Er haßte seine liebste kleine Elvira und das eisige Lächeln dieses Mistkerls Terradelles. Schließlich forderte er Beweise.

»Wir haben das Testament und die Beichte eines gewissen Ciset«, log der Rechtsanwalt, und der Notar Tutusaus lächelte freundlich dazu.

»Die habe ich!« schrie Don Rafel.

»Das heißt also, sie existieren.« Der Notar ließ jedes seiner Worte bleischwer fallen. »Ich selbst habe sie aufgesetzt, Senyoria. Das kann ich bezeugen. Und eine Kopie habe ich auch«, flunkerte er geistesgegenwärtig hinzu.

»Ciset hat als Gärtner für mich gearbeitet. Alles andere sind Lügen.«

Don Rafel sah ein, daß er seine Taktik ändern mußte. Um sich eine Denkpause zu verschaffen, zog er die Schnupftabaksdose hervor. Verdammt, seine Hände zitterten. Er verbarg seine Nervosität hinter einem Lächeln und begann, vorsichtig zu sondieren, was sie wollten, wieviel sie verlangten, was er ihnen anbieten konnte: Geld, Macht, unerfüllte Wünsche, Don Antoni, habt Ihr Euch niemals vorgestellt, Ihr könntet Vorsitzender Richter der ersten Kammer werden? Was meint Ihr? Aber das giftige Lächeln schwand nicht vom Gesicht des Rechtsanwalts. Rasch verstand Don Rafel, daß der Notar zu Preisverhandlungen bereit war, Terradelles hingegen unnachgiebig auf einem Prozeß gegen ihn beharrte. Um der Diskussion ein Ende zu setzen, sagte er: »Ich werde jeden Prozeß vor diesem Gericht zu unterbinden wissen.«

»Auch gut.« Der Rechtsanwalt erhob sich, sehr zum Mißfallen des Notars. »Dann werde ich mich an den Militärgouverneur wenden.«

»Gnade Euch Gott, wenn Ihr das tut.«

»Darauf könnt Ihr Gift nehmen.«

Das dringende Ersuchen Don Rafels um eine Audienz noch an diesem Samstag wurde abschlägig beschieden: Don Pere Caro bestellte ihn für Montag ein, da Seine Exzellenz, wie Kommandant Cisneros in seinem Schreiben erklärte, von Angelegenheiten des Hofes vollauf in Anspruch genommen sei. Verzweifelt zerknüllte Don Rafel das Papier; er hatte das Gefühl, den Boden unter den Füßen zu verlieren. Zwei Jahre hatte er in beständiger Herzensangst gelebt, zwei Jahre hatte er gebraucht, um ein wenig Seelenfrieden zu finden; und dann wurde plötzlich im Zusammenhang mit dem Mord an dieser Sängerin bei einem verdächtigen Subjekt die unerwartete Beichte Cisets entdeckt: Hinweg mit dem Subjekt. Doch nun mußte er feststellen, daß es damit nicht genug war, daß womöglich halb Barcelona sein Geheimnis kannte. Und nicht genau zu wissen, wer was wußte, schwächte seine Position ungemein. Als Don Rafel um die Mittagszeit das Gerichtsgebäude verließ, hatte er nicht die leiseste Ahnung, was er tun könne, außer vor dem Militärgouverneur auf die Knie zu fallen, ihm die ganze Geschichte zu beichten und ihm das Blaue vom Himmel herab zu versprechen, damit er seine schützende Hand über ihn hielt.

Die Unterhaltung am Mittagstisch der Massós bestand aus einem Monolog Donya Mariannas, in dem sie ihren Gatten informierte, morgen, spätestens übermorgen sind die letzten

Anproben für unsere Festgarderobe zum Te Deum und zur Neujahrsfeier. Merk's dir, denn du wirst hier sein müssen, um alles anzuprobieren. Und denk dran, eine neue Perücke zu bestellen. Und neue Schuhe. Und Hochwürden Prats sagt, er gäbe was drum, wenn er mit uns tauschen könnte, wo wir doch einen Ehrenplatz in der ersten Reihe haben. Denk dir nur, Rafel, sogar der Herr Pfarrer beneidet uns! Gebe Gott, daß es nächsten Dienstag nicht regnet. Weißt du übrigens, daß Rosalia nicht beim Marquis von Dosrius eingeladen ist? Sie wird zum Fest von Don Paco García gehen müssen, und das wird bei weitem nicht so vornehm sein wie unseres. Wo bist du bloß mit deinen Gedanken, Rafel? Doch er sah sie nur gedankenverloren an und schob sich lustlos eine Gabel voll Makkaroni in den Mund. Draußen auf dem Carrer Ample stellte sich die Frau mit dem entschlossenen Blick, die schon am Tag zuvor die Straße auf und ab gegangen war, zum Schutz vor dem Nieselregen unter das Portal von Sant Francesc und starrte ausdruckslos zum Palast Massó hinüber; in ihrem Kopf aber überschlugen sich die Gedanken, und sie hatte Angst.

Am Nachmittag löste Don Rafel in der strikten Intimität seines häuslichen Arbeitszimmers die Schnur von der Rolle und strich die Zeichnung auf der Tischplatte glatt. Er hatte gewartet, bis Donya Marianna zu einem ihrer Gegenbesuche das Haus verlassen hatte, und Hipòlit dann gesagt, er müsse arbeiten und wolle unter keinen Umständen gestört werden. Wieder strich er mit der Handfläche über die Zeichnung und hielt den Atem an. Donya Gaietana Renom, Baronin von Xerta, eine anerkannte, allseits begehrte Schönheit mit einem sicherlich anrüchigen, aber streng geheimgehaltenen Liebesleben, verheiratet mit einem unsäglichen Schürzenjäger, der fast doppelt so alt wie sie und zum Hahnrei geradezu prädestiniert war; Donya Gaietana Renom, durch Heirat Baronin von Xerta, eine der elegantesten Frauen der welken bourbonentreuen Aristokratie Barcelonas, mit einem beneidenswerten Vermögen und einem beeindruckenden Gefolge hoffnungsfroher, aber chancenloser Anwärter auf eine Liebschaft; Donya Gaietana, die Unerreichbare, Ferne, Zauberische, Rätselhafte, Begehrte, lag mit gespreizten Beinen vor Don Rafel, entblößte ihm ihre intimsten Stellen und lächelte dazu mit einem Hauch von Unschuld, der Sa Senyoria schier den Verstand raubte. Eine gewaltige Vulva. Kräftige Schenkel. Oh, und diese Brüste! Von geradezu beleidigend vollkommener Rundung. Was für ein Bauchnabel. Und dazu das geliebte Gesicht. Donya Gaietana, die Schamlose, die Dirne, die Metze, schlimmer als eine läufige Hündin (wo hatte er das schon mal gehört?), rekelte sich lasziv vor ihm auf dem Tisch und zeigte ihm ihre Möse. Jetzt lachte sie nicht mehr über ihn, die Schlampe, was? Nein, jetzt zeigte sie ihm alles. Tja, Meinegeliebtegaietanadunutte, jetzt machst du dich nicht mehr lustig über meine Rute, weil du mich nämlich liebst, gib's doch zu, ganz verrückt bist du nach mir, und deshalb willst du auch, daß ich dich nehme, nicht wahr? Don Rafels Herz raste. Fast wie von selbst brachte er bei der Vorstellung, statt der Kohlezeichnung die Dame aus Fleisch und Blut vor sich zu haben, eine passable Erektion zustande. Einen Augenblick lang träumte er, sie sei es, die ihn bearbeitete, während sie ihm ihr Innerstes entblößte, und diese unmögliche Vorstellung verschaffte ihm endlich den Orgasmus. Nach dieser feierlichen Inbesitznahme war Don Rafel Massó, Präsident des Königlichen Gerichts von Barcelona, auf klägliche Weise glücklich.

Nach dem Abendessen, während dessen er eine erschöpfende Schilderung des Neids zweier weiterer Freundinnen Donya Mariannas über sich hatte ergehen lassen, nachdem er heilige Eide geschworen hatte, zu Hause zu sein, wenn der Schneider und die Näherin kämen, und nachdem beschlossen worden war, daß die neue Perücke bläulich statt gelblich sein werde, stellte Don Rafel mit einem Blick aus dem Eßzimmerfenster fest, daß der Himmel wolkenlos war. Trotz Donya Mariannas Protest, das sei nun wirklich Zeitverschwendung, und du wirst dir noch eine Lungenentzündung holen, befahl er Hipòlit, das Teleskop im Begonienbeet aufzustellen.

»Mitten in den Blumen, Senyoria?«

»Ja: Wollen doch mal sehen, ob Romà sie dann morgen endlich austauscht.«

»Ich habe es ihm schon zweimal gesagt, Senyoria.«

»Nun, dann sagst du es ihm gleich morgen früh zum dritten Mal. Ich will Chrysanthemen, das sind die richtigen Blumen für diese Jahreszeit. Begonien im Dezember! Dieser Romà ...«

»Ja, Senyoria.«

Hipòlit ging mit der Laterne davon, und Don Rafel blieb allein mit dem Himmel zurück, bedrückter denn je. Ihm schien, daß er seit ein paar Tagen nichts anderes tat, als Löcher in seiner Biographie zu stopfen, wobei sich, kaum daß er eines gestopft hatte, umgehend das nächste auftat. Er mußte den Militärgouverneur sprechen, bevor Terradelles es tat: Dieser und seine gefährlichen Anschuldigungen konnten seinen Untergang bedeuten. Er stellte sich vor, wie er Don Pere sein Vergehen beichtete. Würde er ihn decken? Um welchen Preis? Oder würde er vielmehr die Stunde für gekommen halten, ihn zu zertreten wie einen Wurm? Auf jeden Fall mußte er etwas unternehmen. Gleich morgen früh. Er seufzte und durchforschte den Himmel mit bloßem Auge. Orion, der legendäre Jäger, beherrschte einen Großteil des Nachthimmels. Noch hatte er die Plejaden nicht erreicht, seine armen, in alle Ewigkeit verfolgten Opfer. Zwischen den beiden Sternbildern standen als unüberwindliches Hindernis die Hörner des Stiers. Sich selbst konnte Don Rafel am Himmel nicht erkennen, weil er nicht wußte, welche Rolle er spielte: War er der blutrünstige Jäger, auf ewig um einige Grad von seinen Opfern entfernt? Doch die himmlischen Opfer hießen Maia und Taygeta, Alkione, Celaeno und Elektra, Asterope und Merope, Töchter der Pleione und des Atlas, und Orion hatte sich in sie verliebt ... Er hingegen verzehrte sich nur nach seiner süßen Gaietana, die so fern war wie Asterope. Nein, am Himmel sah Don Rafel sich nicht. Und ebensowenig sah er in dieser Nacht der Unschuldigen Kinder, kurz vor Beginn des Jahres achtzehnhundert, das nach Ansicht einiger weniger das letzte Jahr des alten Jahrhunderts war, nach Ansicht der überwaltigenden Mehrheit aber das erste Jahr des neuen Jahrhunderts, jetzt, da er sein Teleskop auf Aldebaran und die Hyaden richtete, den unberechenbaren, fernen, kalten, dunklen Pluto, der in Begleitung seines absurd großen Mondes Charon auf seiner uralten, unendlich langsamen, unsichtbaren Bahn die Hyaden durchquerte ... Pluto und Charon tanzten träge, einander umkreisend, einen unhörbaren Reigen. Nein, Don Rafel konnte nicht wissen, daß Pluto und Charon am Himmel über seinen Garten hinwegzogen, ebensowenig, wie der Mensch seinen eigenen Tod nahen sieht.

Als es ihm gelungen war, den orangefarbenen Aldebaran einzufangen, schnalzte er zufrieden mit der Zunge. Zwei der Hyaden (Eudora? Phaesyla?) rückten ebenfalls in sein

Blickfeld, aber Don Rafel wollte sich auf den orangefarbenen Alpha Tauri konzentrieren. Don Jacint Dalmases hatte behauptet, es handle sich um ein Doppelgestirn, aber er hatte diese Ansicht in einem blumigen Artikel, der vor fünf oder sechs Jahren im *Diari de Barcelona* erschienen war, würdevoll und entschlossen widerlegt. Und in der Tat: Da war nichts Doppeltes zu erkennen. Ihn fror, und er dachte, daß Donya Marianna ihn jeden Augenblick hereinrufen werde, damit er sich vor diesem verdammten Fest bloß nicht erkältete, und daß dann die Piesackerei wieder losginge. (Du hörst mir ja gar nicht zu, Rafel. Wo bist du bloß mit deinen Gedanken? Freust du dich denn gar nicht auf das Fest? Also, irgendwie siehst du angeschlagen aus. Geht's dir nicht gut? Seit ein paar Tagen bist du so geistesabwesend, Rafel.) Er verzichtete auf die weitere Beobachtung Aldebarans (aber ein Doppelgestirn war er nicht, soviel war klar) und rieb sich die Augen. Schlagartig überfiel ihn wieder die Angst. Er stampfte mit den Füßen, um sich aufzuwärmen, und trat damit, ohne es zu wissen, die neun Handbreit Erde ein wenig fester, unter denen die verweste Leiche seiner armen Elvira lag, ich habe das nicht mit Absicht getan, wirklich, und jenseits der Gartenmauer, im Carrer Ample, hatte es die Frau mit dem entschlossenen Blick aufgegeben, die Straße auf und ab zu gehen, und sich festen Schrittes auf den Weg in den Raval jenseits der Rambla gemacht. Ihr sagten die Sterne nichts.

Auch Nando Sorts beachtete die Sterne nicht. Er trabte durch die Nacht, ritt sein Pferd zuschanden und seinen Hintern wund, die Umrisse des Klosters von Pedralba zu seiner Linken, unermüdlich trotz der Kälte und der steten Gefahr, mitsamt seinem Tier an der Dunkelheit zu zerschellen.

III

Gerade tunkte Sa Senyoria das Löffelbiskuit in die Schokolade, da meldete ihm Hipòlit, unten steht eine Frau, die verlangt nach Sa Senyoria, Senyoria.

»Eine Frau? Wer ist es?«

»Ich kenne sie nicht. Sie sagt, sie wolle persönlich mit Sa Senyoria sprechen. Es sei wichtig.«

»Sie soll warten. Mein Frühstück ist wichtiger. Wo ist sie jetzt?« Ohne daß er hätte sagen können, warum, ergriff ihn eine leise Furcht.

»In der Eingangshalle.«

»Behalt sie im Auge. Paß auf, daß sie keine langen Finger macht.«

»Ja, Senyoria.«

Don Rafel trank die Schokolade aus und warf einen raschen Blick in die Richtung, in der er seine Frau herumkramen hörte. Dem Rascheln nach zu schließen, verstaute sie gerade Mantille und Gebetbuch in der Mahagonikommode. Don Rafel hatte vor Hipòlit nicht zeigen wollen, daß er neugierig war zu erfahren, wer diese Frau sein mochte; zugleich wollte er diese nicht zu lange warten lassen, damit nicht am Ende noch Donya Marianna Wind von der Sache bekam. Also beschloß er, daß das Frühstück beendet sei. Er trat vor den Spiegel, um sich die Perücke aufzusetzen, rülpste verhalten (es schmeckte nach Schokolade) und zog sich eine Weste über, bevor er in die kühle Eingangshalle hinunterging. Als er vom oberen Ende der Treppe aus die Besucherin erblickte, überlegte er es sich anders und machte sich auf die Suche nach Hipòlit.

»Sag ihr, ich bin beschäftigt. Sie soll dir sagen, was sie will.«

Im Davongehen murrte er, als ob ich Zeit hätte für jede dahergelaufene Frau, die meint, mich sprechen zu müssen.

Kurz darauf kehrte Hipòlit wieder, mit der Nachricht, es handle sich um eine äußerst wichtige Angelegenheit, die sie nur mit Sa Senyoria persönlich besprechen kann, Senyoria. Sa Senyoria schickte den Diener zurück in die Eingangshalle, sag ihr, Hipòlit, daß meine Zeit wichtiger ist als ihre wichtigen Angelegenheiten. Wenn es sich um eine juristische Angelegenheit handelt, soll sie zum Gericht gehen und dort ihren Fall vortragen, und wenn nicht, soll sie bleiben, wo der Pfeffer wächst, verstanden? Und Hipòlit lief noch drei-, viermal zwischen Eingangshalle und Privatgemächern der Herrschaften rauf und runter, wie ein Eimer am Ziehbrunnen, und allmählich wurde ihm die Sache zu bunt, verdammt, was soll das, mich hin- und herzuschicken, als ob ich nicht sowieso schon den ganzen Tag auf dieser verdammten Treppe verbringe, und zu guter Letzt richtete er Sa Senyoria von der Unbekannten aus, ich soll Euch sagen, Senyoria, es handelt sich um eine persönliche Angelegenheit von Sa Senyoria und daß sie mit Euch über eine Frau namens Elvira sprechen will.

»Elvira?«

»Elvira, Senyoria.«

Don Rafel erbleichte; ihn schwindelte, und er sank in einen Sessel. Nein, Marianna war nicht in der Nähe, nur Hipòlit hatte ihn erbleichen sehen. Hipòlit und Turc. Letzterer hatte bei dem Anblick gegähnt und sich auf die andere Seite gedreht. Hipòlit hingegen war zu ihm hingelaufen und hatte gefragt, geht es Euch gut, Senyoria? Ist irgend etwas, Senyoria? Soll ich der Herrin Bescheid geben, Senyoria?

Don Rafel hatte sich aufgerichtet und gesagt, du gibst niemandem Bescheid, verdammt noch mal; es ist die Schokolade, die schlägt mir auf die Leber, vielleicht sollte ich doch besser darauf verzichten. Dann hatte er gleichgültig, wie nebenbei gesagt, weißt du was, Hipòlit, wir können uns ja schließlich nicht den ganzen Sonntag lang gegenseitig etwas ausrichten, das beste wird sein, ich gehe selbst zu dieser Frau und schicke sie zum Teufel. Hipòlit dachte bei sich, warum nicht gleich so?, und verstand, daß der Name Elvira für Sa Senyoria sehr wichtig war. Während Don Rafel die Treppe hinunterging, lag ihm die Angst bleischwer im Magen. Seine Beine zitterten, und er murmelte vor sich hin, wer mag diese Frau sein, was mag sie von mir wollen, mit welchen Geschichten wird sie mir jetzt kommen, wie eine Litanei. Alle Ruhe war von ihm gewichen, weil offenbar irgend jemand entschlossen war, die Toten auszugraben, die doch für alle Zeiten vergessen sein sollten, denn was geschehen war, war nun einmal geschehen, und Gott bewahre uns vor dem, was nun mal geschehen ist. Oder habe ich etwa kein Recht auf ein ruhiges, friedliches Leben wie jeder normale Sterbliche?

Als sie ihn die Treppe herunterkommen sah, entblößte Galana ihr schadhaftes Gebiß zu einem Lächeln. Auch ihr zitterten die Knie, doch nun wußte sie, daß es gut für sie lief, da der Name Elvira ihr mühelos die Tür geöffnet hatte. Das bedeutete, daß sie auf dem richtigen Wege war. Sie erhob sich und zeigte wieder ihre Zähne.

»Guten Tag, Senyor Massó«, begrüßte sie ihn, auf jede Förmlichkeit verzichtend.

»Was willst du?«

»Reden. Ich weiß etwas.«

Sie wußte etwas. Erbleichen. Sie wußte etwas. Schwindelgefühl. Diese Frau weiß etwas. Irgend jemand weiß etwas. Jedermann weiß etwas, weiß vieles. Und Don Rafel hat kein Recht auf seine Geheimnisse, weil jeder sie erfahren kann. Alle Welt kennt seine Geheimnisse. Jedermann weiß das, wovon er dachte, es sei für alle Zeiten vergessen und vergraben. Nutzt es denn gar nichts, Löcher zu stopfen? Immer tauchen neue auf. Man will mich vernichten. Was wissen die Leute? Was weiß ich nicht, was die anderen über mich wissen? Das ist kein Leben.

»Was weißt du?« Seine ganze Angst lag in der Frage.

»Sollen wir hier darüber sprechen?«

»Ich bin sehr beschäftigt und habe keine Zeit für dich.«

»Es geht um Elvira.«

»Welche Elvira?«

»Eine Frau, die vor zwei Jahren gestorben ist.«

»Und warum sollte sie mich interessieren?«

»Weil Ihr sie umgebracht habt. Und ich weiß noch mehr.«

Unwillkürlich sah Sa Senyoria die Wände an, wie um sich zu überzeugen, ob sie entsetzt waren. Er hatte größte Lust, die Frau an der Kehle zu packen und zu erwürgen, damit sie nie mehr würde sagen können, und ich weiß noch mehr. Um sie zum Schweigen zu bringen und mit ihr gesamte Menschheit.

»Ich weiß nicht, wovon du redest, und ich kenne auch keine Elvira. Du vergeudest deine Zeit.«

Er tat, als wollte er sie zur Tür bringen. Einen Moment lang zeigte sich ein Anflug von Zweifel in Galanas Augen, aber sie fing sich rasch wieder: Dieser Mann wartete nur darauf, daß sie klein beigab; aber nach achtundvierzig Jahren Leben im Elend war sie nicht so leicht kleinzukriegen. Sie rührte sich nicht.

»Ich weiß, daß Ihr sie umgebracht habt.«

In diesem Augenblick zeigte sich am oberen Ende der Treppe die gestrenge Gestalt Donya Mariannas. Als Don Rafel sie sah, wäre er am liebsten im Erdboden versunken. Hatte sie etwa die unglaubliche Anschuldigung dieser wie aus dem Nichts aufgetauchten Frau vernommen? Er lächelte sie an. Auf seiner Glatze stand unter der verrutschten Perücke der kalte Schweiß. Wieder lächelte er die Treppe hinauf und durchbohrte dann den weiblichen Störenfried mit einem haßerfüllten Blick.

»Um dieses dumme Gerede ein für allemal zu beenden«, er sprach fast im Flüsterton, damit die da oben ihn nicht hörte, »schlage ich vor, wir treffen uns heute nachmittag um vier in der Markuskapelle.«

»Ich weiß nicht, wo die ist.«

»Dann finde es heraus. Carrer Bòria hinunter, am Rande der Stadt.«

»Rafel«, rief Donya Marianna. »Die Anprobe ist morgen.«

»Was habt Ihr gesagt? Markus?«

»Ja, meine Liebe: morgen.« Und leise: »Jawohl, Markus. Heute nachmittag.«

Kaum war Galana verschwunden, kam ihm Donya Marianna zwei Stufen entgegen.

»Wer war diese Frau?«

»Was weiß ich! Irgendeine Frau, die mit ihren Problemen einfach zu mir nach Hause kommt. Als ob ich nicht den ganzen Tag bei Gericht wäre.«

»Unerhört.«

Er wußte nicht, ob es unerhört war, daß die Leute jetzt sogar zu ihnen ins Haus kamen, oder ob es unerhört war, daß er den ganzen Tag bei Gericht verbrachte. Aber es lohnte sich nicht, das zu klären. Don Rafel ging die Treppe hinauf.

Er hatte Bauchschmerzen, und ihm war übel vor Angst; das unangenehme Gefühl, nicht Herr der Lage zu sein und nicht zu wissen, was die anderen wußten – das war das schlimmste. Wie hart war doch das Leben.

»Heute nachmittag sind wir bei den Masdexaxarts eingeladen.«

»Heute nachmittag?«

»Aber Rafel! Sie waren doch letzten Sonntag bei uns!«

»Aber ich ...«

Keuchend vom Treppensteigen, ging Don Rafel an seiner Gattin vorbei.

»Keine Widerworte. Und rück deine Perücke gerade.«

»Aber ich bin verabredet.«

»Du Bist Heute Nachmittag Mit Den Masdexaxarts Verabredet. Weißt du eigentlich, daß sie beim Te Deum nicht dabeisein können?«

»Was interessiert mich dieses blöde Te Deum!« schrie Don Rafel außer sich, kurz davor, seine Frau zu packen und die Treppe hinunterzuwerfen.

»Rafel!« Entsetzen, Empörung, Sorge, aufgepaßt, hier geht etwas vor, wovon ich nichts weiß. »Darf man erfahren, was los ist? Wer war diese Frau?«

»Welche Frau?« Verzweifelt versuchte er, sich dumm zu stellen.

»Warum sagst du, daß du nicht mit zu den Masdexaxarts gehen kannst?«

»Ich habe nicht gesagt, daß ich nicht mitgehen kann. Ich komme einfach ein bißchen später.«

»Wer war diese Frau?«

Schnaufend zog sich Don Rafel zurück und dachte: Jetzt werde ich dir sagen, daß es eine Unbekannte ist, die mich soeben – in meinen eigenen vier Wänden! – des Mordes an einer ehemaligen Geliebten beschuldigt hat. Es ist weiter nichts, Marianna, das Übliche, dein Mann ist ein Mörder.

»Welche Frau?« fragte er noch einmal und verschwand im Gang.

Obwohl Galana weltgewandt und nicht leicht einzuschüchtern war, fühlte sie sich erschöpft und ein wenig verängstigt. Seit drei Tagen war sie nun in Barcelona. Sie hatte sich in einem Gasthof im Raval eingemietet, jenseits der Rambla, und sich eine Woche Zeit zur Durchführung ihres Plans gegeben. Anfangs war er ihr todsicher erschienen, einfach genial. Aber je mehr sie sich an seine Verwirklichung machte, desto stärker nagte die Angst an ihr. Und jetzt, kurz vor seiner Vollendung, sagte ihr eine innere Stimme, daß das Ganze schiefgehen könne. Für Galana hatte die ganze Geschichte vor Monaten begonnen, als sie sich fragte, woher zum Kukkuck Ciset und seine Frau das ganze Geld haben mochten. Eines war klar: Die beiden rührten keinen Finger, um es zu verdienen, und daß sie von Hause aus Vermögen hatten, war ebenfalls ausgeschlossen, sie waren doch auch nur Bauern, das sah man ihnen an. Wieder und wieder stellte sich Galana, die als Dienstmädchen in Cal Peric in Mura arbeitete, diese Frage, wenn sie die Möbel aus edlem Holz und die Nippesfiguren betrachtete, die in diesem Bauernhaus völlig deplaziert wirkten, aber Remei so gut gefielen. Sie hatte ein wenig herumgeschnüffelt und sich mit ein paar Gevatterinnen aus dem Dorf den Kopf zerbrochen, aber allen war es ein Rätsel. Sogar mit Tuietes hatte sie gesprochen, der Haushälterin des Herrn Pfarrer, die am ehesten an wichtige Informationen herankam. Aber Tuietes wußte von nichts, und so tappte Galana weiter im dunkeln und arbeitete weiter als Dienstmädchen in Cal Peric. Bis dann das Unglück geschah – die armen Leute! – und Ciset nach Hochwürden Joan schickte, woraufhin dieser den ganzen Nachmittag mit ihrem Dienstherrn redete, dessen Husten von Tag zu Tag stärker und häßlicher wurde. Und an dem Tag, als Hochwürden Dingens und ein Notar aus Feixes ins Haus gekommen waren, hatte sie, wenn auch unter Mühen, Cisets Beichte belauscht. Die Absolution konnte sie ihm nicht erteilen, aber sie verstand alles, auch, daß diese Geschichte ein ganz heißes Eisen war, aber sich trotzdem lohnen konnte. Für ihre Zeit konnte Galana durchaus als gebildete Frau gelten. In der Volksschule hatte sie lesen und schreiben gelernt, dazu die Zahlen bis tausend sowie addieren und subtrahieren. Sie kannte den Katechismus und konnte sticken, stopfen und häkeln. Da sie nicht dumm war, erwies sie sich in allem recht anstellig und geschickt. Vor allem aber hatte sie von allen Dorfbewohnern – mit Ausnahme des Herrn Pfarrer – den interessantesten Lebenslauf, weil sie fünf Jahre lang Haushälterin beim Rechtsanwalt Mir in Feixes gewesen war. Zwar hatte der sie ins Dorf zurückgeschickt, als der Sohn des Hauses sich allzusehr für die Rundungen des aufgeweckten Dienstmädchens zu interessieren begann, doch hatte Galana in dieser Zeit gelernt, daß auch die Reichen, die immer meinen, mit Geld alles lösen zu können, ihre Schwächen haben, die man ausnutzen kann, wenn man es nur schlau genug anstellt. Und so kam sie schnell auf den Gedanken, daß Cisets Beichte sich als wahre Goldgrube erweisen könne, wenn es ihr nur gelang, diesen Mann aufzutreiben, bevor die Justiz es tat. Sie hatte keine Angst, sondern handelte wie im Rausch, getrieben von einer Eingebung, die sie im nachhinein selbst verwunderte. Noch am selben Abend kam sie unter dem Vorwand, ihr sei der Zunder ausgegangen, ins Pfarrhaus. Die ahnungslose Tuietes ließ sie ein, obwohl sie ihr die Geschichte nicht abnahm. Als Galana dann jedoch ins Zimmer des Notars hinaufwollte, während die beiden Männer noch beim Essen saßen, bekam Tuietes es mit der Angst zu tun. Aber sie wollte doch nichts stehlen! Wie konnte sie so etwas bloß denken … Sie wollte nur mal nachsehen … Weitere Erklärungen waren überflüssig, denn Tuietes' Augen blitzten auf beim Anblick der drei Goldmünzen, die plötzlich – wer nicht wagt, der nicht gewinnt – auf Galanas Handfläche erschienen waren.

»Aber du mußt mir versprechen, daß du dem Herrn Notar nichts stiehlst.«

»Ich schwöre es, Tuietes.«

»Schwör lieber nicht. Das ist Sünde.«

»Ich verspreche es dir.«

Die Münzen wechselten die Besitzerin, und Tuietes versteckte Galana in der Speisekammer, bis die Zeit günstig war. Dort im Dunkeln bekam sie mit einemmal Angst, ob sie nicht vielleicht doch drauf und dran war, eine Dummheit zu begehen, aber sie wollte weitermachen: Eine beharrliche Stimme flüsterte ihr zu, daß sie jederzeit würde aufhören können. Nach einer endlosen halben Stunde kam Tuietes mit einer Laterne, um sie zu erlösen. Gerade kämpften der Pfarrer und der Notar mit dem Wildschweinragout und hatten nur Augen für die Teller vor ihnen. Die beiden Frauen gingen ins Gästezimmer hinauf.

»Laß mich allein.«

»Nein. Ich will sehen, was du tust.«

»Das geht nicht. Eine von uns muß Schmiere stehen. Stell dir vor, sie kommen jetzt herauf.«

Diese Vorstellung jagte Tuietes einen solchen Schrecken ein, daß sie lieber draußen im dunklen Flur wartete. Kaum war Galana allein, ging sie schnurstracks zum tragbaren Schreibpult des Notars, klappte es auf und fand darin den verschlossenen und versiegelten Umschlag mit dem Testament und Letzten Willen Cisets (zur Hölle mit dir, verfluchter Kerl – die Spiegelkonsole ist für Galana –, was soll ich denn damit, Geld will ich sehen) und darunter, ebenfalls verschlossen und versiegelt, die letzte Beichte Cisets, des armen Teufels, der zum Spießgesellen eines Mörders geworden war und seine letzten Jahre in einem merkwürdigen Exil aus Angst und Erniedrigung verbracht hatte. Galana handelte kaltblütig und entschlossen, als hätte sie in ihrem Leben nichts anderes getan. Die vielen Papiere, die den anderen Dorfbewohnern, wenn sie denn einmal mit Rechtsanwälten und Notaren zu tun hatten, einen Heidenrespekt einflößten, schienen sie nicht zu schrecken. Das machten die Jahre, in denen sie beim Rechtsanwalt Mir in Feixes die Augen offengehalten hatte. Sie ergriff den Umschlag mit Cisets Beichte, erbrach, ohne mit der Wimper zu zucken, das Siegel, nahm die Blätter heraus und begann zu lesen. Als sie fertig war, behielt sie das mittlere Blatt für sich. Dann nahm sie ein leeres Blatt aus dem Schreibpult und steckte es zwischen die anderen beiden. Sie durchwühlte die Schubfächer des Pults, bis sie Siegellack und Siegel gefunden hatte. Mit dem Fingernagel kratzte sie den alten Lack ab und versiegelte danach mit neuem Lack, den sie an der Kerze des Leuchters schmolz, den Umschlag mit der Beichte wieder. Alles in allem hatte das Ganze nur ein paar Minuten gedauert, während deren Tuietes draußen im dunklen Flur tausend Tode starb und der Pfarrer im oberen Stockwerk etwas rascheln hörte und zum Notar sagte, wir haben schon wieder Mäuse, will sagen, gewissermaßen. Der Notar hatte nichts erwidert, weil ihn die Mäuse des Dingens einen feuchten Dreck interessierten und weil er von dem starken Wein, den er gerade trank, völlig in Anspruch genommen war. Galana sah den neuversiegelten

Umschlag prüfend an. Von außen war kaum etwas zu erkennen. Sie räumte alles wieder so ein, wie sie es vorgefunden hatte, und ging hinaus. Tuietes seufzte erleichtert, und die beiden Frauen schlichen die Treppe hinunter. Unten angekommen, fauchte Tuietes, darf man mal wissen, was du da oben getrieben hast? Und sie antwortete, ach, Tuietes! ... Ich sehe schon, ich muß dir alles erzählen, aber du mußt mir schwören, daß du es nicht weitersagst.

»Ich verspreche es dir. Schwören ist Sünde.«

»Nun gut. In Ordnung. Ich habe nachgesehen, ob der Notar sich den Ring des armen Ciset unter den Nagel gerissen hat.«

»Heilige Mutter Gottes! Du meinst doch nicht etwa ...«

»Ich meine, daß ich den Ring vermißt habe, und da der arme Ciset sich ja nicht mehr wehren kann ...«

»Und hatte er ihn?«

Galana zog den Ring aus der Tasche und zeigte ihn ihr. Die arme Tuietes war schwer beeindruckt.

»Du hast mir versprochen, daß du nichts stiehlst, Galana«, sagte sie und schluckte.

»Habe ich ja auch nicht. Ich gebe Ciset nur zurück, was ihm gehört. Und du hast mir versprochen, daß du nichts weitererzählst, denk dran.«

Tuietes bekreuzigte sich, und Galana dankte ihr für die Hilfe und lief nach Hause, so schnell sie konnte, weil sie Angst hatte, Ciset länger allein zu lassen, wer weiß, ob er diese Nacht übersteht.

Ein physikalisches Gesetz, das allgemeingültiger ist als die Hauptsätze der Thermodynamik, besagt, daß die erste Nachmittagsstunde am Sonntag der ruhigste Augenblick der Woche ist. Auch dieser Sonntag bildete keine Ausnahme:

Alle Welt war mit der Verdauung der Paella oder der Nudelpfanne beschäftigt, und die regennassen Straßen waren menschenleer. Es war gegen vier, und sie hatte große Angst und wußte, daß es allmählich zu spät wurde, umzukehren. Die Markuskapelle. Sie zog ihren Schal enger um sich, denn es war kalt und nieselte. Das schmale Portal der Kapelle diente ihr als Unterstand. Sie bemerkte nicht, daß vor der Herberge, nur wenige Meter von der Kapelle entfernt, schon seit einiger Zeit eine Kutsche wartete. Der Kutscher saß mit ausdrucksloser Miene auf dem Bock, der Kälte und dem Regen ausgeliefert, und schien sich für weiter nichts zu interessieren. Es vergingen fünf Minuten, zehn, eine Viertelstunde, und Galana zeigte die ersten Anzeichen von Ungeduld. Da klopfte im Inneren der Kutsche ein Stock gegen das Dach, und der Kutscher trieb das Pferd an und fuhr das kurze Stück bis zur Kapelle.

»Los, steig ein.«

Galana sah den Wagenschlag offenstehen und vor sich eine hilfreich ausgestreckte Hand. Ihr Opfer. Nun, da sie so weit gekommen war, lohnte es sich auch, weiterzumachen, dachte sie, ergriff die Hand und stieg ein. Kaum war die Wagentür zugeschlagen, zog die Kutsche an.

»Jetzt kannst du mir in aller Ruhe deine Geschichten erzählen«, hörte sie Senyor Massó sagen. Galana aber starrte nur erschrocken auf den anderen Mann, der in der Kutsche saß, einer mit kantigem, finsterem Gesicht, der ganz stillhielt, als wollte er von außen nicht bemerkt werden.

»Wer … wer ist dieser Herr?« fragte sie.

»Der oberste Polizeichef«, blaffte Sa Senyoria, und Don Jerónimo Manuel Cascal de los Rosales y Cortés de Setúbal bleckte die Zähne zu einem drohenden Lächeln.

»Ich will hier aussteigen.«

»Du erzählst mir jetzt schön brav, was du weißt und woher du es weißt.«

»Nicht vor diesem Herrn.« Panik. Jetzt empfand sie Panik.

»O doch: vor diesem Herrn.«

Eine Zeitlang schwiegen alle drei, ließen sich vom holprigen Pflaster durchrütteln und lauschten auf das Klappern der Pferdehufe und das Quietschen der Räder. Schließlich hob Don Rafel wieder an:

»Ich habe nichts zu verbergen. Und ich dulde nicht, daß irgend jemand, wer auch immer es sei, mir mit falschen Anschuldigungen das Leben vergällt.«

Wieder herrschte Stille. Die Kutsche fuhr hinunter zum Meer und dann durch das Portal de l'Àngel in Richtung Gràcia, um in den einsamen Straßen Barcelonas nicht aufzufallen. Alle drei schwiegen.

»Leck mich.«

»Was?«

»Leck mich«, wiederholte Setúbal. »Wenn du nicht reden willst, landest du im Kerker und wirst dort verfaulen.«

Mit dem Mut der Verzweiflung sagte Galana:

»Wenn Ihr mich ins Gefängnis steckt, werden die Beweise ans Tageslicht kommen, daß Ihr ein Mörder seid.«

»Und was sind das für Beweise, verdammt?«

»Ein Teil der Beichte von Ciset, in der er Senyor Massó des Mordes beschuldigt.«

»Das glaube ich nicht!« setzte sich Senyor Massó zur Wehr. »Das ist eine Fälschung! Was redest du denn da? Welcher Ciset?«

»Gib mir das Papier«, forderte der praktischer denkende Leckmich.

»Ich habe es nicht bei mir.«

»Ich finde es, und wenn du es dir in den Hintern gesteckt hast«, lächelte der Polizeichef.

Stille. Don Rafel wußte nicht, wie er sich verhalten sollte, weil der verfluchte Cascal vor dieser Frau keinen Hehl aus seiner Schuld machte. Noch bevor sie Sant Gervasi erreicht hatten, kam Galana in ihrer Todesangst eine Erleuchtung:

»Ich habe noch einen Beweis«, sagte sie. »Selbst wenn Ihr das Papier finden solltet, habe ich noch einen Beweis.«

»Und was?«

»Das hier.«

Sie streckte die offene Hand aus. Vor den Augen dessen, der ihn einst bezahlt hatte, lag der Brillantring der armen Elvira, den Ciset der Toten geraubt, der Notar Ciset abgenommen und Galana dem Notar stibitzt hatte. Unwillkürlich griff Don Rafel danach, doch Galana war schneller. Ihm kamen die Tränen, als er den Ring sah, o meine Arme, was haben sie dir angetan! Mühsam beherrscht fragte er:

»Wo hast du diesen Ring her?«

»Seht Ihr nun, daß ich Beweise habe? Seht Ihr nun, daß ich die Wahrheit sage?«

»Den hast du sonstwo stehlen können.«

»Aber es ist Elviras Ring, oder? Ihr habt ihn ihr gekauft, oder etwa nicht?«

Don Rafel blieb stumm.

»Es ist … ein sehr kostbarer Ring«, stammelte er dann.

»Ich weiß. Er ist ein Beweis.«

Don Leckmich de Setúbal stieß Don Rafel in die Seite; der dumme Ring war nicht weiter wichtig. Galana sagte wehrhaft:

»Und ich habe noch mehr Beweise.«

»Ach ja?« Beide Männer zugleich.

»Ja. Die Leiche. Ich habe die Leiche.«

Don Jerónimo machte Sa Senyoria ein Zeichen, er solle die Frau nur ihm überlassen und ruhig zu den Masdexaxarts oder wohin auch immer gehen. Er, der Leckmich, würde sie schon bearbeiten. Don Rafel ließ die Kutsche wenden und in die Stadt zurückfahren.

Es war für Don Jerónimo Manuel Cascal de los Rosales y Cortés de Setúbal ein Kinderspiel, die völlig verängstigte Galana zum Singen zu bringen. Ihr war klar, daß sie ihr Glück überreizt hatte, und so sang sie alles, bis zum letzten Wiegenlied. Der Leckmich nahm ihr den Ring ab, der auf Nimmerwiedersehen in seiner Tasche verschwand – Sa Senyoria konnte ja versuchen, ihn ihm wieder abzunehmen, wenn er den Schneid dazu hatte, leck mich. Er jedenfalls hatte vor, ihn einem hübschen Fräulein zu schenken, an dem er einen Narren gefressen hatte. Dann widmete er sich wieder Galana. Er entlockte ihr Name, Anschrift und den Grund ihres Besuches, und beim Anblick der beiden Schläger rechts und links des lächelnden Setúbal ließ sie sich nicht lange bitten, ihm zu verraten, wo sie das Blatt aus Cisets Beichte versteckt hatte. Setúbals Männer fanden das Papier, und nachdem er es gelesen hatte, mußte er nicht mehr fragen, wo die Leiche war. Er holte es trotzdem aus ihr heraus, aus reiner Lust, sie zum Reden zu bringen. Und wie sie redete! Don Jerónimo Leckmich lächelte zufrieden, weil er sich an diesem ruhigen Sonntagnachmittag ein hübsches Sümmchen verdient hatte.

Dann schloß sich die Tür des Kerkers von Setúbals Polizei, finsterer und feuchter noch als das Gefängnis an der Plaça del Blat, hinter Galana. Der Polizeichef wußte genau, daß sie die Zelle nur mit den Füßen voran wieder verlassen durfte. Ach ja, und er mußte Sa Senyoria noch benachrichtigen, falls der von seinem Besuch schon wieder zurückgekehrt war.

Das Grüppchen, das soeben den kleinen Friedhof von Santa Maria del Pi betrat, war still und traurig. Klaglos ließen die drei den Regen über sich ergehen, der sich in den Rinnen der Nischengräber sammelte und von dort zu Boden platschte, wo er Pfützen bildete. Nando, der junge Sorts, starrte ungläubig auf das Grab seines Freundes. Meister Perramon und Teresa an seiner Seite schwiegen wie er, die Fassungslosigkeit stand auch ihnen noch immer ins Gesicht geschrieben. Eine Amsel rief schrill, doch niemand beachtete sie, am wenigsten Nando, der immer wieder sagte, ich glaube das nicht, ich glaube das nicht. Plötzlich fielen ihm seine Briefe wieder ein.

»Briefe? Was für Briefe?«

»Ich habe ihm viele Briefe geschrieben. Wo sind sie?«

»Wir haben keinen bekommen«, sagte Teresa.

»Hast du sie zu ihm nach Hause geschickt?«

»Ja.«

»Dann müssen sie dort sein.«

Eine Zeitlang sprach nur der Regen. Bis Nando auffiel, daß er schon seit Tagen naß war bis auf die Haut, ein Sohn des Regens. Da schwor er, den Tod seines Freundes zu rächen.

»Was? Elvira soll in meinem Garten begraben sein?«

Don Rafel Massó, Präsident des Königlichen Gerichts von Barcelona, fuhr entsetzt von seinem Stuhl im häuslichen Arbeitszimmer auf. Der fürchterliche Setúbal hingegen war seelenruhig vor ihm sitzen geblieben.

»Im mittleren Blumenbeet mit dem Springbrunnen.«

»Was … Was … Aber …«

»Seit zwei Jahren.«

»Das ist … das ist eine Lüge! Ciset hat sie ins Meer geworfen!«

Als Antwort schwenkte Don Setúbal de Etcetera ein Blatt Papier.

»Es steht hier in dem Auszug aus Cisets Beichte, den diese Frau an sich genommen hatte. Ciset hatte keinen Grund, sich das auszudenken.«

»Doch! Um mich ins Verderben zu reißen!«

»Dummes Zeug, Senyoria. Ich bin sicher, es stimmt.« Don Jerónimo gähnte verhalten, wohl um deutlich zu machen, daß ihn die Sache völlig kaltließ, und fuhr dann fort: »Wenn Ihr so sicher seid, daß es eine Lüge ist, dann laßt uns in Eurem Garten nach der Leiche suchen, und Ihr habt Eure Ruhe.«

»Und wie erkläre ich meiner Frau und der Dienerschaft, warum wir auf einmal unsere Beete umgraben?« Plötzlich brach ihm der Schweiß aus. Er nahm die Perücke ab und fuhr sich mit dem spitzenbesetzten Taschentuch über die Glatze. »Und sollten wir sie am Ende doch finden ...«

»Das heißt, es ist sehr wohl möglich, daß sie da ist«, entgegnete Cascal de los Rosales.

»Was weiß denn ich, ich Armer ...« Er warf einen verstohlenen Blick auf den Polizeichef und erkannte, daß er handeln mußte. Also sagte er in gespielter Festigkeit, während er das Gefühl hatte, sich aufzulösen:

»Wenn sie nun schon seit zwei Jahren da unten ist, mein Freund ... dann kann sie auch die nächsten zwanzig Jahre dort bleiben.«

Noch bevor Don Jerónimo etwas entgegnen konnte, unterbrach ein Klopfen an der Tür das Gespräch.

»Was gibt's?!« schrie Don Rafel, um seiner Unruhe Luft zu machen. Donya Marianna trat ein und stellte sich erstaunt.

»Oh, Don Jerónimo! Welche Überraschung! Was verschafft uns die Ehre Eures Besuchs?«

»Berufliche Angelegenheiten, Marianna«, schnitt ihr Don Rafel das Wort ab. Aber der Polizeichef küßte der Dame des Hauses bereits die Hand und verbeugte sich zackig.

»Es ist mir ein Vergnügen, in Eurem Hause zu sein«, sagte er.

»Danke, Don Jerónimo. Soll ich Euch einen Tee bringen lassen?«

»Marianna ...«

»Oder lieber einen Kaffee? Sicher mögt Ihr lieber Kaffee, Don Jerónimo ...«

»Marianna ...« Don Rafel stand kurz vorm Platzen. »Don Jerónimo und ich sind sehr beschäftigt.«

»Na schön, na schön. Aber du mußt dir einen Moment Zeit nehmen, um die Garderobe fürs Te Deum auszusuchen ... Gerade ist Meister Dalmau gekommen und möchte, daß du den neuen Rock anprobierst ...«

»Aber Marianna.«

»Ah, und Conxa d'Alòs hat mir erzählt, daß Don Manuel ohne Perücke gehen wird. Könnt Ihr Euch das vorstellen?« Sie lachte schelmisch.

»Don Manuel ohne Perücke?« Für einen Augenblick vergaß Don Rafel seine Sorgen und verdaute diese Nachricht, die wie eine weitere Katastrophe über ihn hereinbrach. »Ohne Perücke?«

Dünnhäutig, wie er war, erschien Don Rafel jede Geste der anderen, die sich seiner Kontrolle entzog, wie ein Frontalangriff; wahrscheinlich wußten alle längst über sein Unglück Bescheid.

»Nichts als Wichtigtuerei«, beruhigte ihn Don Jerónimo und rückte dabei unwillkürlich seine Perücke zurecht.

»Eben, eben. Manchmal ist Don Manuel doch recht kindisch.«

»Darf ich Euch einen Kaffee anbieten?« beharrte Donya Marianna.

»Ich danke Euch herzlich für das Angebot, Senyora, doch leider bin ich in Eile und kann daher nicht ...«

»Siehst du, Marianna?« In triumphierendem Tonfall.

»Na schön. Ich verlasse Euch. Grüßt Eure ... ich meine, guten Abend, Don Jerónimo.«

Sobald die beiden Männer allein waren, nahmen sie wieder Platz, und Don Rafel fiel abermals der Garten ein, die Leiche, Galana, das Entsetzen und die Angst.

»Was kann ich tun?« fragte er flehentlich.

Setúbal lächelte unmerklich und ließ ein paar Sekunden verstreichen, bevor er seinen Plan darlegte.

»Ihr gebt mir achthunderttausend Reales.«

»Wie bitte?« rief Don Rafel entsetzt.

»Anders ausgedrückt: Ihr vertraut auf meine Diskretion. Die natürlich einen Preis hat.«

»Ich bin selbstverständlich bereit, Euch für Eure Dienste ein weiteres Mal großzügig zu entlohnen. Aber Ihr sagtet ...«

»Achthunderttausend Reales.«

»Das ist alles, was ich habe. Mein ganzes Vermögen! Das kann ich nicht, Don Jerónimo!«

»Dann habe ich ja gut gerechnet.«

»Aber seht Ihr denn nicht, daß Ihr mir alles nehmt, was ich habe? Auch dieses Haus, alles ...?«

»Achthunderttausend Reales, Senyoria. Euch bleibt das Haus in Mura. Und ich bin sicher, noch manch anderes, wovon niemand weiß.«

»Und was werden die Leute sagen? Sie werden sich wundern. Ich werde von meinem Amt zurücktreten müssen ... Ihr wollt mich ruinieren.«

»Nein. Ich will nur achthunderttausend Reales für mein aktives Schweigen, versteht Ihr? Für meinen Schutz. Oder ich lasse nach der Leiche graben.«

»Das ist mein Ruin!« rief Don Rafel, den Tränen nahe. »Ich habe sonst nichts! Das ist mein Tod!«

Setúbal lächelte höhnisch und stand auf, mit kurzen, entschlossenen Bewegungen, als lohnte es sich nicht mehr, den Schein zu wahren.

»Don Rafel, Ihr seid in meiner Hand, ob es Euch gefällt oder nicht. Demnächst werde ich Euch wissen lassen, in welcher Form ich das Geld haben will. Ich nehme auch Vermögenswerte.«

»Ich kann Euch verklagen!« Der Portugiese lachte nur schallend, verbeugte sich spöttisch und ging mit einem höflichen »Bemüht Euch nicht, ich kenne den Weg« hinaus.

Don Rafel saß eine ganze Weile da wie vom Donner gerührt. Zwei Jahre lang hatte er wegen der armen Elvira gelitten, und dabei war es doch keine Absicht gewesen. Zwei Jahre lang hatte er sich gequält. Und dann kommt irgendwann der Moment, wo man sich fast daran gewöhnt, weil man weiß, daß jedes Unglück früher oder später in Vergessenheit gerät. Schwamm drüber. Aber jetzt konnte zu seiner Schande alles an die Öffentlichkeit gezerrt werden. Sein Ruf und sein ganzes Vermögen lagen in den Händen dieses räuberischen Leckmich, den Gott verdammen und der Teufel holen möge. Und damit nicht genug, lauerten auch Rechtsanwalt Terradelles und sein Schatten, der Notar, nur auf ihre Gelegenheit. Er stand auf und zog sich den Mantel über. Als er durch den Salon ging, stolperte er im Halbdunkel über den dösenden Turc. Er fluchte, und der Hund knurrte drohend – er wußte schon, daß sein Herr verloren war – und drehte sich auf die andere Seite. Don Rafel ging in den Garten hinaus, wobei er aus alter Gewohnheit darauf achtete, daß der Hund ihm nicht nachlief – vor langer Zeit ... Plötzlich erkannte Don Rafel die ganze gräßliche Wahrheit: Vor zwei Jahren war Turc einmal in den Garten entwischt, schnurstracks zum Blumenbeet rund um den Springbrunnen gelaufen und hatte wie verrückt angefangen zu graben. Jetzt begriff Don Rafel, was das Tier damals angetrieben hatte, und Ekel erfüllte ihn in tiefster Seele. Setúbal hatte recht, und diese unverschämte Frau ebenfalls: Ciset hatte ihm übel mitgespielt, und er war mutterseelenallein. Schlagartig kamen ihm die vielen Stunden in den Sinn, die er neben jenem Beet mit der Himmelsbeobachtung zugebracht hatte, auf der Suche nach Kassiopeia, dem Polarstern oder Orion, nach Pegasus oder der Milchstraße ... und dabei hatte er in Wirklichkeit über die Leiche seiner lieben kleinen Elvira gewacht, es war ein Versehen gewesen, gewiß doch, seine Tote, die Frau, die jetzt aus dem Grab heraus zu seinem Verderben wurde, die aus ihrer verfluchten Totengrube Rache nahm, zwei Jahre nach ihrem sinnlosen Tod, dabei habe ich es doch nicht mit Absicht getan, auch wenn du es verdient hast, du Erzhure. Beinahe hätte er sich übergeben, mitten in die Chrysanthemen hinein, die Romà heute hastig als Ersatz für die absichtlich zertrampelten Begonien gepflanzt hatte. Ach, die herbstlichen Chrysanthemen, Totenblumen, Friedhofsblumen, die im Garten von Sa Senyoria so üppig blühten, sie erfüllten ihre Rolle aufs trefflichste. Es war schon dunkel, der Himmel war bedeckt, und Don Rafel stand wie gelähmt vor dem Springbrunnen, als spräche er am Grab seines besten Freundes ein Gebet, von Angst, Ekel und Panik erfüllt. Er erwog, Don Jerónimo aufzusuchen, sich vor ihm zu demütigen, ihn anzuflehen, die Strafe zu verringern, um den Preis für sein Schweigen zu schachern. Oder ihn am

Hals zu packen und zu erwürgen, zu ertränken, ins Feuer zu werfen ... Noch viele andere dumme Gedanken gingen ihm durch den Kopf. Aber im Grunde genommen kannte Don Rafel die Wahrheit, und die war, daß das Geheimnis, das er seit zwei Jahren mit sich herumschleppte und mit der Zeit zu ertragen gelernt hatte, nun unweigerlich seine Verdammnis bedeutete. Unter Tränen lief er im Garten auf und ab. Konnte er vor Marianna auf die Knie fallen und ihr alles gestehen? War er dazu in der Lage? Nein: Mariannas Gleichgültigkeit konnte er wohl ertragen, nicht aber ihre Verachtung.

Während er noch unmögliche Pläne schmiedete, gelangte Don Rafel zum Geräteschuppen. Da überkam es ihn: Er packte eine Hacke und lief damit zu dem vermaledeiten Beet zurück. Jetzt hatten die Schatten schon den ganzen Garten erobert, nur vom Haus drang ein schwacher Lichtschein herüber. Unbekümmert darum, ob man ihn von dort aus sehen konnte, begann Sa Senyoria, der Gerichtspräsident, zu graben, um die verweste Leiche zu finden, bevor sie ihn ins Verderben riß. Wie ich dich hasse, meine liebste Elvira. Beim ersten Hackenschlag flogen die Chrysanthemen durch die Luft. Er schlug zu wie besessen. Aber das war besser, sehr viel besser, als darauf zu warten, daß der portugiesische Teufel ihn zugrunde richtete.

Jeder hat das Recht, einmal durchzudrehen, und Don Rafel nahm es in Anspruch, indem er mit der Hacke auf das Beet losging. Nach zehn Minuten war er schweißgebadet und verdreckt, hatte Blasen an den Händen und Erdkrumen in der Perücke und war erst eine Spanne tief in die Erde gedrungen. Acht lagen noch vor ihm. Während er mit seinem mangelnden Geschick haderte, hörte er Schritte, dann stand wie aus dem Boden gewachsen Donya Marianna vor ihm, lautlos, stocksteif, mit beiden Händen ihr Kleid zusammenraffend, und betrachtete das seltsame Gebaren ihres Gatten. In der Dunkelheit war sie nur undeutlich zu erkennen. Er sagte nichts, und auch sie stand still und stumm wie ein Geist. Sa Senyoria richtete sich auf, mit dem Gefühl, daß gleich die Welt über ihm zusammenbräche. Nun war die Stunde gekommen, auf die Knie zu fallen und Marianna nicht nur zu gestehen, daß er eine Geliebte gehabt hatte, sondern auch daß er, ein Vertreter der Justiz, sie unwillentlich erwürgt hatte. Und hier, im Garten der Familie, hatten sie ihm die Leiche vergraben, ist das nicht unglaublich, Marianna? Lautlos holte er Luft, und als er gerade sagen wollte – ein Glück, daß sie einander nicht in die Augen sehen konnten! –, Marianna, es tut mir leid, das ist eine lange Geschichte, kam sie ihm in strengem Tonfall zuvor.

»Rafel, du bist wohl wahnsinnig geworden.«

»Ich … Es ist nur …«

»Gestern stellst du das Teleskop mitten in die Begonien, weil du Chrysanthemen willst, und heute, wo Romà sie gepflanzt hat, machst du sie kaputt. Du hast doch noch nie so ein Gartengerät in der Hand gehabt!« Sie atmete tief durch, um ihre Empörung zu zügeln. »Darf Man Wissen, Was Du Eigentlich Willst?«

»Es ist, weil …«

»Du bist kein Gärtner. Na los, schaufle das Loch wieder zu. Und morgen soll Romà die Chrysanthemen ausgraben und pflanzen, was du willst …«

Einen Augenblick lang herrschte Stille, nur durchbrochen von Sa Senyorias keuchendem Atem. »Marsch, ab ins Haus!«

Es klang, als redete sie mit Turc. Als wüßte sie genau, daß ihr Mann am Ende war. Don Rafel ließ die Hacke fallen.

»Und laß dich endlich mal bei Meister Dalmau blicken, er hat schon viel zu lange auf dich warten müssen.«

Don Rafel tat einen Schritt auf das Haus zu. Sein Herz dröhnte laut, wie eine Trommel. Donya Marianna mußte es einfach hören. Und die Bediensteten, die Nachbarn, die verfluchte Donya Gaietana und Elvira in ihrem Grab – auch ganz Barcelona mußte sein lauthals schlagendes Herz hören, das Herz eines schuldigen Mannes, der seine Schuld nicht eingestehen konnte, weil sein ganzes gesellschaftliches Ansehen eben auf der Kunst beruhte, die Schuldigen ihrer gerechten Strafe zuzuführen.

»Sie sollen Primeln setzen, Marianna«, sagte er, bevor er den Rückzug antrat.

»Ganz wie du willst. Aber jetzt probierst du die Garderobe fürs Te Deum an.«

Weder Primeln noch Chrysanthemen und auch keine Begonien. Deckenbalken. Ferran Sorts starrte die Deckenbalken in Andreus Dachkammer im Carrer de Capellans an. Er war unter dem Vorwand hergekommen, die Briefe zu suchen, tatsächlich aber, um sich ungestört auszuweinen, und nun lag er auf Andreus Bett, und die Tränen liefen ihm übers Gesicht. Am nächsten Morgen in aller Frühe wollte er nach Hause gehen, baden und sich feinmachen, denn nun, da er die Einzelheiten der Geschichte kannte, wollte er bezeugen, daß er in der Mordnacht mit Andreu zusammengewesen war, vor Gott und der Welt, auch wenn ihm niemand seinen Freund zurückgeben konnte. Er war sogar bereit zu lügen, weil er wußte, daß Andreu niemals zu einer solchen Tat fähig gewesen wäre, der arme, halb in eine Nachtigall verliebte Quoiquoi! Er versuchte, an etwas Schönes zu denken, an das blonde Mädchen aus Calaf zum Beispiel, diesen stumm lächelnden Schemen, der ihm das Leben und seine Erinnerungen versüßt hatte. Aber sosehr er sich auch anstrengte, er konnte sich nicht mehr an das Gesicht der blonden Rosa aus Calaf erinnern; vor seinem inneren Auge tauchte immer nur das zerschlagene Antlitz Andreus auf, lebendig begraben in einem stinkenden Kerker, und dann das schreckliche, unvorstellbare Bild des Galgens. Da betrachtete er lieber wieder die Balken, die sich blaß von der weißen Decke in Andreus Kammer abhoben. Mitten in seine düsteren Gedanken hinein vernahm er ein sanftes, anhaltendes Rauschen, das ihm tröstlich klang, wie er da so auf dem Bett lag: Es regnete wieder stärker. Das Plätschern des Winterregens lenkte ihn von seinem Kummer ab, und die Eintönigkeit des Geräuschs schläferte ihn schließlich ein.

Don Rafel beneidete seine Frau um ihren gleichmäßigen Atem. Vor zwei Stunden waren sie zu Bett gegangen, nach einer äußerst lästigen Sitzung mit Meister Dalmau (was interessiert mich das Te Deum und der Jahreswechsel, verdammt, das einzige, was ich will, ist, nicht vor Schande sterben, ja, Meister Dalmau, das ist gut so, wie Ihr meint, Meister Dalmau, und Marianna fragte, was ist bloß in dich gefahren?), und noch immer lag er wach. Von den Dienstboten war nichts mehr zu hören, und nur die Glocken von Sant Francesc und Santa Mònica gemahnten, wenn auch nächtlich verhalten, an die Stunden, die langsam und gänzlich unberührt von Don Rafels nervöser Schlaflosigkeit verstrichen. Unzählige Male hatte er seine Lage rekapituliert, ohne jedoch einen Ausweg zu finden, und bitter stieß ihm der Gedanke auf, daß er sich vor nicht einmal vierzehn Tagen für den unglücklichsten Mann der Welt gehalten hatte, bloß weil Donya Gaietana ihn keines Blickes würdigte ... Könnte er doch nur zurück zu seinen alten Sorgen ... Könnte er doch nur die neuen Ängste gegen die alten eintauschen!

Wie er sich so unruhig im Bett hin- und herwälzte, setzte für einen Augenblick Donya Mariannas gleichmäßiges Atmen aus. Mit weit aufgerissenen Augen hielt er mucksmäuschenstill und spürte, wie ihm der Schweiß ausbrach. Er wollte auf keinen Fall, daß sie aufwachte und merkte, daß er hellwach war. Sie gehörte zu den Leuten, die überzeugt waren, daß Schlaflosigkeit auf schlechtes Gewissen zurückzuführen ist, und er war nicht bereit für einen Ehekrach um halb vier Uhr in der Frühe. Da: Donya Mariannas ruhiges, entspanntes Atmen setzte wieder ein. Wahrscheinlich stattete sie im Traum gerade einer Freundin einen Gegenbesuch ab oder dankte dem Herrgott für die Jahrhundertwende. Gott? Beten? Geistlicher Trost? Plötzlich herrschte in Don Rafels Gedanken gespannte Stille.

Um vier Uhr morgens schlug sich Sa Senyoria mit einem Rest seines Gewissens herum, der ihm trotz seiner jahrelangen Arbeit in der Justiz noch geblieben war. Schließlich ließ es sich nicht leugnen, daß er eine Frau umgebracht hatte. Und wenn er schon bei der Wahrheit war, so konnte er sich auch gleich eingestehen, daß er mit seiner Unterschrift einen Mann an den Galgen gebracht hatte, der aus ihm unbekannten Gründen diese Tatsache beinahe in alle Welt hinausposaunt hätte. Elvira, ich habe das nicht gewollt, verstehst du das denn nicht? Ich habe die Beherrschung verloren, weil du dich benommen hast wie eine Hure, meine arme Liebste. Bei dem Gedanken an Elvira war es mit dem letzten Rest schlechten Gewissens schon wieder vorbei. Da: Marianna ächzte, drehte sich um und begann zu schnarchen. So würde er ganz gewiß nicht einschlafen können. War er schuld an Elviras Tod? Von Sant Francesc schlug es Viertel nach vier. Nein. Sie hatte sich an ihm versündigt, indem sie ihn ausgenommen und verhöhnt und zum Gespött der ganzen Stadt gemacht hatte; dafür hatte er sie bestraft. Marianna, um Gottes willen, schnarch doch nicht. Zwar hatte er bei der Bestrafung Recht und Gesetz mißachtet, und von außen betrachtet mochte es tatsächlich so aussehen, als wäre er zu weit gegangen, aber er wußte, daß Elvira es nicht anders verdient hatte; außerdem war es ein Unfall gewesen. Das allerdings würde die Öffentlichkeit nicht verstehen, und so war es besser, wenn sie die Geschichte nie erfuhr. In Ordnung. Soweit war alles in Ordnung. Es galt, mit allen Mitteln zu verhindern, daß jemand die Geschichte verbreitete. Damit waren auch andere heikle Entscheidungen Don Rafels gerechtfertigt, und das Leben ist nun einmal hart. Jetzt hör doch auf zu schnarchen! Ein paar Minuten lang ging Don Rafels Atem ruhig; wie wohl es tat, sich vor sich selbst im Recht zu fühlen! Aber plötzlich stieg, mit einem Anfall von Übelkeit, das Gesicht der verwesten Elvira vor ihm auf, der Armen, mit ihren vorquellenden, flehenden Augen, die sagten, töte mich nicht, mein Rafallus, und gleich darauf war sie tot, das wollte ich nicht, Elvira. Um das Bild aus seinen Gedanken zu vertreiben, rief er sich die obszöne Zeichnung Gaietanas mit den gespreizten Schenkeln vor Augen, sieh mal an, wie versaut du bist. Doch es nützte nichts, das schlechte Gewissen kam zurück und mit ihm die Angst, die alleinige Hauptperson in dem Riesenskandal zu sein, der Aristokratie, Intellektuellen, Künstlern und Volk Barcelonas zur Unterhaltung dienen würde.

Halb fünf, und noch immer war er hellwach. Setúbal angreifen, ihn verklagen – das war wie gegen den Wind pinkeln. D'Alòs um Hilfe bitten oder Carbó … Darauf warten, daß diese Schlange Terradelles zubiß … Ihm zuvorkommen und sich dem Militärgouverneur zu Füßen werfen: Alles, was Ihr verlangt, Exzellenz, wenn Ihr mir nur die Ehrlosigkeit erspart, Exzellenz ... Nein. Da war es vielleicht doch besser, Don Manuel d'Alòs um Hilfe zu bitten. Vielleicht hätte der Staatsanwalt Verständnis für ihn: Immerhin waren sie Kollegen, und unter Kollegen herrschte normalerweise mehr Verständnis, mehr Hilfsbereitschaft ... Aber wenn der Polizeichef den Köder ausgeworfen hatte, würde niemand es wagen, sich ihm in den Weg zu stellen. Oder doch. Oder doch nicht. Kollegen. In Wirklichkeit wären seine Kollegen nur allzu erfreut, zuzusehen, wie er sich rückhaltlos erniedrigte, und wahrscheinlich würden sie lächeln, wenn er zertreten wurde, denn das Gericht war ein Dschungel und jeder Richter und Anwalt ein wildes Tier. Der Militärgouverneur. Mal angenommen, er ginge zu Don Pere und sagte, seht mal, Don Pere, Eure Exzellenz, ich habe da vor einiger Zeit eine Geliebte von mir umgebracht, und jetzt will mir die Polizei an den Kragen, dann würde Don Pere sagen, sieh an, Don Rafel, ich hatte schon lange Lust, Euch ordentlich eins auszuwischen, und jeder bekommt, was er verdient. Das würde Seine Exzellenz sagen, zweifellos. Und dann würde er hinzufügen, das habt Ihr Euch selbst zuzuschreiben, bleibt mir vom Leib mit Eurem Elend, ich bin als Stellvertreter der Krone in Katalonien, verschwindet auf Nimmerwiedersehen, Don Rafel. Schon fünf Uhr. Er brach in Tränen aus, weinte lautlos, aber er weinte. Da vernahm er ein leises, sanftes, anhaltendes Geräusch. Dieselbe Regenwolke, die kurz zuvor dem jungen Sorts den Schlaf gebracht hatte, übte nun auch auf Sa Senyoria ihre beruhigende Wirkung aus. Der Regen prasselte auf Barcelona nieder und schien nicht nur die Hauswände reinzuwaschen, sondern auch die Gemüter der Schlafbedürftigen. Wenn der Schlaf kommt, kommt er für alle. Viertel nach fünf.

IV

Es hatte schon zehn geschlagen, als Don Rafel nach einer Nacht ohne Schlaf und einem Morgen ohne Frühstück das Gerichtsgebäude betrat. Auf Donya Mariannas eindringliche Ermahnung, daß für vier Uhr die Näherin und Meister Dalmau einbestellt seien und um fünf die neuen Perücken gebracht würden, hatte er einsilbig und unverbindlich reagiert. Dabei hatte er bisher nur die Garderobe für das Te Deum anprobiert und den Festrock nicht einmal angesehen, und uns läuft die Zeit davon. Und Don Rafel hatte geantwortet, ja, Marianna, wie du willst, Marianna, wenn du meinst, Marianna, und getan, als tauchte er das Biskuit in die Schokolade. Er war traurig, verängstigt und verwirrt und wollte verhindern, daß Marianna, Hipòlit oder der Rest der Dienerschaft begannen, Vermutungen anzustellen. Darum machte er sich auf den Weg zum Gericht, nachdem er heilige Eide geschworen hatte, um drei Uhr zu Hause und für Meister Dalmau und den Schuhmacher dazusein, ja, Marianna, wie du willst, Marianna; und wenn ich ja sage, dann heißt das ja und nochmals ja. Unterwegs überkam ihn, in einer Ecke seiner Kutsche zusammengekauert, die Verzweiflung beim Gedanken an seine Verzweiflung und daran, daß ihm vielleicht nur deshalb noch keine Lösung eingefallen war, weil es keine gab. Als er heute morgen aufgewacht war, war er so traurig gewesen wie noch nie. Im Schlaf war er von merkwürdigen, schrecklichen Träumen heimgesucht worden. Doch während einem normalerweise beim Aufwachen leicht ums Herz wird, weil die bösen Träume entfliehen, wäre Don Rafel tausendmal lieber für alle Zeiten in seinem Alptraum gefangen geblieben, denn mit der Rückkehr ins Leben fand er sich wieder der gräßlichen, unerträglichen, unmenschlichen Situation ausgesetzt, die ihn wie eine Grabplatte unter sich zermalmte. Und als wäre das nicht schlimm genug, fing es wieder an zu regnen, ein feiner, durchdringender Regen, der die Kleidung verdarb und die Perücke zerzauste. Noch dazu war es kalt. Die ganze Welt war gegen ihn.

Vielleicht war es nur Einbildung, aber ihm schien, als ob der Diener an der Treppe ihn verstohlen musterte, als wüßte er um ein Geheimnis ... Don Rafel schnaufte, obwohl er diese Stufen so oft stolz und selbstbewußt hinaufgestiegen war. Oben angekommen, konnte er den Blick des dort postierten Dieners kaum ertragen.

»Stimmt was nicht?« fauchte er.

»Wie meinen, Senyoria?« sagte der Diener erschrocken und fragte sich, was er denn jetzt wohl wieder falsch gemacht hatte.

Aber Don Rafel stand schon vor der Tür seines Amtszimmers. Er wollte dem diensthabenden Sekretär, der beflissen mit der Unterschriftenmappe herbeieilte, nicht ins Gesicht sehen, und so betrat er sein Amtszimmer, ohne ihn zu beachten.

»Ich unterschreibe später« sagte er, ohne sich umzudrehen.

»Aber Senyoria ...«, stammelte der Sekretär. »Erlaubt mir, Euch darauf hinzuweisen, daß Ihr dem Herrn Bischof noch eine Antwort schuldig seid ... Das Te Deum ist morgen nachmittag.«

»Der Herr Bischof soll warten«, sagte Don Rafel betont forsch. »Ich kümmere mich heute mittag darum.«

Der Sekretär zog sich zurück. Sa Senyoria hat wohl einen schlechten Tag, dachte er, während er sich von der Tür aus zum Abschied verneigte. Don Rafel, der sich umgewandt hatte, um ihn anzusehen, glaubte, ein seltsames Blitzen in den Augen des Sekretärs wahrzunehmen, als ob dieser ihn des Mordes, des Verbergens von Leichen, der Pflichtverletzung mit Todesfolge, der Unterschlagung von Beweismitteln und der Behinderung der Justiz beschuldigte. Und dies war erst der Anfang. All das stand in den Augen des Sekretärs, als er sich zum Abschied verneigte. Don Rafel sah ihm nach, bis er verschwunden war, und fragte sich, was dieser Mann wohl von seinen Ängsten wußte, was alle, die bei Gericht arbeiteten, davon wissen konnten ... Wie lange würde es noch dauern, bis sie sich auf ihn stürzten, um ihn in Stücke zu reißen ... Seine Tat dürfte sie wohl kaum übermäßig entsetzen, schließlich hatte jeder hier im Hause Dreck am Stecken; aber verspotten würden sie ihn und sich über seinen Sturz freuen, alle ohne Ausnahme, sich auf ihn stürzen wie die Geier auf das Aas, auf die abgenagten Knochen des Opfers, auf mich, dabei habe ich es doch nicht mit Absicht getan.

»Don Ferran Sorts, Senyoria.«

Noch bevor er Zeit hatte zu fragen, wie sagt Ihr? Wer? Wer hat ihm gestattet ...?, verbeugte sich Nando knapp vor dem Gerichtspräsidenten und sagte leise und mit gepreßter Stimme: Sa Senyoria. Dann schilderte er ihm seinen Fall: Es ging um den Prozeß gegen Andreu Perramon. Es ging darum, daß er als Zeuge hätte befragt werden müssen, weil er in der fraglichen Nacht mit Andreu zusammengewesen war; das sei aber nicht geschehen. Es ging um die Frage, wieso weder der Strafverteidiger noch das Hohe Gericht sich um die Klärung des Falles bemüht hatten, obwohl dem Angeklagten der Galgen drohte. Es ging darum, den Gerichtspräsidenten wissen zu lassen, daß ein Unschuldiger gehenkt worden war. Es ging darum, zu sagen, daß – bei allem gebührenden Respekt gegenüber der Institution, die Ihr so würdig vertretet – offenbar jemand großes Interesse daran gehabt hatte, den Fall so schnell wie möglich abzuschließen. All dies sagte Nando, ohne die Stimme zu heben, in einem Atemzug, mit dem verzweifelten Gedanken an Andreu, den ein Fehler oder eine Nachlässigkeit an den Galgen gebracht hatte.

»Das ist Eure Sicht der Dinge, junger Mann ...«

»Ferran Sorts, Leutnant Seiner Majestät.«

»Leutnant Sorts ... Ich habe den Fall nicht näher verfolgt«, schwindelte Don Rafel, »aber ich kann Euch versichern, daß die Zuverlässigkeit der Anwälte, Richter und Strafverfolger über jeden Zweifel erhaben ist. Und der Herr Staatsanwalt hat nur gefordert, was angemessen war«, er wagte kaum, Luft zu holen, aus Angst, dieser unausstehliche Leutnant könne die Atempause zum Gegenangriff nutzen, »darum sehe ich mich verpflichtet, anzunehmen, daß alles, was Ihr sagt, ausschließlich Eurer Phantasie entspringt, und werde freundlicherweise so tun, als hätte ich nichts gehört.« Zu gerne hätte Don Rafel ein Hämmerchen zur Hand gehabt, um damit auf den Tisch zu schlagen, die Anhörung zu beenden und dann aufzustehen und vor diesem lästigen Leutnant mit seinen Beschwerden, der Erinnerung an Elvira und seinem Alptraum davonzulaufen.

»Ich werde alles in meiner Macht Stehende tun«, sagte der junge Sorts und sah Don Rafel fest in die nachgiebigen, furchtsamen Augen, »damit der Fall Perramon wieder aufgerollt wird.«

»Wie Ihr wollt.« Es gelang ihm wunderbarerweise, vollkommen gleichgültig zu klingen. »Was Ihr mit Eurem Geld macht, geht mich nichts an. Aber ich erinnere Euch daran, daß der Militärgouverneur das Urteil unterzeichnet und das Gnadengesuch abgelehnt hat.«

»Ich werde beim Militärgouverneur vorsprechen.«

»Oh, natürlich ... wann immer Ihr wollt«, erwiderte Don Rafel spöttisch. »Und sucht Euch einen guten Rechtsanwalt.«

Der unsympathische Leutnant war grußlos abgezogen, um deutlich zu machen, daß er beleidigt war. Zuvor hatte er noch etwas gesagt wie, vermutlich wird es dem Gericht schwerfallen, einen Fehler dieser Größenordnung einzugestehen, aber ihm wird wohl nichts anderes übrigbleiben. Und noch bevor Don Rafel eine angemessene Erwiderung einfiel, war der junge Mann verschwunden.

Ein paar Minuten lang versuchte Don Rafel, diese Begegnung zu verdauen: Eine neue Front hatte sich aufgetan, ein neuer Spalt, durch den Wasser sickerte, ein gottverdammter unbekannter junger Kerl, der ihm ausgerechnet gerichtliche Schritte androhte. Zwar beschuldigte dieser Leutnant Sorts ihn noch nicht. Aber wenn er erst mal anfing nachzuforschen ... Don Rafel wurde bewußt, daß sich der Kreis derer, die ihn ins Verderben stürzen wollten, unaufhaltsam um ihn zusammenzog. Er erhob sich und atmete tief durch. Dann warf er einen Blick auf die Liste mit den Anhörungen, die vor ihm auf dem Tisch lag. Noch bevor er gesehen hatte, womit er heute morgen behelligt würde, verkündete die Stimme des Saaldieners von der Tür her:

»Der Herr Staatsanwalt, Senyoria.«

Und direkt hinter dieser unerwarteten Ankündigung zeigte sich das langzähnige Lächeln des schmierigen d'Alòs. O Gott, er kannte die ganze Geschichte! Dieser verfluchte Leutnant Sorts hatte Zeit gehabt, sich mit ihm zu treffen und ihn über seine Vermutungen zu informieren. Ganz bestimmt. Woher sonst sollte dieses Lächeln kommen?

»Mir wurde berichtet, daß Ihr morgen ohne Perücke gehen werdet«, versuchte er geschickt abzulenken.

»Es ist ein guter Zeitpunkt für neue Gewohnheiten. Die Perücke kommt aus der Mode.«

»Das bezweifle ich, werter Don Manuel.« Er lächelte gezwungen. »Noch in hundert Jahren, wenn wir schon längst die Radieschen von unten betrachten, wird man Perücken tragen. Aber bitte sehr ... Wenn Ihr meint, Eure Gewohnheiten ändern zu müssen ...«

»Neues Jahr, neues Jahrhundert ... Meint Ihr nicht, Senyoria, daß es Zeit für Veränderungen ist?«

»Ja. Neues Jahr, neues Glück«, scherzte er.

»O ja! Es heißt, das neue Jahr werde glänzend beginnen, Senyoria. Habt Ihr schon davon gehört?«

Er weiß Bescheid, dachte Don Rafel. Er kennt mein ganzes Elend. Und das war eine der schlimmsten Demütigungen, die er sich vorstellen konnte. Nun brauchte der schmierige d'Alòs nur noch geduldig seinen Sturz abzuwarten, um dann in aller Seelenruhe das Amt anzutreten, auf das er schon so lange erpicht war. Er wußte es, er wußte es, sonst wäre er nicht so triumphierend aufgetreten. Setúbal posaunte es überall hinaus, um ihm keine Möglichkeit zum Gegenangriff zu lassen. Setúbal wollte ihm die Luft zum Atmen nehmen. Setúbal und dieser Leutnant Flors oder wie er hieß. Das war eine Verschwörung.

»Was führt Euch zu mir, Herr Staatsanwalt?« sagte er nach einem unbehaglichen Schweigen.

Nun, es handelte sich um rein berufliche Fragen. Sie besprachen dies und das. Don Rafel, der mit seinen Gedanken ganz woanders war, sagte wahllos ja und nein, hörte dem Staatsanwalt gar nicht richtig zu und versuchte dafür aus jeder Bemerkung oder Behauptung, jedem Wort, Zeichen, Zögern, Blick oder Schweigen die endgültige Bestätigung herauszulesen, daß Don Manuel d'Alòs, Staatsanwalt der dritten Strafkammer, nur Katz und Maus mit ihm spielte, weil er schon wußte, daß er einen Verbrecher vor sich hatte, der des Mordes, des Verbergens von Leichen, der Pflichtverletzung mit Todesfolge, der Unterschlagung von Beweismitteln, der Behinderung der Justiz und des Machtmißbrauchs so gut wie schuldig gesprochen war. Und des Ehebruchs.

»Und was genau wollt Ihr von mir?«

Der junge Sorts sah Rechtsanwalt Terradelles ein wenig erstaunt an: Er hatte geglaubt, er habe sich deutlich genug ausgedrückt.

»Ihr sollt die Unschuld meines Freundes beweisen, den Fall wieder aufrollen, ich weiß nicht, wie ich es noch erklären soll ...«

Der Rechtsanwalt seufzte und schwieg. Er wollte die Gefühle dieses jungen Mannes nicht verletzen und es sich nicht mit dessen Familie verderben. Aber gerade jetzt ...

»Augenblicklich bin ich sehr beschäftigt. Ich arbeite an einem äußerst wichtigen Fall und weiß nicht, wo ich die Zeit hernehmen soll ...«

»Ich hingegen habe leider alle Zeit der Welt.« Bei diesen Worten mußte Nando an Andreu denken, gehenkt durch seine Schuld, weil er fortgegangen war, um Bauernmädchen nachzustellen und nutzlose Briefe zu schreiben. »Und ich weiß, daß das eine langwierige Geschichte wird.«

»Dessen könnt Ihr gewiß sein. Die Mühlen der Justiz mahlen langsam.«

»In diesem Fall werden sie besonders langsam mahlen, weil die Justiz ihren Irrtum wird eingestehen müssen.«

»Ja, ja ...« Der Rechtsanwalt war ungeduldig, er hatte zu tun.

»Es wird schwierig werden: Ich habe heute schon mit dem Gerichtspräsidenten gesprochen.«

»Ach ja?« Der Rechtsanwalt spitzte die Ohren.

»Ja. Und er hat sich meinem Vorschlag gegenüber gänzlich uninteressiert gezeigt.«

»Ihr habt ihm gesagt, daß Ihr den Fall Desflors wieder aufrollen wollt?«

»Ja. Das hat ihm gar nicht gepaßt.«

»Und wie ist Euch Don Rafel erschienen? Wie geht es ihm?«

»Wie es ihm geht? Keine Ahnung. Ich hatte nie zuvor mit ihm gesprochen. Ich kannte ihn nicht. Nervös schien er zu sein.« Sorts lächelte. »Und mir schien fast, als ob ... Ach, nichts.«

»Sprecht nur, sprecht«, ermunterte ihn der Rechtsanwalt.

»Ach, es ist nichts, es kam mir nur so vor, als würde ihn mein Entschluß, den Fall wieder aufzurollen, tief bestürzen. Zutiefst.«

Rechtsanwalt Terradelles lehnte sich in seinem Stuhl zurück und spielte mit dem Griff der Schreibfeder, wie er es immer tat. Dann lächelte er und stand auf, um dem jungen Sorts zu verstehen zu geben, daß sie ein anderes Mal weiterreden würden.

»Soso, Sa Senyoria ist also nervös«, sagte er zum Abschied. Und während er Sorts nachsah, begann es in ihm zu arbeiten. O ja, es interessierte ihn sehr wohl, den Fall Desflors wieder aufzurollen, selbst wenn es sich als vergeblich erweisen sollte: Entscheidend war, eine weitere Frontlinie im direkten Angriff gegen die Ratte Massó zu eröffnen.

Don Antonis Moralempfinden unterschied sich nicht wesentlich von dem Don Rafels: Die jahrelange Arbeit bei Gericht, das ständige Waten im Unglück, hatten sein Mitgefühl abstumpfen lassen; er glich darin einem Arzt, der den Schmerzen des Patienten gegenüber gefühllos ist, nicht etwa aus Härte, sondern weil man sein Herz verschließen muß, um es gegen den ständig anprallenden Schmerz der anderen zu wappnen. So hatte Don Antoni Terradelles gelernt, daß es Gelegenheiten zu nutzen und Ämter auszunutzen galt. Soviel stand fest. Der einzige Unterschied zwischen ihm und Don Rafel bestand darin, daß letzterer an der Spitze stand – und solange er das tat, konnte kein anderer dort oben sein. Hinzu kam, daß Don Rafel drei Jahre zuvor einen möglichen Prozeß verhindert hatte (es ging um Pfändung und Verkauf eines Landguts), der ihm viel, wirklich sehr viel Geld eingebracht hätte. Und dieser Schweinehund hatte ihn niedergeschlagen. Und nachdem die Wogen sich geglättet hatten, hatte Don Rafel heimlich, still und leise den Verkauf eingefädelt und sich das Geld unter den Nagel gerissen. Das hatte ihm Rechtsanwalt Terradelles nie verziehen. Und nun konnte er ihn an den Eiern packen.

»Ich mache Rührei daraus«, sagte er laut zu den schweigenden Büchern in den Regalen seiner Kanzlei.

Es war ein sehr anstrengender Vormittag. Die Vorsitzenden Richter aller drei Kammern und ein weiterer Staatsanwalt wollten Sa Senyoria sprechen. Jeder kam mit den Sorgen, die Vorsitzende Richter oder Staatsanwälte ebenso plagen. Aber bei allen glaubte Don Rafel ein ungewohntes Blitzen in den Augen zu bemerken, einen verächtlichen Zug um den Mund, einen despektierlichen Kommentar, wo früher respektvolles Schweigen geherrscht hätte. Und so verbrachte er den Vormittag halbtot vor Angst, mit unruhigem Blick und klopfendem Herzen.

Denn Don Rafel hatte Angst, große Angst, und angesichts

der bevorstehenden Ausplünderung empfand er ein Gefühl tiefer Ohnmacht, eine Ohnmacht, die ins Unendliche wuchs, wenn er sich die Alternative vorstellte: daß die ganze Geschichte ans Licht käme und die Leute mit dem Finger auf ihn zeigten und hämisch lachten – eine unerträgliche Vorstellung. So schlich Don Rafel mit unruhigem Blick durch das Gerichtsgebäude und vermutete selbst hinter den Tapeten noch Feinde. Er vertagte ein Gespräch mit dem Kerkermeister vom Gefängnis an der Plaça del Blat und verschob die Antwort auf eine Bitte um Intervention des Gerichts in zwei Fällen von Mißbrauch durch das Militär *sine die*. Drei-, viermal stand er kurz davor, den Polizeichef rufen zu lassen und die ganze Angelegenheit hochoffiziell mit ihm zu besprechen, doch jedesmal besann er sich wieder anders, weil er fürchtete, das werde den verteufelten Setúbal nur noch aggressiver machen. Und er mußte verhindern, daß der Skandal innerhalb der Mauern des Gerichts aufflog, koste es, was es wolle. Um zwölf Uhr mittags stockten ihm das Herz, das Blut und der Atem: Man überbrachte ihm eine dringende Vorladung zum Militärgouverneur.

Wie immer, wenn er sich zum Gouverneurspalast begab, wurde ihm der Weg zur Qual: Was wird er wollen, wozu diese Eile, warum habe ich das Schreiben nicht früher bekommen, wieso ist es von Oberst Villavicencio unterzeichnet und nicht von diesem Trottel Cisneros? Um diese Uhrzeit wird das sicher eine kurze Audienz, denn das Mittagessen ist Seiner Exzellenz heilig. Wird es Schelte setzen? Eine einfache Rüge? Oder würde er ihn am Ende loben? Beglückwünschen? Hatte Terradelles schon mit dem Gouverneur gesprochen? Weiter kam er mit seinen Gedanken nicht, denn soeben bog die Kutsche nach der kurzen Fahrt von der Plaça Sant Jaume auf den Vorplatz des Gouverneurspalasts ein.

Wie immer, wenn er den Carrer Argenteria hinunterfuhr, hatte sein Herz an der Ecke Carrer de les Caputxes einen Schlag lang ausgesetzt. Aber an diesem tristen, verregneten Mittag waren Don Rafels Gedanken überdies schwärzer als die Wolken, die sich geduldig über Barcelona sammelten und im Augenblick nur ein paar Tropfen von sich gaben, aber mit einer Sintflut drohten, die die Stadt im Schlamm versinken lassen würde – ach, wäre das schön.

»Nun denn, Don Rafel, ist Euch nicht wohl?« erkundigte sich der höchste Würdenträger Kataloniens freundlich angesichts der offenkundigen Nervosität des Gerichtspräsidenten.

»Nein, Exzellenz. Ich bin unpäßlich, Exzellenz …« Es schien Don Rafel, als ob Don Pere verstohlen lachte, wohl, um ihm zu verstehen zu geben, daß er auf dem laufenden war, daß er wußte, wen er vor sich hatte: einen gewöhnlichen Mörder, jemanden, der sich des Verbergens von Leichen, der Pflichtverletzung mit Todesfolge, der Unterschlagung von Beweismitteln, der Behinderung der Justiz und des Machtmißbrauchs schuldig gemacht hatte, eine Schande für das Volk, ein unerwünschter Untertan und ein untreuer Ehemann. Aber nicht allein das, denn das kam schließlich in den besten Familien vor. Nein, mit seinem Lächeln wollte Don Pere ihm auch zu verstehen geben, daß er wußte, daß Don Rafel sich von diesem höchst gefährlichen, schleimigen Kraken Don Jerónimo y Leckmich de los Rosales – möge er nach seinem hoffentlich baldigen Tode schnurstracks zur Hölle fahren – hatte überrumpeln lassen. Wußte denn schon ganz Barcelona Bescheid? Don Rafel war drauf und dran, auf die Knie zu fallen und um Gnade zu flehen, Gerechtigkeit zu erbitten, zu verlangen, daß man diesem Portugiesen das Handwerk legte, der nichts Besseres zu tun hat, als ehrliche

Menschen um ihr Hab und Gut zu bringen, denn jeder hat mal einen schlechten Tag, und das heißt noch lange nicht, daß man ein Mörder im Sinne des Gesetzes ist.

»Extremeño, Don Rafel.«

»Was? Wie?!« rief der Gerichtspräsident erschrocken.

»Der Polizeichef ist kein Portugiese, er ist Extremeño.«

»Ich … Ich hatte.«

»Ihr habt wohl laut gedacht, nehme ich an.«

»Und was habe ich gesagt?« Noch erschrockener.

»Hat Don Jerónimo Euch etwas angetan?«

»Aber nein, woher denn!« Irgendwie, er wußte selbst nicht, wie, zauberte er ein Lächeln herbei und klebte es sich ins Gesicht. »Aber er ist mir ausgesprochen unsympathisch.«

»Ich halte ihn für einen gefährlichen Mann … Aber ich habe Euch nicht rufen lassen, um mit Euch über Kommissar Setúbal zu plaudern, Don Rafel, sondern um eine Angelegenheit zu erörtern, die mir Sorgen bereitet.«

»Ich bin ganz Ohr, Exzellenz.« O Gott, welcher neue Abgrund tat sich da nur wieder auf? Rechtsanwalt Terradelles war ihm also doch zuvorgekommen.

»Der Fall Desflors.«

»Ja, Exzellenz?«

Er hatte es gewußt! Der emsige Rechtsanwalt war bis zum Gouverneurspalast vorgedrungen.

»Don Manuel Godoy hat mich zur schnellen Lösung des Falles beglückwünscht. Diesen Glückwunsch gebe ich an Euch weiter.«

»Ah …«

»Aber es gab von … sagen wir, von offizieller Seite auch eine Beschwerde über das mangelnde Interesse der dritten Kammer, alle Zeugen aufzurufen …«

»Aber Exzellenz …«

»Und es scheint, als ob einer dieser Zeugen die Unschuld des Angeklagten glaubhaft hätte beweisen können.«

»Aber es war doch ... laßt mich erklären, Exzellenz ...«

»Ihr hingegen hattet, ebenso wie die dritte Kammer, offenbar große Eile, ihn zu verurteilen.«

Der Militärgouverneur verstummte und musterte den Gerichtspräsidenten mit nadelspitzen Blicken. Der kannte die Herkunft dieser Spitzen ganz genau: Dahinter steckte der junge Leutnant, der Freund des Angeklagten. Wie schnell er doch bis nach ganz oben vorgedrungen war! Einen Augenblick lang erschienen ihm Setúbals Drohungen lachhaft gegen das, was der Militärgouverneur gegen ihn würde entfachen können. Da griff er an. Das war ein Fehler, aber er tat es trotzdem:

»Ihr selbst habt mir gesagt, daß er schuldig sei. Ihr habt mich gedrängt, den Fall so schnell wie möglich abzuschließen!«

»Don Rafel.« Eisiger, giftiger Tonfall: »Merkt Euch ein für allemal, daß mein Denken und Handeln stets von Rechtsbewußtsein geleitet ist und ich niemals einen Ratschlag erteilen würde, der dagegen verstößt. Der Fall Desflors wird neu aufgerollt.«

»Exzellenz, laßt mich Euch doch erklären, wie das alles zustande gekommen ist.«

»Die Audienz ist beendet, Don Rafel.«

Der Gerichtspräsident schluckte und senkte den Kopf. Es war nicht zu übersehen, daß er in Ungnade gefallen war. Und es war nicht zu übersehen, daß er den Fall neu würde aufrollen müssen. Mit Setúbal vor sich und Terradelles dicht auf seinen Fersen.

»Wir sehen uns doch beim Te Deum?« fragte der Militärgouverneur in gespielter Herzlichkeit.

Wieder schluckte Don Rafel und trat einen Schritt zurück. Was sollte er darauf antworten?

»Gewiß, Exzellenz.«

»Ausgezeichnet. Und am Abend dann beim Fest des Marquis.« Der Militärgouverneur zwinkerte ihm zu: »Da es sich um ein Fest zur Jahrhundertwende handelt, wird es sicherlich sehr lustig zugehen ... und die Damen werden reizend sein.«

»Das hoffe ich, Exzellenz.« Das frivole Geplauder traf Don Rafel in tiefster Seele. Warum spielte Don Pere mit ihm? War die Audienz nicht beendet? Hatte er ihn nicht aus dem Kreise der Bevorzugten ausgestoßen? Hatte er ihm nicht den Krieg erklärt?

»Ausgezeichnet, ganz ausgezeichnet ... Und Ihr untersteht Euch, mir noch einmal in die Parade zu fahren, wenn ich mir ein Mädchen aussuche.«

»Aber Exzellenz ... Ich kann Euch alles erklären ... Ich wollte Euch doch nur einen Gefallen tun. Ihr werdet doch nicht annehmen, daß ich Euch hätte verärgern wollen ...«

»Ausgezeichnet, ganz ausgezeichnet.« Wieder wurde der Ton eisig: »Ich erinnere Euch daran, daß die Audienz beendet ist, Don Rafel.«

Kleinlaut, schwitzend, besiegt zog sich Don Rafel nach einer feierlichen Verbeugung zurück. Einen Moment war er versucht, sich in den Schacht der prunkvollen Palasttreppe zu stürzen, und unbändiger Haß ergriff ihn, weil jedermann, sogar Turc, ihm feindselig gesinnt war. Wem konnte er sein Leid klagen? Niemandem, absolut niemandem – außer vielleicht seinem Teleskop. Don Rafel war allein, vollkommen allein, wie er schmerzlich empfand. Dabei habe ich es doch nicht gewollt, Elvira, das schwöre ich vor dem Weltall.

»Aber … Wie könnt Ihr es wagen!«

Sa Senyoria nahm die Perücke ab und bat Meister Dalmau zu warten, es handle sich um eine dringende Angelegenheit.

»Es ist vier Uhr nachmittags, Senyoria …«, wandte der Schneider ein.

»Na und? Ihr habt mehr als genug Zeit, die Kleidung fertigzustellen.«

»Ich? Aber Senyoria …«

Doch Don Rafel hatte den Rock, den er gerade anprobierte, schon ausgezogen; wobei er sich an einer Nadel stach. Es gelang ihm, den Fluch zu unterdrücken, und er gab das Kleidungsstück dem Schneider zurück, der ihm einen stumm flehenden Blick zuwarf. Irgendwie brachte Don Rafel um Hipòlits willen, der ihn anstarrte, ein selbstsicheres Lächeln zuwege, obwohl er innerlich wie Espenlaub zitterte. Auf der Schwelle zum Ankleidezimmer stand der erpresserische Setúbal und entschuldigte sich höflich:

»Man hat mich bis hierher vorgelassen, Don Rafel. Ich wußte ja nicht …«

»Senyoria, ich …«, protestierte Hipòlit.

»Ist schon recht.« Don Rafel pflückte immer noch Kleidungsstücke von sich ab. »Folgt mir, Don Jerónimo.«

In Hemdsärmeln führte er den Polizeichef in sein Arbeitszimmer, zitternd vor Wut und Grausen zugleich. Im Arbeitszimmer angekommen, schlug er die Tür zu und sah den Polizeichef an, ohne ihm einen Platz anzubieten.

»Darf man erfahren, was Ihr wollt?«

»Alles. Und zwar sofort.«

»Ich verstehe Euch nicht.«

»Die achthunderttausend Reales. Oder Euer Haus und Eure Ländereien.«

»Dieb! Ihr seid ein Dieb!«

»Ich glaube nicht, daß es Euch zusteht, irgend jemanden des Verbrechens zu zeihen, Senyoria.«

»Ihr bringt mich um. Ihr seid der Mörder.«

»Nein. Ihr könnt auswandern und ein neues Leben beginnen ...«

»Ich habe die Summe nicht, die Ihr von mir verlangt. Ich biete Euch hunderttausend Reales und meine ewige Dankbarkeit.«

»Eure ewige Dankbarkeit könnt Ihr Euch in den Arsch stecken, Senyoria. Ich will alles.«

»Hundertfünfzigtausend.«

»Ich will achthunderttausend, in bar oder in Vermögenswerten. Und wenn das alles ist, was Ihr besitzt, nun, dann will ich alles, was Ihr besitzt. Und wenn es das Haus mit den Dienstboten ist, dann eben das. Nicht einen Sou weniger, Don Rafel. Und wir besiegeln das Ganze vor einer Person meines Vertrauens, die alles taxieren wird, was Ihr mir überschreibt.« Und mit einer Miene absoluter Lauterkeit fügte er hinzu:

»Und wenn ich achthunderttausend sage, will ich auch nicht mehr.«

»Ihr wißt, daß ich das nicht kann.«

»Gut. Dann werde ich noch heute Anzeige gegen Euch erstatten wegen Mordes, des Verbergens einer Leiche, illegaler Beerdigung, Pflichtverletzung, Unterschlagung von Beweismitteln und Behinderung der Justiz. Und vielleicht fällt mir noch mehr ein.«

»Ihr werdet keine Leiche finden! Sie ist nicht mehr da.«

»Ihr lügt. Meine Männer beschatten Euch seit Tagen ...« Don Jerónimo lächelte. »Und sollte es tatsächlich zum Prozeß kommen, wird es bestimmt sehr lustig, zuzusehen, wie Ihr der Öffentlichkeit erklärt, was es mit all den Zeichnungen von nackten Weibern auf sich hat, die sich an den Hintern fassen ... Könnt Ihr Euch vorstellen, was in allen Salons das Thema Nummer eins wäre?« Er lachte schallend.

Don Rafel errötete, zutiefst gedemütigt und von dem gräßlichen Gefühl erfüllt, daß sein Leben bis in die intimsten Details vor der ganzen Stadt ausgebreitet lag. Er spürte einen Stich im Herzen und wünschte sich, auf der Stelle tot umzufallen. Aber das Schicksal tat ihm diesen Gefallen nicht, und so stand er weiterhin quicklebendig vor Don Jerónimo, der jede seiner Reaktionen aufmerksam beobachtete.

»Ich werde Euch unverzüglich anzeigen!«

Ein neuerliches Auflachen genügte, um Don Rafel innehalten zu lassen. Er wußte genau, daß er verloren war, ganz gleich, was er tat. Wäre der Urheber von Anzeige, Erpressung und Haß ein anderer gewesen, so hätte er ein paar Fäden ziehen können. Aber Don Jerónimo hatte sämtliche Fäden, die Marionetten, ja, das ganze Marionettentheater in der Hand. Und draußen warteten schon Terradelles, der Notar, Don Pere und der junge Leutnant. Und wer noch?

»Ich lasse mich vor Gericht stellen und verurteilen ... Ich lasse mich erniedrigen ... Aber Ihr werdet nicht einen Real sehen.«

»Das glaube ich Euch nicht. Euer Ruf ist Euch wichtiger als alles auf der Welt. Oder täusche ich mich da?«

Don Rafel fuhr sich mit dem Taschentuch über die schweißnasse Glatze. Es bedurfte keiner Antwort. Don Jerónimo lächelte und nahm ungefragt Platz.

»Ich bin hier, um das Geld zu kassieren, Senyoria. Ich möchte das neue Jahr und das neue Jahrhundert als reicher Mann beginnen.«

Einen Augenblick lang war Don Rafel versucht, sich den nächstbesten schweren Gegenstand zu greifen und damit dieser Kanalratte den Schädel einzuschlagen, die ihm überdies gerade verlockend den Rücken zukehrte. Aber er wagte es nicht, weil ihm sofort die Konsequenzen dieses neuerlichen Mordes vor Augen standen. Wenn er so weitermachte, hätte er bald keine Beete mehr frei. Zu seiner abgrundtiefen Beschämung brach er in Tränen aus. Don Jerónimo wartete geduldig das Ende des Ausbruchs ab.

»Gebt mir noch fünf Tage. Ihr werdet so viel Geld bekommen, wie ich auftreiben kann, das schwöre ich Euch.«

»Ich will nicht so viel Geld, wie Ihr auftreiben könnt, Don Rafel. Ich will alles.«

»Alles ... Ich gebe Euch alles ... Aber ich habe nicht alles hier. Ich werde es zusammensuchen müssen, Schecks und Wechsel ausstellen ...«

»Veranlaßt alles Nötige. Aber seid gewiß, daß ich Euch überwachen lasse.«

Und wenn er auf die Knie fiel und um Gnade flehte? Und wenn er ihm Unmögliches versprach, Macht und Einfluß im Umfeld des Königs? Und wenn ... Er blickte in die kalten Augen des Polizeichefs und hörte auf, törichtes Zeug zu denken.

»Wer garantiert mir, daß Ihr mich nicht weiter erpreßt?«

»Wenn Ihr mir gebt, was ich verlange, werde ich Euch nie wieder behelligen.«

»Und wie kann ich dessen sicher sein?«

»Ich gebe Euch mein Wort als Ehrenmann.«

»Ha, ha.«

Damit war im Grunde alles gesagt. Natürlich würde Don Jerónimo ihn nicht weiter erpressen, denn wo nichts war, war auch nichts zu holen. Und beide wußten, wer gewonnen hatte.

Don Jerónimo gewährte seinem Opfer gnädig achtundvierzig weitere Stunden, und sie verabredeten sich für vier Uhr nachmittags am Tag nach dem ersten Januar des neuen Jahres des neuen Jahrhunderts der neuen Ära Setúbals. Nach dem Te Deum, nach der Neujahrsparade. Wenn Don Pere ihn bis dahin nicht in seinem Unglück zermalmt hatte.

Dann kehrte Don Rafel mit Herzweh und Magenschmerzen ins Ankleidezimmer zurück, wo Donya Marianna gerade ihr Amen zum Rock ihres neuen Kleides gab. Im Spiegel sah sie ihren Gatten eintreten.

»Wo hast du denn gesteckt? Hast du den Rock gesehen? Er ist für das Fest, weißt du? In der Kathedrale werde ich das hier tragen ... Ist das nicht bezaubernd?«

Sollte die Welt anziehen, was sie wollte. Sollten die anderen Te Deums feiern und himmlische Chöre anstimmen – ihn konnte nichts und niemand retten. Niemand konnte ihm helfen, denn er konnte weder zu Donya Marianna noch zu Hipòlit, weder zu d'Alòs noch zu sonst jemandem sagen, schau mal, es ist nämlich so, ich habe eines schönen Tages aus Versehen meine Geliebte getötet; das konnte er nicht sagen, und das war die Waffe Setúbals und aller anderen. Sein ganzes beschämendes Innenleben würde vor der Stadt offenliegen, und auch Gaietana würde alles erfahren, o Gott! Sie würde erfahren, daß er unter dem Deckmäntelchen eines Doktors der Chirurgie mit unzüchtigen Bildern die kranke, verderbte Neugier eines Perversen genährt hatte: Das war das Schrecklichste von allem. Sie, die Schöne, die engelsgleiche Erzhure, die meine Liebe verlacht [illegible] auch sie würde es erfahren. Und das war schlimmer als das ewige Höllenfeuer.

»Nein, Rafel, nein, dieses Jackett! Ich frage mich wirklich, wo du deine Gedanken hast. Wußtest du übrigens, daß

Donya Càndida nicht kommen kann? Sie liegt mit hohem Fieber im Bett, stell dir nur vor.«

Don Rafel zog das richtige Jackett an und ging dann, wie das Lamm zur Schlachtbank, zum Spiegel, wo schon der Schneider wartete. Er, der drauf und dran war, alles zu verlieren, probierte eine neue Garderobe an! Er vermied es, sich im Spiegel anzusehen.

»Gefällt es Euch, Senyoria?«

»Ja, ja, sehr schön, Dalmau.«

»Aber ...« Donya Marianna eilte quer durch das Ankleidezimmer zu ihrem Mann hinüber, »wie kannst du nur sagen, daß es sehr schön ist, wo doch hier diese Falte ...«

»Es ist ja erst geheftet«, protestierte Meister Dalmau gekränkt. Don Rafel nutzte den Zwischenfall, um in Gedanken zu entfliehen, während sein Körper weiterhin vor dem Spiegel stand und die Menschen um ihn herum ihn für ein Fest herrichteten, wie weder er noch seine Frau je ein zweites erleben würden, weil sie völlig verarmt wären. Er blickte auf Meister Dalmaus Nacken herab und fand noch die Kraft für ein stilles Lächeln, weil dieser Mann nicht ahnen konnte, daß er sein Geld für diese Arbeit nie zu sehen bekäme.

»Wir werden die ganze Nacht durcharbeiten, Senyora«, entgegnete der Schneider gerade auf eine Frage Donya Mariannas. »Aber gleich morgen früh werdet Ihr alles hier haben. Anziehfertig.«

Don Rafel ließ sich das Jackett ausziehen und ging zum Stuhl hinüber, denn nun war die Reihe an Meister Ventura. Sieben Paar Schuhe zur Auswahl, während ihm der Schuster zufrieden und erwartungsvoll zusah und er dachte, hätte ich doch Elvira nie angetan, was ich ihr angetan habe, hätte ich sie doch nie kennengelernt, hätte es das Liebesnest doch nie gegeben ... Meister Ventura unterbrach seine Gedanken mit einem Paar Schuhe mit viel zu großer Schnalle.

»Aber Ihr könnt doch nicht barfuß gehen, Senyoria. Mehr Modelle habe ich nicht, Senyoria. Wollt Ihr sie Euch nicht noch mal ansehen? Von heute auf morgen kann ich keine neuen machen.«

Beinahe hätte Don Rafel gesagt, es ist egal, Ventura; wenn es nach mir ginge, gäbe es sowieso kein Fest. Aber Donya Mariannas Anwesenheit hinderte ihn daran, seine Niederlage öffentlich einzugestehen.

Don Rafel Massó aß nichts zu Abend und ertrug nur mit Mühe die neuesten Informationen, mit denen ihn die überschwengliche Donya Marianna über den Tisch hinweg bombardierte. Zwar war auch ihr das seltsame Gebaren ihres Mannes inzwischen aufgefallen, aber sie wollte bis nach den Festlichkeiten lieber nichts Genaueres darüber wissen, damit er ihr nicht alles verdarb. Sie konnte sich nicht entscheiden, worauf sie sich mehr freute: auf das Te Deum mit Ehrenplatz (zum ersten Mal – das wurde aber auch Zeit! Triumph über den gesamten Vorsitz der Bruderschaft des Blutes) oder das Fest beim Marquis; ob auf die Möglichkeit, gleich zwei funkelnagelneue Kleider vorzuführen, oder vielleicht sogar auf die Neujahrsparade, denn im letzten Augenblick hatte sie sich in den Kopf gesetzt, zum Blumenmarkt am Born zu gehen und dort eine hübsche Vase zu erstehen, nicht wahr, du kommst doch mit?

Um die Vase zu bezahlen, dachte Don Rafel. Unter dem Vorwand, ihm sei unwohl, stand er vom Tisch auf, ließ Eßzimmer und Gespräch hinter sich und ging in den Garten hinaus. Weil es kalt war, zog er den Mantel über. Soeben legte der Regen eine Pause ein, und die Wolkendecke wies sogar einige Lücken auf, fast als hätte das Wetter nach fünfzig endlosen Regentagen endlich beschlossen, wieder besser zu werden. Unwillkürlich hob Don Rafel den Kopf. Orion, der Jäger, war halb von einem Streifen Stratokumuli bedeckt, als wollte er sich wegen seiner bösen Taten vor den Menschen verstecken. Doch Don Rafel stand der Sinn nicht nach Symbolen und Allegorien. Er hatte einfach Angst, große Angst, denn nun war er am Zug in dieser tödlichen Schachpartie, in die er gegen seinen Willen verwickelt worden war. Er hatte Schwarz. Schwarz zieht und verliert. Und auf der anderen Seite des Schachbretts saß Don Jerónimo Manuel Cascal de los Rosales y Cortés de Setúbal, umgeben von undeutlichen Schatten, lächelte und sagte schachmatt.

Sosehr er auch hin und her überlegte, fest stand, daß er dem Portugiesen ausgeliefert war. Dem Extremeño. Was auch immer er tat, er war am Ende. Denn wenn er klein beigab und dem Polizeichef sein Vermögen übertrug ... Natürlich könnte er sich weigern, auf die Erpressung einzugehen; dann würde er ertragen müssen, daß binnen einer Stunde ganz Barcelona erfuhr, daß er ein Mörder war, aber er würde sich rechtfertigen können, sagen, daß er kein Mörder war, weil er es ja nicht mit Absicht getan hatte ... Wer's glaubt, wird selig. Und dazu wußte Setúbal von den Zeichnungen, und er hatte die Leiche. Alles war verloren. Aber das Schlimmste war: Wenn er den Forderungen des Polizeichefs nachkam und ihm alles gab, was er hatte, sogar das Haus – dann wiederum würden die Leute sich binnen fünf Minuten fragen, wieso er ruiniert war. Alles verloren und Setúbal reich auf seine Kosten. Wo war die Lösung? Und wenn er Setúbal und Terradelles die Stirn bot?

Er ging zu dem vermaledeiten Beet hinüber. Sieh an, Romà hat die Primeln schon gepflanzt, dachte er. Beim Anblick dieses Stückchens Erde war ihm jetzt weit weniger beklommen zumute als am Vortag ... als ob man sich innerhalb weniger Stunden an den Schrecken gewöhnen könnte. Als wäre es ganz alltäglich, die Geliebte im Garten begraben zu haben. Angst. Er hatte Angst. Horror. Panik, Furcht, Entsetzen, Eiseskälte in den Adern und im Herzen ... Weil einzutreten drohte, was er im Leben am meisten fürchtete. Aber er hatte auch Angst, weil der Mensch in Extremsituationen dazu neigt, über das Diesseits hinauszudenken. Und so dachte Don Rafel, ohne es zu wollen, an das Leben danach. Zwar war er nie ein besonders eifriger Kirchgänger gewesen, doch konnte er sich der gängigen Vorstellungswelt nicht entziehen und glaubte an alles, was die eine heilige katholische und apostolische Kirche lehrte, sprich: Himmel, Hölle, Sünde, Teufel, Fegefeuer. Wie gerne hätte er an nichts geglaubt, wie es Jacint Dalmases von sich behauptete! Im Grunde hatte er immer gewußt, daß er am Ende seines Lebens würde Rechenschaft ablegen müssen. Und die Hölle, wenn sie auch weit entfernt schien und nur schwer vorstellbar und noch schwerer beweisbar war, machte ihm angst. Die Hölle und anderes, wie zum Beispiel die Vorstellung der Ewigkeit, die der unzweifelhaften Erkenntnis entsprang, daß wir nur ein Leben haben. Was aber geschieht, wenn wir einen Fehler begehen, der dieses eine Leben zerstört? Wir müssen weiterleben. Und wenn es sich um einen wirklich schwerwiegenden Fehler handelt, dann bleibt uns vielleicht nur die schreckliche Gewißheit, daß wir ihn für alle Ewigkeit begangen haben. Schon immer, so glaubte Don Rafel, hatte der Mensch mit dieser vagen Vorstellung von Ewigkeit leben müssen, die unausweichlich mit der der Sünde verknüpft war. Seiner Ansicht nach entstand das Bewußtsein der Sünde aus dem Zusammenprall der menschlichen Vorstellung von einem idealen Leben und der Realität.

Wenn der Mensch bei diesem Zusammenprall Schwächen und Fehler entdeckt ... dann weiß er, daß er falsch gehandelt hat. Und die Strafe, die Hölle, das verstand er wohl, bestand in ebendiesem Bewußtsein der Sünde. Wie glücklich lebten doch Katzen! Diese Überlegungen brachten Don Rafel zu der Erkenntnis, daß vollkommene Erlösung ohne das Verzeihen der verletzten Person unmöglich war ... Aber wie konnte ihm die arme Elvira verzeihen, glaub mir, ich wollte das nicht? Das Gefühl der Schuld würde ihn für immer begleiten ... Und für immer hieß: bis in alle Ewigkeit. Die Hölle bestand aus lauter Elviras und Andreu Perramons – oder wie auch immer dieser Verbrecher geheißen hatte. Und vielleicht fanden sich dort auch die Dutzende von Verurteilten, denen er den Strick um den Hals hatte legen lassen ... Halt, Moment mal! Schließlich war er beim Gericht, nicht wahr? Da wäre es ja noch schöner, wenn ... Sünde, also das, was man gemeinhin Sünde nannte, war nur das mit Elvira gewesen, und das hatte er nicht mit Absicht getan, um das ein für allemal klarzustellen. Und die Sünden des Fleisches? Und die Diebstähle? Nun ja, man ist schließlich nicht aus Stein. Sieh an, mit einemmal bekam Don Rafel ein schlechtes Gewissen, er, dem seine Taten – abgesehen von der Geschichte mit der armen Elvira – nicht eine einzige schlaflose Nacht bereitet hatten. Aber ja, tatsächlich: Er hatte ein schlechtes Gewissen. Wenige Stunden, bevor er alles verlieren würde, die Ehre und ganz gewiß seinen guten Namen, machte er sich Gedanken über seine Schuldhaftigkeit, wahrscheinlich, weil er den Lauf der Dinge nicht aufhalten konnte. Völlige Ohnmacht. Ach, Orion, welche Ruhe genießt du doch da oben, Herrscher über die Kälte der Nacht. Ach, wäre ich doch ein Stern.

V

Silvester. Trotz des unverschämt strömenden Regens erwachte die Stadt in Festlaune. Es war Dienstag, ein ganz gewöhnlicher Wochentag, aber es war der letzte Dienstag des Jahres und des Jahrhunderts, und die Besonderheit dieses Augenblicks war zu spüren. Die Glocken versuchten, durch den Regen gedämpfter als sonst, sich im allgemeinen Trubel bei den Menschen Gehör zu verschaffen, die sich trotz der Nässe auf den Straßen drängten. Der eine oder andere verfluchte den Himmel, der ihnen kein glänzenderes, heitereres und trockeneres Neujahrsfest bescherte, ohne Regen, ohne Kälte und vor allem ohne den Schlamm, der aufgrund der schlechten Witterung in diesem Herbst und Frühwinter den Barcelonesern schon bis an die Knöchel reichte. Silvester, der Tag des *Nasenmannes*, mit dem man an diesem Tag die kleinen Kinder erschreckte.

Rechtsanwalt Terradelles hatte gelernt, im Zusammenhang mit seinen Fällen jede auch noch so unbedeutend scheinende Information zu schätzen. Er hatte früh begriffen, daß das Leben aus Verflechtungen und Wechselwirkungen besteht und Intelligenz nichts anderes ist als die Fähigkeit, dort Muster zu erkennen, wo normale Sterbliche bloßen Zufall vermuten. Darum empfing er den jungen Sorts, der seit dem frühen Morgen in seiner Kanzlei wartete, und darum beschloß er, den Notar Tutusaus dazuzuholen. Er ließ Sorts reden; sollte der ruhig sein Herz ausschütten, tausendmal erklären, daß er vollkommen von Andreus Unschuld überzeugt sei, weil dieser unfähig gewesen sei, Böses zu tun, und so weiter und so fort. Er tat sogar, als überlegte er, den Prozeß unter Umständen neu aufzurollen. Nur um ihn zum Sprechen zu ermuntern, nur für den Fall, daß sich unter dem, was er erzählte, etwas fand, was ihm half, Massó in den Dreck zu ziehen. Und so berichtete der junge Sorts ausführlich von der letzten Nacht: Ich habe ihn gesehen, ich war mit ihm zusammen, als das Verbrechen geschah; ich habe ihm um drei Uhr morgens ein Päckchen gegeben; als er von der Desflors wegging, war sie am Leben, denn ich habe sie im Hostal noch gesehen, versteht Ihr, Senyor Terradelles? Und als ich ihm das Päckchen gab ... es war übrigens für Euch bestimmt.

»Was für ein Päckchen?« Notar und Rechtsanwalt waren ganz Ohr.

»Nun ja ... Eigentlich war es ein Auftrag des Vicomte von Rocabruna ...«

Jetzt endlich konnten sich Terradelles und Tutusaus einen Reim auf die ganze Sache machen – und Nando verzweifelte. Sie konnten sich so viele Reime machen, daß sie verstanden, warum Massó ein so großes Interesse daran gehabt hatte, den unglücklichen Andreu verschwinden zu lassen – und je mehr er erfuhr, desto mehr verzweifelte Nando. Und da man nun auch nicht mehr länger um den heißen Brei herumreden mußte, weil klar war, daß ein glücklicher Zufall die drei Männer in dieser Kanzlei zusammengeführt hatte und gemeinsame Interessen sie verbanden, erklärte Don Antoni Terradelles feierlich, er werde den Fall übernehmen und sei bereit, alle Hebel in Bewegung zu setzen, um eine Revision des Urteils zu erreichen, und ich bin sicher, wir werden gewinnen, mein lieber Sorts, und der Name Eures Freundes wird in ehrendem Gedächtnis bleiben.

Aber zu diesem Zeitpunkt war Nando Sorts das ehrende Gedächtnis schon gleichgültig. Abgrundtiefe Verzweiflung hatte ihn ergriffen, die gleiche Verzweiflung, die auch Teresa verspürt hatte, als sie erfuhr, daß ihr Liebesmedaillon Andreu an den Galgen gebracht hatte. So grausam ist manchmal das Leben: Teresa und Nando, zwei Menschen, die Andreu liebten, waren verantwortlich für seinen Tod. Und Andreu war einsam gestorben, während er sich den Kopf über den *bravo capitano* Lupo zerbrochen hatte.

»Sind wir nicht hübsch?«

Stolz betrachtete sich Donya Marianna in ihrem Te-Deums-Kleid und warf dann einen raschen Blick auf ihren Mann, der traurig sein Spiegelbild musterte.

»Du siehst aus, als würdest du zur Schlachtbank geführt, Rafel. Was ist bloß los mit dir?«

Daß ich ein Mörder bin, den skrupellose Menschen vernichten wollen. Daß der Hundsfott Don Jerónimo mich in den Ruin treiben will dafür, daß er schweigt; dafür, daß er niemandem erzählt, daß ich meine liebe kleine Elvira umgebracht habe und mich für unzüchtige Abbildungen von Donya Gaietana interessiere. Daß heute mittag Rechtsanwalt Terradelles zu mir gekommen ist, um mir mitzuteilen, daß ich mich schon als entehrt betrachten kann, daß er den Fall Desflors neu aufrollen und meinen Mord an Elvira ans Tageslicht bringen wird, der aber eigentlich kein Mord war, sondern Notwehr. Und daß er Mühe haben wird, sagt Terradelles, den jungen Leutnant Sorts daran zu hindern, mich gleich umzubringen und dem Henker die Arbeit zu ersparen. Wenn sie nicht gar zu Don Pere gehen und darauf bestehen, daß er mich in Schimpf und Schande aus dem Amt jagt. Daß ich in zwei, drei Tagen das Gespött von ganz Barcelona sein werde. Und du mit mir, Marianna. Wir werden vor Scham vergehen, weil die Leute über mich reden und hämisch lachen und sagen werden, wer hätte das gedacht, das alte

Schlitzohr, ich habe schon immer geahnt, daß mit dem was nicht stimmt; unzüchtige Bilder, Mord, und das als Richter. Und ich will nicht, daß jemand das sagt, Marianna, weil ich nicht zulassen werde, daß man über mich lacht. Um keinen Preis. Das ist mit mir los. Und ich finde keinen Ausweg. So ist das, Marianna.

Aber anstatt all das zu sagen, betrachtete Don Rafel sich weiterhin mit trauriger Miene, als wollte er mit seinem Spiegelbild tauschen, sicher gibt es auf der anderen Seite des Spiegels weniger Intrigen und weniger Haß. Ganz sicher, Marianna; und ich will nicht, daß du mich begleitest, weil ich allein sein will: nur ich und meine Sterne und Sternnebel, die nichts von mir verlangen.

»Geht's dir gut, Rafel? Das wäre ja wirklich zu ärgerlich, wenn du gerade jetzt krank würdest, vor dem Te Deum und dem Fest des Marquis!«

Du hast keine Ahnung, wie mir zumute ist, Marianna ... körperlich gesund, krank an der Seele. Kurz davor, die gräßlichste Hölle zu durchleiden, die ich mir so nie hätte träumen lassen. Kurz davor, zum Gesprächsstoff der ganzen Stadt zu werden. Kurz davor, der tiefsten, unerträglichsten Erniedrigung ausgesetzt zu sein.

»Möchtest du dich hinlegen?« Donya Marianna klang enttäuscht. »Hast du Fieber?«

»Nein. Laß uns zum Te Deum gehen.« Er sah auf seine Taschenuhr. »Auf geht's, schließlich wollen wir vor dem Militärgouverneur da sein.«

»Es ist eine der schönsten Hymnen der katholischen Liturgie, eine beflügelte, aber schlichte Sprache, erhabene Gedanken, erblühende Empfindungen. Flammende Poesie, das Loblied Gottes, das sich begeistert aufschwingt bis zum *Aeterna fac cum sanctis tuis in gloria numerari.* Die Verherrlichung des dreieinigen Gottes.«

»Ein getreuer Nachhall der Alt-Jerusalemer Liturgie.«

»Sehr richtig, Hochwürden Cascante.« Und Hochwürden Díez Valdés setzte seine liturgischen Ausführungen vor den hohen Würdenträgern fort, die sich, angeführt vom Militärgouverneur, bei Likör und Gebäck in der Sakristei die Zeit bis zur Ankunft der Prozession vertrieben:

»Das Te Deum ist die Verherrlichung des fleischgewordenen Wortes, die Beschwörung der höchsten Mysterien des Lebens, und es ist ein dringliches Flehen.«

Jetzt sprach der Bischof mit zur Decke der Sakristei gewandtem Blick, als ob sein Publikum aus einer Versammlung berühmter Theologen bestünde. Der Chorherr Pujals betrachtete das Ganze schweigend aus einiger Entfernung.

»Das Te Deum ist die Darstellung aller vernunftbegabten Wesen (Engel, Heilige und die gesamte Kirche), wie sie vor der Heiligen Dreifaltigkeit knien und den Lobpreis des Vaters, des Sohnes und des Heiligen Geistes singen. Und es zeigt uns Christus mit … mit …«

»… nachdrücklichen Apostrophierungen?« kam ihm der Chorherr Cascante zu Hilfe.

»Das ist es, Hochwürden: Es zeigt uns Christus mit nachdrücklichen Apostrophierungen: König, ewiges, fleischgewordenes Wort, Erlöser, Triumphator und oberster Richter. Und es ist ein dringliches Flehen darum, daß der Erlöser uns die ewige Seligkeit in der Gemeinschaft der Heiligen gewähren möge. Das ist mit dem *in gloria numerari* gemeint. Das alles ist das Te Deum, meine Herren …«

Hochwürden Díez Valdés holte Luft und trank einen Schluck Likör. Seine Zuhörer nutzten die Pause, um ein wenig die Glieder zu strecken. Hochwürden Cascante warf dem Chorherrn Pujals einen heimlichen Blick zu, ob der ihm nicht helfen könne, den Bischof aufzuhalten, der, seinen Gesten nach zu urteilen, den hochinteressierten Würdenträgern als nächstes die Ähnlichkeiten und Unterschiede zwischen den beiden wunderbaren Lobgesängen, nämlich dem Te Deum und dem Gloria in Excelsis Deo, erläutern würde. Aber der Chorherr Pujals nahm den hilfesuchenden Blick seines Kollegen nicht wahr, weil er gerade dachte, daß das Te Deum vor allem – und mit Verlaub des Herrn Bischof – eine Heidenarbeit war.

»Und wenn Ihr gestattet«, der Bischof tupfte sich den Likör von den Lippen, »kann ich Euch bei dieser Gelegenheit auch gleich die Unterschiede … nein: die Ähnlichkeiten und Unterschiede zwischen den beiden wunderbaren Lobgesängen, nämlich dem Te Deum und dem Gloria in Excelsis Deo, erläutern …«

Der Chorherr Cascante seufzte resigniert, und Hochwürden Pujals verschwand diskret aus der Sakristei.

Alles in allem war es ein recht glanzvolles Te Deum, ohne organisatorische Mängel, auch wenn sich der portugiesische Botschafter, der auf der Durchreise nach Madrid war, in letzter Minute – und nur um den Chorherrn Pujals in den Wahnsinn zu treiben – noch unter die Würdenträger mit Ehrensessel gedrängt hatte.

Während ganz Barcelona Gott lobte und ihm für das neue Jahrhundert dankte (in beflügelter Sprache und zur Verherrlichung des dreieinigen Gottes), versuchte Don Rafel Massó unter schier übermenschlicher Anstrengung nicht etwa, sich zu konzentrieren, sondern sich vor seinen Feinden nicht anmerken zu lassen, daß er völlig aufgelöst war: Sie sollten den Eindruck haben, er sei weiterhin Herr seiner selbst, sollten fürchten, ihr Opfer könne sich noch zur Wehr setzen; sie sollten Angst bekommen und von der Treibjagd ablassen ... Das kostete ihn solche Kraft, daß er nicht dazu kam, auf das Lob des allmächtigen Gottes, des Gottes der Güte und Verzeihung, zu achten. Donya Marianna hingegen war im siebten Himmel, schwebte auf einer Wolke von Glückseligkeit und schielte immer wieder zu Donya Rosalia und Donya Agnès hinüber, die im Kirchenschiff standen, um sich zu vergewissern, daß die beiden sie im Glanz ihres Ehrenplatzes inmitten der Würdenträger sahen.

Es war ein recht glanzvolles Te Deum, ungeachtet des Ärgers der Augustinerinnen, die sich zugunsten der Klarissen zurückgesetzt sahen, des Gefühls tiefer Demütigung seitens der Kapuziner ob des unerklärlichen Vorrangs, der den Franziskanern eingeräumt worden war, und der üblen Laune der Bruderschaft der Schutzbedürftigen, die ohnmächtig mit ansehen mußte, wie die Bruderschaft des Blutes eine völlig inakzeptable Hauptrolle spielte. Und knapp zwei Dutzend virtueller Würdenträger fragten sich während des gesamten *Te Deum laudamus*, wieso eigentlich Don Rafel einen Ehrenplatz hatte und sie nicht. Ein recht glanzvolles Te Deum: makellos das Weiß der Ornate; untadelig der Weihrauch, der in aller Eile von Santa Maria del Pi herbeigeschafft worden war, weil der Hauptsakristan geschlafen hatte; durchschnittlich die Orgel, bescheiden der Chor. Mehr konnte der Chorherr Pujals wirklich nicht verlangen. Und als die Würdenträger sich zufrieden und stolz auf den Weg zum Ausgang machten, atmete er erleichtert auf, weil nun nichts mehr zu befürchten stand, es sei denn, die Kathedrale stürzte ein. Ganz nebenbei bemerkte er, daß Don Rafel Massó ein merkwürdiges Gesicht zog, beinahe so, als hätte er diesen prächtigen liturgischen Akt zu organisieren gehabt.

Als sie auf den kühlen, regennassen Platz vor der Kathedrale hinaustraten, empfand Donya Marianna für einen Augenblick die Enttäuschung, die einen nach dem Ende eines lang ersehnten Ereignisses stets überkommt. Und das soll's gewesen sein? fragte sie sich. Aber dann widersprach sie sich selbst und schwor sich, dies sei ein bedeutender Tag in ihrem Leben gewesen. Und es war ja erst Nachmittag, und das Schönste kam erst noch: das Fest.

Lichter, Farben, Bewegung. Begrüßungen, Lächeln, Küsse, die über das rein Protokollarische hinausgingen, begehrliche Blicke, hinter ehrfurchtsvollen Verneigungen versteckt. Reglose Diener an strategischen Punkten. Kerzen, Kerzen und nochmals Kerzen. Geruch nach Wachs und Bemerkungen über die künstlerische Begabung der kleinen Foixà, die die Gäste am Klavier des Marquis von Dosrius mit ein paar munteren Stücken erfreut hatte. Don Rafel, der seine Aufgewühltheit hinter einem gezwungenen Lächeln zu verbergen suchte, wollte sich nicht so recht über die kleine Foixà äußern, obwohl Doktor Jacint Dalmases und der Vicomte von Rocabruna, die beide hellauf begeistert von den Künsten der jungen Pianistin schienen, ihn dazu drängten.

Don Rafel tat, als wäre er völlig in die Auswahl eines Kanapees vertieft, um den Baron von Xerta nicht grüßen zu müssen, der in seiner Nähe stand. Als er freie Bahn hatte, begab er sich mit dem Kanapee in der Hand in einen anderen Salon. Einige Damen (die Cartellà, die Sentmenat und ein paar, die er nicht kannte), die offenbar dabei waren, die ganze Stadt durchzuhecheln, verstummten, als sie ihn eintreten sahen. Er verbeugte sich unbehaglich, unablässig lächelnd und ohne innezuhalten. Als er gerade in sein Kanapee beißen wollte, sah er sie auf der Schwelle zum nächsten Raum stehen. Es war unmöglich, ihr auszuweichen, und so faßte er sich ein Herz.

»Donya Gaietana ...« Er verneigte sich knapp.

»Don Rafel ...«

Natürlich mußte Don Rafel unaufhörlich an das Lachen der Baronin denken, das ihn so tief gekränkt hatte. Die schöne Plejade dachte zweifellos auch gerade daran. Und da er nicht wußte, wie er dieser Lage entfliehen könnte, tat er, als wäre nichts geschehen, und vertiefte sein Lächeln.

»Ein sehr schönes Fest, nicht wahr?«

»Ja, Don Rafel. Sehr schön.«

Die Baronin trat einen Schritt zurück, um ihn vorbeizulassen, und lachte leise, ein Widerhall jenes anderen, demütigenden Lachens. Don Rafel errötete bis unter die Wurzeln seiner wenigen noch verbliebenen Haare; am liebsten hätte er sie erwürgt. Es war nicht zu leugnen, daß sein Augen- und Teleskopstern sich über ihn lustig machte. Es war nicht zu leugnen, daß sie ihn zum zweiten Mal demütigte. Zu einer anderen Zeit hätte Don Rafel sich eine solche Unverschämtheit nicht gefallen lassen; nun aber blieb ihm nichts anderes übrig, als sich taub zu stellen und über die Schwelle zu gehen, als wäre er auf dem Weg zu einem nur ihm bekannten Ziel.

Im großen Saal brandete Beifall auf, und Donya Gaietana, von dem Geräusch angelockt wie die Biene vom Honig, verließ augenblicklich Don Rafel und seine höllische Seelenpein. Auch die Damen, die sich im Salon unterhielten, standen auf, ebenfalls vom Applaus angezogen. Als er sah, daß der Salon leer war, kehrte Don Rafel um und setzte sich in einen Sessel. Er brauchte ein paar Minuten, um nachzudenken, um das Chaos in seinem Inneren zumindest ein wenig zu ordnen, wenn das überhaupt möglich war. Wenn es in seiner Lage überhaupt eine Lösung gab. Mit ein wenig Geschick würde er eine Wiederaufnahme des Verfahrens in der Sache Desflors verhindern können. Zwar war ihm klar, daß Terradelles zu schlau war, um tatenlos zuzusehen, wenn die Dinge nicht so liefen, wie er wollte, aber immerhin würde er ein paar Tage gewinnen. Don Jerónimo war ein anderer Fall. In wenigen Stunden würde das Ultimatum ablaufen, das ihm dieser Strauchdieb gewährt hatte. Wenn Don Rafel nur gut mit dem Militärgouverneur stünde ... dann hätte er ihn vielleicht aufhalten können. Der Militärgouverneur? Und wenn er eine Annäherung an Don Pere versuchte?

Er war so in seine Grübeleien vertieft, daß er erschrocken auffuhr, als er das lächelnde Gesicht vor sich bemerkte. Don Jerónimo Manuel Cascal de los Rosales y Cortés de Setúbal hatte ihm gegenüber Platz genommen und lächelte ihn an.

»Don Rafel«, sagte er. »Ich möchte Euch daran erinnern, daß wir gemeinsame Interessen haben ...«

Der Gerichtspräsident sah ihn verächtlich an und antwortete nicht.

»... und daß unsere Frist bald abläuft. Habt Ihr schon die geschäftlichen Transaktionen unternommen, die ich Euch aufgetragen habe?«

Don Rafel schwieg beharrlich. Er saß in der Falle wie ein Tier, und in dieser Lage die Zähne zu zeigen wäre ihm lächerlich erschienen. Statt dessen demütigte er sich selbst:

»Wenn ... wenn Ihr Euch großzügig erweist, würde ich Euch das für den Rest meines Lebens danken.«

»Kommt nicht in Frage«, sagte der Kommissar knapp. »Ich habe doch schon klipp und klar gesagt, daß ich alles will.«

Er stand auf und grüßte höflich, um klarzumachen, daß

von ihm keine Gnade zu erwarten war. Don Rafel sah keine Veranlassung zur Höflichkeit und blieb sitzen, als wäre ihm dieser Blutsauger vollkommen gleichgültig.

Um Punkt elf begann der Ball. Ein Orchester, klein, doch groß genug, um Lärm zu machen, hatte schon an einem Ende des Saales Aufstellung genommen. Eine Gruppe von Damen, darunter Donya Marianna, war ans andere Ende gegangen, um ungestört weiterplaudern zu können. Nach und nach strömten die Gäste, wie dem Ruf des Schicksals folgend, aus den sieben oder acht Salons des Palasts, die ihnen offenstanden, im großen Saal zusammen, denn niemand wollte diesen zweifellos denkwürdigen Ball verpassen. Nur Don Rafel blieb weiter in dem Sessel sitzen, in dem ihn Don Jerónimo angesprochen hatte. Willenlosigkeit hatte sich seiner bemächtigt, hervorgerufen durch die Erkenntnis, daß sich ihm unwiderruflich nach und nach alle Türen verschlossen. Alle.

Aber es stand geschrieben, daß in dieser Nacht niemand seinen Schmerz respektieren sollte. Auf der Flucht vor dem Lärm des Orchesters, das gerade die ersten Takte anstimmte, begab sich Don Rafel tiefer in den Palast hinein und fand sich in einem schummerigen kleinen Salon plötzlich Aug in Auge mit Don Antoni Terradelles wieder. Bei ihm waren der schweigende, unheimliche Notar, mit dem Don Rafel schon das Vergnügen gehabt hatte, und der junge Leutnant und Musiker, der so gut mit dem Militärgouverneur stand. Als hätten sie nur auf ihn gewartet, sagte Terradelles ohne Umschweife:

»Wir wissen schon, wieso Ihr Andreu Perramon habt umbringen lassen.«

»Ich habe überhaupt niemanden umbringen lassen«, verwahrte sich Don Rafel. »Es wurde einfach nur Gerechtigkeit geübt. Und das Militärgouvernement hat das Gnadengesuch abgelehnt.«

»Ich weiß, warum Ihr ihn habt umbringen lassen«, wiederholte der Rechtsanwalt ungerührt. »Und ich versichere Euch, daß wir es öffentlich bekanntmachen werden.«

»Soll das eine Drohung sein?« Irgendwie brachte Don Rafel ein Lächeln zustande. »Denn abgesehen davon, daß ich nichts zu verbergen habe, höre ich mir gerne an, was ich für Euch tun kann, damit Ihr aufhört, mich zu quälen.«

Noch bevor der Notar, der schon den Mund aufgemacht hatte, anfangen konnte zu feilschen, antwortete Terradelles kalt:

»Wir verhandeln nicht, Senyoria.«

Die beiden Männer gingen hinaus, und Don Rafel blieb, erneut gedemütigt, allein mit Nando Sorts zurück, der bislang keinen Ton von sich gegeben hatte.

»Und was wollt Ihr noch?« fragte ihn Don Rafel ungehalten. »Ihr wißt doch schon, daß der Fall wiederaufgenommen wird.«

Der junge Sorts hatte nur darauf gewartet, daß der Rechtsanwalt und der Notar den Raum verließen. Nun griff er an:

»Ihr seid ein Mörder. Ihr habt meinen besten Freund getötet. Jetzt habe ich die Beweise dafür.«

»Ich sagte doch schon ... Hört mal ...« Er raffte sich zusammen. »Ich bin niemandem für meine beruflichen Entscheidungen Rechenschaft schuldig.«

»Meinetwegen. Aber Ihr wißt noch nicht, was ich von Euch will.«

»Das weiß ich nicht, und es interessiert mich auch nicht.«

»Ich will Euer Leben.«

Was für einen Unterschied macht das jetzt noch?, dachte Don Rafel. Er war sowieso längst am Grund des Brunnenschachts angelangt; tiefer ging es nicht. Fast erheiterte ihn die hitzige Forderung des jungen Mannes. Wäre er nicht so aufgewühlt gewesen, hätte er applaudiert.

»Wenn Ihr mich töten wollt, so tut es gleich hier und jetzt«, entgegnete er kaltblütig. »Aber macht Euch keine Illusionen: Ihr werdet dafür hängen.«

»Das glaube ich nicht. Ich fordere Euch zum Duell.«

»Ach ja?« Er hatte sogar noch ein wenig Spott übrig.

»Ihr habt die Wahl der Waffen.«

Don Rafel gab sich forsch.

»Aus dem Weg, junger Mann. Ich will dabeisein, wenn um Mitternacht angestoßen wird.«

»Ich habe gesagt«, Nando rührte sich nicht vom Fleck, »Ihr habt die Wahl der Waffen.«

»Ich schlage mich nicht. Und schon gar nicht mit Tölpeln.«

Die Ohrfeige des jungen Sorts hallte von den tapezierten Wänden des kleinen Salons wider wie Donya Gaietanas Lachen. Don Rafel lief vor Zorn und Entrüstung rot an. Ein weiterer Weg, der sich ihm verschloß.

»Pistolen«, gab er zur Antwort. »Auf Leben und Tod.«

Manchmal packt selbst den besonnensten Menschen die Unvernunft; Don Rafel war da keine Ausnahme, und so hatte er sich also auf ein Duell auf Leben und Tod eingelassen, um sechs Uhr früh nach dem Fest, auf dem Friedhof von Sarrià, fern von indiskreten Blicken und nur in Begleitung eines Arztes und zweier Sekundanten pro Duellant. Unglaublich. Weniger, weil Duelle strafbar, sondern eher, weil sie schlecht angesehen waren. Und daß ein Gerichtspräsident sich auf ein solches Spektakel einließ, überraschte in der Tat. Aber darauf kam es nun nicht mehr an, und Don Rafel wollte vor allem, daß dieser unverschämte Jüngling ihm aus den Augen ging.

Kaum war er in dem kleinen Salon allein, brach Don Rafel in unbändiges Gelächter aus, heftiger als das Lachen Donya Gaietanas, weil es nicht der Verachtung entsprang, sondern der Angst. Sa Senyoria lachte aus Angst, bis ihm die Tränen kamen. Wohin auch immer er sich wandte, überall stand jemand bereit, ihn zu zertreten wie einen Käfer. Als er sich beruhigt hatte, trocknete er sich mit dem Spitzentaschentuch die Augen. Dann wurde ihm übel. Wachsbleich und hilflos taumelte er in eine Ecke und übergab sich. Mit den Bröckchen der halbverdauten Kanapees gab er auch seine Angst und sein Entsetzen von sich. Vielleicht blieben sie an der Tapete des Salons hängen, der Zeuge seiner letzten Demütigungen geworden war. Als es ihm besser ging, floh er aus dem Raum, in dem er, wenn auch nur Wänden und Stühlen, seine Schwäche offenbart hatte.

Im großen Saal des Palasts des Marquis von Dosrius suchte Donya Marianna schon seit geraumer Zeit nach ihrem Mann. Niemand wußte, wo er steckte, und sie war ein wenig verwundert, merkwürdig ist das, ich möchte bloß wissen, was er treibt. Schließlich war er ein wenig unpäßlich … Kaum sah sie ihn eintreten, verlor sie jedes Interesse an ihm und setzte ihr Gespräch über die Idealform weiblicher Perücken fort.

Der flüchtige Augenblick des Jahres- und Jahrhundertwechsels war nicht wahrnehmbar, ja, eigentlich existierte er gar nicht als solcher, denn vor Mitternacht war er etwas Ersehntes und mit dem ersten Glockenschlag um zwölf schon nichts mehr als eine Erinnerung. Und doch waren das Fest im Hause des Marquis und alle anderen Festlichkeiten in ganz Barcelona auf diesen flüchtigen, nichtvorhandenen Moment ausgerichtet.

Darum nahmen das Gelächter und die nervösen Blicke zu,

je näher er rückte. Die Diener hatten unermüdlich Gläser mit Weißwein ausgeteilt und warteten nun geduldig darauf, daß das Orchester mit Salieri zu Ende kam. (Nach Ansicht des Marquis von Dosrius, der der Musik von seinem Rollstuhl aus aufmerksam lauschte, hatten diese Bauerntrampel schon seit geraumer Zeit Salieri, der Musik und seiner Geduld ein Ende gemacht. Aber heute wollte er es um der Leute und der Höflichkeit willen ausnahmsweise nicht so genau nehmen.) Nach einem schaurigen abschließenden Scherzo, das jeden aufmerksamen Zuhörer zum Menschenhasser machen mußte, wurde es still. Don Pere Caro trat auf den Marquis zu. Nach und nach, wie in der Flaute verebbende Wellen, verstummten die Gespräche.

Am Ende des Saales erschien Sa Senyoria Don Rafel Massó, der sich bemühte, so unberührt wie möglich dreinzublikken. Ob er wohl die Zeremonie in Anwesenheit all seiner Feinde überstehen würde?, fragte er sich mit einer gewissen Neugier. Er wagte es nicht, Seine Exzellenz anzusehen. Aber am Kamin erblickte er Don Jerónimo, der ihn beobachtete. Am Fenster standen Don Antoni Terradelles und sein Notar und ließen sich nicht die kleinste seiner Reaktionen entgehen. Und gleich daneben, beunruhigend nah bei Donya Gaietana, stand der junge Esel, der ihn zum Duell gefordert hatte, und starrte ihn ebenfalls unablässig an ... Nun mußte er wohl lächeln – und das tat er. Es gelang ihm sogar recht gut. Er nahm sein Glas und reckte es dem Marquis und dem Militärgouverneur entgegen.

»Mein werter Marquis. Exzellenz«, sagte er. »Es ist mir eine Ehre, in Eurer Gegenwart auf das neue Jahrhundert anstoßen zu dürfen.«

Alle hatten seine Worte gehört, aber kaum jemand hatte das Zittern seiner Stimme bemerkt. Der Militärgouverneur griff nach seinem Glas, der Marquis ebenfalls. Eine Weile waren die Augen aller Anwesenden auf die große Uhr im Saal gerichtet; in ihrer Ungeduld verschmähten sie eine ganze Minute ihres Lebens, die letzte des Jahres siebzehnhundertneunundneunzig und vielleicht die letzte des achtzehnten Jahrhunderts.

Schließlich kam der Moment und verging gleich wieder, unaufhaltsam. Die Gäste stießen an, hörten und sagten Artigkeiten, waren gerührt, lächelten und bemühten sich, nicht über das Wesen der Zeit nachzudenken. Don Rafel spielte den Würdenträger, wie von ihm erwartet wurde. Und von denen, die nichts von seinem Kummer wußten, bemerkte nur der Marquis von Dosrius, daß sich hinter Don Rafels Maske Düsternis verbarg.

So kam es, daß, als die Musik mit einem ebenfalls verhunzten Gluck wieder anhob und alles auf die Tanzfläche zurückkehrte, wiederum nur der gelähmte Marquis von Dosrius bemerkte, wie Don Rafel sich aus dem Saal davonstahl, vielleicht sogar aus dem Haus. Aber er sagte nichts dazu und sprach mit niemandem darüber, weil er der Überzeugung war, daß jeder selbst wissen mußte, was er mit seinem Leben anfing. *Laissez vivre.*

VI

Don Rafel hatte über Hipòlit dem Kutscher ausrichten lassen, er möge um Punkt vier Uhr gefrühstückt haben und zur Abfahrt bereit sein. Er selbst tat die ganze Nacht kein Auge zu. Nachdem er im Garten umherspaziert war und das verfluchte Beet von nah und fern betrachtet hatte, tastete er sich im Dunkeln in sein Arbeitszimmer hinauf. Er sah Papiere durch und entwarf eine kurze Nachricht für Donya Marianna, in der er sie von seiner Reise nach Sarrià unterrichtete. Um die Mittagszeit werde er zum Essen zurück sein, und sie solle sich keine Sorgen machen, er habe nicht vergessen, daß Meister Ventura noch die Schuhe mit den flachen Schnallen bringen werde, müsse aber unbedingt persönlich mit seinem Vermögensverwalter einige Fragen klären. Zu guter Letzt wurde die Nachricht dann doch nicht so kurz, weil er es sich nicht verkneifen konnte, feierlich zu werden und mit großen, schwülstigen Worten zu schreiben, unser langjähriges Zusammenleben, schade, daß wir nie Kinder hatten, vielleicht hätten wir versuchen sollen, besser miteinander auszukommen, von nun an werden wir es wohl müssen, und heute nachmittag müssen wir einmal offen miteinander reden ... Das Ganze endete mit einem äußerst beunruhigenden »Beunruhige dich nicht, alles wird gut«. Er ließ die Nachricht auf dem Tisch liegen, nahm aus der untersten Schublade einen mit Samt beschlagenen Kasten heraus und öffnete ihn. Zwei vergoldete Pistolen mit Nußbaumgriffen lagen über Kreuz darin, dazu sechs Schuß Munition. Es waren echte Belleviste-Pistolen aus Lyon, wahre Schmuckstücke, ein Geschenk des vorhergehenden Militärgouverneurs, zu dem er ein freundschaftliches Verhältnis gepflegt hatte, wie es ihm mit Don Pere nie gelungen war. Er klappte den Kasten zu und steckte ihn in einen Koffer.

Seit er sich in seinem Arbeitszimmer eingeschlossen hatte, war das Gefühl der Panik nach und nach einer Art objektiver Neugier gewichen, so als ob nicht er es wäre, dem dies alles widerfuhr. Er war gespannt zu erfahren, wie er sich aus der Affäre ziehen und die drohenden Fährnisse überwinden würde. Sein ganzes Leben lang hatte er Stolpersteine und Fallen umgehen müssen, die andere ihm aus Neid in den Weg gelegt hatten. Er hatte sich an diese Wildnis gewöhnt und gelernt, sie als unvermeidlich hinzunehmen. Aber dieses Mal hatten sich ihm zu viele lästige Hürden entgegengestellt, als daß er ihnen mit einem einfachen Manöver hätte ausweichen können. Von diesen Überlegungen umgetrieben, ging Don Rafel im Arbeitszimmer auf und ab. Sein Blick streifte Bücherrücken und wich dem hochmütigen Blick seines Porträts aus. Es war ein Bild aus der Zeit vor Elvira, als er noch lächeln konnte. Ach, könnte er doch Teile seines Lebens wiederholen ... Könnte er nur einschlafen und beim Aufwachen feststellen, daß alles entschwunden war wie ein Traum ... Und so verbrachte er die Nacht in Herzensangst. Es war fast drei, als ihm die Zeichnung einfiel, die er in der Aufregung der letzten Ereignisse völlig vergessen hatte. In der staubigsten Ecke des Arbeitszimmers, wo auch Konrad Mausers nie gelesener *Traktatus* stand, lag noch immer das zylindrische Etui. Er nahm die Zeichnung heraus und entrollte sie. Die verräterische, unanständige, schmutzige, obszöne, verdorbene Donya Gaietana lächelte ihn schelmisch an, während sie in nie gesehener Schamlosigkeit ihre Möse darbot.

»Widerliche Hure«, murmelte Don Rafel und haßte sie aus tiefstem Herzen, weil sie ihn bis auf die Knochen blamiert hatte. Ein in die Enge getriebener Mann wird aggressiv und beißt um sich, selbst wenn es sich als vergeblich erweist, weil seine Zähne nur Nebel zu fassen bekommen. »Dreckstück«, fügte er hinzu, um keinen Zweifel zu lassen, und spuckte aus.

Es war eine plötzliche Eingebung. Aber die Großtaten der Menschheit entspringen ja häufig einer Eingebung, und diese Nacht war die Nacht der Unvernunft. Mit der Abbildung Donya Gaietanas in der Hand ging Don Rafel im Schutz der Dunkelheit in den Garten hinunter. Im trüben Licht einer Laterne durchwühlte er den Geräteschuppen. Dann trat er durch die Gartenpforte auf die Straße hinaus. Um diese Uhrzeit war er noch nie unterwegs gewesen oder wenn doch, dann höchstens einmal in jungen Jahren mit seinen Freunden nach einem Trinkgelage. Der angenehme Schauer des Verbotenen lief ihm den Rücken hinunter, aber er war nicht zum Vergnügen hier. In völliger Dunkelheit tappte er durch die Pfützen bis zum Palast der Xertas. Er wählte die kleine Tür, die immer verschlossen war, obwohl sie auf den Carrer Ample hinausging. Und dann schlug Don Rafel Massó wie ein neuer Luther in Wittenberg heimlich, still und leise, nachdem er ein Tuch um den Hammer gewickelt hatte, um die Schläge zu dämpfen, seine einzige These, die der Rache, sprich: das obszöne Bild Donya Gaietana Renoms, der Baronin von Xerta, an ihre eigene Haustür, ungeachtet des Regens, zur Erregung öffentlichen Ärgernisses und aus Rache für eine unerträgliche Demütigung. Anschließend lief Don Rafel mit raschen, verstohlenen Schritten zurück und versuchte, seinen keuchenden Atem zu beruhigen. Zehnmal spuckte er auf das unsichtbare Grab Elviras, der dreckigen Schlampe, du bist mein Verderben, und jedesmal kniete er gleich darauf nieder, wischte die Spucke wieder ab und sagte, meine liebste arme Elvira, ich hab's doch nicht mit Absicht getan, aber du hast es verdient, Flittchen. Es war ein Unfall, Elvira. Schließlich trieb ihn der feine, beständige Nieselregen wieder hinauf in sein Arbeitszimmer, und dort saß er dann bis vier und verzehrte sich wie die Kerze, die seine düsteren Gedanken flackernd beleuchtete.

Erster Tag des Jahres und des neuen Jahrhunderts. Hochfest der Mutterschaft Mariens. Es regnete wieder stärker, als Don Rafel mit nichts weiter als einem kleinen Reisekoffer in der Kutsche davonfuhr. Langsam und ergeben trotteten die Pferde durch den Regen, denn die Dunkelheit ließ Eile nicht ratsam erscheinen. Ihr Hufgeklapper und das Knarren der hölzernen Kutsche hallten von den tropfnassen Hauswänden des Carrer Ample wider. Vom Palast des Marquis von Dosrius drang gedämpfter Festlärm herüber. Vielleicht hatte Donya Marianna sein Fehlen noch gar nicht bemerkt. In sich zusammengesunken saß Don Rafel in seiner Kutsche und ließ die Fassaden der Häuser an sich vorüberziehen. Die Kälte der durchwachten Nacht drang ihm durch Mark und Bein – seine Seele war schon seit Tagen eiskalt. Sie verließen Barcelona durch den Portal de l'Àngel und schlugen den Weg nach Sarrià ein; noch waren die Straßen dunkel und verlassen.

Als die Kutsche Sant Gervasi de Cassoles linker Hand hatte liegenlassen, wurde es allmählich hell, doch der Regen wollte nicht nachlassen, er wollte auch dabeisein an diesem Hochfest der Mutterschaft Mariens, dem ersten Tag des ersten Jahres des vorletzten Jahrhunderts des Jahrtausends, wie die Menschen. Durch das Gepolter der Kutsche glaubte Don Rafel die Antònia von Santa Maria del Pi zu ungewohnter Stunde läuten zu hören.

Kurz vor Sarrià befahl Don Rafel dem Kutscher, nicht in den Ort hineinzufahren, sondern statt dessen nach Esplugues abzubiegen. Der Kutscher zuckte die Achseln – Programmänderung – und tat, wie ihm befohlen. Hinter dem Regenvorhang waren undeutlich die ersten Häuser von Sarrià zu erkennen. Der Kutscher ließ die Pferde ihren langsamen Trott beibehalten, denn schneller ging es wirklich nicht in diesem Schlamm, in dem wir eines Tages noch alle steckenbleiben werden.

Noch eine Viertelstunde klapperten die Pferdehufe gedämpft durch Matsch und Regen, dann ließ Don Rafel die Kutsche vor dem Kloster von Pedralbes anhalten.

»Fahr nach Sarrià, aber betrink dich nicht«, wies er im Aussteigen den Kutscher an und gab ihm ein paar Münzen.

»Danke, Senyoria. Wann soll ich Euch wieder abholen?«

»Vor dem Mittagessen.«

Der Boden war völlig verschlammt. Don Rafel stand still, bis das Rollen der Kutschenräder verklungen war. Dann trottete er durch die Pfützen in Richtung Kloster. Die vielen Vögel, die man hier sonst zwitschern hörte, waren vor Kälte und Nässe verstummt, und so vernahm Don Rafel außer seinen eigenen müden Schritten nur das fröhliche Glucksen einer Regenrinne. Er seufzte tief; einen Augenblick lang stellte er sich vor, er wäre ein ganz normaler Mann, ohne Setúbals und Rechtsanwälte, die in seiner Vergangenheit herumstocherten, und dachte, warum bloß habe ich nicht glücklich sein können, es wäre doch so einfach gewesen. Die Kälte ließ ihn zittern. Vor dem Anbau des Klosters, in dem eine kleine Franziskanergemeinschaft lebte, die für die geistliche Betreuung des Klosters zuständig war, machte er halt. Er zögerte kurz, dann trat er durch eine Pforte in den kleinen Kreuzgang. Nun, da er das Glucksen der Regenrinne hinter sich gelassen hatte, hörte man nur das leise Trommeln des Regens auf der Brunnenabdeckung in der Mitte des Kreuzgangs. Der Regen wurde stärker, doch er fühlte sich ruhig und geborgen, weil er im Trockenen stand. Unwillkürlich musterte er die Bäume und Blumen des Kreuzgangs – viel zu dicht bepflanzt für seinen Geschmack. Aber durch den vielen Regen wucherte die Vegetation auch besonders üppig.

Trotzdem atmete er gierig den Geruch nach frischer Erde ein, der ihn stets an glücklichere Tage erinnerte. Er schloß die Augen, um den Duft besser genießen zu können, schlug sie jedoch rasch wieder auf, als er neben sich ein Rascheln hörte. Er war nicht allein. Ein buckliger Mönch mit Kapuze fragte höflich, wie er denn hereingekommen sei. Er antwortete, die Tür habe offengestanden, und erklärte, was er wollte. Wortkarg wies der Mönch auf eine Tür am anderen Ende des Kreuzgangs. Sa Senyoria verbeugte sich feierlich und ging gemächlich auf die Tür zu, hielt aber an, kaum daß der Mönch um die Ecke verschwunden war. Sehnsuchtsvoll betrachtete er den Garten, oh, ein Garten ohne geheime Gräber und andere Alpträume. Plötzlich drang, durch die Entfernung gedämpft, der monotone, hohe, feine, anmutige Gesang der Klarissen an sein Ohr, die hier in Klausur lebten. Don Rafel wußte nicht, daß sie immer zur Terz ihre Alltagsverrichtungen unterbrachen, um gemeinsam den Herrn zu preisen. Er dachte nur, daß diese Frauen vielleicht nicht glücklich sein mochten – denn das konnte man nicht, wenn man sein Leben eingesperrt hinter Klostermauern verbringen mußte –, aber unglücklich waren sie sicherlich auch nicht. Plötzlich kamen ihm die Tränen. Er zog sein Spitzentüchlein aus der Tasche und wischte sich die Stirn. Trotz der Kälte war sie schweißnaß – oder war es der Regen? Wieder seufzte er, warf dann einen letzten Blick auf den Kreuzgang und betrat die Kirche. Er blinzelte, um sich an das Dämmerlicht zu gewöhnen, und nahm respektvoll seinen Dreispitz ab. In einem Winkel leuchtete eine Öllampe mit blakendem Docht den Käuzchen und gemahnte die Besucher an das Mysterium. Nach und nach nahm Don Rafel die ersten Umrisse wahr. Bänke. Zwei Beichtstühle. Dann öffnete sich mit einem Quietschen, das durch die ganze Kirche hallte, eine Tür neben dem Altar. Ein lautloser Schatten begab sich in einen der Beichtstühle, und Don Rafels Herz klopfte heftig. Er fragte sich, ob irgend etwas von dem, was er in den letzten Tagen getan hatte, einen Sinn ergab. Durch die Anonymität der Dunkelheit ermutigt, betrat auch er den Beichtstuhl. Den Koffer stellte er neben sich auf den Boden. Die Präliminarien waren schnell erledigt: Er hatte seit zwei Jahren nicht mehr gebeichtet, Pater, und dann folgte die Stille, die den Selbstbezichtigungen vorauszugehen pflegt, bis jemand sich entschließt, sie zu durchbrechen.

»Ich habe eine Frau umgebracht, und nun sind sie hinter mir her.«

Nach diesen Worten war es wieder still. Den Mönch in seinem Holzverschlag schwindelte, und er mußte sich an die Wand lehnen. Eine gute Minute verging.

»Du sagtest …«

»Ich sagte, ich habe getötet, Pater.« Im selben Augenblick wurde Don Rafel klar, daß er seine Zeit vergeudete: Nutzte es überhaupt noch etwas, jetzt seine Seele zu erleichtern? Würde die nagende Angst, die ihn seit der Nacht mit Elvira wieder und wieder heimgesucht hatte, durch eine Beichte einfach verschwinden?

»Meinst du das im übertragenen Sinne, mein Sohn?«

Nun erst bemerkte er den Knoblauchgestank, der die Worte des Mönchs begleitete. Und dann begann ein dramatisches

Hin und Her zwischen den beiden Männern: Der Mönch fragte, angsterfüllt, doch von einem vagen Pflichtgefühl getrieben, nach Einzelheiten, die die Schwere der Schuld womöglich linderten oder verstärkten, um verläßlich die Absolution erteilen zu können, und erkundigte sich immer wieder, ob denn der Sünder seine Tat auch ernsthaft bereue. Dieser wiederum fühlte sich verunsichert und wehrlos, weil er nach Monaten hartnäckigen Sträubens endlich jemandem seine Seele geöffnet hatte, und wäre am liebsten davongelaufen. Dieser Mönch verlangte ehrlich empfundene Reue, bevor er ihm die Absolution erteilte, und hatte offenbar Röstbrot mit Knoblauch gefrühstückt. Die Absolution, absolutio, absolvere, solvere, lösen ... Welche Verbindung würde er mit der Absolution lösen? Es verlangte ihn wirklich danach, sonst hätte er sich nicht auf die Suche nach einem unbekannten Priester gemacht, der so zurückgezogen lebte, daß er ihn nicht kennen konnte. Die Absolution ... Die Verzeihung Gottes, Ruhe für seine Seele ... Aber nach dem *ego te absolvo* wäre absurderweise alles beim alten: Er wäre noch immer in der Hand seiner teuflischen Feinde. Als Kind hatte er im Katechismusunterricht gelernt, daß die Vergebung Gottes das Wichtigste sei, aber mit der Zeit hatte er verstanden, daß für den Menschen vor allem die Anerkennung der anderen zählte; Gott war weit weg und unsichtbar. Glaubte er etwa nicht mehr an Gott?

»Ich kann dir die Absolution nur erteilen, wenn du bereust,« beharrte der Beichtvater.

Nun war es das eine, Gewissensbisse zu haben, und etwas anderes, vor einem wildfremden Menschen einzugestehen, daß er, eine Autorität in Justizangelegenheiten, einen Fehler begangen hatte. Aber der Mönch verlangte rundweg nach Reue, und so sagte er schließlich:

»Ich bereue.«

»Dann, mein Sohn, mußt du nun, da Gott dir vergeben hat, auch entsprechend handeln. Gott fordert Sühne: Du mußt dich der Justiz überantworten, weil du dich der Gesellschaft gegenüber schuldig gemacht und gegen Gott versündigt hast.«

Das traf ihn wie eine Ohrfeige. Ihm zu sagen, er solle sich der Justiz überantworten! Er konnte sich der Gesellschaft gegenüber gar nicht schuldig machen, denn schließlich war er die Justiz ... Soviel stand für ihn fest. Das schlechte Gewissen jedes einzelnen war eine Sache, die Wiedergutmachung, die die Gesellschaft einfordern konnte, hingegen eine völlig andere. Er bereute, er würde es nie wieder tun, ganz bestimmt nicht, und damit war die Sache erledigt. Wer aber von ihm verlangte, sich zu stellen, der hatte nichts verstanden. »Du hast dich der Gesellschaft gegenüber schuldig gemacht und gegen Gott versündigt ...« Genau diese Worte hatte er selbst, wenn auch protokollarischer, Dutzende Male ausgesprochen, als er – noch als Richter – den Verdammten ihr Urteil verkündete ... Und nun kam ein dahergelaufener Franziskaner aus einem gottverlassenen Kloster ihm, ihm dem Gerichtspräsidenten!, mit diesen Worten ... Die Vergebung Gottes war etwas Intimes, eine innere Angelegenheit seiner Seele: Darum hatte er einen Priester aufgesucht. Öffentliche Buße dagegen war ganz und gar unnötig. Geduldig erklärte er dies alles dem Priester, doch der blieb unbeugsam: Die Vergebung Gottes bedeutete Wiedergutmachung.

»Aber was gibt es denn da gutzumachen, Pater, wenn die Frau tot ist?« fragte er verärgert, mit erhobener Stimme, obwohl er Angst hatte, daß die Wände ihn hören könnten. »Könnt Ihr mir das verraten?«

»Nach einem Verbrechen mit irreversiblen Folgen, mein

Sohn, besteht die Wiedergutmachung in der Strafe, welche die menschliche Justiz dir auferlegen wird.«

»Und wo sind die Männer, die mir zu sagen hätten, wie ich bestraft werden soll?«

»Wie bitte, mein Sohn?«

»Wo sind die Männer, die mir zu sagen hätten, wie ich bestraft werden soll!«

»Mäßige deinen Stolz, mein Sohn. Warum bist du zur Beichte gekommen?«

Schweigen. Eine gute Minute lang. Den Mönch schwindelte es erneut, und er hatte Angst, denn ein so fürchterliches Verbrechen war ihm im Beichtstuhl bislang noch nicht begegnet.

»Ich weiß auch nicht recht, warum ich hier bin …«

»Glaubst du an Gott?«

»Ja, ja. Ich glaube schon. Aber ich brauche die Vergebung der armen Elvira.«

»Elvira?«

»Die Frau, die ich umgebracht habe.«

»Glaubst du an Gott?«

»Das habt Ihr mich schon einmal gefragt.«

»Warum kommst du zum Sakrament der Beichte, mein Sohn?«

»Ich bin nicht Euer Sohn. Und duzt mich gefälligst nicht … Diese Vertraulichkeit ist empörend!«

Beinahe hätte er auch den Knoblauch erwähnt.

»Verzeiht …«

Stille. Vielleicht war dieser seltsame Mann ein hoffnungsloser Fall.

»Ihr wollt die Vergebung Gottes, aber Ihr wollt keine Wiedergutmachung leisten …«

»Sollte eine diskrete Wiedergutmachung möglich sein …

Sollte sich das Ganze durch eine großzügige Schenkung lösen lassen ... so wäre ich bereit ...«

»Um Himmels willen«, wehrte der Priester entsetzt ab. »Verschont mich mit solchen Abgeschmacktheiten!«

»Ich will nicht von den Menschen bestraft werden.«

»Ihr glaubt also nicht an die menschliche Gerechtigkeit.«

»Das habe ich einmal getan, aber jetzt ... Nein, ich glaube nicht mehr daran.«

»Natürlich: Jetzt, da es Euch trifft ...«

»Nein, Pater. Die Sache ist komplizierter. Ich kenne die menschliche Gerechtigkeit von Grund auf. Sie ist schwach, sie ist willkürlich, sie wird von Menschen ausgeübt ... die ebenfalls zu Verbrechern werden können.« Er holte Luft. »Die menschliche Gerechtigkeit ist per Definition ungerecht. Der Mensch kann nicht entscheiden ... oder doch, er kann wissen, was gut und was schlecht ist ...« Er hielt inne und starrte ins Dunkel des Beichtstuhls: »Wer verleiht einem Menschen die Autorität, zu entscheiden, wie der Schuldige zu bestrafen sei?«

»Die Autoritäten. Der König. Gott.«

»Der König? Gott? Die wissen nicht einmal, daß es uns gibt ...«

»Ihr solltet die Sünde der Blasphemie beichten.«

»Ich beichte. Es war nicht meine Absicht ...«

»Sehr schön, mein Sohn, ich meine, Senyor. Glaubt Ihr nicht, daß es ein System geben muß, womit die Gesellschaft sich gegen die Übeltaten einzelner zur Wehr setzt? Seid Ihr nicht dieser Ansicht?«

»Ich weiß es nicht. Aber ich vertraue der menschlichen Gerechtigkeit nicht. Ich mißtraue den Menschen.«

»Die Männer des Rechts streben nach Gerechtigkeit ... Und sie sind gesetzestreu.«

»Die Gesetze! Eine großartige Erfindung! Die Rettung für all diejenigen, die für die Justiz arbeiten ... So müssen sie sich nicht über jeden einzelnen Fall den Kopf zerbrechen.«

»Ich verstehe Euch nicht.«

»Das Recht ist eine Sammlung willkürlicher, in einem Gesetzbuch zusammengefaßter und durch die Gewohnheit der jeweiligen Epoche sanktionierter Entscheidungen. Etwas für Fachleute.«

»Ich kann Euch nicht ganz folgen.«

»Ich mißtraue den Menschen. Und die Menschen haben die Gesetze gemacht, Pater.«

»Ja. Aber die Männer des Gesetzes sind rechtschaffen. Ihr müßt ihnen vertrauen. Es sind Ehrenmänner.«

»Glaubt das bloß nicht.«

»Und woher wollt Ihr das so genau wissen?«

»Ich bin Richter, Pater.«

Schweigen. Diese Worte schienen dem armen Beichtvater den Rest zu geben. Wahrscheinlich wäre er am liebsten losgelaufen und hätte Hilfe geholt, daß ich als armer, einfacher Franziskanermönch in so eine haarige Sache verwickelt werde ... Don Rafel wiederum sah, im dunklen Beichtstuhl kniend, allmählich ein, daß ihn seine schändliche Tat auf die andere Seite des Richtertischs stellte, wo zu stehen er sich niemals hätte träumen lassen. Bliebe ihm doch nur ein wenig Zeit, so könnte er vielleicht lernen, die Menschen zu verstehen, die er im Laufe seiner so glanzvollen und erfolgreichen Laufbahn verurteilt und bestraft hatte.

»Ich habe keinerlei Interesse daran, von Menschen verurteilt zu werden.«

»Warum seid Ihr dann gekommen, um zu beichten?«

»Weil ich das Gefühl haben will, daß die arme Elvira mir verzeiht.«

»Die Buße ist die logische Folge der Vergebung der Sünde. Ihr müßt für Euer Verbrechen bezahlen.«

Don Rafel fühlte, wie Zorn in ihm aufwallte. Dieser Mann verstand ihn nicht und würde ihn nie verstehen. Er hatte die Demütigung einer Beichte einzig und allein auf sich genommen, um seine Schuld der armen Elvira gegenüber einzulösen. Aber mit der Gesellschaft wollte er nichts zu tun haben, denn die Gesellschaft hatte diese Frau nicht einmal vermißt.

»Ich bereue es, eine Frau umgebracht zu haben, und das war's. Erteilt mir die Absolution, und laßt mich in Ruhe.«

Erneute Stille. Der Vorschlag schien dem Beichtvater nicht zu gefallen.

»Als was seid Ihr tätig?«

»Ich? Als Richter, das sagte ich Euch bereits.«

»Aber ... Seid Ihr nach wie vor im Amt?«

»Ja. Meine Aufgabe ist es, Menschen zu verurteilen.«

Der arme Mönch schien Mühe zu haben, das Gehörte zu verdauen. Don Rafel kam es vor, als röche er den Knoblauchgestank nicht mehr, der ihn anfangs so gestört hatte. Leises Glockengeläut erinnerte die kleine Klostergemeinschaft an irgend etwas. Der Pater seufzte, und mit dem Seufzen kam der Knoblauch zurück.

»Ihr seid ein Zyniker.«

»Nein, das glaube ich nicht. Ich habe keine andere Wahl, Pater. Und es geht mir sehr schlecht dabei. Ich sagte Euch bereits, daß man mir an den Kragen will.«

Die Kirchentür öffnete sich und schlug laut hallend wieder zu, dann waren Schritte zu hören. Von plötzlicher Furcht ergriffen, wandte Don Rafel sich um, um zu sehen, was los war. Ein Schemen kniete ungelenk in einer Kirchenbank nieder.

»Daß Ihr beichten wollt, zeigt, daß Ihr Euer Moralempfinden noch nicht ganz verloren habt.«

»Wahrscheinlich. Aber noch lieber wäre es mir, ich hätte keinerlei Skrupel und könnte glücklich leben.«

»Als Ihr diese Frau ermordet habt, hattet Ihr sicher keine.«

»Ich sagte doch, daß es keine Absicht war. Als ich zur Besinnung kam, war sie schon tot. Außerdem werdet Ihr mich nie verstehen: Ich habe Angst, große Angst. Sehr große Angst, Pater.«

»Jetzt, da alles geschehen ist?«

»Ich will nicht, daß die Geschichte herauskommt. Ich will nicht erwischt werden ... Bisher habe ich alles vertuschen können.«

»Ich könnte Euch verraten.«

»Ihr steht unter dem Beichtgeheimnis.«

Nur zu gern hätte Don Rafel diesem begriffsstutzigen Priester verständlich gemacht, daß es zwar immer hieß, Gott sei Gerechtigkeit. Doch dies galt nur, solange keine Entscheidungen getroffen werden mußten. Dann hing häufig genug alles davon ab, ob dem Richter womöglich sein Essen schwer im Magen lag, ansonsten aber von einem schematischen Regelwerk, bei dem Schuld und Strafe in keinerlei Verhältnis zueinander standen. Wieso ließ sich nicht alles mit Gottes Vergebung lösen, und das war's?

Aber nein: Die Gesellschaft hat Richter, Gerichtspräsidenten, Rechtsanwälte, Staatsanwälte und so weiter, die sagen, was gut und was schlecht ist. All dies hätte Don Rafel dem Priester gerne verständlich gemacht, doch er schwieg. Diese Beichte hing am seidenen Faden und konnte noch Stunden dauern, zumal wenn beide Beteiligten zwischendurch so hartnäckig schwiegen. Das letzte Schweigen dauerte nun schon eine ziemliche Weile. Der Schatten in der Bank hustete, und Don Rafel fuhr fort:

»Jetzt versuche ich nur zu verhindern, daß sie mich erwischen und mit dem Finger auf mich zeigen ... Außerdem will ich, daß sie mir verzeiht ...«

»Ihr könnt Euch vielleicht der menschlichen Gerechtigkeit entziehen ... Aber Ihr könnt die Vergebung dieser Frau nicht erlangen, wenn Ihr Eure Schuld nicht wiedergutmacht.«

Wiedergutmachung? Als Fachmann für juristische Fragen wußte Don Rafel, daß es für die Justiz Sünde nur in dem Maße gibt, in dem sie bekannt wird. Oder besser gesagt, die Sünde existiert erst, wenn sie entdeckt wird. Für die Justiz ist das perfekte Verbrechen keine Sünde. Bloß das schlechte Gewissen des einzelnen kann ihn dazu bringen, sich der Justiz zu entdecken und die Strafe auf sich zu nehmen.

»Wenn ich gehenkt werde ...«, rief er plötzlich gereizt, »macht das Elvira wieder lebendig? Wenn ich zum Gespött aller Leute werde, habe ich damit irgend etwas wiedergutgemacht?«

Sie schwiegen erneut. Die Stille war so groß, daß man draußen den Regen auf das Pflaster des Kreuzgangs platschen hörte. Dann nahm Don Rafel das Gespräch wieder auf:

»Verpaßt mir eine gepfefferte Buße, Pater, aber verschont meine Ehre und mein Leben ...«

»Dazu müßte ich mich beraten. Ich kann nicht ... in einem solchen Fall ...«

»Ich hab's eilig, Pater. Sehr eilig. Erlegt mir eine Buße auf.«

»Na schön ...« Der Mönch schien langsam wieder aufzuleben. »Zur Buße, mein Sohn, werdet Ihr Euch der irdischen Gerechtigkeit überantworten, auf daß Euer Vergehen die entsprechende Wiedergutmachung in dieser Welt erfahre.

Ego te absolvo a peccatis tuis. In nomine Patris et Filii et Spiritus Sancti. Amen.«

Aber Don Rafel durchquerte schon mit großen Schritten das Kirchenschiff, zutiefst verärgert und gekränkt über diesen vermaledeiten Pater, der ihn einfach nicht verstand. Als er in den Kreuzgang hinaustrat, endlich erlöst vom Knoblauchgestank, erhob sich lautlos der Schatten, der kniend in der Kapelle gewartet hatte.

Zur selben Zeit entdeckte im Palast Massó eine hysterische und völlig erschöpfte Donya Marianna den Umschlag mit dem Brief ihres Mannes. Zuvor hatte sie das ganze Haus und den Garten auf den Kopf gestellt, aufs höchste verwundert über die unerklärliche Abwesenheit ihres Gatten. Hatte sie doch geahnt, daß mit ihm etwas nicht stimmte! Und wenn ihm schlecht geworden war? Wenn er in irgendeinem versteckten Winkel des Hauses krank zusammengebrochen war? Der als Erklärung gedachte Brief sorgte für noch größere Verwirrung. Hipòlit gab, wie vom Herrn befohlen, nicht ein Wort der Erklärung von sich. So blieb Donya Marianna, trotz ihrer wachsenden Nervosität, nichts anderes übrig, als, wie im Brief geheißen, bis Mittag abzuwarten. Dieser verrückte Rafel hatte ihr den Neujahrsumzug verdorben. Und wenn sie anspannen ließ und nach Sarrià fuhr, um ihn zu suchen? Doch zuletzt unternahm Donya Marianna gar nichts.

Nando Sorts hingegen hatte sich zum Schutz gegen die Kälte in der Kutsche verkrochen. Mit ausdruckslosem Blick starrte er auf die Straße nach Barcelona, hielt Ausschau nach dem Landauer des Gerichtspräsidenten und versuchte an nichts zu denken. Seine beiden stummen Sekundanten, die ebenso durchfroren waren wie er, waren ausgestiegen, um sich die Beine zu vertreten, auch wenn sie dabei naß wurden. Die einsamen Straßen rund um den Friedhof von Sarrià waren völlig durchweicht. Nando Sorts rieb sich die Augen. Sie taten ihm weh vom unablässigen Starren auf den Weg und dem Bemühen, an nichts zu denken. Er stieß einen bedrückten Seufzer aus. Allmählich wurde ihm klar, daß sich dieser Feigling zu dem Duell nicht blicken lassen würde und daß er nie in Frieden seines toten Freundes würde gedenken können. Dieser Gedanke stimmte Nando Sorts unendlich traurig.

Don Rafel hatte wohl gewußt, daß alles verloren war ... Aber nie hätte er geglaubt, daß man ihm den Seelenfrieden verweigern würde. Im Namen der Gerechtigkeit! Was verstand dieser verdammte Franziskaner schon davon!

Kaum hatte er das Kloster verlassen, stand er einem Mann gegenüber: Es war einer der Schergen des unerbittlichen Setúbal. Die Jagd hatte begonnen.

»Wenn Ihr uns freundlicherweise begleiten wollt, Senyoria. Don Jerónimo wünscht nicht, daß Ihr Euch zu weit von Barcelona entfernt. Er hat etwas Dringendes mit Euch zu besprechen.«

Don Rafel wandte sich um. Aus dem Kloster trat schweigend der Mann, der in der Kirchenbank gekniet hatte.

»Woher wußtet Ihr, daß ich hier bin?« fragte Don Rafel und preßte den Koffer wie zum Schutz an sich.

»Wir sind Euch gefolgt, Senyoria«, sagte der Mann in einem fast entschuldigenden Tonfall für eine so offenkundige Erklärung. Also blieb ihm nicht mal mehr die einsame Flucht.

Stille breitete sich aus, nur vom Platschen des Regens auf das Gemäuer unterbrochen. Don Rafel machte sich nicht die Mühe, sich unterzustellen. Schweigend, den letzten Rest seiner Würde zusammenkratzend, ging er den abschüssigen Weg hinunter, der aus dem Klostergelände führte. Anstelle seiner Kutsche erwartete ihn ein leichteres Gefährt. Ohne unnütze Fragen zu stellen, stieg er ein und ließ sogar zu, daß die verdammten Schergen die Tür von außen verriegelten. Einen Augenblick lang fühlte er sich, als wäre er in einem seltsam geformten Sarg eingesperrt. Schaukelnd fuhr die Kutsche an, und durch das Fenster konnte er zusehen, wie sich Setúbals Männer, die ihm zu Pferde folgten, ungerührt naß regnen ließen. Offensichtlich zogen sie den Regen seiner Gesellschaft vor. Trotzdem war klar, daß Sa Senyoria der persönliche Gefangene Don Jerónimos war. Ob wohl der Versuch lohnte, ihn gegen Rechtsanwalt Terradelles aufzuhetzen?

Durch die beschlagenen, regennassen Scheiben war die Landschaft kaum zu erkennen. Sie fuhren eine ganze Weile, und Don Rafel saß zurückgelehnt in der Kutsche, das Gesicht in den Händen vergraben, und überlegte verzweifelt, wie er das Unmögliche noch richten könne. Dann nahm er die Hände vom Gesicht, lächelte traurig und dachte, daß er immer noch nicht so verängstigt war, wie er eigentlich hätte sein müssen ... Er öffnete den Koffer. Außer ein paar Dokumenten lagen darin ein Beutel mit Goldmünzen und der Kasten mit den beiden Belleviste-Pistolen. Er schlug ihn auf. Wie schön sie waren. Während er eine davon lud, dachte er an den Einfaltspinsel, der wohl immer noch am Friedhof von Sarrià stand, der Kälte und des Wartens überdrüssig, und lächelte zufrieden. Er dachte an Setúbal und Terradelles und lächelte unentwegt weiter. Merkwürdigerweise war er ganz ruhig. Er nahm die Pistole in die Hand. Durch die Glasscheiben war nicht das geringste zu erkennen. Vermutlich hatten sie Sarrià schon passiert und befanden sich jetzt in Sichtweite von Sant Gervasi. Ihm blieb nicht viel Zeit. Er seufzte und schloß die Augen. Mit einem Schlag drangen alle Geräusche des Tages an sein Ohr: das Quietschen der Kutschenräder, das Trotten der Pferdehufe durch den Schlamm, Gesprächsfetzen und Gelächter von Setúbals Männern ... Kein Vogel war zu hören, wohl aber das Prasseln des Regens auf das Dach seines Sargs. Wieder seufzte er. Seine geliebten Sterne kamen ihm in den Sinn: die treuen Plejaden, ewig auf der Flucht, der unbeirrbare Jäger Orion, König der Sterne, die träge hingestreckte Andromeda im Westen dieses kalten Winterhimmels, die schlanke, zarte Andromeda mit ihrem geheimnisvollen Schamhaar, einer fernen, unbekannten Sternenwolke ... Andromeda, Ariadne, Eurydike, Gaietana, Elvira, seine Frauen, seine stets präsenten Sterne ... Ich wollte das nicht, meine arme Elvira ... Da ihm die Tränen in die Augen stiegen und er nicht weinen wollte, zielte er auf die Brust, dort, wo die Kugel den größtmöglichen Schaden anrichten würde, und dachte nicht *un bel morir tutta una vita onora*, vielleicht, weil es keinen schönen Tod gibt. Don Rafel schenkte sich noch drei, vier, fünf Sekunden Leben, in denen er auf den dumpfen, anhaltenden Regen lauschte ... Dann drückte er ab. Sein Körper zuckte so heftig, daß ihm Perücke und Dreispitz vom Kopf rutschten. Und inmitten des rauschenden Regens erkannte Don Rafel Massó i Pujades, Präsident des Königlichen Gerichts von Barcelona, plötzlich die tiefste Bedeutung der Stille.

M., 1986-1990